LE CLAN

DU MÊME AUTEUR

Sans visage, L'Archipel, 2004.
Deux Femmes, Fayard, 2007.
La Proie, Fayard, 2007

Martina Cole

LE CLAN

roman

Traduit de l'anglais
par Stéphane Carn

Fayard

Titre original : *Close*.

Première édition chez Headline Book Publishing, 2006.

ISBN : 978-2-213-63337-4

Pour Peter, mon Peter Blates

PROLOGUE

La douleur lâchait enfin prise. Elle poussa un soupir de soulagement.

Pour la énième fois, elle jeta un coup d'œil à l'horloge dont le tic-tac résonnait dans le silence de la chambre. Ses longs doigts grêles s'agacèrent un moment sur le couvre-lit en chenille de coton, puis elle s'abandonna de nouveau à la tiédeur des draps, avant de sombrer dans ce qui ressemblait à l'antichambre du grand sommeil.

Sa grand-mère s'était souvent plu à philosopher sur ce fameux grand sommeil – l'unique moment, disait-elle, où une femme peut se coucher sans crainte des conséquences. Comme si seule la tombe vous garantissait un peu de repos. Cette vérité, il lui avait fallu des années pour la comprendre et l'accepter : elle avait longtemps refusé de croire qu'on puisse être un jour assez lasse pour trouver du charme à la mort et se résoudre à quitter ceux qu'on avait choyés, élevés et protégés sa vie durant. Cela lui aurait paru presque inconcevable, à l'époque, de s'imaginer telle qu'elle était à présent, marquée par les stigmates du grand âge, ce lacis de rides, cette peau jaunie réduite à un fin papier crépon sous le poids des regrets, elle qui avait toujours vécu sans se soucier de l'avenir, alors que c'était si important. L'avenir, c'était tissé de ce qu'on avait réellement fait, pas de ce qu'on aurait voulu faire. Et puis, la grande révélation : le sexe n'était qu'une fonction physiologique de l'ordre de la pulsion, au même titre que chier ou péter. Rien à voir avec l'amour.

Elle poussa un autre soupir, plus laborieux ; les protestations de sa frêle carcasse lui rappelèrent à quel point la vie était brève, fugace.

La sienne avait été remplie à ras bord. Elle en était usée jusqu'à la corde et n'aspirait plus qu'à rendre les armes pour s'abandonner au repos. Elle aurait tellement aimé revoir sa chère Colleen. Sa toute petite. La cajoler une dernière fois.

Elle avait fait son temps, elle ne se voilait pas la face. Mais son heure n'avait pas encore sonné. Pas tant qu'elle n'aurait pas revu tous ses enfants pour leur expliquer sa décision. Jusque-là, elle tiendrait bon.

– Si tu continues à me prendre pour un con, je te tords le cou !

Ces mots, prononcés à mi-voix et sans colère, étaient chargés d'une malveillance qu'il aurait fallu être inconscient pour ignorer. Les menaces de Pat Brodie étaient toujours proférées d'un ton égal, presque amical. C'était à son regard qu'on voyait qu'il parlait affaires et que ça ne rigolait pas. Les obstacles, il les éliminait. Avec le sourire.

Mickey Donovan se retenait d'exploser. Il lui avait fait une sacrée fleur – une fleur et demie, même. Faire entrer de la coke, c'était une faute gravissime pour un fonctionnaire relevant du ministère de l'Intérieur, à plus forte raison pour un maton. Ça faisait déjà un bout de temps qu'il lui en fournissait, mais là, il était en rupture de stock, et Brodie refusait de se le tenir pour dit. Non mais qu'est-ce qu'il croyait, qu'il allait lui en sortir de son chapeau ?

Quelle plaie, ce Brodie. D'accord, il traversait une période noire, avec sa mère qui était à l'article de la mort – on pouvait comprendre que ça lui porte sur les nerfs –, mais même Mickey, qui était pourtant la gentillesse et la compréhension incarnées, en avait jusque-là. Pat Brodie, ce n'était pas n'importe qui. Il résistait à tout, telle cette saloperie de roc dans la tempête ; question intellect, il dépassait de la tête et des épaules le commun des petits malfrats que Mickey côtoyait d'ordinaire. Ajoutez à ça un sens inné de la stratégie et un profil de sociopathe, et vous aviez toutes les composantes d'un redoutable prédateur urbain. Il était d'ailleurs en détention provisoire pour le meurtre de son propre frère, ce qui en disait plus long que tout un discours.

Pour Mickey, la coïncidence était trop grosse ; pourtant il en avait vu, au fil des années. Non, Brodie était vraiment l'exception qui confirmait la règle. Un cinglé d'une intelligence rare, donc particulièrement dangereux.

– T'as intérêt à te démerder pour que je puisse aller voir ma mère, Donovan. J'en ai besoin, de cette libération sous caution. Si je l'ai pas, je t'en tiendrai personnellement responsable.

Mick lâcha un soupir. Il n'en attendait pas moins.

Pour Brodie, c'était du tout cuit. Donovan brûlait peut-être d'envie de se rebiffer mais il n'en ferait rien. Parce qu'il était maton, et que, comme tous les matons des quartiers de haute sécurité, il connaissait les limites à ne pas dépasser.

L'odeur diffuse du thé froid et du pain beurré la ramena vers d'anciens matins ensoleillés. Fermant les yeux, elle se laissa dériver au gré de ses souvenirs.

Tout lui revenait. L'oppressante moiteur des étés disparus, la touffeur de l'air saturé de gaz d'échappement, les parfums mêlés de tous les repas qui mijotaient dans le quartier. Les hommes tenaient à leur rôti du dimanche. Malgré la chaleur tropicale qui régnait dans les cuisines, la sienne la première, les femmes se sentaient tenues, même les jours où il fallait recourir un peu partout aux colonnes d'alimentation d'eau pour lutter contre la canicule, de préparer d'énormes festins pour trois heures pétantes. Après la fermeture des pubs, leurs hommes rentraient plus ou moins éméchés, l'appétit aiguisé par la longue succession des tournées qui avaient commencé dès dix heures et demie du matin.

Le traditionnel rosbif était le plat dominical par excellence, mais le poulet ou le porc faisaient aussi bien l'affaire en cas de fin de mois difficile – surtout quand, par chance, quelqu'un avait réussi à détourner un lot dans un abattoir : tout le monde pouvait se gorger de viande, même ceux qui auraient eu à peine de quoi se payer un malheureux sandwich. Tout ça n'était qu'une histoire de paperasse, comme disait son homme… Sur le papier, tout prenait une autre allure. La paperasse, ça n'était qu'un prétexte de plus pour gratter, qu'il s'agisse de viande, de fringues ou d'autre chose. Et tout ça pour ces petits rectangles de papier dont personne ne pouvait se passer… pas même les propriétaires des biens détournés, évidemment. Mais eux, on s'en fichait. Ils en avaient bien assez comme ça.

Le souvenir de ces lointains dimanches lui tira un sourire. Son homme avait toujours vécu sans se soucier de la paperasse, ce qui leur avait sacrément compliqué les choses quand il était mort, froidement assassiné. Il l'avait laissée sans un sou, et ça avait été des problèmes à n'en plus finir. Elle s'était retrouvée complètement sur la paille avec deux enfants de plus à nourrir – sans compter sa mère, qui n'avait d'autre but dans la vie que de lui rappeler qu'elle avait foiré la sienne. Jusqu'au jour où cette vieille garce avait décrété que sa fille était une perle ! Tu parles, elle craignait surtout de se retrouver en rade, seule avec elle-même ! Sa mère, cette femme qui avait aimé Lance jusqu'à l'obsession et depuis le premier jour. Elle l'adulait, ce petit – alors qu'elle, son propre fils, elle n'avait jamais pu l'aimer. Elle lui avait toujours trouvé quelque chose de sinistre, à cet enfant, même tout bébé. Et le pis, c'était qu'elle avait vu juste.

Elle entendait encore les rires des garçons qui shootaient dans leur ballon sur l'herbe pelée de l'arrière-cour et revoyait ses filles sur les marches du perron, dans leurs robes du dimanche, occupées à servir à leurs poupées des tasses de thé imaginaires et de fabuleux potages de pissenlits et de boutons d'or. Elle revoyait leurs beaux cheveux blonds si tournis, soigneusement tirés en queues de cheval, leurs petits genoux dodus zébrés d'égratignures et de croûtes arrachées qui laissaient d'infimes traces rouges sur leurs chaussettes blanches ; et leurs rires suraigus qui se transformaient en hurlements quand le ballon de leurs frères finissait par atterrir sur le pique-nique, envoyant valdinguer la dînette. Puis les grosses larmes, dans les yeux des jumelles, leur effarement devant la brutalité masculine qui finissait toujours par tout gâcher, et, enfin, leur soulagement quand leurs grands frères venaient les consoler et tâchaient de rassembler le service à thé en plastique multicolore sur les petits plateaux, s'évertuant à tout remettre en place avec leurs grosses pattes de garnements.

Pat Junior, son aîné, avait toujours été le chef. Ses manières à la fois brusques et tendres avaient servi de modèle aux autres garçons, qui sentaient que c'était ce qu'on attendait d'eux. Patrick adorait ses petites sœurs ; à sa façon, il s'occupait très bien d'elles et de ses frères. La mort de Colleen lui avait fichu un rude coup à lui aussi, elle en savait quelque chose. Elle, ça avait carrément failli l'emporter, mais elle avait survécu et en avait tiré une bonne leçon, comme eux tous.

Les meilleurs s'en vont toujours les premiers, disait-on. Ce vieux cliché semblait avoir été inventé pour Colleen. Elle était trop bonne pour ce monde, cette pauvre petite…

Kathleen et Eileen, les jumelles, avaient toujours été folles de leur grand frère Patrick, tout comme Colleen. Il les prenait dans ses bras, les cajolait jusqu'à ce qu'elles aient retrouvé le sourire, et retournait à ses jeux de garçon, sous leurs regards admiratifs. C'était un bon petit et c'était devenu un type bien, quoi qu'on en dise. Il serait toujours le fils de son père et elle l'aimerait toujours, ne fût-ce que pour cela.

Son petit Shawn aussi était un garçon formidable, tout comme Shamus. Elle ne céderait pas au grand sommeil sans les avoir longuement contemplés.

Le grand sommeil – l'idée même était un réconfort. Elle était si fatiguée. Lessivée, rendue, jusqu'à la moelle. Elle revint au moment présent. C'était bien son odeur qu'elle sentait. Celle de son propre corps. Des relents de sueur, auxquels se mêlait une arrière-note d'amande provenant des drogues dont on la bourrait. Ces exhalaisons douceâtres étaient un constant rappel de son âge et de la souffrance qui la travaillait.

D'elle, il ne subsistait presque rien. Son corps aux courbes autrefois voluptueuses n'était plus qu'un tas d'os s'entrechoquant dans un sac de peau flasque et flétrie. Elle sourit. Elle avait vraiment fini par ressembler à sa grand-mère. La vie avait de ces bégaiements…

Ses yeux se posèrent sur le lourd cadre d'argent qui trônait sur la table de chevet. Une photo d'elle toute jeune, son fils aîné dans les bras et, dans ses entrailles, tout ce stock de petits bras et de petites jambes qui ne demandaient qu'à naître. Elle savait à présent tant de choses qu'elle ignorait alors.

Elle avait été belle. Vraiment belle. Et elle avait dilapidé le seul atout qu'elle ait jamais eu. Parce qu'à son époque les femmes n'avaient que ça : leur charme, leur beauté. La voix rocailleuse de son beau-père, éraillée par le tabac et l'excès de gnôle, lui résonnait encore aux oreilles : « Dis donc, ma petite, tu sais que t'es assise sur une putain de mine d'or, toi ! » Sa mère se récriait et lui interdisait de souffler ce genre d'ineptie à sa fille. Car sa mère aussi, elle le haïssait… Avec le recul, elle s'en rendait compte à présent. Sa mère s'était enchaînée à un type « qui ne valait pas tripette », comme disait sa grand-mère quand elle avait bu un verre de trop…

Elle détacha son regard de la photo, incapable de supporter plus longtemps l'image de la jeune femme radieuse qu'elle avait été et la comparaison avec l'épave que le cancer avait fait d'elle.

A défaut d'autre chose, sa vie aurait été fertile en rebondissements.

Elle referma les yeux et se réfugia dans ses souvenirs qui, au fil des heures, prenaient de plus en plus la substance de la réalité.

Patrick Brodie rongeait son frein. Il attendait toujours l'autorisation de se rendre au chevet de sa mère. Mais il n'y comptait plus trop, même si son avocat avait plusieurs fois souligné qu'il n'était qu'en préventive et que la justice n'avait pas à le traiter comme un coupable d'ores et déjà condamné. Il aurait donné n'importe quoi pour pouvoir la serrer contre lui. Pour sentir l'étreinte familière de ses bras, une dernière fois.

Malgré toutes les couleuvres que la vie lui avait fait avaler, ç'avait été un sacré numéro, doublé d'une mère admirable. Il se souvenait d'elle telle qu'elle resterait à jamais dans son souvenir, dans la force de l'âge, son éternelle clope au bec, du temps où elle faisait marcher la maisonnée à la baguette, son père y compris, et leur concoctait des festins dignes de Gargantua.

Sa mère, c'était la personne qu'il avait le plus aimée au monde. Les choix désastreux qu'elle avait faits après la mort prématurée de son père n'y avaient rien changé.

La disparition de son père avait été une catastrophe, surtout pour elle. Bien plus qu'un mari, elle avait perdu la seule personne au monde qui l'eût jamais estimée à sa juste valeur, en dehors de ses enfants.

Ça lui sautait aux yeux à présent. La mort de son père avait précipité l'orage. Elle était la cause de leurs années de vache enragée et avait fait de lui ce qu'il était devenu – un prévenu qui attendait d'être jugé pour le meurtre de son propre frère, sa propre chair, son propre sang. Non que ce meurtre lui laissât l'ombre d'un remords ; s'il regrettait une chose, c'était d'avoir trop tardé à régler le problème. C'était fait à présent, et une bonne fois pour toutes. Il avait exterminé l'exterminateur comme un vulgaire nuisible. De toute façon, ils ne pouvaient rien prouver et personne ne parlerait – ça, il en était aussi sûr que de son propre nom. Il fallait encore des preuves pour condamner quelqu'un, dans ce pays. Les présomptions ne suffisaient pas. Il pouvait donc compter sur un non-lieu.

Il avait assisté à la mort de son père en direct et en Technicolor. Dès son plus jeune âge, il avait appris qu'en ce monde, dans le leur tout au moins, il n'y avait qu'une seule loi : la loi du plus fort. La sélection naturelle. Seules survivaient les espèces les mieux adaptées. Son père avait baissé la garde et s'était laissé surprendre. Lui, il n'avait jamais commis ce genre d'erreur. Voir la cervelle de votre père éclabousser la robe de votre mère, c'est une image qui ne s'oublie pas de sitôt et ça vous dissuade à jamais de laisser se reproduire les circonstances qui ont fait le lit d'une telle horreur.

En plus de lui rafraîchir définitivement la mémoire, cette mort prématurée l'avait rendu froid et méfiant. Il avait mûri bien avant l'âge et s'était lancé avec une ferveur décuplée dans une éblouissante carrière de braqueur et d'escroc qui aurait fait la fierté de son père.

Enfant, du temps où il s'efforçait d'aider sa mère à élever ses frères et sœurs, il n'aurait jamais imaginé en faire son métier. Au fil des années, du vol à la tire aux cambriolages en passant par l'extorsion de fonds, il avait tâté d'à peu près tous les secteurs illicites pour assurer le quotidien de la maisonnée, pour les nourrir, les vêtir et leur garder un toit sur la tête, tout en mettant quelques sous à gauche, histoire que sa pauvre mère puisse sortir un peu et s'offrir une bonne soirée de temps à autre. Pour lui, la fin avait justifié les moyens, point à la ligne.

Finir par prospérer dans ce milieu où il s'était trouvé catapulté, ça n'avait jamais été au programme. C'était pure coïncidence s'il avait réussi à rendre son prestige au nom de son père défunt, en lui conférant même une dimension supplémentaire. Qui aurait pu prédire le cours qu'avaient pris les événements…

Sa mère avait maintes fois tenté de le remettre au pas. Elle lui avait serré la vis, avait joué de la ceinture et de la menace pour tenter de le protéger de lui-même et l'empêcher d'aller au-devant de gros ennuis – quoiqu'elle-même lui en ait attiré pas mal, à son corps défendant évidemment, en choisissant ses hommes et son style de vie comme elle l'avait fait. Elle avait payé de sa personne, ça, pas l'ombre d'un doute. En toute honnêteté, il fallait reconnaître qu'elle avait fait le pied de grue dans les parloirs de prison plus souvent qu'à son tour. Elle avait toujours eu quelqu'un à qui rendre visite.

Il soupira. Il n'était qu'en préventive, à Belmarsh, mais ils ne s'étaient pas gênés pour le boucler dans un quartier de haute sécurité avec les perpète. En section Double A avec ça, comme un terroriste. Comment avaient-ils le culot de critiquer les lois des autres pays quand sur le sol national les prévenus étaient présumés coupables avant d'être passés devant un juge ? Ils pouvaient se la mettre, leur présomption d'innocence !

Rien ne justifiait qu'ils l'empêchent d'aller voir sa mère – mais ils allaient sauter sur le premier prétexte pour le laisser moisir ici. Ils avaient de bonnes raisons de le haïr et il le leur rendait bien. Il avait combattu le système de toutes ses forces, chaque fois qu'il s'était retrouvé sous les verrous.

Il se vidangea vigoureusement les poumons. Il sentait monter en lui ce débordement familier, ce trop-plein de colère qui fermentait depuis toujours dans ses entrailles et l'avait poussé à commettre des horreurs. Mais il était bien déterminé à se contenir jusqu'à ce qu'il ait pu revoir celle qui l'avait mis au monde et l'avait tant aimé.

Ensuite, il pourrait laisser libre cours à sa rage et s'abandonner au soulagement, à cette paix qui suivait l'explosion.

Jusqu'à la prochaine fois.

Eileen s'alluma une cigarette et en tira une longue bouffée en clignant les yeux pour retenir ses larmes. Quelques minutes plus tôt, elle avait fait la toilette de sa mère, et le délabrement de la malade l'avait bouleversée.

Réduits à l'état de squelette, ses bras et ses jambes n'avaient plus que la peau sur les os. Sa poitrine creuse était parsemée de petites taches de purpura. Quant à la cicatrice de sa mastectomie, en pleine lumière, c'était une vision de cauchemar.

Sa mère avait déjà tout d'un cadavre. Eileen savait bien que la fin était proche, mais elle avait beau se dire que la mort serait pour elle une délivrance, l'idée de la perdre à tout jamais la terrifiait.

Elle priait pour que sa mère se rétablisse, comme elle l'avait toujours fait. Elle avait encore tellement besoin d'elle... C'était égoïste de sa part, mais elle n'y pouvait rien, c'était plus fort qu'elle. Paulie, son mari, était bien placé pour savoir quelle épreuve elle traversait. Il l'avait touché du doigt, le jour où il l'avait vue renoncer à l'alcool pour pouvoir mieux s'occuper de cette mère qui leur avait consacré sa vie.

Son regard s'échappa par la fenêtre de la cuisine tandis que Kathleen, sa sœur jumelle, préparait un plat de sandwiches en s'épanchant auprès de qui voulait l'entendre. Pauvre Kath… Pour elle aussi, ça devait être dur.

Quel salaud, ce Lance ! Ils avaient beau tenter de le chasser de leurs pensées, personne, dans la famille, ne pourrait l'oublier.

Sa disparition avait asséné le coup de grâce à leur mère, qui s'était pourtant accrochée à la vie jusqu'au moment où elle avait enfin eu la certitude qu'il était bel et bien mort.

On allait l'enterrer dans une simple fosse, comme un indigent, sans cérémonie, sans service funèbre, sans rien. Bien sûr, tout le gratin du Milieu se poserait des questions. Ils s'attendaient à des funérailles grandioses comme pour les autres membres de la famille. Tout le monde pensait que Lance serait inhumé en grande pompe, même si on murmurait qu'il s'était fait descendre par son propre frère – mais ça, personne n'avait pu en établir la preuve et elle croisait les doigts pour qu'il en soit toujours ainsi.

Lance avait dépassé toutes les bornes. Le caractère odieux de son crime avait fait trembler la famille sur ses bases. Aucun d'eux ne parlerait. Jamais. Personne ne dévoilerait les vraies raisons de sa mort. Le sens du secret était devenu une seconde nature chez les Brodie…

Les gens pourraient bien jaser à en perdre haleine, ça ne lui faisait ni chaud ni froid.

Ce qui était fait était fait. Réglé, classé. Expié.

A la différence de son frère aîné, Chris était libre – pour autant qu'on puisse l'être à l'arrière d'une voiture de police. Comme les autres membres de la famille, il avait subi un interrogatoire en règle sur les circonstances de la mort de Lance. Trop de choses avaient été balayées sous le tapis, dans cette maison. Bien sûr, sa mère croyait dur comme fer que ça valait mieux ainsi – mais lui, il savait que les vieux comptes allaient devoir se régler, quoi qu'elle en pense et malgré toutes ses supplications. Elle avait toujours fait l'impossible pour maintenir la paix, coûte que coûte, mais dès qu'elle ne serait plus là, les vannes s'ouvriraient.

Les rancœurs et les conflits larvés éclateraient enfin au grand jour. Et Patrick ne pourrait rien y faire.

Shawn porta sa tasse à ses lèvres sans quitter des yeux sa sœur, qui tartinait et empilait les sandwiches plus vite que son ombre. Son agilité trahissait des années de pratique : Kathleen avait longtemps vécu sous la coupe de Lance et de leur grand-mère, qui l'utilisaient comme bonne à tout faire. Les femmes peuvent être bizarres sur ce plan. Loyales, mais bizarres.

Comme il la regardait avec un sourire triste, elle abandonna son plateau pour prendre ses mains dans les siennes. Ils avaient toujours été proches, ces deux-là, même pour une famille aussi unie que la leur.

Sa peau foncée tranchait violemment sur le teint pâle de Kathleen, mais ni elle ni aucun autre ne faisait la moindre différence. Shawn était le bébé de la famille, leur petit dernier. Ils en étaient tous gagas. Enfin, presque tous.

Son père n'avait fait que passer dans leur vie. Il réapparaissait de temps à autre et, même sans chercher à s'intégrer à la famille, il y était toujours accueilli à bras ouverts.

Ses tout premiers souvenirs, c'était le visage souriant de sa mère près du sien. Puis son grand frère Patrick venait le prendre dans ses bras pendant qu'elle se préparait à partir au boulot. Il devait avoir quelque chose comme trois ans, à l'époque, mais il garderait à jamais l'empreinte de son parfum – cigarettes blondes et Estée Lauder. Rien ne pourrait jamais lui enlever la sensation de sécurité qu'éveillait en lui cette odeur.

Il n'était pas idiot. Sa naissance avait dû être une épreuve pour elle, mais elle n'avait jamais accordé le moindre crédit au qu'en-dira-t-on, et ses frères et sœurs ne l'en avaient aimé que davantage. Cependant, il avait pris conscience de sa différence dès son plus jeune âge, dès qu'il s'était aventuré hors du cocon de la maison. Ça n'avait plus la même importance à présent. Les temps avaient changé. Comme il tremblait de perdre cette femme qu'il aimait plus que tout au monde…

Lance était le seul membre de la famille pour qui il n'avait jamais eu de véritable affection. Un vrai salaud, doublé d'un sadique, cruel et vicelard. Une chance qu'il n'ait pas moufté. Quand l'abcès avait enfin éclaté, il s'était félicité de ne pas avoir été à l'origine de la crise.

Il avait plus d'une fois souffert des méfaits de Lance. Tout comme sa sœur.

Il avait dû aller à la morgue pour identifier le corps, ou ce qu'il en restait. Il n'avait pas assez payé, ce fumier qui reposait désormais en paix... Mais c'était fini. Plus jamais son bourreau ne reviendrait le tourmenter, il pouvait enfin souffler. Il s'était raclé la gorge avant de cracher sur le cadavre. Le souvenir des mines scandalisées qu'il avait provoquées lui tira un sourire.

« C'est bien lui, cet enfoiré ! » avait-il lancé avec toute la haine qu'il avait pu trouver en lui, en savourant le frisson qui avait parcouru l'assistance. Ils formaient une famille si cohérente, un front si uni. Comment soupçonner ce qui couvait sous cette belle harmonie ?

A présent, toutes ses pensées allaient vers celle qui agonisait là-haut, au fond de son lit. Il sentit soudain sur ses joues la trace mouillée des larmes. Ça devait déjà faire un bon moment qu'il pleurait...

Kathleen serra cette main qui avait si souvent tenu la sienne pour l'empêcher de tomber, qui l'avait lavée, baignée, peignée, portée, dorlotée – ce tremblement qui l'agitait, la tiédeur de cette peau diaphane contre la sienne, c'était presque plus qu'elle n'en pouvait supporter.

Cette femme les avait mis au monde, leur avait prodigué ses soins et avait écumé, contre vents et marées, toutes les prisons du Royaume-Uni pour voir ses fils. Elle avait conseillé ses filles à chacune des étapes de leur vie et assuré leur quotidien, y compris dans les périodes de vaches maigres, quand le frigo était perpétuellement vide – dût-elle pour cela recourir à la seule monnaie d'échange qu'elle eût jamais possédée. Pour eux, elle n'avait jamais ménagé ses forces et avait toujours réussi à résoudre leurs problèmes

– dans le calme et la dignité ou à grand renfort de cris et d'imprécations, selon son humeur et les circonstances. Elle s'était posée en rempart contre la zizanie, accueillant inlassablement les brebis galeuses. Elle avait défendu et préservé la cohésion de la famille à la seule force de sa volonté et de son amour. Qu'allait-il advenir d'eux ? Qui se chargerait de maintenir l'unité, à présent ? Qui les empêcherait de se dresser les uns contre les autres, de ranimer les vieilles rancœurs, de s'entre-tuer ?

Elle avait toujours été la voix de la raison. Celle qui réconciliait les enragés en leur rappelant qu'ils formaient une famille, désamorçait les conflits dans l'œuf en leur faisant admettre que leurs frères et sœurs, tout bien pesé, c'était ce qu'ils avaient de plus précieux. Ces dernières années, le vent de la discorde avait soufflé de plus belle, menaçant les liens qui les unissaient.

Elle avait été la voix de la raison, retenant la main de Patrick, résolvant les problèmes d'un sourire – quitte, au besoin, à les pousser au mensonge pour préserver ce qu'elle estimait être l'intérêt supérieur de la famille.

Et voilà qu'elle était à l'orée de la mort. Pour aucun d'eux, il ne serait facile de lui survivre.

LIVRE I

Ô Seigneur, Toi qui connais mes péchés,
Je Te fais juge de ma cause.

Lamentations, III, 59

CHAPITRE 1

– Une vraie petite arsouille, ce Brodie… C'est son paternel tout craché ! Mais qu'est-ce qu'on y peut, hein ? s'esclaffa Barry Caldwell.

Son geste de feinte supplication provoqua quelques sourires dans l'assistance. Un peu crispés tout de même, les sourires, remarqua Barry, avant d'en tirer la conclusion qui s'imposait : il avait mal choisi sa cible.

Patrick Brodie, lui, avait salué la pique d'un éclat de rire.

Ce n'était pas la première fois qu'on lui faisait ce genre de reproche et il ne s'en était jamais défendu. Barry s'était fait avoir, et comme tant d'autres il allait devoir se rendre à l'évidence : mieux valait éviter de doubler Pat Brodie.

Il n'avait besoin de personne pour savoir ce qu'il était ; et encore moins pour savoir jusqu'où il était prêt à aller pour obtenir ce qu'il voulait. Toute sa vie, il avait été méprisé, exploité, traité comme une merde. En partie à cause de son ivrogne de père, une grande gueule d'Irlandais qui n'avait jamais su la boucler et claquait tout son fric au jeu, vice pour lequel il avait développé une passion nettement au-dessus de ses moyens. Ce qui expliquait que lui, son fils, outre le fait qu'il était la discrétion et la sobriété mêmes, ait choisi de gagner sa vie, entre autres, comme bookmaker…

Sans compter qu'il avait été abandonné par sa mère, qu'il n'avait pratiquement jamais mis les pieds à l'école et avait tiré sa révérence à l'armée avec un grand sourire et cette ambivalence naturelle qui, depuis son plus jeune âge, en avait fait un électron libre n'obéissant qu'à ses propres lois.

Il n'avait eu aucune intention d'aller se battre pour un pays qui n'était à ses yeux qu'un symbole de servitude et d'exploitation, et ne s'était pas gêné pour le dire à l'officier chargé du recrutement. Il avait ensuite mis à profit son incorporation pour détourner les stocks à tour de bras ; à l'époque, le marché noir était un créneau des plus juteux et il s'en était mis plein les poches.

Ils l'avaient épinglé et laissé moisir au trou une année entière, pendant laquelle il avait eu tout loisir de méditer sur la nature et la condition humaines. Et s'il avait appris une chose, c'était qu'en ce monde on ne pouvait compter que sur soi-même.

Il avait hérité la pugnacité de son père, le mépris souverain qu'affichait sa mère pour l'opinion d'autrui et un talent certain pour réécrire l'histoire lorsque ça l'arrangeait – une combinaison qui s'était révélée gagnante en de nombreuses occasions.

L'armée avait fini par le virer avec un grand « ouf ! » pour manquement à la discipline et à l'éthique militaires – il avait la sale manie de casser la gueule à tous ceux qui ne partageaient pas ses vues et gagnait à tous les coups. Quand ses supérieurs lui avaient enfin rendu sa liberté, il avait été aussi soulagé qu'eux.

A présent, la dernière étape de sa formation consistait à porter l'estocade pour asseoir sa réputation dans le Milieu. Or, Barry avait essayé de le doubler – le genre d'affront que Brodie ne savait ni oublier ni pardonner. Il estimait représenter désormais une force avec laquelle il fallait compter, même s'il faisait pratiquement toujours cavalier seul. Il organisait ses coups sans l'aide de personne et relevait lui-même ses compteurs avec une efficacité qui lui avait valu le respect et la considération de ses pairs. Il s'était donc posé comme un type dont il valait mieux ne pas piétiner les plates-bandes.

Mais les magnats du secteur se faisaient vieux, et leur frilosité lui compliquait de plus en plus la tâche. Ils tremblaient comme une bande de petites vieilles à l'idée de se faire serrer : ayant décidé de faire des exemples, les juges avaient depuis peu la main beaucoup plus lourde. Il y avait là tout un empire qui n'attendait que d'être conquis – le jeune Brodie en avait bien conscience et guettait l'occasion de passer à l'action pour étendre le sien.

Toute sa vie, son père avait entretenu une bande de pique-assiette dont il gagnait la douteuse loyauté grâce à son bagout et à son charme irlandais – quand il ne les achetait pas carrément à coups de pintes. Lui, il ne se fiait à personne. Il avait toujours préféré agir seul et son instinct l'avait rarement trompé. Il n'avait pas une minute à consacrer à sa famille – ce ramassis de parasites à qui il avait eu tôt fait de mettre les points sur les I : pas question qu'ils s'imaginent pouvoir vivre à ses crochets. Brodie était un homme-orchestre qui ne pouvait ni ne voulait se fier qu'à lui seul, c'était le principe même de son efficacité.

Il avait pourtant commencé à faire bosser quelques petits jeunes, parce qu'il ne se voilait pas la face : après le grand ménage, il aurait besoin d'une équipe digne de ce nom. Ses affaires prenaient trop d'ampleur pour qu'il puisse continuer à se charger de tout. Une chance que Barry soit sorti sans assurer ses arrières, ce soir-là; s'il avait été appuyé par une escorte solide, les choses se seraient présentées différemment…

Il était grand temps de déléguer une partie du boulot et de partager les gains – ça, il n'y couperait pas. Mais, pour l'instant, il s'agissait de récupérer une dette qui traînait depuis trop longtemps et que Barry feignait d'ignorer.

Le nom de Brodie était synonyme de grabuge. Cette nuit, seule la réputation que lui avaient value son renvoi de l'armée et son tempérament volcanique – réputation renforcée, bien sûr, par l'effet de surprise – avait empêché l'acier de parler.

Car Barry n'était pas seul : pas mal de types ayant pignon sur rue travaillaient pour lui. Dès la première onde de choc passée, Barry lui tomberait dessus à bras raccourcis avec, cette fois, l'appui de ses associés. Face à eux, un homme seul risquait de ne pas faire le poids.

Brodie sourit. L'idée l'effleura que son futur partenaire devait être un nouveau, comme lui, une jeune étoile montante du Milieu avec les nerfs assez solides pour oser s'en prendre aux pointures de l'establishment. Les temps changeaient. Tout le monde était en quête de quelque chose. Les jeunes, d'argent, et, les vieux, d'une bonne leçon – histoire de reprendre pied dans le monde réel. Le pays était en pleine reconstruction, et pas seulement les villes, les rues ou les immeubles, mais toute l'économie. Les enjeux étaient assez importants pour faire de Brodie non seulement un champion de l'opportunisme, mais une véritable institution, un homme digne de considération et, plus important, de respect.

La guerre avait changé la donne. On voyait se dessiner le début d'une ère nouvelle qui promettait d'être un terreau fertile, favorable à toutes sortes de plans, tous plus juteux les uns que les autres. Ce nouveau monde exigeait l'émergence d'un nouveau Milieu, d'une nouvelle ligue du crime, et Brodie était bien décidé à s'y tailler la part du lion. C'était ce qui avait fait de lui l'homme qu'il était, ce vers quoi avaient tendu tous ses efforts – et ça expliquait qu'à présent Caldwell n'avait plus qu'à s'avouer vaincu.

On était au cœur des années soixante. La vie était douce, si vous aviez un minimum de jugeote et quelques billets en poche pour agrémenter vos loisirs.

Patrick avait été l'un des premiers à défier les Barry Caldwell et consorts. Il représentait les forces montantes de la nouvelle vague, sur le point de s'imposer. Dans les rangs des vieilles potiches, on avait toujours su que ça finirait par arriver, mais personne n'avait eu la sagesse de prévoir un plan de retraite pour le jour où ça leur tomberait dessus.

Eh bien, qu'ils aillent se faire foutre ! Ce soir, la rumeur de ses exploits secouerait tout l'East End, et suffisamment fort pour faire de lui une légende. C'était comme une énorme dette accumulée depuis des années : il allait s'occuper de Barry et de ses petits copains, et leur souffler leurs jobs. Ils allaient enfin comprendre leur douleur. Non seulement il ne traiterait plus avec eux sur un pied d'égalité, mais il allait les enfoncer ! Fort de son prestige tout neuf, il allait devenir la clé de voûte de ce nouveau Milieu grouillant de possibilités. Et il ne se contenterait pas de le fonder, il comptait bien le contrôler, de A jusqu'à Z !

La guerre avait fait le tri entre les hommes et les branleurs. Les vieilles badernes avaient profité de l'absence de la génération montante, éparpillée aux quatre coins du monde, pour rester aux commandes, mais Brodie se promettait de leur inculquer la notion de sélection naturelle, démonstration à l'appui. Cette bande de tocards avait fait son temps. Ils avaient peut-être été, quelque part dans les brouillards de l'histoire, les pères fondateurs du Milieu, mais le pouvoir leur échappait. Ces vieux cons décrépits allaient assister, terrifiés, à l'émergence d'une nouvelle génération de truands ayant appris à se servir d'un flingue et insensibles à la peur du flic. C'était le moment idéal pour tenter son va-tout. Brodie était fin prêt.

Sa décision prise, il empoigna sa chope de bière et la vida de son contenu avant de l'envoyer de toutes ses forces dans la tronche pâle et bouffie de Barry Caldwell, soudain figée en un masque de surprise tragi-comique.

Psychologiquement, Patrick avait le dessus – l'avantage du premier sang versé. Il nota qu'aux alentours personne n'avait levé le petit doigt. Une fois de plus, son instinct ne l'avait pas trompé.

Les autres accusaient le choc et ne craignaient qu'une chose : que la prochaine cible soit l'un d'eux. Ils avaient tous la même allure : bedonnants, usés avant l'âge par les excès et le fric trop facilement gagné. Aucun d'eux n'avait jamais eu à relever de vrai défi, depuis le jour où ils avaient reçu leurs papiers militaires – pour la Première Guerre s'entend ! C'étaient des épaves humaines, des rescapés d'un passé révolu, d'un monde vide et grisâtre. Avec leur code moral périmé, ils étouffaient les forces vives de la jeune génération dont Pat faisait partie. C'étaient des fossiles, des vieux branleurs pourris sur pied. Ils étaient finis et ils le savaient.

Pat, lui, s'estimait assez inexpérimenté pour avoir à faire ses preuves, mais déjà suffisamment aguerri pour imposer le respect. En pleine ascension, à vingt-neuf ans, il était bien résolu à ne plus investir que pour sa propre gueule – qu'il tenait toujours notoirement fermée.

Les juges avaient la main lourde, d'accord ; mais loin de le dissuader, ça ne faisait qu'accroître son envie d'en découdre : s'il devait plonger, autant que ce soit pour une bonne raison.

Il écrasa Barry d'un regard de pur mépris. Quitte à être pendu, autant que ce soit pour un bœuf, pas pour un œuf !

Lily Diamond était à bout de forces. Sa journée de quatorze heures lui pesait dans les jambes – quatorze heures de travail à la chaîne, debout sur le béton glacé de l'usine, puis plus d'une heure d'attente à la station du bus qui la déposait à dix minutes de marche de chez elle.

En arrivant, elle bâillait déjà. Sa mère lui ôta son manteau, le suspendit derrière la porte et lui versa une tasse de thé fumant. Puis, avec sa promptitude habituelle, elle posa sur la table devant elle une assiette d'œufs au bacon – le tout en silence, pour ne pas réveiller le poivrot qui ronflottait tranquillement, affalé sur le petit canapé du salon.

Lily sourit à sa mère. Elles savaient l'une comme l'autre que ce sourire ne signifiait pas grand-chose. Ça faisait des années qu'elles ne vivaient plus sur la même longueur d'onde.

Lily ressemblait à sa mère. Même opulente chevelure, même regard bleu-gris et, à peu de chose près, même silhouette. De dos, il arrivait qu'on les confonde. Elles avaient toutes deux cette charpente à la fois robuste et élancée qui masquait si efficacement l'âge de la mère et permettrait à la fille de garder la ligne bien plus longtemps que la plupart de ses amies. Mais pour le reste, elles étaient aussi différentes qu'un chat et un chien.

Elles partageaient pourtant quelque chose : la haine de l'homme qui présidait à leurs destinées et les faisait vivre dans la terreur, jour après jour.

Car Mick Diamond n'était pas le père de Lily ; de ça, elle ne pouvait que remercier le ciel. Il avait épousé sa mère alors qu'elle portait déjà l'enfant d'un autre, faisant d'elle une femme respectable, et avait tenté de lui faire à son tour des enfants bien à lui qu'il attendait toujours – ce qui expliquait la terrible rancœur qu'il avait nourrie contre la jeune fille. Lil était pour lui un reproche vivant, la preuve que c'était sa faute à lui, s'il n'avait pas de fils autour de sa table, pas d'enfants pour le soutenir dans ses vieux jours, et s'il ne pouvait compter sur aucun autre salaire que celui de la petite pour adoucir ses souffrances à coups de gnole.

Le nom de Mick Diamond ne survivrait qu'à travers une bâtarde, la fille d'un autre, dont l'existence même était un rappel tangible de ses propres failles : c'était lui qui n'avait jamais pu procréer, pas sa femme.

Lily avait donc grandi dans cette atmosphère délétère, privée de toute espèce d'affection, voire de normalité. Dès ses premières années, elle avait appris à ne jamais élever la voix et à se rendre aussi transparente que possible. Se faire oublier était une garantie de survie.

Devenue aux yeux de ses parents l'incarnation de leurs fautes respectives, Lil avait développé, dès l'âge de cinq ans, un redoutable sens de la diplomatie. Elle avait compris que, pour désamorcer la colère de ces deux instables, elle ne devait jamais se manifester bruyamment, ni accaparer leur temps ; et plus important, elle ne devait jamais attirer l'attention de leurs voisins, ni sur eux ni sur elle.

A présent qu'elle leur apportait son salaire, elle avait réussi à leur imposer un certain respect – mais ça avait exigé un certain temps. A quinze ans, elle avait accumulé plus d'expérience que d'autres à trois fois son âge. Elle s'efforçait de maintenir la paix jusqu'à ce qu'elle ait assez d'argent pour prendre son propre appartement, ou qu'elle puisse leur échapper en se trouvant un mari.

L'atmosphère de la maison était oppressante. Elle mangea vite et en silence, comme toujours. Chez les Diamond, les repas n'étaient qu'une nécessité comme une autre, sans aucune connotation de détente, de convivialité ou de bien-être. Elle avait dû attendre d'être invitée chez des amies pour découvrir qu'un dîner tout simple pouvait devenir un plaisir.

Ça avait été pour elle une véritable révélation de les voir manger de si bon cœur en se racontant leur journée ou en discutant des nouvelles du jour. Il lui avait semblé vivre une expérience inouïe, une véritable révélation pas si éloignée de celle de Saint Jean l'Evangéliste.

Jusqu'à ce que le travail l'accapare, elle n'était jamais sortie jouer devant chez elle ou dans le quartier, et n'avait jamais eu d'échanges ou de vrais contacts avec quiconque, ni à l'école ni ailleurs ; elle n'avait donc jamais eu l'occasion de voir à quel point sa vie de famille différait de celle des autres.

A l'école, elle avait toujours été timide et effacée. Elle n'avait pratiquement pas d'amis, car ni sa mère ni son beau-père n'en avaient jamais eu. Au contact du monde du travail, elle avait dû apprendre seule à aller vers les autres, et avait ouvert les yeux sur un univers dont elle n'imaginait même pas l'existence.

A l'école, avec ses vêtements démodés et ses airs effarouchés, elle était la risée de ses camarades. La peur qu'ils lui inspiraient faisait d'elle une proie facile. Mais sa plus grande crainte était de voir un jour quelqu'un pénétrer dans la maison où elle avait grandi. L'idée qu'on puisse venir frapper à sa porte en la demandant suffisait à la conduire au bord de la syncope. Sa solitude était si pesante et si profonde, qu'elle se traduisait par des douleurs physiques. La présence des religieuses, même les plus austères, présentait au moins l'avantage de lui faire changer d'air. Elle savourait jusqu'à leurs critiques ou leurs rebuffades comme autant de preuves de sa propre existence.

Elle avait découvert que l'on pouvait faire partie d'un groupe ou d'une foule. C'était même devenu un besoin : ça l'aidait à préserver sa santé mentale. La période dite de « l'âge d'or » était passée sans que quiconque chez elle s'y référât. Il faut dire que, pendant les bombardements, sa mère et sa grand-mère s'étaient cachées presque quotidiennement sous la table de la cuisine ou dans l'abri antiaérien aménagé dans leur petite cour, sans que personne fasse jamais allusion, à la maison, ni aux Allemands, ni à Hitler, ni même à la guerre…

Ils mettaient un point d'honneur à ne jamais aborder aucun sujet d'importance et vivaient comme hors de portée du monde. La nuit où sa grand-mère était morte, sa mère avait à peine pris le temps de lui annoncer la nouvelle. On avait sorti le corps par la porte de devant, dans une boîte en bois, et la vie avait repris son cours. Le sort de la fillette s'était trouvé un tantinet amélioré par la disparition de son aïeule, qui ne laissait passer aucune occasion de lui rappeler son statut de bâtarde. Lil avait même porté son deuil avec un certain soulagement.

Elle vivait dans une terreur permanente qu'elle ne s'expliquait pas. Tout s'embrouillait dans sa tête, et comme personne ne lui adressait la parole en dehors du strict nécessaire, sa terreur était passée aussi inaperçue qu'elle. Personne n'avait jamais essayé d'apaiser les douloureux battements de son cœur, ni de lui expliquer que ce n'était rien, que ça ne pouvait que s'arranger. Ce ne fut qu'en écoutant les conversations de ses camarades d'école qu'elle commença à entrevoir ce dont était faite la vie des autres.

A présent, son besoin d'échapper aux Diamond et de s'en protéger était devenu si pressant qu'il lui arrivait de s'étonner qu'ils ne puissent lire ses pensées. Elles étaient parfois si virulentes, si pleines de fiel, qu'elle en venait à redouter ce qu'elle pourrait leur faire pendant leur sommeil.

Comme d'ordinaire, sa mère ramassa son assiette et refit le plein de thé dans sa tasse sans desserrer les dents et, à son habitude, Lily se retira dans sa petite chambre. Elle se déshabilla dans le noir et se glissa entre les draps glacés, frissonnant autant de froid que d'angoisse à la perspective de la vie brisée et solitaire qui menaçait d'être la sienne jusqu'à son dernier jour. Ses émotions étaient tellement refoulées que, même au fond de cette chambre glaciale et avec le moral au plus bas, il ne lui était jamais venu à l'idée qu'elle pouvait pleurer.

Jusqu'alors, les larmes ne lui avaient rien apporté. Même dans sa petite enfance, elles n'avaient jamais hâté l'arrivée de sa mère auprès de son berceau. Et, contrairement aux filles de son âge, Lil n'en avait pas encore fait cette arme redoutable dont les femmes doivent apprendre à se servir contre les hommes pour obtenir d'eux ce qu'elles veulent.

Sa vie n'avait aucun sens; au fond d'elle-même, elle l'avait toujours su. Mais ses incursions dans le monde réel lui avaient permis de découvrir comment la vie pouvait et devait être vécue. Elles avaient fait naître en elle une impatience croissante : il lui tardait de reléguer les Diamond dans les brumes de son passé, pour s'inventer une nouvelle vie bien à elle. Sans eux.

La première chose que Lily comptait faire, dès qu'elle aurait gagné un peu d'argent et acquis assez d'assurance pour s'aventurer seule dans le monde extérieur, c'était de s'offrir un petit transistor.

Elle aimait se sentir entourée de bruit et de gens. Elle voulait faire de sa vie quelque chose qui ait un sens, sinon pour les autres, du moins pour elle-même. Elle voulait la remplir de couleurs, de musique, d'éclats de rire. Se sentir bien dans sa peau, inspirer de l'amour à quelqu'un – mais, par-dessus tout, elle voulait la paix intérieure. Elle voulait se sentir incluse dans un grand tout, bien plus vaste que le petit univers étriqué qui lui avait été imposé à son insu. Elle voulait prendre part à tout ce qui se passait dans le monde. Car Lily Diamond avait finalement goûté au monde réel. La sensation de liberté que cela éveillait dans ses seins bourgeonnants l'enivrait et lui avait soudain fait prendre conscience de tout ce que la vie avait à lui offrir.

Elle avait découvert les garçons ou, plus exactement, c'étaient eux qui l'avaient découverte. L'excitation qu'ils provoquaient chez elle l'avait frappée de stupeur. Elle préparait son évasion et comptait maintenant les jours.

Elle ferma les yeux dans la pénombre humide de sa chambre et attendit l'arrivée du sommeil. Elle était éreintée. Le sommeil avait toujours été son refuge, le seul moyen pour elle d'échapper à la morosité de cette vie aussi grisâtre que les rues trempées qu'elle empruntait, aussi désespérante que la femme qui lui avait donné le jour. C'était sa planche de salut, puisque Dieu lui-même l'avait abandonnée; de toute façon, ses parents contrôlaient jusqu'aux relations qu'elle avait avec Lui.

Paupières closes, elle eut soudain la certitude que, bien qu'elle n'eût pas la moindre idée de ce qu'elle ferait après avoir quitté cette maison et la tranquillité maussade de ce quartier, elle saurait spontanément et comme par miracle quoi faire de sa vie.

Elle se demanda si le type à la voiture noire et à la joue balafrée serait encore là le lendemain matin, quand elle irait prendre le bus. Elle l'espérait. Il lui plaisait infiniment plus que les adolescents boutonneux qu'elle côtoyait à l'atelier ou que les employés administratifs qui la déshabillaient du regard chaque fois qu'elle allait chercher sa fiche de paie dans les bureaux crasseux.

Cet homme lui semblait environné d'une aura d'aventure, dangereuse et exaltante, qu'elle n'avait jusque-là expérimentée qu'en de rares occasions, dans la solitude des salles obscures. Comme disaient les plus aguerries de ses camarades d'atelier, les ennuis lui pendaient au nez. Elle ne demandait qu'à sauter dans la première voiture qui s'arrêterait pour elle...

Cela faisait un moment que Brodie l'avait repérée. Elle était toute jeune, et ça ne manquait pas de le troubler. Jusque-là, il avait été plutôt porté sur les blondes tapageuses qui affichaient plus de kilomètres au compteur que les camions de l'armée – et, au lit, nettement plus d'expérience que nécessaire. Des « virtuoses », comme il aimait secrètement les appeler.

Le genre de filles qui savaient exactement ce qu'elles pouvaient attendre de lui et ne se berçaient guère d'illusions. Elles ne rêvaient ni de mariage, ni d'enfants ; encore moins, Dieu merci !, d'amour fou. Elles se contentaient de prendre ce qu'il avait à leur offrir, en plus de la bagatelle : un biffeton de cinq livres et, en général, une bonne soirée. Pour sa part, il n'avait jamais songé à en demander davantage.

Mais cette jeune ouvrière des ateliers de l'usine Black Cat, où il allait acheter, pour une fraction de leur prix au détail, les cartouches de cigarettes qu'il revendait dans les pubs et les clubs, lui avait vraiment tapé dans l'œil.

Il était bien plus vieux qu'elle – ou, plus précisément, elle était beaucoup trop jeune pour lui. Et pourtant… Il restait fasciné devant tant d'innocence. Il aimait jusqu'à ses vêtements minables, son côté déjeté, son air perdu… En fait, ça n'avait rien à voir avec les apparences et c'était bien ce qui l'inquiétait. Sans même lui avoir adressé la parole, sans connaître son nom, il en était fou. Comme ça, sans l'ombre d'une raison…

Il la suivait des yeux, comme chaque jour, tandis qu'elle rejoignait son arrêt de bus. Son regard appréciait les lignes de sa silhouette menue sous ce gros manteau sans forme, s'imprégnant de la grâce naturelle de ce visage, pur de tout maquillage, lorsqu'il comprit que ce qu'il redoutait le plus au monde avait fini par arriver : il désirait passionnément la connaître, et pas seulement au sens biblique.

Il descendit de voiture et la suivit jusqu'à l'arrêt du bus avec le vague espoir que l'illusion se dissiperait dès qu'elle ouvrirait la bouche, trahie par un accent trop gouailleur ou par la vulgarité de son vocabulaire.

Mais, sous la lumière pâle des réverbères, il se sentit lui-même incapable d'articuler un mot. Elle s'était retournée en l'entendant approcher. Ses yeux avaient plongé dans les siens, et il y avait lu les mêmes émotions que celles qui l'agitaient, à la seule différence que sa peur à elle était réelle. Son cœur se serra. Il l'effrayait, alors que c'était le contraire qu'il aurait voulu : la faire sourire, la rendre heureuse. Oui, c'était bien ce qu'il craignait : s'il désirait son bonheur, c'était qu'elle lui était devenue indispensable.

Ils restèrent longtemps ainsi, les yeux dans les yeux, et il sentit qu'elle se laissait peu à peu apprivoiser, comme si elle avait compris qu'elle n'avait rien à craindre de lui. Comme s'ils avaient tacitement accepté de devenir amis.

Mais, alors que toute peur avait quitté Lily, celle de Brodie n'avait fait qu'augmenter, en même temps que sa nervosité.

– Eh bien ? s'enquit-elle dans un souffle.

Elle avait la voix basse, et même grave. Il avait entendu vibrer un frisson d'inquiétude et d'excitation dans son murmure. Il comprit qu'elle l'avait attendu et qu'elle ne s'offusquait pas de l'intérêt qu'il lui portait.

Lorsqu'elle leva vers lui un sourcil interrogateur soigneusement épilé, il sut qu'il n'aurait plus un instant de paix tant qu'elle ne serait pas devenue sa femme.

Elle avait pris la main, mais il s'en moquait. L'avoir près de lui suffisait à son bonheur.

Mick Diamond toisa sa belle-fille sans chercher à dissimuler son incrédulité, tandis que le regard de sa femme, tout aussi ébahie, s'attardait sur lui.

– Qu'est-ce que tu as dit ?

Lily avait posé la question d'une voix voilée et pleine de respect, comme toujours quand elle s'adressait à cette montagne de muscles aux réactions imprévisibles.

– J'ai dit : Garde ton fric, petite.

Ça faisait des années qu'elle tâchait désespérément de mettre quelques sous de côté, mais quelle que fût la cachette où elle planquait ses économies, son beau-père finissait toujours par les trouver et allait les boire sans le moindre scrupule. Comme sa mère ignorait qu'elle avait été augmentée à l'usine, elle ne pouvait même pas se plaindre de s'être fait voler par ce sale ivrogne pendant qu'elle dormait ou qu'elle était au boulot. De toute façon, si sa mère en avait eu vent, Lily aurait pu dire adieu à sa cagnotte…

Et voilà qu'il lui annonçait avec les plus grands égards qu'elle n'avait plus à lui donner sa paie. Qu'il l'autorisait à la garder. Le plus inquiétant, c'était qu'il l'engageait même à dépenser son argent pour s'offrir un peu de bon temps. Elle restait d'autant plus sur ses gardes qu'elle flairait le piège et attendait la chute – l'éclat de rire ou la remarque désobligeante qui ne manquerait pas de suivre et la réduirait en cendres, comme d'habitude.

Un coup d'œil lui suffit à s'assurer que sa mère s'y attendait aussi. Il s'écoula quelques secondes qui lui parurent durer une éternité, chacune s'étirant de façon presque palpable dans le silence de la cuisine. Mais non. Ça ne venait pas.

C'était donc un nouveau jeu. Ayant survécu à bien pis, Lily fit front en silence, attendant de voir au juste ce dont il retournait. Ses yeux s'attardèrent sur les billets posés innocemment, sur la nappe, tandis que ses épaules restaient douloureusement nouées par la tension qui la glaçait jusqu'à l'os dès qu'elle franchissait le seuil de cette maison.

En regardant sa belle-fille, Mick Diamond voyait désormais les liens qui l'unissaient à une pointure telle que Brodie. Il y voyait aussi son châtiment : d'un seul mot négligemment jeté, la petite pouvait prononcer son arrêt de mort. À présent, son nom était associé publiquement, et avec le plus grand respect, à celui de Patrick Brodie – et ça, il n'en revenait pas. Des gouttes de sueur roulèrent sur son visage avant de tomber sur son gilet. Ses mains tremblaient. Sa femme elle-même en restait sans voix, Dieu merci, sidérée par ses paroles et sa conduite.

De plus en plus inquiète, Lily semblait craindre une ruse. Elle ne mesurait pas encore sa puissance, le pouvoir qu'elle avait conquis. Mieux valait se mettre dans ses bonnes grâces avant que les écailles ne lui tombent des yeux. En espérant qu'il n'était pas trop tard…

– Remue-toi, Annie. Va donc nous faire du thé. La petite a turbiné toute la sainte journée, nom d'un chien !

Il adressa un sourire à la « petite » qui, ne sachant toujours pas sur quel pied danser, interrogeait sa mère du regard.

Aussi effarée que sa fille, Annie s'activa. Les tasses s'entrechoquaient entre ses mains tremblantes. Les deux femmes se demandaient à quoi pouvait rimer ce nouveau jeu. Pourquoi Mick jouait-il ainsi avec leurs nerfs ?

Toujours tout sourire, il s'alluma une Senior Service puis, tirant vigoureusement dessus, étendit le bras en un geste de bienvenue pour lui offrir une chaise.

Elle s'exécuta, comme toujours quand il lui dictait sa conduite, et prit place, malgré cet arrière goût de fiel presque physique qu'il lui inspirait.

– Alors, où tu l'as rencontré, ce Monsieur Brodie ?

Tout s'éclaircit d'un coup. Elle venait de comprendre que la peur pouvait aussi avoir des vertus. Celle de vous protéger, par exemple. De vous assurer la paix et d'améliorer votre vie. Tant que ça n'était pas vous qui l'éprouviez, évidemment.

Pour elle qui avait vécu le plus clair de sa brève existence avec la peur chevillée au corps, c'était une découverte miraculeuse. Une délivrance, l'abolition de l'esclavage. Désormais, quoi qu'il arrive, ce sale type ne la terroriserait plus. Il lui semblait déjà beaucoup plus petit. Vieux, décrépit, pitoyable. Il se tenait tassé sur lui-même, la tête dans les épaules, alors qu'elle se sentait plus droite que jamais. C'était le premier cadeau de Patrick : se faire respecter dans sa propre maison. Rien que pour ça, elle se sentait prête à l'aimer jusqu'à son dernier souffle.

Elle avait du pouvoir à présent. Grâce à Patrick Brodie, l'homme qu'elle allait épouser.

Elle prit son salaire sur la table de la cuisine et fit disparaître les billets dans la poche de sa salopette bleue. Puis, sortant son propre paquet de cigarettes, elle poussa l'audace jusqu'à s'en allumer une. Elle aspira longuement la fumée et, ignorant la question de son beau-père, déclara d'un ton égal :

– Je prendrais bien une tasse de thé, oui. Merci.

Son beau-père fit alors signe à sa femme d'apporter la théière. Annie s'efforçait de faire le tri à toute vitesse, évaluant le gros lot que venait de décrocher sa fille et, surtout, les avantages qu'avec un peu de chance, elle pourrait, elle, en tirer.

A l'époque, Patrick Brodie s'était déjà taillé une jolie réputation. Si sa fille avait réussi à mettre le grappin sur un tel filon, elle trouverait bien le moyen de tirer à elle la proverbiale couverture. Bien que tenaillée par la jalousie, elle échafaudait déjà des plans pour détourner à son profit les fruits de cet exploit.

Cette fois, le thé fut servi avec du sucre et un pot de lait. Tout en allumant une deuxième cigarette, Lily croisa les doigts pour que Patrick ne s'envole pas trop vite. Du jour où il se lasserait d'elle, ces deux-là n'hésiteraient pas à l'étrangler dans son sommeil.

– Dis donc, Spot, tu me cherches ou quoi ?

Billy Spot se marrait, mais sans la moindre intention de froisser son interlocuteur, qui avait l'orgueil chatouilleux.

Depuis que ce jeune type avait mis Barry Caldwell sur la touche, il avait accédé du jour au lendemain au statut de célébrité. Egal à lui-même, Billy attendait de voir si cette nouvelle star était partie pour durer. Il en avait vu passer au fil des années, il connaissait la chanson. Pour s'imposer, il fallait ou bien vivre plus vieux que ses rivaux, ou bien se charger de les mettre hors circuit. Pour l'instant, Patrick était la nouvelle étoile montante et Billy était prêt à sacrifier à son autel pour rester dans la course. La place du chef, ça n'était pas son truc ; il le savait mieux que personne. Mais la mort de Barry avait fait des vagues dans leur petit monde et le retour de bâton n'allait pas tarder – d'ailleurs, il avait lui-même financé l'opération de représailles avec quelques vieux copains. Il pouvait s'offrir le luxe de faire ami-ami avec Brodie, mais il ne renoncerait sûrement pas à son territoire sans livrer bataille.

Il avait cessé de rire et débordait maintenant d'un intérêt respectueux.

– Ça m'a l'air d'être une chouette petite.

– Effectivement, répondit Pat, tout sourire. Très chouette, même.

Pat appréciait plutôt Billy. Lil et sa femme avaient pas mal de points communs. Elles étaient des « civiles ». La femme de Billy n'avait jamais mis le pied dans les clubs de son mari et n'avait, pour ainsi dire, pas de réputation. Elle lui pondait des enfants sans en faire tout un plat et avait appris à mentir aux flics chaque fois que la situation l'exigeait. En deux mots, Billy avait tiré le bon numéro. Il s'était déniché une épouse idéale, à qui il vouait une véritable vénération.

Brodie était bien résolu à trouver lui aussi une perle à qui il pourrait se fier les yeux fermés même s'il se prenait vingt ans de cabane. Son instinct lui soufflait que la petite dont il était fou amoureux présentait toutes les qualités requises. Il en était complètement dingue : depuis des semaines il ne pensait à aucune autre, ce qui, pour lui, revenait à cesser de boire ou manger…

C'était l'exception absolue.

Mais pour le moment, il avait d'autres soucis en tête. Ensuite, il aurait tout loisir de courtiser sa chère et tendre. Déterminé à offrir à sa belle le train de vie qu'elle méritait, il avait entrepris de s'assurer des revenus décents. Malheureusement, il allait falloir piétiner un certain nombre de plates-bandes, mais il s'était préparé à l'explosion qu'il ne manquerait pas de déclencher. Il en piaffait déjà d'impatience.

Il avait hérité du goût du risque de son père, à la différence seulement qu'il se promettait de garder un œil sur tout ce dont il s'emparerait. Il soupçonnait Billy de vouloir faire obstacle, comme Barry, à ses projets d'expansion dans le monde nouveau qui s'ouvrait à lui. Le respect des anciens, c'était devenu un luxe par les temps qui couraient – plus tôt ces vieux tocards l'auraient pigé, mieux ça vaudrait pour eux.

– Est-ce que ça vous pose un problème, Bill, que je me lance dans la came ?

Spot haussa les épaules. Patrick ne put s'empêcher d'admirer cette belle nonchalance, alors qu'ils savaient aussi bien l'un que l'autre comment tout cela finirait. Lentement mais sûrement, il allait lui reprendre ses fiefs un à un. On pouvait même considérer que son équipe bossait déjà pour lui. Spot était échec et mat. Pourvu qu'il se fasse une raison et ne se lamente pas trop sur le bon vieux temps, désormais révolu.

La carrière de Billy était derrière lui depuis longtemps. Il avait commis l'erreur, si commune dans les rangs des puissants, de ne plus se frotter à la rue depuis des décennies. Ses lieutenants ne lui disaient plus que ce qu'il voulait entendre et ça faisait des lustres qu'il n'avait descendu personne. Il déléguait tout le sale boulot à ses hommes de main. En gros, il était devenu une source d'emmerdements.

Billy attendait de voir combien de temps il serait à la hauteur de la réputation qu'il s'était forgée. Pas de problème. S'il tenait suffisamment longtemps, il trouverait en lui un partenaire de taille, sinon dans le crime, du moins dans le business des bars et des boîtes du secteur.

Patrick était au courant que ses potes avaient réuni une cagnotte pour se débarrasser de lui. Il surveillait ses arrières mais prenait la chose avec philosophie. C'étaient les risques du métier. Et puis, les copains en question ne ressentaient aucune affection particulière pour la mémoire de Barry : ils ne tenaient tout simplement pas à finir comme lui. Il pouvait le comprendre. A la place de Billy, lui, il se serait déjà débarrassé du problème.

– Dis donc, toi, espèce de petite veinarde !

Constance White avait posé un regard souriant sur la jeune fille qui empaquetait des cigarettes d'une main experte.

– Nom d'un chien ! Paraît que t'as levé Pat Brodie ! Tu sais pourquoi ses ex le surnomment « Glenn Miller » ? Parce qu'il finit toujours sur la liste des portés disparus !

La boutade souleva un éclat de rire général. Les joues de Lily s'embrasèrent. A vingt ans à peine, Constance avait déjà mari et enfants. Son homme, un malabar aux joues grêlées par l'acné, avait autant de conversation qu'un éléphant d'Afrique. Elle n'en pouvait donc plus d'admiration et d'envie pour ce petit bout de femme. Pas mal de filles, elle la première, avaient tenté de ferrer Brodie, mais il leur avait toujours glissé entre les doigts comme une chaîne bien huilée. Mais la petite Lil était jolie comme un cœur et les types du genre de Brodie en pinçaient pour le style candide… chez leur épouse ! Comme tous les hommes, ils tenaient à être sûrs que les mômes qui porteraient leur nom seraient bien d'eux. Pas de coucou dans le nid ! Quand même, Brodie frisait la trentaine, alors que Lily n'allait que sur ses seize ans. Il devait avoir l'impression d'avoir soufflé ses dix dernières bougies d'un coup!

Ce dont Constance ne revenait vraiment pas, c'était la métamorphose de la «petite». Lil s'était épanouie du jour au lendemain. Ses épaules s'étaient redressées, elle n'attendait plus qu'on lui demande son avis pour le donner et elle arborait le teint rose d'une fille mûre pour sa nuit de noces. Connie, comme on la surnommait, subodorait que cette gamine (car, en dépit de ses récentes transformations, Lil restait une gamine) serait pour Brodie autre chose qu'une passade. S'il l'avait choisie, c'était pour fonder une famille. Et quelque chose lui disait qu'un jour Lil les étonnerait tous.

La petite lui rendit son sourire. Grâce à Patrick, sa vie lui semblait toute tracée. Dans quelques mois, l'usine et le reste appartiendraient au passé. Dès qu'elle aurait seize ans, elle ficherait le camp… Patrick la troublait tellement que, tout en empaquetant ses cigarettes, elle se mit à imaginer son corps contre le sien et les cascades de baisers dont il la couvrirait à la nuit tombée dans sa voiture.

La radio fredonnait une chanson de Thunderclap Newman qu'elle se mit à fredonner avec ses camarades d'atelier. Il y avait décidément un je-ne-sais-quoi de printanier dans l'air…

Billy Spot sortait d'un de ses night-clubs de Soho au bras de sa petite amie, une rousse répondant au nom de Velma tout à fait à son goût : gros nibards, sourire éblouissant et longues jambes fuselées. Il avait revêtu ses plus beaux atours : pardessus noir de chez Crombie, costard trois-pièces rayé et cigare hors de prix.

Sa maîtresse échappa soudain d'un bond à ses bras grassouillets. Il aperçut alors le jeune Brodie qui sortait un flingue de sous sa veste. Il était un homme mort.

Il eut l'élégance de s'écrouler sans histoires. Le temps que quelqu'un songe à rameuter les forces de l'ordre pour sauver les apparences, Patrick s'était envolé et l'arme du crime avait disparu dans la Tamise. Les associés de Billy apprirent son décès dans les heures qui suivirent. Pour eux, c'était joué d'avance. Billy était un chic type, mais personne n'est éternel – et puis, les affaires sont les affaires.

C'en était donc fait des vieilles potiches. Place aux jeunes ! En supprimant le vieux parrain sur un coup de tête, Patrick avait fait sauter le dernier obstacle entre son empire et lui. Spot lui avait fait une crasse en le dénigrant auprès d'un de ses proches associés, typiquement le genre de truc qu'il ne pardonnait pas. Désormais, personne ne le prendrait impunément pour un con. Il avait Lil. Alors, maintenant, il voulait tout le reste.

Il racheta l'intégralité du consortium londonien sans rencontrer de résistance. Il était trop jeune et trop cinglé. Ils préférèrent tous abandonner la partie. De toute façon, Brodie avait la nouvelle vague avec lui, ce qui lui assurait une mainmise absolue sur les affaires. C'étaient des fous furieux, ces petits jeunes. Ils voulaient tout, tout de suite. Le marché de la came, auquel la vieille garde n'avait jamais voulu toucher, avait complètement changé la donne.

Billy aurait dû sentir le vent tourner.

CHAPITRE 2

Pat Brodie aimait se balader la nuit dans les docks. Il aimait les odeurs du quartier et jusqu'aux relents du fleuve. Quand il était môme, après que sa mère s'était fait la malle, c'était là qu'il venait jouer en attendant que son père rentre de ses combats. Son paternel boxait dans la rue et ça lui arrivait de revenir les poches pleines. Mais l'alcool avait eu raison de lui et ses victoires s'étaient faites plus rares, l'argent s'était tari et il s'était mis à picoler de plus belle.

Pourtant, ce qui avait achevé son père, songea Patrick, c'était moins l'alcool que l'humiliation et ses effets délétères sur sa réputation. Pat mesurait à présent quelle épreuve ça avait dû être pour lui, sans pour autant parvenir à lui pardonner. Se faire plaquer sans préavis par son père, ça l'avait endurci d'un coup et conforté dans sa décision de ne jamais compter que sur lui-même. Prendre la tangente, rien de plus facile ; le vrai courage, c'était de rester et de faire front. Trouver en soi l'énergie de filtrer la merde, voilà ce qui faisait de vous un homme.

Paupières closes, il s'efforça de chasser de son esprit jusqu'au souvenir de ses parents. Eux aussi appartenaient au passé. Ils étaient finis, lessivés, au rebut ! Il s'en contrefichait de ces deux vieilles merdes qui lui collaient aux semelles. Pas question qu'ils lui mettent le grappin dessus !

Ça lui faisait mal de se rappeler dans quelles conditions il avait grandi. Sa vie, comme celle de tous les enfants confrontés à la misère et à la négligence des adultes, s'était jouée comme à la loterie. Ses parents s'émerveillaient maintenant de voir leur rejeton réussir une chose dont ils n'auraient jamais rêvé. Evidemment, ils auraient donné n'importe quoi pour le récupérer. Parce qu'ils se figuraient qu'il serait assez con pour les accueillir à bras ouverts, pour les inviter, l'un ou l'autre, ne fût-ce qu'à dîner ? C'était bien la première fois qu'ils parvenaient à se mettre d'accord sur quelque chose, mais c'était trop tard. Jamais il ne lèverait le petit doigt pour eux. Ils pouvaient prendre feu sous ses yeux, il ne se donnerait pas la peine de pisser sur les flammes. Il était très bien comme il était.

Il avait toujours eu en lui une zone de froid polaire totalement insensible. Cette peur de la dépendance, ce refus d'être suspendu au bon vouloir d'un tiers, de flancher, de passer pour un pigeon. Maintenant qu'il avait Lil, il se sentait invincible. C'était elle qui avait besoin de lui, pas l'inverse.

Il n'avait jamais eu besoin de personne avant de rencontrer sa femme. Elle, il la respectait – pas plus compliqué que ça. C'était tout l'opposé de sa mère. Elle n'avait pas traîné autour de tous les terrains de courses comme un de ces putains de lévriers couverts de médailles. Toute sa vie on l'avait méprisé et foulé aux pieds, mais c'était fini. Il était devenu quelqu'un, une force avec laquelle il fallait compter. Et ça, il rechignait peut-être à se l'avouer, mais ça le faisait bicher…

Il esquissa un sourire en levant les yeux vers le premier quartier de lune. Il aimait faire le guet comme ça, tout seul, aux abords de l'entrepôt. Ça lui laissait le temps de savourer son pouvoir nouvellement conquis sur son passé.

La nuit, le secteur de Custom House était aussi animé que dans la journée, à la différence que les affaires se concluaient entre des ombres parlant à voix basse, vêtues de noir et précédées de dangereuses réputations. Les putes qui quadrillaient les docks étaient de vieilles carnes sur le retour n'ayant plus pour amie que la lueur chiche des lampadaires. Des femmes défaites, usées, éprouvées par la vie. Elles arpentaient les quais d'un pas à la fois furtif et déterminé, traquant patiemment les clients dont elles devaient désormais se contenter, la lie des michetons chinois, arabes ou africains qui repéraient de loin leurs tignasses de fausses blondes et leurs yeux bleus outrageusement maquillés. Il ne leur restait plus alors qu'à les aguicher d'un sourire langoureux avant de les finir, vite fait bien fait, d'une main experte ou entre leurs cuisses.

Avec ces prédatrices endurcies, le sexe ne pouvait être qu'un acte commis à la sauvette, aussi frustrant pour elles que pour leurs clients. Elles vivaient leur vie en noir et blanc, ne ressentant plus rien pour cette réalité qu'elles devaient, pour leur malheur, échanger contre de l'argent. Elles avaient besoin de la pénombre pour continuer à exercer le métier qui les avait détruites et mises au ban de l'humanité, cette humanité souffrante qu'elles devaient étreindre, la nuit venue, pour payer leur loyer. Ce qu'elles gagnaient à présent n'était qu'une misère à côté de ce qu'elles se faisaient du temps de leur splendeur. Pour elles, pas de retraite ni de fonds de pension. L'argent facile leur avait brûlé les doigts, les condamnant à rester à jamais prisonnières du trottoir.

C'était un autre monde, un monde que Brodie haïssait autant qu'il l'aimait. Il lui était arrivé de croiser sa propre mère sur ces docks. Sa déchéance l'avait laissé de marbre. Il s'en était même délecté. Pour lui, elle avait touché le fond de l'abjection le jour où elle l'avait abandonné à son sort. Il ne se sentait plus l'ombre d'une obligation envers elle. Que ça se sache ou pas, il s'en tamponnait. Elle ne lui était plus rien et il n'avait pas l'ombre d'une intention de lui laisser espérer le contraire.

Depuis son mariage, il avait déployé des trésors d'énergie pour faire de l'argent. Lil était tout pour lui et son amour croissait jour après jour. Elle avait été presque plus étonnée que lui de découvrir qu'elle pouvait piquer des colères homériques, qui les embrasaient l'un comme l'autre. C'était une fille formidable – passionnée, vive et drôle.

Tout ce qui était resté enfoui en elle, toutes ces années où elle s'était efforcée de vivre sur la pointe des pieds chez sa mère, avait fini par refaire surface. Les traits de Patrick s'assombrirent tandis qu'il se représentait ce qu'elle avait enduré. Pour la millième fois, il se demanda pourquoi diable elle continuait à entretenir cette sangsue qui lui tenait lieu de mère.

Car elle avait littéralement pris racine chez eux, la vieille chameau. Avec un zèle aussi peu plausible qu'inattendu, elle mettait un point d'honneur à jouer les mères dévouées et semblait avoir développé pour son petit-fils l'affection qu'elle n'avait jamais eue pour sa propre fille. L'argent pouvait accomplir ce genre de miracle, il en savait quelque chose. Mais Lil avait besoin de sa mère, elle avait besoin de croire en l'affection de la femme qui l'avait mise au monde, de se persuader qu'elle voulait son bien. Elle était sincèrement convaincue que sa naissance avait brisé le ménage de sa mère et que cet échec conjugal avait été à l'origine de tous ses malheurs.

Patrick la trouvait trop bonne mais se gardait bien de le lui faire remarquer. Si ça pouvait la rendre heureuse, il s'en contentait. La mère de Lil, tout comme la sienne, n'était que le fruit de la misère et du laisser-aller, c'était évident. Une créature pathétique engendrée par la trahison d'un homme qui s'était servi d'elle avant de la larguer, la laissant se dépatouiller avec une montagne de nouveaux problèmes.

Lil avait pardonné à sa mère d'avoir épousé un type qui avait fait leur malheur. Curieusement, Patrick pouvait le comprendre : au moins, ça donnait un sens à sa vie. De son côté, il n'attendait qu'une chose : que la vieille garce commette un faux pas – et, la connaissant, ça finirait forcément par arriver. Il se ferait alors un plaisir de la flanquer à la porte. D'ici là, il se contenterait de la boucler, au besoin avec le sourire.

Cela dit, elle donnait un bon coup de main, c'était toujours ça. Le petit Patrick n'était pas un gamin de tout repos. Tel père, tel fils ! Patrick l'aimait de tout son cœur, en espérant secrètement qu'il ne tiendrait pas de son grand-père. Ça, seul le temps le dirait. Brodie voulait une ribambelle d'enfants, et il était suffisamment réaliste pour s'attendre à ce qu'au moins l'un d'eux hérite, non seulement de la paresse, de la veulerie et de la tendance au mensonge de son paternel, qui en avait usé en virtuose, mais aussi de la sécheresse de cœur de sa mère. C'était inévitable.

La tchatche avait toujours permis à son père de tirer son épingle du jeu. Il aurait pu enlever le pain de la bouche de son propre fils pour s'acheter à boire ou se procurer de quoi jouer. C'était tenter le diable que de vouloir une famille nombreuse. Cela ne pouvait qu'augmenter le risque d'engendrer un bon à rien, mais Brodie se faisait fort de repérer ces traits de caractère suffisamment tôt pour les redresser. A grand renfort de torgnoles, si nécessaire – mais pas comme son père, qui lui décochait des baffes sans raison, juste pour soulager ses nerfs.

Sa mère, elle, s'éclipsait régulièrement, l'abandonnant aux mains d'un homme qui n'avait aucune idée de la façon dont on élevait un enfant et ne s'intéressait qu'à sa prochaine cuite et aux moyens de la financer. Il avait été ballotté toute son enfance entre les différents membres de la famille. Lil et le foyer qu'il avait fondé avec elle étaient donc tout ce qu'il avait au monde.

Contrairement à sa femme, qui s'évertuait à trouver des excuses à l'inconduite de ses parents – du moins, à celle de sa mère –, Brodie ne se berçait pas d'illusions. Lil était sa seule famille et il s'était fixé pour unique but de lui offrir une vie agréable. Il était prêt à tout pour qu'elle se sente appréciée, aimée et respectée dans son rôle d'épouse et de mère.

Bien sûr, il lui arrivait encore de papillonner çà et là. Mais il lui restait aussi fidèle que possible. Pour l'un comme pour l'autre, les débuts de la vie conjugale avaient été un grand saut dans l'inconnu, mais les conclusions s'imposaient : leur couple était un succès et ils ne pouvaient plus se passer l'un de l'autre.

Ecrasant sa cigarette d'un coup de talon, il promena son regard aux alentours de l'entrepôt en songeant à cette nouvelle came, ce cannabis qui faisait fureur. Il était plutôt porté sur le scotch, mais si cette nouvelle mode pouvait lui permettre de doubler ses profits, il n'y voyait pas d'inconvénient. Les temps changeaient, et il suffisait d'une once de jugeote pour voir qu'il fallait changer avec eux.

Il entendit le feulement moelleux d'une voiture de luxe s'arrêter à proximité et sourit une fois de plus. Telle était sa raison d'être : les combines et le business, mais surtout le sentiment de toute-puissance que lui procurait sa profession. L'argent était la clé de tout, il aurait fallu être givré ou né millionnaire pour prétendre le contraire – ou simplement trop con pour ne pas voir plus loin que le bout de son nez.

Dicky Williams fit son entrée, flanqué comme toujours de trois de ses frères. Ils avaient l'air de quatre clones : grands et larges d'épaules, le crâne rasé ou presque, ils arboraient des fringues aux couleurs vives – costume, chemise et cravate. C'était en partie pour ça que Brodie aimait bosser avec eux : parce qu'ils étaient aussi pointus dans le business que dans leur conception de l'élégance masculine…

Et puis, question humour, ils ne craignaient personne, ce qui était un plus dans leur branche. Ce genre d'atout pouvait même s'avérer décisif, notamment pour la collecte des dettes. Une première visite émaillée de bons mots vous permettait souvent de récupérer plus d'argent que toutes les battes de base-ball et clés à molette du quartier. Ce qui comptait, c'était de mettre les choses au point dès le départ. Ensuite, si l'intéressé faisait la sourde oreille, c'était son problème, et tout ce qui pouvait lui arriver après le coup de semonce initial relevait du dommage collatéral : un homme averti en vaut deux, pas vrai ?

Pourquoi emprunter, quand vous n'avez pas l'intention de rembourser ? Les gens qui venaient les voir savaient parfaitement ce qu'il en était. Y avait pas écrit « banque » sur leur front, nom d'un chien ! Après tout, si leurs clients avaient été dans les petits papiers de leur banquier, ils n'auraient eu aucune raison de se rabattre sur eux ! Ils devaient donc comprendre que les règles du jeu étaient radicalement différentes : chez eux, on remboursait vite, au prix fort et avec le sourire, en s'engageant à faire l'éloge de leurs bons et loyaux services auprès d'autres clients potentiels.

Ils étaient le dernier recours pour les gens à qui plus personne ne voulait prendre le risque de prêter. Mais, comble d'ironie, c'était précisément ça qui leur avait valu une réputation terrible dans la bonne société.

Dicky entra en se frottant les mains comme un membre d'Uriah Heep[1]* défoncé aux amphétamines.

– Putain, on se les gèle ce soir ! Comment tu fais pour supporter ce froid de canard ?

Pat éclata de rire.

Dicky était passé voir un type avec qui ils traitaient au sujet d'un stock de fringues qui avait mystérieusement disparu d'un gros entrepôt à Whitechapel. Freddie Dwyer créchait dans une bicoque à peine chauffée, malgré les deux mètres de neige récemment tombés, et ne portait jamais ne fût-ce qu'un malheureux manteau – ce qui lui avait valu le surnom de « Freddie le Congelé », à ce crétin, sobriquet qui pouvait aussi se décliner en « ce con gelé de Freddie ».

– Il pète complètement les plombs, le Freddie ! T'aurais dû le voir, Pat. Il gobait les pilules par poignées, genre « après nous le déluge » !

Les frères Williams hochèrent la tête en chœur et Pat dut réprimer une furieuse envie de rire – d'eux, cette fois.

– Il carbure aux barbituriques, tu vois. Il peut plus faire sans.

Brodie eut un hochement de tête philosophe. Les frangins allumèrent une cigarette et il leur servit à chacun un bon verre de scotch. C'était devenu une sorte de rituel.

Les relents de whisky et de vieux tabac ne parvenaient pas à masquer totalement l'odeur de sang mêlée de poussière dont les lieux semblaient imprégnés. Au fil des années, ils avaient été le théâtre de nombreux meurtres. Les corps largués dans la Tamise finissaient par s'échouer à Tilbury ou allaient jusqu'à la mer, au gré des marées. Au diable, dans un cas comme dans l'autre, et c'était tout ce qui comptait.

Tandis qu'ils bavardaient le verre à la main, l'argent changea de poche. Puis les sacs de cannabis s'entassèrent dans les coffres.

---

1. Groupe de rock anglais fondé en 1969, de tendance « heavy metal » (*NdT*).

* Toutes les notes sont du traducteur.

Copains depuis des années, Dick et Patrick s'entendaient comme larrons en foire. En purs produits de leur environnement, ils connaissaient les rues mieux que leur propre famille et s'y sentaient comme des poissons dans l'eau. Ils avaient récemment mis au point une sorte de partenariat aussi commode que lucratif. A eux deux, ils avaient monopolisé la plupart des gros coups et, même si personne ne les avait nommément désignés comme les nouveaux caïds du secteur, les gens venaient les voir pour obtenir leur aval avant de conclure une affaire, quelle qu'elle soit, sur leur territoire.

Ils trouvaient ça aussi amusant que révélateur de la façon dont ils étaient perçus. Mais quand un petit malfrat vient de lui-même s'acquitter de son dû, ça veut aussi dire que la flicaille n'est pas loin. Ça, c'était la rançon de la gloire. Cela dit, ils avaient beau aimer la notoriété, ni Dick ni Patrick n'avait l'intention de jouer les étoiles filantes ; ils tenaient à rester du bon côté de la vitre au parloir. Ici aujourd'hui, demain à l'ombre, très peu pour eux. Ils comptaient bien durer et exploiter à fond leur potentiel. En un mot comme en cent, et comme tant de leurs prédécesseurs, ils se croyaient trop malins pour tomber.

– T'sais, ce branleur de Freddie Dwyer, c'est une vraie gazette. Il a toujours une oreille qui traîne. Il m'a parlé d'un petit mec qui n'arrête pas de déblatérer sur notre compte.

Pat hocha la tête. Pour lui, ça n'avait rien d'un scoop. Mais comme il ne desserrait pas les dents, le silence se fit vite pesant.

– Bon alors, qu'est-ce qu'on fait… risqua Dicky, visiblement mal à l'aise.

Brodie eut un haussement d'épaules plus affirmatif qu'interrogatif, et Dicky entendit parfaitement la menace à peine voilée qui filtra dans sa réponse :

– Putain ! on fait comme d'hab'. On la boucle. Inutile de te rappeler que le silence est d'or. La tchatche, c'est ce qui fait plonger.

Son regard avait pris un éclat glacial.

Dicky se fendit d'un grand sourire gâté, comme celui de nombre de ses contemporains, par des habitudes alimentaires inadaptées et quelques incisives en moins. Mais lui, ça lui donnait un air sympa, voire gentiment givré – erreur de jugement qui avait été fatale à pas mal de gens. Ce vernis de bonhomie recouvrait un caractère vindicatif et vicelard qui reprenait le dessus chaque fois que Dicky estimait avoir été floué. Autre trait de caractère qu'il partageait avec Patrick Brodie : ni l'un ni l'autre ne semblait capable de la violence qui bouillait en eux, juste derrière leurs sourires si francs et si engageants.

Pourtant, il y avait une différence essentielle entre eux : Dicky, qui avait grandi dans une fratrie de treize, était une bête de meute. Comme chez les chiens, si l'un des frères Williams flanchait, un autre prenait aussitôt sa place. Patrick, lui, était un solitaire doublé d'un improvisateur de génie, capable de se servir de tout ce qui lui tombait sous la main – bouteille, flingue ou chaîne de vélo, il s'en fichait – pourvu que ça fasse des dégâts.

– Tu sais Pat, je crois qu'il est temps de leur faire une grosse frayeur, aux collègues. On pourrait aller leur dire deux mots, histoire de leur rappeler que ça risque de faire mal, si quelqu'un s'avise de l'ouvrir alors que c'est pas son tour.

Ce n'était pas la première fois que Patrick entendait Dicky tenir ce genre de propos. Il ne pourrait pas le retenir indéfiniment. Sans compter qu'il avait raison, au moins sur un point. Pat poussa un petit soupir et acquiesça d'un signe de tête.

Le seul fait que Dicky ait jugé bon de le consulter avant de passer à l'acte en disait long, et pas seulement à Brodie lui-même, mais à tout le clan Williams et à la horde de leurs suiveurs. Patrick, lui, n'avait jamais eu d'escorte. Il n'avait que des gens qui bossaient pour lui, qu'il préférait généralement tenir à distance respectueuse. Même si certains étaient invités dans le saint des saints, ils ne savaient pas grand-chose de cet homme qu'ils pensaient connaître.

Brodie n'avait pas d'amis – pas de vrais, en tout cas. Dicky était celui qui s'en rapprochait le plus. Mais il avait des foules de relations et de connaissances. Il avait un talent spécial pour vous donner l'impression qu'il vous écoutait alors qu'il ne prêtait qu'une oreille distraite à ce que vous lui disiez – sauf s'il pouvait en tirer parti.

Sachant que cet art de la distanciation était la clé même de son succès, Brodie avait tout fait pour le cultiver et le mettre à profit.

– T'emballe pas, d'accord ? Et laisse-moi quelques jours de réflexion.

Dicky le sentait intéressé et tenta de lui forcer la main. Brodie, qui le voyait venir depuis le début, attendit patiemment qu'il entre dans le vif du sujet.

– Faut que je te présente ce flicaillon que j'ai dégoté. Un petit rouleur de mécaniques toujours en train de jacasser à tort et à travers. On le tient, enfin, tu le tiens, parce que c'est dans ton club qu'il vient tirer son coup. Sauf que ça, évidemment, il le sait pas. Il croit que la boîte est toujours à Lenny Donnelly. Le ripou typique, plus vrai que nature, avec une putain de gueule qu'il ouvre plus grand qu'un con de vache et un caractère plus filant que des bas Nylon. A côté de ça, il espère gravir quatre à quatre les échelons de ce qu'il considère comme la gloire, la hiérarchie poulaga, tu piges. Pour te résumer le topo, c'est le pigeon rêvé. Il a toujours une oreille qui traîne et un zob en parfait état de marche, si tu vois ce que je veux dire…

Pat hocha la tête. Comme d'habitude, ce pauvre Dick ne lui apprenait rien. Brodie avait toujours une longueur d'avance – dans sa branche, ça n'était pas du luxe. Mais, comme toujours, il s'abstint de donner son avis. Les gens ne savent jamais que ce que vous leur dites – c'est une vérité de base. Tout le monde était prêt à déballer sa vie à qui voulait l'entendre. Il suffisait d'aller se poster à un arrêt de bus ou de s'asseoir dans un pub avec un coup dans le nez, pour que quelqu'un se jette sur vous pour vous raconter ses malheurs. A croire que les gens avaient besoin de s'épancher pour se prouver qu'ils existaient.

Dick eut un sourire nerveux. Le silence de Brodie le mettait toujours un peu mal à l'aise. Pat remplit leurs verres sans desserrer les dents.

– Sûr qu'on va la boucler, Pat. Comme d'hab'. Pas la peine d'ébruiter l'affaire, mais un jour ça pourrait bien nous servir de garantie.

Brodie se fendit d'un grand sourire.

Le message était passé. Point final.

L'inspecteur Harry Lomond était fin soûl. Ivre mort. Et le contenu de son estomac menaçait de se faire la belle.

Il était à Soho, dans une boîte à putes. Il avait perdu son falzar et aurait juré que les murs respiraient – typiquement le genre de truc que vous fait le LSD. Dilys Crawford, une rousse un poil trop flamboyante pour être naturelle et répondant au pseudonyme de Sabrina, veillait sur lui, l'air de s'ennuyer ferme.

Outre ses petits seins, ses grosses cuisses et sa bouche d'une profondeur légendaire, elle avait trois gosses, un mari qui tirait dix ans à Dartmoor et des varices à faire pâlir d'envie le bonhomme Michelin – ce qui n'empêchait pas les clients de la demander. Toujours sobre, toujours pro, elle les jaugeait du premier coup d'œil. Jamais elle n'allait jusqu'au bout avec un micheton, fût-il un habitué. Une petite gâterie, un brin de pelotage et de rigolade, ça n'allait jamais plus loin. La plupart des mecs s'en contentaient, car Dilys n'avait pas son pareil pour se couler sous la table et leur faire leur affaire, ce qui résolvait les problèmes d'hôtellerie et de frais généraux.

Ce soir, elle n'avait même pas eu à vider sa coupe de champagne par terre, comme la plupart de ses collègues, pour éviter d'être pompette et de se faire arnaquer. Ce locdu avait l'air tellement parti que Campbell[1] lui-même aurait eu du mal à le rattraper !

A son grand soulagement, une effeuilleuse se pointa sur scène. Coiffée d'un chapeau mou, Candy dansait avec un serpent, et son numéro était tellement obscène qu'il tenait

1. Donald Campbell : champion automobile britannique, huit fois champion du monde de vitesse, dans les années cinquante et soixante.

toute la clientèle en haleine, ce qui permettait à ses collègues de souffler un peu, d'aller s'en griller une ou de planifier leur stratégie pour le reste de la soirée.

Celle de Sabrina, c'était de refiler le flicard à Dicky – et le plus tôt serait le mieux. En voyant rappliquer Patrick et les frères Williams, elle ne put réprimer un soupir de soulagement. Elle aurait sucé le dernier des clodos pour peu qu'il paie le prix convenu, mais la seule idée de toucher un flic la révulsait. Pour elle, ils étaient à peu près aussi utiles qu'un frein à main sur un canoë, comme disait le proverbe. Elle estimait donc en avoir fait assez pour la patrie et n'avait plus qu'une idée : récupérer son sac et appeler un taxi pour rentrer chez elle. Quant à Lomond, il souriait toujours aux anges quand elle le largua dans une des caves du club.

Une fois de plus, Lil avait dû se lever pour aller calmer le petit. Elle s'installa à la table de la cuisine en bâillant tout son soûl.

Même recrue de fatigue, elle aimait la vie qu'elle menait et en savourait chaque seconde, au point que même les caprices de son bambin ne la dérangeaient pas outre mesure. Promenant son regard autour d'elle, elle poussa un soupir d'aise. Sa vie avait tellement changé ! Elle bénissait Dieu pour chaque minute de chaque jour.

L'horloge indiquait trois heures trente. Elle n'avait pas la moindre idée de ce que faisait son homme ni même de l'endroit où il pouvait être, mais ça ne l'inquiétait pas. Pour elle, depuis le premier jour, c'était le cours normal des choses. Naturellement peu portée sur les ragots, elle ne posait jamais de questions. Patrick ne s'attendait pas à ce qu'elle lui en pose et cet arrangement leur convenait parfaitement, à l'un comme à l'autre.

Tôt ou tard, il finirait bien par rentrer – il rentrait toujours... Et elle lui ferait la cuisine, la conversation et l'amour. Elle ne voyait même pas ce qu'un tel mode de vie pouvait avoir d'anormal pour une jeune femme de son âge.

Tout ce qu'elle savait, c'était qu'il était en ville et qu'il travaillait pour eux. Son travail lui avait permis de lui offrir tout ce qui faisait le bonheur d'une femme moderne, de sa machine à laver double cuve à ses bigoudis chauffants Carmen. Elle ne s'était jamais sentie aussi choyée ni aussi protégée. Elle dépendait totalement de lui, depuis ses menus frais quotidiens jusqu'à la lumière qui lui permettait de lire le soir. Il gagnait leur vie, à elle et à leur fils. Il les entretenait sans regarder à la dépense, et ça suffisait à son bonheur. Depuis leur mariage, elle avait eu plus d'argent qu'elle n'aurait pu en dépenser. Rien que le meilleur et le plus cher, telle était la devise de Patrick. Pour elle, c'était la recette du bonheur.

Pourtant, à la réflexion, sa situation lui semblait quelquefois fragile, voire précaire, mais elle mettait ça sur le compte de son enfance et de son éducation. La peur de voir tout s'écrouler autour d'elle n'était jamais bien loin, et elle devait lutter ferme pour l'empêcher d'envahir sa vie. Depuis toujours, elle avait attendu une brèche dans les nuages et l'embellie était enfin arrivée, quoique assombrie par cette terrible angoisse qui lui semblait parfois plus réelle que tout le reste.

Dicky rigolait. Pat avait tabassé le flic au point qu'il avait tourné de l'œil. Fallait-il y voir les effets du whisky, des bons services de l'hôtesse, des poings de Pat ou d'un subtil mélange des trois ? Personne n'en aurait juré. Mais le message était passé, c'était l'essentiel. Leur petite réunion amicale avait dégénéré en beuverie, puis en castagne. Lomond leur appartenait à présent, comme il aurait tôt fait de le comprendre dès qu'il aurait un peu dessoûlé.

Affalé sur le sol froid, Harry Lomond avait de plus en plus de mal à respirer, ce dont personne ne semblait se soucier. Ils en avaient vu tellement, dans ce club, de flics étalés par terre, haletant, suffoquant, hoquetant, que cela faisait désormais figure de blague pour initiés.

Lomond et ses semblables avaient la réputation d'être de fieffés coureurs de jupons. Un cas typique, dans la police : des rouleurs de mécaniques, le genre cow-boy au coup de poing facile masquant en fait un vieux fond de lâcheté. Curieusement, tout le monde, dans le Milieu, semblait accepter de se faire serrer par un flic réglo. Ça n'était jamais de gaieté de cœur, mais c'était de bonne guerre. Quand ça vous arrivait, vous gardiez la tête haute, vu que, dans l'affaire, chacune des deux parties respectait l'autre. Mais se faire épingler par un flic corrompu, c'était le comble de l'abjection. Les pourris coffraient indistinctement tous ceux qu'on leur donnait l'ordre de coffrer, moyennant finances ou non, selon qu'ils avaient des dettes à rembourser, des ascenseurs à renvoyer ou juste besoin de fric. Aucun truand n'aurait voulu subir la suprême humiliation de se faire épingler par un flic qu'il méprisait – qui plus est, pour un méfait qu'il n'avait pas commis. Se faire coffrer par un homme d'honneur, c'était un honneur. Vous vous estimiez traité avec tout le respect qui vous était dû. En revanche, quand votre dossier tombait aux mains d'un flic corrompu, c'était la preuve, pour vous comme pour tous vos collègues, qu'on vous mettait sur le dos un crime dans lequel vous n'aviez pas trempé – histoire, généralement, de vous mettre sur la touche pour laisser un rival faire main basse sur vos affaires. Ou alors, c'était que vous aviez été balancé par un de vos proches – pas même par un véritable adversaire. Dans un cas comme dans l'autre, ce genre d'arrestation était considéré par les deux camps, flics et truands, comme extrêmement douteux et dangereux, parce que susceptible de se retourner contre ceux qui l'avaient ourdi.

Pour qu'un système judiciaire puisse fonctionner, il doit être rigoureusement appliqué par ceux qui ont juré de le défendre. Les voleurs enfreignent la loi, les gendarmes se chargent de les mettre au trou – c'est dans l'ordre des choses. Personne n'en est vraiment satisfait mais on s'en contente, faute de mieux. Quand les dés sont pipés, il en va tout autrement. Un juge corrompu est bien plus toxique pour la société que ceux qu'il envoie en taule. Le juge qui fait plonger un quidam dont il sait qu'il est innocent a forcément conscience que le vrai coupable court toujours, et cela jette un doute sur toutes les affaires qui lui sont passées entre les mains. S'il a piégé un innocent, combien d'autres risquent de subir le même sort ?

Pour pouvoir incarner la loi, les juges doivent être au-dessus de tout soupçon. Impératif qui ne concerne évidemment pas ceux qu'ils jugent et qu'ils condamnent – eux, il est plutôt logique qu'ils trichent et qu'ils mentent. Mais il n'y a rien de plus exaspérant que de se faire taper sur les doigts au tribunal par un emperruqué dont vous savez qu'il ne vaut pas tripette, question conscience morale. De plus, avant de présenter un dossier devant un jury, les flics doivent s'assurer qu'il est suffisamment étayé pour obtenir la condamnation du prévenu, s'ils veulent convaincre les jurés de sa culpabilité. Ils doivent non seulement établir le mobile du crime, mais aussi réunir des preuves suffisantes avant de déférer le suspect aux mains de la justice. Les lois sont faites pour protéger des innocents qui auraient pu, par le plus grand des hasards, se trouver au mauvais endroit au mauvais moment. Car, pour être coupable, il ne suffit pas d'avoir la tête de l'emploi.

Lomond n'allait pas tarder à découvrir que, dès lors qu'on a infléchi le cours de la justice à son profit, que l'on soit indic, flic ou truand, on devient un paria. Plus aucun camp ne vous reconnaît comme sien. Plus personne ne vous fait confiance et tout le monde se contrefiche de ce qui peut vous arriver. Par sa nature même, votre double jeu fait de vous un proscrit, un solitaire. Lomond n'était désormais plus ni chair ni poisson. Du jour au lendemain, ce qui lui avait donné une position de force était devenu son talon d'Achille. Il n'était désormais plus qu'un chien de garde, un bon gros toutou qu'on continuerait peut-être à nourrir s'il faisait bien son boulot, mais sans se gêner pour lui signifier qu'il y avait bien d'autres chiots dans la niche d'où il était sorti.

– Tu crois quand même pas qu'il va clamser, si ? fit Dicky.

Lomond hoquetait comme un noyé sur le sol crasseux.

Brodie haussa les épaules. Il n'avait que dégoût pour ce type.

– On s'en tamponne, lança-t-il.

Lily était à peine entrée dans la prison qu'elle fut prise d'un haut-le-cœur. Elle haïssait cette atmosphère. La crasse des murs, la puanteur ambiante… Pour couronner le tout, elle venait passer un message à quelqu'un qu'elle ne portait pas dans son cœur. Ce Kevin Craig était un sale type, rancunier, vicelard et dénué d'imagination.

Pour autant qu'elle puisse en juger, il ne détonnait pas dans ce cloaque. La taule était un vrai dépotoir. Bien que Du Cane Road ait été jadis un coin plutôt agréable – l'hôpital de Hammersmith se trouvait à deux pas et il restait quelques jolies maisons dans le secteur –, Lily avait toujours eu cette prison en horreur. Chaque fois qu'elle y pénétrait, elle avait l'impression que les murs allaient s'effondrer sur elle et l'ensevelir. Comment pouvait-on supporter ça ?

Pour elle, se retrouver enfermé entre quatre murs, c'était ce qui pouvait vous arriver de pis. La seule idée de n'avoir plus aucune prise sur sa propre vie suffisait à la terrifier. Pour l'avoir vécu toute son enfance, elle savait ce que c'était.

Tout le bâtiment empestait le désespoir et l'arrogance. L'arrogance des longues peines, qui s'efforçaient de ne pas perdre la face devant la famille et les amis. L'orgueil qu'il fallait, pour garder son aplomb devant un juge qui décrétait que vous étiez une menace pour la société et que la prison serait désormais votre unique cadre de vie. Pour prétendre accepter crânement son sort. L'orgueil, c'était ce qui vous faisait vous lever chaque matin après une telle abomination, ce qui vous soutenait jour après jour, année après année. C'était bien la seule chose qui leur restait, à ces hommes. Leur arrogance.

Même si c'était aussi, hélas, ce qui les avait amenés là.

Lil eut un sourire mal assuré, tandis que Kevin Craig venait s'asseoir en face d'elle.

– Merci d'être venue, lui dit-il avec tout le respect que lui valait la réputation de son mari.

– De rien, mon vieux.

Elle se sentait à deux doigts de tourner de l'œil mais soutint son regard sans cesser de sourire. Elle était à nouveau enceinte, ça sautait aux yeux. Elle s'installa le plus confortablement possible.

Comme elle promenait son regard autour d'elle dans le parloir, elle sentit refluer ses vieilles terreurs. Elle observa un instant les femmes qui attendaient avec leurs enfants, ravagées, sinistres, négligées, s'efforçant pourtant de paraître enjouées et gaies et de sauvegarder un semblant de lien avec les pères de leur progéniture, ces types avec qui elles ne pourraient pas cohabiter avant parfois des années.

C'était l'incarnation de son pire cauchemar. Que le système carcéral s'empare de son homme et le lui enlève. Ne plus le voir que derrière cette vitre, décati, vulnérable, s'étiolant un peu plus de mois en mois. Elle savait que son tempérament la pousserait à chercher consolation ailleurs, même si aucun autre ne pourrait jamais remplacer le mari qu'elle aurait perdu – bien malgré elle et sans avoir la moindre faute à se reprocher.

Kevin lui rendit son sourire comme s'il avait pu lire dans ses pensées.

– Vous pouvez dire à Pat que je me suis tenu à carreau. J'ai porté le chapeau, motus et bouche cousue. Maintenant, faudrait que quelqu'un s'occupe de ma femme. Moi, je ne suis qu'un sous-fifre. Mon job, c'était juste de relever les compteurs. Assurez-vous qu'elle ne manque de rien. Ils me le doivent bien, et plutôt cent fois qu'une.

Lil n'entendit pas la menace qui couvait sous ces paroles. Ce qui prédominait en elle, c'était le soulagement. Ce qu'il demandait, c'était quelque chose qu'elle pouvait assurer, quelque chose qui lui était connu, familier. Il lui disait exactement ce qu'elle était venue lui dire : ne moufte pas, ne fais pas de vagues, et tout se passera bien.

Amy, la femme de Kevin, partageait le même sort qu'elle. Elles étaient pratiquement voisines et bavardaient, à l'occasion, quand elles se rencontraient au marché. Lil connaissait ses enfants de vue. Elle donna de leurs nouvelles à Kevin et lui promit qu'ils s'en sortiraient, même s'ils devaient désormais se passer de la personne qui comptait le plus pour eux, après leur mère.

Quoique, à en juger par certaines allusions que lui avait glissées Amy, çà et là, elle n'en fût plus aussi sûre... Elle se garda de faire part de ses doutes à Kevin et s'appliqua au contraire à le rassurer. Il n'avait aucun souci à se faire, sa famille était à l'abri du besoin. En même temps, elle priait pour n'avoir jamais à aller voir son mari ou un de ses fils dans ce genre d'endroit...

Elle détestait la prison et son cortège de désespoirs. Ça lui faisait l'effet d'une tombe où l'on était enseveli vivant. Les gens continuaient à vivre entre ces murs, à tuer le temps, mais ils auraient aussi bien fait d'être morts et enterrés. Jour après jour, leur existence n'était qu'une lente agonie, qui n'avait rien à voir avec la vraie vie.

– Relax, Lil nous arrange le coup! lança Patrick avec une assurance qu'il était loin d'éprouver.

Il ne se faisait pas d'illusions : Dicky ne goberait pas que Kevin s'était fait serrer par hasard et qu'ils étaient toujours dans le brouillard.

Brodie avait assez de jugeote pour savoir que Kevin s'était fait balancer. Il aurait donné cher pour pouvoir mettre un nom sur le coupable. C'était forcément quelqu'un de proche, parce qu'il n'avait pas l'habitude d'ébruiter ses affaires. Dicky lui-même n'avait pas la moindre idée des vraies proportions de son empire. Personne, d'ailleurs, ne le savait : tout était soigneusement divisé et compartimenté, avec un type différent pour chaque boulot, sa main droite ignorant ce que faisait la gauche.

Les gens ne savent que ce qu'on leur dit. Tant qu'on la boucle, on ne risque rien.

Celui qui avait fait tomber Kevin avait donc soit l'expérience de ses pratiques professionnelles, ce dont il doutait, soit un intérêt particulier à rayer Kevin Craig de la carte – et c'était vers cette dernière solution que Brodie penchait.

Kevin n'avait jamais été très doué pour se faire des amis. C'était une vieille bignole acariâtre, toujours en train de chercher des noises. Il prenait la mouche pour n'importe quoi. Pis, il était persuadé d'être la fine fleur dans sa branche, la protection.

Décidément, les gens le faisaient marrer. S'ils étaient si malins, pourquoi s'emmerdaient-ils à bosser pour un patron ? Pourquoi dépendre de quelqu'un pour gagner sa croûte ? Kevin avait jadis appartenu à l'équipe Caldwell, d'accord, mais Barry Cadwell, c'était de l'histoire ancienne. Qu'est-ce qui pouvait lui faire croire que ça lui donnait une once de crédibilité dans la rue ?

Il tâcherait quand même de le faire libérer sous caution et d'amortir un peu le choc, pour la sentence. Et il s'occuperait de sa famille le temps qu'il faudrait, jusqu'à ce que le juge estime convenable de rendre Kevin à la vie sociale. C'était le protocole habituel, le minimum de ce que pouvait espérer l'employé moyen dans le Milieu, mais ça n'était pas une science exacte, bordel. Et puis, tout ça lui coûtait deux mille livres par semaine. C'était ça, la vraie priorité. Au bout du compte, il s'y retrouverait. Il fallait avant tout tirer les choses au clair. Et comme pour le reste, le plus tôt serait le mieux.

Lil était toujours à cran, après sa visite à la prison. Cet endroit la minait, lui rappelant désagréablement les catastrophes qui pouvaient s'abattre sur elle du jour au lendemain et la fragilité de sa situation. Ça la confortait surtout dans sa résolution de garder ses idées noires pour elle. Elle avait passé sa vie dans la hantise de sentir le sol se dérober sous ses pieds. Chaque fois qu'elle franchissait les portes d'une prison, le goût de cette vieille angoisse lui revenait.

La prison, c'était un cul-de-sac, un gros blockhaus où la société faisait disparaître les gens qu'elle considérait comme indésirables, en les laissant sombrer dans un trou de l'espace-temps. Lil avait toujours entendu dire que tout crime méritait d'être puni, et, jusque-là, elle n'y avait rien trouvé à redire.

L'argent, les biens matériels, c'était ce qui faisait plonger les hommes pour des années. A présent que son propre mari courait ce genre de risques, elle ne savait plus quoi penser. La vie carcérale aurait fatalement raison de lui…

Car c'était un fait : les délits concernant l'argent ou les biens étaient plus sévèrement punis que les meurtres ou les crimes sexuels. Au début, elle avait refusé de le croire, mais elle avait fini par se rendre à l'évidence quand son mari le lui avait expliqué. Elle en avait eu la preuve, point par point, dans les journaux, et ça l'épouvantait. Elle trouvait scandaleux que son homme soit condamné à une peine moins lourde s'il assassinait un inconnu dans la rue que s'il braquait une banque. Dans les deux cas il aurait enfreint la loi, bien sûr, mais en quoi un vol était-il plus grave qu'un meurtre ou un viol ? Parfois, ce genre de rumination morose lui ôtait le sommeil.

L'idée l'effleurait aussi qu'il pouvait avoir du sang sur les mains, mais elle se hâtait de chasser ce genre de soupçon. De toute façon, s'il lui était arrivé de tuer, c'était qu'il avait de bonnes raisons de le faire, se répétait-elle pour s'en convaincre. C'étaient, comme disait sa mère, les risques du métier. De lui-même, jamais Patrick n'aurait fait une chose pareille. Jamais, et surtout pas de sang-froid. C'était pour elle une certitude.

En se servant une tasse de thé, elle laissa errer son regard autour d'elle dans la cuisine et tâcha de s'imprégner du moindre détail. A côté de la maison où elle avait grandi, celle-ci était un palace, même s'ils vivaient encore bien au-dessous de leurs moyens, comme elle commençait à s'en rendre compte. Ils vivaient confortablement, mais sans plus. Patrick lui répétait que c'était la première chose qui faisait dresser l'oreille aux flics : une trop belle voiture, une maison trop luxueuse et pas de revenus déclarés. Ils avaient donc le train de vie qu'aurait pu leur assurer la partie légale de l'iceberg, ce qui restait tout de même nettement plus confortable que ce dont devaient se contenter la plupart des gens.

Si elle devait quitter la maison d'urgence, qu'est-ce qu'elle en garderait dans son souvenir ? Qu'est-ce qu'elle regretterait ? Comme son homme, elle ne pouvait vivre que dans l'instant. Si tout devait s'écrouler du jour au lendemain, elle devrait faire ses valises et s'en aller, sans un regard en arrière. Pourtant, une partie d'elle-même sentait que quelque chose clochait. Elle avait déjà un enfant, et ce deuxième qui se préparait… Elle aurait dû se sentir solidement enracinée dans cette maison, au lieu de la considérer comme un abri provisoire, une étape parmi tant d'autres, un genre de salle d'attente où elle patientait jusqu'au retour de l'homme qui présidait à ses destinées. Elle était loin d'être la seule dans ce cas : c'était le lot de la plupart des femmes de truand.

Pour la première fois, pourtant, elle s'inquiétait vraiment de ce que l'avenir lui réservait. Patrick était un homme intelligent. Il ferait de son mieux pour esquiver la loi, mais maintenant qu'elle était à nouveau enceinte, la perspective de se retrouver seule la glaçait d'effroi. Après avoir vu la prison de près, elle était épouvantée par le pouvoir que sa seule évocation exerçait sur elle. Tandis qu'elle regardait son petit garçon jouer sur le lino de la cuisine, elle sentit revenir la nausée désormais familière. Patrick disait que c'était le bébé, que ça passerait dès qu'il serait né, qu'elle recouvrerait toute son énergie et toute sa santé. Elle, elle n'en aurait pas juré.

La prison avait réveillé ses terreurs d'enfant. A elle seule, la solitude forcenée qui imprégnait l'endroit aurait suffi à la plonger dans le désespoir, mais devoir manger, dormir et même aller aux toilettes à heures fixes, quand on vous en donnait l'ordre, ça la révulsait. Se conformer toute sa vie à une grille imposée, pis, concoctée et mise en œuvre par des gens que vous auriez préféré éviter dans la vie courante, c'était le fond du fond.

Depuis que Brodie l'utilisait pour rendre visite aux prisonniers et leur faire passer des messages, elle avait développé une conscience effrayante de la précarité de son existence.

Etre à la merci d'autrui, elle connaissait, et elle détestait ça avec une virulence dont elle était la première surprise.

Elle attrapa Pat Junior et le serra dans ses bras, malgré les efforts du bambin pour lui échapper et retourner à ses joujoux. Longtemps privée d'amour, elle avait constamment besoin de contact physique. Un besoin urgent, impérieux, désespéré. Sentir autour d'elle les bras de son homme lui était aussi nécessaire que le sang qui coulait dans ses veines ou que l'air qui entrait dans ses poumons.

L'enfant commençait à pleurnicher. Elle le reposa par terre et s'alluma une cigarette, malgré le tremblement qui lui agitait les mains.

Dépendre de quelqu'un, en avoir besoin, ça entraînait des problèmes à n'en plus finir. Par moments, elle en venait presque à se demander si elle n'était pas plus à plaindre qu'avant. Elle avait passé sa jeunesse avec le sentiment d'être privée de quelque chose, même si, à l'époque, elle n'aurait su dire quoi. Mais maintenant qu'elle le savait, c'était presque pis.

Elle prit une profonde inspiration et soupira, une fois de plus.

Après tout, la vie, n'était-ce pas ce qu'on en faisait ? Et Patrick ne se décarcassait-il pas pour lui offrir une vie formidable… ?

Pourtant tout cela sonnait tellement creux…

CHAPITRE 3

Tout le monde, les flics les premiers, savait que Pat avait éliminé ses principaux rivaux, mais personne – et surtout pas les flics – ne semblait y voir le moindre inconvénient. Depuis un certain temps, le sort de Billy Spot était pour ainsi dire scellé ; la question, ce n'était pas « quand » il serait tué, mais « par qui ». Et comme Brodie était sur les rangs pour la succession au trône depuis plusieurs années, c'était tout naturellement sur lui que s'étaient portés les pronostics les plus éclairés.

En rayant Spot de la carte, Brodie avait ouvert en grand les portes du West End. A la différence de Spot et de ses petits copains, Pat et les siens ne demandaient qu'à laisser autrui exercer en paix. Du moment qu'une portion substantielle du fric atterrissait dans leurs poches, ils fermaient les yeux. Le soleil brillait donc pour tout le monde. Pat était réglo, les membres de la tribu Williams, qu'il contrôlait d'une main amicale mais ferme, se montraient relativement accommodants, et les affaires étaient florissantes, aussi bien pour les revendeurs à la sauvette que pour les tenanciers des clubs. Cela faisait des lustres qu'on n'avait pas connu de période aussi faste. Et puis, comme Pat et ses hommes mettaient un point d'honneur à surveiller de près les rues sur lesquelles ils régnaient, en y manifestant régulièrement leur présence, personne n'avait plus à craindre de se faire racketter – se voir réclamer son « loyer » deux fois le même soir, par exemple. L'incurie de Spot, qui avait trop longtemps négligé le maintien de l'ordre dans ses propres rangs, avait été la cause première de sa fin prématurée. Mais, à présent, les affaires reprenaient. On pouvait enfin souffler, décharger les flingues planqués, au cas où, sous les comptoirs ou les sièges de voitures. Bref, ça baignait.

Du moins jusqu'à ce qu'un client mécontent, un certain Denny Harris, s'avise d'attirer l'attention de la flicaille locale sur l'écurie Brodie en balançant Kevin Craig. L'incident avait d'abord provoqué un certain émoi, mais s'était finalement révélé bénéfique. Un vrai cadeau du ciel !

Vérification faite, Denny avait une doléance, une vraie, et amplement justifiée : Craig avait eu la main lourde, il l'avait carrément fait cracher deux fois au bassinet – ce qui aurait dû faire aussitôt réagir toutes les parties concernées, mais ça, c'était une autre histoire. Ce qui avait tout déclenché, c'était que Denny était allé pleurnicher chez les flics, au lieu de s'en plaindre directement à Brodie ou à ses lieutenants. Or ça, même s'il était dans son droit, rien ne pouvait l'excuser. Balancer quelqu'un, c'était l'ultime trahison. Des mesures s'imposaient, et cette bourde tombait à pic pour justifier des représailles exemplaires qui serviraient les desseins du nouveau pouvoir.

Pour consolider leur notoriété toute neuve, Pat et les frères Williams avaient besoin de faire un exemple. Les meurtres de Billy Spot et de Barry Caldwell ne pouvaient suffire à asseoir leur réputation. Comme toutes les pointures sur le déclin, ces gros poissons devaient s'attendre à se faire détrôner un jour ou l'autre. C'était maintenant auprès du menu fretin qu'il leur fallait faire leurs preuves : petits dealers, souteneurs, bookmakers et autres tenanciers de boîtes – l'autre extrémité de la chaîne alimentaire. Ils devaient démontrer qu'ils étaient capables de prendre le pouls de la rue et de réagir au quart de tour si quelqu'un tentait de gratter ce qu'ils estimaient être leur dû. Car quiconque parvenait à resquiller finissait toujours par s'en vanter ; à la longue, ce genre d'infime détail pouvait saper l'autorité la mieux établie. Il suffisait de flancher ne serait-ce qu'une fois pour n'être plus perçu comme une vraie menace, et c'était la porte ouverte à toutes les dérives. Le réseau nourricier des petites entreprises – la collecte des « loyers », comme on disait – était le socle de tout empire. Ça permettait de tenir tout le monde le doigt sur la couture du pantalon. Si quelques billets carottés déclenchaient une réponse musclée, on devrait bien en déduire que, pour des enjeux plus importants, les risques augmenteraient d'autant, jusqu'à la peine capitale. La première incartade d'une certaine gravité devait donc provoquer une réponse immédiate, aussi spectaculaire que possible. S'ils laissaient pisser, les gens auraient tôt fait d'en prendre à leur aise, et ce serait le meilleur moyen de perdre toute crédibilité. En somme, Brodie se trouvait confronté au dilemme qui se pose à tout chef d'entreprise, légale ou pas…

Denny aurait dû venir lui faire part de ses problèmes. Ses hommes y auraient mis bon ordre et tout le monde y aurait gagné. Kevin se serait pris une tape sur la main, l'affaire aurait été réglée en cinq minutes. Au lieu de quoi, Denny avait eu le suprême culot de passer par-dessus leur tête en tentant de régler le problème directement avec Kevin, un minus bouché à l'émeri – et encore, dans ses meilleurs jours ! –, qui occupait dans la hiérarchie du Milieu un statut à peu près comparable à celui d'un serf. Sur ce, voyant que ses démarches restaient sans résultat et craignant de s'être attiré les foudres des nouvelles autorités du secteur, Denny n'avait rien trouvé de mieux que d'aller se plaindre aux flics. Incroyable, mais vrai !

Ce qui avait commencé comme un regrettable cafouillage avait néanmoins fini par arranger tout le monde – sauf Denny, évidemment, qui s'était retrouvé sur la touche comme le rat qu'il était et s'était pris une branlée de classe mondiale. S'il retrouvait un jour l'usage de ses jambes, ça figurerait dans le Livre des records, catégorie « miracles », sans compter que sa réputation de balance était assurée pour les décennies à venir.

Pas de pot pour Denny, les Williams avaient révélé que le flic en question était l'un des leurs, et Pat avait ostensiblement transféré les affaires du proscrit à une petite « firme » locale, connue pour son ardeur à la tâche et son âpreté au gain, mais peu susceptible de mettre son autorité en danger. Ses membres n'étaient pas du genre à avoir inventé le fil à couper le beurre… Bref, l'un dans l'autre, leur opération de relations publiques avait été un franc succès.

Restait que les balances devaient être punies avec la dernière rigueur : en plus de mettre en danger les moyens de subsistance des familles, ils pouvaient faire plonger leurs victimes pour des années, faire perdre aux enfants leur père, aux femmes leur mari, aux mères leurs fils. C'était un crime de haute trahison.

Il fallait appliquer au coupable une marque d'infamie bien visible, afin de délivrer un message sans équivoque. La faute était d'autant plus odieuse qu'elle avait été commise par un homme de confiance. Il fallait donc appliquer un châtiment à la fois humiliant et douloureux, qui le stigmatiserait publiquement et aurait l'avantage de donner matière à réflexion à quiconque serait tenté de marcher sur ses traces.

Denny arborait à présent la marque des balances, mieux connue sous le sobriquet de « sourire permanent ». Héritée des années cinquante, cette tradition faisait toujours son petit effet, près de deux décennies plus tard. En deux coups de cutter, on lui avait échancré la bouche d'une oreille à l'autre. Son erreur se rappellerait donc à son bon souvenir chaque fois qu'il croiserait son reflet dans une glace. Et ses cicatrices ne manqueraient pas d'inspirer méfiance à toute personne initiée aux lois du Milieu, fût-ce à l'autre bout du monde. Denny Harris était désormais un paria. Pis, en trahissant les siens, il s'était trahi lui-même. Ses frères l'avaient laissé tomber et ses fils allaient bientôt en faire autant.

Pat se maintenait donc au sommet de la vague. Il laissait une part non négligeable du gâteau à ses partenaires attitrés, les frères Williams, lesquels déléguaient à leur tour le boulot à des flopées de gens pour se consacrer à des activités plus ludiques. Etant propriétaires de salons de massage, de salles de jeu et de clubs privés avec hôtesses, c'était dans ce genre d'établissements qu'ils tenaient leurs rendez-vous d'affaires et passaient le plus clair de leur temps.

A la différence des Williams, Pat Brodie préférait rentrer chez lui le soir. Une vraie corvée pour les pontes, d'habitude. Ils respectaient leurs épouses, les chérissaient, même, mais leur principale qualité restait la discrétion. On attendait d'elles qu'elles s'abstiennent de créer le moindre remous, alors que de leur côté les hommes n'envisageaient pas la vie conjugale comme un frein à leur plaisir. C'était dans la nature des choses et de leur profession : les filles faciles, les « fleurs de trottoir », comme on disait, se cueillaient à chaque coin de rue par paquets de douze ! On n'avait qu'à se baisser, même si on n'était pas précisément un prince charmant...

Les filles faisaient la queue pour approcher Brodie et ses semblables, lesquels préféraient penser que c'était pour leur autorité ou leur charme. Ils avaient tendance à oublier à qui ils avaient affaire. Outre qu'elles étaient, par définition, prêtes à coucher avec n'importe qui pour de l'argent, ces dames étaient des comédiennes accomplies qui auraient pu en remontrer à la crème des divas de Hollywood. Pour elles, un partenaire régulier, quel qu'il soit, c'était toujours mieux que de tenter sa chance soir après soir avec des clients de passage. En devenant la maîtresse en titre d'un grand nom du Milieu, elles pouvaient au moins compter sur un minimum de considération, sur des rentrées régulières et sur un appui efficace pour accéder aux postes à pourvoir – celui de chef de rang, par exemple, lorsqu'un club ouvrait et qu'on avait besoin d'une fille expérimentée pour superviser ses collègues. Elles étaient affranchies, connaissaient toutes les ficelles du métier, étaient éminemment dignes de confiance et, par-dessus tout, savaient garder un secret. Ensuite, si d'aventure l'une des nouvelles, plus jeune et plus fraîche, venait à taper dans l'œil de leur homme, elles prenaient la chose avec philosophie. Elles avaient eu ce qu'elles voulaient. Pourquoi prendre le risque de tout perdre en demandant la lune ?

Bref, elles faisaient des maîtresses parfaites. Leur style de vie même, outre qu'il les décourageait de vouloir s'élever au-dessus de leur condition, était la garantie d'une loyauté et d'un attachement sans failles. De leur côté, les épouses avaient ce que ces femmes n'auraient jamais : le respect de leur mari, ce respect qui les mettait d'emblée à l'abri de tout danger. Même si elle prenait quelques kilos, perdait tout intérêt pour le sexe ou sombrait dans la bigoterie, la légitime gardait toujours une longueur d'avance. Une épouse dotée d'un minimum de jugeote apprenait à en jouer à son avantage et fermait les yeux sur les petits et grands écarts de son mari, tout en profitant du fruit de ses activités. Ces frasques n'avaient somme toute rien de personnel. Elles n'y voyaient qu'un des risques du métier, parmi tant d'autres.

Brodie lui-même n'était pas de marbre. Beaucoup plus exposé à la tentation que le commun des mortels, il ne se refusait pas une passade de temps à autre. Mais il s'en tenait à des aventures sans lendemain ni conséquences, entre deux portes, jamais avec la même fille et sans jamais promettre quoi que ce soit. Ses conquêtes ne devaient pas s'attendre à se faire inviter au spectacle ni au restaurant – encore moins à se faire raccompagner à leur porte. Il ne voulait prendre aucune habitude, et surtout pas s'impliquer dans leur vie, de près ou de loin. Il se contentait de se faire tailler une plume, vite fait bien fait – chose qu'il n'aurait jamais exigée de sa femme. Et encore, neuf fois sur dix, c'était que Lil était momentanément indisponible, à cause d'une grossesse ou à la suite d'un accouchement. Il n'y voyait qu'un acte purement hygiénique qui n'empiétait en rien sur sa vie ni sur celle de sa famille.

Ça aussi, ça forçait le respect de ses pairs. On n'entendait jamais courir le moindre bruit sur sa vie privée. En fait, personne n'était au courant de rien. Pas même les Williams.

Quant à Lil, elle fréquentait assidûment l'église paroissiale et n'avait rien perdu de son charme ni de sa fraîcheur. Il l'aimait, elle et tout ce qu'elle représentait pour lui. A sa façon, elle était devenue un atout maître dans son jeu. Il l'utilisait comme telle, et elle était assez avisée pour le comprendre : c'était la seule personne au monde à qui il pût se fier.

Elle avait continué à rendre visite aux prisonniers pour leur passer des informations. L'idée ne lui serait même pas venue de refuser. Son mari comptait sur elle pour le faire et elle le faisait, point final. Elle aimait se rendre utile. Ça lui donnait l'impression d'être intégrée dans un grand tout.

Elle avait aussi le sentiment qu'à dix-neuf ans, avec deux magnifiques bambins et assez d'argent pour s'offrir un standing qui ne serait jamais qu'un rêve pour la plupart des femmes de son entourage, elle pouvait bien faire la sourde oreille face aux rumeurs qui couraient sur les mœurs du Milieu et aux soupçons qu'elle avait sur la conduite de son mari.

Lil Brodie, née Diamond, avait fait sien le vieux dicton selon lequel ce que vous ignorez ne peut vous blesser. La première fois que Pat l'avait trompée, elle l'avait su d'instinct. Elle avait senti qu'il avait quelque chose sur la conscience, sans toutefois s'en étonner outre mesure. Elle avait toujours su que ça arriverait. Comment, pourquoi ? elle n'aurait pu le dire, elle qui conservait une certaine naïveté sur le plan sexuel. Mais elle en avait toujours été certaine, obscurément.

D'un autre côté, il aurait fallu être idiote pour en faire un casus belli. Ces foucades ne représentaient rien pour son homme, elle n'avait qu'à calquer son attitude sur la sienne. Sur ce plan, il était absurde de lui appliquer les mêmes critères qu'à un individu normal. Elle avait vu comment finissaient les couples où la femme s'évertuait à exercer un contrôle absolu : dans les larmes. Les hommes en arrivaient toujours à doubler les mères de leurs enfants légitimes, fussent-elles des dragons de vertu, parce qu'elles devenaient pour eux, avec le temps, une sorte de boulot, puis une vraie corvée. Aucune épouse ne pouvait prétendre rivaliser éternellement avec la jeunesse et la nouveauté, avec l'attrait qu'exerçaient des dessous affriolants ou un rire de gorge provocant. Dès leurs premières années de mariage, Lil avait donc pris le parti d'en rire, et d'ignorer la vie parallèle de Patrick. C'était la seule façon de garder un espoir, si mince fût-il, et d'y survivre.

Sa mère avait beau dire et faire, en tâchant d'insinuer le doute dans son esprit, la fille qui parviendrait à détourner Brodie de son devoir conjugal plus d'une nuit n'était pas encore née.

Chaque fois qu'ils sortaient ensemble, elle ne pouvait ignorer les égards dont on entourait son homme ; il vivait au contact permanent de la tentation. Ayant elle aussi des besoins sexuels, elle comprenait ceux de son mari et trouvait plutôt commode que la nature même de ses activités professionnelles lui donne l'occasion de les satisfaire. Les Brodie devaient profiter de cette si fragile liberté qui pouvait leur être enlevée du jour au lendemain.

Fermer les yeux était donc de loin l'attitude la plus sage. Il lui suffisait de l'adopter comme une composante nécessaire de la vie qu'elle s'était choisie. Elle n'allait tout de même pas gâcher leur bonheur pour ce genre de bagatelle, dont elle ne se souciait pas plus que lui et qu'il avait oubliée un quart d'heure après l'avoir commise.

Elle avait décidé une fois pour toutes qu'elle préférait vivre avec lui plutôt que sans lui, malgré tout ce que ça impliquait. Elle devait s'arranger pour devenir plus que son épouse et la mère de ses enfants. Elle devait leur ménager des pauses, des moments de tranquillité en dehors de l'éducation des enfants et de la simple vie de famille. Elle avait donc décidé de prendre part à sa vie en dehors du foyer.

Toujours réaliste, elle espérait qu'en échange de son irréprochable loyauté il ne lui briserait jamais le cœur en la trompant vraiment. Au moins ses incartades restaient-elles exceptionnelles et irrégulières, à la différence de celles de tant d'autres, qui entretenaient des maîtresses attitrées.

La première fois, elle avait cru qu'on lui arrachait le cœur. Mais, à présent, elle ignorait royalement toutes ces femmes qui se laissaient si facilement manipuler ; un mépris nuancé toutefois d'une certaine compassion, parce qu'à cause de leur vie de débauche les faveurs qu'elles accordaient à son mari comme à n'importe lequel de ses collègues n'auraient jamais la moindre chance de déboucher sur quoi que ce soit.

La bonté naturelle de Lil l'inclinait à tout voir sous l'angle le meilleur. Du jour où elle avait découvert un club de l'intérieur, elle avait cessé de considérer ces filles comme des parias, encore moins comme des rivales. A ses yeux, c'étaient plutôt des victimes. Des victimes du monde masculin, que la vie avait contraintes à commercialiser la seule valeur d'échange qu'elles aient jamais possédée. Elle se jura, si un jour elle avait des filles, de leur donner un niveau d'études suffisant pour qu'elles ne se trouvent jamais placées devant un tel choix, même dans la pire des extrémités.

Un soir qu'elle avait dû se rendre dans un de ces « bars à putes » pour passer un message, elle avait été témoin d'un esclandre avec un client qui contestait l'addition. Le portier s'était interposé aussitôt et la facture avait été intégralement réglée, au détriment de l'hôtesse, qui avait vu son « pourboire » lui filer sous le nez. Lil était donc intervenue et, avant même que le client ait quitté l'établissement, avait exigé que la fille reçoive son dû, insistant auprès du portier pour qu'à l'avenir les filles soient considérées comme prioritaires, puisque c'étaient elles qui attiraient la clientèle. Sans elles, pourquoi les clients auraient-ils accepté de payer les tarifs dits « de nuit », outrageusement gonflés ? Et qu'est-ce qui pouvait inciter les filles à amadouer les pigeons et à les convaincre de cracher au bassinet si elles se voyaient écartées du partage au moment de l'addition ?

Pour Lil, cette attitude était absurde, mais elle était trop jeune et trop candide pour réaliser que les filles accortes et peu farouches couraient les rues. On en trouvait partout, ça grouillait, littéralement. Les hommes pouvaient plaquer leur famille sans le moindre état d'âme et disparaître sans un regard en arrière. Les mères, elles, ne pouvaient s'offrir ce genre de luxe et devaient gagner leur vie pour continuer à nourrir, loger et vêtir leurs enfants. Voilà pourquoi elles se bousculaient pour travailler dans les clubs. Les boîtes ne risquaient pas de manquer de jeunes recrues.

Ce soir-là pourtant, Lil s'était rallié les bonnes grâces et l'estime du portier. Quant aux filles, elles ne juraient plus que par elle.

Brodie s'était retrouvé dans une situation délicate. L'idée ne lui serait jamais venue de se soucier des intérêts d'une fille, encore moins de s'assurer qu'ils étaient respectés. Mais la fille en question se trouvait être une ancienne camarade d'usine de Lil, et ça l'avait mise hors d'elle de la voir ainsi réduite à faire commerce de ses charmes (son mari l'avait laissée seule avec ses trois gamins et une montagne de dettes). Alors, forte de son autorité toute neuve et de ses convictions, elle s'était empressée d'expliquer sans détour à Patrick sa façon de voir les choses.

L'ambiance des clubs lui plaisait. Elle aimait l'esprit de corps qui unissait les filles. Ça lui rappelait l'usine, où elle s'était sentie pour la première fois acceptée et intégrée. Elle aimait travailler hors de chez elle en compagnie d'autres femmes. Outre que ça la rapprochait de son mari, elle aimait, comme toute jeune fille, se sentir entourée de bruit et d'animation – et là, elle était servie !

Maintenant que Brodie lui avait donné carte blanche pour prendre en main le fonctionnement des clubs, elle découvrait à quel point la vie pouvait être dure pour les femmes. Ce qu'elle ne voyait toujours pas, en revanche, c'était que son époux tirait profit de sa bonté. La façon dont les filles se conduisaient avec elle ne lui avait pas échappé, pas plus que l'attitude de Lil à leur égard. Lil était une meneuse née, doublée d'une femme à poigne : elle savait parfaitement s'y prendre avec les clients qui renâclaient au moment de l'addition.

Patrick était enchanté du zèle avec lequel la femme de sa vie l'assistait dans son travail et le délestait du souci d'avoir à s'occuper des filles. Elle allait de club en club, gardait un œil sur le personnel, s'assurait que la caisse se remplissait et que tout fonctionnait normalement. Elle avait un talent particulier pour repérer de très loin les trublions des deux sexes. Grâce à son œil de lynx, elle pouvait évaluer le contenu du tiroir-caisse plus vite que lui. C'était une alliée inestimable, et il était à la fois heureux et stupéfait de constater qu'elle persévérait dans sa décision de travailler à ses côtés, même après avoir constaté de visu la véritable nature de son business.

Il avait d'abord cru que le milieu de la prostitution la rebuterait, elle qui était tellement à cheval sur les principes. Mais elle avait vite compris, et bien mieux que lui, ce qui empoisonnait la vie des filles et les poussait à faire ce boulot jour après jour.

A la différence des autres épouses, Lil était une vraie partenaire. A une époque où les femmes étaient réduites au statut de simples objets destinés à être utilisés ou exploités à outrance, elle avait réussi à se servir de son intelligence et de son sens des affaires pour leur plus grand profit à tous deux.

Elle lui avait libéré le temps nécessaire à ses autres affaires. Evidemment, certains n'appréciaient pas de le voir s'en remettre à une femme. A leurs yeux, c'était le comble de la mollesse et de l'abdication. Mais, comme Pat ne manquait pas de le faire remarquer à ceux qui osaient le lui dire en face, à qui aurait-il pu se fier mieux qu'à elle ?

Lily finissait de coucher les garçons. Elle s'était préparée pour sortir et tentait sans grand succès de chasser de ses pensées les remarques acerbes de sa mère.

Depuis le mariage de sa fille, Annie s'était évertuée à se rendre utile et s'était montrée d'une amabilité irréprochable. Lil avait longtemps hésité à lui accorder sa confiance, mais avait fini par lui faire une place dans sa nouvelle vie. Cependant, avec la naissance de Lance, son second fils, sa mère avait retrouvé sa vraie nature. Lil était sans cesse en butte à ses remarques désobligeantes et il devenait de plus en plus difficile de prétendre qu'entre elles tout allait pour le mieux dans le meilleur des mondes.

Annie aimait son premier petit-fils, Patrick Junior, mais ce n'était rien, comparé à l'adoration qu'elle vouait à Lance. Le jour même où il était venu au mode, un mois avant la date prévue, hurlant et gigotant comme une petite furie, elle s'en était follement entichée. A croire qu'elle lui avait donné le jour elle-même.

A présent, devant ses fils endormis, Lil s'étonnait de ne pas partager le sentiment de sa mère. Elle aimait son fils cadet, bien sûr, mais c'était un enfant si étrange… Quand il la regardait, elle avait l'impression qu'il tentait de la jauger, comme s'il attendait qu'elle commette un faux pas. C'était pourtant un bambin adorable, avec ses jolis cheveux bruns si fournis qui le faisaient ressembler à son père et ses yeux gris qu'il tenait d'Annie. Il était d'une beauté frappante – ça, tout le monde l'avait remarqué, dès le premier jour. Pourtant, au fil des mois, Lil avait conçu à l'égard de cet enfant une sorte de complexe de culpabilité, renforcé par la sourde répugnance qu'il lui inspirait. Elle avait cessé très tôt de lui donner le sein pour le mettre au biberon. Sa mère, évidemment, avait parlé d'« invraisemblable précipitation » mais avait sauté sur l'occasion pour pouponner tout son soûl. Il avait toujours la peau moite, cet enfant, et, à la différence de son aîné, il avait des airs patauds qui la dégoûtaient vaguement – tout comme les attributs dont la nature l'avait généreusement doté et qui avaient inspiré à son père quelques commentaires grivois.

Il dormait jambes écartées, avec l'abandon de ses trois ans. Il portait encore des couches, sa grand-mère n'ayant rien trouvé de mieux que de décréter qu'il ne fallait pas le brusquer, ce cher petit, qu'il apprendrait tout ça à son rythme. Dans l'idée de Lil, les principaux obstacles à la propreté de Lance étaient surtout son indolence et sa paresse. Il comptait toujours sur Pat Junior, c'en était exaspérant. Il avait très vite appris à manipuler toute la maisonnée, Annie la première, évidemment, et faisait marcher son monde sans que cela paraisse lui coûter le moindre effort.

Patrick lui-même l'adorait. Pourtant, malgré les scrupules qu'elle en avait conçus et le sentiment de culpabilité qui la rongeait, Lil n'avait jamais pu voir cet enfant avec le mélange de patience et d'indulgence qu'il semblait inspirer aux autres membres de la famille.

Elle l'aimait néanmoins et le protégeait à sa façon. Parce que c'était son enfant, qu'elle l'avait porté, qu'elle s'en sentait responsable et que, contrairement à sa propre mère qui lui avait laissé le soin de s'élever toute seule, elle était fermement résolue à faire en sorte qu'aucun de ses enfants ne se sente jamais livré à lui-même, mal-aimé ou non désiré. Ses enfants étaient ce qu'elle avait de plus cher. Elle aurait donné sa vie pour eux.

Comme elle se penchait vers lui pour l'embrasser, elle capta une bouffée de son odeur enfantine – ce mélange douceâtre de pipi de bébé et de transpiration qui, une fois de plus, lui donna des frissons. Elle ne s'expliquait décidément pas ce qui la dérangeait tant en lui. Ses étranges réactions l'amenaient parfois à s'interroger sur elle-même et sur son rôle de mère. Quelle chose étrange que la culpabilité, et que c'était destructeur !

Dans le lit d'à côté, Pat Junior lui souriait d'un bon sourire qui lui mit du baume au cœur. Celui-là, elle n'avait pas de mal à l'aimer. Il respirait la santé et la joie de vivre. Il était toujours gai, toujours content. A la différence de Lance, il était d'une grande vivacité et se conduisait normalement en sa présence. Il babillait et réagissait au quart de tour, alors que le vocabulaire de Lance se réduisait encore à quelques mots – et ce n'était certainement pas parce qu'il était incapable d'en maîtriser davantage…

– Bonne nuit, maman !

Elle lui rendit son sourire et sentit son cœur se gonfler d'orgueil. Sa beauté sombre, rehaussée par le bleu incroyable de ses yeux, avait quelque chose de renversant. Physiquement, son aîné avait hérité le type irlandais de ses aïeux – ainsi que, comme Pat ne cessait de leur répéter, leur tchatche proverbiale.

Il leva les bras pour les nouer autour du cou de sa jolie maman, toute pomponnée et parfumée. Comme toujours, elle se laissa faire.

– Dors bien, maintenant, mon chéri, et je te rapporterai un Caramac.

Il était enchanté : son approvisionnement en bonbons était assuré. Quand sa mère quitta la pièce sur la pointe des pieds, ses yeux se fermaient déjà.

En bas, Annie se préparait une tasse de thé. Sa fille sentit soudain le fardeau de sa présence lui peser. Toute sa vie, sa mère l'avait traitée comme un chien, voire pis. Elle avait beau savoir que ce n'était pas son rôle, Lil s'était toujours sentie responsable des autres. Patrick ne cessait de remettre en question la présence d'Annie chez eux, mais elle s'évertuait à lui expliquer qu'elle était la seule mère qu'elle aurait jamais. Lance, c'était pareil. Personne ne soupçonnait ce qu'elle éprouvait pour son fils cadet, et personne n'en saurait jamais rien. Mais quels que fussent ses sentiments envers eux, ils étaient sa famille ; l'idée ne lui serait même pas venue de les laisser tomber.

Annie arrosa copieusement son thé d'une rasade de Bushmills et Lil se força à sourire.

– Je sors, ce soir, m'man ! lui annonça-t-elle avec entrain.

– Ma parole, si ça continue, tu vas finir par ressembler aux créatures que tu es censée faire bosser !

La remarque se voulait légère, mais elle recelait une note de fiel qui ne pouvait échapper à Lil.

Elle soutint le regard de sa mère, plongeant dans le gris délavé de ces prunelles qui ressemblaient tant aux siennes, et se sentit en proie à une soudaine envie de hurler. Elle avait l'impression d'étouffer, d'être prise à la gorge. Pourquoi s'imposait-elle ça, jour après jour, comme le lui répétait son homme ? Sa mère était un vrai serpent, lové au cœur de sa famille, instillant son venin dans l'esprit de ses petits-fils.

Comme elle quittait la maison, elle se sentit enveloppée d'un silence assourdissant, chargé de tous les non-dits qu'elle tentait désespérément de tenir à distance. Elle souffla un grand coup dans la fraîcheur du soir et inspira à fond, comme si sa vie en dépendait.

Ruby Tyler décocha un grand sourire à Brodie qui survolait le club du regard. Il cherchait quelqu'un, mais rien dans son attitude n'aurait pu le laisser supposer.

En sentant les yeux de Ruby s'attarder sur lui, il regretta aussitôt d'avoir un peu forcé sur la bouteille la nuit précédente. Ruby caressait de grandes ambitions. Maintenant qu'elle lui avait rendu ce petit service, elle allait attendre quelque chose en retour, une rétribution. Elle devait voir en lui un ascenseur social, un genre de contrat de travail privilégié pour les mois ou les années à venir. Elle commençait même à manifester du dépit devant le peu d'intérêt qu'il lui portait – malheureusement pour eux deux, Ruby Tyler avait une très haute opinion d'elle-même.

Pat traversa le club pour regagner son bureau. Il se versait un scotch en songeant qu'elle n'allait pas tarder à le suivre, quand il entendit la porte se refermer, presque sans bruit. Il prit une profonde inspiration.

– Que puis-je faire pour toi ? finit-il par dire, au bout d'une éternité.

Il se retourna vers elle, s'émerveillant de la sottise des femmes. Celle de Ruby et de ses semblables, surtout. C'était une fille agréable, doublée d'une bonne gagneuse – ça, il aurait eu mauvaise grâce à s'en plaindre –, mais c'était la meilleure des raisons pour qu'elle pige d'un coup d'œil la situation : il ne s'engagerait pas avec elle sur le long terme uniquement pour ses talents de pipeuse…

Ruby avait bien conscience d'être un joli petit lot, mais elle se considérait surtout comme supérieurement futée. Elle pensait avoir suffisamment d'atouts, sur le plan physique et intellectuel, pour dompter le plus sauvage des étalons. Indiscutablement, Patrick Brodie était un gibier de choix, et elle se voyait très bien dans le rôle de la nouvelle candidate à la place de maîtresse attitrée. Ayant déjà fait deux enfants à sa femme, il devait commencer à s'en lasser un peu, et c'était une pointure – ce qu'elle considérait comme suffisant pour lui faire profiter d'un traitement de faveur complet, signé Ruby Tyler. Elle lorgnait avant tout la notoriété que lui vaudrait le statut de maîtresse du boss, et la promotion que cela lui assurerait dans la hiérarchie du club. Elle restait cependant réaliste, sachant que jamais il ne l'épouserait ni ne quitterait sa famille pour elle. Elle ne pourrait prétendre qu'au titre de maîtresse, mais elle était prête à s'en contenter, ainsi que de tous les avantages en nature qui accompagnaient la fonction. Il l'avait remarquée, distinguée entre toutes, elle avait accédé à ses désirs et elle était bien résolue à profiter de cette ouverture. Comme elle l'avait confié à sa meilleure amie, celui-là, elle ne le laisserait sûrement pas repartir sans s'être bagarrée bec et ongles !

Patrick la regarda un long moment, jusqu'à ce qu'elle se sente transpercée par le magnétisme et l'aura de danger qu'il dégageait. Il avait la beauté du diable, ça, pas l'ombre d'un doute – ce qui, allié à son prestige et à sa puissance financière, en faisait la réponse idéale aux rêves de toutes les gogo girls du secteur. Ce qu'il lui fallait, à elle, c'était un homme, un vrai, et qui ait du répondant. Elle n'exigeait pas sa fidélité et ne visait rien qui ait à voir avec lui ou avec sa vie conjugale – enfin, pas dans un premier temps. En somme, ce qu'elle voulait, c'était un rôle à tenir. Ses dix minutes de gloire. Participer à l'action.

– Oui ?

Ses yeux gris ne s'étaient pas réchauffés et, l'espace d'une seconde, Ruby se sentit chanceler. Elle lui sourit, dévoilant une denture d'une blancheur parfaite. Ruby avait un sourire splendide et ça lui avait coûté assez cher. Elle prenait grand soin de son apparence physique. C'était pour elle un investissement à long terme, un moyen de s'assurer qu'elle ne finirait pas comme sa mère, usée avant l'âge, vivant comme une femme qui aurait eu vingt ans de plus parce que son avenir s'était achevé en queue de poisson le jour où elle s'était malencontreusement avisée d'aller dire oui.

– Putain, t'attends quoi, là ? T'as une case vide, ma parole !

Ruby le regarda, interdite, mais sans se départir de l'éblouissant sourire qui restait accroché à son visage fardé.

Il s'avança vers elle, sans hâte ni trace de colère – elle ne vit rien venir –, et la prit soudain à la gorge pour la plaquer contre la porte.

– Alors, ouvre bien tes oreilles, chérie, cracha-t-il. Si je te revois traîner à moins d'un mètre de moi, je te brise le cou. T'as bien compris, cette fois, ou tu attends que je le fasse tatouer sur ton gros cul ?

Il avait parlé sans desserrer les dents, et Ruby mesura l'ampleur de sa méprise. A présent, ce type en qui elle n'avait vu qu'une proie facile la glaçait de terreur.

Il la regarda dans le blanc des yeux puis, du plus loin qu'il put, se racla la gorge et lui cracha à la figure. Le mollard l'atteignit à la joue, le reste lui éclaboussa les yeux. Elle eut le réflexe de les fermer aussitôt, s'attendant au pire…

– Si tu reviens me tourner autour, tu le regretteras toute ta vie, ma petite. Une pipe taillée entre deux portes, ça ne te donne droit qu'à mon profond dégoût. Alors maintenant, tu te casses. Tu files récupérer ton manteau et tes affaires, et tu disparais. Que je ne te revoie plus jamais dans le coin. Pigé ?

Elle hocha la tête. Ses cheveux parfaitement laqués n'avaient pas bougé, malgré la violence de l'agression. Comme il desserrait sa prise sur sa gorge, elle s'affaissa contre la porte. Elle ne pouvait plus respirer que par petits hoquets brefs et douloureux.

Là-dessus, il remit le cap sur son bureau puis se mit à ranger ses papiers, et elle en profita pour s'éclipser aussi discrètement que possible.

Pat ne contenait qu'à grand peine sa colère. Ce genre d'incident pouvait être lourd de conséquences. Lil était arrangeante, mais il suffisait qu'une petite pétasse du genre de Ruby Tyler s'avise d'aller la narguer pour qu'elle ne puisse plus fermer les yeux sur ses écarts de conduite. Elle serait forcée de prendre des mesures, ne serait-ce que pour sauver la face. Il devait donc faire en sorte que ça ne se reproduise jamais. Ce qui échappait à l'œil aiguisé de sa femme ne pouvait la blesser – et ce n'était pas pour ce genre de petite grue qu'il prendrait un tel risque.

Annie Diamond vint ouvrir la porte d'entrée d'un pas léger, foulant l'épaisse moquette sable qui faisait chaque jour son admiration. Que sa fille, cette maigrichonne à peine sexuée, ait réussi à faire un tel chemin dans l'existence, c'était pour elle une perpétuelle source de stupeur et d'irritation. Son statut avait beau lui valoir, outre le respect de tout le quartier, un toit décent au-dessus de sa tête et l'assurance de revenus réguliers, la jalousie d'Annie était sans bornes.

Elle eut un sourire matois en ouvrant la porte. Mick Diamond se glissa sans bruit dans la maison.

La terreur de sa vie, cet homme à qui elle s'était volontairement enchaînée en échange d'un nom pour sa fille – ce qui lui avait paru plus important que tout le reste, à l'époque –, faisait à nouveau partie des meubles. Mais, cette fois, la chance avait tourné. C'était lui qui avait besoin d'elle, et non l'inverse.

Son plus grand charme, ces temps-ci, aux yeux d'Annie, c'était qu'elle pouvait s'asseoir en face de lui et dire pis que pendre de sa fille sans craindre que ses critiques reviennent aux oreilles de Lil ou, pis, de son gendre.

Mick et Annie s'étaient donc enfin trouvé un objectif commun : profiter au maximum de la bonne fortune de « la petite ». Ils étaient encore bien plus déterminés à s'armer de patience, jusqu'au jour où Brodie s'en lasserait et la mettrait au rancart pour s'offrir un modèle plus récent – même si cela devait être du même coup la fin de la manne qui leur tombait dans les poches. En tout cas, ils étaient d'accord sur un point : la « petite » commençait à péter plus haut que son cul.

Car les Brodie les écrasaient de leur mépris. Patrick ne se gênait pas pour ignorer Diamond et l'humilier en public. La première fois, un jour qu'il les avait croisés dans un pub, Lil et lui, et les avait abordés, Brodie avait carrément fait mine de ne pas le voir et avait continué à bavarder avec ses potes, qui échangeaient des coups d'œil entendus. Lil lui avait glissé un regard inquiet et il avait eu le plaisir de voir scintiller de la peur dans ses yeux gris. La deuxième fois, il avait attendu que Patrick sorte de chez eux pour aller à sa rencontre. Il l'avait salué, s'était présenté en y mettant les formes et en jouant les beaux-pères attentionnés. Mais Brodie lui avait assené ses quatre vérités d'un ton qui ne laissait aucune équivoque : pour lui, Diamond ne serait jamais que le sale vieux con qui avait terrorisé Lil toute son enfance. Alors, s'il espérait mettre à profit un pseudo-lien de parenté avec lui pour en tirer avantage, il pouvait se brosser.

Pat lui avait également laissé entendre que s'il continuait à leur tourner autour il ferait en sorte qu'il passe le reste de sa misérable vie à l'état de coulis de framboise.

Mick avait encaissé sans moufter. Le jour où sa femme avait abandonné le domicile conjugal sans crier gare, il s'était pris une baffe qu'il n'était pas près d'oublier. La survie du plus apte faisait loi en ce monde, et voilà qu'il se retrouvait tout au bout de la chaîne alimentaire, relégué au rang de plancton humain. L'époque où il régnait chez lui par la terreur était révolue et l'argent de sa fille était définitivement hors de sa portée. Sa femme l'avait plaqué du jour au lendemain et sans le moindre état d'âme pour se mettre dans les petits papiers de sa fille et de son gendre. Ils avaient eu besoin d'elle pour signer les papiers du mariage, et elle en avait profité pour se rendre indispensable.

Evidemment, Annie avait un argument dont il ne pouvait se targuer : les liens du sang. Dans l'East End, ces liens avaient la vie dure. Il fallait vraiment en faire des tonnes pour qu'on les récuse et, de ce point de vue, Lil ne dérogeait pas à la règle. Claquer la porte au nez de sa mère, quoi qu'elle ait pu faire, ça passait pour le comble de l'indignité et le summum de l'arrogance – à quelques exceptions près, tels que les indics ou les cas graves de sévices sexuels. Toute autre faute devait être publiquement ignorée, quitte à laver votre linge sale en famille, si le parent concerné était hébergé sous votre toit. Derrière votre porte, vous pouviez en faire ce que bon vous semblait, y compris des confettis, mais aux yeux du monde il fallait coûte que coûte sauvegarder les apparences de la piété filiale et sacrifier aux convenances.

Mick Diamond se retrouvait donc tributaire de cette femme qui l'avait attirée dans les rets du mariage avant de lui pondre une pisseuse qui n'était pas de lui, et n'avait pas été fichue de lui donner ensuite une vraie descendance. Dieu merci, grâce à la duplicité naturelle d'Annie, il avait fini par avoir ses entrées chez Brodie, même s'il lui fallait pour cela se faufiler dans la maison en l'absence des patrons et se farcir les sempiternelles doléances qu'elle lui débitait avant de daigner enfin lui glisser quelques biffetons et le raccompagner à la porte – en toute hâte et en douce, de peur qu'on ne les voie ensemble.

Entre-temps, il avait appris certaines choses sur Brodie et son business. Et, plus il en apprenait, plus la colère grondait en lui.

Annie, comme toujours, ouvrit la porte de la chambre pour lui faire admirer les deux bambins qui dormaient à poings fermés. Il les contempla en se retenant de lui tordre le cou, à cette vieille garce, histoire de lui rappeler que, lui, n'avait jamais pu avoir d'enfant. Mais, à son habitude, il se répandit en compliments et attendit qu'elle veuille bien redescendre à la cuisine pour lui servir un grand whisky, comme l'exigeait le rituel consacré.

De son côté, Annie usait et abusait de son nouveau pouvoir. Sa vie commune avec Diamond n'avait été qu'une longue guerre d'usure. Sa fille ayant été la cause de tous ses malheurs, elle n'avait jamais compris, jusqu'à la naissance de Lance, jusqu'à ce jour béni où elle l'avait vu pour la première fois, ce qui, pour les autres, semblait aller de soi : l'amour. L'amour pur. Ce sentiment inconditionnel et sans mélange que peut vous inspirer un enfant. Au premier regard, elle avait été comme frappée par la foudre. Dès son premier souffle, Lance avait été pour elle un enfant dieu. La puissance de ses sentiments avait quelque chose d'effrayant. Elle l'aimait avec un emportement et une abnégation dont elle ne se serait jamais crue capable. Cet amour la dévorait comme un cancer. Au point qu'en voyant sa fille lui donner le sein elle s'était sentie bouillir d'une rage presque meurtrière, à l'idée que ce n'était pas d'elle qu'il était né.

Elle s'était persuadée que si elle avait pu lui donner un petit Lance, Mick l'aurait bien mieux traitée; qu'il aurait été fier de ce rejeton. Lorsqu'elle l'emmenait ainsi voir les petits, ce n'était pas tant pour le faire bisquer que pour lui montrer ce qui aurait pu advenir. Après tout, elle avait procréé, et pas lui. Dieu savait pourtant qu'il ne s'était pas privé de la sauter, ce salopard, des années durant, dans toutes les positions et à couilles rabattues, avec l'espoir toujours déçu de la mettre en cloque. Et, plus il cuvait sa frustration, plus il lui pourrissait la vie. Il avait fait tout ce qu'il fallait pour ça, lui reprochant sans cesse sa stérilité et lui comptant chichement les quelques sous qu'il devait lui verser pour nourrir cette pauvre Lil, ce constant rappel de ses propres failles.

Comme Mick, Annie avait la rancune tenace et chevillée au corps. Ils nourrissaient autant de ressentiment l'un que l'autre à l'encontre de Lil et de sa vie dorée qui lui permettait d'échapper à leur contrôle. Annie vivait grassement aux crochets de son gendre, mais elle était assez fine pour comprendre que, s'il n'avait tenu qu'à lui, elle se serait retrouvée à la rue illico, avec son pied au cul. Voilà donc sur quel terrain Mick et Annie avaient fini par se rejoindre : personne d'autre ne voulait d'eux, et cette certitude suffisait à sceller leur pacte. Mais Annie gardait la main, et ce n'était pas pour lui déplaire : elle avait payé pour savoir qu'en ce monde rien ne dure et que tout peut changer du jour au lendemain. Lil elle-même leur avait prouvé l'exactitude de cette vieille rengaine, comme ils l'avaient appris à leurs dépens.

En se promenant dans la jolie maison de sa fille adoptive, Mick Diamond s'émerveillait des miracles que peuvent accomplir une jolie paire de nibards et un sourire charmeur. Pour les femmes, tout était tellement simple… A la seconde où il franchissait le pas de cette porte, il perdait tout souvenir de la façon dont lui-même avait traité la sienne et ne voyait plus que les avantages considérables que Lil s'était assurés grâce à son joli châssis – ainsi que le mépris dont elle l'écrasait lui, l'homme à qui elle devait, mieux que son nom, sa respectabilité. Dieu, dans Sa justice, ferait que son tour viendrait, inéluctablement. Un jour, Lil Brodie, née Diamond, finirait par tomber en disgrâce. Et ce jour-là, il l'attendrait au tournant.

Pour l'instant, Brodie tenait le haut du pavé. Mais le vent avait tôt fait de tourner, et souvent au moment où on s'y attendait le moins. La mort, le malheur, la maladie, toutes sortes de choses guettaient leur heure pour tomber à bras raccourcis sur les petits cons qui se croyaient à l'abri des épreuves de la vraie vie.

Brodie finirait bien par passer à la trappe, lui aussi – épinglé par les flics ou buté d'une balle dans le ventre, comme Billy Spot. Ainsi allait le monde. La patience finissait toujours par payer – et, de la patience, Mick en avait.

A revendre.

CHAPITRE 4

Depuis plus de vingt ans, James Curtis tenait une officine de bookmaker sur Ilford High Street. Son activité avait beau avoir été prohibée par la loi jusqu'à une époque récente, on ne l'avait jamais connu que sous le sobriquet de « Jamie-le-Book ». Il avait parfois été contraint de recycler son petit bureau en boutique de confection pour hommes, mais ses divers commerces avaient toujours servi de couverture à ses activités de bookmaker, bien plus juteuses. Le week-end, il faisait la tournée des pubs de l'East End et de l'Essex pour distribuer les gains avec son éternel sourire en coin et cet humour caustique, à base d'autodérision, dont il avait le secret. Jamie était un type sympathique, parfaitement réglo et apprécié de tous. Il payait rubis sur l'ongle, sans faire de chichis. Chez Jamie, le client était roi. Avec lui, gagner c'était gagner, et il jouissait de la considération et de la confiance générales. Il vous refilait votre enveloppe avec un grand sourire et un bon mot, tout en vous assurant que, cette fois, vous l'aviez mis sur la paille. Les gens adoraient ses saillies, qui ajoutaient à leur victoire un piment, un je-ne-sais-quoi d'unique.

Ce jour-là, à son habitude, Jamie officiait derrière son comptoir de noyer ciré. Perché sur son haut tabouret rembourré de cuir, la cigarette au bec, il calculait ses cotes, plongé dans ses réflexions d'où il n'émergeait que pour s'occuper lui-même des plus gros parieurs. Des gouttelettes de sueur perlaient sur son front dégarni et ses manches de chemise roulées révélaient des bras couverts de tatouages. La porte s'ouvrit soudain sur un jeune homme blond au crâne presque rasé, qui entra sans hâte, leva son fusil à canon scié, visa brièvement Jamie à la poitrine et ouvrit le feu.

Sous le regard éberlué des habitués, cet homme qui forçait le respect et l'affection fut littéralement soulevé de son tabouret et propulsé contre la porte de son bureau, la bouche et le nez pissant le sang. Après quoi, le jeune homme blond repartit comme il était venu, sans un mot. Les parieurs récupèrent les feuillets où leurs noms avaient été notés de la main sûre et précise de l'officine et battirent précipitamment en retraite. Il ne resta bientôt sur place que les deux employées de Jamie, qui se mirent à hurler à tue-tête, s'épargnant ainsi le soin de décrocher leur téléphone pour appeler les flics.

Voilà pourquoi la maison Royco avait débarqué sur les lieux sans y avoir été conviée et, pour étrange que ça puisse paraître, sans y trouver le moindre témoin – à ce stade, les filles s'étaient déjà entendues pour dire qu'elles n'avaient rien vu ; c'était l'heure de leur tasse de thé et elles étaient dans l'arrière-boutique au moment du drame.

De fait, la police mit un certain temps à établir qu'il ne manquait pas un sou dans la caisse ; désormais, techniquement parlant, il était impossible de qualifier ce crime d'attaque à main armée. C'était un meurtre.

Et c'était bien ce qui mettait tout le monde sur les charbons ardents.

Jamie-le-Book était un homme estimé et notoirement honnête – condition sine qua non dans sa branche. Aucun joueur n'aime perdre, même s'il ne peut s'en prendre qu'à lui-même ; encore moins s'il peut accuser quelqu'un de l'avoir roulé. Un pari, c'est une affaire personnelle. Vous risquez votre mise de bonne foi et tout parieur est censé savoir que la chance peut tourner d'un côté comme de l'autre. Quand vous gagnez, vous vous félicitez de votre jugeote ; dans le cas contraire, c'est aux bookmakers de se féliciter – et naturellement ça leur arrive plus souvent qu'à leur tour.

Le secteur des paris était un tout petit monde. Dans leur immense majorité, les parieurs jouaient sportivement, pour le plaisir de tenter leur chance et de s'offrir quelques palpitations. Mais les joueurs professionnels, par nature soupçonneux, âpres au gain et plutôt mauvais perdants, exerçaient une telle pression sur les bookmakers comme Jamie qu'ils devaient faire appel à Brodie et aux frères Williams pour leur prêter main-forte. C'était même une nécessité absolue : une grosse perte pouvait métamorphoser le parieur le plus pacifique en furie capable de la dernière violence. Voir disparaître votre salaire de la semaine, en sachant que toute la famille va devoir se serrer la ceinture à cause de vos conneries, ça peut vous transformer en un forcené assoiffé de sang.

L'ombre tutélaire de Brodie ou des frères Williams était la garantie que ces pulsions meurtrières resteraient de l'ordre du fantasme. Personne ne pouvait sérieusement songer à défier ces gros calibres. Toujours réglo, Jamie comprenait mieux que personne de quels malheurs dépendait le succès de son commerce. Tous ses clients, y compris les plus importants, l'appréciaient et le respectaient. Pour rien au monde il n'aurait accepté de gros pari de la part d'un type dont il savait qu'il ne pouvait s'offrir le luxe de perdre.

En fait, par nature, les paris étaient la plus réglo des combines, et la confiance était un facteur essentiel si vous vouliez vous constituer une clientèle. Les meilleurs bookmakers offraient même à leurs habitués un demi-point de plus que les tarifs en vigueur, afin de les inciter à revenir parier chez eux plutôt qu'en face. Les gagnants pouvaient toujours compter sur un sourire et un bon mot du patron – lequel savait que ce n'était qu'un emprunt et que l'argent finirait par reprendre le chemin de sa caisse.

Or, il n'y avait pratiquement pas eu de courses, ce jour-là. Il n'y avait donc pas eu de gros paris et Jamie n'avait encaissé que de petites sommes. Les mobiles de son meurtre donnaient lieu à d'abondantes spéculations; tout le monde y allait de son hypothèse. Le fait même que les flics aient débarqué spontanément, comme par hasard, mais en prenant tout leur temps, ne faisait qu'épaissir le mystère. Il se tramait quelque chose, mais quoi ? Personne ne semblait en avoir la moindre idée.

Terry Williams avait vingt-trois ans. Comme ses frères à son âge, il était tout en muscles et avait un pois chiche à la place du cerveau. Mais c'était un gentil garçon. Il avait du cœur et s'était déniché sa première petite amie un peu sérieuse. Pat respectait les frères Williams en tant que partenaires, mais il avait bien conscience que les gens préféraient avoir affaire à Terry plutôt qu'aux autres, à qui ça ne faisait ni chaud ni froid – au contraire, ils étaient plutôt contents de ce statu quo. Patrick réglait leur planning au jour le jour et trouvait des solutions au moindre de leurs problèmes, ce qui leur laissait les mains libres pour ce qu'ils faisaient le mieux : rouler des mécaniques en jouant les gros bras. A l'occasion, ils pouvaient faire preuve d'une certaine roublardise mais sans grande subtilité – la subtilité, ça n'avait jamais été leur truc. La peur qu'ils inspiraient leur suffisait amplement. C'était une bande de machos purs et durs, et ils avaient leur place dans le monde.

Terry relevait les compteurs dans le secteur de Custom House lorsqu'il s'était pris un coup de feu en pleine figure. La balle l'avait frappé de face et de plein fouet, en même temps que les éclats de verre provenant de son pare-brise. Il respirait encore à l'arrivée de l'ambulance mais s'était apparemment noyé dans son sang avant d'être admis à l'hôpital, ce qui donna à sa mère des cauchemars récurrents dont elle ne put jamais guérir tout à fait. Sa tête n'étant plus qu'une plaie sanglante, et on avait dû refermer pudiquement sur lui le couvercle de son somptueux cercueil, lors de ses funérailles – une cérémonie magnifique, pour laquelle on n'avait pas regardé à la dépense.

Selon les témoins, il n'avait cessé d'appeler sa génitrice, pendant son agonie, petit détail qui n'avait affecté en rien sa crédibilité ni son prestige dans le Milieu. Tout le monde s'en remet à sa mère quand la vie lui envoie une tuile. Votre mère, c'est la seule personne au monde sur qui vous puissiez vraiment compter, quoi que vous ayez sur la conscience – ou, plus précisément, quelles que soient les charges qui pèsent sur vous. C'est la seule personne qui continue à vous rendre régulièrement visite quand vous êtes condamné à perpétuité. Tant qu'il vous reste une mère quelque part, vous avez un endroit où aller et quelqu'un à qui vous fier.

Terry était mort en appelant sa mère ; ce seul fait avait mis ses frères dans une rage noire, sans compter le putain de culot de l'assassin qui avait cru pouvoir commettre un acte aussi odieux en toute impunité. Evidemment, leur mère était effondrée de douleur. Devant son chagrin, aucun d'entre eux ne pouvait rester les bras croisés. Cette débâcle relevait d'un diabolique coup du sort et semblait d'autant plus intolérable que personne n'en comprenait les vraies raisons. Les frères Williams n'avaient personne en particulier dans le collimateur, pas d'ennemis acharnés lâchés dans la nature, aucune vieille rancœur, rien qui puisse justifier une mesure aussi extrême. Ils étaient face à un véritable casse-tête. Terry n'avait sauté la femme de personne – loin de là, puisqu'il était lui-même en pleine idylle et aussi fidèle que Roméo ! Ce meurtre était donc un mystère, ce qui ne fléchissait en rien leur détermination à le venger, bien au contraire.

Dès qu'ils auraient identifié l'auteur de cet acte aussi téméraire que gratuit, la femme qui lui avait donné le jour pouvait s'attendre à le récupérer en pièces détachées, et par voie postale. Ils rendraient au centuple les tourments qu'avait subis leur propre mère.

Brodie prenait un verre avec un copain dans une boîte qu'il venait d'acquérir quand il apprit la mort de son jeune collaborateur.

Le meurtre de Jamie Curtis, qu'il avait mis sur le compte d'une vengeance privée ou d'un pari à l'amiable qui aurait tourné au vinaigre, ne l'avait pas affecté outre mesure. Jamie n'aurait pas été le premier bookie à accepter de prendre quelques paris au noir – en cas de problème, le bookmaker n'avait aucun recours, c'était le hic –, et comme ces paris n'apparaissaient pas sur les comptes à partir desquels il calculait ses « honoraires », Patrick n'avait pas l'ombre d'une raison de veiller à ce qu'ils soient intégralement payés. En quoi cela le regardait-il ?

Une grosse dette de jeu était une mine d'ennuis potentiels, c'était l'évidence même. Les joueurs n'étaient qu'une espèce particulière de toxicomanes. Si vous les laissiez s'amuser à l'œil, ils avaient tendance à prendre la tangente au moment où vous leur présentiez l'addition, pour aller claquer ailleurs l'argent qui leur restait. La plupart des bookies avaient donc tendance à revendre ce genre de dette en se contentant de la fraction qu'ils parvenaient à récupérer, laissant aux clients le soin de se tirer des griffes du tueur sanguinaire qui les prenait en chasse – et qui, ne rêvons pas, avait tôt fait de remonter leur piste. De temps en temps, par faveur spéciale, Brodie rachetait une dette ou deux et s'arrangeait pour récupérer la mise, vite fait bien fait.

Il en avait donc conclu que Jamie avait été victime d'un coup foireux. Si ce n'était pas un braquage, ça ne pouvait être qu'un règlement de comptes. A moins que quelqu'un n'ait carrément jugé que buter Jamie lui reviendrait moins cher que de le payer…

Dans un cas comme dans l'autre, Patrick ne se sentait pas concerné. Ça n'avait rien à voir avec lui, et on finirait tôt ou tard par connaître le fin mot de l'histoire. Evidemment, il regretterait Jamie, un brave type. Celui qui se l'était fait devait tout de même être en proie à de sérieuses pulsions suicidaires, parce qu'il ne pouvait ignorer qu'il était sous sa protection. Descendre Jamie, c'était donc l'insulter lui, Brodie, et à plus d'un titre – c'était une très mauvaise publicité pour son organisation, et quelqu'un allait devoir payer. D'un autre côté, s'il s'agissait d'un pari à l'amiable, il préférait ne pas s'en mêler. Il attendait donc d'en avoir le cœur net pour décider de la conduite à tenir.

Mais le meurtre de Terry, commis quelques heures à peine après celui de Jamie, changeait totalement la donne. Cette fois, ça puait le règlement de comptes. C'était personnel.

Là-dessus, Brodie aurait misé une sacrée somme – l'ironie de cette idée lui tira presque un sourire. Mais il ne s'en faisait toujours pas outre mesure : il était devenu une vraie pointure, un homme incontournable. La seule chose sûre, c'était qu'il y avait une explication. Forcément. Il parlerait donc à Dicky, histoire de le sonder pour voir ce qu'il savait au juste du problème. A vue de nez, Terry aussi avait dû faire quelques coups en douce, pour son propre compte…

Un frisson lui parcourut l'échine. Il contre-attaqua en se commandant un grand cognac. L'angoisse lui nouait l'estomac. La paranoïa était une des plaies du métier – ça, il le savait depuis toujours. C'était la peur qui les maintenait en état de perpétuelle alerte. Elle devenait pour eux une seconde nature, une des composantes nécessaires de l'existence. Dans leur branche, mieux valait éviter de tenter le diable, car il lorgnait votre place… Après tout, c'était de bonne guerre, c'était la façon dont ils gagnaient leur vie. Mais là, il avait un sale pressentiment. Il ne s'agissait pas d'une banale démonstration de force. Il y avait un problème là-dessous. Un vrai.

De l'extérieur, rien ne filtrait de ses cogitations. Tel un politicien surpris la bite à la main avec un gamin sur les genoux, Brodie savait donner le change. Personne n'aurait pu dire s'il avait le moindre soupçon, ni même s'il s'interrogeait sur les récents événements. Il en avait entendu parler, comme tout le monde, point final. Pourtant, derrière cette façade impassible, il restait à l'affût et observait les réactions des gens autour de lui, au cas où quelqu'un aurait su quelque chose et où il aurait capté une nuance qui aurait fait tilt.

Dans le monde de Brodie, vous étiez présumé coupable jusqu'à preuve du contraire – et même dans ce dernier cas, mieux valait ouvrir l'œil.

Dicky Williams avait la rage au ventre. Bien inutilement, car il n'y avait rien à faire. Son frère était mort et rien ne le lui rendrait. Le plus douloureux, c'était que Terry se soit fait assassiner.

Les dernières heures n'avaient vraiment rien apporté de concret ni de positif. L'attente l'avait plutôt rendu vulnérable, en le confortant dans sa conviction que tout cela faisait partie d'une magouille plus vaste; au point qu'il aurait été prêt à massacrer le premier venu, juste pour lâcher un peu de vapeur et s'offrir enfin un moment de répit. Patrick lui avait expliqué au téléphone que la seule information intéressante dont il avait eu vent concernait Freddie le Congelé, mais que pour l'instant rien ne lui permettait d'affirmer que ça avait le moindre rapport avec les événements... Sauf que le petit doigt de Dicky lui disait que Patrick en savait plus long qu'il voulait bien l'avouer.

Ce connard de Freddie Dwyer, cette petite merde molle avait réussi à se faire serrer. Le bruit courait qu'il s'était fait prendre en flagrant délit avec un sacré stock de came et d'argent sale. La maison qu'il squattait avait été envahie à l'aube par un essaim de flics, une brigade de New Scotland Yard autoproclamée « Brigade volante ».

Cette fameuse brigade sévissait depuis 1919, mais son existence était presque passée inaperçue jusqu'au début des années soixante-dix. A présent, on ne pouvait plus faire un pas sans leur marcher dessus. Dans la lutte contre le crime organisé, ils étaient aussi vicelards et tordus qu'une pine d'avocat, et à peu près aussi efficaces qu'un cautère sur une jambe de bois. Quand ils avaient décidé de faire tomber quelqu'un, les « Sweeney », comme on les appelait dans le Milieu, n'hésitaient pas, au besoin, à forger deux ou trois preuves. Mais en général ils ne tentaient rien tant qu'ils n'avaient pas mis leur client le dos au mur, ce qui expliquait que leurs pièges étaient infaillibles – quand ils se refermaient. Il leur arrivait tout de même de choper quelqu'un pour de bon, de temps à autre, mais c'était infiniment plus rare qu'ils ne le laissaient croire à leurs supérieurs, et surtout au public.

Une seule chose était sûre : Freddie détenait un stock d'amphétamines suffisant pour faire se trémousser toute la population de Londres vingt-quatre heures sur vingt-quatre pendant une semaine – et encore, il lui en serait resté assez pour Glasgow ! Ça, Dicky était bien placé pour le savoir, puisqu'il le lui avait personnellement fourgué.

Mais comment expliquer que Freddie ait si facilement décroché sa libération sous caution ? N'avait-il pas fait un poil trop de zèle dans les explications qu'il avait fournies aux poulets ? Ce genre d'exercice tendait à passer de plus en plus dans les mœurs, ces derniers temps – d'après ce que Dicky en savait en tout cas –, et c'était d'autant plus plausible que ce Dwyer était un petit dealer. Les tribunaux avaient la main si lourde que certains membres du Milieu rechignaient à plonger, se sentant incapables de survivre à d'aussi lourdes peines. Or, Dicky aurait juré que Dwyer était de ceux-là. Ce sale petit rat de merde.

Bref, il le soupçonnait d'avoir balancé des informations sensibles en échange d'une remise de peine. Mais, si c'était le cas, qu'est-ce qu'il avait bien pu leur dire ? Et surtout, jusqu'à quel point ses indiscrétions risquaient-elles de les impliquer, Pat et lui ? Si Terry et Jamie-le-Book avaient été liquidés, c'était que les flics mettaient manifestement à profit de vieilles rancunes pour détourner les soupçons de Freddie. La manœuvre était fréquente à la Brigade volante : raviver d'anciens griefs pour faire trébucher des gens qu'ils ne seraient jamais parvenus à épingler autrement.

Freddie n'était qu'un minus dont il n'y avait rien à tirer, c'était de notoriété publique. Pour le Milieu, ce genre de faux-culs était cependant un mal nécessaire : dès qu'ils s'acoquinaient avec un flic, c'était la preuve que ce ripou, ayant déjà trébuché, était une source de revenus garantie. Parce que, quoi qu'on en dise, il fallait pratiquer les flics véreux un bon moment avant de pouvoir se risquer à leur faire un semblant de confiance – le fait même qu'ils se permettaient de doubler leurs collègues ne parlait guère en leur faveur. Avec ce genre de flics, il n'y avait pas trente-six solutions : il fallait leur faire mordre à l'hameçon, de façon à les tenir fermement par les couilles pour pouvoir s'assurer ensuite de leurs bons et loyaux services.

Mais Freddie n'avait pas vraiment de flic dans la poche – jusque-là, il avait compté sur Patrick et les Williams pour arrondir les angles. Et puis, pour n'importe quel flic, la quantité de speed qu'il avait en sa possession aurait été la prise de l'année. Ils l'auraient jeté aux oubliettes pour la moitié de ça, avant même qu'il ait eu le temps d'avoir son avocat au bigophone. Son séjour en cabane aurait dû être une affaire conclue d'avance. Il y avait trop de stock en jeu pour pouvoir espérer le moindre aménagement, sans même parler de libération sous caution…

Y avait donc une putain d'anguille sous roche, pas l'ombre d'un doute.

Comme Dicky Williams l'avait fait remarquer à Patrick moins d'une heure auparavant, si ce connard de Freddie Dwyer l'avait balancé, lui ou n'importe lequel de ses proches, c'était un connard mort. Parce que le meurtre de Terry était un affront tel que personne ne pouvait imaginer que ça puisse avoir le moindre rapport avec le business. Putain, qui aurait été assez naze pour provoquer le clan Williams ?

La voiture de Patrick s'arrêta devant chez Dicky, à Bow. Il n'avait pas franchi la porte qu'on lui planta un double scotch dans la main.

Il avait longuement ruminé cette affaire, tout comme Dicky. Sur ce dernier point – à savoir qui avait pu être assez cinglé pour leur chercher des noises –, il ne pouvait qu'abonder dans son sens. Il s'était même permis un petit soupir quand Dicky avait lâché cette perle de perspicacité. Ça revenait à souligner une putain d'évidence, mais les frères Williams n'avaient jamais prétendu décrocher une chaire de logique ou de rhétorique… Brodie renonça donc à relever cette lapalissade et concentra ses réflexions sur ce qui avait pu foirer. La mort de Terry devait être vengée, et, cette vengeance, il la souhaitait autant qu'eux, mais pour d'autres raisons. Dwyer n'était pas un assez gros poisson pour leur causer des problèmes. Ça n'était rien de plus qu'un dealer à la petite semaine. Il n'avait ni prestige ni force de frappe, en dehors de ceux que lui conféraient ses liens avec eux.

Patrick subodorait que Dwyer n'avait joué qu'un rôle de catalyseur. Il devait y avoir quelqu'un d'autre derrière tout ça, quelqu'un qui se croyait manifestement au-dessus de tout soupçon et hors d'atteinte d'éventuelles représailles. C'était pour ça, et pour ça uniquement, que Patrick voulait le – ou les – coincer. Tout le monde était suspect. Ce qu'il voulait, c'était le vrai coupable, pas un homme de paille. Il avait besoin d'y réfléchir encore et de s'assurer que personne ne se ferait descendre avant qu'il ait une idée plus claire de ce qui s'était vraiment passé. Les frères Williams étaient en état d'alerte rouge : ils auraient dessoudé n'importe qui sur l'ombre d'un indice.

Comme tout bon soldat, Brodie voulait d'abord établir sa stratégie. Pour cela, il devait commencer par déterminer exactement à qui et à quoi il avait affaire. Il était bien résolu à le découvrir, quand bien même ce serait la dernière chose qu'il ferait en ce bas monde. Et au train où allaient les choses, ça n'était pas exclu.

– Ecoute Dicky, sauf ton respect, il faut commencer par découvrir qui a buté ce pauvre Terry. Qui et pourquoi.

Dicky hocha la tête d'un air solennel.

– Des amateurs, Pat. Forcément. Réfléchis : s'ils avaient eu quelque chose dans le crâne, ils nous auraient attaqués en force.

Patrick contempla la large face de lune de Dicky, qui ne reflétait qu'une incertitude morose.

– Je crois que pour Jamie-le-Book, c'était une feinte, reprit Brodie. Celui qui l'a buté a juste voulu brouiller les pistes. On n'a plus qu'à remuer ciel et terre dans cette putain de ville pour trouver les réponses à nos questions. De mon côté, je vais aller parler à quelques-uns de mes vieux potes. Pendant ce temps, tu rameutes tout le monde. Et surtout, tu attends que je sois revenu pour décider d'un plan d'action. Vu ?

Dicky hocha à nouveau la tête, soulagé de laisser Patrick prendre les choses en main. C'était la base même de leur collaboration. Brodie était un esprit rationnel alors que ses frères et lui, même en s'y mettant à plusieurs, n'avaient jamais été capables de réfléchir plus loin que la dernière idée qui leur avait traversé le crâne. Quand il s'agissait de gagner leur croûte, ils pouvaient faire preuve d'une certaine efficacité – ça, tout le monde en convenait. Mais le vrai cerveau de l'équipe, c'était Brodie. Et Brodie avait compris qu'il devait y voir plus clair, avant que les frères Williams dégainent sans se poser les bonnes questions. Lesquelles finissent toujours par arriver. Bien plus tard.

Lil était heureuse. Elle était de nouveau enceinte et, pour elle, la vie était plus belle que jamais. Patrick lui avait apporté tout ce dont elle avait pu rêver, et bien davantage. Il était aux petits soins pour elle, comme toujours, et leurs enfants étaient le point focal de sa vie. Ils avaient tellement manqué de tout, elle et lui, qu'ils tenaient à mettre leurs fils à l'abri du besoin et s'accordaient à faire d'eux la clé de voûte de leur existence. Grâce à l'irrégularité de ses horaires, Patrick parvenait à passer pas mal de temps avec eux et cela portait ses fruits. Pat Junior, du haut de ses huit ans, était devenu son double ; il imitait son père en tout point. C'était déjà quelqu'un, ce petit bonhomme. Sa première communion avait fait sensation dans le quartier et lui avait assuré une place de choix dans le folklore local.

Personne n'avait jamais vu de fête d'une telle ampleur, et Pat Junior s'était conduit comme un ange, du début à la fin. Les festivités s'étaient poursuivies tard dans la nuit. On en parlait encore, plusieurs semaines après. Pat était un enfant gai, agréable et très entouré. Il semblait avoir reçu en héritage la pugnacité de son père et la détermination de sa mère à lutter pour obtenir ce qu'il voulait. Mais cette force de caractère était tempérée par une douceur innée. Son père avait parfois tendance à considérer cela comme un défaut – même s'il était, au fond, très heureux de constater qu'il avait réussi à engendrer un enfant d'une bonté et d'une générosité aussi naturelles. Dans son monde, un homme ne pouvait laisser paraître le moindre défaut dans sa cuirasse, au risque de passer pour un faible. Et Patrick voulait que ses fils soient d'emblée perçus comme des petits durs au caractère bien trempé. Les dignes rejetons de leur père.

Avec Lance, c'était autre chose. A six ans, déjà grand pour son âge, il n'avait pas atteint ce que ce que sa mère appelait un niveau de développement « normal ». Morose et taciturne, d'un caractère imprévisible et emporté, il pouvait provoquer toutes sortes de problèmes pour peu que la fantaisie l'en prenne. Il soutenait mordicus que le blanc était noir, avec l'appui de sa grand-mère, qui le soutenait quoi qu'il fasse.

Chaque fois que Lil regrettait d'avoir laissé sa mère s'immiscer dans son cercle familial, c'était à cause de Lance. Dès qu'il était question de son petit-fils préféré, Annie devenait une vraie teigne et Lil se sentait à deux doigts de lui voler dans les plumes. Mais, jusque-là, sa mère avait toujours senti d'instinct les limites à ne pas dépasser, de sorte que sa fille n'avait jamais eu réellement matière à se plaindre. Par ailleurs, Lil appréciait de pouvoir compter sur elle pour garder les petits. Elle lui faisait confiance, sur ce point-là du moins.

Il n'en allait pas de même pour Patrick. Il avait vertement remis Annie à sa place le jour où il avait trouvé Lance au lit avec elle, endormi nu dans ses bras. Pour une raison obscure, le fait que son fils ait été à poil avait mis Brodie hors de lui. Il avait poussé un coup de gueule à soulever le toit de la baraque, qui avait durablement découragé sa belle-mère de rester dormir chez eux. A présent que Lil arrivait au terme de sa grossesse, la présence de sa mère ne lui était plus vraiment utile, puisqu'elle n'allait plus faire la tournée des clubs, le soir. Elle en profitait donc pour rester auprès de ses fils et surveiller leur conduite de plus près que d'habitude. Lance était le premier à s'en plaindre, évidemment, puisqu'il ne pouvait plus n'en faire qu'à sa tête, ni rester veiller avec sa mamie en laissant son frère aîné seul dans son coin.

Ce fut un choc pour Lil de découvrir à quel point le caractère délétère de sa grand-mère avait déteint sur Lance. Les comédies qu'il lui faisait quand tout n'allait pas comme il voulait lui avaient ouvert les yeux, et elle regrettait d'avoir laissé sa mère prendre un tel ascendant sur lui. Ça n'était vraiment pas sain. Ils avaient une façon de se regarder, Annie et lui, qui semblait éclipser le reste du monde ; mais ce qui la chiffonnait le plus, c'était que si elle demandait quelque chose à son fils, il commençait toujours par interroger Annie du regard, comme s'il avait besoin de sa permission pour obéir à sa propre mère. Cela paraissait dérisoire et à peine croyable, dit comme ça, mais chaque fois qu'elle les voyait à l'œuvre, elle en avait froid dans le dos. Elle se consolait en se promettant de passer désormais plus de temps à la maison et de les mener tous à la baguette.

Pat Junior, lui, était enchanté d'avoir sa mère à demeure. Le pauvre cher ange avait été poussé de côté pour faire plus de place à Lance, l'enfant roi, qu'Annie considérait comme un trésor vivant. Le soir, à la tombée de la nuit, quand elle couchait les enfants, Lil sentait le soulagement de son aîné d'ainsi la voir prendre conscience de l'influence qu'exerçait sa grand-mère sur son cadet. Elle fut presque satisfaite d'apprendre qu'à l'école les maîtres de Lance partageaient son opinion et s'inquiétaient de son caractère « peu sociable ». Elle avait souri en entendant ces mots, dont elle avait parfaitement compris la signification : Lance était une vraie petite brute qui se serait vite fait remettre à sa place si son père n'avait pas été ce qu'il était.

Pourtant, en dépit de tout, Lil ne trouvait pas le courage de bannir sa mère. Elle sentait obscurément que, de toute sa vie, c'était la première fois que cette femme éprouvait de l'amour. Ayant elle-même tant de mal à aimer Lance, elle savait aussi qu'elle avait tort de laisser sa mère l'aimer à sa place. Lance, que Dieu le protège, lui filait une peur bleue. Elle culpabilisait énormément, c'était bien pour ça que sa mère parvenait à s'imposer ainsi. Le bébé allait bientôt naître ; il serait alors assez tôt pour faire le point. Pour le moment, elle était épuisée, à bout de forces et de solutions. Lance et ses problèmes allaient devoir attendre.

Annie vint poser un verre de lait près d'elle. Sa mère faisait preuve d'une remarquable courtoisie depuis le rappel à l'ordre de Patrick. Lil la remercia d'un sourire.

Le hurlement qui leur parvint alors de la chambre des garçons les fit s'y ruer. Un cri strident, haut perché, chargé de terreur. Comme elles faisaient irruption dans la pièce, elles découvrirent Lance recroquevillé par terre et Pat Junior penché sur lui, un cas de figure inédit. Pat était le plus pacifique des deux. En un éclair, Annie traversa la chambre et le gifla de toutes ses forces. Pour la première fois depuis des semaines, Lil sentit son énergie lui revenir. Malgré sa grossesse avancée, elle fondit sur sa mère qui s'était déjà agenouillée sur le lino pour serrer sur son cœur le petit Lance en larmes – et, armant son poing à sa hanche, elle le lui envoya à la tête, à toute volée.

Comme Lance se mettait à hurler de plus belle, Lil lui décocha une bonne gifle, à lui aussi.

– Toi, hors de ma vue, avant que je ne te fiche moi-même dehors!

Elle avait parlé d'une voix grave et vibrante. La force des mots dut filtrer dans l'esprit du gamin, car il se leva et quitta la pièce, assommé par le choc de la gifle.

Lil attrapa Patrick et le serra longuement dans ses bras. Il ne pleurait toujours pas, bien que la claque administrée par sa grand-mère ait dû lui faire un mal de chien.

– Et toi aussi, maman. Dehors!

Annie contempla un instant ce visage si semblable au sien et y lut la fin de son règne. L'espace d'un instant, tous les avantages dont elle avait bénéficié grâce à la protection de sa fille lui revinrent à l'esprit : argent, prestige, confort, bonne compagnie. Mais elle préférait encore lui lécher les bottes, à cette petite garce, plutôt que de renoncer à son Lance adoré.

– Calme-toi, Lil. Pense au bébé…

Annie parlait à voix basse. Son visage n'était plus que douleur et inquiétude.

– Dehors! Casse-toi de chez moi! lui cracha sa fille entre ses dents, dans un hoquet de colère.

A ce dernier signe plus qu'à aucun autre Annie sentit qu'elle marchait sur des œufs.

– Excuse-moi, Lil. Je suis vraiment désolée. Tu veux bien te calmer, ma chérie?

Annie dut s'appuyer sur le lit de Pat pour se relever, et Lil vit à quel point sa mère avait vieilli, depuis ses cheveux gris sévèrement tirés en arrière, jusqu'aux profonds sillons qui ravinaient les contours de ses yeux et de sa bouche. Cette femme était la férocité même. Ses yeux ne reflétaient que trop bien ses vrais sentiments. Cette fois encore, elle fut prise d'une violente envie de l'étrangler, là, sur-le-champ.

– Rentre chez toi, m'man, avant que je fasse quelque chose que je pourrais regretter.

Annie sortit de la pièce et Lil retint son souffle jusqu'à ce qu'elle entende la porte d'entrée se refermer sur sa mère.

– Tu sais, m'man, ça n'était pas ma faute, dit le petit Patrick, en levant les yeux vers elle.

Lil le reprit dans ses bras. Comme il devenait grand et robuste…

– Qu'est-ce qu'il a encore fait, Pat ?

– Il m'a fait très mal. Il m'a attrapé par là, tu sais… là où ça fait mal.

Il avait pointé le doigt sur son entrejambe. Lil le crut sur parole et n'essaya pas de le sonder, comme l'auraient fait la plupart des mères. Quelque chose en elle savait que Patrick ne mentait pas.

– Va te chercher un bonbon dans la cuisine et dis à ton frère que je veux lui parler.

Elle s'assit sur le lit en attendant son fils cadet.

– Pourquoi as-tu recommencé ? Je t'ai interdit de faire ça !

Les yeux de l'enfant avaient plongé dans les siens. Pour la première fois, elle y vit passer une ombre d'inquiétude.

– C'est pas vrai…

Elle avait discerné dans sa voix cette note geignarde qui attirait sa grand-mère comme une mouche à merde.

Lil approcha son visage du sien et eut la satisfaction de le voir esquisser un mouvement de crainte.

– Je t'interdis de me mentir. Va me chercher la ceinture.

– M'man ! S'il te plaît…

Il secoua la tête, pâle de surprise et de frayeur. Elle le frappa à nouveau, sur la joue, d'une gifle qui lui propulsa la tête sur le côté avec un écœurant craquement.

– File me chercher cette ceinture. Tout de suite !

Lance quitta la pièce en chancelant, les joues déjà barbouillées de larmes. Elle le regarda s'éloigner. Il était plus grassouillet que son aîné. Tout aussi bien charpenté, mais avec une nette tendance à l'embonpoint. A cause de tous les gâteaux et de toutes les sucreries dont le bourrait sa grand-mère, songea-t-elle. Eh bien, ce soir, il allait enfin avoir la monnaie de sa pièce – elle s'en chargeait personnellement.

Pat était arrivé à Brixton. Il s'arrêta dans Ballater Road devant une petite maison, et, avant de couper son moteur, se laissa aller contre le cuir moelleux de son siège pour écouter la radio. Il avait besoin de quelques minutes de calme avant l'action.

La bicoque était minuscule. Un petit F3 modèle courant, aussi délabré et mal entretenu que ses voisins. Mais cette maison renfermait l'information qui lui manquait.

Comme il remontait l'étroite allée, la porte d'entrée s'ouvrit devant lui, discrètement tirée par un grand Jamaïcain, avec des dreadlocks et des yeux injectés de sang. Spider Block était un collègue. Ils se saluèrent d'un bref signe de tête.

– Yo, man. Il t'attend.

Pat eut un grand sourire.

– Il a plutôt intérêt, Spider.

En se glissant dans la petite entrée, Brodie salua un autre grand Noir, nettement plus jeune, et mit le cap sur le living. L'intérieur de la maison valait l'extérieur. Quelques meubles minables, pas de tapis par terre, pas même un lino, juste des tomettes brunes, assombries par des décennies de crasse et constellées de taches de peinture. L'odeur ambiante était un subtil cocktail de sécrétions corporelles et de pisse de souris, sur fond de moisi et de saleté qui évoquait à Brodie le souvenir d'un lointain passé. C'était là-dedans qu'il avait grandi, voilà pourquoi il la détestait tant, cette odeur. Elle lui rappelait un peu trop ses origines. Ça le replongeait dans la misère, la faim et le désespoir qui l'avaient poussé à devenir quelqu'un. Il s'en imprégna les poumons une fois de plus, pour s'assurer de ne jamais l'oublier – le jour où il l'oublierait, il serait grillé dans le Milieu, il le savait. Ces gens avaient un sixième sens pour renifler les signes de faiblesse comme d'autres, les relents de leur propre merde. Ça ne sentais pas la rose, mais c'était la dure loi de la vie…

Dwyer sortait du même genre de milieu. Patrick le méprisait d'avoir choisi de continuer à vivre dans cette tanière, comme un animal. Lui, il avait lutté pour que ses enfants n'aient jamais à respirer cette odeur, ni à rougir de vivre dedans.

Trois hommes, dont un seul lui était connu, étaient assis autour d'une vieille table en bois bancale. Brodie vint se planter sur le seuil, raide comme la justice, et leur lança d'un ton brusque :

– Paraît que vous m'attendiez, les mecs ?

Freddie hocha la tête avec un soupir ostentatoire, saturé de nervosité.

Une vraie gueule de rat, se dit Patrick – le long nez de sa feuje de mère et les yeux fuyants, maronnasses, de son Gallois de père. Moche à faire peur. Jusque-là, ces détails n'avaient jamais eu la moindre importance, mais sa laideur même semblait tout à coup trahir la duplicité, la haine et surtout la peur quasi palpable qui transpiraient du personnage et de la pièce entière. Car la peur plombait l'atmosphère, suspendue comme un filet au-dessus d'eux, Brodie compris. Ce qui le turlupinait, c'était ce que Freddie savait et pourrait utiliser contre lui, s'il se retrouvait coincé.

La tête de Patrick bourdonnait encore de toutes les informations qu'il avait glanées au cours des quatre dernières heures, certaines quasi sûres, d'autres nettement moins. Restait que certains bruits avaient pris de l'ampleur au fur et à mesure que les événements étaient déformés, colportés et disséqués par la rumeur publique. Il n'y a jamais de fumée sans feu. Toute rumeur repose sur une base de vérité, et c'est cette base qu'il cherchait à déterminer. Une chose était sûre en tout cas : au moins un des deux potes de Dwyer autour de la table était flic. Il décida donc d'écouter ce que Freddie avait à dire avant de prendre définitivement position.

Lil tomba de très haut quand la police frappa à sa porte. Les flics se ruèrent chez elle sans lui présenter de mandat et n'eurent besoin que de quelques minutes pour tout saccager.

Installée sur son canapé en PVC noir et orange, entre ses deux fils, elle assista en silence à la mise à sac de sa jolie maison. Comme ils déversaient le contenu des tiroirs sur sa belle moquette beige, elle s'alluma une cigarette d'une main tremblante, en faisant comme si tout cela n'avait rien que de très ordinaire. Elle parlait à ses deux enfants qui regardaient autour d'eux, les yeux écarquillés, ne perdant pas une miette des conversations des flics.

– Est-ce qu'il y a des armes dans la maison?

L'inspecteur Kent était un grand type voûté affligé d'un sérieux problème d'haleine. Il arborait une coupe «spécial chauve», avec de longues mèches pudiquement ramenées sur son crâne dégarni, et fumait cigarette sur cigarette. Les épaules de son vieil imper mastic étaient parsemées de pellicules. Lil l'avait détesté au premier coup d'œil.

– Qu'est-ce que vous racontez? Pourquoi aurions-nous des armes?

Elle avait parlé d'un ton à la fois scandalisé et furibard. Elle connaissait la musique.

– Regardez dans quel état vous avez mis la maison, bande de sagouins! Vous pourriez me dire pourquoi vous dévastez tout comme ça?

– Attendez un peu, Madame Brodie. Ça n'est qu'un début…

Elle s'abstint de tout commentaire et attira ses enfants à elle, comme pour les protéger d'une menace invisible.

Kent s'alluma une nouvelle cigarette au mégot de la précédente, envoyant un gros nuage de fumée en direction des enfants. Lil lui paraissait inquiète et sur la défensive. Il remarqua les lueurs qui dansaient dans les yeux des petits, tandis qu'ils regardaient les flics s'agiter autour d'eux. Ils étaient déjà au parfum, déjà contaminés par l'esprit de la rue. Pour une obscure raison, ce constat le déprima profondément. Il avait devant lui la prochaine génération de névrosés et de cas sociaux. Pour eux, ce genre de scène finirait par devenir un rituel. Un jour, ça se reproduirait sous les yeux de leurs propres gosses, et ce serait reparti pour un tour. Il avait vu tant et tant de fois l'histoire se répéter, au fil des années.

Plus il prenait de l'âge et plus il mesurait l'inutilité de tout ça. Le petit Patrick avait hérité la belle gueule de brute de son père et son physique de lutteur. Même à cet âge tendre, il avait l'allure générale d'un poids moyen. Kent lui donnait quelques années pour devenir à son tour un athlète accompli et, cela allait sans dire, un cogneur.

L'autre, Lance, semblait bien parti pour s'empâter. Il était déjà un peu trop enveloppé pour son âge et avait cet air fuyant qu'il garderait toute sa vie, celui qu'affichaient les petites crapules qui traînaient dans les rues, en quête de conneries à faire.

A part ça, l'inspecteur devait admettre que Brodie avait soigné sa famille et les avait magnifiquement installés. Mais, comme disait son père, bon sang ne saurait mentir…

– Lil, fit-il en se radoucissant, vous devriez essayer de le calmer un peu, votre homme. Il s'est fait pas mal d'ennemis, ces derniers temps…

– Cassez-vous, et foutez-nous la paix, à moi et à mes gosses.

Les yeux de Kent s'attardèrent sur elle. Elle y lut de la tristesse, tandis qu'il secouait lentement la tête

– Vous êtes une coriace, Lil, mais vous savez comme moi que ses jours sont comptés. Si je ne parviens pas à l'épingler, ses soi-disant potes, eux, ne le louperont pas. Avec moi, il aurait au moins une petite chance de voir grandir ses gosses.

Il eut un mouvement de tête en direction de sa grossesse avancée et elle discerna l'once de vérité que recelaient ses paroles. Ça n'était plus le bluff ordinaire de la maison Poulaga. Il n'essayait pas de la caresser dans le sens du poil. Son homme graissait trop de pattes, et trop généreusement, dans les rangs des flics, pour se faire coffrer comme ça, sans la moindre mise en garde. Ce que venait lui délivrer Kent, c'était un coup de semonce en bonne et due forme. Et ça ne rigolait pas.

Mais elle se referma comme une huître et ne desserra plus les dents.

CHAPITRE 5

Malgré son immense fatigue, elle avait tenu à mettre un peu d'ordre. Sa maison était tout pour elle – son refuge, le seul endroit où elle pouvait se détendre et souffler un peu. Il fallait que ce soit un oasis de calme, de paix et de propreté. Surtout maintenant qu'elle arrivait au terme de sa grossesse et que son homme n'avait toujours pas refait surface.

Elle avait essayé de téléphoner à ses repaires habituels, du moins ceux qu'elle lui connaissait. Ça ne répondait pas, ou alors ça sonnait occupé. A croire que tout Londres avait oublié de raccrocher. Elle n'était pas assez inconsciente pour appeler certains pubs ou certains cafés, où son coup de fil risquait d'alerter des gens qui auraient créé plus de problèmes qu'ils n'en auraient résolu. Tant qu'elle ne savait pas au juste ce qui se passait, elle ne devait agir qu'avec la plus grande prudence. Mais le silence de Patrick, doublé du fait que personne ne semblait savoir ce qu'il était devenu, la rongeait d'inquiétude.

Une fois de plus, elle fit un effort pour se calmer. Son ventre lui pesait, lui alourdissant tout le corps. La peur et la fatigue rendaient ses mouvements vagues et lents. Elle avait les paupières rougies par le manque de sommeil, le dos douloureux. Elle avait commencé par ranger la chambre des petits en leur présentant ça comme un jeu, pour les encourager à l'aider, puis elle les avait mis au lit. Elle avait senti les ondes de peur et d'effarement qu'ils dégageaient. Quoique tout gamins encore, ils avaient eu le réflexe de la boucler en présence de l'ennemi. Curieusement, elle en était fière. Pat Junior savait très bien où était le flingue de son père. Il aurait été capable de le retrouver à la trace, comme un petit chien de chasse. Le nombre de fois où ils l'avaient caché et où le bambin avait réussi à le dénicher… C'était même devenu un sujet de plaisanterie dans la famille. Ce soir, les flics n'avaient pas pu mettre la main dessus – ils en étaient même restés très loin et c'était, à ses yeux, une petite victoire. Ça lui remontait un peu le moral et la confortait dans son sentiment d'être toujours aux commandes.

Le plus effrayant, dans tout ça, c'était que vous ne mesuriez pas la précarité de votre situation tant que la police n'avait pas débarqué chez vous, sous les yeux de vos enfants, avec, qui plus est, une bonne raison de le faire. Lil pouvait se retrouver du jour au lendemain sans protection, sans personne pour assurer son pain quotidien, sans un père pour élever ses enfants – jusque-là, ça ne lui avait pas vraiment traversé l'esprit. Mais, dès que les flics avaient envahi sa maison, la fragilité de sa condition l'avait percutée de plein fouet, comme une bagnole lancée à toute allure.

A présent, enceinte jusqu'aux dents, avec ces deux gamins qui dépendaient totalement d'elle et cet homme porté disparu qu'elle aimait à en pleurer, elle sentait passer dans son dos la main froide de la peur. C'était un avertissement, une invitation à se poser des questions vitales sur ce qu'elle avait cru acquis à jamais. Comme toute femme de truand, Lil venait de recevoir son premier coup de semonce. Ce soir, ce n'était ni une opération médiatique, ni une descente pour épater la galerie. C'était du sérieux. Son mari, le père de ses gosses, était probablement à deux doigts de se faire serrer. Dans le pire des cas, il s'apprêtait à plonger pour tellement d'années qu'il serait grand-père à sa sortie de taule. La fameuse « stratégie de l'électrochoc » appartenait au passé. Le nouveau pouvoir en place se faisait fort d'enterrer les délinquants bien profond, et de les oublier au fond du trou.

Elle n'avait rien à elle, pas un sou vaillant. Patrick gardait tout sous contrôle, comme de juste. Mais les graines étaient semées. Elle avait pris conscience du problème et il allait falloir trouver une solution. Quand il rentrerait, s'il rentrait un jour, elle ferait en sorte de ne plus jamais se retrouver dans ce genre d'impasse. Elle s'en fit la promesse.

Elle embrassa ses fils et les regarda regagner leur chambre, où régnait à présent un semblant d'ordre. Ils s'étaient calmés et bavardaient entre eux, comme d'habitude, en buvant leur lait chaud. La première onde de choc était passée ; pour les petits, la vie reprenait son cours. Quelque chose lui disait que ce séisme aurait peut-être dû les perturber davantage, mais elle repoussa aussitôt cette idée. Un enfant, ça a du répondant.

Mon Dieu, après tout, si Patrick devait tomber, qu'il tombe ! Cette idée avait beau lui filer des frissons, qu'est-ce qu'elle y pouvait ? Son cœur battait à tout rompre. Elle se força à respirer lentement et à fond. Elle était à deux doigts de la crise de nerfs.

Puis elle se concentra sur le travail qui l'attendait. Le salon était un champ de ruines. Ils n'avaient pas hésité à éventrer les coussins du canapé à coups de couteau, répandant le rembourrage dans toute la pièce. Les larmes lui montèrent aux yeux tandis qu'elle ramassait les débris.

Et toujours aucun signe de Pat. La pression augmentait de minute en minute. Elle ouvrit son sac et se mit à compter l'argent qui lui restait – un peu moins de huit livres. Si Patrick se faisait coffrer, ou pis, elle ne savait même pas comment s'y prendre pour accéder à ses comptes. Les remontrances de sa mère lui résonnaient encore aux oreilles. Même si c'était difficile à admettre, elle avait raison, la vieille garce. Pat aurait dû prévoir une réserve d'argent, et pas seulement pour qu'elle puisse lui payer un avocat, mais pour subvenir aux dépenses des enfants et de la vie quotidienne, à tous ces menus frais qu'entraîne le fonctionnement d'une maison. L'avenir était sombre ; elle allait devoir recourir à des mesures radicales.

Une petite voix lui répétait qu'elle y avait droit, à ce fric. Elle se retrouvait avec huit livres en poche, en tout et pour tout, et une famille sur les bras. Pourquoi n'avait-elle pas pensé à se constituer une cagnotte ? Pourquoi accepter de dépendre de son homme pour le moindre sou, alors qu'elle avait deux gosses à nourrir, putain ! D'ailleurs, pourquoi Patrick n'avait-il pas mis un peu de fric de côté pour eux ? Et ce foutu de plan B, alors ! Cette fameuse solution de rechange qu'il prévoyait toujours et dont il lui rebattait les oreilles ! Pour elle, il n'avait même pas pensé à un plan A ! Elle n'avait pas le moindre kopeck à son nom, putain de merde !

Elle était terrifiée pour lui, pour elle et pour leur famille. Elle carburait à la colère. Elle n'avait pas fini de ranger quand sa mère arriva, le lendemain matin, les dents jaunes de nicotine, empestant l'eau de Cologne à la lavande, et affichant une sollicitude qu'elle était bien loin d'éprouver.

Lil confia à Annie le petit déjeuner des garçons. Elle n'avait plus le cœur à rien d'autre qu'à s'asseoir pour sentir les coups de pieds du bébé qui se déchaînait, comme pour rappeler sa présence – une bouche de plus à nourrir, avec ses huit malheureuses livres. Toute la journée, Pat Junior vint traîner dans ses jupes, lui collant au train comme une crotte à la semelle, tandis que Lance restait de marbre, comme si tout ça ne le concernait que de très loin.

Annie fut assez fine mouche pour la boucler et se retenir de poser les questions qui se bousculaient dans sa tête. Les voisins n'arrêtaient pas de parler du raid. Chacun y allait de sa version des faits, et la petite gourde qui lui tenait lieu de fille ne lui lâchait pas la moindre miette ! Mais elle voyait bien que Lil n'était pas d'humeur à lui décrire ses malheurs par le menu – non que les épreuves qu'elle traversait aient affecté sa mère le moins du monde ; elle n'était venue que pour la caresser dans le sens du poil et engranger des points à la Bourse des faveurs, dans l'espoir de s'assurer un accès plus facile à Lance. Sans ce petit, la vie d'Annie n'avait plus aucun sens. Les sentiments qu'elle éprouvait pour lui étaient si violents qu'ils l'ébranlaient de la tête aux pieds, c'était physique. Elle aurait tout supporté pour rester près de lui, et fait n'importe quoi pour tenir les autres à distance.

Quelle étrange émotion que l'amour… Elle n'avait jamais rien ressenti de semblable, et n'avait jamais éprouvé le besoin de l'exprimer, de quelque manière que ce soit. Elle se reconnaissait en cet enfant. A ses yeux, cela suffisait à rendre sa vie non seulement vivable, mais digne d'être vécue.

Freddie Dwyer tremblait si fort qu'il n'arrivait pas à allumer sa cigarette. Patrick se pencha vers lui en craquant une allumette et le regarda tirer dessus, tant bien que mal, jusqu'au moment où il parvint enfin à aspirer sa première bouffée. Ses précédentes tentatives avaient crispé l'atmosphère. Il soufflait comme une forge et chacun de ses gestes semblait démesurément surjoué, caricatural, mélodramatique. Bref, il avait tout l'air de ce qu'il était.

Quant au sourire de Patrick, c'était la cordialité même.

– Alors, comment va, mon pote ? En forme, comme d'habitude ?

Dwyer lui rendit son sourire. Sa trogne ridée retrouva tout à coup la mine de chien battu qui lui était familière. Il avait l'air d'un gentil tonton gâteau. Patrick eut un petit pincement de regret. Dwyer n'était qu'un produit des circonstances, comme eux tous. Le type qu'il soupçonnait d'être un flic les lorgnait avec une pointe de nervosité – une pointe à peine perceptible, qui aurait aussi bien pu passer inaperçue. Patrick, lui, était parfaitement relax. Il s'assit, se laissa aller contre le dossier de sa chaise et attendit pour prendre la parole que Dwyer ait fini de s'allumer une nouvelle Embassy.

– C'est qui, eux ? Il me semble que des présentations s'imposent, non ?

Le supposé flic le regarda bien en face et Patrick lui décocha un sourire.

– Nous sommes des amis de Freddie.

Patrick se pencha au-dessus de la table en le pointant du doigt et s'adressa à lui sans quitter Freddie des yeux.

– Putain, qui t'a autorisé à m'adresser la parole, sac à merde ?

Freddie sentit la peur l'envahir d'un coup. Ça, ça détonnait violemment. Brodie n'était pas censé afficher une telle morgue. Il n'avait pas à rouler des mécaniques ni à jouer les redresseurs de tort. Normalement, il aurait dû être aux abois. Freddie était complètement désarçonné.

– Tu fermes ta gueule quand on te cause pas, vu ? Pour moi, t'es qu'un guignol, une sous-merde, un moins que rien !

La violence qui couvait au fond des yeux de Brodie ne prenait plus la peine de se déguiser, ce qui rappela aux trois hommes combien il pouvait se montrer imprévisible, surtout quand il se sentait doublé.

Pat était à la hauteur de sa réputation. Ça, Freddie et ses amis avaient jugé plus commode de l'oublier ; l'union faisant la force, ils avaient espéré avoir le dessus. Brodie venait de leur rappeler combien ce genre de présomption pouvait se révéler hasardeux.

Désorienté, le flic semblait hésiter sur la conduite à tenir. Patrick tourna la tête dans sa direction et le fixa bien en face. Son regard s'était éteint. Il s'était mis en mode business – pour qui le connaissait, c'était un signal d'alarme. S'il se sentait menacé, Brodie était capable de tout. C'était par des actions d'extrême violence qu'il s'était hissé à sa position actuelle. Cette nuit, il ne plongerait pas sans entraîner les autres dans sa chute. Ça, tout le monde l'avait compris. Il avait prévu son coup et c'était un maître de l'improvisation. Quoi qu'ils aient pu tramer contre lui, ces trois merdeux, il les attendait au tournant. Ce fut donc un sourire plein d'assurance qu'il leur décocha de nouveau, avec la certitude glacée d'avoir le dessus, quoi qu'il arrive.

– Deux morts suspectes et je te trouve là, avec des inconnus, Freddie. Des petits cons d'inconnus, et plutôt suspects, eux aussi.

Son regard était revenu vers Dwyer. Sa voix avait grimpé d'un ton sous la pression du mépris qu'il ressentait, non seulement pour eux, mais pour l'ensemble de la situation dans laquelle ils se retrouvaient, tous autant qu'ils étaient.

– Est-ce que j'aurais le mot « con » tatoué sur le front, des fois ?

Il ouvrit les bras en un geste d'une véhémence excessive – ça aussi, c'était un signe. Il jouait avec leurs nerfs et se délectait de leur terreur.

Dwyer tira furieusement sur sa cigarette, sans même tenter de se justifier ni de présenter ses nouveaux copains.

Il savait que c'était foutu, qu'ils étaient tous foutus. Et sa panique commençait à se communiquer aux deux autres.

Brodie partit d'un grand éclat de rire. Il sentait sa force, le pouvoir qui se répandait en lui. Il les tenait. Pour eux, il restait une énigme. Tout ce qu'ils connaissaient de lui, c'était sa réputation. Aucun d'eux ne l'avait directement pratiqué. Or, quand ça le prenait, il pouvait salement ruer dans les brancards – et, ce soir, il n'attendait que ça. Il sentait monter la pression, cette violence qu'il portait en lui et qui ne demandait qu'à se déchaîner. En fait, il s'amusait. Il était prêt à s'en aller très loin et très longtemps pour venger ces deux putains de meurtres. Ça n'avait pas de nom, ce qu'ils avaient fait. Ça défiait toutes les règles de la logique et de la décence. Qu'ils ne comptent surtout pas sur lui pour ravaler sa colère. Il allait venger le sang qui avait coulé, quel qu'en soit le prix.

– Je suis là pour essayer de tirer au clair vos putains de magouilles. Tu étais dans le pétrin, Freddie, et tu nous as vendus pour sauver ta peau, sale pourriture. Deux braves types se sont fait descendre à cause de toi, et le pire, le pire, c'est que l'idée ne vous a même pas effleurés que je risquais de percer à jour votre petit jeu. Vous pensiez quoi ? Que je ne serais pas assez futé pour lever un lièvre de cette ampleur ? Vous auriez pu trouver mieux, non ?

Il se remit à rire, l'index pointé sur Dwyer.

– Mieux que lui, en tout cas ! Quoi, vous avez vraiment tout misé sur ce putain de Freddie le Congelé ? Vous qui vous autoproclamez « Sweeney », la terreur du grand banditisme ! Ah, cassez-vous !

Ce qui avait filtré dans sa voix n'était plus de la colère, mais de l'indignation. Une vertueuse indignation, épicée d'une pointe de sarcasme et d'incrédulité non feinte.

– Vous n'êtes vraiment qu'un tas de charlots !

Le supposé flic était une armoire à glace. Puissamment charpenté, large d'épaules, mais avec ce côté mollasson et grassouillet des cossards. Comme la plupart des inspecteurs en civil, il n'avait pas dû beaucoup se salir les mains depuis sa promotion. Il comptait sur les autres pour bâtir ses dossiers et, s'appuyant sur un réseau d'indics du genre de Dwyer, faisait la chasse aux ragots, aux confidences, aux bruits de chiottes. Au point qu'il en était venu à s'imaginer qu'il serait de taille à mater un type de l'envergure d'un Brodie. Qu'il allait se coucher et passer à l'ennemi uniquement parce qu'ils pouvaient avoir contre lui quelques informations sensibles, susceptibles de le faire plonger. Evidemment, ce flicaillon n'avait ni assez de jugeote, ni assez de bouteille pour comprendre que Brodie était du genre à préférer plonger pour vingt ans plutôt que de lui lâcher ne serait-ce qu'un pet – et, à plus forte raison, quoi que ce soit qui puisse incriminer qui que ce soit.

– Ecoutez, Pat, c'est un malentendu… On voulait vous proposer un deal.

Le supposé flic avait finalement pris la parole et essayait de le rallier à sa cause. Il pensait vraiment pouvoir le retourner si facilement et l'amener à balancer ses potes ? Il avait une voix grave et profonde, pas désagréable, avec une trace d'accent – gallois, peut-être. Mais il prenait l'accent londonien, le péché mignon de tant de flics en civil de la brigade volante. Ils devaient s'imaginer que ça leur donnait l'air canaille et affranchi. Ces rejetons de la tranche supérieure de la classe ouvrière, fraîchement débarqués de leur province natale, se considéraient comme les nouvelles Z cars, dernier modèle customisé, formule enrichie ! Brodie jaugea le policier. Il poussa un soupir déçu. C'était donc ça, les Sweeney, ces flics légendaires ? Il avait reçu des noix plus coriaces dans ses petits chaussons pour Noël ! Il y avait même une émission sur eux à la télé. Eh bien, dès ce soir, tout Londres saurait que ça n'était qu'une vaste mascarade, cette « Brigade » à la con !

Le flic avait compris, mais un peu tard, qu'il aurait mieux fait de se taire. Il devait avoir suffisamment confiance en son statut pour penser que, même si Brodie refusait de marcher dans la combine, il n'aurait pas la témérité de s'en prendre à eux. N'étaient-ils pas, somme toute, les dépositaires de la loi et de l'ordre ? Il commençait pourtant à se demander si Brodie ne serait pas tenté de leur mettre la pâtée, juste pour le plaisir, histoire de leur montrer de quoi il était capable.

– C'est qui que t'appelles Pat, là ? Tu crois peut-être qu'on a gardé les cochons ensemble ?

A présent, toute la pièce bouillonnait d'animosité et d'indignation. La haine de Brodie pour toute autorité, quelle qu'elle soit, était portée à son paroxysme. Il était offensé, vraiment. Il sortit de sous sa veste une machette, qu'il brandit avec une joie exubérante en guettant dans le regard des types autour de lui l'étincelle de la prise de conscience. Leur situation était désespérée. Spider était venu se poster sur le seuil de la pièce avec son cousin jamaïcain, leurs armes – une faucille et un sabre japonais – bien en évidence.

Les trois hommes avaient enfin saisi le danger. Rien ne pouvait plus les protéger des forcenés qui les lorgnaient, les yeux brillant d'excitation.

Brodie se leva et, de toutes ses forces, abattit sa machette sur la tête de Freddie Dwyer. Spider vint lui prêter main-forte et, sans cesser de rire aux éclats, ils le débitèrent en morceaux, en faisant gicler son sang à la figure des flics catastrophés, qui savaient désormais à quoi s'attendre – ce qui ajoutait un certain piment à la chose.

La leçon fut administrée vite fait, bien fait, avec le maximum de violence. Une leçon qui n'échapperait à aucun de ceux qui auraient désormais affaire à Patrick Brodie.

Du jour au lendemain, de simple dur à cuire, Brodie avait accédé au statut de tueur fou. C'était un plan concerté, parfaitement conçu et réalisé en vue de dissuader quiconque pouvait être tenté de le balancer ; il lui suffirait pour cela de se rappeler la façon dont Dwyer et les flics qui avaient été assez cons pour s'acoquiner avec lui avaient été condamnés et exécutés, sans que personne ne lève le petit doigt.

Lil s'était allongée sur le canapé. Une nouvelle contraction lui durcit le ventre. Autour d'elle, la pièce était toujours sinistrée. Elle avait remis chaque chose à sa place, du mieux qu'elle avait pu, mais les flics avaient poussé la conscience professionnelle jusqu'à s'assurer qu'aucun meuble, aucun fauteuil ni aucun coussin ne soit récupérable. Elle n'avait plus qu'à tout remplacer.

Elle prit plusieurs inspirations profondes, amples et calmes, en s'efforçant de retrouver un rythme cardiaque normal. Son cœur battait à lui défoncer la poitrine. Les heures succédaient aux heures et elle était toujours sans nouvelles de Patrick. Chaque fois qu'elle jetait un coup d'œil à l'horloge de la cheminée, dans l'espoir qu'il se serait écoulé un bon bout de temps depuis la dernière fois, elle déchantait… quelques minutes à peine avaient daigné passer.

Sa mère était toujours là, avec les garçons. Elle tenta de chasser les idées noires qui se bousculaient dans sa tête. L'espace d'une autre contraction, son ventre se rappela à son bon souvenir. Dans un coin de son esprit, elle comprit que le travail avait commencé.

Pour l'instant, la douleur restait supportable. Son esprit avait donc tout loisir de s'emballer en se repassant le film des dernières heures. Elle s'alluma une cigarette et aspira une première bouffée si profonde que la nicotine lui fit tourner la tête. La deuxième fut encore meilleure et la troisième lui rendit presque son calme. Comme son regard se posait sur son ventre distendu, elle aperçut sous la peau ces petits mouvements reconnaissables entre tous, annonciateurs d'une naissance imminente. Mais ce n'était que le début, et elle était trop épuisée pour s'en faire une montagne…

Si Patrick s'était fait coffrer, il pourrait s'écouler huit ou dix ans avant qu'elle ne le revoie. Cette idée la terrifiait. Elle se sentait vaciller sous le poids de sa solitude et de sa vulnérabilité. Dire qu'elle n'avait plus que huit livres en poche…

Spider et Pat avaient trouvé refuge du côté de Railton Road. Ils étaient couverts de sang et encore sous le coup de l'euphorie qui prolonge parfois les explosions d'extrême violence.

Naturellement, Dicky et ses frères avaient bu du petit-lait en apprenant la vengeance que Patrick avait infligée en leur nom. Certes un peu déçu de n'avoir pu participer aux opérations, Dicky, secrètement, s'en sentait soulagé. Personne ne pourrait prouver qu'il était sur les lieux du crime ce soir-là, ni même dans un rayon de cinq kilomètres. Deux flics morts, fussent-ils les derniers des ripoux, ça passait rarement inaperçu. La mort prématurée de leur frère avait été un rude coup, Patrick avait bien fait de les tenir en dehors de tout ça. C'était une preuve de bon sens et de loyauté. Ils seraient les premiers sur la liste des suspects, mais ils avaient des alibis en béton. Ils s'étaient tous arrangés, à l'heure H, pour se trouver à des kilomètres de là.

Ils s'offrirent une tournée générale, en se répétant que si les poulets avaient eu la moindre intention de les serrer, ils l'auraient déjà fait. Patrick savait, tout comme Spider, que les flics mettaient toujours un certain temps à lécher leurs blessures et à contre-attaquer – surtout ceux qui avaient quelque chose sur la conscience. Ils finiraient bien par reformer les rangs, c'était dans la nature humaine, mais, pour l'instant, les bourres préféreraient se tenir cois, battre en retraite avec un sourire et un hochement de tête entendus, et attendre leur heure – le moment où Patrick et ses troupes seraient de nouveau en position de faiblesse et où ils pourraient débarquer en force. Jusque-là, qu'ils aillent se faire foutre ! Descendre le petit Terry Williams, ce n'était pas ce qu'ils avaient fait de plus futé, et la petite gouape qu'ils avaient achetée, à coups de Dieu savait quelles promesses mirobolantes, était à présent le type le plus recherché de tout le Smoke, et pour les plus mauvaises raisons qui soient. Il se retrouvait largué dans la nature, sans la moindre protection. Quant à la mort de Jamie, ça n'avait pas été le plus grand cataclysme dans l'échelle de Richter du Milieu londonien – même ça, ça avait totalement foiré sans aboutir à la moindre piste ou au moindre indice que la Brigade volante aurait pu utiliser contre les frères Williams ou contre Brodie. Dans le genre séisme, ils avaient fait très fort, mais ça ne les avait pas menés bien loin et la leçon avait porté.

En fait, tout ce dont avait accouché ce monumental gâchis jouait en faveur de Brodie : il était le nouveau roi de la pègre. Les ripoux qu'il avait achetés le rendaient intouchable – il avait eu le bon sens de ne s'offrir que le dessus du panier. Comme se plaisait à le répéter sa propre mère, quand on choisissait la qualité, on en avait toujours pour son argent. Patrick n'aurait su mieux dire.

Ça faisait des années que Spider travaillait avec lui. Le Jamaïcain était un bon partenaire, mais le choix qu'il avait fait cette nuit-là en préférant Brodie à la protection que lui promettaient les flics engageait toute sa vie. Marcher avec Dwyer, ça aurait été pour lui la garantie d'avoir carte blanche pour vaquer à ses petites affaires, à l'abri des soucis. Mais tout comme Brodie, il préférait se rallier aux lois de leur monde, quels que soient les risques, que de vivre pieds et poings liés dans le sillage confortable mais nauséabond des flics.

Patrick surfait toujours sur une grande vague d'adrénaline. La douche qu'il avait prise pour se débarrasser du sang dont il était couvert n'avait fait que ranimer l'excitation où l'avaient plongé les événements de la nuit. Cette euphorie n'allait pas sans l'obliger à se poser quelques questions sur lui-même. Il avait observé, fasciné, la douloureuse agonie de Dwyer. Les autres aussi, il les avait matés pendant qu'ils attendaient leur tour. Il s'était imprégné de la terreur absolue qu'ils exhalaient par chacun de leurs pores. Il avait fait remarquer à Spider que c'était ça, le pouvoir. Le pouvoir ultime. Cette conscience qu'ils avaient d'exercer un droit de vie et de mort, c'était le pied le plus total qu'on puisse imaginer. Se repaître de l'horreur qui se peignait sur le visage de leurs proies, au fur et à mesure qu'elles comprenaient qu'elles étaient dedans jusqu'au cou et qu'elles ne s'en sortiraient pas… Voilà ce qui l'avait poussé à prolonger l'agonie de Dwyer. Pour jouir de sa peur.

A présent que tout ça se tassait, Pat attendait que sa propre excitation se calme à son tour. Mais elle ne donnait aucun signe de fléchissement, et il comprenait qu'il avait attisé quelque chose qui sommeillait en lui depuis des années. Il était le fils de son père et le digne héritier de sa mère. Il avait en lui cette fibre dure et violente qui le rendait inaccessible à la douleur d'autrui – de ceux qui lui faisaient obstacle, en particulier.

Et ça, il était bien décidé à l'utiliser à son avantage. Après cette alerte rouge, il allait faire en sorte de ne plus jamais se trouver en position de vulnérabilité. Et si la terreur était le prix de sa sécurité, eh bien, il ne verrait aucun inconvénient à la faire régner.

Il avait fait passer le mot dans tout le Milieu : ils étaient à la recherche de toute information qui leur permettrait de remonter jusqu'au meurtrier de Jamie. Dès qu'ils tiendraient une piste solide pour lui régler son compte, l'épisode serait clos, définitivement. Ils faisaient passer plus de messages que la Poste centrale de Londres, et il aurait fallu avoir une sérieuse case en moins pour ne pas comprendre : Patrick Brodie n'était pas du genre à se laisser doubler impunément. Les flics eux-mêmes avaient payé le prix fort pour illustrer cette leçon.

Lil ouvrit les yeux et les referma presque immédiatement. L'après-midi touchait à sa fin et le soleil brillait encore dans sa chambre d'hôpital, mais elle n'arrivait toujours pas à se détendre. Toujours pas un traître mot de Patrick ! Et personne n'avait la moindre idée de l'endroit où il pouvait être. Tout le temps qu'avait duré l'accouchement, son esprit était resté en état d'alerte, dans l'attente d'un message, d'un mot de quelqu'un, n'importe qui, l'informant que tout allait bien et qu'il était planqué quelque part, à l'air libre. Mais personne ne savait rien, et personne ne semblait s'en inquiéter outre mesure.

Un piaillement ténu s'éleva du berceau placé près de son lit. Elle se redressa en souriant. Deux adorables petites filles, parfaitement conformées et en tous points identiques, étaient couchées côte à côte. Bien que prématurées, elles respiraient la santé. Deux petites filles solides, déjà dotées de membres robustes et potelés, et couronnées d'une jolie touffe de cheveux frisottés.

Des jumelles ! Elle était encore sonnée par l'énormité du choc. Personne n'avait détecté la présence d'un second bébé. Personne ne l'avait préparée à cette seconde naissance, mais personne n'aurait pu les aimer plus qu'elle. En dépit de l'angoisse où la plongeait ce que lui réservaient les heures à venir, ce qui prédominait en elle, pour l'instant, c'était la férocité de sa détermination à les protéger – et ça, pour elle, c'était une révélation.

Patrick allait être fou de joie quand il apprendrait enfin leur venue au monde. Cette nuit avait été la plus mouvementée de sa vie. Avoir dû donner le change l'avait moralement épuisée : elle avait dû faire comme si tout allait bien, prétendre que son mari était en voyage d'affaires, quelque part où il restait injoignable. Mais, à présent, elle accusait le coup.

Elle allait devoir passer une dizaine de jours dans ce lit minable et inconfortable, mais elle ne pourrait trouver le sommeil réparateur dont elle avait tellement besoin tant qu'elle ne saurait pas ce qu'était devenu son homme. Quand il arriverait enfin, s'il finissait un jour par arriver, elle se promettait de l'envoyer balader si loin qu'il resterait tourner en orbite ! L'espace d'un instant, cette idée lui tira un sourire et lui rendit un semblant de courage.

Laina Dawson avait soixante-douze ans. Elle avait déménagé dans le South End du temps du conseil municipal du Grand Londres et des vagues de démolition des quartiers de taudis. Ses deux filles et son fils cadet, qu'elle voyait régulièrement, étaient restés dans le Smoke, mais le fait d'avoir à demeure son petit-fils préféré, qui portait le prénom de son défunt mari, Leonard, était pour elle ce qui se rapprochait le plus du paradis ou de l'idée qu'elle s'en faisait.

Elle avait pourtant l'impression que tout ne tournait pas rond du côté de Lenny. Ce garçon était un vrai paquet de nerfs. Sa mère et elle espéraient que l'air du large le remettrait sur pied. Quelques semaines de repos devant la télé de sa mamie, agrémentées de ses bons petits plats, suffiraient à lui rendre son entrain et ses couleurs.

– Ça te dit de venir au bingo, mon chéri ?

Lenny eut un petit sourire forcé et secoua la tête. Sa ressemblance avec son vagabond de père était encore plus frappante, depuis qu'il s'était complètement rasé les cheveux.

Ça, c'était ce qu'elle avait le plus de mal à supporter chez ce petit : son allure déjetée. De ce point de vue, c'était bien le fils de son père ! Lenny était son portrait craché, à ce sale faux cul, mais, Dieu merci, la ressemblance s'arrêtait là. Car, à la différence de son paternel, Lenny était un bon petit gars, un modèle de politesse et d'amabilité.

Laina avait traité par le mépris les rumeurs qui couraient sur son compte. Certains racontaient qu'il frayait avec des gangsters et des assassins. Jamais son petit-fils n'avait été porté sur la violence, et ceux qui prétendaient le contraire disaient vraiment n'importe quoi. Hélas, comme elle ne cessait de le répéter, les gens ne pouvaient s'empêcher de bavasser dans le vide. Ils étaient tellement jaloux… Jaloux de quoi, elle aurait été bien en peine de le préciser, mais c'était l'explication qu'elle opposait invariablement à toutes les doléances de ses enfants, depuis leur plus tendre enfance. Jamais elle n'aurait envisagé qu'ils avaient pu se mettre en tort. La cause de tous leurs maux, c'était cette fichue jalousie que ne manquait pas d'exciter la perfection de ses chérubins.

A présent, son petit Leonard avait atterri chez elle parce qu'il s'était mis dans Dieu savait quel pétrin. Elle lui trouvait des tas d'excuses. Il fallait bien que jeunesse se passe… La vie se chargerait de lui apprendre… Ce drôle de tabac qui puait si bizarrement et qu'il passait son temps à fumer le plongeait dans un état semi-comateux. Si ça avait été le petit-fils de quelqu'un d'autre, elle aurait juré qu'il se droguait avec ce nouveau truc, là, ce fameux cannabis dont parlaient les journaux. Mais son petit-fils, sûrement pas ! Lenny était au-dessus de tout soupçon.

Tout en se préparant pour le bingo, elle continua à lui gazouiller son monologue, enchaînant questions et réponses sans paraître remarquer l'air absent du gamin. Elle se sentait si seule, depuis la mort de son mari. Elle serait tombée raide plutôt que de l'admettre, mais elle était ravie d'avoir quelqu'un sous la main pour lui faire la conversation – et Dieu sait qu'elle en profitait ! D'accord, il n'avait pas très bonne mine, ce petit. Pâle comme un linge, avec sous les yeux des cernes qui auraient pu lui servir de filet à provisions. Il avait dû tremper dans un coup foireux, elle en aurait mis sa main au feu – mais elle s'était bien gardée de lui demander de plus amples explications.

« Bof, il doit faire un peu de surmenage... », avait dit sa mère, pour justifier sa mine de papier mâché. Laina avait trouvé ça bizarre, comme explication – à sa connaissance, le petit n'avait jamais eu de boulot. Pourtant, sur le moment, elle n'avait pas cherché à creuser la question. Ils devaient penser qu'elle était déjà gaga, tous autant qu'ils étaient. En dépit des louanges dont elle ne tarissait pas sur ses enfants et les bienfaits dont ils la comblaient, Laina savait bien qu'ils ne venaient la voir que quand ça bardait ou qu'ils avaient besoin d'argent.

Mais il avait de la ressource, son petit Lenny. Et de l'argent plein les poches ! Il lui avait donné toute une liasse de billets pour payer son séjour chez elle. Alors, somme toute, y avait pas à se plaindre, pas vrai ? Comme disait son défunt mari, tout ça finirait dans l'égout avec l'eau de la prochaine lessive – car dans leur famille, le linge sale finissait toujours par se laver.

Comme elle partait à pied le long de Progress Road pour son club de bingo, elle entendit des pneus hurler sur la chaussée – le genre de nuisance qui se faisait de plus en plus fréquent dans le quartier. A croire que le South End était tombé aux mains d'une bande de chiens enragés... et il ne s'agissait sûrement pas de ceux qui couraient au stade de Walthamstow !

En traversant la rue, elle ne vit pas les trois types qui remontaient l'allée de sa maison et entraient chez elle sans même prendre la peine de frapper.

Elle ne vit pas davantage la tête de son petit-fils lorsqu'il reconnut la voix familière qui lui lançait :

– Salut, Lenny !

Il avait beau savoir que ça finirait par arriver, le choc ne l'en laissa pas moins sans voix.

– Quelques jours de vacances, au calme... Rien de tel pour vous remonter le moral, pas vrai ? Rien ne vaut le vent du large !

Les yeux de Lenny croisèrent ceux de Patrick Brodie. Il y lut, sans la moindre équivoque, qu'il ne lui restait plus qu'à mourir avec autant de dignité que possible.

Quand les gens raconteraient son exécution, comme ils ne manqueraient pas de le faire, entre mecs, autour d'un verre, Lenny ne voulait pas qu'ils puissent dire qu'il s'était pissé dessus. Il tenait à forcer leur estime par son sang-froid et son courage, il voulait les obliger à n'évoquer son souvenir qu'avec respect. En acceptant dignement son sort, il s'assurerait une sorte de gloire posthume – même si, évidemment, il ne serait plus là pour en recevoir les échos. Mais il voulait que les copains sachent qu'il n'avait pas quémandé sa grâce, ni tenté d'échapper à son sort. Il voulait tirer sa révérence dignement, quel que fût le traitement que lui réservaient Brodie et sa bande. C'était tout ce qui lui restait à présent : que Brodie lui-même reconnaisse qu'il était mort comme un homme. Il savait qu'il pouvait compter sur lui pour lui rendre justice, du moins sur ce point. Dans leur monde, c'était quelque chose. L'idée ne l'effleura même pas qu'il était absurde qu'un garçon de vingt-cinq ans se soucie de l'image qu'il laisserait après sa mort, ni que c'était précisément ce qui l'avait amené au point où il en était. Il avait tenté sa chance et s'était ramassé. S'il avait gagné, la victoire ne l'aurait sans doute pas incliné à davantage d'indulgence pour les vaincus ; il ne demandait donc pas à être traité avec plus de clémence qu'il n'en aurait eu dans la même situation. Il eut un petit sourire pincé, un sourire de mec, de petit dur, et ravala sa peur. Une infime part de lui-même se félicitait de n'avoir plus à attendre qu'on frappe à la porte ; elle s'était enfin ouverte. La paix était à portée de main.

– Pas ici, les mecs. C'est chez ma grand-mère.

Il avait retrouvé son regard d'enfant. Sa frimousse juvénile s'était levée vers eux. Il ne savait que trop bien ce qui l'attendait.

Brodie lui rendit son sourire.

– Purée, Lenny... Tu nous prends pour des brutes, ou quoi ?

– 'Tain, Lil, tu parles de deux petites merveilles !

La voix de son beau-père la tira du sommeil où l'avaient finalement plongée l'épuisement et les deux Mogadon que l'infirmière avait fini par lui faire prendre.

Comme elle levait vers lui des yeux battus, soulignés de grands cernes sombres, Mick Diamond sentit qu'elle le repoussait mentalement de toutes ses forces et fut pris d'une soudaine envie de lui coller un bon aller-retour. Mais il s'en abstint ; il fallait jouer le jeu coûte que coûte, faire comme si elle était vraiment sa fille et, lui, un grand-père comblé.

C'était pourtant vrai que ces petites étaient splendides ! Même lui, il était ému par leur beauté et la parfaite similitude de leurs traits. Elles étaient vraiment comme deux gouttes d'eau. Plus que jamais il envia Brodie, sa descendance et sa vie de famille.

Le bruit avait couru que Patrick avait descendu tous les prétendants à son trône à la force du flingue, d'où cette visite publique à l'hôpital pour célébrer la venue de ses deux nouvelles petites-filles. Mais, vu que le héros du jour restait introuvable, peut-être fallait-il en conclure que les racontars avaient été prématurés…

– T'es sûre que t'as besoin de rien, ma chérie ?

Elle fit non d'un mouvement de tête presque imperceptible, dont le côté irrévérencieux n'échappa pas à Mick Diamond. Il sourit.

– Je parierais qu'il est aux anges, ton Patrick. Pas vrai, mon cœur ?

Il avait parlé sur le ton à la fois insinuant et assuré de qui savait justement que le mari restait introuvable. Elle sentit les vagues d'animosité qu'irradiait son beau-père, ainsi que cette nuance de sarcasme dans sa voix. Il était au courant de quelque chose. Il avait dû entendre des bruits sur Patrick. Sa mère avait dû se charger de le mettre au parfum, à propos du raid des flics. Elle se força à garder une expression aussi neutre que possible. Pas question de lui montrer qu'il appuyait sur un point sensible. Surtout, ne pas lui faire ce plaisir…

Le silence fut enfin rompu par la toux rauque de Mick. Il détourna le regard et inclina la tête sur sa poitrine dans une attitude gênée, qui confirma à Lil qu'elle avait eu le dernier mot. Malgré sa hargne et ses airs bravaches, son beau-père était un dégonflé. Mais, comme tous les lâches, il pouvait aussi être très retors. Mick Diamond les aurait jetés aux orties sans la moindre arrière-pensée, elle et toute sa famille, si ça avait pu servir un tant soit peu ses intérêts.

– Casse-toi d'ici et fous-moi la paix.

Le stress et le manque de sommeil donnaient à sa voix une sorte d'autorité âpre. Elle constata avec plaisir que cela avait suffi à le faire déguerpir sans demander son reste. Elle tremblait de tous ses membres. Il y avait à présent plus de quarante-huit heures qu'elle était sans nouvelles de Patrick, ce qui, en soi, n'avait rien d'extraordinaire – il s'absentait souvent et il lui arrivait même de disparaître plusieurs jours d'affilée. Sauf qu'il avait dû apprendre que les flics avaient débarqué chez eux. Il aurait dû penser à elle, à son état, aux garçons. Son silence, le fait qu'il n'ait même pas essayé de la contacter, lui glaçait les sangs. Il l'avait laissée seule, en proie à la terreur.

Et personne ne semblait être près de son téléphone – rien que ça, c'était mauvais signe. Les lignes des clubs sonnaient en permanence occupées. Elle était donc dans le brouillard complet, sans personne à qui confier ses craintes. Une fois de plus, elle sentit le poids accablant de ses soucis lui broyer les épaules, tandis qu'elle se demandait où il pouvait bien être et pourquoi il ne se manifestait pas. Les tensions douloureuses qui lui cisaillaient les seins n'étaient rien auprès de sa migraine – sa tête était à deux doigts d'imploser.

Tout à coup, elle se prit à espérer qu'il se soit fait coffrer. Parce que, s'il courait toujours, c'était qu'il ne se souciait pas d'eux. Et que l'idée qu'elle pouvait avoir besoin de lui ne lui avait même pas traversé l'esprit...

Dicky Williams descendait de voiture avec son allant habituel, quand il se prit plusieurs balles dans la tête et dans le corps. Comme on ne pouvait plus soupçonner Lenny, personne n'avait la moindre putain d'idée de qui ça pouvait être. Encore une énigme...

Le plus triste, c'était que cette mort arrivait après la bataille. Ce pauvre Dicky s'était fait dessouder alors que tout semblait vouloir rentrer dans l'ordre. Nul n'aurait su dire ni pourquoi ni comment.

C'était une putain de tragédie. D'autant que, privés de l'autorité de Dicky qui les menait tous à la baguette, les frères Williams étaient totalement infoutus de fonctionner.

Et, comme le Milieu ne tarderait pas à le comprendre, ce serait la mort de Dicky, bien plus que celle de Terry, qui allait précipiter la chute du clan Williams.

CHAPITRE 6

Kathleen et Eileen gambadaient autour de la pièce sous le regard attendri de leur père, qui riait de leurs facéties. Elles étaient la prunelle de ses yeux, c'était une évidence pour tout le monde, y compris pour ses deux aînés. « Les filles », comme on les appelait, étaient superbes : deux adorables blondinettes aux yeux bleus qui ne connaissaient de la vie que le cocon d'amour où elles étaient outrageusement gâtées. A près de trois ans, elles restaient l'exacte réplique l'une de l'autre et étaient l'intelligence et la vivacité mêmes. Elles avaient parlé et marché très tôt. Elles étaient l'objet d'une fervente adoration de la part de leurs parents et de leurs grands frères.

Patrick regarda sa femme moucher les gosses, astiquer la maison et officier aux fourneaux. Lil était une femme solide et, décidément, toujours la plus belle. Comme les deux petites lui tendaient les bras alors qu'elle se penchait pour les embrasser, il ne put réprimer un sourire. Ce tableau lui serra même la gorge.

Lil était toujours aussi séduisante. La naissance de ses quatre enfants n'avait en rien atténué l'attrait qu'elle exerçait sur lui, bien au contraire. Mais l'arrivée des jumelles l'avait forcée à renoncer à son travail dans les clubs et, bien qu'elle semblât comblée par ses obligations de mère de famille désormais nombreuse, Pat sentait confusément que ce travail lui manquait – l'animation, l'excitation, le sentiment de faire partie intégrante de sa vie professionnelle. Elle lui jeta un coup d'œil accompagné d'un sourire tristounet. Elle lisait en lui comme dans un livre ouvert, ils le savaient tous les deux.

Le remords le rongeait. Il les avait laissés sans nouvelles pendant deux jours à la naissance des petites. Sa femme, sa Lil chérie, n'y avait jamais fait la moindre allusion – ce qui, pour lui, en disait long. Cela faisait belle lurette qu'elle avait cessé de lui demander des comptes. La seule chose qui l'intéressait, à présent, c'était l'argent. C'était devenu une véritable obsession, au point qu'elle exigeait comme un droit absolu d'en avoir toujours devant elle. Comment refuser ? Bien sûr qu'il lui fallait de quoi élever ses quatre gosses. Mais Pat avait parfois le sentiment de n'être plus que ça pour elle, un distributeur automatique, même s'il savait pertinemment que ce n'était pas le cas.

Il se sentait devenir peu à peu comme son père et il en était mortifié. Les clubs l'appelaient. Il s'envoyait quelques verres, se mettait à lutiner les filles et, avant même qu'il s'en aperçoive, le jour était levé ; il se réveillait aux côtés d'une petite grue qui n'arrivait pas à la cheville de Lil et n'aurait même pas été digne de lui cirer les pompes, mais ça ne l'arrêtait pas. Cette fille, il l'avait trouvée jeune, fraîche et disponible, et sans doute plus conne que son cul, mais prête à tout. Il l'avait baisée à couilles rabattues sur le siège arrière de sa voiture. Au matin, il était toujours incapable de se souvenir de son prénom ; elle avait une jolie paire de nibards et un sourire enjôleur, critères qui, dans le feu de l'action, lui avaient amplement suffi. Il s'était servi d'elle comme de toutes les filles qui lui tournaient autour ; en fait, elle ajoutait à sa gratitude d'avoir une Lil qui l'attendait chez lui. Mais dès que son excitation et son alcoolémie retombaient, il ne pensait plus qu'à se débarrasser de sa nouvelle conquête et, écœuré, se jurait qu'il n'y aurait pas de prochaine fois.

Mais il y en avait toujours une. Même si ça n'avait pas de sens, ça devenait une habitude. Il passait ses nuits dehors, y compris quand il n'avait rien à faire de particulier, en somme quand il n'avait aucune raison de se priver d'une soirée en famille. Quel con… Il piétinait délibérément les sentiments de sa femme et elle n'était pas dupe. Si elle s'était mise elle aussi à passer toutes ses nuits dehors à courir le guilledou, il aurait grimpé aux rideaux. D'une jalousie maladive, il suffisait d'un regard un peu trop appuyé pour qu'il entre en transe. Lil ne se privait pas de lui faire remarquer que chacun juge selon ses propres critères : étant lui-même sujet aux aventures sans lendemain, il craignait qu'elle lui rende la pareille, alors qu'il savait qu'elle était au-dessus de ça. Pour ne rien arranger, la nature avait doté sa femme d'un détecteur de mensonges intégré qui l'avertissait immédiatement quand il lui racontait des craques.

Patrick régnait maintenant sur le Milieu en maître absolu. Il était devenu si puissant que personne n'aurait eu l'idée de contester son autorité. Bizarrement, il en était déçu. Se maintenir au sommet exigeait de se fendre de temps à autre d'une petite démonstration de force – non seulement à titre dissuasif, pour maintenir l'ordre dans ses propres rangs, mais aussi histoire d'entretenir son outil de travail. Il avait tout de même sous ses ordres un certain nombre d'hommes susceptibles de devenir des prétendants au trône s'il se montrait assez bête pour leur laisser la bride sur le cou.

Même Dave Williams et ses frères commençaient à pousser le bouchon un peu loin. Un petit rappel à l'ordre s'imposait.

Spider et ses copains jamaïcains marchaient toujours avec lui, mais comme les Williams et les Blacks n'avaient jamais accepté de collaborer, ça devenait source de frictions. Les Williams prenaient ombrage du fric que ratissait Spider. Ils refusaient de comprendre que c'était un bon élément et que, s'il se faisait des montagnes de fric, c'était grâce aux deals d'herbe et d'armes qu'il écoulait avec un talent certain. Les temps avaient changé. Les Jamaïcains, c'était l'avenir. Si seulement Dave avait pu entraver ça, tout serait allé bien mieux pour tout le monde. Ils avaient eu leur chance et l'avaient laissée passer, des lustres plus tôt. Et maintenant qu'ils commençaient à mesurer ce qu'ils avaient perdu, ça les défrisait.

Spider se chargeait du boulot en première ligne et s'occupait de tout, des « blues » aux nanas. Les « blues » étaient des fiestas de plusieurs jours. Ses copains et lui dénichaient un squat ou une bicoque abandonnée, qu'ils barricadaient à l'aide de planches et nettoyaient sommairement avant d'y installer un bar et une sono. Et la fête commençait. Grâce à l'alcool et aux entrées, ils récoltaient des sommes astronomiques et en profitaient pour écouler d'énormes quantités d'herbe. La police ne venait jamais y fourrer son nez. Bref, c'était un plan d'enfer et Spider contrôlait tout. Personne n'était autorisé à organiser un blues, à vendre du shit ou à faire travailler des filles sans son accord, qui impliquait nécessairement celui de Brodie. Spider n'y voyait rien à redire, puisqu'ils bossaient main dans la main, Patrick et lui. Mais Dave et ses frères s'étaient subitement avisés d'en prendre ombrage. Ils n'avaient aucune influence dans les quartiers sud et tout le fric qu'ils se faisaient, Spider et lui, les faisait grincer des dents. Au départ, Brodie leur avait proposé d'y participer, mais ils avaient refusé net. Sous-estimant le potentiel de Brixton, ils n'avaient pris part à aucun des arrangements initiaux. Ils avaient merdé, et dans les grandes largeurs ! ils devraient tout de même le reconnaître un jour ou l'autre ! C'était trop tard maintenant. Plus personne n'accepterait de partager le gâteau en trois, juste pour avoir la paix.

Spider dealait de la Dexédrine à cinquante livres les mille. Les gamins se les arrachaient. Les amphétamines, c'était le nouveau truc, que ce soit sous forme de poudre ou de pilules. Il se faisait un beurre incroyable avec ça et faisait tourner sa boutique avec une précision quasi militaire, considérant les quartiers sud comme sa chasse gardée. Patrick lui-même respectait scrupuleusement les limites de son territoire et ne les remettait jamais en question.

Il promena son regard autour de lui, dans cette nouvelle maison, et une bouffée d'orgueil s'empara de lui. Jusque-là, aucun membre de sa famille n'avait jamais été propriétaire de son chez-soi. C'était une curieuse sensation de jouir légitimement d'une chose aussi symbolique, aussi pleine de sens. Leur toit, le refuge même de leur famille. C'était un véritable engagement, et un investissement considérable. Cet aspect ne lui avait pas échappé. Il l'avait payée comptant, condition sine qua non exigée par Lil. Jusque-là, l'idée ne lui serait jamais venue de placer son argent dans une chose aussi peu transportable que la pierre. Il avait plutôt tendance à s'abstenir de tout ce qui pouvait donner lieu à une investigation des flics ou du fisc. Mais Lil lui avait fait remarquer que les revenus qu'il tirait de ses affaires légales suffisaient largement à justifier un achat de cette ampleur – et, comme d'habitude, elle avait vu juste.

La maison était au nom de sa femme et c'était elle qui détenait l'acte de vente. C'était bien le moins qu'il puisse faire. Il possédait d'autres immeubles à son nom, mais c'étaient des propriétés commerciales. Il pouvait s'en débarrasser du jour au lendemain, ni vu ni connu. Mais cette maison, c'était du solide. Sa maison. Celle de sa famille. Il aimait ce sentiment d'y être chez lui, d'avoir enfin un port d'attache. Et, par-dessus tout, il aimait savoir Lil heureuse. Elle aussi aimait leur nouveau toit et s'y sentait en sécurité. Elle aurait au moins ça, quoi qu'il arrive.

Une bagarre avait éclaté entre les garçons. Ils regardaient Tom et Jerry à la télé et s'étaient mis à s'engueuler pour savoir qui ferait le chat et qui ferait la souris. Les filles étaient arrivées et, comme toujours, Kathleen s'était mise du côté de Pat Junior et Eileen de celui de Lance, désamorçant le conflit par leur seule présence. Il était fier de ses garçons et de leur gentillesse envers leurs sœurs.

Alors qu'il se laissait aller contre le dossier du canapé, vanné, pour tâcher de se relaxer un peu, Lil lui apporta une tasse de thé corsé bien sucré. Il l'attrapa et l'attira à lui pour l'embrasser à pleine bouche. Elle répondit aussitôt à son baiser sans se faire prier. Elle était incapable de lui en vouloir bien longtemps…

Même dans une rogne noire elle ne pouvait se passer de lui, pas plus qu'une autre femme n'aurait pu se passer d'eau ou de nourriture. Sans lui, elle n'était rien. Sans lui, même avec ses quatre enfants pour remplir ses journées, sa vie aurait été vide. Elle s'en voulait de cette dépendance mais avait fini par s'y résigner. C'était comme ça, point final.

La paix était donc revenue entre eux, comme toujours et jusqu'à la prochaine fois. Mais il sentait flotter dans son regard une ombre d'accusation mêlée de lassitude résignée envers son business et la façon dont il contaminait sa vie et celle de sa famille.

Brodie était un homme. Dans leur monde, ça voulait dire qu'il pouvait faire ce qu'il voulait. Lil devait s'en contenter. Mais cette résignation, il ne la supportait pas. Parce que sa femme méritait beaucoup mieux, il le savait mieux que personne.

Spider buvait du rhum blanc en tirant sur un joint. Les effluves de cannabis alourdissaient l'atmosphère. Son amie, une jeune Jamaïcaine aux yeux en amande et à la tête hérissée d'une myriade de petites nattes, berçait leur bébé en écoutant du Peter Tosh sur leur chaîne stéréo.

Spider lui lança un regard ensommeillé. Ses grosses dreadlocks lui balayaient le visage. Ses paupières étaient lourdes de fatigue. Il avait cavalé plusieurs jours d'affilée, comme son pote Patrick – à cette différence que, lui, il s'était fait arracher les yeux par sa femme en rentrant. Il avait finalement réussi à la calmer, à grand renfort de persuasion, et elle avait pris leur bébé dans ses bras. Il savait qu'il allait devoir faire amende honorable pendant plusieurs semaines au moins. C'était une fille bien – une vraie tigresse, mais une fille bien, et il l'adorait. Beaucoup trop jeune pour lui, sûrement. Mais elle avait du cœur – et ça, il respectait.

On frappa à la porte d'entrée. Spider dut s'extraire de sa torpeur pour aller ouvrir. Vu son état, il eut quelque peine à tourner les multiples verrous de la porte blindée. La maison était une vraie forteresse. Mais il savait qui c'était, et un grand sourire s'épanouissait déjà sur sa figure quand il tira le dernier verrou.

– Yo, man! Putain de merde, c'est pire que d'entrer à Fort Knox, ici!

Cain, son frère cadet, se tenait sur le seuil, souriant de toutes ses dents.

Son jeune frère était son exact contraire. Il avait les cheveux courts, presque rasés, et ne portait que des pantalons et des chemises sur mesure, d'une élégance presque discrète. Spider, lui, était une sorte de mythe vivant, plus grand que nature, avec des habitudes vestimentaires à l'avenant – pantalon de jogging surdimensionné et tunique de cotonnade bigarrée qui faisait presque étriquée sur son large poitrail. Ses dreadlocks et ses mocassins complétaient sa tenue de parfait dealer rasta. Cain, lui, était un jeune loup aux dents longues. A vingt et un ans, il avait tout ce qu'il fallait pour se faire une jolie place au soleil dans la communauté noire jamaïcaine : la pêche et le culot. Il cachait ses grandes ambitions sous une apparence d'insouciance qui masquait son énergie et son opiniâtreté – chose dont seuls les gens qui le connaissaient vraiment pouvaient avoir conscience. Spider était son aîné de douze ans et débordait de fierté pour ce poulain. Il le formait pour assurer l'avenir de la famille, au cas où il serait contraint de prendre une retraite anticipée.

– Alors, frangin, t'as mon fric ?

Cain partit d'un éclat de rire qui fit scintiller ses dents parfaites.

– Commence donc par fermer cette putain de porte, Spider ! C'est pas toi qui m'as appris qu'il ne faut jamais parler affaires dans la rue ?

Comme il refermait sa volée de verrous, Spider entendit que son frère avait déjà filé au salon où il contait fleurette à Rochelle, en la complimentant sur la bonne mine du petit. Quel dragueur-né, ce gamin, se dit-il. En écoutant leurs rires, il sentit l'affection qu'on réserve d'ordinaire à ses enfants l'envahir. La vie était belle. Il y avait des jours, comme ça, où il prenait vraiment la mesure de sa chance.

– Je te dis qu'ils se font des couilles en or, Dave ! On est en train de se faire baiser, frangin. Et à sec encore !

Dave Williams poussa un soupir en prêtant l'oreille, une fois de plus, aux doléances de son frère Dennis. Depuis la mort de Dicky, il avait pris la relève, et ça n'était pas ce qu'on pouvait appeler une sinécure. Dicky était le cerveau de la famille. Il savait toujours quoi faire, quand et comment. Dave s'efforçait d'être à la hauteur, Patrick lui donnait toujours son dû, mais il se sentait en porte-à-faux. La mort de son frère avait ouvert une brèche qu'il se savait incapable de combler, et il avait la nette impression que ses frères partageaient son avis. Le temps avait passé, ils voulaient maintenant avoir du fric devant eux, du fric bien à eux. Dave était l'aîné, ce qui suffisait à le faire respecter. Mais ils n'étaient plus des enfants – encore moins des enfants de chœur ! Il était bien placé pour le savoir.

– Arrête un peu de radoter, putain, t'as l'air d'une petite vieille sous amphètes. Détends-toi un peu, bordel !

– Me détendre, moi ! T'as le culot de me dire de me détendre !

Dennis cherchait la bagarre, comme d'hab'. Pas facile de les garder à l'œil, son sale caractère et lui. Cette tête de lard se cabrait pour un rien et se prenait la tête pour des trucs que personne n'avait dits. Un fieffé emmerdeur que Dave avait de plus en plus de mal à mettre au pas.

– Putain, Dave, plus personne a le droit de se pointer dans le secteur sud ! Spider et son frangin ont tout verrouillé à mort. Y a de quoi s'énerver !

Dave acheva son café en silence et attendit la suite. Une fois lancé, Dennis pouvait parler un bon moment sans s'arrêter. C'était devenu un rituel quasi quotidien depuis qu'il avait essayé de dealer du speed dans les quartiers sud. Il avait réussi à en écouler quelques grammes – de quoi se faire un peu d'argent de poche, pas suffisamment à son gré –, avant de se faire poliment prier d'aller exercer ses talents ailleurs. Or, de mémoire d'homme, personne n'avait jamais viré aucun des frères Williams de nulle part, même avec les formes. D'habitude, c'étaient eux qui viraient les autres en distribuant les gnons, les menaces et les avertissements. C'était leur chasse gardée. Ils n'allaient tout de même pas s'écraser mollement en regardant les autres se goberger sans même leur refiler leur part du gâteau ! Et Dennis de casser du sucre ad nauseam sur Pat Brodie, qui apparaissait de plus en plus comme un traître à son camp.

Dennis se mit à tourner dans la pièce comme un ours en cage, les épaules voûtées et crispées par la colère, les traits tordus par un masque de haine et d'humiliation.

– Pour couronner le tout, ils n'arrêtent pas de dealer, ces connards de macaques jamaïcains. On peut plus faire un pas sans leur marcher dessus ! Ils se précipitent à quinze sur le moindre bout de trottoir. Le caniveau déborde ! Qu'est-ce qui nous reste, à nous, hein ? Et ce connard de Brodie qui s'en sort. Comme une fleur, même. Il marche avec eux, Dave, ils lui obéissent au doigt et à l'œil. Parce que je peux te dire qu'il émarge, lui ! Mais nous, ceinture ! Hier soir, ils m'ont carrément dit d'aller me faire voir, comme si j'étais, je sais pas, moi, n'importe quel cave, bordel de merde ! Je suis interdit de séjour à Ilford et à Barking, sous prétexte que leur bande contrôle déjà le secteur du Celebrities et les autres boîtes de Forest Gate.

Dennis secoua la tête d'un air à la fois effaré et teigneux.

– Où tu veux qu'on écoule quoi que ce soit ? Ils ont verrouillé le Lacy Lady, le Room at the Top, et même ce putain de Tavern. Le Lautrec's fait partie de leur chasse gardée. Il ont bouclé tout le quartier sud plus serré que des fesses de bonne sœur. Ils sont partout – partout, je te dis ! Au Raquel's à Basildon, au Roxy, au Vortex, au Dingwall's, à Camden. Merde, Dave, du Old Rose au Dean Swift, y a plus une malheureuse boîte ou un pub où on se sente encore chez nous. Jusqu'au Green Man, putain ! Mon rade préféré ! Ils monopolisent tout Callie Road, les plus gros pubs et tous les docks. C'est des vraies sangsues, ces mecs-là. Ils enlèveraient le pain de la bouche à des mômes !

Pour amplifier ses effets, il cracha un bon coup dans la cheminée.

– On l'a dans le cul, Dave. Leurs mules, à ces connards de fumeurs de oinjes, vendent du speed jusqu'au Beehive sur Brixton Road ! Tout le West End et Islington en sont inondés. Si tu crois que je vais continuer à avaler un truc pareil ! Soit il nous verse un pourcentage, soit on prend ce qui nous est dû, une bonne fois pour toutes.

– Putain, tu vas te calmer, oui ?

– Me calmer ! Mais tu fais quoi, là ? Du yoga ? T'es le nouveau gourou de l'East End, c'est ça ? Allez, casse-toi, mec ! Je vais les remettre à leur place, moi, ces putains de rastaquouères, et le plus tôt sera le mieux ! Spider et son frangin se pavanent armés jusqu'aux dents dans leurs bagnoles de m'as-tu-vu et font la loi sur le macadam comme s'ils étaient les héritiers du trône. Et qu'est-ce qu'on branle pendant ce temps-là ? On s'écrase en leur tirant notre révérence ? On peut plus rien dealer à Manchester ou à Liverpool, et même dans toute cette putain d'Ecosse ! On s'est fait aligner comme des mômes à l'école et tout ce que tu trouves à me dire, c'est de me calmer ? T'en as fait quoi, de ta tête ? Tu l'as laissée dans le cul de Brodie ou quoi ?!

Dave se garda bien de riposter – ça ne l'aurait pas avancé à grand-chose. Mais il ruminait l'info. Tôt ou tard, il faudrait remettre les pendules à l'heure ; et plus vite ce serait fait, plus vite il aurait la paix – ses frères le travaillaient au corps. La came en général, le speed en particulier, était un créneau juteux. Ils avaient misé gros là-dessus. Le problème, c'était que Brodie, plus qu'un partenaire et un ami, était leur principal rival. A moins de lui revendre directement et à perte, ils l'avaient dans le cul, effectivement. Et Dave voyait mal comment le convaincre d'acheter la marchandise au-dessus du prix de gros ! En tout cas, si Brodie s'imaginait qu'ils allaient renoncer à leur part, il se foutait le doigt dans l'œil. Ce n'était pas parce qu'ils avaient laissé faire jusqu'ici qu'ils avaient définitivement tiré une croix sur ce putain de créneau, surtout maintenant que la demande grimpait en flèche. Si seulement Spider s'était contenté de son propre territoire, rien de tout ça ne serait arrivé. Chacun aurait touché son dû et tout le monde aurait été content...

Dave avait quand même choisi d'ignorer deux ou trois points. Primo, que Brodie orchestrait toute l'affaire et, secundo, que les quartiers sud et au-delà, ça avait toujours été le territoire de Spider. Il oubliait aussi fort commodément que Patrick leur avait proposé des ouvertures, mais qu'à l'époque ils avaient préféré faire la sourde oreille parce qu'ils avaient la main sur d'autres quartiers. Patrick les avait maintes fois prévenus, gentiment mais fermement : ils avaient toute liberté d'exercer, tant qu'ils n'empiétaient pas sur son territoire. En somme, il avait carrément insinué qu'ils avaient loupé le coche et qu'il était un peu tard pour s'en plaindre.

Sauf que, comme le lui faisait remarquer Dennis, si les Jamaïcains avaient mis la main sur tous les night-clubs et établi un quasi-monopole sur le secteur, il allait falloir parlementer. La plupart des petits copains de Spider n'avaient de comptes à rendre qu'à lui – qui était, comme personne ne l'ignorait, le premier lieutenant de Brodie. Ils n'auraient pu écouler leur came sans l'autorisation expresse de Pat. Pour les frères Williams, c'était là que le bât blessait.

Ils se sentaient relégués, mis sur la touche. Carrément offensés, même. Putain, ils n'étaient plus des gamins ! Comme tous les jeunes coqs, ils n'attendaient qu'une occasion de faire rouler leurs muscles et de marquer leur territoire. Et leur âpreté au gain les rendait particulièrement dangereux. Ils ne devaient leur réussite de ces dernières années qu'à Pat Brodie, mais ça, ils étaient incapables de s'en rendre compte tout seuls – et Dave se gardait bien de souligner ce genre de détail, du moins pour l'instant. Dennis était leur porte-parole, le seul qui ait les couilles de venir chez lui exhaler sa frustration. Les autres suivraient, c'était sûr, mais seulement quand ils auraient la certitude que le message était bien passé, histoire de ne pas se faire envoyer sur les roses.

Les frères Williams préféraient aussi oublier tout ce qu'ils avaient gratté grâce à Patrick, tout le fric qu'ils s'étaient fait avec lui sur d'autres affaires. La manne du speed avait éveillé en eux une vieille convoitise. Ils ne voyaient que les montagnes de pognon qu'il y avait à se faire. Des sommes astronomiques. Naturellement, ils voulaient en croquer. Tout le travail préliminaire avait été fait pour eux, comme toujours – bien sûr, ce genre de détail leur échappait. En un mot comme en cent, c'était une bande de gros bras, bas du plafond et affligés d'ego plus surdimensionnés que la bite de King-Kong. N'empêche, pour eux, une chose était sûre : un simple « non » ne suffirait pas à leur faire lâcher prise.

Dave commençait à mieux comprendre le point de vue de son cadet. Dennis avait raison au moins sur deux points : primo, on les traitait vraiment comme de la merde et, deuzio, ils s'en sortiraient beaucoup mieux sans Brodie.

Il avait tout de même l'honnêteté de reconnaître que Patrick les coiffait au poteau. Brodie se trouvait un créneau juteux, s'en emparait et entraînait Dave et ses frères dans son sillage. Cette position subalterne agaçait parfois Dave. Il lui enviait son prestige. Lui aussi voulait devenir un rouage essentiel dans la chaîne de transmission des truands qui régnaient sur Londres.

Le fait que les clients ne se gênaient même plus pour signifier à ses frères que, non merci, ils préféraient ne rien leur acheter parce qu'ils traitaient déjà avec Spider, c'était un indice alarmant, car révélateur de leur véritable statut : ils étaient et resteraient la piétaille de Brodie. C'était un sacré casse-tête et la question méritait qu'on y réfléchisse avant de prendre une décision, quelle qu'elle fût. Un truc pareil, une fois que c'était dit haut et fort, c'était fini ; ça tombait dans le domaine public et plus moyen de faire machine arrière. Il allait devoir examiner sérieusement les options qui s'offraient à eux pour choisir celle qui avait le plus de chance de marcher.

– Je vais y réfléchir, d'ac ?

Dennis répondit d'un hochement de tête imperceptible. Cette fois, il avait fait la moitié du chemin. Il avait donné toutes les balles à son frère. Dave n'avait plus qu'à appuyer sur la détente.

Annie s'apprêtait à coucher les enfants. Comme d'habitude, Lance essayait de l'embobiner. Elle l'assit sur ses genoux et se mit à murmurer à son oreille comme elle l'avait toujours fait.

– Attends un peu que les autres soient endormis, mon trésor. Ensuite, tu pourras venir retrouver mamie dans la cuisine.

Elle bravait ouvertement les ordres de Patrick, qui avait exigé que les enfants se couchent tous en même temps. Il avait précisé que s'il découvrait qu'elle accordait à Lance des faveurs, son sort serait scellé : elle prendrait la porte, définitivement. Annie et Patrick vivaient selon les termes d'un traité de paix instable : elle s'arrangeait pour ne jamais être sur son chemin; il faisait en sorte de réduire au minimum le temps qu'elle passait avec les enfants.

– Mais je ne veux pas redescendre, mamie. J'ai pas envie.

L'expression revêche qu'affichait l'enfant commençait à lui porter sur les nerfs. Annie prit une profonde inspiration et lui glissa à l'oreille :

– Je t'ai apporté des bonbons. On pourra même regarder la télé.

Sa voix n'était qu'un imperceptible murmure. Les trois autres observaient la scène avec de grands yeux.

– Allez, mon chéri. Mamie est si contente de te retrouver. Tu lui as bien manqué, tu sais! Tu lui fais un gros câlin?

La nuance de supplication qui avait filtré dans sa voix n'avait pas échappé à Lance. L'enfant vit immédiatement l'avantage qu'il pouvait en tirer.

– Non, mamie, j'ai pas envie. Je suis fatigué.

Il se dégagea de son étreinte. Le déplacement de son corps grassouillet faillit faire basculer Annie de sa chaise. Il détestait sentir sur lui ses mains froides. Et cette manie qu'elle avait de le prendre dans ses bras à tout bout de champ, de l'attirer à elle pour l'embrasser en le serrant contre elle à l'étouffer. La seule chose qu'il aimait, c'était l'emprise qu'il avait sur elle et qui lui donnait la main sur ses frère et sœurs. C'était lui, le petit trésor de sa grand-mère. Les autres, elle ne faisait au mieux que les tolérer. Il en avait toujours été ainsi, et ni Patrick Junior ni les petites n'avaient jamais remis ça en question. A vrai dire, ils étaient soulagés que ce ne soit pas sur eux qu'Annie ait jeté son dévolu.

C'était la première fois depuis des lustres qu'Annie pouvait garder les enfants. Patrick veillait à les lui confier le moins possible; ses jours au sein de la famille étaient comptés. Lil non plus ne la portait plus vraiment dans son cœur. Elle était donc condamnée à s'armer de patience jusqu'à ce qu'ils aient de nouveau besoin de ses services.

Elle pourrait alors se rapprocher du seul être au monde qui donnait un peu de sens à sa vie.

– Allez, viens faire un gros bisou à ta pauvre vieille mamie… Après, on ira jouer en bas. On jouera à tout ce que tu voudras !

Lance secoua vigoureusement la tête.

– Non, mamie ! J'ai pas envie. Je t'aime plus, plus du tout !

La douleur que Lance lut dans le gris délavé des yeux de sa grand-mère lui serra un instant le cœur. Mais elle le mettait mal à l'aise ; malgré son jeune âge, il sentait que la passion dévorante qu'elle lui portait avait quelque chose de pas très net. Sa mère, elle, n'avait jamais plus d'une minute à lui consacrer. Elle ne l'avait jamais aimé tout à fait autant que les autres. Pourtant, le fait que sa grand-mère passe son temps en adoration devant lui l'agaçait prodigieusement. S'il s'était écouté, il l'aurait pincée jusqu'au sang. Il détestait son odeur. Elle l'étouffait.

Une gifle sonore résonna et les enfants sursautèrent de frayeur. Une grosse marque rouge sur la joue, Lance fusilla Annie d'un regard de méfiance et de haine tandis qu'elle le réprimandait vertement.

Pat Junior poussa ses sœurs hors du salon où régnait un grand désordre et revint chercher son frère. Il lui prit le bras et s'efforça de l'entraîner vers la chambre, sous une pluie de cris et de jurons qui leur vrillaient les tympans.

– Espèce de petit salaud, sale hypocrite ! Après tout ce que j'ai fait pour toi !

Annie se mit à lui débiter ses reproches habituels, litanie à laquelle les garçons avaient appris à rester sourds.

Impuissant, Lance vit sa grand-mère attraper son grand frère et le traîner par les cheveux jusqu'au centre de la pièce. Elle était hors d'elle à présent. Il avait perdu tout pouvoir sur elle, personne ne pouvait la calmer. Il prit la fuite et battit en retraite vers la chambre où attendaient ses sœurs, qu'il mit au lit en écoutant les cris et le vacarme qui faisaient rage au rez-de-chaussée.

Pat Junior sentit les ongles de sa grand-mère lui labourer le crâne. Pivotant alors vers elle, il lui décocha un bon coup de pied dans le tibia. La douleur tira une nouvelle bordée de jurons à la vieille femme et lui fit lâcher prise. Du haut de ses neuf ans, le petit Patrick la poussa de toutes ses forces en criant :

– Tu vas voir ! Je vais le dire à mon père !

Annie se rendit alors compte qu'elle avait dépassé les bornes et s'efforça de retrouver un minimum de calme.

Regardant son petit-fils qui se tenait en face d'elle, elle afficha un sourire tremblant et fit ce qu'elle avait toujours fait : les yeux pleins de larmes, elle se mit à geindre d'une voix brisée.

– Excuse-moi, mon petit chéri. Je suis vraiment désolée... Vous me manquez tellement... Et vous êtes tous si méchants avec moi...

Résolument campé sur ses jambes, le regard vide, Pat Junior déclara au bout de quelques secondes avec une dignité tranquille :

– Nous, on n'est jamais méchants avec personne. Mes sœurs attendent leur lait chaud et leur histoire, mais nous, on ne veut plus que tu viennes nous garder. Je vais le dire à maman.

Annie était accablée. Si les petits racontaient ce qui venait de se passer, elle risquait de se trouver rejetée dans les ténèbres. Elle qui avait besoin de la présence de Lance autant que d'eau et de sel !

Elle entreprit de faire un brin de ménage dans le salon. Cette maison de rêve décorée avec amour abritait une famille unie dont les membres s'aimaient et se protégeaient mutuellement – Patrick Junior et Lance venaient de le lui démontrer. Elle sentit la morsure familière, avide comme le cancer, de la jalousie. La vie de sa fille était comme une pointe dans son flanc. Cette Lil, qui pondait des enfants à tour de bras et parvenait pourtant, sans effort, à garder un homme sur l'oreiller. Elle était tout ce qu'Annie aurait voulu être. Tout, en mieux. Tout le monde l'aimait ; elle avait gardé ses amies de l'usine et s'en était fait d'autres. Et elle était d'un naturel tel, que malgré les incartades de Patrick, elle nageait dans le bonheur. Mais ce qui était proprement insupportable pour Annie, c'était de voir sa propre fille réussir sans même avoir à lever le petit doigt. Y avait vraiment de quoi râler… Dire qu'elle dépendait de Lily pour la moindre bouchée de pain ! Elle avait beau lui avoir tondu la laine sur le dos depuis son premier jour d'usine, ça, elle n'était pas près de lui pardonner.

Soupirant à fendre l'âme, elle prépara le lait chaud que Pat lui avait demandé pour ses sœurs, mit quelques biscuits et du cake sur un plateau et monta chez ses petits-enfants dans l'espoir de limiter un peu les dégâts.

Elle dut respirer profondément pour calmer son envie furieuse de gifler Lance, mais ne put retenir un sourire en découvrant les deux petites endormies dans les bras de leurs frères. Elle avait compris d'instinct que Pat était le plus dangereux, celui dont elle devait gagner les faveurs – celui sur qui, par conséquent, elle devait concentrer ses efforts.

C'était le digne fils de son père. On ne pouvait jamais vraiment savoir ce qui se passait derrière ses grands yeux bleus. Il était bien parti pour devenir un dangereux salopard, lui aussi. Il avait la même morgue, ce même regard fixe et vacant et, curieusement, cette présence qui avait fait de Brodie un homme redoutable. Pat Junior n'était encore qu'un gosse, mais on sentait en lui un calme glacial qui avait de quoi vous filer la frousse.

Cain sourit. Dennis Williams lui offrait une autre tournée.

Ils étaient au Burford Arms, dans l'East End, un pub à prédominance noire où Dennis avait pris ses habitudes bien qu'il n'y fût pas le bienvenu. Il employait un certain nombre de gamins du quartier de Stratford et les retrouvait là pour leur distribuer leur paie. Cain était souvent présent, accoudé au bar, quand Dennis réglait ses affaires. Jusqu'à une époque récente, leurs rapports avaient été excellents. Cain n'aurait su dire quand, au juste, ça s'était gâté, mais les choses étaient maintenant trop avancées pour pouvoir s'arranger. C'était à cause du business de dope, aucun doute là-dessus. Mais pas question de se déballonner ni de lui céder un pouce de terrain, à ce connard de Dennis. Question de principe. Il s'agissait pour Cain de défendre son territoire et de faire en sorte que personne ne fasse main basse sur ce qui lui revenait de plein droit.

Tant que Dennis était seul, Cain se sentait relativement en sécurité. Face à toute la bande Williams, il n'en aurait pas mené large. Cela dit, ils travaillaient toujours pour Brodie, ce qui était une sorte de garantie. Jamais ils ne prendraient le risque de se mettre Patrick à dos en défiant publiquement un de ses associés, ils avaient assez de soucis comme ça. Et puis Cain s'arrangeait toujours pour se trouver à proximité de potes qui ouvraient l'œil. Car il ne fallait pas prendre les frères Williams à la légère : ils étaient teigneux, de vraies brutes, alors mieux valait assurer ses arrières. Dommage, il avait toujours eu de la considération pour Dave et sa famille. C'était vraiment con que les choses aient dégénéré à ce point. Bof, question d'époque sans doute.

Les efforts de Dennis et de ses frères pour chasser sur ses terres, quitte à s'imposer par la force, ne lui avaient pas échappé. Mais il avait assez de bon sens pour garder ses impressions pour lui. Il préférait les laisser montrer d'abord ce qu'ils avaient dans le ventre. Il se déciderait ensuite. De toute façon, il y aurait toujours un plan B. Ça, c'était Brodie lui-même qui le lui avait appris !

CHAPITRE 7

– Il te trompe à couilles rabattues et t'es trop cloche pour t'en rendre compte !

Lil était à nouveau enceinte et sa grossesse s'annonçait plus difficile que les précédentes. Elle se traînait du matin au soir, à bout de forces, comme si on l'avait dépossédée de son corps. Elle ne pouvait rien avaler sans avoir la nausée ; pis, elle ne supportait plus ni le thé ni le tabac, les deux piliers de son régime de femme enceinte. Annie en profitait évidemment pour s'imposer, mais l'enfant l'épuisait tellement qu'elle n'avait même plus l'énergie de se colleter avec sa mère. Elle la regardait donc s'affairer, raide d'indignation, en s'émerveillant une fois de plus de sa capacité à se retenir d'exploser. Elle s'était juré que rien ne la rendrait jamais aussi aigrie et retorse que cette femme. Pas un seul jour de toute son enfance et son adolescence Annie ne s'était départie de son masque hargneux et buté, alors chaque fois qu'elle la voyait sourire à ses petits-enfants, surtout aux jumelles, elle en ressentait un petit choc douloureux, en plein cœur. Sa mère provoquait encore en elle l'impression de manquer de quelque chose, d'être mal aimée. Elle pouvait néanmoins avoir une certitude : en sapant les bases de l'existence dorée que sa fille lui offrait, Annie sciait la branche sur laquelle elle était assise. Ça n'empêchait pourtant pas Lil de mettre un point d'honneur à assurer son quotidien, à payer ses factures et à veiller à ce qu'elle ne se trouve pas à court d'argent.

– Toujours dehors, et jusqu'à pas d'heure ! A traîner avec des catins, évidemment ! C'est un miracle qu'il t'ait encore rien refilé, surtout vu ton état !

– Arrête, maman. Il va rentrer d'une minute à l'autre. Tu sais bien qu'il ne supporte pas de te trouver ici quand il arrive. Et puis arrête de le débiner dans son dos, merde !

Que Lily ose jurer ainsi devant sa mère était un bon indicateur de l'état de leurs relations. Annie devait désormais se tenir à carreau si elle voulait continuer à vivre à proximité de sa fille et de ses enfants. Mais Patrick lui-même avait dû admettre que les jumelles avaient su faire fondre cette vieille garce. Elles étaient si chou ! Annie avait fini par tomber sous leur charme, comme tout le monde. Quand elles couraient se jeter dans ses bras, elle semblait profondément touchée par tant d'amour. Lance serait toujours son petit prince, bien sûr, mais les filles venaient tout de suite après. Lil les voyait faire la conquête de sa mère, cette femme qu'elle aimait et haïssait tour à tour du plus profond de son cœur.

Annie passait son temps à semer la zizanie sous prétexte que Patrick passait ses nuits dehors. C'était une éternelle pomme de discorde entre elles. En s'efforçant de mettre le feu aux poudres, sa mère faisait tout pour les séparer. Rejeter Patrick sur la touche lui aurait permis de maintenir indéfiniment sa fille et ses petits-enfants sous son emprise.

Patrick la détestait cordialement et n'en faisait pas mystère. Il lui balançait des tombereaux d'insanités – qu'elle prenait très bien, la plupart du temps –, en la regardant droit dans les yeux. A sa décharge, il pouvait aussi se montrer très drôle. Avec un sens de la répartie dévastateur, il harcelait sa belle-mère de banderilles et de traits d'esprits qui faisaient s'écrouler de rire quiconque se trouvait à portée d'oreille.

La constance avec laquelle sa mère endurait tout ça pour pouvoir continuer à fréquenter leur maison était pour Lil un sujet d'ébahissement permanent. A sa place, n'importe qui d'autre aurait battu en retraite depuis longtemps. Curieusement, elle se félicitait pourtant de la présence de sa mère et comptait même dessus. Elle se sentait tellement fatiguée en ce moment ! La présence d'Annie lui simplifiait énormément la tâche. Il arrivait même à ce vieux chameau de se montrer presque aimable – quand elle s'abstenait d'aborder la question de leurs maris respectifs, par exemple. Car l'ombre de son père adoptif planait. Pas de problème, pourvu qu'il ne l'approche ni de près ni de loin.

– Tout ce que je dis, c'est que tu devrais taper du poing sur la table de temps en temps, ma chérie. Bientôt cinq gosses, et il court le guilledou comme un joli cœur de dix-huit ans!

Lil poussa un soupir.

– Boucle-la, tu veux? Il fait ce qu'il veut de ses soirées et il évite tout ce qui pourrait nous nuire, à moi et aux enfants. Alors laisse tomber, OK?

Cette fois, Annie avait distinctement entendu une note cassante dans la voix de sa fille. Mieux valait ne pas pousser le bouchon trop loin. Lil protégeait encore son homme, et elle avait beau être à bout de forces et malade à en crever, sa patience avait des limites.

– Au fait, il est où en ce moment?

Annie ne se gênait pas pour interroger ouvertement sa fille sur les allées et venues de Brodie; Lil s'arrangeait toujours pour esquiver. Quelque chose lui déconseillait de livrer à sa mère la moindre information, fût-ce la plus anodine. Son beau-père aussi manifestait un intérêt malsain pour les affaires de la maison… Une fois de plus, Lil se demanda pourquoi elle avait tant besoin de cette mère qui ne lui avait jamais manifesté la moindre loyauté ni le moindre dévouement. Annie Diamond l'avait traitée comme quantité négligeable toute sa vie, y compris et surtout dans sa petite enfance, et voilà qu'elle éprouvait encore le besoin de sa compagnie. Elle regarda sa mère essuyer le plan de travail, puis rincer l'éponge sous l'eau tiède. Pourquoi donc s'infligeait-elle la présence de cette femme qui n'avait jamais eu pour elle la moindre considération?

Les enfants jouaient au salon. Leurs petites voix pointues résonnaient jusque dans la cuisine. Pat Junior tentait d'expliquer aux filles qu'elles devaient faire un peu moins de bruit pour ne pas déranger maman. Quel amour, cet enfant; il déployait de tels trésors de gentillesse et de prévenances.

Puis la voix de Lance, irritante comme un bâton de craie sur un tableau noir, leur ordonna de déguerpir. Parfaitement consciente que sa fille supportait mal la voix de son cadet, Annie s'en servait constamment contre elle. Lance avait le même ton monocorde et geignard qu'elle, un timbre criard dépourvu de véritable inflexion, un couinement nasillard qui lui inspirait parfois une irrésistible envie de lui filer des claques – surtout en ce moment, à cinq mois de grossesse, alors qu'elle n'était pas au mieux de sa forme.

Elle avait longtemps prié pour s'attacher à son fils cadet, mais ses prières étaient restées vaines. Sentant qu'il était trop tard à présent pour y changer quoi que ce soit, elle s'évertuait à mimer une affection qu'à sa grande honte elle était loin d'éprouver. C'était bien sûr la principale raison de la présence de sa mère sous son toit ; mais pour rien au monde elle ne l'aurait admis, surtout pas devant Patrick, qui était fou des jumelles et adorait ses fils.

– Autant appeler les ambulances tout de suite, Pat. Tu penses pas ?

Spider avait parlé sur le ton de l'évidence. Patrick devait reconnaître que la situation, devenue quasi intolérable, leur portait sur les nerfs. Il ne serait pas fâché non plus qu'on crève l'abcès et qu'on en finisse. Une bonne explosion de violence, de vengeance et de sang, qui aurait au moins l'avantage de leur permettre de tourner la page. L'urgence dans la voix de Spider ne lui avait pas échappé. Bien sûr que ça tombait sous le sens. Il fallait régler la question, et le plus tôt serait le mieux.

Spider était comme nimbé de haine. Ils étaient de la vieille école, tous les deux : pas la peine de les pousser beaucoup pour les faire passer en mode « nettoyeur ».

– Ce que je veux dire, c'est que ça peut pas continuer comme ça. Si on laisse passer, qu'est-ce qu'ils demanderont la prochaine fois, hein ? Nos clubs, nos pubs, nos foutues stations de taxi ? A ton avis ?

– Te bile pas, fit Pat avec un haussement d'épaules. Je vais en toucher deux mots à Dave. Il comprendra, il n'est pas bouché. A lui de prendre les mesures qui s'imposent.

Spider passa nerveusement sa large main dans ses dreadlocks.

– Ça, ça m'étonnerait, man ! C'est le pire du lot maintenant. Il y a moins d'une heure, il m'a demandé combien je comptais lui reverser. Comme s'il était l'héritier du trône ! Comme si on leur devait un droit de passage. A l'heure qu'il est, ils se pavanent dans ce foutu bar comme dans leur propre salon, en asticotant tout le monde. Il est à nous, ce rade. On l'a acheté, merde ! et rubis sur l'ongle encore. Putain, qu'ils aillent se faire foutre, ces taches ! S'ils croient que je vais les laisser faire leur cirque encore longtemps !

Spider piaffait littéralement, ce que Patrick pouvait tout à fait comprendre. Pour sa part, il n'avait pas encore renoncé à trouver une solution à l'amiable. Il préférait ne pas prendre parti, mais, s'il y était contraint, il choisirait celui de Spider – et quelque chose lui disait que les Williams le savaient. Ils avaient quand même une sacrée dette envers lui : il avait vengé la mort de leur frangin et leur avait assuré un statut bien plus enviable que tout ce à quoi ils auraient pu prétendre. Ils avaient tendance à la ramener ces derniers temps, la plaisanterie avait assez duré. Une petite leçon allait bientôt s'imposer, qu'il se ferait un plaisir de leur administrer lui-même. Ils commençaient à lui courir, ce qui était plutôt déconseillé quand on avait un peu de bon sens.

Les Williams avaient un besoin urgent d'être remis à leur place, voilà tout. Ils devaient en tenir une sacrée couche pour exiger de toucher leur part sur un boulot auquel ils n'avaient participé ni de près ni de loin. S'ils espéraient l'avoir au bluff, ils se foutaient le doigt dans l'œil.

Spider aussi avait de solides raisons de ne pas se laisser marcher sur les pieds – mais ça, il préférait ne pas le crier sur les toits. En fait, la vraie pomme de discorde, c'était sa mainmise sur le marché londonien de la défonce. Or, les Williams avaient craché sur ce putain de créneau : dans un coin sombre de leurs tronches d'enfoirés, ça les avait tout simplement fait chier de bosser avec des Blacks. Evidemment, personne n'en avait jamais parlé, mais ça sautait aux yeux. Spider s'en était forcément rendu compte. C'était un des esprits les plus affûtés que Brodie avait jamais rencontrés. Il devait le sentir depuis le début.

Dave et ses frangins étaient des exécutants, point final. Des Monsieur Muscle qui, sans lui, en auraient été réduits à grappiller de quoi vivre en exerçant leurs talents de petits malfrats comme collecteurs de dettes ou comme videurs. S'il arrivait qu'un semblant d'idée leur traverse le crâne, il ne devait pas tarder à crever d'ennui, tout seul là-haut. Et ils avaient le culot de faire du foin, alors qu'ils lui devaient tout ? Qui avait établi les contacts, graissé les bonnes pattes, intimidé ou éliminé ceux qui s'opposaient à leur prise de contrôle sur la came débarquant dans la rue ? Spider et lui. Pas question de renoncer aux fruits de leur travail pour maintenir en place une poignée de petites frappes à la con. Ça, il fallait vraiment être débile pour le croire, ne serait-ce qu'une seconde. Rien que pour ça les frères Williams avaient baissé de plusieurs crans dans son estime.

Sans Spider et lui, ils n'étaient rien. Il avait bien essayé de les intégrer dans l'organisation. Résultat : que dalle et une putain de perte de temps. S'ils avaient besoin que quelqu'un le leur rappelle, pas de problème, il en faisait une affaire personnelle. Spider et son point de vue risquaient d'avoir plus de mal à passer. Ça, il devrait s'en occuper de son côté.

Lisa Callard était crevée. Elle remit sa petite culotte en réprimant un bâillement. Avec son corps gracile de garçonnet, sa coupe effilée lui donnait l'allure d'un elfe. Elle n'avait presque pas de seins mais un joli petit baigneur rond et ferme qui attirait et retenait de façon quasi irrésistible les regards masculins. Suffisamment avisée et assez affranchie, elle ne cédait qu'aux hommes capables de lui filer pas mal de cash ou de renforcer sa position. Vu que Dennis Williams relevait de ces deux catégories, elle n'était pas fâchée de le laisser faire un peu d'alpinisme dans ses monts et ses vallées.

Elle avait compris très tôt le pouvoir que lui conféraient son charme et sa jeunesse, et les avait toujours intelligemment exploités. Sa propre mère avait gaspillé la sienne, de jeunesse, auprès du connard qui lui tenait lieu de père, alors Lisa avait décidé que, grâce à la pilule, elle s'offrirait tout ce à quoi sa mère avait dû renoncer – un joli pécule bien à elle, une belle voiture et une totale liberté. Entretenir en même temps une relation avec Cain ne lui posait pas le moindre problème. Ça ne faisait qu'ajouter au charme qu'elle exerçait sur Dennis.

Dave et ce dernier lui jetèrent un regard brumeux. Ce n'était qu'une gamine, mais c'était un morceau de choix. Un peu plus tôt, Dave était entré dans la chambre et, le temps que son frère finisse son affaire, s'était tranquillement assis sur un petit fauteuil en osier blanc que leur mère avait chiné sur Portobello Road. En remettant sa jupe, Lisa lança d'un ton gouailleur :

– Ça vous dirait que je reste ?

Dennis secoua la tête et se pencha au bord du lit pour récupérer dans la poche de son pantalon un petit rouleau de billets, qu'il lui tendit. Lisa l'embrassa gentiment, attrapa le reste de ses affaires et sortit. En passant la porte, elle faillit entrer en collision avec Doris Williams, qui arrivait avec un plateau chargé d'une théière et d'une assiette de biscuits.

– Tu te casses, chérie.

Ça n'était pas une question.

Sous le regard inquiet de ses fils, Doris posa bruyamment le plateau sur la petite table et se tourna vers Dave, glaciale.

– T'as mon fric ?

Dave poussa un soupir.

– Lâche-moi, m'man. Ce connard n'a qu'à les payer tout seul, ses conneries de dettes. T'as qu'à lui dire.

Personne n'aurait osé répliquer à ce ton ferme et définitif, mais sa mère n'avait pas l'intention de baisser les bras.

– Mais c'est quoi, pour vous, deux cent tickets ?

Elle s'assit sur le lit défait et, s'emparant du paquet de cigarettes de Dennis, s'en alluma une avec une lenteur savamment étudiée. Elle était prête à argumenter pied à pied – toute la nuit, si nécessaire. Doris Williams ne s'avouait pas si facilement vaincue. Elle avait toujours eu un certain mordant, et le garderait jusqu'à son dernier souffle. Depuis la mort de son mari, deux ans plus tôt, elle s'était déniché toute une série de jules, que ses fils classaient en deux catégories : les cons simples et les fieffés connards. Pour eux, pas question qu'on lorgne la place de leur père, elle l'avait compris. Elle respectait, même. Mais elle avait pris goût à la liberté. Ses fils n'y pourraient rien changer.

Son nouvel amant était un joueur. Un joli brun de dix ans son cadet, les cheveux en bataille, des yeux d'un bleu mélancolique, et si puissamment doté par la nature qu'on aurait pu attribuer un premier prix de concours à son engin. Elle avait consacré assez d'années à son légitime, c'était son tour de rigoler un peu. Ses fils avaient beau avoir été témoins de l'existence morose que lui avait fait mener leur père, pour eux, elle était trop vieille et trop bête pour savoir ce qu'elle voulait et mener sa barque.

– Putain, commencez pas avec vos sermons ! Je suis vraiment pas d'humeur. Il me le faut, ce pognon. Pour moi autant que pour lui. Et puis regardez les choses en face : vous me le devez bien, bande de rats !

Il y avait du vrai là-dedans. Doris avait tendance à parler comme ça, par petites phrases assassines. Elle avait toujours eu le sens de la répartie et un goût prononcé pour les fringues voyantes et les jupes moulantes. Au fond, la vie était courte. Elle avait bien raison… Mais c'était quand même leur mère, non ? Pour Dave et Dennis, c'était carrément la honte.

– Donnez-moi mon dû, point barre.

Toujours sous les couvertures, Dennis aurait aimé se lever pour aller pisser, mais sa mère, assise sur le lit, l'en empêchait.

– Dites-vous bien que je sais pas mal de choses sur vous, les gamins. Vous feriez mieux de vous en souvenir. Vous avez déjà oublié l'époque où je m'interposais entre votre père et vous quand il vous filait des branlées, quitte à me prendre des coups au passage ? Y en a pas un à qui j'ai pas servi d'alibi à un moment ou un autre, et ça me paraît bien parti pour continuer. Alors, maintenant, tout ce que je vous demande, c'est de me laisser vivre un peu ma vie.

Sous la lumière crue de l'ampoule au plafond, malgré l'épaisse couche de mascara et de fard à paupières qu'elle se tartinait – à tel point que si son père avait toujours été de ce monde il l'aurait démaquillée au Scotch Brite ! –, Dave distinguait les cicatrices laissées par les poings de son paternel sur le visage de sa mère et le réseau de petites rides qui lui cernait les yeux, qu'ils avaient tous contribués à creuser, année après année. Elle avait décidé de s'offrir une seconde adolescence. En toute honnêteté, après une vie de femme mariée enchaînée à cette maison, elle avait bien mérité de s'amuser un peu. Son père n'était pas un tendre, il n'avait jamais hésiter à jouer des poings ou à tirer sa ceinture pour les corriger. Mais l'argent leur filait comme de l'eau entre les doigts ; ils étaient loin d'être aussi vernis que les gens voulaient bien le croire. Ils ne se refusaient rien, d'accord, et dépensaient sans compter, mais même s'ils gagnaient correctement leur croûte le fric fuyait plus vite qu'il ne leur tombait dans les poches.

Sans compter que Dave avait pris plusieurs décisions franchement désastreuses depuis un an. Ils avaient perdu un sacré paquet de pognon dans des deals qui n'avaient rien rapporté. L'os, avec la dope, c'était qu'il fallait avancer le fric ; si la came était interceptée avant d'arriver à destination, tout le monde perdait sa mise de départ. Pour leurs trois dernières livraisons, les flics avaient été tuyautés. Ils les attendaient, les deux premières fois à l'aéroport, la troisième à l'estuaire de la Tamise. La faute à pas de chance, apparemment, même si ces enfoirés de Spider et son frère semblaient sortir l'herbe de leur chapeau. Les siens, de frangins, commençaient à se demander pourquoi Spider passait toujours entre les mailles du filet. Mais ces soupçons étaient aussi injustes qu'injustifiés, Dennis le savait bien.

Car Spider avait tout concocté bien longtemps avant qu'ils n'aient eux-mêmes décidé de mettre le pied dans la porte. Son herbe à lui – du premier choix, toujours – arrivait directement des docks. Celle qu'ils parvenaient à toucher, eux, était une vraie daube à côté : elle avait plus de graines qu'un paquet de Smarties ! La vérité, c'était qu'ils s'étaient fait avoir, et pas qu'une fois. Si Dave ne se décidait pas à aller voir Brodie pour lui demander d'intervenir, il avait peu de chance que les choses changent.

On ne les considérait plus que comme des exécutants à sa solde – et ça, ça les froissait plus qu'ils ne voulaient l'admettre. La douloureuse vérité, c'était que la place croissante qu'occupait Spider dans l'estime et l'amitié de Patrick avait été non seulement observée, mais reconnue et approuvée par tout le monde.

En gros, ils avaient fait la démonstration qu'ils n'étaient qu'une bande de clowns n'ayant ni le pouvoir ni le fric pour imposer et étendre leur influence sur le marché. Ils risquaient de se retrouver sans un rond, ça leur pendait au nez.

Ces dix derniers mois, Dave avait dilapidé à lui seul plus de deux cent mille livres, et ses frères autant que lui. Ça commençait à faire un joli paquet. Un vrai pactole fichu par la fenêtre. Fauchés comme les blés, ils commençaient à paniquer. Ils avaient des dettes partout dans le Smoke, et ce n'était qu'une question de jours ou de semaines avant que leurs créanciers ne se décident, eux, à aller en toucher mot à Brodie.

Dennis et ses frères envisageaient donc de recourir au seul moyen qu'ils connaissaient pour se refaire : braquer une banque. Le hic, avec ce genre de plan, c'était qu'il leur faudrait d'abord obtenir le feu vert de Patrick et, après coup, lui reverser un bon pourcentage de ce qu'ils auraient réussi à taxer.

– Tu l'auras, ton pognon, m'man. Mais lâche-nous un peu la grappe, là, OK ?

Doris hocha la tête, soulagée de voir que le message était passé.

– OK, d'accord. Quelqu'un veut un sandwich au bacon ?

– Au fait, belle-maman... Je vous ai dégoté un super boulot à mi-temps : hanter toutes les maisons du quartier !

Pat Junior et Lance partirent d'un grand éclat de rire nuancé d'un certain effarement, comme chaque fois qu'ils entendaient leur père chambrer leur grand-mère. Les petites, elles, bien à l'abri dans les bras paternels, ne riaient que pour participer à l'hilarité générale.

Annie adressa à Brodie un sourire de martyre.

– Allez, Annie ! enchaîna-t-il. Descendez de votre croix, on a besoin de bois pour l'hiver !

Lil elle-même ne put réprimer un sourire. Patrick la regarda quelques instants avant de dire :

– Tout va bien, chérie ? T'es sûre que t'aurais pas besoin de voir un toubib ?

Lil secoua la tête. Son homme plongea les yeux dans les siens. Il avait toujours pour elle la même vénération mais, ces dernières semaines, il s'inquiétait. Sa grossesse ne se déroulait pas aussi bien que d'habitude. Elle avait une mine de déterrée ; ses cheveux, naguère si fournis et si soyeux, lui encadraient tristement le visage, ternes et sans ressort.

– Tout va bien. Tu veux un peu de thé ?

– Laisse donc faire Attila, chef des Huns ! s'exclama-t-il avec un clin d'œil aux garçons.

Il s'assit auprès de sa femme et la prit dans ses bras.

– T'as l'air complètement lessivée, tu sais.

– Un peu, oui. Regarde tes filles si elles sont belles…

Lil changeait systématiquement de sujet dès qu'il s'agissait de sa mine ou de sa santé. Elle collectait encore certains loyers et assurait ses visites à la prison quand c'était nécessaire. Elle ne voulait surtout pas laisser paraître la moindre faiblesse, même si, effectivement, elle était sur les genoux depuis plusieurs semaines. Elle tenait absolument à ce que Patrick continue à lui faire confiance et puisse compter sur elle. Elle connaissait le business aussi bien que lui, mieux peut-être. Il avait beau essayer de ménager sa santé en la forçant à prendre une pause, elle ne voulait rien entendre.

– Mes deux petites fées !

Patrick sourit de nouveau. Il prenait de l'âge, mais elle se sentait toujours irrésistiblement attirée par lui quand il la regardait comme ça, droit dans les yeux. Elle lui rendit son sourire, et la blancheur de ses jolies dents tacha de pâle son visage blême.

– Regarde un peu comme elles te couvent du regard, Patrick. Elles sont en adoration devant toi…

Il écarta les mains en un geste de constatation impuissante.

– Qu'est-ce que tu veux, j'y peux rien, moi, si les femmes me font les yeux doux !

Il avait parlé d'un ton bon enfant non dénué, pourtant, d'une pointe d'arrogance. Il ne remarqua que trop tard le regard qu'elle lui lança. Un regard qui valait son pesant d'effroi et de solitude. Il vit la tristesse qu'il avait éveillée avec sa remarque idiote et se prit à les maudire, ces satanées bonnes femmes et leurs foutues sautes d'humeur.

– Je rigole, chérie. Je rigole !

Mais le charme était rompu. Ça avait tendance à se produire de plus en plus souvent ces derniers temps, et ça commençait à lui porter sur les nerfs. Il en avait assez sur le paletot pour ne pas avoir à se coltiner en plus ces conneries d'états d'âme et de prises de bec.

– Pourquoi tu démarres au quart de tour, Lil ? C'était une blague, rien de plus. Regarde la tête que font les enfants…

Lily perçut un soupçon d'exaspération dans ses yeux. Effectivement, les gamins avaient posé sur elle un regard inquiet. Ils ne perdaient jamais une miette de ce qui se passait entre eux, et ce n'était pas très sain. Elle avait bien conscience que c'était de sa faute, à cause de ses angoisses, de sa peur d'apprendre un jour que son homme s'était fait épingler ou embobiner par une jeunette – cette dernière crainte étant, de loin, la plus violente. Le dicton ne dit-il pas qu'au moins, quand votre jules est derrière les barreaux, vous savez où il passe ses nuits ?

– Allez jouer dans vos chambres, les enfants ! Maman est un peu fatiguée.

Entraînant chacun une des jumelles, Pat Junior et Lance quittèrent le cocon tiède du salon sans trop se faire prier. Mais Annie, elle, restait aux aguets, à l'affût de tout ce qui pouvait se dire.

– Excuse-moi, Pat. Je suis vraiment à cran en ce moment.

Il la reprit dans ses bras. Derrière son odeur de tabac, elle distingua d'autres effluves, plus fugaces. Du parfum. Un parfum de femme bon marché.

– Arrête de te ronger comme ça, Lil. C'est toi, ma femme. Et tu le seras toujours. T'es la mère de mes gosses, non ?

Sa voix était l'honnêteté et la franchise mêmes. Elle aurait voulu le croire sur parole, mais elle lisait en lui mieux qu'il ne le pouvait lui-même.

– Je sais, tu dois me trouver gourde, répondit-elle en se forçant à sourire. Fais pas attention. C'est mes hormones qui me travaillent.

– C'est ta mère qui parle par ta bouche, tu veux dire !

Pat lui prit le menton et lui posa un baiser sur les lèvres.

– Tu es ma femme, Lil. Pour moi, il n'y a que toi au monde. Si je vais bosser, jour après jour, c'est pour vous faire vivre, toi et notre petite famille, OK ?

Elle fit « oui » de la tête, vaincue par la force de son amour. Pourquoi avait-elle tant de mal à croire ce qu'il ne cessait de lui répéter ? Que, pour lui, elle serait toujours la plus belle, même enceinte jusqu'aux yeux, même avec le ventre jusqu'aux genoux ; que, pour lui, elle n'était jamais plus belle que quand elle portait ses enfants – et Dieu savait qu'ils en avaient fait ensemble.

Maintenant, restait la corvée de lui annoncer qu'il allait encore devoir lui fausser compagnie ce soir. Cette petite perle allait tomber comme une bouse de deux tonnes sur la banquette arrière d'une Mini…

Cain et Spider étaient raides défoncés. Comme la nuit commençait à tomber, ils s'étaient écroulés devant la télé pour attendre le chaland. Ils préféraient se charger personnellement des transactions dépassant le kilo et demi, qu'il s'agisse d'herbe ou de speed. Ils tenaient à se maintenir au parfum, à voir les nouvelles têtes, à vérifier leurs connexions. Ils étaient plus que jamais à cheval sur ces bons principes. Pas question que les frères Williams viennent se fournir chez eux ! Ils entretenaient de bons rapports avec leurs clients, et tout nouveau venu devait leur être présenté et recommandé par au moins deux de leurs dealers de confiance, surtout s'il était blanc.

Les skinheads et les jeunes bourges consommaient l'herbe comme si chaque soir était le dernier. La marijuana était bien partie pour devenir le passe-temps favori de toute une génération. Et avec l'avènement du rock et la prolifération des clubs dans le Smoke et la grande banlieue de Londres, le speed faisait un malheur. Les jeunes se l'arrachaient, que ce soit sous forme de pilules ou de poudre.

1976 était l'année du sniff. Les jeunes punks voulaient rester « high » jusqu'au bout de la nuit ; les « Rude Boys »[1] comme les tenants de Depeche Mode avec leurs tignasses asymétriques organisaient de grandes fêtes d'où les participants ne redescendaient pas pendant plusieurs jours. Vendre du speed, ça revenait à faire tourner la planche à billets, ce qui impliquait de déménager régulièrement, par mesure de sécurité. Cain et Spider évitaient donc tout ce qui pouvait devenir source d'ennuis. Vers cinq heures du matin, ils auraient dans les quatre-vingt mille livres dans leur piaule, ce qui suffisait à appâter n'importe qui. Mieux valait être prudent, excepté avec leur garde rapprochée et les quelques personnes avec qui ils traitaient de façon quotidienne.

Leur appartement flambant neuf, qu'ils avaient fait en sorte de rendre habitable – télé monumentale et canapé à l'avenant –, était situé dans un grand immeuble à Clapham découpé en studios. Les parties communes empestaient la sueur et la viande de chèvre, et ça n'arrêtait pas d'aller et venir à toute heure du jour et de la nuit – ce qui, pour eux, était plutôt un avantage. Ils avaient acheté le bâtiment par l'entremise d'une holding dont l'assemblée générale annuelle se tenait en Jamaïque. Le temps que le fisc remonte la piste des vrais propriétaires, ils auraient pris leur retraite et se seraient depuis longtemps envolés pour Montego Bay…

1. Mouvement de jeunes délinquants jamaïcains des ghettos, en guerre contre les injustices et l'immobilisme de la société capitaliste.

L'un dans l'autre, c'était une super piaule dans un super immeuble qui leur rapportait, en plus, quelques milliers de livres de loyers. Le quartier grouillait de grands Noirs et de jolies Blanches. Sonos et chaînes hi-fi s'égosillaient à plein volume partout, ce qui les fondait dans le décor.

Ils s'y sentaient en sécurité et n'avaient jamais sur eux que deux flingues, de provenance militaire. Le premier était un .38, l'autre, un .45, ce qui suffisait à faire pas mal de dégâts tout en restant assez discret pour être glissé à la ceinture sans attirer les regards. Spider et son frère n'étaient pas obsédés par la sécurité. Au contraire, même, ils étaient un poil trop sûrs d'eux. Dehors, dans une Ford Zodiac, étaient postés trois potes, trois féroces rastas qui, n'ayant pas encore embrassé les admirables valeurs de leur religion, auraient descendu leurs propres mères si elles avaient essayé de les doubler.

Dix minutes plus tôt, ils avaient repéré la bagnole des frères Williams. Dennis les avait lorgnés, de l'œil mécontent de qui découvre une grosse merde écrasée sous sa semelle, et les sentinelles n'avaient pas mouftés. Donner à l'ennemi l'impression qu'il était en sécurité – fausse, bien sûr – était une de leurs règles d'or. Equipés de flingues et de machettes, les trois rastas étaient prêts à répliquer vigoureusement à tout ce que les Blancs pouvaient leur proposer. Quiconque écoutait Sweet[1] méritait ce qui lui tombait sur le coin de la figure. En fait, ils n'attendaient qu'une chose : que ça pète, histoire de faire le tri entre les hommes, les vrais, et les branleurs.

Dennis tenait à peine debout. Il s'était méthodiquement imbibé d'alcool depuis le matin et était fin prêt à en découdre. Ces trois rastas dans leur bagnole lui avaient mis les nerfs en pelote. Mais son petit frère Ricky, au volant, avait immédiatement désamorcé la confrontation, qui s'annonçait musclée.

1. Groupe britannique de glam rock très populaire dans les années soixante-dix, notamment pour son look androgyne.

– Calme-toi, putain.

Ricky, c'était quelqu'un. Pas tout à fait du même gabarit que ses frères, il avait l'esprit vif et démarrait au quart de tour. Il avait surtout assez de jugeote pour savoir que Dave leur boufferait les couilles au petit déjeuner s'ils se permettaient de déclencher une guérilla urbaine sans attendre qu'il leur en ait donné l'ordre. Dave n'avait pas renoncé à baiser Brodie, mais – et ça lui écorchait la bouche de l'admettre – il restait la locomotive de la famille. Et ça, Ricky, il respectait.

Dave s'efforçait de trouver une solution pacifique. Mais il commençait lui-même à comprendre pourquoi les autres en avaient plein le cul. Les Blacks avaient totalement colonisé la place et, même si tout le monde s'appliquait à leur seriner qu'ils avaient loupé le coche, c'était foutrement pas normal que les frères Williams se retrouvent sans un kopeck dans ce grand boxon généralisé où le pognon coulait à flots.

Ricky venait de se lever une petite nana dans un club, et il aurait bien eu besoin d'un peu d'oseille pour la gâter. Ça le défrisait donc particulièrement de se retrouver plus fauché qu'un mineur en grève. Le temps qu'ils se garent devant le Beckton Speiler, leur quartier général, il était déjà en train de chercher la bagarre qu'il venait d'éviter.

Il leur fallut cinq bonnes minutes, à trois – Bernie, Dave et lui –, pour faire entrer Dennis dans le pub. Dehors se trouvaient trois filles fleurant bon la collégienne en goguette, avec leurs jupettes plissées plus courtes que la mémoire visuelle d'un agent de la circulation.

– Amenez-vous, les poulettes, qu'on voie un peu vos nibards !

Les gamines avaient abondamment gloussé, à la fois choquées et émoustillées, mais avaient surtout poussé un gros soupir de soulagement quand les trois autres avaient finalement réussi à traîner Dennis à l'intérieur.

Les frères Williams se frayèrent un chemin jusqu'à l'arrière-salle, saluant leurs connaissances au passage. Dave surveillait les alentours en traînant Dennis, quand il ne le ne portait pas carrément, vers la salle du fond – un lieu sûr. Comme d'habitude, l'établissement était bondé, pris d'assaut par une foule en majorité constituée de copains ou d'associés. Pourtant, le tiroir-caisse n'engrangeait pas des masses de fric : ils avaient commis la grossière erreur, lors de la grande soirée d'ouverture, d'offrir une tournée générale. A présent, la clientèle considérait la chose comme un dû et ils avaient de plus en plus de mal à lui faire sortir ses biffetons – encore plus à joindre les deux bouts. Quant à braquer la supérette du coin, c'était hors de question – les frères Williams étaient censés être au-dessus de ce genre de conneries.

Dave croisait donc les doigts pour que son rendez-vous avec Patrick, plus tard dans la soirée, lui permette de trouver des solutions à leurs problèmes. Ils avaient balancé leur fric par toutes les fenêtres possibles et imaginables et n'avaient presque plus un rond. Ils bossaient pour Brodie. Ses frangins avaient beau lui seriner leur rengaine de revanche et de loi du Talion, Dave, lui, se souvenait d'une chose : avec Patrick Brodie, mieux valait s'abstenir de déconner. Le plus sûr aurait peut-être été de jouer cartes sur table avec lui en lui expliquant d'emblée la situation. Il n'y avait tout de même pas de honte à perdre du fric ; avec l'herbe, tout le monde en perdait. Les flics cherchaient à mettre la main dessus les premiers et y parvenaient plus souvent qu'à leur tour. Fallait le savoir. La mise était soit multipliée par dix, soit perdue. Après tout, ce genre de risque n'était pas couvert par les assurances ! Mais ils avaient tout de même perdu beaucoup plus que les autres, et il était délicat d'aller pleurer dans le giron de Brodie, de qui dépendait leur gagne-pain : ça revenait à reconnaître de facto qu'ils avaient foiré, et dans les grandes largeurs. Car Patrick, lui, continuait à s'en mettre plein les poches, tout comme Spider et ses petits copains. Ce qui faisait qu'à côté les Williams avaient l'air des quatre frères Dalton – aussi bêtes que méchants.

D'où la cause du malaise.

Ils avaient merdé comme des amateurs. Tout ce qu'ils avaient, ils le devaient à leur chef, Patrick Brodie. La leçon avait été rude et, comme d'habitude, Dave allait devoir arranger ça tout seul, faute de pouvoir compter sur ses abrutis de frères.

Dennis s'était écroulé sur une chaise près de la porte. Bernie était resté pour le surveiller pendant que Ricky allait leur chercher des consommations au bar. Ils s'était mis à parler de choses et d'autres, si bien que Dennis avait fini par refaire surface. Il était encore bourré, mais le speed que Ricky lui avait fait avaler semblait lui faire de l'effet. Seulement, maintenant il avait le gosier desséché et une grosse tendance à la paranoïa. Pas vraiment l'idéal. Il était déjà du genre violent en temps normal, alors le mélange alcool-dope le rendait difficilement contrôlable.

Comme ils attendaient les autres, Dennis reconnut la grosse voix de son cousin Vincent. Depuis qu'ils étaient tout petits, Vince et lui se vivaient comme rivaux. Bâtis sur le même modèle et se ressemblant comme deux gouttes d'eau, ils avaient toujours été la thèse et l'antithèse.

Maintenant que Vince investissait dans le business avec Brodie et Spider, leurs relations s'étaient carrément envenimées. Pour Dennis, Vince était un traître. Que son cousin trouve commode de se faire du pognon en toute sécurité lui passait à des kilomètres au-dessus de la tête. La seule chose qu'il voyait, c'était qu'il se faisait des couilles en or. Pis, qu'il investissait intelligemment tout ce qu'il gagnait. Dans la famille, on disait en rigolant qu'il était tellement grippe-sou que la reine en personne se déplaçait quand il ouvrait son larfeuil. En fait, Vincent n'était pas particulièrement radin. Plutôt avisé, tout bonnement. Il n'entretenait pas de suiveurs inutiles et évitait de claquer son fric dans des plans où il n'était pas sûr d'en ramasser un max.

Dave et les autres appréciaient plutôt leur cousin. Mais Dennis l'avait toujours eu dans le nez, et cette animosité était malheureusement réciproque.

Si les paris avaient été ouverts, tout le monde aurait misé sur Vince, qui ne buvait que modérément et ne touchait pas à la poudre. Il avait deux adorables gamines, une femme avec un beau petit cul et une sacrée putain de bicoque en faux Tudor, dans l'Essex. Il avait fait fortune grâce aux courses. En tant que joueur professionnel, il avait des books partout et offrait un ou deux points de plus que les bookmakers officiels. Il avait une vaste clientèle de gens pleins aux as et désireux de claquer leur fric sans avoir à répondre à trop de questions indiscrètes sur sa provenance.

Vincent payait toujours ses consommations rubis sur l'ongle. Il ne demandait rien à personne, pas même à sa famille. Il saluait tout le monde avec bonne humeur quand Dennis surgit de l'arrière-salle et l'assaillit, armé du bout de tuyau qu'il gardait à portée de main pour parer à ce qu'il appelait, sur le mode plaisant, « les urgences ».

Alors qu'il s'affalait par terre, Dave et Ricky empoignèrent Dennis et le traînèrent dehors. On aurait pu soudain entendre une mouche voler dans le pub. Dave observa les habitués autour de lui : rien que des connards et des parasites qui venaient boire gratis et attendre, l'haleine chargée et l'œil humide, le début du spectacle. Il n'avait pas un seul vrai pote dans toute la boutique et même son connard de frère n'avait pas assez l'esprit de famille pour se réjouir de la bonne fortune de son cousin et porter un toast à son succès…

Dave n'avait pas retenu grand-chose de toutes ces années avec Patrick Brodie, mais une petite lumière semblait s'être allumée dans sa tête. Il se voyait soudain avec une clarté stupéfiante, comme tout ce qu'il avait fait dans la vie. C'était aussi révélateur que terrifiant. Cette salle pleine d'abrutis et de traîne-patins n'augurait rien de bon, ni pour sa tranquillité, ni pour la sécurité de ses frères. Ce mobilier minable, ces serveuses ringardes sur fond de brouillard de tabac étaient un fulgurant raccourci de ce qu'il avait fait de sa jeunesse, jadis si prometteuse.

Vince parvint à se redresser, la tête en sang, et s'accrocha au comptoir à tâtons pour se remettre sur pied. Il devait avoir une bonne commotion cérébrale. Dave sentit la moutarde lui monter au nez. Repérant le tuyau de métal qui gisait par terre, là où son frère l'avait laissé, il l'empoigna et l'abattit de toutes ses forces sur le crâne de Dennis. Personne ne leva le petit doigt pour le retenir, pas même Ricky – ce qui, pour Dave, en disait plus long que toute une bibliothèque.

CHAPITRE 8

– Merde, t'as failli buter ton frère ! s'exclama Brodie, effaré.

Couvert de sang et de vomi, dégoulinant de sueur, Dave fut repris de haut-le-cœur. Brodie recula prudemment. Quel spectacle navrant. Tout le temps qu'il avait travaillé avec lui, Patrick avait dû renoncer, un à un, aux espoirs qu'il avait placés en lui. Finalement, les grandes ambitions de Dave n'avaient été que velléités de gamin ; il n'avait jamais réussi à prendre pied dans le monde réel. Patrick n'en avait jamais parlé, mais sa déception empoisonnait leurs relations.

Il lui en avait pourtant consacré, du temps. Mais, progressivement, il avait dû cesser de lui confier les tâches importantes. C'était aujourd'hui complètement terminé. Il avait eu beau le conseiller, le soutenir, il avait eu l'impression de parler à un mur. Dave, c'était une maison qui semblait habitée, sans l'être vraiment. Il n'avait ni la trempe ni le cran nécessaires pour se maintenir au sommet. C'était un joueur, comme le reste de sa famille. Braqueur de banque, voilà ce qu'il lui aurait fallu : tu prends l'oseille et tu te tires.

– T'es sûr que ça va, fiston ?

Une grande tristesse avait filtré dans sa voix. Il regrettait profondément que les choses en soient arrivées là.

D'un autre côté, ça le soulageait de ne pas avoir à arbitrer le bras de fer entre les Williams et la bande de Spider. Il les aimait bien, Dave et ses frangins. Ils lui étaient encore utiles, sans être indispensables. Et puis ça ne datait pas d'hier entre eux, ce n'était pas rien. C'était Dennis, le responsable de la décadence familiale. Heureusement, Vince Williams était un type bien, il n'exercerait pas de représailles – en tout cas, pas s'il lui en touchait un mot. Le meilleur moyen de remédier à ce malheureux concours de circonstances, c'était de tout mettre à plat, et sans tarder. Son rendez-vous avec Dave avait pris un tour totalement imprévu, mais si ça pouvait lui permettre de désamorcer la guerre larvée avec Spider, eh bien, il ne serait pas venu pour rien.

Cain et Spider écoutaient, écroulés de rire, James McMullen, un gros Jamaïcain au sourire inoxydable et au goût vestimentaire douteux, leur rapporter les malheurs de Dennis Williams.

Déjà raide défoncé, McMullen entreprit de rouler un joint gros comme un barreau de chaise. L'énormité de la nouvelle commençait à filtrer à travers le brouillard de leur cerveau, et les trois hommes se mirent à ruminer en silence les implications des derniers événements.

Au bout d'un moment, Cain secoua la tête d'un air navré. Comment le clan Williams avait-il pu dégringoler si vite de si haut ?

– Pauvre vieux Vince. Je l'ai toujours trouvé sympa, ce mec. Et fiable, avec ça. Putain, mais qu'est-ce qu'il peut bien avoir dans la tronche, cet enfoiré de Dennis ?

Spider haussa les épaules.

– Une bande de raclures, voilà ce que c'est. Y se croient au-dessus du lot. Dennis, s'il pouvait se faire trois ronds en vendant sa mère, il hésiterait pas. C'est qu'une bande de tueurs à deux balles qui connaît rien à la vie, des mecs dangereux et bidon. Aucune loyauté, aucun respect pour rien ni pour personne. Même pas pour eux…

Cain hocha la tête.

– Non mais, tu te rends compte ? Tabasser son cousin. Un membre de sa propre famille !

Du bout de la langue, James humecta les feuilles qu'il avait assemblées et roulées d'une main experte.

– La jalousie, man, soupira-t-il. La jalousie pure et simple. Vince a su mener sa barque. Il s'est fait un joli paquet de pognon et il a bien l'intention de continuer sur sa lancée. Alors que Dennis et ses frangins, y sont partout dans le rouge. Si personne les fait cracher pour le moment, c'est juste parce qu'ils sont sous la protection de Brodie. Mais y doivent du blé partout. Paraît que même le patron de la supérette en bas de chez eux a refusé de leur faire crédit. Alors, les autres, tu penses !

Cain rumina un instant cette belle logique.

– Dave aurait mieux fait de l'achever, parce que Dennis lui pardonnera jamais un truc pareil. Il a plutôt intérêt à surveiller ses arrières maintenant, le Dave.

– Et nous, dans tout ça ? fit Spider. Ils veulent nous piquer notre taf et ils vont pas lâcher le morceau. Va leur falloir un certain temps pour se remettre sur pied et reformer les rangs, et c'est moi qui vous le dis, les mecs, va falloir qu'ils se bougent le cul pour trouver du pognon. Le mieux, ce serait d'aller les achever nous-mêmes.

James eut un hochement de tête approbateur ; Cain, lui, hésitait. A dire vrai, toute cette histoire n'était pour lui qu'une classique vendetta familiale ; à l'avenir, les frères Williams seraient bien trop occupés à s'entre-tuer pour penser à autre chose.

– J'en sais trop rien, dit-il. Ils doivent être en train de se bouffer le nez à l'heure qu'il est. Vince n'est pas une fiotte, il va demander réparation. S'il s'écrase, plus personne aura le moindre respect pour lui. Dave va devoir se battre pour garder les rênes, parce que qui va lui confiance maintenant ? Ils sont finis. Rideau. A dégager.

James et Spider échangèrent un sourire attendri par tant de naïveté.

– Ecoute, petit, fit James, quand tu te retrouves dans ce genre de situation, y a pas des masses de solutions. La seule chose à faire, c'est de rebondir et de revenir au sommet de la vague, plus haut et plus fort que jamais. C'est comme quand des flics ripoux se font pincer la main dans le sac. Les autres se sentent tellement merdeux qu'ils se serrent les coudes et se mettent à coffrer tout ce qui bouge, histoire de se redorer le blason et de remonter dans l'estime de la population. Ben, nous, c'est kif-kif. Quand on merde, la seule chose à faire c'est une démonstration de force. Les Williams vont se mettre au vert un petit moment, surtout le Dennis. Il a jamais vu plus loin que le bout de sa bite, d'accord, et il est assez con pour pas repérer une poule qui se mettrait à le siffler, mais quand même.

Spider s'esclaffa et enchaîna :

– Ce genre de truc, c'est la vie qui te l'apprend, Cain. L'expérience, ça se trouve pas dans une pochette surprise, pas plus que les Williams pourront jamais se payer le sens des affaires ou un bon carnet d'adresses. James a mis le doigt dessus : ils vont revenir en force. Le problème, c'est pas de savoir quand, mais de savoir comment. Ils vont devoir trouver un truc suffisamment spectaculaire pour qu'on braque les projecteurs sur eux. Ils vont revenir sur le devant de la scène et se refaire une façade. Le plus emmerdant pour nous, c'est qu'ils vont forcément empiéter sur les plates-bandes de quelqu'un. Va donc falloir ouvrir l'œil, et le bon, parce qu'ils lorgnent toujours notre business.

James eut un haussement d'épaules philosophe. L'herbe donnait à ses gestes une grâce éléphantine. Il était de plus en plus stone, mais même après son énième joint il était capable de défendre sa réputation. C'était un malabar d'une force mentale hors du commun, un stratège né, doublé d'un incorrigible coureur de jupons. On ne faisait pas plus dangereux que lui.

Il pointa sur Cain son gros index calleux – il ne laissait passer aucune occasion de lui transmettre son expérience de la vie.

– Maintenant qu'ils ont quelque chose à prouver, à eux comme au reste du monde, les Williams sont une vraie bombe à retardement. Ils vont s'en prendre à nous tous, Brodie compris. Alors, toi, tu assures tes arrières et tu renforces ta sécurité. Parce je te dis, man, on va les voir débouler, et pas dans six mois.

Dennis souffrait le martyre. Réduit à l'impuissance sur son lit d'hôpital, il ruminait à n'en plus finir. Comment son propre frère avait-il pu commettre un acte aussi ignoble, lever la main sur lui ? Bien sûr, il avait agressé son cousin, qui les avait maintes fois secourus ces dernières années et leur prêtait du fric régulièrement. Mais ça, pour Dennis Williams, ça ne comptait pas. Il était passé maître en l'art d'ajuster son sens moral aux événements. Comment les gens allaient-ils réagir ? De quoi avait-il l'air ? Quel coup allait prendre sa réputation ?

Il était fou de rage. Il devait déjà être le dernier sujet dont l'on cause, dans les pubs et ailleurs. Un sujet de rigolade, c'était sûr. Le débile de service. Il avait lui-même suffisamment colporté de ragots pour savoir quel genre de commentaires goguenards ses mésaventures allaient provoquer dans les bars et les boîtes où il avait ses habitudes. L'incident serait rapporté, amplifié, déformé jusqu'au ridicule. Ça deviendrait le prétexte de blagues stupides qui se répandraient comme autant de casseroles à son cul, quelles que soient la rapidité et la véhémence de sa riposte. Ses exploits seraient disséminés par la rumeur – peut-être pas ouvertement, d'accord, sous le manteau plutôt, mais ça finirait par faire partie du folklore local. Se faire rosser en public par un étranger, une personne extérieure à la famille avec qui il aurait été en bisbille, ç'aurait déjà été chiant. Mais par son propre frère ! Un mec à qui il aurait dû pouvoir se fier les yeux fermés !

Pour lui, les choses étaient claires : il fallait riposter vite et de façon radicale. Dave lui avait fait perdre la face en public ? Il allait le payer. Il ne connaîtrait plus un moment de paix tant que Dave n'aurait pas expié chaque seconde d'humiliation, réelle ou supposée, qu'il lui avait fait subir.

Dennis avait demandé un miroir. Comme il inspectait son visage et son crâne enflés, zébrés de balafres et de points de suture, la rage le reprit. Son frère aîné, qu'il admirait, dont il était censé appliquer les ordres, l'avait dérouillé au point de l'envoyer à l'hosto. Ça n'allait pas se passer comme ça.

En plus, personne ne s'était manifesté. Pas la moindre visite. Ça aussi, ils allaient le lui payer. La vieille morue qui lui servait de mère avait visiblement pris le parti de celui qu'elle considérait comme le vainqueur. Et ses connards de frères, ils auraient dû lui prêter main-forte ! S'ils avaient réagi correctement, rien de tout ça ne serait arrivé. Ils allaient le sentir passer, parce qu'il n'était pas près d'oublier. Ils allaient se le prendre sur la gueule. La montée au pouvoir de Hitler et le pilonnage de l'East End, à côté, ce serait de la gnognotte. Cette fois, même les quartiers sud y auraient droit !

Dennis connaissait mieux que personne la tactique de la guerre larvée, exactement celle qu'il avait l'intention de suivre : s'offrir une contre-offensive à faire pâlir de rage Henry Cooper[1]. Il attendrait son heure, le temps que le soufflé retombe, et, quand tout le monde se croirait à l'abri, il leur tomberait sur le râble.

Il avait du mal à respirer, son souffle réduit à un sifflement inquiétant. Il s'était vraiment fait casser la gueule en beauté. Pour la première fois de sa vie, il se sentait vulnérable, ébranlé, presque au bord des larmes. Tout juste s'il n'avait pas peur. Il détestait se sentir en proie à ces putains d'émotions. On ne l'y reprendrait pas, ça, il le jurait. Surtout, il ne pardonnerait jamais.

Patrick s'assit au bord du lit pour contempler sa femme endormie. Elle semblait si fragile, si jeune, épuisée, que l'envie le prit de la réveiller pour la consoler, la rassurer, lui promettre que tout allait s'arranger.

Il promena son regard autour de lui dans leur jolie chambre, impeccablement tenue. Le lit lui-même était à peine défait. Une fois endormie, Lil ne bougeait guère. Quittant la pièce à pas de loup, il descendit dans la cuisine et fit chauffer de l'eau. Le temps que la bouilloire se mette à chanter, il avait repris le cours de ses pensées.

---

1. Grand champion anglais de boxe, issus des quartiers sud-est de Londres.

Les frasques des frères Williams avaient provoqué un renversement de situation complet pour les principaux acteurs du secteur. Plus personne ne les prenait au sérieux. Ils étaient devenus des boulets. L'ampleur de leur dette à elle seule les reléguait au bas de l'échelle, avec le menu fretin. Pour sa part, il allait devoir réévaluer leur rôle à la baisse une nouvelle fois. La situation était délicate, et ça ne l'amusait pas d'avoir à jouer les arbitres. D'un autre côté, c'était l'occasion idéale de les écarter pour de bon. Ils avaient perdu toute crédibilité, ne lui rapportaient plus un sou et leurs cafouillages en série en faisaient la risée de l'East End tout entier.

Au fond, il aurait dû leur jeter quelques miettes des deals de came. Spider ne s'y serait pas opposé. Mais, en toute honnêteté, ils lui portaient déjà sérieusement sur les nerfs. Pas tant l'aîné, plutôt brave dans son genre, que Dennis et les deux plus jeunes. Eux, ils se prenaient carrément pour les couilles du pape – et ils étaient à peu près aussi utiles !

Ce n'étaient que de petits malfrats, des mecs sans envergure, une bande de petites gouapes du plus bas étage, le genre de minus qui se ramassent à la pelle au fond de tous les pubs du Smoke. La rumeur n'avait retenu leurs frasques que parce qu'ils savaient jouer des poings. Ils parviendraient peut-être à provoquer un ou deux coups d'éclat supplémentaires pour épicer leur palmarès, après quoi ils passeraient le reste de leur existence à parler des célébrités qu'ils avaient côtoyées au cours de leur brève carrière. Patrick le savait depuis des lustres ; s'il lui avait fallu une preuve pour l'en convaincre, il l'avait.

Il se servit une tasse de thé généreusement noyée de whisky et s'alluma une Dunhill en soupirant. La radio donnait Hotel California en sourdine.

Son regard se mit à errer sur la cuisine flambant neuve. Il se sentit soudain déborder d'orgueil pour le foyer qu'il avait bâti avec sa chère Lil. Ils s'étaient offert les appareils les plus récents, toutes les commodités dont pouvait rêver une femme moderne. Le frigo et le congélateur étaient toujours pleins – le minimum requis du luxe, pour Patrick : abondance de biens ne peut nuire, et mieux vaut faire envie que pitié. Dans leur enfance, Lil et lui avaient souvent manqué de l'essentiel. Leurs enfants, en revanche, avaient des fruits et des légumes frais à volonté, des boissons et des friandises comme s'il en pleuvait. Ils ne risquaient pas de manquer. Ses gosses si formidables, dont il était si fier…

La porte s'ouvrit alors qu'il se versait une nouvelle tasse de thé. Il se retourna sur son fils aîné, qui l'observait du seuil, les cheveux en bataille et les yeux cernés, mais brillants de joie de retrouver son père.

Patrick lui sourit et se leva pour lui sortir une tasse du placard. Pat Junior se mit en quête d'un paquet de biscuits. Combien de fois avaient-ils sacrifié à ce petit rituel ? Le garçonnet ne s'endormait jamais que d'une oreille, l'autre restant à l'affût, guettant le retour de son père et le moindre bruit manifestant sa présence dans la maison. Il ne lui fallait que quelques secondes pour accourir.

Chacun de leurs tête-à-tête était une vraie partie de plaisir. Ils se ressemblaient et s'appréciaient tellement ! A son habitude, Pat attendit pour engager la conversation que son fils ait croqué quelques biscuits et bu un peu de thé. Ils avaient conscience, l'un comme l'autre, que ces précieuses minutes où ils se retrouvaient au cœur de la maison endormie resteraient un souvenir précieux jusqu'à leur dernier jour.

– Comment va, fiston ?

– Oh, comme d'habitude, p'pa, fit Pat Junior avec un haussement d'épaules et en tirant de sous sa veste de pyjama un sac en papier. Tout est là. Je peux y retourner la semaine prochaine, si tu veux.

Le petit Pat était le sérieux et la conscience professionnelle incarnés. L'espoir et l'impatience illuminaient sa charmante frimousse. Brodie était partagé entre la fierté et l'inquiétude devant ses excès de zèle. Les petites missions qu'il lui confiait étaient bien anodines et le gosse était ravi de se faire un peu d'argent de poche, mais il regrettait qu'il se soit si vite pris au jeu. Pat Junior devait placer quelques paris chez un bookmaker de ses amis. Des sommes minuscules, bien sûr, mais sur lesquelles Patrick tenait à veiller personnellement : les parieurs étaient de vieux copains, des gens de confiance qui s'attendaient à ce que cela se passe comme ça. Ils avaient, pour la plupart, contribué à son ascension, et c'était une façon pour Patrick de leur témoigner du respect. Pour simplifier les choses, l'officine était située à deux pas de l'école de son fils qui, à sa grande satisfaction, avait su garder le secret. Bons gènes ne mentent jamais.

Patrick lui fit un large sourire qui lui plissa tout le visage, rarissime hors de cette maison.

– Vraiment, tout y est ? Et ton pourboire, tu l'as déjà pris ?

Pat Junior eut l'air interloqué et, les joues soudain cramoisies, répliqua avec une franchise totale :

– Ça, je ne le ferai jamais, papa. Sûrement pas !

Patrick sourit de nouveau.

– Je te faisais marcher, mon petit vieux. Ne prends pas ça trop au sérieux.

Il lui ébouriffa les cheveux et poussa vers lui la boîte de biscuits. Patrick Junior y choisit un gâteau au chocolat, qu'il trempa dans son thé.

– Et ici, comment ça va ?

– Comme d'habitude, p'pa. Maman est toujours fatiguée en ce moment et les jumelles lui donnent beaucoup de travail. Mais Lance et moi on fait de notre mieux pour l'aider. Mamie Annie est toujours aussi ch... pénible, je veux dire, mais en général maman arrive à lui clouer le bec. Moi, j'ai pour mission de sortir les poubelles et de lui faire ses commissions.

Il avait parlé avec un sérieux imperturbable qui faillit faire sourire son père, mais Patrick parvient à se contenir. Son fils aîné avait sa dignité.

– Et l'école ?

Le sujet était beaucoup moins passionnant, ce qui n'était pas si surprenant.

– Tu ne t'es quand même pas bagarré ?

– Eh ! C'était pas moi, p'pa ! C'était pour défendre Lance. Il a beau être costaud, il sait pas se battre. Mais tu le connais, ça ne l'empêche pas de chercher des crosses à tout le monde dans la cour.

Chaque mot était imprégné d'indignation. Ce gamin était décidément d'une totale honnêteté.

Lance, en revanche, était une vraie tête brûlée. C'était un brave petit gars, mais les défauts de ses grands-parents paternels affleuraient parfois en lui comme un filon de mauvais cuivre.

– Et t'en as discuté avec lui ?

– Bien sûr ! Mais tu sais comment il est… Il n'écoute jamais rien. Je sais bien qu'il le fait pas exprès. C'est juste qu'il ne sait pas la boucler. Mais t'inquiète, je leur ai mis la pâtée. Ils sont pas près de revenir lui tourner autour !

Patrick dut réprimer une furieuse envie de serrer son fils dans ses bras. Mais celui-ci s'efforçait de se conduire comme un grand et c'était ainsi qu'il devait le traiter. Il fallait en recevoir, des coups, avant de pouvoir se dire un homme – et Brodie voulait que ses fils soient capables d'encaisser quand ça leur tomberait dessus. Lance aurait besoin de son grand frère, parce qu'il était loin d'être aussi futé que ce petit bonhomme plein de jugeote. Pat Junior était son père tout craché. Brodie tenait un digne successeur pour son empire.

– Et dimanche, t'es allé à la messe ?

– Ouais, p'pa. Tu sais, j'ai pas le choix. Et j'ai été bombardé enfant de chœur !

Leurs rires étouffés furent brusquement interrompus par un hurlement. Ils sautèrent sur leurs pieds et se précipitèrent au premier. Kathleen pleurait à chaudes larmes dans les bras de Lil qui tentait de la calmer. Eileen était assise dans son lit, interdite et blanche comme un linge, ouvrant de grands yeux effarés. Lance surveillait la scène du le seuil, avec cet air étrangement détaché qui lui était si familier.

– Bordel ! Mais qu'est-ce qui se passe, Lil ?

Lil secoua la tête sans cesser de bercer la petite au creux de son bras.

– Tu peux me dire ce qui s'est passé, Lance ? Tu étais là le premier, non ?

– Bof, elle a dû faire un cauchemar, répondit l'enfant avec un haussement d'épaules.

Il s'approcha de sa sœur, qui se détourna craintivement.

– Non ! Va-t'en !

Elle s'échappa des bras de sa mère et se réfugia dans le lit d'Eileen, qui lui fit aussitôt une place. Les garçons échangèrent un regard entendu et haussèrent les épaules. Ça n'avait rien d'exceptionnel, les jumelles dormaient souvent pelotonnées l'une contre l'autre, même quand on les couchait séparément. Tout le monde mettait ça sur le compte de leur gémellité. Elles s'étaient même inventé un jargon qu'elles étaient seules à comprendre.

L'orage semblait passé. Blotties l'une contre l'autre, les fillettes semblaient sur le point de se rendormir, bien que Kathleen eût toujours l'air d'un petit animal effrayé. Leurs jolies boucles blondes avaient pris une nuance cuivrée qui soulignait le gris sombre de leurs iris. Elles avaient les yeux de leur grand-mère paternelle, mais on y aurait vainement cherché autre chose que de la tendresse et de l'innocence, alors que ceux de la mère de Patrick étaient durs d'avoir vu passer trop d'hommes et dû renoncer à trop d'espoirs.

Patrick embrassa les petites et ramena ses fils dans leurs chambres. Ils pouvaient entendre Lil murmurer d'une voix apaisante. Il sourit. Cette maison, c'était mieux qu'un théâtre ; il s'y passait toujours quelque chose, il y avait toujours un petit drame qui couvait. Evidemment, avec quatre gosses… Ses braves petits dont il était si fier.

Il fit un clin d'œil à Pat Junior en le bordant. Dans sa chambre régnait un joyeux désordre. Des magazines et des maquettes d'avions traînaient partout – une vraie chambre de petit mec. Ça sentait les chaussures de foot, le Germolene[1] et les chips. Les motifs du papier peint représentaient des avions et des tanks de la Seconde Guerre mondiale. Patrick adorait cette chambre, si proche de celle qui lui avait tant manqué dans son enfance. Pour lui, les effluves qui flottaient dans cette pièce, c'était le parfum même de son succès.

Chez Lance, c'était autre chose. Ses petites manies avaient toujours fait sourire son père. Il rangeait ses vêtements en piles rectilignes et collectionnait les bandes dessinées

1. Gel anti-inflammatoire.

d'horreur. Il adorait les sciences occultes, en particulier tout ce qui touchait aux vampires. Ses murs étaient couverts de posters macabres : pin-up pulpeuses poursuivies par des monstres et des loups-garous, Vincent Price, Peter Cushing et Lon Chaney Junior[1] souriant à pleines dents... Son repaire sentait les bonbons à la violette et le chewing-gum Bazooka. Lance s'était aussi constitué une petite collection de magazines pornos que sa mère avait découverte et confisquée. De la part de Pat Junior, cela aurait été sans doute moins troublant. Mais l'idée que Lance collectionnait des Penthouse avait pour Patrick quelque chose de vaguement déroutant. Il déposa un baiser dans les cheveux ébouriffés de son fils cadet puis, refermant la porte sans bruit, regagna la chambre conjugale.

Lil était déjà recouchée, ses longs cheveux déployés sur l'oreiller, ses seins blancs repoussant le fin tissu de son déshabillé. Elle était à croquer. Patrick dut réprimer l'envie de la prendre là, tout de suite, sur-le-champ. Mais – et il avait beau le regretter – elle n'était pas au sommet de sa forme.

Il se lova pourtant tout contre elle et elle éclata de rire en sentant son érection sur sa cuisse.

– T'es vraiment comme le lapin rose de la télé, toi. Toujours prêt !

– Tu me connais, ma chérie. Je pourrais sauter une barrière !

Patrick noua ses bras autour d'elle comme s'il avait une idée derrière la tête. Elle le repoussa gentiment mais fermement.

– Désolée, mon chou, mais là, y a vraiment plus personne.

Il bâilla et lui posa un petit baiser sur la joue. Il bandait comme un beau diable, mais il se gardait bien de s'imposer ; une raison de plus pour Lily de l'aimer. Elle était épuisée. Morte d'inquiétude pour lui, elle n'avait pratiquement pas

1. Interprètes célèbres de films fantastiques d'après-guerre, notamment, pour Peter Cushing, du *Frankenstein s'est échappé* de Terence Fisher.

fermé l'œil ces dernières nuits. A présent qu'il était enfin là, près d'elle, elle pouvait oublier ses craintes et dormir en paix. Si seulement les hommes pouvaient comprendre combien une femme peut se sentir vulnérable à huit mois de grossesse, surtout quand les choses sont plus difficiles et moins exaltantes que la première fois... Elle s'en souviendrait, de cette grossesse, ce serait même la dernière ! Pour rien au monde elle ne remettrait ça !

– Bonsoir, ma chérie. Dors bien.

Elle sourit dans le noir en l'entendant prononcer ces mots tendres. C'était bien ce qu'elle avait l'intention de faire maintenant qu'il était enfin près d'elle.

De son côté, Patrick se mit à penser à une petite rousse qui lui faisait de l'œil depuis quelque temps. Il avait un besoin urgent à satisfaire, c'était la personne rêvée.

– Chérie, je risque de rentrer tard demain soir, tu sais ?

Lil dormait presque. La nouvelle la fit sursauter.

– Et la fête ? On ne devait pas commencer à y réfléchir ?

Patrick eut un claquement de langue agacé. Elle sentit que le moment était mal choisi pour l'ennuyer avec des problèmes domestiques. Mais c'étaient les dix ans de son fils aîné et elle tenait à marquer le coup.

– Mais qu'est-ce qui t'énerve comme ça ?

Elle était bien réveillée à présent. Patrick se serait fichu des baffes. Déjà en train d'imaginer ce qu'il ferait avec la petite rousse, il se sentait coupable.

– Mais rien, chérie. Je ne suis pas énervé. Un peu crevé, c'est tout.

Il s'était efforcé de prendre un ton douloureusement surpris, dans l'espoir d'étouffer toute velléité de dispute. Une fois lancée, Lily aurait pu faire partie de l'équipe nationale, catégorie engueulades et prises de bec.

– Tout ce que je te demande, c'est de m'aider à faire de son anniversaire un jour mémorable, Patrick. Si c'est vraiment trop te demander, dis-le tout de suite et je me débrouillerai seule, comme d'habitude !

Et voilà, c'était reparti. Elle avait senti qu'il était mal embouché et s'arrangeait pour en tirer profit. Le sommeil l'avait quittée plus vite qu'un braqueur déguerpissant de la Barclays avec les flics aux trousses.

– Putain de bordel, Lil... Ecoute...

– Non, Pat ! s'écria-t-elle en lui envoyant une bourrade dans l'épaule. C'est toi qui vas m'écouter ! Je passe mes journées ici avec les enfants pendant que tu fais le joli cœur dans toute la ville ! Je te demande juste de faire du dixième anniversaire de ton fils un jour mémorable, une fête dont il se souviendra longtemps. Je n'ai jamais organisé de goûter d'anniversaire, pas un seul dans toute ma putain de vie, et tu étais tout à fait partant jusqu'à ce soir. Eh bien, va te faire foutre ! Si tu as des affaires plus urgentes à régler, va donc t'en occuper !

Elle retomba sur son oreiller, le souffle court et la respiration chargée. Sa conscience à lui l'était bien davantage.

– Lil, s'il te plaît... Je suis seulement un peu crevé. Tu sais bien que je suis nul pour organiser ces trucs de fête et d'anniversaire. Tu n'auras qu'à faire à ton idée.

Elle se redressa sur un coude. Il l'entrevoyait dans la lueur du lampadaire, en face de leur fenêtre. Sa colère le surprenait toujours. Elle devenait une véritable Amazone quand elle prenait la défense de ses enfants. Sauf que, pour l'instant, c'était surtout la reine des casse-couilles ! Il lui fit un petit sourire contraint et rassembla tout l'aplomb dont il était capable.

– Tu sais bien quel sac d'embrouilles j'ai dû démêler cette semaine...

Elle se retourna alors avec un grand soupir spécialement étudié pour décupler son sentiment de culpabilité. Elle savait bien ce qu'il faisait quand il n'était pas à la maison, mais ça ne lui faisait ni chaud ni froid ce soir. Si quelqu'un d'autre subvenait à ses besoins de ce côté-là, elle lui souhaitait bien du plaisir et bonne chance ! Tout ce qu'elle demandait pour le moment, c'était une bonne nuit de sommeil et, pour son fils, un anniversaire qui ne se transformerait pas en pétard mouillé. Le reste lui passait à des kilomètres au-dessus de la tête. Cela dit, elle ne le laisserait pas s'en tirer à si bon compte...

– Fais chier, Patrick ! Et moi, tu sais ce que je dois me coltiner, jour après jour ? Un putain de mal de dos, des problèmes de reins et de vessie, et quatre gosses incapables de m'accorder une nuit tranquille sans qu'éclate un putain de drame. Pour couronner le tout, mon mari passe la plupart de ses nuits dehors et je suis censée croire que c'est pour le boulot – comme si je n'avais pas suffisamment bossé dans les boîtes moi-même ! Je t'ai posé une question, une seule, et elle était parfaitement claire : je voulais qu'on s'organise pour l'anniversaire de notre fils, mais j'oubliais sans doute que nous ne sommes plus assez intéressants pour toi, pas vrai ? Non ! T'es bien plus excité par ce que tu vas t'enfiler nuit après nuit, pendant que, moi, je reste moisir ici comme un putain de singe au bout de sa chaîne !

Patrick n'aurait pas tenté de l'interrompre ni de la contredire si elle n'avait pas fait allusion aux clubs. Il était maintenant aussi furieux qu'elle. Rongé de remords mais plus résolu que jamais à brouiller les pistes. Et, comme son père lui en avait maintes fois fait la démonstration, la meilleure défense était l'attaque.

– Qu'est-ce que t'insinues là, hein ? Que je trempe mon biscuit un peu partout ?

C'était la chose à ne pas dire. Il n'avait pas fini sa malheureuse petite phrase qu'il s'en mordait les doigts.

Lil avait rallumé la lampe et bondi du lit plus vite qu'un maquereau pendant une coupure de courant.

– Alors ça, c'est toi qui le dis ! Mais qu'est-ce qui te prend ? Monsieur aurait des tiraillements de conscience tout d'un coup ? Je reste cloîtrée ici sept jours sur sept avec mes quatre gosses et le cinquième en préparation, et toi, tu continues à vivre ta vie comme si tu étais seul au monde ! Tu entres et tu sors, tu ne fais que passer. Putain, Patrick, tu traverses la vie de nos enfants comme un fantôme. J'ai le malheur de te demander de nous consacrer un soir pour qu'on parle de l'anniversaire de ton fils, et toi, tu réagis comme si j'essayais de te coincer pour t'empêcher d'aller à tes rendez-vous galants ! Eh bien, va donc te faire voir, sale égoïste. J'arriverai à m'en dépêtrer toute seule. Depuis le temps, j'ai l'habitude !

Son visage semblait animé d'une furie diabolique. Patrick regrettait amèrement que les choses en soient arrivées là. D'un autre côté, il commençait à voir se profiler une bonne occasion de retourner traîner en ville et de remettre la main sur sa petite rousse. La colère de Lil la lui rendait d'autant plus désirable… Evidemment, sa femme avait de bonnes raisons de se plaindre. C'était vrai, il n'était pas très souvent chez eux. Il aurait pu rentrer certains soirs, mais il s'amusait si bien en ville… Sans compter que ça lui permettait de régler un certain nombre de problèmes. L'état de Lil la rendait hargneuse et butée. Alors il n'allait pas la laisser passer, sa chance. Ce ne serait pas la première fois qu'il ferait feu de sa mauvaise humeur…

Il se leva et lentement, résolument, drapé dans sa dignité outragée, entreprit de se rhabiller en surjouant chacun de ses gestes.

C'était de la comédie, elle le savait aussi bien que lui. L'envie de dormir l'avait totalement quitté, il avait une gaule d'enfer et sa femme venait de lui fournir l'excuse rêvée pour aller se soulager, vite et bien, chez cette jolie petite rousse à la bouche prometteuse.

– Où tu penses que tu vas comme ça ?

Si Lil pensait qu'il avait envie de répondre à une question pareille ! Il se contenta de ricaner :

– A ton avis ? C'est toi, l'experte en la matière, non ?

Il enfila ses chaussettes, puis ses chaussures, et poursuivit sur le même ton :

– Comme tu t'es jurée de ne pas me laisser fermer l'œil cette nuit, j'aime autant retourner d'où je viens. Tant qu'à me faire allumer, autant te donner une vraie raison de le faire !

Lil sentit les larmes lui monter aux yeux – pas des larmes d'émotion ou de chagrin, juste la pression de la colère qui la submergeait.

– Tu fiches le camp parce que j'ai osé te parler de l'anniversaire de ton fils, c'est ça ? Tu penses que ça suffit à te donner le droit de courir retrouver je ne sais quelle petite morue ?

Le mot calma tout net la colère de Patrick.

– De quoi tu parles, là ? Je n'ai jamais eu de vraie maîtresse, Lil, et tu le sais. J'ai quelques passades par-ci par-là, un point c'est tout.

Il contourna le lit, torse nu, et se passa les doigts dans les cheveux d'un air consterné avant de la prendre dans ses bras.

– Et toi, t'es pas à prendre avec des pincettes quand tu nous couves un nouveau lardon. J'en ai plus qu'assez, Lil. Tu oublies tous les problèmes que j'ai eus ces derniers temps avec les frères Williams ?

Son regard plongea dans celui de sa femme. La partie la plus avisée de lui-même lui soufflait de rester, de faire la paix, de la rendre heureuse. Mais sa queue et le regain d'énergie qu'il sentait monter en lui lui ordonnaient de mettre les voiles et d'aller tirer son coup, histoire de se débarrasser de toutes les tensions accumulées. Rien de tel qu'une bonne nuit de sexe pur et dur, anonyme et sans visage, pour vous détendre un homme…

Les femmes ne comprennent rien au sexe. Ça n'a rien de personnel. Il s'agit de tirer sa crampe, point final. Le sexe est partout. Il suffit de se baisser. C'est purement physique. Inutile de chercher midi à quatorze heures. Les filles, pour Patrick, c'était juste de la baise. Pas la peine de s'inquiéter de les faire jouir, pas obligé d'être gentil avant, pendant ou après – quoique, en général, il l'était. On leur paye quelques verres, on rigole avec elles. Ensuite, si on les croise, un sourire suffit. Ça ne va jamais plus loin. Si elles tiennent à se bercer de grandes illusions, on les remet à leur place avec quelques mots bien choisis et une bonne claque sur le cul, et on les raccompagne à la porte. Maintenant qu'il avait l'odeur du sexe plein les narines, sa femme lui donnait l'impression d'être un putain d'intrus dans sa propre maison : la recette la plus efficace pour justifier ses fredaines, tout en soulageant sa conscience.

– Ecoute, Lil. J'y tiens tout autant que toi, à l'anniversaire de Pat. Je veux que ce soit réussi. Mais quoi que j'en dise, tu finiras par tout prendre en mains. En fait, tu as décidé de me faire une scène et, moi, j'ai décidé de ne pas te donner ce plaisir.

Lil savait exactement ce qu'il cherchait et ça la déprimait. Bon, elle aurait été capable de provoquer une dispute toute seule dans une maison déserte – là-dessus, il n'avait pas tout à fait tort. Mais elle avait de bonnes raisons de se plaindre, elle avait les yeux en face des trous. Ce qu'il appelait du « sexe pur et dur », de son point de vue à elle, c'était la cause de toutes ses nuits blanches.

– Allez, retourne au lit, ma chérie…

Elle se laissa border en ravalant ses larmes. Elle avait mal partout. Elle était épuisée, à bout de nerfs. Dès six heures, les petites seraient debout et, quel que soit son état de fatigue, elle devrait se lever pour s'en occuper. C'était l'avantage qu'il avait sur elle et qu'il aurait toujours. Elle s'imagina un instant ficher le camp, un beau soir, tout planter là, sans préavis, sans lui dire où elle allait, ni avec qui, ni jusqu'à quand. Mais ça ne risquait pas d'arriver, aucune crainte à avoir…

– Essaie de dormir un peu, ma chérie. T'en as vraiment besoin. A quoi ça servirait que je reste, hein ? Ça ne ferait que t'énerver un peu plus et ce n'est vraiment pas le but recherché. Allez…

Comme elle se laissait aller sur son oreiller, elle regarda son homme finir de s'habiller. Sous ses yeux consternés, il vérifia qu'il avait son portefeuille et ses clés puis lui piqua un baiser sur la joue et fila en refermant doucement la porte. Elle s'étala en travers du lit et se laissa envahir par ce sommeil qu'elle avait si longtemps et si vainement cherché. Un point de non-retour avait été atteint : pour la première fois de sa vie elle se sentait plutôt heureuse qu'il ne soit plus là. Il était rentré chez eux en héros victorieux et elle avait pissé sur ses feux d'artifice. Elle devait l'admettre, et non sans tristesse.

CHAPITRE 9

– Mais qu'est-ce que tu fabriques, mon grand ?

Pat Junior eut un sourire espiègle en versant le thé, ravi de la désapprobation feinte de sa mère. Il adorait qu'elle fasse comme s'il était trop petit pour aider à la maison.

– J'ai préparé le petit déjeuner, maman. Assieds-toi et souffle un peu.

– Souffler un peu ! Mais je me lève à peine !

Depuis que les invitations étaient parties et que son gâteau d'anniversaire avait été commandé, Pat Junior ne tenait plus en place, un vrai feu follet. Ce gosse était adorable. Il serait allé au bout du monde pour sa mère, pour Lance ou pour les petites. Mais depuis que les préparatifs avaient débuté et que la fête avait été officialisée par de jolies invitations calligraphiées à la main, la maison avait pris un air de feuilleton américain. Le petit Pat n'en faisait jamais assez pour aider sa mère, et la querelle entre Lil et son père s'était tarie d'elle-même. Comme toujours elle s'en était accusée : elle aurait dû avoir assez de bon sens pour ne pas faire monter la mayonnaise, son mari était nettement plus exposé à la tentation que le commun des mortels et, fatalement, y succombait de temps en temps, quoi de plus normal ?... Elle avait eu tort, elle n'aurait pas dû le pousser dehors sous une pluie de reproches. Lui donner son feu vert, en somme.

Elle buvait son thé et grignotait le toast préparé par son aîné, quand elle remarqua que Lance avait la figure couverte de bleus et d'égratignures.

– Mais qu'est-ce qui t'est arrivé, mon chéri ?

Lance haussa les épaules et la fixa de ses grands yeux bleus/gris (p. 105) calmes et glacés, vides de toute émotion sincère – c'était du moins l'impression qu'il lui faisait. Comme elle se haïssait d'avoir une telle perception des choses…

Pat se figea et elle se rendit compte qu'il avait exactement les mêmes yeux que son frère – à la seule différence que c'était toujours un plaisir de croiser son regard.

– Il y a eu une bagarre à l'école, maman.

Elle poussa un soupir de frustration. Le comportement de Lance, sa nonchalance, sa désinvolture, tout en lui avait le don de l'agacer.

– Qu'est-ce que t'as, Pat ? Tu te prends pour son perroquet, maintenant ? Ton frère n'est pas sourd, il peut répondre tout seul !

Elle se reprocha aussitôt de s'être montrée si brusque et d'avoir laissé parler sa colère. Pat Junior lui lança un regard accablé. Il s'arrangeait toujours pour s'interposer entre Lance et sa mère. La plupart du temps, elle lui en savait gré. Tenaillée par un éternel sentiment de culpabilité à l'égard de Lance, Lil pria une fois de plus pour trouver la force en elle de l'aimer autant que les autres. La plupart du temps, elle jouait si sincèrement son rôle de mère dévouée qu'elle finissait par se duper elle-même et par y croire, plus ou moins. Mais découvrir Lance plein de bleus, de plaies et de bosses n'avait fait que ranimer sa culpabilité. Dire qu'elle ne s'en était pas aperçu la veille ! Comment ce genre de chose pouvait-il lui échapper ?

Pat Junior se tenait derrière son frère, une main sur son épaule, l'autre devant ses yeux pour cacher ses larmes. Il inclina la tête et Lil sentit qu'il prenait douloureusement sur lui pour ne pas éclater en sanglots devant les petits. Elle l'attira à elle et le prit dans ses bras.

– Excuse-moi, mon cœur. Tu sais bien que je ne suis pas moi-même en ce moment. Tu es tellement gentil, mon grand… et moi, je sais que je compte beaucoup trop sur toi. Ça ne va pas du tout.

Comme elle le serrait contre elle, elle sentit la vigueur de ce petit corps solide qui serait bientôt celui d'un jeune homme. Lance était plus massif et plus lourd, mais nettement moins musclé. Il aurait pu passer pour l'aîné, mais il était loin d'avoir son intelligence et sa maturité...

Elle tendit le bras vers lui et le sentit hésiter. Elle les serra tous les deux sur son cœur et Lance lui rendit son étreinte comme si sa vie en dépendait.

– Dis-moi, Lance, qui t'as fait ça ?

Il s'écarta en haussant les épaules, comme chaque fois qu'on lui demandait de s'expliquer sur une chose dont il était responsable.

– Ce n'était pas sa faute, m'man. C'était des grands. Ils sont tout le temps après lui, à cause de sa taille.

Lil leva la main pour imposer silence à son fils, toujours enclin à plaider la cause de la paix. Elle savait à quoi s'en tenir. C'était Lance qui cherchait la bagarre, c'était dans sa nature. A l'école, ils en avaient jusque-là de son humeur belliqueuse. Il avait déjà reçu son dernier avertissement.

– Avec qui tu t'es encore battu, Lance ? Tu me dis son nom et je laisse tomber. Mais si tu me mens une fois de plus, je sens que je vais me fiche en rogne. Alors, vite, la vérité ! Tu t'es bagarré ?

Comme il confirmait d'un signe de tête, elle poussa un soupir d'impuissance. Inutile d'épiloguer des heures. De toute façon, il ne l'écouterait pas.

– Est-ce que je vais être convoquée à l'école ?

– C'était pas à l'école, maman, fit Pat Junior en secouant la tête. C'était sur le chemin du retour. Pour de vrai. Et on leur a réglé leur compte. T'as ma parole !

Elle hocha la tête et s'alluma une cigarette. Du moment qu'elle n'avait pas à se traîner jusqu'à l'école...

Pat avait l'air morose à présent. Elle aurait mieux fait de laisser courir. Il veillait sur son frère, elle pouvait compter sur lui. Ce qu'elle craignait, c'était que Lance, avec sa grande gueule et son talent inné pour provoquer les bagarres, finisse par entraîner son aîné dans un pétrin dont il ne pourrait se sortir seul. Jusque-là, Pat avait réussi à le tirer d'affaires mais, avec le temps, les problèmes s'aggraveraient. En cas de besoin, Patrick pouvait compter sur sa bande de copains, mais Lance, lui, n'avait pratiquement pas d'amis. Il n'avait que son frère. Et l'instinct de Lil lui soufflait que dans quelques années Pat Junior en serait toujours au même point, à réparer les dégâts derrière Lance. Ce dernier dépendait presque entièrement de lui et elle s'en sentait amèrement coupable.

Elle leur sourit pour leur montrer que le sujet était clos. Les garçons se rassérénèrent. Mais Pat s'avisa tout à coup que sa mère n'avait même pas songé à soigner les écorchures de Lance, comme l'aurait fait n'importe quelle autre mère. Une fois de plus, il sentit peser le fardeau que représentait son frère.

Dave tournait en rond chez sa mère. Il attendait le retour de Bernie, qui devait ramener Dennis de l'hosto. Aux dernières nouvelles et de l'avis de tous ceux qui étaient allés le voir, Dennis était encore dans un sale état mais se remettait mieux qu'on aurait pu le croire. Dave l'avait laissé moisir là-bas trois semaines sans lui rendre une seule visite – les premiers jours parce qu'il était encore trop fumasse, ensuite parce qu'il ne pouvait plus y aller sans expliquer son absence. A présent, il était bien obligé de l'affronter et de mettre les choses au clair. Bernie allait se pointer d'une minute à l'autre. Il déposerait Dennis et les laisserait en tête-à-tête.

Dave était à cran mais ne regrettait pas son geste. Ce qui devait arriver était arrivé. Ils avaient eu la pression, tous autant qu'ils étaient, et il avait explosé, point barre. Avec sa tête de lard, Dennis aurait été capable de provoquer une bagarre rangée dans un réfectoire de bénédictins ! Ils devaient en venir aux mains, tôt ou tard. C'était inévitable.

Il promena son regard autour de lui. Cette cheminée tocarde en fausses pierres, ce tapis feutré, gris de crasse et criblé de taches... Une fois de plus, il repensa à tout ce fric qu'ils avaient si connement claqué. Brodie les aidait à le gagner mais n'avait rien à dire sur la façon dont ils le dépensaient. Pourtant, un jour, il l'avait mis en garde : « Laisse ton fric dans ta poche tant qu'elle n'est pas trouée, Dave! Surtout, arrange-toi pour que personne devine combien t'en as.» C'était une de ses maximes favorites. Dès que les gens croient en savoir un peu trop sur vous, le malaise s'installe.

Tous ses conseils s'étaient avérés judicieux, et Dave regrettait amèrement de ne pouvoir revenir en arrière. Quel trésor, la sagesse, même si la sienne ne venait qu'après la bataille… Tôt ou tard, il fallait tirer les leçons de ses erreurs – ça aussi, c'était un conseil signé Brodie, et il se mordait les doigts de ne pas l'avoir suffisamment suivi.

Ce dernier lui avait signifié qu'il faisait toujours partie de l'équipe, mais plus au poste qu'il occupait jusqu'à maintenant. Il avait été rétrogradé au rang de simple exécutant. Il serait désormais payé à la tâche et devrait s'y faire. Le seul fait d'avoir en un instant envisagé de s'imposer dans les plans de Spider en exigeant d'en toucher sa part aurait pu lui valoir un bon cercueil en pin. Brodie lui accordait donc une seconde chance, il en était bien conscient.

Cette seconde chance, il n'allait pas la gâcher – voilà au moins une chose qu'il avait pigée, et plutôt deux fois qu'une. Sauf qu'il allait devoir faire avaler ça à son frère et que ça n'allait pas être de la tarte.

Il s'alluma une cigarette et tira dessus à grands traits en inhalant longtemps la fumée. Le tremblement qui lui agitait les mains risquait de ne pas passer inaperçu. Il tenta de retrouver un peu de calme mais il n'avait pas la moindre idée de l'état dans lequel serait Dennis en franchissant le seuil de la pièce – et avec son frère, on n'était jamais à l'abri d'une mauvaise surprise.

Une voiture s'arrêta devant la maison. Dave s'interdit de bondir sur ses pieds pour se précipiter à la fenêtre. Il tenait à rester maître de lui. Il devait absolument prendre la direction des opérations et garder la main pour préserver non seulement les liens de loyauté et d'affection qui l'unissaient à son frère, mais son statut de chef de famille. Or, Dennis avait tout à fait la carrure pour le supplanter, et le savait.

Vince avait pardonné, mais pas oublié. A plusieurs reprises, Dave lui avait présenté ses plus plates excuses et avait promis à Brodie et à Spider de veiller personnellement à remettre Dennis au pas dans les mois et les années à venir. Cette première entrevue était cruciale. Les jours de Dennis seraient comptés tant qu'il n'aurait pas définitivement renoncé à s'imposer par la force sur le territoire d'autrui. Il allait devoir s'enfoncer ça dans le crâne !

D'un autre côté, il n'avait rien lâché à la police, qui l'avait pourtant longuement cuisiné. Les flics avaient dû juger, comme lui, que Dennis avait enfin reçu la juste rétribution de ses conneries, et comprendre vaguement ce qui s'était passé. Leur visite n'avait été que de routine ; ils n'étaient nullement en quête d'un coupable. De toute façon, Dennis s'arrangeait toujours pour s'attirer la haine des gens qu'il côtoyait.

C'était à cause de lui qu'ils avaient perdu tout ce fric. C'était lui, l'instigateur des mauvais plans. Mais quand ça tournait au vinaigre et que tout se cassait la gueule, il s'arrangeait pour faire porter le chapeau aux autres. Il ne se sentait jamais responsable de rien. Il avait toujours appliqué la même recette et s'en était toujours tiré en toute impunité.

Voilà où les avait menés leur folie des grandeurs. Ils étaient fauchés, humiliés et renvoyés à la case départ. Désormais payés à la petite semaine et obligés de refaire leurs preuves avant de reprendre du galon. Plus aucun des frères Williams n'avait un sou vaillant. Dave aurait dû y mettre le holà bien avant qu'ils ne se retrouvent sur le sable. Ses frères avaient fondé leur confiance en lui, leur aîné, et avaient été déçus de voir Dennis prendre les commandes et décider plus ou moins seul de leur business et de leurs finances. Dave n'avait rien fait pour s'y opposer. Il avait laissé pisser. Il avait laissé Dennis ouvrir sa grande gueule, alors qu'il aurait dû le moucher quand il prétendait qu'ils étaient suffisamment malins et respectés pour avoir leur mot à dire dans les affaires de Spider et de Brodie.

Il avait dû avoir un sérieux trou d'air, il ne voyait pas d'autre explication. Un moment d'absence. Un grain de folie. Et pas d'autre excuse que l'appât du gain. Si c'était arrivé à quelqu'un d'autre, ça l'aurait fait marrer, mais là, il n'avait pas la moindre envie de rire. D'autant moins qu'il entendait déjà Dennis jurer et récriminer en avançant, clopin-clopant, sur l'allée de graviers.

C'était sûrement l'un des plus sales quarts d'heure qu'il aurait jamais à passer, et Dieu savait pourtant qu'il en avait connu de mauvais !

Dennis fit son entrée. Malgré le régime forcé de l'hosto, il était toujours le plus râblé, ce qui n'était pas peu dire. Son visage était encore plus dur que dans le souvenir de Dave. Son crâne, rasé et recousu de toutes parts, était sillonné de cicatrices noirâtres là où il avait fallu suturer le cuir chevelu. Il avait l'air d'un mort vivant fraîchement échappé d'un crash aérien. Dave dut faire un effort pour se souvenir qu'il était l'auteur des plaies et des ecchymoses qui boursouflaient les yeux et le visage de son frère. Le pire, c'était qu'il n'avait pas détesté ça. Au contraire, même. Chaque seconde de ce passage à tabac lui laissait un souvenir plutôt plaisant. En fait, la seule chose qu'il regrettait, c'était de ne pas avoir achevé le boulot – ça lui aurait foutrement simplifié la vie !

Sa nervosité soudain envolée, il dévisagea Dennis avec un sourire morose et lui lança, presque à mi-voix :

– Alors, frangin, ça gaze ?

La soirée ne faisait que commencer et Patrick supervisait les préparatifs des filles. Elles mettaient la dernière main à leurs costumes de scène en pépiant à qui mieux mieux. Une vraie volière. L'exubérance de leurs tenues et de leur maquillage tranchait agréablement avec la grisaille qui s'était abattue sur la ville.

Brodie adorait le West End en automne, lorsque les touristes avaient depuis longtemps déguerpi et que les jours commençaient à raccourcir. Bien que son chiffre d'affaires ait tendance à décliner lui aussi à cette époque de l'année, il aimait retrouver l'ambiance du vrai Soho. Il aimait être là, par des nuits comme celle-là, au cœur de l'action. La concorde semblait régner, les filles ne se chamaillaient pratiquement jamais. Sa boîte était la plus imposante et la plus belle de toutes, et il l'avait eue pour une bouchée de pain ; une dette de jeu, contractée par un certain Pierre Lambourtin. Ce nom frenchie était un pseudo, bien sûr. Quelle idée de se choisir un nom aussi imprononçable... On avait plutôt intérêt à se dégoter un nom d'emprunt bien plouc et bien ordinaire, rien qui soit de nature à attirer l'attention. Mais Pierre avait été refroidi depuis des lustres, sa boîte était la meilleure de Soho et Brodie en était désormais le légitime propriétaire, de quoi pouvait-il se plaindre ? Se maintenir au sommet n'était pas une mince affaire, vu la férocité de la concurrence. Il avait écouté et appliqué à la lettre les conseils de Lily, et comme il traitait relativement bien les filles, elle se montraient d'une loyauté sans faille et mettaient un point d'honneur à ne jamais rouler le client.

La boîte était située sur Frith Street, une rue suffisamment passante pour attirer la clientèle, mais pas assez pour allécher les simples badauds, mieux connus dans la profession sous le sobriquet de « lécheurs de vitrines » ou de « michetons du dimanche ». Patrick visait une clientèle susceptible de claquer un max de blé sans s'éterniser à mater les stripteaseuses et à peloter les serveuses pour le prix d'une malheureuse consommation. Il exigeait un droit d'entrée suffisamment salé pour faire le tri entre les hommes et les branleurs – participation qui avait en outre l'avantage de garantir à sa clientèle un semblant de respectabilité. C'était un vrai club, avec une vraie carte de membre et un vrai droit d'entrée – leurs relevés de compte pouvaient en témoigner, au cas où leurs épouses voudraient vérifier. Le Lord's Gentlemen Club était devenu une vraie référence dans le West End. Brodie était fier de sa petite entreprise, de sa réputation et du soin apporté au décor. Aussi sélect que pouvait l'être une boîte à putes !

Il se servait un cognac au bar lorsqu'il vit rappliquer une des nouvelles. Un vrai canon, grande et mince, avec un éblouissant jeu de quilles. Ce qui la faisait vraiment sortir du lot, c'étaient ses cheveux – une vraie cascade de soie, douce et mousseuse, d'un admirable auburn naturel qui lui tombait jusqu'au milieu du dos. On aurait dit une pub pour un shampooing. Elle lui décocha son plus beau sourire et il se rembrunit, imperceptiblement. Son seul point faible, c'étaient ses dents. Ses incisives supérieures se chevauchaient légèrement ; quoique d'une blancheur irréprochable, elles faisaient tache dans sa perfection. Elle avait des prunelles d'opale bleue et des sourcils très arqués, comme certaines stars de la grande époque de Hollywood, et Brodie avait, à plusieurs reprises, pu s'assurer personnellement qu'elle tenait l'alcool comme un vieux loup de mer et baisait avec la fougue et l'endurance d'une locomotive.

Pour la première fois depuis des lustres, il avait donc une relation suivie avec une fille. Il avait bien conscience de jouer avec le feu : Lil pouvait tolérer un écart de conduite, sûrement pas une vraie maîtresse. Ça risquait de provoquer de graves frictions. Elle s'en irait, c'était joué d'avance. Jamais elle ne supporterait l'affront d'une aventure suivie, une rivale en titre pour menacer sa souveraineté. Comme la plupart des femmes, ce que Lily craignait par-dessus tout, c'était l'arrivée d'un enfant, de facto le demi-frère ou la demi-sœur des siens. Ça, pour elle, ça relevait de l'inconcevable, et il pouvait le comprendre.

Chaque fois qu'il voyait Laura Doyle, Patrick se promettait que c'était la dernière, et pourtant il s'arrangeait pour la revoir. Le truc, c'était qu'elle ne s'intéressait pas vraiment à lui. Pour elle, il n'était guère plus qu'un client. Il n'aurait su dire ce qu'il lui trouvait de si fascinant, mais c'était un fait : elle le fascinait. Il l'avait même installée dans un de ses plus beaux appartements, pour pouvoir la voir chaque fois que l'envie l'en prenait et pour s'assurer qu'au moins, là, elle n'oserait pas faire venir d'autres hommes.

Laura avait dix-neuf ans et tapinait par vocation. Elle aimait vivre la nuit et l'argent facile, et ne voyait aucun inconvénient à coucher avec un type, fût-il moche à faire peur, pour le prix convenu. Cette vie lui allait comme un gant. Brodie n'était qu'un moyen commode de s'élever, ne fût-ce que temporairement – car il finirait par se lasser d'elle, ça ne faisait pas un pli. Jusque-là, elle comptait en tirer le maximum. Sa relation privilégiée avec le boss lui assurait un certain ascendant sur les autres et elle ne se privait pas d'en user, voire d'en abuser, pour parvenir à ses fins. Elle s'arrangeait toujours, par exemple, pour que la chef d'équipe ne lui envoie que des clients dorés sur tranche – la meilleure garantie d'être payée rubis sur l'ongle. Certaines de ses collègues commençaient à trouver qu'elle profitait un peu de la situation, et Laura ne détestait pas de le leur laisser croire.

Si elle savait faire preuve d'assez de jugeote, Brodie pouvait faire un parfait marchepied vers la fortune. Le tout était de le tenir en haleine et de se maintenir au top.

Il s'intéressait manifestement à elle, et quelque chose lui disait que c'était justement à cause de l'indifférence totale qu'elle lui témoignait, comme à n'importe quel micheton. Sa désinvolture avait intrigué Brodie et elle y avait vu sa chance. Elle ne détestait pourtant pas faire l'amour avec lui. Au contraire, c'était un virtuose, même pour elle qui était passée maîtresse en l'art de faire croire aux hommes qu'ils étaient les rois de la bagatelle !

Il lui tendit un petit sachet et elle sourit à nouveau. Il n'oubliait jamais de lui faire passer quelques grammes de speed, le carburant favori des filles. Et c'était toujours de la bonne came, bien meilleure que tout ce qu'elle pouvait se procurer dans la rue.

Tandis qu'ils bavardaient, Brodie vit passer Spider et Cain en direction de son bureau. Il précisa à Laura qu'il la retrouverait plus tard dans la soirée. Sa façon à lui de lui demander de ne rien faire avec ses clients. Non que cela l'ennuyât le moins du monde – après tout, c'était son métier –, mais il ne voulait pas être sa énième bite de la soirée. Brodie était un gourmet : il aimait s'enfiler une chatte bien entretenue, ferme, propre et nette, surtout.

Il la regarda s'éloigner vers les toilettes en ondulant du cul, puis monta au premier pour son rendez-vous. Son sourire s'était évaporé. Il avait tout l'air d'un homme conscient qu'il va essuyer de gros pépins, et dans un futur proche.

Trevor Renton était un joueur d'une espèce plutôt rare, dans la mesure où il vivait confortablement de son art. Que ce soit grâce aux cartes, aux chevaux ou aux chiens, il était toujours plein aux as. Il lui arrivait de perdre, bien sûr : les chevaux sont imprévisibles, les cartes tombent de façon aléatoire et vous ne pouvez jouer que celles que vous avez en main. Mais Renton était le roi du bluff. Il avait un jour remporté un impressionnant tapis avec une petite paire de deux – une main de merde –, après avoir sapé le moral de son adversaire par la froide assurance avec laquelle il avait fait monter les enjeux. La leçon avait porté et, du jour au lendemain, il s'était bâti une réputation. Quand il s'asseyait à une table de poker, on le traitait comme un membre de la famille royale. S'il perdait, c'était toujours avec le sourire, et il mettait un point d'honneur à régler ses dettes sans contester.

Ce soir, il jouait gros jeu. Mais il avait beau être sur des charbons ardents, rien ne filtrait dans son expression, ni stress, ni émotivité. Il avait gagné à deux reprises l'après-midi même et se sentait d'humeur à s'offrir une longue et palpitante nuit de poker. Il aimait l'univers du jeu, l'ivresse de défier le hasard. Il aimait la compagnie des joueurs et adorait les écouter raconter leurs souvenirs de parties légendaires, même s'il connaissait déjà la plupart de ces histoires sur le bout du doigt pour avoir souvent fait partie du casting…

Il sortit ses cigares et se carra dans son fauteuil. Puis il tira de sa poche ses clés de voiture et son portefeuille, qui contenait une reconnaissance de dette signée par les hôtes de la soirée pour un montant de cinquante-cinq mille livres. Il posa le tout près de son verre et ôta sa veste, qu'il déposa soigneusement sur un canapé avant de desserrer son nœud de cravate et de rouler ses manches de chemise. Un joueur ayant pour habitude de gagner doit s'assurer au préalable que personne ne pourra l'accuser de tricher, que ce soit en face ou, plus grave, dans son dos.

Certains joueurs pouvaient en effet se montrer hautement imprévisibles. Les truands étaient les pires : quand ils perdaient, ils étaient sincèrement convaincus que vous vouliez les délester de leur portefeuille. Trevor évitait généralement de jouer avec ce genre de clients, sauf s'ils lui étaient dûment recommandés et qu'ils montraient patte blanche. Il voulait être sûr d'avoir affaire à de vrais joueurs, prêts à perdre leur chemise mais pas le sourire. Or, la plupart des malfrats, en particulier les braqueurs de banque, faisaient de très mauvais perdants. Leur pente naturelle, à cette espèce-là, c'était de prendre l'oseille, pas d'en donner de bonne grâce à un adversaire capable d'abattre une meilleure main que la leur. Certains revenaient même à la table de jeu l'arme au poing, en exigeant d'être remboursés comme s'ils avaient été victimes d'une erreur de calcul au moment de l'addition ou qu'on les avait lésés en leur rendant la monnaie. Là, il n'y avait plus grand-chose à faire : inutile de leur rappeler qu'il étaient dans un club sérieux et qu'ils avaient joué dans les règles contre des joueurs dignes de confiance – et non en taule avec des haricots ou des allumettes en guise de mise, et, pour partenaires, quelques copains de cellule aussi incapables qu'eux d'envisager ne fût-ce que l'éventualité d'une défaite.

Précédé de sa réputation de parfait gentleman, Trevor pouvait se faire avancer de l'argent à peu près partout. On savait qu'il payait toujours sans causer le moindre problème. D'autres, nettement moins fiables et moins avisés, s'acharnaient à vouloir récupérer ce qu'ils avaient perdu et, dans l'espoir de se refaire, continuaient à jouer en empruntant des sommes énormes – qu'il devaient ensuite rembourser coûte que coûte. Trevor les regardait s'enfoncer peu à peu, ruisselants de trouille et avalant verre sur verre pour tenter de se calmer. Le whisky qui coulait à flots et gratis leur émoussait le jugement, et ils se mettaient à signer des reconnaissances de dettes à tour de bras, dans l'espoir que les dieux du jeu leur sauveraient la vie – et celle de leur famille. En fin de soirée, il voyait leur tête, quand ils réalisaient qu'ils y avaient laissé jusqu'à leur chemise et que le fruit de tant d'années de travail venait de s'évaporer en l'espace de quelques heures.

Quelque part, une épouse et des enfants dormaient à poings fermés sans soupçonner que leur vie, telle qu'ils la connaissaient, n'était plus qu'un souvenir et qu'ils se retrouveraient bientôt aux prises avec des collecteurs de dettes et des visiteurs de minuit, dans un cauchemar d'une telle intensité qu'ils en ressentiraient encore l'onde de choc des années plus tard. Les gens ignorent que, légalement, une dette de jeu n'existe pas. C'est un accord conclu d'homme à homme, comme une poignée de main – ce qui explique que l'on n'ait pas le choix : pour se faire rembourser, il faut avoir recours à la violence et à l'intimidation. Les joueurs qui jouaient ainsi leur vie se laissaient enfermer dans un piège dont ils ne réchappaient pas. Ils finissaient tous par payer, d'une façon ou d'une autre, c'était aussi simple que ça. L'argent que vous empruntiez, même si on vous le donnait avec le sourire, c'était avec une batte de base-ball qu'on vous le faisait recracher.

Renton avait vu tout ça des centaines, voire des milliers de fois. Il trouvait ça déprimant, ce manque de contrôle et de respect de soi. A quarante-huit ans, il fréquentait les cercles de jeu depuis plus de trois décennies et n'était toujours pas grillé. Il n'avait jamais eu à se battre pour une partie de poker ou un pari et ne déplorait pas la moindre cicatrice. Trevor Renton était un gentleman, dont le nom suffisait à lui ouvrir la porte de tous les cercles où il désirait jouer. De jeunes joueurs rêvaient de se mesurer à lui et de le battre, pour se tailler à leur tour une réputation. Quand le cas se produisait, ce qui restait relativement rare, il leur serrait la main et leur prodiguait tuyaux et conseils, ce qui lui permettait de s'en faire des disciples et des amis pour la vie. Renton n'avait jamais le moindre problème avec les perdants. Après tout, ce n'était jamais qu'un jeu de hasard. La chance pouvait sourire à n'importe qui, voilà ce qui faisait le sel de chaque nuit.

Il s'enfonça davantage dans son fauteuil, son verre de limonade à la main, en attendant que les autres joueurs aient pris place. Lui, il était fin prêt.

– Ça fait à peine une semaine qu'il est sorti de l'hosto et il fait déjà des vagues !

Cain était hargneux. Patrick l'écouta râler en silence. Il avait découvert cette vérité toute simple bien des années plus tôt : il suffit d'écouter quelqu'un sans moufter pour qu'il se charge de remplir les blancs et finisse par vous en dire plus qu'il n'en avait l'intention au départ. Pour Brodie, c'était devenu une habitude, qu'il se félicitait d'avoir cultivée.

– Ah. Et qu'est-ce qu'il a fait cette fois ?

Dans sa chambre d'hôpital, Dennis avait agressé le médecin de garde et une aide-soignante qui refusait de lui apporter un verre de scotch. Bref, il avait été à la hauteur de sa réputation. Maintenant qu'il était sorti, il comptait bien rafraîchir la mémoire des gens, au cas où ils auraient oublié de quoi il était capable. Il avait beau être la risée du Milieu, il ne fallait pas avoir froid aux yeux pour ricaner sous son nez.

– Il a écumé le secteur en collectant des loyers qui nous revenaient, fit Spider. A croire que Dave lui a pas expliqué les nouvelles règles ou qu'il pense encore disposer d'un putain de moyen de pression sur nous. Mes gars doivent poliment lui demander de rendre le fric. Au besoin, s'il leur casse un peu trop les couilles, ils lui explosent la gueule à coups de machette.

Spider avait parlé d'un ton qui ne souffrait pas la controverse. Brodie n'avait aucune raison de le contredire, d'autant que Dennis n'avait pas raté une seule occasion d'ouvrir sa grande gueule. Patrick avait eu vent de ce qu'il colportait sur son compte, et ça n'avait rien de bien flatteur. Quelqu'un allait devoir se charger de lui clouer le bec de façon définitive. Ce n'était plus qu'une question de temps. Il avait donc résolu d'attendre que quelqu'un se décide à entamer les opérations de nettoyage – une corvée désagréable, mais nécessaire. En fait, Spider et Cain n'attendaient que son feu vert pour rayer Dennis Williams de la carte. Et Brodie allait se faire un plaisir de le leur donner.

– Rien à ajouter. Il s'est sabordé lui-même.

C'était exactement ce que Spider et Cain voulaient entendre. Ils se décrispèrent un brin. Certes, Dave faisait toujours partie de l'écurie Brodie, et ce n'était que justice, mais il n'avait pas intérêt à leur porter ombrage.

Patrick porta son verre à ses lèvres et, comme l'atmosphère s'était un peu réchauffée, lança d'un ton guilleret :

– N'oubliez pas l'anniversaire de mon aîné, hein ! Amenez vos gamins. Tout le monde est invité.

– Putain de merde, Patrick ! Dix ans, déjà. Ce que le temps passe !

– J'aimerais avoir à nouveau dix ans, fit Brodie avec un hochement de tête philosophe. Mais en sachant ce que je sais. Pas vous ?

Spider éclata de rire en secouant sa grosse tête et sa robuste ossature rappela à Patrick quel roc il était.

– Putain, moi, à dix ans, je grattais déjà des moteurs avec mon cousin Delroy. Tu vois de qui je veux parler ? Il s'est pris une balle il y a trois ans, à Kingston. Il a fini par retourner en Jamaïque et s'est fait définitivement refroidir à cause d'une putain de gonzesse.

Il secoua la tête d'un air incrédule.

– Une putain de garce, ouais. Y avait vraiment que lui pour clamser à cause d'une nana.

Il glissa un regard en direction de Cain et poursuivit avec une lueur égrillarde dans l'œil :

– Il avait un flair spécial pour remonter la piste du barbu, ce putain de Delroy. Un vrai beagle ! A l'entendre, ça sentait toujours la rose. Enfin, qu'il disait.

– Il s'est pas fait buter, Spider, précisa Cain. Il est mort d'épuisement, à force de brûler la chandelle à moustaches par les deux bouts ! Rien que l'ombre d'un jupon le faisait bander pire qu'un âne. Chez nous, quand on le voyait arriver, on planquait même la grand-mère !

Cain et Spider hurlèrent de rire. La tension du début n'était plus qu'un mauvais souvenir, ils étaient redevenus trois bons vieux potes.

Cain avala une lampée de scotch, puis, s'essuyant la bouche d'un revers de main, lança d'un air finaud :

– Dis donc, Pat… tu peux causer ! J'ai entendu certains bruits sur toi et une rouquine, une grande maigrichonne, plate comme une limande. Alors, paraît que c'est le grand amour ?

Le visage de Brodie vira au livide. C'en était presque comique.

Cain sentit instantanément qu'il avait gâché une bonne occasion de la boucler. Spider lui lançait des coups d'œil furibards et Brodie, sans doute pour la première fois de sa vie, en restait le bec dans l'eau. Il s'était laissé aller à cancaner à tort et à travers comme une vieille pipelette, attirant du même coup l'attention de Patrick sur les ragots qui l'associaient à cette fille, qui qu'elle soit. Son nom était désormais lié au sien. Or, Brodie avait toujours eu l'esprit de famille chevillé au corps. Il aurait tué pour protéger sa femme et ses gosses, tout le monde le savait.

Spider refit le plein dans leurs verres, tandis que Patrick entreprenait de s'allumer une cigarette en rassemblant ses idées.

– Ce n'était qu'une blague idiote, Pat. Te frappe pas. J'ai vraiment pas voulu te froisser.

Cain avait ouvert des bras impuissants. Quelques histoires qui circulaient sur Brodie lui revinrent soudain en mémoire – le sort qu'il réservait à ceux qui tentaient de le doubler, l'arsenal d'appareils de torture qu'il planquait dans un entrepôt à Silvertown. Spider lui avait raconté que Brodie avait électrocuté des types sous ses yeux, des types sacrément coriaces, et sans sourciller. Il avait écouté leurs supplications alors qu'une abominable odeur de cramé s'élevait de leur peau. Brodie avait froidement observé le courant soulever leurs corps ravagés de trente centimètres et écouté leurs cris bientôt étouffés par le ciment à prise rapide qu'un acolyte leur fourrait dans le gosier dès qu'ils en avaient assez dit pour satisfaire sa curiosité. Personne ne le grugeait deux fois. D'où la terreur de Dave, face aux incartades de son frère, ce danger ambulant.

Cain se mordait les doigts de n'avoir pas su tenir sa langue. Brodie était une anomalie – un silencieux, un tordu. Personne ne savait au juste ce qu'il avait derrière la tête. Il emmenait ses gosses à la messe, communiait tous les dimanches et n'avait jamais eu la réputation d'être un homme à femmes. « Qui court le jupon finit par chier sur son paillasson ! » se plaisait-il à répéter, ce qui n'était pas faux. Les hommes à femmes finissent par détruire leur famille. Ils doivent se trouver un nouvel appart', en plus d'essuyer la rancœur de leurs enfants et de tous leurs proches, tout ça pour en revenir au même point : une autre femme, avec juste quelques années de moins, et des gamins qui ont l'âge de leurs petits-enfants. Après quoi, une fois terni l'attrait de la nouveauté, ils n'ont plus qu'à se remettre à cavaler… Brodie n'avait aucune considération pour ces hommes, ni aucune pitié pour ce qu'il leur en coûtait de semer autour d'eux catastrophes et dévastations par manque d'esprit de famille et de respect pour leur femme et les enfants qu'ils avaient faits avec elle.

Les bruits qui couraient sur Brodie n'étaient qu'insinuations. De vagues sous-entendus. Personne ne pouvait l'accuser de faits avérés – d'ailleurs, personne ne s'y serait risqué.

Pas plus compliqué que ça.

Or, en ouvrant sa grande gueule, Cain venait de lui donner matière à réflexion. Cette fille était une source d'ennuis potentiels.

– Relax, petit. Au contraire, tu me rends service. C'est juste un bruit qui court ou c'est plus grave ? Pour commencer, qui t'a raconté ça ?

La menace à peine voilée n'avait pas échappé à Spider. Il aurait donné cher pour pouvoir envoyer son frère et sa grande gueule sur orbite autour de la Lune.

C'était du Brodie tout craché : pointilleux dans ses manières et presque pudibond en matière de sexe. Mais Spider savait à quoi s'en tenir. Le cauchemar serait qu'un mec de l'équipe s'avise de parler de cette fameuse rousse à sa femme ou à sa copine, laquelle s'empresserait de répercuter la nouvelle jusqu'à Lil. Or, pour Brodie, sa femme, c'était tout. Il préférait souffrir mille morts que de la perdre ou de la faire souffrir.

Les bruits que provoquait sa liaison avec Laura étaient une chose. Le vrai problème, c'était la mère de Dennis : elle était très copine avec Annie, la mère de Lily, qui aurait donné dix ans de sa vie pour connaître ce genre d'information.

– Ça vient de moi, en fait, Pat. Ça fait déjà trois ou quatre fois que je te vois avec la même fille, pourtant c'est pas vraiment dans tes habitudes. Mais t'es au-dessus de tout soupçon, hein. Cain s'est laissé emporter par son élan, tu vois, dans la foulée de ce qu'on disait, sur mon pote Delroy, tout ça. Des histoires de mecs, quoi. Jamais on irait en parler en dehors de cette pièce.

Patrick lui décocha un large sourire. Pour la première fois, Cain vit passer dans son regard cette lueur glaciale dont ou lui avait parlé. Il entraperçut la face cachée de Brodie qu'il ne connaissait que par ouï-dire et se jura de ne jamais rien faire pour attirer sur lui la colère de cet homme en train de sourire, calme et détendu, en face de lui.

– J'ai parfaitement compris, Spider. Je suis peut-être con, mais j'aimerais juste savoir si c'est de notoriété publique. Si quelqu'un d'autre a quelque chose à dire de moi et de ma putain de vie privée !

Sa phrase s'était achevée sur un cri. En une seconde, Brodie avait bondi de son fauteuil et traversé la pièce. Mu par un réflexe de peur, Cain leva le bras pour se protéger le visage.

Mais c'était sur le bar que Patrick avait mis le cap. Un instant plus tard, son attitude avait changé du tout au tout : il s'esclaffait.

– Allez, petit, je déconne. Te fais pas de bile. On finira par tirer tout ça au clair, tôt ou tard. Mais le plus tôt sera le mieux.

Spider lorgnait son frère d'un regard aussi fixe que celui de Patrick. Cain n'aurait su dire lequel des deux l'inquiétait le plus.

Laura arriva à l'appartement de Bloomsbury vers deux heures du matin. Un certain Clinton, chauffeur à l'occasion pour Brodie, l'avait raccompagnée et elle avait laissé libre cours à ses tendances despotiques durant le trajet. Clinton s'était entendu intimer l'ordre de s'arrêter pour aller lui acheter des cigarettes, de sa poche, puis elle avait exigé qu'il roule au pas avec défense de renverser le verre qu'elle avait emporté avec elle et qu'elle tenait à la main.

Il l'avait suivie dans l'immeuble et escortée jusqu'à l'appartement. Elle entendait son souffle derrière elle alors qu'elle tentait, consternée, de comprendre ce qu'elle avait sous les yeux. Les idées se télescopaient dans sa tête, mais il lui restait assez de lucidité pour comprendre que quelque chose clochait sérieusement. Il lui fallut néanmoins un bon moment pour réussir à s'expliquer de quoi il retournait…

L'appartement avait été vidé de ses meubles, jusqu'aux rideaux. Tout était parti, hormis ses deux valises et son sac de voyage, échoués au beau milieu du salon.

Elle restait plantée là, bouche bée, quand Clinton empoigna ses bagages et redescendit l'escalier.

– Putain, mais qu'est-ce qui se passe ? hurla-t-elle dans son dos.

Elle avait enfin pigé. Fini, la vie londonienne. Brodie voulait qu'elle s'en aille, elle devait s'exiler. Point final.

Elle se creusa la cervelle pour comprendre où elle avait pu merder – quelque chose qu'elle aurait pu dire ou faire et qui l'aurait froissé. Non, elle ne voyait pas. Bien sûr, elle avait un peu abusé de sa nouvelle autorité, mais qu'est-ce que ça pouvait bien lui faire, à lui ? Pas grand-chose, si ? Des larmes lui embuèrent les yeux, avant de dévaler, chaudes et salées, sa peau laiteuse. Elle entendit des pas qui montaient l'escalier. Clinton revenait pour lui faire quitter les lieux.

L'appartement avait été soigneusement nettoyé. Elle se demanda alors si sa fin était venue. Brodie allait-il faire en sorte de la faire disparaître, elle aussi ? Elle sentit une vague de terreur s'emparer d'elle à mesure qu'elle prenait conscience du péril qu'impliquait le mode de vie qu'elle s'était choisi. Elle commençait enfin à se figurer où tout cela pouvait la mener.

– Allez, ramène-toi. On ne va pas y passer la nuit ! fit Clinton en éteignant la lumière.

Elle constata, en se tournant vers lui, que ni ses larmes ni sa peur ne lui faisaient le moindre effet.

– Je vous en prie, Clinton… Ne me faites pas de mal.

Ses jambes se dérobèrent sous elle. Elle tomba à genoux. Les pulsations désordonnées de son cœur lui cognaient aux oreilles.

Clinton était du genre poids plume. Il avait une petite gueule d'ange, comme disait sa mère, mais avec sa charpente fluette il resterait un chauffeur, un lampiste. Il s'en accommodait. Il venait de comprendre quel pouvoir la peur – celle des autres, évidemment – peut conférer.

Il dégustait celle de Laura, se délectant de la voir baisser d'un ton, cette sale pétasse aux yeux plus gros que le ventre. Pat Brodie lui avait donné des ordres et il allait se faire un plaisir de les exécuter.

Il la regarda un bon moment, dans le blanc des yeux, le supplier à travers ses sanglots de lui laisser la vie sauve.

– Je vous en prie, Clinton. De grâce…

Elle l'implorait à présent, de toutes les forces qui lui restaient. Elle sentit la morve couler de son nez en longs filaments visqueux, tandis qu'elle rampait sur le plancher dans sa direction, ses si jolis yeux bleus agrandis par la terreur.

– Lève-toi, connasse. On a une trotte à faire, cette nuit. Patrick t'envoie bosser pour un de ses potes à Manchester. Tu vas plus savoir où donner de la tête !

Puis, défaisant sa braguette, il ajouta avec l'accent du Nord :

– Tiens, petite pute, commence donc par t'envoyer celle-là !

Comme elle levait les yeux vers lui, elle vit le reste de sa vie se dérouler devant elle avec une surprenante précision, et comprit dans quel engrenage elle s'était laissé prendre. Tous ses beaux rêves d'indépendance n'étaient donc que des illusions ! Désormais, pour gagner son pain quotidien, elle dépendrait d'hommes vulgaires et brutaux comme celui qui se tenait devant elle, jusqu'à ce que l'âge la jette sur le trottoir puis dans les allées sombres, jusqu'à ce que son corps lui-même finisse par la trahir.

Le sexe de Clinton la faisait suffoquer. Il jubilait de l'avoir ainsi déboulonnée de son piédestal. Il lui rendait la monnaie de sa pièce, il se vengeait de toutes les petites vacheries, de tous les commentaires désobligeants qu'il avait dû s'appuyer sous prétexte qu'elle se faisait sauter par le patron. Il lui empoigna la tête sans ménagement pour activer le mouvement et se mit à lui labourer le crâne, ses doigts se prenant dans la magnifique chevelure qui faisait sa fierté. Il déchargea dans sa bouche. Le goût salé du sperme brûlant lui donna un haut-le-cœur.

Clinton la laissa retomber sur le plancher. Laura ne gémissait même plus. Il se rajusta sans perdre une seconde. Le vermillon brillant de son rouge à lèvres s'était étalé jusqu'à son nombril. Il avait trouvé ça tellement jouissif qu'il se promit de recommencer sur le trajet. Il trouverait bien un recoin sombre, sur le parking d'un restoroute… Autant profiter un maximum. Il n'aurait jamais les moyens de s'offrir ça – d'ailleurs, s'il les avait un jour, il ne gaspillerait pas un rond pour ce genre de petite garce. L'occasion était donc trop belle.

– Mais pourquoi ? fit-elle d'une voix brisée. Qu'est-ce que j'ai pu faire pour qu'il me traite comme ça ?

Elle était grillée, finie. C'était une cause entendue.

– Disons que t'as cessé de lui être utile, poulette. Maintenant, t'as plus qu'à dégager.

Avec un petit rire goguenard, il la remit sans ménagement sur ses pieds avant de la pousser vers la sortie.

Il referma la porte avec le trousseau de clés de Laura, qu'il fit disparaître dans sa poche. Puis il la traîna dans l'escalier jusqu'à la voiture, l'enfourna sur la banquette arrière et claqua la portière d'un geste sans appel. Elle appartenait déjà au passé.

CHAPITRE 10

Trevor Renton en avait assez. Il aurait préféré quitter la table. Il avait sorti les deux plus gros joueurs de la partie sans problème et commençait à comprendre ce qui se tramait. Il avait commencé avec les cinquante mille livres prêtées par l'établissement, qui lui en avaient rapporté un peu plus de cent mille. Jusque-là, les quatre autres, quatre illustres inconnus, lui avaient paru jouer à fonds perdus. Des joueurs médiocres qui auraient dû se faire éliminer dès le deuxième tour. Mais les trois minables qu'il avait devant lui étaient cornaqués par un vrai pro de l'arnaque.

Concentré sur les joueurs dignes de ce nom, il s'était, au début, à peine rendu compte de leur présence. Il était pourtant certain, maintenant, qu'ils s'étaient mis d'accord pour le plumer. Sa prudence naturelle se serait-elle émoussée ? Mais quoi ? La partie s'était pour le moment déroulée dans les règles de l'art. Aucun des joueurs n'avait rien fait de suspect et on lui avait formellement garanti que tout le monde était solvable autour de la table. Il n'en était pourtant plus si sûr. Son système d'alarme interne avait détecté l'embrouille. Ils se préparaient à le plumer en beauté et il n'y pouvait rien. Ils avaient toutes les cartes en main, ces crétins.

Pas question de le leur dire en face, évidemment. Trevor était bien trop futé pour accuser qui que ce soit de tricher – en tout cas, pas sans être appuyé par un commando d'anciens du Vietnam ou par une demi-douzaine de tueurs à gages. Mais il avait été attiré en territoire étranger, il n'était plus chez lui autour de cette table. D'abord parce que ce n'était pas son turf habituel, et parce qu'il ne restait plus personne à qui se fier – les vrais joueurs, il les avait sortis lui-même. C'était gros comme les Pyramides : il allait y laisser jusqu'à son dernier sou ; pis, il allait se faire avoir par une bande d'abrutis qu'il avait pris pour d'inoffensifs peigne-culs. Il était tellement sûr d'être protégé de ce genre d'arnaque par sa notoriété qu'il n'avait même pas fait attention à leurs noms quand ils s'étaient présentés.

Trevor Renton pouvait se recommander des plus grands noms du monde du crime : dans les grands tournois internationaux, c'était leur argent qu'il misait – ils pariaient tous sur lui, c'était dire. Il n'avait donc pas soupçonné que ces quatre-là seraient plus dangereux que les badauds qui traînaient d'ordinaire dans les grosses parties et faisaient office de bouche-trous. Pleins d'espoir quand ils arrivaient, ils jouaient en comptant sur le coup de pot providentiel, perdaient le peu de munitions dont ils disposaient et, une fois lessivés, se contentaient de se retirer du jeu sans quitter la table, histoire de profiter des consommations gratuites et du spectacle qu'offraient les pros. Le jeu, c'était son job. Son gagne-pain, sa carrière… Cette soirée n'aurait dû être, pour ces zozos, qu'un souvenir mémorable à raconter à leurs potes ; la partie légendaire à laquelle ils avaient eu l'honneur et l'avantage de participer. Une fois dans leur vie, ils s'étaient assis à la table des plus grands ! En général, ils s'en contentaient… Il leur avait fait une putain de fleur, à cette bande de locdus – une fleur et demie, même, en sortant les branleurs et quelques bons joueurs. Aucun d'eux n'avait été tenté de rester pour assister au clou du spectacle, d'ailleurs…

Il était plus juste de dire qu'on les en avait dissuadés. Trevor revenait des toilettes lorsqu'il les avait vus se faire poliment mais fermement raccompagner. Tous ses voyants d'alarme s'étaient alors mis à clignoter et il s'était demandé comment la nuit allait finir. La plupart des joueurs éliminés préfèrent en effet rester pour savoir dans quelle poche le jackpot va tomber. C'est la meilleure façon d'atterrir en douceur quand on a quitté la partie. Comme toute forme d'addiction, le jeu fait s'envoler votre taux de dopamine. C'est la dopamine qui vous entraîne au tripot et vous fait prendre place à une table ; c'est aussi ce qui vous retient après coup. Ce n'est pas parce que vous n'êtes plus dans la partie que vous ne pouvez plus prendre de plaisir ! Pour un pro, regarder le jeu est presque aussi palpitant que d'y participer. Les autres, c'est la dopamine qui les retient à la table, même s'ils y ont perdu leur chemise. Elle les empêche de rentrer chez eux et les pousse à jouer leur voiture ou leur maison. Le jeu est une véritable toxicomanie.

Trevor et ses semblables ne cherchaient pas d'abord à sacrifier à la fièvre du jeu, mais à battre les probabilités et à faire un carton. Ce qu'ils aimaient, c'était garder la tête froide quand, autour d'eux, les autres commençaient à perdre les pédales. Et gagner, en restant calmes et dignes.

Bien qu'il eût vu les perdants de sa table se faire « raccompagner », Renton avait gardé un masque impénétrable. Personne n'aurait su dire s'il soupçonnait quelque chose ou s'il s'en souciait. Quand il était revenu à la table, il affichait son éternel petit sourire entendu, un air de connaisseur mis au point à force d'expérience – alors qu'en fait il se maudissait de s'être fait avoir comme un bleu, par excès de bonne foi et de confiance.

Le gros plein de soupe au sourire en coin qui, il le comprenait à présent, était censé le plumer, débordait d'une joie si mal dissimulée que Helen Keller[1] elle-même aurait flairé l'arnaque. Il l'avait invité à se rasseoir avec une jovialité d'une telle roublardise que Trevor s'était senti bouillir intérieurement.

– Putain, Renton ! Vous n'allez quand même pas vous défiler vous aussi ! On veut garder une petite chance de se refaire ! Pas vrai, les gars ?

1. Auteur et conférencière américaine, devenue sourde, muette et aveugle à l'âge de deux ans.

Les trois autres s'étaient écroulés de rire comme s'ils venaient d'entendre la meilleure blague de l'année.

Maintenant que ces soi-disant joueurs, dignes d'une parodie des Rois de Las Vegas[1], lui avaient clairement signifié leur déception s'il les abandonnait – sans proférer la moindre menace bien sûr, mais était-ce bien utile ? –, il ne pouvait plus quitter la table.

Il n'était pas du genre à faire d'esclandre. Depuis qu'il fréquentait les cercles les plus fermés, il n'avait jamais remis en question le jeu ou la tactique d'un adversaire, ni donné prise à la moindre contestation. Mais il allait en faire, des vagues, avec ces demeurés. Ça allait saigner, même, dès qu'il aurait mis les voiles de ce bouge – s'il en sortait vivant. Il étouffa un élégant petit bâillement et, toujours souriant, se prépara à perdre avec l'aplomb qui le caractérisait. Il connaissait suffisamment son affaire pour savoir quand il se faisait baiser.

Il allait donc les laisser gagner, puisqu'ils y tenaient tant. De toute façon, l'argent ne signifiait pas grand-chose. C'était le jeu, sa passion, la seule chose qui comptait à ses yeux. L'espace d'un instant, l'idée l'effleura de leur donner une leçon mémorable et de les envoyer au tapis, histoire de leur montrer ce que c'était, qu'un vrai pro.

Sa prudence naturelle le lui déconseilla aussitôt. Son sang-froid, son masque de joueur de poker et son sourire tranquille, agrémentés de pertes massives, étaient sa seule garantie pour sortir de ce traquenard sur ses deux pieds.

– Souhaitez-vous boire quelque chose, Monsieur Renton ? N'hésitez pas, lui dit le serveur, manifestement nerveux.

Il venait lui aussi de comprendre ce qui se passait. Ce petit salaud devait tenir à éviter toute situation pouvant se traduire par d'éventuelles représailles. Il avait quoi ? Dix-huit ans tout au plus, un physique de jeune premier et une naïveté à croire dur comme fer que Debbie Harry était une vraie blonde.

---

1. Comédie américaine des années 1960, avec Frank Sinatra, Dean Martin et Sammy Davis Jr, mettant en scène les frasques d'une joyeuse bande lâchée dans les casinos.

Trevor lui répondit d'un grand sourire et d'un signe de tête que rien ne manquait à son bonheur. Les trois clowns et le fumier se commandèrent des doubles whiskys – l'ultime preuve… « Allez-y, ne vous gênez pas ! » aurait-il aimé pouvoir leur cracher à la figure. « Arnaquez-moi si vous y tenez, mais mettez-y au moins les formes. Un peu de respect, nom d'un chien ! » Cette désinvolture, ce côté ostentatoire, quel intolérable affront – comme s'ils avaient tenu à souligner qu'il n'était qu'un vulgaire mouton à tondre ! Pour un peu, il se serait senti presque aussi minable qu'eux. Il aurait préféré un braquage en bonne et due forme à ce mélange d'insultes et de pitreries.

Autour d'une table, personne ne boit. Pendant les pauses, les pros se lèvent et regardent les amateurs se faire servir. Dès que les enjeux dépassent une certaine somme, aucun joueur digne de ce nom ne boit plus une goutte, pour la simple et bonne raison qu'il ignore ce que peut contenir son verre. Dans les cercles que fréquentait Trevor, le barman avait le réflexe de décapsuler les bouteilles sous ses yeux. C'était le seul moyen de mettre tout le monde d'accord. Il avait donc maintenant la certitude de s'être fait mener en bateau par une bande de charlots. De purs crétins, doublés d'incapables. Le pire, c'était qu'ils croyaient sincèrement qu'il avait mordu à l'hameçon.

Trevor n'avait jamais essuyé pareille injure. Pourtant, il en avait côtoyé des amateurs ou des « gooners » – des tricheurs ; il s'était même vu offrir des fortunes à ses débuts pour en devenir un lui-même, mais il avait toujours refusé. Il voulait gagner à la loyale, sans contestation possible. Les gooners se contentaient de faire de la figuration et meublaient la partie jusqu'à l'estocade finale. Ils n'agissaient jamais seuls, évidemment – un bon joueur les aurait aussitôt envoyés se rhabiller –, préférant faire masse, se serrer les coudes et attendre, comme ce soir, que les pros se soient fait lessiver. Et quand le pot représentait un joli pactole, ils se liguaient contre le dernier. Trevor était donc censé faire comme s'ils avaient vraiment mieux joué que lui. Mais il était tellement scandalisé que, perdu pour perdu, il allait le leur faire payer, ce jackpot. Il allait leur mener la vie dure, à ces quatre connards, puis il les féliciterait et se retirerait avec dignité – mais avec une putain de trique, qu'il se promettait de leur enfiler bien profond à la première occasion...

Le minet du bar lui décocha une œillade. Pour couronner le tout, ils allaient en plus le prendre pour un pédé...

– Génial ! C'est bientôt mon anniversaire ! s'exclama Pat Junior en piaffant d'impatience.

Billy Boot, son copain de toujours – et, incidemment, l'ennemi juré de son frère –, était presque aussi excité que lui. Ce goûter d'anniversaire s'annonçait comme le plus beau et le plus mémorable de tous. En plus, le roi de la fête était son meilleur ami !

Dans la cour, autour d'eux, leurs camarades tendaient l'oreille. Depuis plusieurs semaines, ceux qui avaient été invités crânaient allègrement. Les filles détaillaient même déjà leur robe, leurs chaussures...

Un ballon roula aux pieds de Lance, qui shoota dedans pour le retourner à l'envoyeur, un groupe de petits qui jouaient dix mètres plus loin. Il avait toujours eu la fibre sportive. Il renvoya donc la balle de toutes ses forces, qui étaient considérables, et fit mouche : son tir atteignit un des jeunes footballeurs, un garçon de sept ans, sur le côté de la tête. Le gamin ravala bravement ses larmes et reprit la partie en se frictionnant l'oreille.

– Je te parie qu'il l'a senti passer, celle-là ! s'esclaffa-t-il.

– Un peu, que ça lui a fait mal, riposta Billy. Par ce froid de canard, ç'a pas dû lui faire du bien ! C'était le but recherché, de toute façon. Je me trompe ?

Lance haussa les épaules comme s'il ne voyait pas de quoi Billy voulait parler.

– Ouais, t'as raison, fait drôlement froid. J'espère que mon vieux manteau te tient chaud, Bootsie !

Ils se tenaient près des grilles, comme d'habitude. Un blizzard glacé balayait la cour et les manteaux étaient soigneusement boutonnés. Pat connaissait sa chance d'être bien couvert. Sa mère avait bien raison de donner leurs vieux vêtements aux enfants du voisinage. Une bonne façon d'aider les autres familles.

Mais il ne lui serait jamais venu à l'idée d'insister là-dessus. L'humiliation infligée à son copain le piqua au vif plus durement que s'il en avait lui-même été la cible.

Lance s'était mis à ricaner de plus belle et semblait prendre un malin plaisir à narguer Billy, qui n'était pas du genre à se laisser marcher sur les pieds. Il ne savait pas s'arrêter et ne cessait d'asticoter leurs copains, sans s'inquiéter des souffrances qu'il leur infligeait. Ils étaient pourtant allés chez Billy assez souvent pour savoir que la famille Boot manquait de tout, parfois même du nécessaire. La vie était dure chez eux. Le père de Billy ne décollait pas du pub, et ses six petits frères et lui se prenaient régulièrement des raclées – ses trois sœurs aînées aussi, surtout le vendredi et le samedi soir, quand leur père n'avait qu'une idée en tête : trouver sa femme. Il savait bien pourtant qu'elle n'était pas chez eux ces soirs-là, il savait même très bien pourquoi. Mais ça ne l'empêchait pas de passer ses nerfs sur ses enfants et de distribuer les baffes.

Tout le monde était au courant des activités extraprofessionnelles de Madame Boot, son mari le premier. Les factures ne se réglaient pas toutes seules et elle n'avait pas d'autre choix que de passer ses week-ends à tapiner à King's Cross. Le père Boot rentrait ivre mort et mettait la maison sens dessus dessous pour racler les fonds de tiroir – elle oubliait toujours quelques billets quelque part pour le calmer. En rentrant, elle prenait un grand bain et disait aux filles qu'elle avait laissé ses gains chez Lily Diamond[1]. Lily avait bonne réputation : elle était l'épouse légitime de Pat Brodie et une femme de confiance. La mère de Billy pouvait compter sur elle pour empêcher son pochetron de mari de lui piquer jusqu'à son dernier sou.

Personne n'aurait eu l'indélicatesse de faire allusion à ses activités, mais tout le quartier était au courant : les instituteurs, les flics qui venaient sonner à leur porte quand son

1. Dans la communauté irlandaise, une femme garde son nom de jeune fille.

mari lui faisait des scènes particulièrement salées… même les gosses ! Mais comme elle comptait parmi les meilleures amies de Lily, on observait un silence prudent. Curieux arrangement tout de même : vous pouviez faire le trottoir devant votre porte, nul n'y trouvait à redire tant que c'était pour nourrir vos gosses. Mais vos chers petits devaient avoir bonne mine et se promener bien chaussés. Parce que s'ils continuaient à aller le cul à l'air et en haillons, alors que vous aviez les moyens de les vêtir, vous n'y coupiez pas : le quartier tout entier vous taillait des croupières et vous passiez pour une moins que rien.

Une femme ayant un minimum de cœur et de jugeote pensait à ses enfants. Son existence était entièrement dévolue à leur procurer le nécessaire avec, si possible, un peu de superflu. Si votre mari assurait le quotidien, vous aviez le respect de vos voisins. Mais si vos enfants avaient pour père un cavaleur ou un incapable, vous étiez censée vous débrouiller avec les moyens du bord : lui faire les poches les soirs de paie pendant qu'il cuvait ou, comme les femmes délaissées, vendre vos charmes. Après avoir vécu seule un moment, vous pouviez prendre des hôtes payants à domicile, lesquels jouissaient de la considération générale tant qu'ils s'appliquaient à jouer leur rôle, ce qu'il faisaient parfois plusieurs années d'affilée. L'essentiel était de sauver les apparences. Le reste, c'était votre affaire.

Si on vous enlevait vos enfants, vous aviez tout perdu. Il fallait donc joindre les deux bouts coûte que coûte, et personne ne vous jetait la pierre. Comme tout le monde répugnait à s'inscrire à l'aide sociale, le tapin passait pour une activité « respectable », alors qu'en appeler aux punaises de « l'Assistance », c'était le fond de l'infamie. Aller pleurer dans leur giron, c'était ouvrir votre porte à une bande de sangsues qui ne demandaient qu'à envahir votre intimité. Et si, à Dieu ne plaise, vos gosses tombaient entre leurs mains – la hantise de toute mère digne de ce nom depuis le début des années soixante –, vous étiez fichue. On vous traînait hors de votre maison par les cheveux, on vous crachait à la figure et vous n'aviez plus qu'à déguerpir.

On voyait à présent déferler une nouvelle génération de mères célibataires qui prenaient d'assaut les appartements et les petites maisons à loyer modéré ; des jeunes femmes avec bébés et aucun homme en vue, vivant sans vergogne aux crochets des allocs. Jadis, les allocations n'étaient qu'un recours temporaire en attendant de trouver mieux ; mais les années soixante-dix en avaient presque fait un art de vivre, au grand dam de celles qui, même réduites à la dernière extrémité, n'auraient jamais quémandé un sou à personne. Elles n'étaient pas rares, ces jeunes effrontées qui se faisaient mettre en cloque histoire d'avoir un loyer subventionné et de toucher les aides sociales. Elles n'en faisaient d'ailleurs pas mystère. Leurs aînées condamnaient une telle impudeur, d'autant qu'elles connaissaient depuis longtemps plus d'une de ces soi-disant « mères célibataires »...

Les années soixante-dix étaient maintenant bien entamées et ces femmes indignées, dans la force de l'âge – même si certaines avaient l'air plus usées que leurs hommes – assistaient à l'avènement d'une ère nouvelle : dès qu'elles avaient réussi à faire déguerpir une de ces traînées, elles en voyaient rappliquer dix autres avec des petits sur les bras et pas trace d'alliance au doigt. Au fil des années, elles les voyaient élever leurs gamins sans rien attendre du père. Au fond, elles finissaient par reconnaître, et même admirer, leur indépendance et leur esprit frondeur, mais ça ne les empêchait pas de dire pis que pendre de ces propres à rien qui vivaient aux crochets du contribuable. Mais du moment qu'elles s'occupaient correctement de leurs enfants, on tolérait leurs frasques. Dans le cas contraire, elles étaient mises à rude épreuve, comme n'importe qui.

Billy et ses frères et sœurs n'ignoraient rien de la façon dont leur mère occupait ses week-ends. Billy avait totalement oublié quand et comment il l'avait appris : c'était comme s'il l'avait toujours su. Il ne pouvait pas blairer son paternel, mais il adorait sa mère, même s'il détestait ce qu'elle faisait pour leur garder un toit sur la tête. Il savait aussi que tout le monde s'accordait sur ses talents de mère.

Mais Billy en avait jusque-là de porter les affaires des autres et de vivre tiraillé entre son ivrogne de père et sa tapineuse de mère. En plus, une de ses sœurs aînées était enceinte et n'allait pas tarder à rejoindre la bande des filles mères du quartier. Quand ce serait de notoriété publique, Lance ne se gênerait pas pour le lui seriner à longueur de récré.

– Ton manteau, tu peux te le mettre où je pense !

Billy bouillonnait d'amertume et d'humiliation. Il avait craché ces mots entre ses dents et se retenait à grand-peine d'exploser de haine à l'encontre du monde entier. Pour la première fois, Lance eut peur de lui. Billy aurait été capable de lui abîmer le portrait.

Il serrait déjà les poings, prêt à rendre coup pour coup. Il n'aurait pas détesté lui fendre le crâne, à ce petit fumier de Lance, pour chacune des vacheries qu'il lui avait infligées – comme pour chaque passe que sa mère avait dû s'abaisser à faire. Ou alors, lui éclater le nez, pour tous ces soirs où son père les avait tabassés en rentrant du pub après avoir bu sa paie.

– Vas-y, Lance ! Amène-toi, qu'on règle nos comptes !

Billy était ivre de honte et de rage, une rage noire qui avait fini par déborder. Il se sentait de taille à défier un adulte.

Comme toujours, Pat s'interposa pour les ramener à la raison.

– Tu peux pas fermer ta gueule, non ? s'écria-t-il en poussant son frère hors d'atteinte des poings de Billy.

– C'était qu'une blague, Pat... fit Lance avec un grand sourire. Si on peut plus rigoler... Et puis je dis que la vérité : c'est bien mon manteau qu'il a sur le dos... Et alors ? Qu'est-ce que j'en ai à cirer, d'abord ? Qu'il le porte, si ça lui fait plaisir !

Billy était livide. Lance avait parlé suffisamment fort pour que tout le monde l'entende, il n'était pas dupe. En quoi il avait pleinement atteint son objectif : une bonne partie de la cour s'était rapprochée et les lorgnait avec curiosité. Presque tous ces gamins étaient logés à la même enseigne ; chez eux aussi les fins de mois étaient difficiles. Mais c'était une question de principe. Lance avait voulu le clouer au pilori, et il avait réussi son coup.

Billy était à deux doigts de l'écorcher vif et s'en sentait parfaitement capable. Mais cela risquait de le fâcher avec son meilleur copain. Comme d'habitude, Lance profitait de la situation avec force sourires contrits pour le faire enrager.

– Au fait, faudrait songer à te faire pousser un peu d'humour, un de ces quatre ! lui décocha Lance avec un sourire un peu niais et l'air innocent de l'agneau qui vient de naître.

Mais la haine de Billy était à présent retombée et il préféra l'ignorer, lui et ses mines, en lui tournant le dos.

– Ta fête va être l'événement de l'année, mon vieux ! lança-t-il à Pat. Tout le monde ne parle plus que de ça. Paraît même qu'y aura une vraie sono ! Ça va être génial !

Billy en savait plus que Lance sur le sujet. Il était au courant du moindre détail des préparatifs. Il ne parlaient que de ça, Pat et lui…

Pat comprenait que son ami ait parfois envie de bannir Lance de leur petite bande. Il aurait préféré tenir son frère à distance lui aussi, mais ça n'était pas simple : Lance avait beau être une plaie, c'était quand même son frère.

Ces derniers mois, il avait eu une brusque poussée de croissance et l'avait dépassé en taille et en poids. Lance, qui n'avait jamais laissé passer une occasion de profiter de sa supériorité physique, ne le vivait pas bien du tout. Ils étaient tous les deux grands pour leur âge, mais, comme disait Lil en souriant, Patrick poussait « à une allure affolante ». Il dépassait déjà d'une tête la plupart de ses camarades et laisserait bientôt son cadet à la traîne. Leur père se réjouissait des progrès de Pat, en taille et en assurance, l'une découlant de l'autre. Il avait dit à Lance qu'il aurait la même charpente que son grand-père paternel, mais que c'était son aîné qui avait hérité sa carrure et sa robuste constitution.

Pat Junior était la réplique de son père, ça sautait aux yeux. Le gamin débordait de fierté à l'idée de ressembler trait pour trait à cet homme qu'il adorait et se promettait d'être en tout point semblable à lui quand il serait grand.

– Tu parles ! râla Lance. On s'en fiche de ton goûter de mioches ! Pas la peine d'en faire tout un plat !

La jalousie de son frère avait fusé d'un trait. Lance enrageait à l'idée de cette grande fête donnée en son honneur. Pas facile de savoir comment réagir... Lui aussi, il aurait un grand goûter d'anniversaire pour ses dix ans ! Seulement, comme pour tout le reste, il aurait aimé être le premier.

Lance considérait la fête de Pat comme une espèce de répétition. Il avait d'ailleurs déjà commencé à tout organiser dans sa tête pour rendre la sienne vraiment plus grandiose. Mais une chose lui échappait : Patrick garderait toujours une longueur d'avance. Son anniversaire serait à coup sûr plus réussi, parce que tous ses invités appréciaient sincèrement sa compagnie. Lance avait peu d'amis et son frère passait son temps à se préoccuper de lui.

Pat pouvait comprendre sa réaction. Ses copains qui avaient des petits frères se heurtaient au même problème. Il n'était apparemment pas facile d'être le plus jeune, mais le cas de Lance était spécial : il souffrait de ne pas être le préféré de leur mère. Ça devait être dur à vivre. Malgré tous les efforts de Lil pour les traiter à égalité, il n'avait pu s'empêcher de noter une différence. Heureusement, Lance était le favori absolu de leur grand-mère : Annie tenait à lui comme à la prunelle de ses yeux et l'aimait assez pour le reste du monde.

Pourtant, il broyait du noir presque tout le temps. Comme il aurait aimé pouvoir l'aider et adoucir son sort ! Parce que, malgré la dévotion dont l'accablait sa grand-mère, ce dont Lance manquait le plus cruellement, c'était de l'affection de leur mère.

Lil adorait son aîné et il l'adorait en retour ; quant aux jumelles, elles faisaient fondre tout le monde, Lance y compris. Mais elle n'avait pour son cadet qu'un vernis d'affection. Cela faisait mal à voir, parce que ses efforts pour donner le change ne trompaient personne, surtout pas ce pauvre Lance.

Billy chantait encore les louanges de la fameuse fête quand le père O'Donnell sonna la cloche marquant la fin de la récréation. Pat et Billy se mirent en rang côte à côte ; Lance préféra rester à l'écart, comme pour ne pas s'avouer vaincu.

Mick Diamond ne se sentait pas dans son assiette et racontait à qui voulait l'entendre qu'il devait couver quelque chose. En fait, ce qui lui donnait cet air fatigué, fébrile et le nez rouge, c'était surtout son penchant pour la bouteille. Il promena son regard dans l'appartement où la générosité de sa fille avait permis à Annie d'emménager. La vie avait tout de même un talent incroyable pour vous surprendre au moment où vous vous y attendiez le moins.

Il n'avait jamais réussi à digérer complètement l'ascension fulgurante de sa belle-fille. Si seulement il avait su jouer correctement son rôle de père ! Maintenant, il se retrouvait à la botte de sa femme, qui s'était juré de lui faire payer jusqu'à la plus insignifiante vexation qu'elle prétendait avoir subie pendant leur vie commune.

Restait qu'elle était toujours sa légitime et qu'elle lui ouvrait son appartement, et même son lit, quand l'envie l'en prenait. Rien à dire... De toute façon, avec quelques verres dans le nez il était capable de sauter n'importe quoi. Ça avait même dû arriver, vu qu'il s'était farci pas mal de mochetés en son temps. La faute à l'alcool, évidemment. « Les lunettes de la bière », ils disaient à la télé. Lui, il appelait ça ses « fleurs de pub ». Au petit matin il avait généralement tout oublié, à moins que des potes moins imbibés que lui s'avisent de lui rafraîchir la mémoire. Il avait plutôt tendance à les croire sur parole – il n'y a pas de fumée sans feu. Dans le tas, il avait quand même dû s'en lever une ou deux pas trop mal... Dommage qu'il ait été trop bourré pour s'en souvenir. C'était toujours la même histoire : à la fermeture des pubs il montait s'en jeter un petit dernier, rien qu'un seul... De toute façon, il serait monté chez la reine des drags queens si elle avait eu un fond de gnôle à lui proposer.

L'idée le fit sourire. Annie en profita pour lui tirer les vers du nez.

– Qu'est-ce qui te fait rigoler comme ça ?

Son sourire s'élargit, pour elle cette fois. Il la connaissait comme le fond de sa poche.

– Je pensais aux gosses. Sacré numéro, le petit Lance…

– Il est un peu sur les nerfs à cause de cette fête qu'ils préparent pour l'anniversaire du grand. Personnellement, j'ai toujours trouvé ridicule de claquer autant de fric pour un gamin, répondit Annie avec une pointe dégoût mêlée d'admiration.

Elle ne se faisait pas prier pour raconter le détail des préparatifs à ses copines. Evidemment ! Tout le quartier ne parlait plus que de ça. En même temps, elle était sincèrement choquée que son gendre balance autant d'argent par les fenêtres.

Mick, lui, pouvait comprendre le raisonnement des Brodie, mais se gardait bien de l'admettre devant sa femme. Avant son mariage, Lil ne savait même pas qu'on pouvait fêter son anniversaire, elle qui n'avait jamais reçu ne fût-ce qu'une malheureuse carte. Chez eux, ça passait totalement inaperçu. Il ne s'en sentait pas spécialement responsable – après tout, qu'est-ce qu'elle était pour lui, cette gamine ? Pas grand-chose. Ça ne l'empêchait pas de s'étonner qu'Annie n'ait jamais marqué le coup. Lil était tout de même sa fille unique ! De toute façon, si elle en avait eu l'intention, il y aurait aussitôt mis son veto, alors… Mais ça, il serait mort plutôt que de le reconnaître.

Il comprenait parfaitement que, ayant été l'un comme l'autre élevés à la dure, Lil et Brodie comblent leurs gosses de tout ce dont eux-mêmes avaient été privés. Le dixième anniversaire de Pat donnerait lieu à de grandes réjouissances et marquerait un moment fort dans la vie du petit. Il serait bien sûr lui-même de la fête, tout allait pour le mieux entre les Brodie et lui – il devait y être, ne serait-ce que pour préserver l'illusion de la cohésion familiale. Annie lui avait assuré qu'il était invité, elle s'était mise d'accord là-dessus avec sa fille.

Il était curieux de voir à quoi tout ça allait ressembler. Les gamins étaient adorables, personne n'aurait pu prétendre le contraire. Les petites, surtout. Elles étaient irrésistibles. Il ne les voyait pas souvent, mais elles avaient une façon de lui sourire qui le faisait fondre, littéralement.

Même s'il n'en revenait toujours pas qu'elle ait réussi à s'élever dans la société et à dompter le grand fauve qui lui tenait lieu de mari, il fallait reconnaître ce qui était : Lil avait su mener sa barque. D'accord, elle avait toujours été un joli petit lot, suffisamment en tout cas pour attirer l'attention de n'importe quel mâle digne de ce nom. Mais il n'aurait jamais cru que cette petite cruche apprendrait à jouer de ses charmes avec assez d'habileté pour tenir en haleine un homme comme Brodie pendant tant d'années. Déjà quatre gamins, sans compter le cinquième en route, et Brodie la courtisait toujours comme si c'était sa première petite amie !

Au début de son adolescence, il s'était arrangé pour la surprendre en petite tenue et avait même réussi, une fois ou deux, à la peloter un peu… Il renvoya aussitôt ces images aux oubliettes. Le moment était mal choisi pour se filer des nostalgies.

– Tu m'écoutes ou quoi ?

La voix stridente de sa légitime le ramena sans ménagement à la réalité.

– Bien sûr que je t'écoute !

– Alors, comme ça, paraîtrait que Dennis Williams est de nouveau sur le pied de guerre ? C'est un vrai malade, ce type.

– Ça, tu l'as dit, fit Mick en hochant la tête.

Elle se leva pour lui préparer ses œufs au bacon. Quelle bonne vieille branche, cette Annie. Un peu déplumée, certes… Mais fallait reconnaître qu'il n'était pas pour rien dans l'affaire.

– Et Lil, ça va ?

Lil et sa santé. Il se rabattait toujours là-dessus quand il avait épuisé les autres sujets et qu'Annie était d'humeur à papoter.

Elle lui sourit – un de ces vrais sourires, sincères donc rares, qui chassaient les années de son visage et lui adoucissaient les traits. Elle était méconnaissable quand elle souriait comme ça… presque belle, en fait.

– C'est pas une mauvaise fille, tu sais. On en voit de pires tous les jours !

Mick fut si stupéfait qu'il en oublia d'avaler ses œufs et faillit s'étrangler. Il se mit à tousser si fort – ce qui lui évita de faire le moindre commentaire – qu'Annie dut se lever pour venir lui taper dans le dos.

Elle en avait assez dit, de toute façon. Parfaitement consciente de l'effet de ses paroles, elle termina son déjeuner sans ajouter un mot.

Elle n'avait absolument pas l'intention d'éclairer sa lanterne sur ce qui avait provoqué ce revirement si radical – d'une façon ou d'une autre, il s'en serait servi contre elle. En dépit de tout ce qu'elle pouvait lui reprocher, Lil avait eu la bonté de s'assurer qu'elle ne manquerait de rien dans ses vieux jours, et ça lui était allé droit au cœur. Quel sentiment merveilleux – et nouveau ! – de savoir que quelqu'un se souciait de vous !

Systématiquement brimée et bridée par Diamond dès les premiers mois de leur mariage, elle avait reporté toute sa frustration sur sa pauvre petite Lil et l'avait rendue responsable de son fiasco conjugal. A présent, Lance la consolait de bien des choses. Elle l'avait vu naître, cet enfant, et il lui avait fait entrevoir, pour la première fois de sa vie, ce que c'était qu'aimer. Elle l'avait enfin éprouvé, ce dévouement inconditionnel et désintéressé de toute mère pour ses enfants – dévouement qu'elle n'avait jamais manifesté à sa fille.

La veille, quand Lil l'avait appelée dans la cuisine pour lui remettre les papiers de son petit appartement, elle en était restée sans voix. La petite avait dû batailler sec pour convaincre Brodie de lui donner l'argent. Ça faisait des années qu'il pinaillait sur la moindre dépense quand il s'agissait d'elle !

L'appartement était au nom de Lil, qui avait demandé au notaire d'ajouter une clause spéciale au contrat de vente réservant la jouissance du bien à sa mère. Après sa mort, l'appartement redeviendrait sa propriété – pour prévenir, bien sûr, de possibles manœuvres de détournement de la part de Mick. Il était capable de l'égorger pour beaucoup moins !

En arrivant chez elle, Annie avait regardé son appartement d'un œil neuf. Elle se sentait enfin en sécurité et à l'abri du besoin. Quelle chance extraordinaire d'avoir une fille qui se souciait de vous ! Elle s'était servi un verre et, tout à coup, les souvenirs de ce qu'elle avait fait et, surtout, négligé de faire pour elle l'avaient assaillie.

Elle y avait mis le temps, mais elle avait fini par comprendre ce que d'autres femmes savent d'instinct : au bout du compte, tout ce qui vous reste, ce sont vos enfants. Riche ou pauvre, pacha ou mendiant, au soir de votre vie vos enfants sont les seules personnes qui se soucient encore de vous... Annie se sentait soudain sereine et confiance comme elle ne l'avait jamais été... Quoi qu'elle puisse penser de sa fille, elle n'oublierait jamais ce qu'elle venait de faire. D'autant que Lil n'était pas allée le crier sur les toits et n'en avait pas fait tout un plat.

Au changement d'expression de sa femme, Mick Diamond comprit qu'il s'était passé quelque chose d'important. Il n'avait pas la queue d'une idée de ce que ça pouvait être. Il attendrait son heure et finirait par lui faire cracher la vérité, miette par miette. Il pouvait faire preuve d'une patience d'ange quand il le voulait.

Une chose était sûre en tout cas : ça ne pouvait être qu'une histoire d'argent. Il n'y avait que le fric pour faire éclore un sourire sur la trogne de cette vieille garce – à part Lance, bien sûr... Mais ça, c'était autre chose.

CHAPITRE 11

– Non ! Tu te fous de ma gueule, là !

Trevor ne rigolait pas et n'avait pas l'impression que c'était ce qu'on attendait de lui. La voix de Brodie avait grimpé d'un ton sous l'effet de la surprise et de l'incrédulité.

– Et ils t'ont soulevé combien comme ça ?

Patrick s'efforçait de garder une respiration ample et calme pour ne pas se laisser submerger par la colère. Quand il était dans cet état, il se savait capable de tout. Mais il voulait d'abord connaître l'histoire en détail, pour agir en connaissance de cause.

– Plus de cent mille. Et c'est pas tout, devine un peu ! J'ai dû aller leur chercher le fric. Comme j'honore toujours mes dettes, ils comptaient dessus, les salauds. Je leur ai sorti mon fric durement gagné biffeton par biffeton, à ces quatre minus. Sans moufter. Parce qu'ils m'auraient dessoudé illico si j'avais eu le malheur de l'ouvrir.

Trevor était encore sous le choc d'être passé à deux doigts de la mort. Une menace de mort, ça n'est jamais très agréable, mais quand vous savez qu'une vraie probabilité se profile derrière, il y a vraiment de quoi vous gâcher la soirée – surtout quand vous devez subir une opération à portefeuille ouvert pour l'empêcher de se concrétiser…

L'envie d'en découdre démangeait Brodie. Trevor n'était pas qu'un simple copain : il était sous sa protection, et tout le monde le savait. Il lui allongeait une part non négligeable de ses gains pour pouvoir s'asseoir tranquillement et en toute sécurité à la table de jeu de son choix.

Pour quelqu'un comme Trevor Renton, le jeu n'était pas un sport de tout repos. Trevor Renton, c'était le top de sa profession. La fine fleur. L'exception qui confirme la règle. Un vrai pro, qui gagnait toujours plus qu'il ne perdait. Sans compter que c'était un type bien. Patrick l'avait toujours eu à la bonne et respectait son art : ceux qui avaient ce genre de talent se comptaient sur les doigts d'une seule main. Il avait suivi sa carrière ces dernières années et n'avait pas de mots pour dire combien ce type le bluffait quand il avait des cartes entre les mains et un tapis correct devant lui.

Trevor n'était pas du genre gros bras. Il n'avait ni la carrure d'un dur ni la prétention d'en être un. C'était le fondement même de leur arrangement : Trevor achetait sa sécurité en le payant grassement et estimait pouvoir compter sur lui en retour. Alors, le voir débarquer au bord de la crise de nerfs après s'être fait plumer par trois blaireaux et une tafiole, c'était impensable. L'idée était même tellement grotesque, tellement insupportable, que Brodie en aurait dévissé la tête au premier venu, juste pour se calmer.

– Et tu les connais ? T'as une idée des rades qu'ils fréquentent ? Quelque chose qui pourrait nous mettre sur la piste ?

Trevor confirma d'un signe de tête.

– J'ai reconnu le plus grand. Il m'a fallu un certain temps, mais j'ai fini par me rappeler où j'avais déjà vu cette tête : il était passé deux ou trois fois au casino avec Dave Williams. Je n'arrêtais pas de le lorgner. A force, je crois qu'il s'est senti repéré. Il suait sang et eau et me matait d'un air mauvais.

– Avec Dave Williams, tu dis ?

Brodie se retint d'ajouter : « Le mien ? »

Trevor hocha la tête.

– Lui-même, Patrick. J'en suis certain.

Brodie se leva et fixa un certain temps Trevor avec des yeux assombris par la fureur.

– Le fils de pute.

Ces trois mots glacèrent Trevor. Brodie s'était bâti une réputation, certes, mais personne n'aurait réellement su dire jusqu'où il était capable d'aller.

Car il avait le bon sens de ne pas alimenter les ragots du Milieu. Dans la plupart des cas, ce genre de bruits de chiottes finissaient par envoyer les gens derrière les barreaux – toute rumeur s'échafaude autour d'un noyau de vérité, rappelez-vous... Il n'avait jamais compris que des mecs puissent se gargariser de leurs coups. Pourquoi ne pas envoyer un faire-part aux flics, pendant qu'ils y étaient ? Plus on était sous les feux de la rampe, plus il fallait se la jouer discrète. Tout ce que vous laissiez filtrer était disséqué, déformé, amplifié et colporté par ceux qui vous côtoyaient. Rien de plus humain... Le seul moyen d'assurer sa sécurité, c'était de n'offrir aucune prise aux racontars.

Depuis le temps qu'il exerçait, Brodie avait quelques mauvais coups sur la conscience, mais pratiquement personne n'était au parfum. Si le téléphone arabe lui avait rapporté qu'on en causait quelque part, il aurait eu vite fait de localiser la fuite. Pour se maintenir au sommet de la vague, rien de mieux que d'éviter d'en faire...

Dave n'était que le bouc-émissaire. Pas besoin de se creuser longtemps les méninges pour remonter jusqu'au vrai coupable : c'était signé Dennis. C'était lui qu'il fallait épingler.

Il n'avait que trop temporisé. Dave et ses frères savaient ce qui leur pendait au nez s'ils continuaient à lui chier dans les bottes. Il était grand temps de prendre des mesures. Il avait laissé pisser parce que c'était Dave. Il s'était toujours montré compréhensif avec lui, même après les dernières incartades de sa clique de frères.

Mais c'était fini, les salamalecs. Leur amitié avait dépassé sa date limite de consommation. Il se sentait fin prêt à passer à l'action, avec Dennis Williams au cœur de la cible.

En bon vrai colosse, Jimmy Brick avait l'habitude que les gens viennent le défier ou prennent leurs jambes à leur cou, convaincus qu'il allait les réduire en miettes. Il préférait pourtant éviter d'en venir aux mains.

Il avait une tête énorme, plus longue que la normale, avec un menton massif et anguleux. Ajoutez à ça de gros yeux globuleux curieusement écartés, des arcades sourcilières proéminentes et une coupe de GI, et vous obteniez un profil à la Frankenstein – sa mère elle-même ne se gênait d'ailleurs pas pour l'affubler de ce sobriquet. Selon une blague qui faisait florès dans sa famille, la pauvre femme avait eu tellement de mal à mettre au monde cette tête hors normes, que les commères qui assistaient à sa naissance avaient trouvé dans ses mensurations une source inépuisable de commentaires épouvantés. En voyant apparaître ce petit monstre qui avait mis près de quarante-huit heures à naître, sa grand-mère s'était écriée : « Nom d'un chien, renvoyez-moi ça à l'expéditeur ! »

L'explosion de rire que ne manquait pas de déclencher cette évocation n'affectait plus Jimmy. Il était au-dessus de ça. Il ne brillerait jamais par son physique, alors il s'était fait une raison. Il avait d'ailleurs lui-même reconnu, en voyant ses photos de bébé, tout le bien-fondé de la réaction de sa grand-mère.

Tout gamin, Jimmy était donc déjà d'une rare laideur. Loin d'arranger son cas, l'adolescence l'avait affligé d'épouvantables poussées d'acné. Avec son gros front bombé et sa bouche lippue, il avait choisi de mener une vie discrète et retirée. Sa grand-mère, qui l'avait tout de même pris sous son aile, l'avait aidé à surmonter ses problèmes en lui expliquant qu'il n'avait pas d'alternative : soit il renonçait à mettre le nez dehors, soit il faisait avec les regards curieux ou horrifiés que lui lançaient les gens, en se souvenant que c'était plus fort qu'eux. Il n'avait pas été gâté par la nature, d'accord, mais personne n'y pouvait rien.

C'était dur à entendre, mais Jimmy lui savait gré de son affectueux bon sens, car il avait fini par apprendre à s'accepter et à vivre heureux avec lui-même – chose qui resterait à jamais hors de portée d'une foule de prétendus Adonis. Et puis quand on l'aimerait, il aurait la garantie que ce serait pour lui-même. La beauté, comme disait sa grand-mère, ça ne se mangeait pas en salade ! Pour l'instant, personne n'était allé jusque-là, mais il ne désespérait pas : dès qu'il aurait fait ses preuves et mis un peu de fric à gauche, il n'aurait que l'embarras du choix. Toute femme avisée n'est-elle pas prête à mettre de l'eau dans son vin, en échange d'une vie confortable et d'une jolie maison ? Il espérait juste que ses futurs rejetons n'hériteraient pas de sa grosse tête et ne causeraient pas à sa légitime les tourments qu'il avait lui-même infligés à sa pauvre mère – laquelle en parlait toujours après toutes ces années…

L'idée fit sourire Jimmy. Affable et accommodant, il savait se maintenir en bons termes avec tous ceux qui prenaient le temps de faire sa connaissance – même si son physique de cauchemar avait l'inconvénient de tuer dans l'œuf la plupart des tentatives.

L'un dans l'autre, Jimmy Brick était un type charmant qui avait bien conscience de l'être. A sa façon, il avait trouvé le bonheur : il était satisfait de sa vie et de son métier – et, comme il ne se lassait pas de le souligner, ceux qui pouvaient en dire autant ne couraient pas les rues !

C'est donc avec le sourire qu'il poussa la porte de Patrick Brodie, qui l'avait convoqué dans son bureau. Pat lui sourit en retour : il appréciait beaucoup Jimmy, tout en étant un peu désolé pour lui.

– Vous m'avez demandé, m'sieur ?

Patrick confirma d'un signe de tête et l'invita à s'asseoir.

– Installe-toi, mon garçon. J'ai une proposition à te faire, et je veux une réponse rapide. Nous sommes bien d'accord ?

Jimmy hocha la tête. Comme il s'asseyait, Patrick le vit remonter délicatement son pantalon pour prévenir tout faux pli. Il veillait si scrupuleusement à son élégance qu'on en avait presque le cœur serré. Comme le lui avait fait remarquer Lil, Jimmy avait vaguement l'allure d'un pithécanthrope – « le chaînon manquant », avait-elle dit. Sur le moment, Patrick s'était esclaffé, mais plus il observait Jimmy, mieux il comprenait ce qu'elle avait voulu dire. Même sanglé dans ses costards d'alpaga, Jimmy Brick restait une sorte de grand singe. C'était un type adorable, vraiment brave, mais on avait peine à le regarder en face plus de quelques secondes…

– Que puis-je faire pour vous, M'sieur Brodie ?

Sa voix, qu'il avait sonore et profonde, était bien son seul atout. Patrick appréciait la façon dont Jimmy s'adressait à lui quand ils parlaient boulot, en lui donnant du « M'sieur Brodie ». Tout comme le soin qu'il prenait, lui aussi, à ne jamais mélanger le boulot et la vraie vie – une condition de base dans leur branche.

– Mon cher Jimmy, j'ai une place pour toi. Un vrai boulot, stable et bien payé, mais faudra en mettre un coup. Qu'est-ce que t'en dis ?

A sa grande satisfaction, le visage du jeune homme vira au cramoisi. Brodie eut la certitude d'avoir tiré le bon numéro.

Jimmy ouvrit les bras, radieux. Il avait un peu de mal à trouver ses mots, mais son sourire en disait autant qu'un long discours.

Patrick leur servit deux grands scotchs et tendit à Jimmy son verre en cristal taillé :

– A ton avenir dans la maison Brodie, mon gars ! lança-t-il.

Jimmy trinqua avec panache, d'un geste ample qui faillit réduire en miettes les verres et leur rappela soudain à tous deux sa force colossale.

– Vous me voyez sacrément enchanté, M'sieur Brodie, ajouta-t-il, la voix étranglée par l'émotion. C'est un grand honneur de pouvoir travailler avec une pointure comme vous !

C'était un tantinet ampoulé mais ça venait droit du cœur. Brodie secoua la tête en rigolant :

– Assez de politesses, Jimmy ! Si quelqu'un nous entendait, on passerait pour deux tafioles !

Jimmy Brick partit d'un énorme éclat de rire, la tête rejetée en arrière. Décidément, il appréciait ce type. Avec Jimmy, il allait avoir un putain d'atout dans la manche, ça ne faisait pas un pli.

– Justement… Ce soir, on va remplir notre première mission : filer à Dennis Williams la trouille de sa vie.

Jim était manifestement ravi. Décidément, existait-il sur terre quelqu'un pour apprécier Dennis Williams ?

– J'emmène ma trousse à outils, M'sieur Brodie ?

– A ton avis ? répliqua Patrick, avec un grand sourire.

Dennis Williams n'avait pas prévu que Brodie se chargerait personnellement de retrouver sa piste. C'était tout bonnement inimaginable. Ce qui fait que lorsqu'il leur tomba dessus, à lui et à ses frères, sur leur propre territoire et dans leurs propres locaux, il en resta baba.

Tel l'archange du Jugement, Brodie avait franchi les lourdes portes du Mill House de Dagenham. C'était samedi soir et l'établissement affichait presque complet. Les enfants endimanchés jouaient à chat en courant partout. Ils attendaient que le groupe de rock entonne « Pennies for Heaven », le clou de leur soirée : les adultes lançaient leur menue monnaie sur la piste de danse et ils se précipitaient pour en récolter le plus possible. Ensuite, la nuit pouvait commencer. On tamisait les lumières et les parents se sentaient enfin « de sortie » – les ados, eux, se retrouvaient dehors, devant le pub.

Le Mill House était un vrai social club. On était sûr d'y passer une bonne soirée dans une ambiance sympa, en tête à tête ou entre copains. De jour, la façade ne payait pas de mine, mais, dès la nuit tombée, le charme opérait. Ça sentait les chips, la bière éventée et un nombre incalculable d'odeurs mêlées. Les vieilles tables de bois, quoique fatiguées, étaient astiquées avec amour, et les grands cendriers en fer blanc arboraient des logos légendaires – Marlboro Reds, Senior Service… Le parquet avait connu des jours meilleurs, mais il brillait comme un miroir et les gosses pouvaient commencer la soirée en s'offrant de grandes glissades d'un bout à l'autre de la piste, jusqu'à ce qu'un adulte se lève pour les faire déguerpir.

Les garçons faisaient alors demi-tour et sortaient en roulant des mécaniques, comme de vrais petits durs. Dehors, dans la fraîcheur du soir, ils continuaient à jouer les caïds, en étalant avec science jurons et expressions imagées, pour épater les filles. C'étaient leurs premières tentatives pour capter le regard et l'admiration de ces dernières, les prémices de la parade nuptiale, cette danse immémoriale à laquelle avaient sacrifié tous les parents du monde bien avant leur naissance. Ils apprenaient à conter fleurette en buvant du Tizer[1] ; pendant les parties de chat-bisou, les doigts se faisaient aventureux, les mains baladeuses et les joues, embrasées par tant de découvertes, viraient au rouge.

Le Mill House était un club familial qui n'avait pas grand-chose à voir avec les établissements que fréquentaient habituellement les frères Williams. La clientèle n'appréciait guère leur envahissante présence, mais les Williams ayant depuis plusieurs semaines de bonnes raisons de se faire virer partout ailleurs, ils en avaient fait leur base et s'y sentaient chez eux.

Ils avaient eu le plaisir de constater qu'ils y étaient les seuls vrais représentants de la pègre. Leur arrivée avait bien sûr fait sensation, au début, et provoqué une certaine effervescence, mais la routine avait eu raison de la nouveauté et ils avaient rapidement cessé d'attirer les regards. Seulement, les voir se pointer de temps à autre au Mill House, c'était une chose ; qu'ils s'y installent comme dans de nouveaux locaux, c'en était une autre, et un certain nombre d'habitués commençaient à l'avoir saumâtre. Ils n'avaient rien de précis à leur reprocher, mais leur seule présence rimait avec danger.

Les membres du « comité d'accueil », des hommes d'âge mûr avec boulot, femmes et enfants, n'avaient pas réussi à les convaincre d'aller brasser leurs affaires louches ailleurs. Mais ils étaient prêts à tout pour mettre un terme à leurs petits trafics qui attiraient les indésirables – leur principale crainte étant, bien sûr, une descente de police, laquelle ferait fermer l'établissement. Pourtant, aucun d'eux n'était assez gonflé pour se faire le porte-parole des familles, inquiètes pour leurs enfants. La tribu Williams avait la réputation de perdre le sens de l'humour quand on venait lui parler de son

1. Boisson gazeuse très sucrée aromatisée aux fruits.

business en termes peu élogieux. En fait, ils étaient carrément désagréables, voire menaçants – surtout le Dennis ; avec sa sale trogne, son crâne zébré de cicatrices et son sourire ébréché, il aurait mis un troll en fuite. C'était un délinquant endurci qui ne faisait rien pour le cacher, bien au contraire. Il semblait se délecter de sa réputation de brute épaisse et pouvait se montrer carrément mauvais.

Quant à Dave, devenir un truand semblait l'unique ambition de sa vie. « Un dur, un vrai, un tatoué », comme le répétait leur père depuis l'enfance. Dave adorait se draper dans les mythes du Milieu et s'efforçait d'y apporter sa contribution. Ils en étaient, eux aussi : ils s'étaient taillé une réputation assez solide pour venir vendre leur came au Mill House. Ça faisait rejaillir leur gloire sur les petits loubards du coin, qui, comme leurs pères avant eux, ne parlaient plus des frères Williams qu'avec une crainte respectueuse.

Pas mal d'eau avait coulé sous les ponts depuis l'époque où il était le bras droit de Brodie. Il avait fini par tirer un trait là-dessus – en tout cas, il le laissait croire volontiers. Les jours de Dennis étaient comptés, il le savait. Il avait longtemps espéré pouvoir tenir son frère à distance de Patrick et de Spider, le temps qu'ils se calment et passent à autre chose. Peut-être, qui sait, qu'ils lui auraient finalement donné une nouvelle chance…

Il soupira. Ayant repiqué au speed, il se demanda si ce regain d'optimisme n'était pas l'effet de la poudre. Dennis était aussi incapable de s'amender que de se sortir seul du pétrin. Il devrait répondre de ses conneries un jour, ce n'était plus qu'une question de temps… Ils ne pourraient pas se planquer éternellement ! Effectivement, il devait avoir un peu forcé sur la poudre : autour de lui, tout était soudain devenu si net et précis qu'il en avait des fourmis dans les jambes.

Il fila se faire une autre ligne aux toilettes. Si seulement il avait pu commercialiser cette came à grande échelle, tous ses clients se seraient bousculés au portillon. Mais fallait pas rêver. Le speed était coupé à mort quand il arrivait au consommateur. N'empêche, c'était de la bonne. Il sniffa un petit rail et sentit sur ses muqueuses cette brûlure caractéristique indiquant que, quelque part dans la chaîne, on l'avait allongée de strychnine. Souriant à son reflet dans le miroir, il ricana :

– Vas-y, ramène ton glucose, qu'on n'en parle plus !

Il se mit à hurler de rire, façon hyène, et dut se retenir au lavabo pour ne pas partir à la renverse. Puis il remballa soigneusement son paquet d'alu. En sortant des toilettes, il se heurta à la rumeur du pub comme s'il avait percuté un mur. Une grimace de douleur lui tordit le visage. Deux ou trois de leurs dealers l'attendaient, accoudés au bar. Il poussa un soupir.

Ils étaient à présent les fournisseurs de toute la came qui s'écoulait aux Anglers, le pub de vieux en face du Mill House, ainsi que de quelques autres petits pubs du secteur, trop modestes pour attiser la convoitise de Patrick ou de Spider. Rien à voir avec le Volunteer, sur le rond-point de Barking et de Dagenham – c'était dans ce coin-là qu'ils auraient dû aller la vendre, leur poudre ; là-bas, ça aurait marché du tonnerre de Dieu. La boîte associée au pub s'appelait le Flanagan Speakeasy et affichait complet pratiquement tous les soirs. Mais c'était la chasse gardée de Spider. Ils avaient donc fait une croix dessus.

Dave se mit à baratiner une petite nana à la tignasse noir corbeau cuite et recuite par les permanentes. Ses pommettes étaient couvertes de paillettes et sa veste en satin jaune contenait à peine ses opulents nibards. Inutile de lui demander si elle était fan de Marc Bolan[1] ! Elle pouvait être fan de qui elle voulait, c'était pas son problème. Du moment qu'il emmenait Popaul au cirque… Sauf que, dans son état, il aurait peut-être du mal à le mettre au garde-à-vous… Ça n'empêchait pas de tenter sa chance…

Avec tout le speed qu'il s'était enfilé, il tenait à peine debout. C'était qu'une lycéenne en goguette, cette petite.

1. Chanteur, guitariste et compositeur anglais, fondateur, en 1968, avec le percussionniste Steve Peregrin Took, du groupe de rock Tyrannosaurus Rex.

Son père devait être là, quelque part, pétant de trouille, à se demander quoi faire pour protéger sa gamine. Mais ça, putain, il en avait rien à cirer. Faut dire que, nerveusement, il était en miettes. Depuis qu'il avait manqué massacrer Dennis, il ne vivait plus que pour son prochain rail. Ç'avait été une sorte de révélation de se découvrir capable de buter son frère, mais ça pesait quand même lourd sur la conscience. Il n'avait pas détesté ça, non. Le problème, c'était qu'il n'avait pas fini le boulot. Dennis était son frère et en ce sens il l'aimait. Mais c'était aussi un foutu taré, incontrôlable et violent, qui ne leur rapporterait jamais que des emmerdes. Dennis lui-même n'y pouvait rien ! Il les attirait comme un étron attire les mouches. Il lui arrivait même de les provoquer, comme ça, par pur plaisir, pour le flash d'adrénaline et pour faire parler de lui – ça, il aimait être sur le devant de la scène, mais jamais pour les bonnes raisons. Alors, au final, il avait beau être son frère, il lui inspirait plus de haine et de crainte que d'affection, ce cinglé de Dennis. C'était toujours à lui de passer la serpillière et de payer les pots cassés… Et voilà que maintenant qu'ils s'étaient définitivement grillés avec Brodie, la famille Williams se retrouvait à la rue et sans protection ! Patrick lui avait amplement laissé la possibilité de revenir, c'était vrai, mais comment ils auraient fait pour remonter la pente ? Dennis n'aurait pas survécu cinq minutes, livré à lui-même. Quant aux autres, ce n'étaient pas des lumières…

Lorsque Patrick et ses hommes franchirent les portes du Mill House, Dave fut presque soulagé de les voir. Enfin, la conclusion était proche.

Dennis, lui, fut si surpris qu'il en resta bouche bée, l'air perdu, sous les yeux de toute l'assistance. Brodie le toisa, sourcils froncés, et, d'un ton à la fois calme, menaçant et dégoûté, commença par souligner l'évidence :

– Si tu refermais ton clapet, Dennis ? Tu devais pourtant t'attendre à notre visite, non ? Tu ne croyais tout de même pas que j'allais t'oublier ?

Brodie s'adressait à lui comme à un vulgaire cloporte. Il aurait fallu être fou pour tenter de sauver sa piètre réputation en répliquant sur le même ton. La seule chose à faire, c'était de s'écraser, voilà ce qu'aurait fait n'importe qui à la place de Dennis. Seulement, il fallait assez de jugeote pour le piger.

Tout émoustillée que le grand Brodie l'honore de sa présence, la clientèle du Mill House espérait secrètement qu'il en profiterait pour enseigner les bonnes manières à cet imbuvable Dennis Williams – mais secrètement seulement, ce qui faisait que ce dernier était convaincu de sa popularité. Tout le monde s'accordait pour dire que les truands étaient une espèce de héros mythologiques à part : des affranchis, des aventuriers à la coule plutôt sympas, qui ne ressentaient pas forcément le besoin de montrer les dents vingt-quatre heures sur vingt-quatre, sept jours sur sept. Mais les abrutis du style Dennis Williams, tout en bénéficiant des mêmes égards que les autres mauvais garçons, n'étaient pas assez appréciés pour imposer le respect et la loyauté – surtout pas quand un homme, un vrai, dûment intronisé et reconnu, s'avisait de les traiter comme ce qu'ils étaient : de vulgaires charlots, des « gangsters en plastique » – l'expression, courante depuis peu, semblait taillée pour Dennis.

Dave s'approcha de Patrick et tenta de ranimer les dernières braises de l'amitié qui les avait si longtemps liés. Brodie faillit lui éclater de rire au nez. Sous les projecteurs, ses cheveux noirs brillaient de reflets bleutés. Les yeux réduits à deux fentes, il toisa Dave de la tête aux pieds avec un dégoût non dissimulé.

– Je suis venu récupérer mon fric, Dave. Illico.

La belle gueule de Dave afficha la grimace de douloureux étonnement que Patrick lui connaissait bien.

– De quoi il parle, là, Dennis ?

Que Dave accordât plus de crédit à sa parole qu'à celle de son frère ne surprit pas Brodie. Dennis Williams mentait comme un arracheur de dents, même sur les choses les plus insignifiantes, au point qu'il devait lui-même avoir du mal à faire le tri.

– Dennis, s'il te plaît…

La musique s'était arrêtée. Tous les regards étaient braqués sur eux. Patrick fit un signe du menton à Jimmy, qui s'avança vers Dennis, l'orienta poliment vers la sortie et le propulsa à travers la porte avant de le pousser dans la voiture. Dennis n'opposa aucune résistance. Il faut savoir reconnaître que l'on est battu et ne pas s'infliger d'inutiles souffrances…

Patrick sortit à son tour, suivi de ses deux gardes du corps et de Dave.

– Reste-là, conseilla-t-il à son ancien ami sur le seuil de la porte. Ça va saigner. Alors, avant de venir pleurnicher sur son sort, souviens-toi de ce que je vais te dire : la nuit dernière, un de mes meilleurs potes s'est fait flouzer de cent mille livres par ton frère. Pas mal, comme goutte d'eau pour faire déborder le vase, non ?

Rien ne l'obligeait à se justifier, mais il avait gardé assez d'amitié et de respect pour Dave pour lui ôter toute illusion.

– Le bute pas, Pat… Ma mère en sera folle de chagrin.

Brodie éclata de rire.

– T'inquiète, elle l'est déjà ! Elle est tellement naze, même, qu'Ozzy Osborne[1], à côté, c'est le mec le plus équilibré de la terre. Allez, barre-toi maintenant. Et laisse-moi régler ça une bonne fois pour toutes.

Il monta en voiture.

– Tu vois, Dennis… dit-il en se retournant vers la banquette arrière, pour ma grand-mère, y avait deux sortes de tragédies dans la vie : la première, c'était de pas avoir ce qu'on veut ; la deuxième, c'était de l'avoir, justement. Toi, même si c'est pas précisément ce que t'espères, tu vas enfin l'avoir, ce que t'as si longtemps cherché. Alors fais-toi une raison et arrête de me mater comme ça, espèce de face de rat.

Dave n'en perdit pas une miette.

Dennis tremblait de tous ses membres. Jimmy Brick était un fou sadique qui n'avait jamais ressenti la moindre empathie pour ses victimes. Il était célèbre pour avoir écorché

---

1. Célèbre chanteur de hard heavy metal, baptisé le « Prince des ténèbres ».

vif un type à qui il voulait faire avouer qu'il avait couché avec la femme d'un associé. Ce dernier avait eu vent de rumeurs et voulu en avoir le cœur net. Jimmy avait arraché la peau des jambes de sa victime lanière par lanière, et, lorsqu'il avait obtenu l'information qu'il voulait, avait l'homme dans une poubelle après l'avoir délesté de ses oreilles et de ses joyeuses. Le pire, c'était qu'il ne l'avait fait ni pour le fric, ni même pour asseoir sa réputation. Non, il s'était juste fendu d'un petit extra pour consoler un mari trompé…

Jimmy lorgnait ses cicatrices ; Dennis comprit qu'il mettait au point sa stratégie. Il allait lui en rouvrir quelques-unes, histoire d'optimiser ses effets. Au point où il en était, une de plus ou de moins…

Dennis sentit se refermer sur lui les serres glacées de l'effroi. Cette terreur qu'il avait si longtemps exercée s'était finalement abattue sur lui et révélait, comme souvent, un vieux fond de lâcheté insoupçonné…

Ils n'étaient pas encore sortis du parking que Dennis Williams sanglotait déjà en silence. Du le seuil du Mill House, Dave regarda s'éloigner la voiture en direction de la A13, jusqu'à ce que ses feux arrière soient engloutis par la nuit.

Spider attendait Cain à Brixton, au Beehive, en matant une grande Noire aux yeux sombres. La fille lui décocha un sourire avenant, du haut de ses dix centimètres de talons compensés. Ce genre d'invitation implicite, formulée avec une autorité altière qui l'attirait tant chez les femmes, il en avait l'habitude. Sauf qu'il en avait suffisamment sur les bras avec la dernière en date. Elle était capable de lui faire de ces scènes… Il se contenta de donc de photographier celle qu'il avait devant lui et de la classer dans un coin de sa mémoire – en lui rendant son sourire, au cas où ; on ne sait jamais ce que l'avenir vous réserve…

Il en était à sa cinquième pinte de Guinness quand Cain débarqua et lui fit signe de le suivre à l'extérieur. Pour la première fois depuis des années, il semblait inquiet. Spider s'exécuta : la nuit s'annonçait riche en rebondissements et il ignorait encore quel rôle ils devaient tenir dans tout ça.

Dennis gisait à même le sol en béton. Une humidité glacée lui pénétrait les os. Il ne s'était pas écoulé trois quarts d'heure depuis son arrivée, mais ça lui avait paru une éternité. Troussé comme un vulgaire poulet, les poignets dans le dos et les chevilles ramenées sous ses cuisses, il sentait avec inquiétude des effluves d'essence et d'huile de vidange l'assaillir. Impossible de savoir où il se trouvait. Il avait eu bien trop peur, dans la voiture, pour tenter de comprendre quel chemin ils prenaient. On lui avait intimé l'ordre de baisser les yeux et il avait obéi sans moufter. Il ne pouvait plus compter que sur son ancienne amitié avec Brodie pour survivre jusqu'au matin…

Ses yeux s'habituèrent à la pénombre et balayèrent le décor. Des tas de pneus – ça puait la poussière et le caoutchouc – et des caisses, pleines de came ou de marchandise volée. Il dessoûlait à vue d'œil et commençait à se demander dans quel garage il avait atterri – pourvu que ce ne soit pas chez une de ses connaissances… Quelle honte si tout cela venait à s'ébruiter !

Il se préparait à subir l'humiliation de sa vie. Et sans broncher, s'il voulait en réchapper. Il avait fini par comprendre qu'il avait dépassé les bornes. Il n'était pas assez coriace pour en remontrer aux aînés. Il était trop jeune, sa carrière ne faisait que commencer, et il n'avait ni l'expérience ni les appuis nécessaires… De ce côté-là, de toute façon, il n'y avait rien à espérer, personne n'aurait pris le moindre risque pour lui. Dave l'avait pourtant mis en garde. Jusque avec ses poings ! Mais ça n'avait pas suffi à le convaincre qu'une nuit comme celle qu'il s'apprêtait à vivre lui pendait au nez…

La porte s'ouvrit d'un coup et les lumières s'allumèrent. Une douleur cuisante le traversa – la brûlure de ses larmes d'effroi. Avec horreur, il vit Jimmy s'approcher d'un grand établi sur lequel étaient posés un étau et un assortiment de bombes de peinture. Ils se trouvaient dans un garage en activité ; ils n'avaient donc que quelques heures devant eux avant que l'atelier ne grouille d'employés. Combien de temps allaient-ils le laisser sur cette dalle ? Combien de sang devrait-il perdre dans la sciure que Jimmy avait pris la précaution de répandre par terre ? D'après la rumeur du trafic qui lui parvenait assourdie par la distance, ils devaient être dans le Smoke…

Jimmy vaquait à ses préparatifs. Soudain, Dennis prit la mesure de la terreur qu'il avait pu inspirer aux autres, ces dernières années. La question, pour Jimmy, n'était pas de se montrer spécialement cruel. Il accomplissait un boulot, rien de plus. Et il le faisait bien.

Une bouilloire se mit à chanter. Pourvu que ça n'ait rien à voir avec ce qui l'attendait ! Pourvu aussi qu'il supporte son sort comme un homme, quoi qu'il arrive, sans implorer la clémence… La chose la plus importante, c'était l'image qu'ils garderaient de lui. Brodie l'estimait-il encore assez pour lui épargner le pire ?

Mais quand Jimmy Brick empoigna ses marteaux et ses ciseaux à bois, Dennis perdit complètement la boule. Il fallut dix minutes à Brodie et à son acolyte pour le maîtriser et le bâillonner afin d'étouffer ses hurlements.

Dix minutes pendant lesquelles ils ne cessèrent de se marrer, ce qui n'avait rien de très rassurant…

CHAPITRE 12

Brodie était plutôt satisfait du tour qu'avaient pris les événements. Spider et Cain y avaient apporté leur pierre, ainsi que plusieurs de ses hommes les plus fiables. Une semaine s'était écoulée depuis que Dennis Williams avait payé pour ses méfaits et, de l'avis général, il ne l'avait pas volé.

Personne ne savait au juste en quoi avait consisté le châtiment, mais les spéculations allaient bon train – exactement ce que Brodie escomptait. Les esprits s'échauffaient d'autant plus qu'ils n'avaient que des suppositions à se mettre sous la dent. L'opinion publique finirait par retenir un tas de vieux secrets de polichinelle : une poignée d'ivrognes au fond d'un bar prétendraient connaître le vrai résultat des courses et personne n'irait chercher plus loin... En fait, si quelqu'un avait appris quel traitement avait été réservé à Dennis Williams et que la nouvelle s'était ébruitée, plus d'un soi-disant dur à cuire aurait contemplé les restes de son dernier repas répandus à ses pieds ou au fond de son évier.

Les langues rivalisaient donc d'agilité et Brodie avait atteint son objectif. Installé derrière son bureau, il attendait Dave Williams. Il l'avait convoqué dans l'espoir de mettre un terme à cette triste escalade. Il lui avait laissé la bride sur le cou trop longtemps et se jurait qu'on ne l'y reprendrait plus.

Jimmy Brick était en passe de devenir l'un des principaux acteurs du Milieu, ce qui n'échappait à personne. Il pavoisait donc, tout auréolé de son étincelant statut. Les filles se bousculaient pour obtenir ses faveurs et il hésitait encore sur l'identité de celle à qui il ferait l'hommage de sa botte secrète.

Patrick aimait se tenir au courant des faits et gestes de ses employés. Il n'ignorait donc plus rien de Jimmy, ni de ses goûts ni de son mode de vie.

Deux concurrentes étaient sur les rangs pour la place de maîtresse en titre. La première, une petite blonde exubérante dotée d'une sacrée paire de roberts, aimait la vie, le feu des projecteurs et être l'objet des attentions de Jimmy. L'autre était plus discrète. Les cheveux châtain sale, elle avait une silhouette de rêve pour laquelle plus d'une femme se serait damnée. C'était une brave fille, gentille comme tout, au bon caractère et au vocabulaire excellent, mais qui, pour son malheur, était tombée sous le charme des truands. Bref, elle avait un côté éternelle perdante. Elle avait beau être sincèrement éprise, ce serait la première, avec sa gouaille et sa pétulance, qui remporterait le gros lot. Elle n'y était d'ailleurs pas allée par quatre chemins : elle avait tout fait pour le provoquer, et il fallait reconnaître qu'elle avait de sacrés appas.

Elle le regretterait jusqu'à la fin de ses jours. Parce qu'une chose essentielle lui avait échappé : quand vous étiez l'heureuse élue de Jimmy Brick, c'était comme contracter un abonnement au Reader's Digest – vous en preniez pour perpète !

Jimmy n'était pas volage. Leurs quelques mois de lune de miel, durant lesquels l'élue de son cœur jouerait les amoureuses comblées du nouvel homme fort, ne tarderaient pas à se révéler d'un prix exorbitant. Le plaisir, l'honneur et l'avantage d'avoir conquis le cœur de Jimmy Brick lui coûteraient des années de malheurs, de jalousie et de chagrins en chaîne.

L'intérêt soudain que lui portait cette fille coïncidant avec sa toute nouvelle promotion dans l'écurie Brodie devait avoir quelque chose de suspect et de blessant – ce qui n'empêcherait pas Jimmy de jouer de son pouvoir pour obtenir ce qu'il voudrait, évidemment. La recette même du désastre, non pour Brick lui-même, mais pour sa dulcinée. Entre eux, la confiance serait d'emblée exclue, tout comme la plus élémentaire des sincérités, et elle apprendrait vite à ne lui dire que ce qu'il voudrait entendre. Parce que la prudence naturelle de Jimmy l'inclinerait systématiquement à se méfier de sa chérie. Il la soupçonnerait de façon si radicale de n'être avec lui que par intérêt qu'elle finirait par souhaiter qu'il se fasse descendre pour retrouver enfin sa liberté...

Jimmy n'était pourtant pas un cœur d'artichaut. A l'image de ses aïeux, c'était l'homme d'une seule femme – chose aussi rare dans le Milieu qu'un juge ou un braqueur de banques intègre. Une fois son choix arrêté, pas question de résilier le contrat. Bon gré mal gré, la demoiselle devenait définitivement sa propriété, pas plus compliqué que ça. Jimmy voudrait l'avoir toujours sous la main pour s'assurer de sa loyauté et de sa fidélité. Car si elle parvenait à le quitter, ça ferait de lui un cocu, un perdant – bref, un minable. Et ça, pas question ! Sa dignité, pour lui, c'était tout. Il était prêt à la défendre de toutes ses forces, ce qui n'était pas négligeable. Et s'il leur venait un enfant, ça ne pourrait que sceller plus étroitement le contrat : après ça, plus aucun mec à peu près sensé n'aurait la témérité de venir mettre le nez dans sa tasse. Dans la vie, tout finissait par passer – y compris les peines de taule les plus lourdes. En l'occurrence, la malheureuse élue de son cœur ne tarderait pas à comprendre qu'avec Jimmy elle s'était pris la perpétuité, sans remise de peine.

Patrick Brodie savait tout ça. Des Jimmy Brick, il en avait pratiqué toute sa vie. Ce type était une bombe à retardement, dangereuse au possible, qu'il ne fallait pas quitter une seconde des yeux. Ça coulait même de source avec les allumés de son espèce qui avaient la sale manie de buter les gens pour un oui ou pour un non sans s'occuper de savoir s'ils étaient dans leur droit – leurs femmes ou leurs petites amies, voire le premier zozo qui s'avisait de leur faire de l'œil par un bel après-midi de printemps.

C'était son point faible, à Jimmy, son talon d'Achille : cette tendance à anéantir tel inoffensif pilier de bar ou telle grande gueule qui la ramenait un peu trop au restaurant. Ça finirait par le perdre. La colère avait fait plonger tant de gens au fil des années… C'en était à peine croyable.

Question boulot, en revanche, c'était très différent. Avec les lascars qu'il devait cabosser ou massacrer moyennant finances, Jimmy officiait sans la moindre émotion. Ni rancune ni colère. Il faisait son boulot, point à la ligne. Brodie comprenait parfaitement cet état d'esprit et savait en tirer profit. C'était dans la nature même de l'animal, comme il aimait à dire… Des animaux, c'était bien ce qu'ils étaient, non ? Il ne leur manquait plus qu'un naturaliste pour les classifier quelque part.

Jimmy était donc un jeune homme prometteur qui avait besoin d'un mentor pour lui serrer la vis. Pas de problème, Pat allait s'occuper de lui et le transformer, non seulement en atout maître de son organisation, mais en disciple formé à sa guise – son futur bras droit, en somme.

Pour diriger son affaire, Brodie avait besoin d'une importante force de frappe constituée de têtes brûlées. Cerise sur le gâteau, cette fois il avait trouvé en Jimmy quelqu'un de bien, pour qui il avait à la fois de l'affection et du respect, et qui détenait les deux ingrédients essentiels pour prospérer dans le Milieu : des couilles et du potentiel.

Avec Dennis Williams, Jimmy avait fait durer le plaisir avec une cruauté contrôlée et gratuite qui avait impressionné autant qu'écœuré Brodie. Exactement ce qu'il fallait : désormais, le seul nom de Jimmy Brick serait synonyme de haine et de désespoir, de souffrance et de terreur. A elle seule, sa réputation éradiquerait les problèmes avant même qu'ils se posent – qui voudrait avoir maille à partir avec un tel sadique ? Ceux que l'idée effleurerait ne tarderaient pas s'apercevoir de leur erreur et s'empresseraient de rectifier le tir. Jimmy, c'était une tumeur maligne qui finissait toujours par avoir le dessus et un gage de paix, façon bombe atomique : une force de dissuasion qu'il faudrait être fou pour prendre à la légère.

Ça faisait des lustres qu'il cherchait son Jimmy Brick. Un jour, ce gars finirait par justifier le salaire exorbitant qu'il lui versait en se laissant coffrer à sa place : tant que personne ne pourrait faire le lien entre tel ou tel meurtre ou passage à tabac et son commanditaire, personne ne viendrait frapper à sa porte. C'était aussi simple que cela. En plus d'être un brave type et un bon élément, Jimmy serait donc son homme de paille. Son nouveau Dave Williams – mais ça, il se gardait bien de le lui dire.

Tout sourire, Brodie se servit un grand verre de cognac et le porta à ses lèvres en laissant s'échapper son regard derrière la vitre crasseuse, vers les trottoirs de Soho et les passants absorbés dans leurs activités quotidiennes.

Il était content de lui, de ses affaires et de ce qu'elles promettaient de lui rapporter dans un futur proche. Ce Jimmy était une véritable aubaine. Il pouvait s'en remettre à lui pour assurer ses rentrées d'argent, son pouvoir et sa tranquillité. Ça faisait trop longtemps qu'il tenait le rôle du père fouettard ; c'était son tour de prendre un peu ses distances avec le terrain. Il projetait de se la couler douce et de ne plus intervenir que ponctuellement, le moins souvent possible et seulement en cas d'absolue nécessité.

On n'imaginait pas ce que c'était que d'être perpétuellement, jour après jour, sur le pied de guerre. Cette énergie qu'il fallait déployer pour se maintenir au sommet – ça occupait pratiquement tout votre temps. A Soho, les fortunes se faisaient et se défaisaient au gré d'une partie de poker ou des indiscrétions d'un employé revanchard. Ici, la vie était une denrée de peu de prix. Personne n'était irremplaçable.

« Dis-moi qui tu envoies au tapis et je te dirai qui tu es » – voilà ce que lui avait appris l'homme qu'il avait descendu, ici même, tant d'années auparavant. Il était maintenant aussi bien placé que Billy Spot pour le comprendre.

Il avait toujours aimé ce quartier, cette cohue, la rumeur de la rue. Son bureau était son second foyer, le seul endroit au monde où il se sentait chez lui quand il n'était pas auprès de Lil.

A Soho, rien n'était vraiment kasher. Personne n'avouait jamais rien. Jusqu'au nom des gens n'était qu'une façade, comme tout le reste. Le quartier était encore plus bidon que les pièces de boulevard qui pullulaient dans le coin. Ce qui se déroulait chaque soir sous les yeux des spectateurs n'était qu'un pâle reflet de ce qui se jouait à leur porte.

Brodie soupira, étonné de sa capacité à voir en ce quartier autre chose qu'un cloaque ou une vaste machine à broyer les gens. Les femmes, surtout ; ici, leur taux de rotation était bien supérieur à celui des autres quartiers chauds, comme Shepherds Market, où les filles échouaient généralement en fin de carrière, ou Notting Hill – voire, pour le pire, le secteur des docks où atterrissaient les déglinguées, les cabossées ou les éclopées… enfin, celles qui arrivaient à survivre. Mais ça n'était pas son problème. En tant que mec, il pouvait fermer les yeux et choisir d'ignorer ce que ça coûtait aux filles de lui permettre de fumer ses cigares préférés en se félicitant de sa fortune. Ça, c'était le secret de Soho et de ses magnats : du moment que vous parveniez à tenir vos chiens de garde à distance et que vous n'aviez pas la main trop lourde sur les prix, vous pouviez jouir d'une paix royale et vous tailler la part du lion dans le butin de la guerre de position que vous meniez implicitement contre elles. Soho n'était pas un refuge comme le croyaient les plus naïves. Au départ, elles pouvaient s'y cacher, bien sûr, et personne ne retrouvait leur trace si elles avaient la prudence de dissimuler leur véritable identité. Mais c'était un cercle vicieux, sans début ni fin. Ce boulot mirifique qu'elles avaient décroché, cette indépendance qu'elles se flattaient d'avoir conquise, tout ça finissait par se retourner contre les filles. Cette facilité même qui séduisait tant les jeunes fugueuses était le pire des pièges. De loin, ça pouvait paraître palpitant, voire fascinant, tout cet argent aussi vite dépensé que gagné, parce qu'il y en aurait toujours demain, après-demain et le jour d'après… Jusqu'à ce qu'elles se retrouvent, avec les années, dans le cycle infernal de la prostitution, avec des michetons de moins en moins reluisants et des objectifs sans cesse revus à la baisse ; jusqu'au trottoir, finalement, qu'elles devaient arpenter pour gagner de quoi se défoncer et ne plus penser à leur vie ou à ce qui leur en tenait lieu.

C'était un jeu dangereux qui pouvait rapporter gros – sauf pour les filles, naturellement.

Les seuls gagnants, c'étaient les hommes comme lui, qui les faisaient bosser et les mettaient au rancart quand elles ne faisaient plus l'affaire. Après toutes ces années, il les voyait comme une sorte de troupeau. Il ne ressentait rien pour elle. Comment auraient-elles pu le toucher, ces filles qui avaient perdu le respect le plus élémentaire d'elles-mêmes ?…

Dans sa branche, mieux valait éviter de se poser trop de questions. Ça faisait bien longtemps qu'il avait cessé de s'en poser, d'ailleurs, et il avait la ferme intention que ça continue. La seule chose qui comptait, c'était sa famille. Tout le reste était à passer par profits et pertes.

Son regard s'attarda sur la rue et ses passants. C'était la fin de l'après-midi, son heure préférée. Soho grouillait de gens en quête d'une bonne soirée et pas trop regardants sur les ingrédients de leur plaisir. La tombée de la nuit attirait dans les rues toute la faune du quartier, la matière première de Soho by night qui drainait la foule de leurs clients, nuit après nuit. Sur les trottoirs se côtoyaient jeunes, vieux, pigeons, pigeonnés, consommateurs et consommés, réunis en un curieux cocktail saupoudré de quelques-uns de ses semblables, les vrais truands sans lesquels personne ne pouvait écouler sa marchandise. Les gens pouvaient penser ce qu'ils voulaient de lui et de ses collègues, ils étaient l'élément moteur du quartier. Ils faisaient tourner la machine ; mieux, ils entretenaient le mythe qui attirait ici clients, pigeons et touristes en goguette.

Tout le monde aimait les truands. Tout le monde aimait profiter de l'aura de luxe clinquant et de danger de leurs mœurs interlopes. Comme autant de mites voletant autour d'une flamme, les gens de la haute, même les célébrités, étaient fascinés par les malfrats. C'était son fond de commerce, alors il tâchait de l'exploiter au mieux. Pourquoi s'en priver ?

Voilà pourquoi il avait besoin d'un Jimmy Brick. Les stars se pressaient dans les boîtes par les temps qui couraient. C'était devenu de véritables lieux de rendez-vous pour les sommités du Milieu : les tenanciers payaient assez cher leur protection et arrosaient suffisamment de flics ripoux pour assurer la tranquillité et la sécurité de leurs clients les plus exotiques. Il ne lui restait donc plus qu'à mettre en place la dernière pièce de son puzzle, la pièce maîtresse de sa sécurité, pour pouvoir profiter de la vie aux côtés des plus brillants d'eux.

Il regarda les stripteaseuses échanger des saluts enthousiastes sur le chemin du travail, heureuses de se retrouver entre collègues – à croire que ça adoucissait leur solitude et leur angoisse de la nuit. Les portiers baratinaient déjà les badauds pour les attirer dans leur antre, striptease ou bar à putes. Ils promettaient la lune, mais n'avaient à offrir que des plaisirs vides et sans saveur. L'air, assez froid, rendait visible le panache de leur souffle et les filles, trop légèrement vêtues, pressaient le pas pour se rendre au boulot.

Patrick Brodie aimait le West End. Il y était chez lui.

Il ne craignait pas de se faire détrôner, car il s'était hissé là où il était à la force du poignet. Il avait su imposer le respect autour de lui. Mieux, il avait su se faire craindre. Il avait fait ce qu'il fallait et en était fier. Pour la plupart des gens, Soho n'était qu'un égout à ciel ouvert. Pour lui, ça n'était qu'un moyen pour atteindre ses fins.

Lil, la femme de sa vie, lui mijotait un nouveau bébé. Dès qu'elle aurait accouché, elle redeviendrait elle-même. Ses enfants étaient adorables, intelligents et élevés avec amour. Il avait de l'argent plus qu'il ne lui en fallait, une maison agréable et tout ce qu'il avait cru à jamais hors de portée d'un type comme lui, né dans le monde où il avait grandi. Au fond, même s'il n'en laissait rien paraître, il était heureux, vraiment heureux. Seule Lil, sa Lil adorée, savait combien c'était vrai et combien il aimait la vie qu'il menait à ses côtés. Rien ne pouvait rivaliser avec sa famille.

Le ciel l'avait comblé, vraiment, et il remerciait le Seigneur chaque dimanche, dans la paix et le calme de l'église.

La vie lui souriait.

– Mon anniv', ça va être la plus belle fête du monde ! Tu sais, Lance, tu peux inviter tous tes copains !

Pat Junior se sentait plein de générosité. Les tracas que lui avait causés son frère depuis le matin n'étaient plus qu'un mauvais souvenir. Il était peut-être un peu trop bon pour Lance et sa langue de vipère, mais il préférait se dire qu'il n'était pas le seul à être affligé d'un petit frère imbuvable. Et puis il comprenait peut-être mieux que Lance lui-même les raisons de sa frustration et de son sale caractère.

– Ah ouais ? Et pourquoi ils voudraient venir, mes copains, à ta sale fête pourrie ?

Pat Junior n'eut d'abord qu'un haussement d'épaules.

– En tout cas, tu peux inviter qui tu veux, si ça te dit.

Il se retint d'ajouter « si t'as quelqu'un à inviter ». Cette pique aurait été aussi cruelle que gratuite, et ça ne l'amusait pas de froisser la susceptibilité de son frère. Lance devait déjà supporter le perpétuel fardeau de la tiédeur de leur mère, malgré tous les efforts qu'elle faisait pour s'en défendre. Lil n'avait jamais beaucoup de temps à lui consacrer, alors que leur grand-mère en avait toujours trop. C'était peut-être même une des raisons de l'irritation de sa mère contre lui.

Dès que leur grand-mère débarquait, il n'y en avait plus que pour Lance. Personnellement, ça lui convenait parfaitement, vu qu'il ne pouvait pas la blairer. Il ne l'aurait admis devant personne, bien sûr, mais c'était un fait, il ne l'avait jamais appréciée. Evidemment, leur mère, puisqu'elle était sa fille, était bien obligée de la supporter ; quant aux jumelles, elles se laissaient cajoler : Annie devenait carrément gaga devant elles, comme à peu près tout le monde… Allez donc savoir pourquoi ! Il les adorait lui aussi, alors il était bien placé pour comprendre quel effet elles faisaient aux gens ! Cela dit, Lance n'était pas un cadeau. Il devait sans cesse l'avoir à l'œil, même quand il faisait tout pour lui taper sur les nerfs.

– D'accord ? fit-il avec un soupir. A toi de voir qui tu veux inviter…

Lance hocha la tête, un peu gêné. La patience d'ange de son frère avait des limites, alors il lui sourit – ce qui, comme toujours, le métamorphosa littéralement. Il était la grâce et l'innocence même et le serait resté, s'il n'avait pas passé son temps à ruminer des vacheries et à chercher quelle méchanceté lui lancer.

– D'accord, mon vieux. Je vais réfléchir, d'accord ?

Pat Junior hocha la tête et ils s'installèrent ensemble devant la télé pour regarder Jackanory[1] dans un silence presque amical.

En entrant dans le living, Lil vit ses deux fils assis côte à côte et ne put se retenir de sourire. Ils se ressemblaient tant... En plus, pour changer, Lance semblait content ! Elle vint s'asseoir près d'eux, une tasse de thé à la main, en souhaitant de tout son cœur avoir plus souvent l'occasion de les voir aussi calmes et heureux. Hélas, ce n'était qu'un vœux pieux...

Lance la regardait déjà du coin de l'œil d'un air craintif. La culpabilité qu'il lui inspirait s'empara à nouveau d'elle et elle sentit ses larmes monter. Malgré tous les efforts qu'elle faisait pour garder son sang-froid devant à lui, l'envie de lui ficher des claques la démangeait.

Pat jeta un coup d'œil à son frère et glissa sa main dans la sienne, mine de rien, comme s'il n'avait pas senti cette électricité dans l'air, comme s'il n'y avait pas de quoi s'inquiéter. Le pire, pour Lil, fut de voir Lance agripper la main de son aîné comme un naufragé agrippe sa planche de salut. Comme d'habitude, Pat faisait tampon entre eux. Et elle ne faisait jamais rien pour l'en empêcher.

Lil lui était pourtant reconnaissante de ses efforts. Elle sentait qu'il ne faisait ça que pour elle et ne l'en aimait que davantage – parce que, lui non plus, il n'appréciait pas beaucoup Lance.

Tout comme son mari avec Dennis Williams, qui avait pourtant fini par le pousser à bout, Pat Junior s'armait de patience. Mais Lance, lui, semblait avoir assez de jugeote pour percevoir les limites à ne pas dépasser.

1. Emission pour enfants diffusée quotidiennement et presque sans interruption sur la BBC depuis 1965, au cours de laquelle des acteurs, assis dans un fauteuil à bascule, racontent des histoires et des contes.

Ça ne l'empêchait pas de se ronger les sangs. Les catastrophes déclenchées par Dennis avaient failli éclabousser sa maison. Patrick y avait mis bon ordre, bien sûr, mais elle ne s'en était toujours pas remise. Il pouvait lui dire ce qu'il voulait ou, plutôt, lui taire ce qu'il pouvait, sa mère savait relayer les ragots qui circulaient dans le quartier.

Une chose était certaine, en tout cas : les frères Williams seraient toujours une source de problèmes.

Dave se demandait avec anxiété quel genre de comité d'accueil l'attendait dans le bureau de Patrick. Il espérait sans y croire que le Boss serait seul, qu'il n'y aurait pas toute une cour devant qui parler. Brodie lui devait bien ça, après tout, mais il ne se voyait pas l'exiger. Ça faisait bien longtemps qu'il n'était plus en position d'exiger quoi que ce soit.

Le fait qu'il l'ait convoqué au club était déjà un bon point. Si Brodie avait voulu s'en prendre à lui, il aurait évité d'avoir des témoins. Or, Dave avait besoin de faire le point avec lui. Pas seulement pour lui, mais pour ses frères, qui s'inquiétaient de leur sécurité. La famille avait volé en éclats. Tout ce qui lui restait à faire, à présent, c'était recoller les morceaux du mieux qu'il pouvait. Si ça voulait dire se la fermer et tout avaler comme une pro de la turlutte, pas de problème. De toute façon, on ne lui laisserait plus que les miettes. Il n'avait plus qu'à accepter son sort en attendant de revenir dans les bonnes grâces de Patrick. Il lui fallait donc tenter de sauver ce qui pouvait l'être dans leurs relations de travail, pour assurer le quotidien.

D'un autre côté, il craignait le pire concernant Dennis. Comme Jimmy avait trempé dans le coup, l'histoire ne serait pas jolie à entendre. Mais il était prêt à encaisser les détails les plus macabres, et avec dignité – il puiserait jusqu'à ses dernières ressources s'il le fallait.

L'un dans l'autre, son devoir était de servir les intérêts de la famille en toute situation, parce que les temps avaient radicalement changé. Il n'avait plus le choix et devait prendre ce qu'on lui proposait, en faisant le gros dos, le temps que l'orage se calme.

C'était du moins ce qu'il se répétait.

Comme il se garait et se frayait sans hâte un chemin dans la cohue qui envahissait les trottoirs de Soho dès la tombée de la nuit, il sentit comme un choc lui ébranler la poitrine. Dans ce quartier qui était naguère son territoire, le symbole même de tout ce qu'il avait visé et obtenu, il avait à présent l'impression de s'aventurer comme sur un continent inconnu. Les rues étaient hostiles et glacées. Il ne faisait plus partie de la famille.

Les néons qui crachaient leurs couleurs criardes, les affiches où s'étalaient les pin-up et leurs trois étoiles stratégiquement placées, tout ce déballage de sexe dégoulinant de partout, à vendre partout, ça ne lui disait plus rien. Il sentait peser l'ombre de des macs, celle de Brodie et de ses semblables, les maîtres des lieux.

Les relents de cuisine chinoise et de pizzas lui levaient le cœur. Ces filles grisâtres qui semblaient renaître avec la nuit lui filaient la chair de poule. Leur maquillage, leurs fringues minables, tout criait que ce monde, qu'il avait si longtemps pris pour le sien, n'était qu'un décor.

Soho n'était donc qu'une façade. Il suffisait de gratter un peu le vernis clinquant et les paillettes pour qu'apparaissent les mensonges et les illusions sur lesquels reposait tout l'édifice. Lui qui avait tant contribué à entretenir ces mensonges, il se retrouvait sur la touche. La leçon était cuisante, il ne l'oublierait pas de sitôt.

Tout le monde semblait avoir oublié son existence. Plus personne ne le saluait, plus d'exclamations enjouées ni de signes de la main sur son passage… Certains se détournaient carrément, comme s'il était pestiféré – ce qui, en un sens, était le cas. Il n'était plus qu'un intrus. Il n'avait jamais rien vécu d'aussi déprimant. Rien ne pouvait plus profondément le blesser.

En pénétrant dans le cocon tiède du club, il sentit s'envoler ses dernières illusions. Il n'était plus rien dans ce milieu dont il avait pourtant été une des principales figures.

Linda Marx, la responsable des filles, le toisa de la tête aux pieds sans même essayer de dissimuler son dégoût, avant de laisser tomber :

– Bouge pas une seconde, tu veux… Je vais prévenir le patron que t'es là.

Cette petite phrase méprisante, lancée sur un ton qui en disait long sur la profondeur de son déclin, acheva de lui serrer le cœur. Si les filles elles-mêmes se sentaient autorisées à vous traiter comme une sous-merde, vous ne pouviez guère tomber plus bas.

Mais Dave s'était fait une raison. Il avait foiré et se sentait prêt à tout encaisser. Il lui faudrait peut-être des années de patience pour être à nouveau accepté, ne serait-ce que comme simple exécutant, dans ce monde sur lequel il avait régné et qu'il considérait encore un peu comme le sien. Quant à reconquérir un semblant de confiance et de respect… Il allait devoir prouver à Patrick Brodie qu'il avait retenu la leçon. Il allait devoir se présenter devant lui, la casquette à la main, avec toute l'humilité dont il était capable, dans l'espoir de sauver le peu qui pouvait être sauvé dans toute cette débâcle pour assurer la survie de la famille. Il voulait aussi savoir si Dennis était toujours de ce monde et, sinon, s'il restait de lui quelque chose à enterrer. Il aurait préféré ne pas avoir à annoncer à leur mère qu'elle devait renoncer à pleurer les restes de son fils.

Il attendait donc, glacé d'angoisse et ruisselant de sueur, que Brodie veuille bien se décider à le recevoir.

– Regardez-moi ces deux petits trésors vivants ! roucoula Annie, de ce ton suave qu'elle adoptait de plus en plus souvent.

Ses petites-filles n'étaient pas étrangères à cette métamorphose.

– N'est-ce pas qu'elles sont chou, hein ! J'espère que celui-ci aussi, ce sera une fille.

Lil plaça ses mains sous son gros ballon. Son ventre n'avait jamais été aussi lourd et tous les experts lui prédisaient qu'elle attendait soit un autre garçon, un petit géant, soit un autre tandem…

Ce qu'elle voulait, elle, c'était une fille. Elle adorait ses jumelles et elle craignait d'avoir un autre fils depuis la naissance de Lance – un autre fils qu'elle ne saurait pas aimer.

Les jumelles gazouillaient dans leur sabir. C'en était fascinant, ces deux petites frimousses qui semblaient être la réplique exacte de l'une de l'autre. A moins d'être de la famille, il était presque impossible de les distinguer.

L'amour inconditionnel qu'Annie leur témoignait avait fini par l'attendrir, ce qui avait grandement facilité leurs relations. Jamais elles ne s'étaient aussi bien entendues. Annie sautait sur la moindre occasion de l'aider ou de lui simplifier la vie, et elle lui en était reconnaissante. En promenant son regard sur le capharnaüm qui avait envahi son séjour, Lil sentit se préciser la fatigue et l'excitation qui précédaient toujours de peu une naissance.

Elle ne pouvait qu'espérer que Patrick serait là le jour J. Il s'intéressait à son état, à ses petits malaises et prétendait pouvoir deviner le sexe du bébé en lui tapant sur le ventre et en lui posant des questions. Mais il était comme tous les hommes : incapable d'imaginer ce que ça pouvait être de se laisser physiquement envahir pendant neuf mois – ce qui ne l'empêchait nullement d'en parler d'un air docte. A elle l'accouchement, à lui la gloire ! Comme disait sa mère, un homme, autour d'une femme enceinte, c'était à peu près aussi utile qu'une théière en chocolat ! Pour une fois, elle devait reconnaître qu'elle avait raison.

La présence de sa mère avait été plus que bienvenue ces derniers temps, avec les préparatifs de la fête, les jumelles et Patrick qui n'était presque jamais à la maison. Pour une raison qui lui échappait, son corps se rebellait contre ce nouvel enfant. Quel soulagement ça serait de le sortir enfin et de pouvoir le – la ! – regarder enfin sous toutes les coutures ! Il n'y avait vraiment qu'une fille pour vous empoisonner la vie comme ça, vous empêcher de dormir la nuit et de vous activer le jour, et pour vous filer un tel mal de dos – et cette constante envie de pleurer… Jamais pendant aucune de ses grossesses précédentes elle n'avait vécu un tel mélange de déprime et de surexcitation. Celle-ci, sans l'ombre d'un doute, ça allait être quelqu'un !

Lance souleva Eileen pour la porter jusqu'à son lit et la petite lui fit un beau sourire. Il était gentil avec ses sœurs – avec Eileen, surtout. Finalement, ça ne pouvait venir que d'elle, ce sentiment trouble qu'elle éprouvait pour lui. Ça ne pouvait pas être la faute du petit. Lance faisait des pieds et des mains pour se faire aimer d'elle, mais en dépit de ses efforts pour le rassurer sur ce point, elle ne se voilait pas la face : il avait parfaitement compris qu'elle lui jouait la comédie.

Il allait être huit heures et le club était toujours désert, à l'exception d'une poignée de cols blancs qui aimaient venir prendre un verre, se rincer l'œil et peloter un peu les filles avant de rejoindre leurs pénates où les attendait Bobonne. Quand Dave fut finalement invité à entrer dans le bureau de Brodie, il était sur les charbons ardents. Pour un peu, il en aurait chialé.

Brodie se tenait derrière son bureau, un verre de cognac à la main, ce qui était plutôt bon signe. Il avait allumé un de ses cigares préférés, un havane – tout le monde le savait, même s'il ne les fumait qu'au boulot, jamais chez lui.

Dave esquissa un sourire hésitant et lut de la pitié dans son regard. Il était vraiment tombé bien bas ces derniers mois et le sentait avec une douloureuse acuité maintenant qu'il avait réussi à obtenir un rendez-vous avec l'homme qui venait de supprimer son frère, après avoir été si longtemps leur mentor et leur bienfaiteur.

Brodie lui adressa un sourire mélancolique.

– Tu prends quelque chose, Dave ?

Il s'empressa d'accepter, d'un signe de tête un brin trop enthousiaste qui dut trahir son soulagement. Ça devait faire peine à voir et c'était le genre de détail qui ne pouvait qu'aggraver sa honte et son humiliation. Cela lui laissait présager le pire… Il n'était plus très sûr d'être capable d'en supporter davantage.

Patrick avait le cœur serré par tant de gêne. Il avait toujours eu de l'affection pour Dave. Ce gars n'avait ni le courage ni le bon sens de son frère aîné, mais sa bonne volonté avait suffi à le convaincre de lui donner sa chance, ne fût-ce qu'en mémoire de Dicky. Mais s'il lui avait mis le pied à l'étrier, justement, ce n'était que pour ça, à cause de son défunt frère, et il payait cette erreur à présent – ils n'avaient pas fini de la payer, tous autant qu'ils étaient.

Jimmy entra dans le bureau alors qu'il tendait son verre à Dave. Ce dernier devint plus pâle qu'un linge. Ses lèvres elles-mêmes avaient blanchi.

Brodie en fut agacé. Quel con, ce Dave, il aurait dû s'y attendre ! Qu'est-ce qu'il croyait ? Qu'il ne l'avait pas remplacé ? Ou qu'il allait laisser passer des mois, voire des années, avant de faire les présentations ? Ce manque de discernement ne parlait guère en sa faveur. Décidément, il s'en voulait d'avoir mis si longtemps à comprendre qu'il n'était qu'un fieffé crétin. Il aurait dû préparer un speech, lui présenter ses plus plates excuses en bonne et due forme – ne connaissait-il pas les lois du Milieu ? Eh, non. Il restait planté là, bêtement, comme un débile.

Pat le regarda droit dans les yeux et tâcha de lui communiquer ses impressions d'un imperceptible signe de tête, en priant pour que ce gamin comprenne enfin ce qu'on attendait de lui : soit il relevait le gant en vengeant la mort de son frère, soit il s'écrasait et acceptait d'avoir été rétrogradé au rang de larbin. Or, Dave n'optait ni pour l'un ni pour l'autre et, sans en être vraiment surpris, Brodie était accablé. L'air de la pièce vibrait d'un mélange de tension et de déception accumulée.

Jimmy mit un terme à cet embarrassant épisode d'un haussement d'épaules désinvolte. Et Dave dut assister à l'accolade qu'ils échangèrent comme deux frères d'armes se retrouvant après des mois d'absence. Il aurait dû faire le premier pas et tendre la main à Jimmy comme si tout ça n'était qu'une foutue bévue. Parce que Jimmy contrôlerait désormais tout ce qu'il gagnerait et toutes les responsabilités qui lui seraient confiées. Une fois de plus, il avait merdé, et Brodie en était le premier désolé. Il avait tenté de jeter un pont entre eux, mais Dave n'avait pas été assez malin pour saisir sa chance. Les bras ballants, l'œil stupide et sombre, il les observa d'un air morose. Il partait déjà battu. Inutile d'enfoncer le clou, ils le savaient tous les trois.

Les yeux mornes de Jimmy s'étaient réveillés et brillaient d'une pointe de malice. Il avait bu du petit-lait depuis quelques minutes. Dave venait de se prendre la claque de sa vie et c'était à lui que revenait le privilège d'en rajouter une couche à sa manière, c'est-à-dire vite et fort, histoire que ça prenne bien.

Une fois de plus, la famille Williams venait de manquer une occasion en or.

CHAPITRE 13

– Putain, vous commencez à me gonfler, tous les deux. Cassez-vous, vous n'aurez pas un rond !

Dave et Tommy Williams étaient à deux doigts d'envisager le meurtre, et le type en face d'eux le savait. Pourtant, ça ne semblait pas l'affecter outre mesure – du moins, pas autant que ça aurait dû. Le détachement de Colin Parker – trouduc notoire, mais, jusqu'à présent, trouduc craintif – confinait au mépris.

– Merde, où tu le planques, ton fric, Colin ? Tu nous le files et on s'en va. D'ac ?

Cette infime hésitation dans la voix de Dave n'avait pas échappé à Parker, qui renifla d'un air supérieur. Avec sa trogne rougeaude et sa barbe de trois jours, il avait un look plus glauque que jamais. C'était pas un prix de beauté, le Colin, et le rictus qui lui déformait la bouche ne risquait pas de lui améliorer le portrait.

– Je peux vous poser une petite question, les gars ? fit-il d'une voix calme et posée, comme s'il se souciait vraiment de leur réponse.

Dave hocha la tête, par curiosité.

– Ouais, vas-y.

Colin leur grimaça un large sourire, ce qui exigeait un certain culot, et laissa tomber sans hâte :

– Est-ce que, par hasard, j'aurais l'air de me biler, ne serait-ce qu'un tout petit peu ? Vous me faites pas peur, les frangins. Vous êtes plus qu'une bande de dégonflés, et c'est pas un scoop !

Parker alluma son joint d'une main preste et assurée, que ne perturbait pas le moindre tremblement, et ajouta, en recrachant la première bouffée :

– Maintenant que Dennis est plus des vôtres, vous pouvez aller vous faire foutre. C'était lui, la terreur.

Et il décocha un sourire débordant d'assurance, le genre de sourire à faire bouillir un iceberg. Ce parieur à la petite semaine avait développé une sérieuse addiction au jeu et creusé un abîme de dettes qu'il se souciait comme d'une guigne de régler – à moins qu'on ne l'y oblige.

Petit, râblé, le crâne rasé, plutôt costaud, il comptait parmi les fondateurs de l'ICF[1] et se croyait au-dessus du lot. Persuadé de pouvoir assurer seul sa sécurité, il allait régulièrement chercher la bagarre dans les sections spécialisées des stades ; en gros, tous les samedis soir et en nombreuse compagnie – non qu'il eût besoin de ses petits amis, mais, l'union faisant la force, il préférait nettement avoir sa bande derrière lui.

Ces deux rigolos, pourtant, n'avaient pas l'air bien méchants. D'ailleurs, à en croire la rumeur, la famille Williams battait gravement de l'aile. Après avoir longtemps tenu le haut du pavé, ils ne faisaient plus le poids. Qui aurait peur d'une bonne sœur armée d'un pistolet à eau ?

Les frères Williams n'étant plus que l'ombre d'eux-mêmes, Parker ne voyait aucune raison de leur lâcher des tunes qu'il pouvait faire fructifier par ailleurs. Après tout, un pari, ça n'était jamais qu'un pari, alors un petit différé dans le remboursement, c'était toujours ça de pris. Ça lui laisserait le temps de se refaire une santé.

– Vous l'avez dans l'os, bande de taches, leur dit-il d'un ton où on aurait vainement cherché la moindre nuance d'appréhension.

---

1. « Inter City Firm » : club de hooligans affilié au West Ham United FC, très actif dans les années soixante-dix et quatre-vingt, et célèbre pour ses tendances racistes et nationalistes.

Le hic, c'était que ça devenait une habitude, pour les frères Williams, et que ça leur faisait un peu mal. Ils ne tireraient rien de ce type sans le secouer un peu. Or, Colin Parker, les gnons, ça le connaissait. C'était un vétéran des terrains de foot, qui passait ses samedis soir au stade et considérait, en sa qualité d'habitué de Boleyn Ground[1], toute la rive nord comme son fief. Upton Park, c'était pour lui l'occasion rêvée de distribuer plaies et bosses ; les paris, celle de se détendre un peu et de compter ses bleus entre les matchs.

De son point de vue, les frères Williams n'étaient pas une vraie menace. Ils n'étaient plus rien – de toute façon, même au sommet de leur gloire, ils ne l'avaient jamais beaucoup impressionné. Jusque-là, s'il payait, c'était uniquement à cause de Brodie, et il avait toujours préféré cracher sans attendre une lettre de rappel un peu musclée. Sauf que, cette fois, c'était à Cain et à Spider qu'il devait du fric et, ces deux-là, il n'en avait vraiment rien à branler – encore moins que de Dave et de ses frères !

Quand il pariait avec Brodie, il payait vite et bien, et s'il dépassait la date limite, ça n'était jamais que de quelques jours. D'ailleurs, les rares fois où il avait eu un peu de retard, tout s'était passé avec le sourire. Là, ça n'était visiblement plus le cas. Et pourquoi ? Parce qu'il devait mille livres à un gonze qui n'était pour lui qu'un sale rat de rastaquouère ? Comme s'il était du genre à se décarcasser pour lui filer autre chose qu'une bonne trempe, à ce connard ! Brodie aurait dû avoir honte de laisser le business des paris aux mains de ces macaques.

S'il n'avait pas eu ce job d'enfer qui consistait à faire le tri entre les hommes et les branleurs dans les tribunes des terrains de foot, sa place aurait été à l'armée. Et voilà qu'il se retrouvait face à ces deux guignols, ces crétins de has been qui prétendaient lui faire cracher son pognon si durement gagné pour le filer aux Blacks ? Non, mais ils avaient vu la Vierge, ces deux-là !

1. Nom officiel d'Upton Park, stade de football de la banlieue est de Londres, et fief du West Ham United.

Ça frisait l'affront ; y avait de quoi s'estimer offensé.

– Vous pouvez leur dire que je leur filerai pas un rond, à vos négros, pigé ?

Dave ne voyait que trop bien les limites de son nouveau poste. Tommy lui lança un coup d'œil éloquent – en désespoir de cause, il attendait de son frère une directive. Dave regretta de n'être pas venu avec Ricky, le petit dernier ; il avait nettement plus de cran et n'attendait pas qu'on lui dicte ses moindres gestes.

Parce que là, Dave ne savait pas quoi faire. Ce Colin Parker était une vraie tête de lard, d'accord, mais s'il ne ramenait pas le fric à Cain, faudrait appeler les secours – et pas pour Parker, mais pour eux. Il était vidé, au bord de la crise de nerfs. Ces derniers temps, sa vie ressemblait à une série télé catastrophe rythmée par les bouffées de colère et les cuites à répétition. C'était même devenu les seules choses qui le sortaient du lit le matin. Ce locdu de Parker n'était peut-être qu'un vulgaire rouleur de mécaniques, n'empêche que sa stratégie était la bonne. Dave sortit donc de chez lui – ils étaient à Leytonstone –, son sang lui cognant aux oreilles au rythme de ses pulsations cardiaques et il se retenait de gerber à chaque pas.

Il souffla un grand coup pour se calmer avant que son frère le rejoigne.

– Qu'est-ce qui te prend, Dave ? Tu te fous de ma gueule ou quoi ? râla Tommy à mi-voix – il se méfiait des oreilles indiscrètes.

Dave secoua la tête en soupirant.

– Quel putain de merdier… Et ce putain de rôle de bouc émissaire qu'on se tape, tout ça à cause du connard qui nous tenait lieu de frère…

Tommy, qui en avait jusque-là de Dave et de ses jérémiades, était dans une rage noire et se retenait d'exploser. Il n'avait jamais été du genre à se laisser marcher sur les pieds. Alors, puisqu'il fallait que quelqu'un se décide à l'ouvrir, il était prêt. Quel gâchis, putain ! Vraiment ras le bol ! OK, jusque-là, il avait suivi son frère aîné, mais les temps étaient durs et les choses évoluaient à toute vitesse. Dave n'allait pas tarder à le constater…

– Non, mais regarde-toi, putain! lança-t-il. C'est ça que t'appelles un homme? un Williams qui plus est? Tu rigoles ou quoi? On va le récupérer, ce fric, ou on est cuits. Parce que je commence en avoir ma claque, tu piges? Alors est-ce que ça te dérangerait, ne serait-ce qu'une fois, de te concentrer sur le boulot qu'on a à faire? Rien à foutre de tes pleurnicheries sur l'histoire de la famille ou sur les bourdes du frangin. Ce que je veux, moi, c'est le pognon, et pas demain!

Dave hocha la tête. Il comprenait, mais il restait là, sans ressort, les bras ballants. Il était foutu, lessivé, et il n'avait pas besoin que Tommy le lui rappelle.

– Ouais, ouais… bien sûr, je sais. Mais t'as vu, il se prend pas pour de la merde, le Parker. Qu'est-ce qu'on est censés faire, hein? Remonter lui péter les dents? Fais chier, putain… Ras-le-bol de ce merdier, j'ai plus envie…

C'était vrai. Dave avait perdu la rage nécessaire pour envoyer ses ennemis au tapis. Le punch, la volonté et le plaisir de cogner. C'était devenu un vrai cave, qui ne valait pas mieux que les mecs à qui ils bottaient le cul. Surtout, il avait commis l'erreur suprême de se rendre absolument indispensable à la survie de la famille.

Tommy ferma les yeux et inspira profondément. Il avait lui aussi besoin de se calmer.

– Bon, qu'est-ce que tu proposes, hein? Tu comptes le régler comment, le problème? Putain, Dave… secoue-toi! On remonte, on lui fout la branlée de sa vie à ce connard, et c'est réglé, on passe à autre chose!

Il était hors de lui.

– Je sais vraiment pas, Tommy. T'as raison, faut récupérer le fric. Faudrait aussi qu'on lui apprenne la politesse, à ce petit con. Mais c'est un vrai cinglé, ce Parker.

Tommy poussa un nouveau soupir. La peur, la nervosité et les hésitations de son frère étaient presque palpables. OK, Dave se faisait du mouron pour la famille, mais il commençait à le gonfler sérieusement. Il promena un moment son regard autour de lui en se forçant à respirer calmement, pour garder un minimum de sang-froid.

Ils se trouvaient sur le perron de l'immeuble. L'air du soir leur apportait des relents de friture et de vieille clope. En ce début de soirée, les gens allaient et venaient, vaquant à leurs petites affaires. Les filles, pomponnées, attendaient les garçons qui les mèneraient à leur perte; les dealers lançaient leurs premières opérations; les petites vieilles allaient au bingo, bien au chaud dans leurs gants et leurs tricotés main. Deux ou trois bambins crottés jusqu'aux yeux jouaient encore dans le bac à sable devant l'immeuble, leur frimousse précocement endurcie par l'épreuve d'avoir à s'élever tout seul.

Il n'en fallait pas davantage pour rappeler aux frères Williams leur propre enfance. Tommy en avait les larmes aux yeux. Des larmes de colère et d'humiliation. C'était un « mahousse », comme l'auraient décrit les gens du quartier : taillé façon armoire à glace, il savait jouer des poings et arrivait à l'âge où l'on tient à marquer son territoire et à faire ses preuves – et tant pis si ses aînés, eux, ne pensaient qu'à prendre leur retraite et à se faire oublier. Ils n'allaient tout de même pas tirer un trait sur le boulot de la famille, juste parce qu'ils faisaient dans leur froc devant Brodie ! Qu'ils aillent se faire foutre, Brodie et toute cette bande de dégonflés ! Lui, il allait faire ses preuves, quoi qu'il arrive. Il allait se battre pour défendre ses droits et s'assurer la place qui lui revenait, dans la branche qu'il s'était choisie.

– Putain ! Et qu'est-ce qu'on est censés faire, alors ?

Ça n'était pas une question. Dave avait clairement perçu la rage et le défi dans la voix de son cadet. Pour Tommy, il ne valait plus un clou. Il aurait pourtant aimé pouvoir lui expliquer dans quel genre de pétrin ils se trouvaient.

– Putain, Dave, tu me réponds, oui ou merde ? On nous a envoyés récupérer le fric, et c'est bien ce que j'ai l'intention de faire, avec ou sans toi.

Dave secoua la tête.

– Te frappe pas, Tom. Quoi qu'on fasse, personne ne nous le revaudra. Tout ce qu'on finira par se ramasser, c'est des beignes de Colin Parker et de ses petits copains.

Tommy dévisagea son frère en réprimant une furieuse envie de lui en coller une.

– Putain, c'est tout de même pas le trou de la Sécu qu'on réclame, non ? C'est mille livres, putain de merde ! Même pour ce branleur c'est peanuts ! Si on barre comme ça, tout va se barrer en couilles. Qui nous filera du boulot après ça, hein ? Pourquoi les gens nous feraient confiance ? C'est maintenant ou jamais qu'on doit montrer ce qu'on a dans le ventre, sinon on peut se préparer à faire les poubelles ad vitam !

Il n'avait pas tout à fait tort, mais Dave ne voulait plus jamais se retrouver face à Jim Brick, encore moins à Patrick Brodie.

– On lui laisse une semaine pour réfléchir. OK ?

Tommy secoua la tête d'un air profondément dégoûté et, après s'être raclé la gorge, cracha aux pieds de son frère. Puis il retourna à l'appartement et empoigna une chaise de cuisine, qu'il abattit de toutes ses forces sur la sale gueule de Colin Parker.

Colin en fut aussi sidéré que Dave, qui avait suivi son frère. La tête et la bouche en sang, il tenta de traverser la pièce en rampant et en articulant quelques mots de mise en garde, mais il ne put émettre qu'une sorte de grommellement, une plainte d'ours blessé. Brandissant la chaise, Tommy Williams le cogna, encore et encore. La colère et la frustration le rendaient mauvais. Comme l'autre cherchait à s'abriter sous la table, il l'acheva à coups de pieds, jusqu'à ce qu'il cesse définitivement de bouger. Il le délesta alors de ses bijoux et de son portefeuille, avant de prendre la tangente – pour de bon.

Une fois dehors, il regarda son frère aîné droit dans les yeux et lui dit d'une voix basse, chargée de haine :

– Je t'encule, Dave. Je vous encule tous, toi et Brodie les premiers !

Puis il fit disparaître son butin dans sa poche et s'éloigna à grands pas, sans un regard en arrière.

Spider et Cain étaient à leur poste dans leur repaire favori, à Paddington. Les habitués les saluèrent avec le respect qui leur était dû alors qu'ils gagnaient les petits bureaux aménagés dans l'arrière-salle, en distribuant leur sourire le plus commercial à leurs amis et clients – un large rictus un tantinet crispé.

Le club leur appartenait, mais personne n'aurait pu en apporter la preuve – ils n'avaient jamais versé un rond au fisc et ne craignaient pas les flics. Vu de l'extérieur, ce n'était qu'une boîte parmi des centaines d'autres. Rien n'aurait permis de faire le lien avec eux.

Dans la petite salle du fond, pompeusement baptisée « bureau » à défaut d'un terme plus approprié, Jimmy Brick et Patrick Brodie les attendaient. Quoique visiblement surpris, Spider et Cain recouvrèrent leur aplomb si vite que Brodie trouva ça suspect.

– *Yo, man !* Comment va ?

Spider avait toujours l'air enchanté de le retrouver.

Pat lui rendit son sourire.

– Ça baigne, ça baigne, comme d'hab' !

Il se leva pour lui serrer la main avec énergie – qu'importe ce qui avait pu se passer, Spider était toujours sur la photo. En revanche il considéra Cain d'un œil nettement plus froid.

– Et toi, mon pote, qu'est-ce que tu nous mijotes ?

La question n'était pas dénuée d'ironie et Patrick vit, non sans un certain plaisir, un tressaillement de peur parcourir les traits déliés du jeune homme. En plein dans le mille, évidemment ; ça suffirait peut-être à le rappeler à l'ordre. Mais, un battement de cils plus tard, Cain avait retrouvé toute sa morgue et répondait, avec un haussement d'épaules et toute l'arrogance de la jeunesse :

– Des plans d'enfer, comme toujours !

Spider nota le coup d'œil qu'échangèrent alors Jimmy et Patrick, ce qui ranima aussitôt sa tendance naturelle à la paranoïa.

– Eh bien, tu m'en vois ravi ! fit Brodie en jetant un paquet de fric sur la table. Et on peut savoir à quoi tu joues quand tu fais crédit à un mange-merde du genre de Colin Parker ?

Spider écarquilla imperceptiblement les yeux – seul signe apparent d'une quelconque réaction de sa part ; or, Patrick ne cherchait que ça.

– T'étais pas au courant, Spider ?

Spider s'y attendait : pour Patrick, il était au parfum, c'était évident – il ne lui aurait même pas posé la question, sinon. Brodie voulait préserver la paix à tout prix, il n'avait donc aucune raison de lui tendre un piège. Ce n'était qu'une façade, une sorte de jeu… Spider sut gré à son vieil ami des formes qu'il avait mises pour s'adresser à lui.

Il était tellement furieux contre son frère qu'il aurait pu l'assommer avec le premier objet venu. Au lieu de quoi il préféra répondre le plus sincèrement possible.

– Allons, Patrick ! Tu sais bien que je ne cautionnerais jamais un truc pareil…

Cain, qui avait décelé son agacement, n'était pas assez rompu aux codes du Milieu pour comprendre qu'il était en train de se faire lâcher par les trois principaux protagonistes de la pièce – dont son frère.

Il ne mesurait pas combien Brodie était remonté contre lui – il n'avait même pas conscience d'avoir piétiné les plates-bandes de quelqu'un. Il n'avait pas encore compris que, s'il s'en était sorti indemne, jusque-là, c'était grâce à son frère. Assez malin cependant pour piger qu'il y avait eu une couille quelque part, il chercha à se justifier pour se sortir du pétrin et échapper aux représailles.

– Merde ! J'ai vraiment fait une connerie ?

Il abusait outrageusement de la situation. S'il s'imaginait sincèrement s'en tirer comme ça, il n'avait décidément rien dans le crâne. Planté devant Brodie, il tendait les bras de façon presque suppliante. Son attitude semblait proclamer qu'il avait enfin pigé et qu'il était décidé à tirer les leçons de ses conneries. Mais elle pouvait aussi dire tout le contraire : qu'il essayait de temporiser, d'apaiser les vieux dinosaures qu'ils étaient, son frère y compris. Il s'imaginait en fait bien trop malin pour se faire prendre…

Spider partit d'un grand éclat de rire et lui décocha une bourrade, un poil plus fort qu'il ne l'aurait fait d'habitude.

– T'as vraiment fait crédit à cette petite ordure raciste ?

Cain eut un haussement d'épaules arrogant.

– Qu'est-ce que j'en ai à branler, de ses opinions ? Il voulait continuer à miser. Il nous doit encore plus de fric comme ça !

D'un coup de menton, Patrick désigna la liasse de billets qu'il avait balancée sur la table.

– Voilà qui solde sa dette. Deux cents tickets pour ta peine.

– Mais il m'en doit au moins mille de plus !

Cain avait parlé avec insolence et colère – à croire qu'il avait oublié qui il avait devant lui.

Pat le considéra d'un œil froid chargé d'un mépris savamment distillé.

– Tu prends ce que je te donne, petit.

L'air crépitait d'animosité. Contre toute attente, son frère ne le soutenait pas, bien au contraire même. Pour la première fois, Cain devait assumer seul ses actes, et ça ne lui plaisait pas vraiment.

Spider était vert de rage. Ses grosses dreadlocks semblaient prendre vie à mesure qu'il perdait son calme et se retenait de grimper aux rideaux. Brodie, lui, restait parfaitement serein. Cain n'avait encore jamais été confronté à ce genre de situation et ne se démontait pas. Pourquoi faire un foin pareil ? Il se faisait de la tune comme tout le monde ! Parce que c'était pas leur job, peut-être ! Alors, qu'est-ce qui l'empêchait de se faire un peu de blé sur le dos d'un connard de skinhead ? Presser les citrons, c'était pourtant ce qu'on leur demandait !

– Ça ne se reproduira plus, Patrick. T'as ma parole, fit Spider sur un ton d'autorité respectueuse.

Le sang de Cain ne fit qu'un tour. Spider était censé être quelqu'un, merde ! Brodie et lui étaient même censés être partenaires ! Alors pourquoi son frère s'adressait-il à lui comme s'il était son larbin ?

Patrick lisait dans ses pensées comme dans un livre. Il avait prévu chacune de ses réactions. Ce gamin était dévoré par l'avidité de la jeunesse. Si ce qu'il suspectait était vrai, il avait besoin d'un bon coup de pied au cul.

– Et toi, Cain, tu la mets en sourdine !

Les rires qui fusèrent dans la pièce furent plus douloureux que tout le reste.

Patrick secoua la tête d'un air incrédule. Quel putain de numéro, ce garçon ! Mais s'il le croyait assez poire pour le considérer comme un interlocuteur digne de ce nom dans le business, il se foutait le doigt dans l'œil, et profond. Quel mec sensé serait allé faire crédit à un Colin Parker ? On n'acceptait que du cash de ce genre de parieur à la petite semaine. Parker mentait comme un arracheur de dents : vous lui demandiez ce qu'il avait mangé au petit déj', il vous rajoutait une saucisse en prétendant, en plus, qu'on la lui avait piquée ! Sans compter que c'était un membre assidu de l'ICF, et Brodie préférait garder ses distances. La seule chose qui les intéressait, ces gars-là, c'était la bagarre, point barre. Il n'allait pas se mettre à dos tous les hooligans de Londres à cause d'une dette – à moins d'y être contraint, cela allait sans dire. Mais il préférait de loin éviter d'attirer l'attention sur lui ou sur un membre de son équipe pour une bagatelle pareille. N'empêche, si Cain s'imaginait marquer son territoire en laissant des types comme Parker le taper de quelques biffetons, il devait avoir une sérieuse case vide ou un besoin urgent de se faire remonter les bretelles.

Dans un cas comme dans l'autre, la balle était dans le camp de Spider maintenant, et il ne demandait pas mieux que de le laisser s'en dépatouiller. Mais s'il manquait à son devoir, il reprendrait les choses en main, sans hésiter.

Manifestement, Cain était toujours en rogne. Brodie décida donc de mettre les points sur les I une bonne fois pour toutes.

– Tu trouves qu'on en fait des caisses, c'est ça ?

Patrick et Spider sentaient bien qu'il était indigné et qu'il ne voyait pas où était le problème. Comme souvent chez les jeunes, Cain avait déclenché sans même en avoir conscience une série de petits accidents en cascade qui pouvaient déboucher sur une catastrophe générale. Et il était trop bête pour s'interroger sur les vraies raisons des reproches qu'on lui faisait. Il était même d'une telle arrogance qu'il n'avait pas la jugeote de les interroger eux, pour tirer la leçon de ses erreurs.

Cain ne répondit pas. Son amour-propre en avait pris un coup et le bon sens lui conseillait de la boucler. Jimmy Brick lui avait lancé un regard pour le moins inquiétant ; vu la situation, mieux valait battre en retraite.

– Tu as avancé du fric à un mec pour qui payer une dette, surtout à un type comme toi, relève du blasphème. Résultat, Tommy Williams l'a massacré pour une misère. Mille livres, putain – des clopinettes ! C'est toi, le vrai responsable de ce meurtre, mon gars. La mort de Parker aurait très bien pu nous retomber dessus et on se serait tous retrouvés en taule ; et pourquoi ? Pour une connerie. T'es un fieffé connard. Ce genre d'emmerdes, on les évite, tu comprends ? Plus vite tu te seras enfoncé ça dans le crâne, mieux ça sera.

Brodie regretta de ne pouvoir traiter avec plus d'égards ce séduisant jeune homme planté devant lui. Mais Cain devait apprendre à se plier aux règles du savoir-vivre de leur milieu. Spider avait trop longtemps protégé son petit frère des conséquences de ses actes. Or, maintenant, ils étaient tous sur le gril, et à cause d'une petite racaille qui n'était jamais qu'un « civil », en fin de compte, un simple quidam. Le problème, c'était que la mort d'un civil, ça finissait toujours par se savoir. Et ça faisait des vagues à n'en plus finir.

Spider secoua la tête, exaspéré. Cain allait se prendre la dérouillée de sa vie, et il allait se faire un plaisir de s'en occuper. Ce gamin avait besoin d'accepter une bonne fois le principe de réalité qui s'appliquait dans leur monde. Et le moment semblait bien choisi pour une petite leçon.

Jimmy Brick était désolé qu'on ne fasse pas appel à ses services. Il n'avait jamais pu le blairer, ce Cain ; Spider, au contraire, était son héros depuis l'enfance, sa légende, le mec grâce à qui il avait décroché son premier vrai job… Seulement, à présent, ce n'était plus qu'un simple mortel qui se faisait du souci pour son petit frère. Quel boulet, la famille, dans leur branche ! Quand ça ne devenait pas carrément aussi dangereux qu'une arme qui se retourne contre vous… Tant que vous viviez seul, vous pouviez assurer votre sécurité avec panache et courage ; tant que vous restiez la seule personne qui comptait à vos yeux, personne n'avait prise sur vous. Mais la famille, c'était une source d'emmerdes à n'en plus finir. Avec les enfants, le talon d'Achille de bien des grands hommes. Aimer quelqu'un, c'était ouvrir une brèche dans son armure. Une putain de brèche qu'on pouvait utiliser contre vous sans scrupule. Il était bien placé pour le savoir, vu qu'il n'hésitait pas à en tirer parti lui-même quand ça pouvait lui permettre d'obtenir ce qu'il voulait.

Spider, c'était une référence, une putain de dynamo ! Mais maintenant qu'il l'avait vu s'écraser comme une merde pour couvrir son frangin, son image était définitivement ternie. Parce que le frangin en question ne méritait pas une démonstration de loyauté pareille, et surtout pas le risque que prenait délibérément Spider de piétiner la vieille amitié qui l'unissait à Brodie. Car Cain ne se le tiendrait sûrement pas pour dit. Il était trop soucieux de soigner son image auprès de la galerie.

Rien que ça, c'était une bonne raison de rester vigilant. Jimmy ne s'en mêlerait pas. Il les garderait à l'œil, attendrait de voir et choisirait son camp le moment venu.

Jusque-là, il préférait la boucler.

En tout cas, une chose était sûre : le grabuge ne faisait que commencer.

– Alors, toujours là, celle-là ! s'exclama Patrick à pleins poumons.

Lil avait horreur de la manière pour le moins cavalière dont son mari présentait ses respects à sa mère – mais elle dut se mordre la joue pour ne pas éclater de rire. Même Annie semblait décidée à prendre la chose du bon côté. Il était pourtant difficile d'entendre autre chose que de l'arrogance et de la malveillance dans la boutade de Patrick.

Annie leva les yeux ciel et poussa un soupir mélodramatique en s'efforçant de dissimuler un sourire. Les garçons en restèrent bouche bée, comme leur père :

– On dirait que c'est la grande forme, belle-maman !

Annie se mit à glousser comme une écolière, ce qui laissa Patrick dubitatif. Fallait-il s'inquiéter des lubies de la vieille chouette ou prendre le parti d'en rire ? Elle avait changé de façon si radicale, ces dernier mois, qu'il commençait à se demander si les histoires de trolls et de fées de sa grand-mère ne contenaient pas un fond de vérité…

Entraînant Lil dans la cuisine, il lui glissa à l'oreille :

– Dis donc, t'es sûre qu'elle prend rien ta mère en ce moment ? On s'est à peine habitués à sa soupe à la grimace, que v'lan, elle se réincarne en Doris Day sous amphètes !

Lil se mit à rire de bon cœur. Patrick était ravi. Cela faisait tellement longtemps qu'ils n'avaient pas ri ensemble ! Elle se faisait un sang d'encre pour lui, et il détestait ça.

– Et toi, comment tu te sens aujourd'hui, ma chérie ?

– Dans le coaltar, répondit-elle avec un haussement d'épaules. Je serai vraiment soulagée, tu sais, quand mon petit locataire décidera de déménager. C'est le plus lourd et le plus pénible que j'aie jamais porté. Pourtant, tu me connais, je ne suis pas du genre à en faire tout un plat !

Patrick la serra dans ses bras pour lui montrer qu'il comprenait ce qu'elle voulait dire.

Lil n'avait vraiment pas l'air bien, avec sa petite mine et ses traits tirés. Il commençait à se faire du souci pour elle. Franchement, entre garder sa femme et avoir un nouveau bébé, le choix était vite fait – mais, dans son état, il se gardait bien de le lui dire… Elle avait l'air tellement épuisé…

– Tiens, assieds-toi un peu, ma chérie ! Repose-toi, je te prépare quelque chose.

Annie avait eu la prudence de ne pas les suivre dans la cuisine. D'habitude, elle leur tournait autour comme la mouche du coche, histoire de bien filer l'impression à Patrick qu'il n'était qu'une pièce rapportée dans sa propre maison. Il n'avait rien à craindre d'elle, mais elle ne détestait pas jouer un peu avec ses nerfs. Seulement, la Annie « formule enrichie », c'était une épine dans son pied ; il préférait de loin la version « vieux chameau teigneux ». Pourtant, quelque chose lui disait que le moment était mal venu d'aborder le sujet.

Il fila donc un coup de main à sa femme pour préparer le thé et quelques sandwiches. Il était minuit passé, mais ça n'avait pas vraiment d'importance. Patrick était de ces hommes qui trouvent normal que leurs femmes se décarcassent pour faire leurs quatre volontés de jour comme de nuit. Il débarquait chez lui à pas d'heure et s'attendait à se faire servir alors que toute la maisonnée était au lit. Il était normal qu'il soit obéi au doigt et à l'œil, vingt-quatre heures sur vingt-quatre, Lil n'y voyait rien à redire. En fait, elle adorait l'écouter parler de ses journées. Elle avait beau se traîner, enceinte jusqu'aux dents, ce fieffé égoïste et les gamins qu'ils avaient faits ensemble étaient sa priorité, le sel de sa vie, sa raison d'être. Lil remerciait chaque jour Patrick de l'entourer de tant d'amour, de lui donner le sentiment d'être désirée, honorée et appréciée – mieux : qu'elle lui était indispensable. Il lui avait offert une existence dont elle n'aurait jamais osé rêver, et elle ne demandait qu'à lui rendre la pareille, de toutes les façons possibles.

Elle adorait ces moments où ils se retrouvaient, tandis que le reste du monde dormait à poings fermés. Ces soirs où elle avait enfin un peu son homme pour elle, elle sentait son amour. Elle savait que, quoi qu'il arrive, elle resterait toujours sa seule et vraie priorité, avec les enfants.

Elle beurrait les tartines et lavait la salade quand elle sentit le bébé bouger. Comme un coup de pied plus vigoureux la pliait en deux, Patrick la prit dans ses bras en riant.

– Ouah, Lil ! je le sens ! Tu nous mijotes un petit Brodie prêt à conquérir le monde, dis donc ! Tu sais qu'on fait de beaux gamins, tous les deux ? Les plus beaux ! Tu verras, ma chérie, ils feront de grandes choses, ils deviendront tous quelqu'un… Quelle veine on a !

Soudain, il remarqua la profondeur des cernes noirs qui soulignaient son regard et la pâleur des joues creuses de son épouse. Elle n'allait vraiment pas bien. Cet enfant était en train de la pomper de l'intérieur, de lui prendre ce qui lui restait de santé, et il ne s'en était pas rendu compte… Elle attendait son retour, nuit après nuit, et il la laissait se relever pour lui préparer à manger, discuter de choses et d'autres ou faire des projets… Tout à coup, il sentit une culpabilité immense l'envahir, celle d'un homme qui prend conscience qu'il exerce une pression terrible sur son entourage. En serrant sa femme dans ses bras, il eut honte de ne pas s'être rendu compte plus tôt qu'elle n'était plus que l'ombre d'elle-même. Le bébé l'avait laminée. Sa vie professionnelle revêtait parfois plus de réalité à ses yeux que les petits drames quotidiens qu'il lui laissait le soin de dénouer seule. Il prenait enfin la mesure de ce qu'elle faisait pour lui : elle écartait tous les tracas, petits et grands, de la vie domestique, elle s'assurait qu'il n'eût jamais le moindre problème à résoudre ni pour la famille, ni pour la maison.

En entendant se refermer la porte d'entrée, il comprit qu'Annie s'était discrètement éclipsée – même ça, c'était à sa femme qu'il le devait. Elle savait qu'il supportait mal de partager son oxygène avec sa belle-mère. Il fallait pourtant admettre que cette vieille peau devait parfois faciliter la vie de Lil, ne serait-ce que par sa présence et les menus services qu'elle lui rendait. Enfin, tout cela avait quand même un prix.

En serrant Lil dans ses bras, il sentit la puissance combinée de sa féminité et de sa bonté, cocktail qu'il avait toujours trouvé détonant. Comme tant d'hommes de sa génération, il ne lui avait jamais prodigué tout le respect qu'elle méritait en tant que mère de ses enfants et femme de sa vie. A l'époque où elle s'occupait des clubs, son intégrité, sa finesse et son sens des affaires forçaient le respect. Et voilà qu'elle était revenue à la case départ, par sa faute. Une simple femme au foyer, le réceptacle de ses enfants. Mais même ça, elle l'avait accepté de bonne grâce, comme le reste – sans un murmure, avec courage et dignité. Il avait l'impression d'être un salaud de première. Absorbé par ses problèmes, il l'avait pratiquement oubliée, elle et tout ce qui comptait vraiment pour lui. Cette découverte était cuisante, mais il y avait pis : il avait devant lui une femme presque à bout de forces, qui s'efforçait encore de lui cacher son véritable état pour ne pas être un poids.

Il lui embrassa délicatement les lèvres, les yeux, tout le visage. Elle se laissa faire, offerte, comme avant, à ses baisers.

Sa Lil, sa chère Lil, était un trésor vivant et une sacrée battante. A moins d'y regarder de près comme il était en train de le faire, elle ne laissait jamais rien paraître d'alarmant. Elle n'avait qu'une préoccupation : lui épargner le moindre souci et réunir les conditions indispensables à son bonheur. Mais là, elle avait vraiment une mine épouvantable. Il s'inquiétait pour elle, mais comment le lui dire sans la froisser ? Elle avait toujours eu une pêche d'enfer. Elle ne lui avait rien demandé qu'il n'ait eu envie de faire – et il s'exécutait généralement avec empressement, ne fût-ce que pour avoir une bonne opinion de lui-même…

Dans le fond, il avait plus que jamais besoin d'elle. Et il comprenait soudain combien la vie qu'il s'était choisie pouvait l'affecter elle, sa famille et tous ceux qui gravitaient autour d'eux. Pour la première fois depuis des années, il voyait la vie de son épouse de son point de vue à elle et, franchement, il n'y avait pas de quoi être fier. Mais il n'avait aucune envie de s'appesantir là-dessus, et il la fit asseoir sur le premier fauteuil venu. Il allait prendre les choses en main, ça la changerait un peu.

C'était à double tranchant, parce que ce n'était qu'un jeu… Pas dupe d'une telle sollicitude, Lil releva aussitôt que, décidément, il faisait tout pour elle… Qu'il s'agite comme ça, aux petits soins, lui donna subitement envie de le gifler. Elle était enceinte, pas impotente, nom d'un chien ! Pourquoi la traitait-il comme une petite chose fragile ? Etait-il incapable de reconnaître la force des femmes ? Dire que chacune de ses grossesses, au contraire, lui faisait prendre conscience à elle de tout ce dont elle était capable !

Ce miracle de la vie, les hommes feignaient de croire que ça n'était rien – pourtant, ils en seraient toujours réduits à s'en remettre aux femelles de l'espèce pour se reproduire. Et ils seraient toujours obligés de se fier à leur femme, parce qu'elle seule pouvait attester qu'ils étaient le père de l'enfant qu'elles portaient. Ils devaient les croire sur parole, parce que, s'ils ne leur faisaient pas entièrement confiance, eh bien, c'était tout la famille qui en pâtissait. Ceux qui choisissaient mal la mère de leurs enfants ne pouvaient plus que tempêter, fulminer et défier ciel et terre pour se convaincre que l'enfant qui portait leur nom et dont ils payaient l'éducation était bien le leur. Brodie, lui, n'avait jamais eu ce problème – jamais. Ce qui faisait que, même maintenant qu'il s'inquiétait pour elle, elle aurait toujours le dernier mot. Elle lui avait toujours donné la première place, elle avait toujours respecté son travail et s'était toujours scrupuleusement occupée de ses rejetons.

Lil était attentive en permanence aux soucis de son mari et à ses réactions. Elle ne lui en faisait jamais la remarque, mais comme toute femme digne de ce nom, elle se promettait de le lui rappeler en temps utile. L'aimer lui, c'était une chose – mais accepter ce genre de fadaise, c'en était une autre ! Il commençait à lui courir, avec ses soudaines velléités de lui prouver qu'il la comprenait et qu'il savait mieux qu'elle ce qu'elle ressentait. C'était offensant, même si on pouvait y voir une chance merveilleuse. Elle ne ferait rien pour déclencher les hostilités, mais elle aurait franchement préféré qu'il s'abstienne de lui faire un coup pareil !

Ça l'agaçait que Patrick ait mis si longtemps à se rendre compte de son épuisement – mais elle se laissa dorloter en souriant. Après tout, c'était un mec… Sa mère répétait à qui voulait l'entendre que les hommes n'auraient jamais été capables de trouver la sortie du ventre maternel si les femmes n'avaient pas poussé pour eux ! Une fois dehors, ils n'avaient qu'une idée en tête : se trouver une femme ou garder celle qu'ils avaient – voire les deux simultanément, pour certains… Tout bien pesé, c'étaient les femmes qui le faisaient tourner, ce foutu monde !

Et elle en eut plus que jamais la certitude, lorsque son homme l'enveloppa de nouveau de l'étreinte solide de ses bras avec un sourire béat.

CHAPITRE 14

Spider était sur les charbons ardents et il détestait ça. Cain commençait à le courir. Ce petit con se croyait plus malin que lui. Il était à l'âge où il suffit d'avoir quelques tunes en poche et de profiter du labeur d'autrui pour se prendre pour le grand champion du Mastermind, catégorie grand banditisme et deal de substances illicites. Il n'était pas loin de penser qu'il pouvait faire tourner le monde du haut de son tabouret de bar, en s'imaginant que son grand frère, qui avait été assez poire pour lui mettre le pied à l'étrier, se retrouvait soudain avec le QI d'un supporter du Millwall FC ! Sa candeur aurait été risible si elle n'avait pas été aussi dangereuse. Ce n'était pas très rassurant, en tout cas.

La vie était assez dure comme ça, sans qu'il se retrouve affligé d'un branleur aux tendances meurtrières. Ce morveux, qu'il avait formé et entretenu, se prenait soudain pour le chef de meute et n'en démordait pas. Mais qu'est-ce qu'il s'imaginait, ce crétin ? Que son propre frère était trop cloche pour s'apercevoir de ses manigances, sous son nez ? Qu'il pourrait ad vitam tricher en douce et en toute impunité ? Ça aurait été tordant si ça n'avait pas été pathétique.

Cain n'avait en effet rien trouvé de mieux que de s'acoquiner avec les frères Williams, les parias du Milieu. Au risque de saborder tout ce qu'ils avaient bâti, il n'avait pas hésité à se passer de son avis. Comme si, du jour au lendemain, il avait oublié tout ce qu'il lui devait. Il n'avait pensé qu'à sa pomme et à celle des sous-merdes avec qui il avait décidé de s'associer. Faire ami-ami avec Jasper le Rasta, avec qui il traînait depuis quelque temps, c'était déjà pas malin ; mais ajoutez les frères Williams, et vous obteniez une véritable bombe à retardement, un putain de cataclysme de dimensions olympiques ! Surtout, Cain était assez con pour se dire que lui, son frère aîné, celui qui lui avait tout appris, n'y voyait que du feu ; qu'il ignorait où son frangin passait ses nuits et ce qu'il fabriquait quand il disparaissait sans laisser d'adresse.

Spider s'était donc appuyé la tâche peu enviable de mettre Patrick au parfum, même s'il subodorait qu'il était déjà au courant, ou tout comme – peu de choses échappaient à son œil de lynx, ou elles étaient sans importance.

Les frères Williams avaient offert la terre sur un plateau à Cain et l'avaient persuadé qu'ils étaient la force de frappe dont il avait besoin. Et ce bourrin, comme le petit enfoiré qu'il était devenu, avait tout gobé. Quel saloperie c'était, putain, de découvrir que son propre frère était un empoté ! Dire qu'il s'imaginait pouvoir se fier à cette racaille blanche tombée encore plus bas, dans la chaîne alimentaire, que les putes qu'ils essayaient de faire bosser et que les tox qu'ils tentaient de fournir en came… Sans compter que les frères Williams, c'était un terrain miné ; dans le genre faux culs, ils n'avaient rien à envier à Judas !

Cain avait toujours eu tendance à se la jouer. C'était par là que les frères Williams avaient dû le harponner. Spider ne voyait pas d'autre explication. Ils avaient dû le baratiner à un point !

Les Williams se prenaient pour les nouveaux méchants. Ils voulaient revenir sur le devant de la scène. Avec Cain dans leur manche, ils espéraient s'imposer. Sauf que, si le Milieu tolérait Cain, c'était parce qu'il était sous la protection de Brodie – et ça, évidemment, parce que Spider était un membre de la première heure de son écurie.

Cain tirait donc profit de son propre crédit auprès de Patrick. Les Williams pensaient s'abriter derrière ses relations ; de toute façon, se disaient-ils, malgré toutes les conneries qu'il pourrait faire, Spider s'arrangerait toujours pour que Cain s'en tire ! Ils l'avaient pris pour un con eux aussi. Ils avaient misé sur son désir de protéger son petit frère ; en un sens, c'était bien joué. Mais là, ils mordaient sur la ligne jaune, et pas qu'un peu. Ils l'avaient fait passer pour un con, et ça, il n'était pas près de l'avaler. Il tenait à son petit frère, d'accord, mais il avait une réputation à défendre. Or, comme disait leur père, ça excluait les putes et les chieurs – un dicton qui s'était toujours vérifié. Et les Williams commençaient à le gonfler. Cain avait fait déborder le vase. Il avait intérêt à lui foutre rapidement le nez dans sa merde, qu'il mesure enfin la portée de ses actes. C'était le seul moyen de sauver les meubles, dans ce foutoir.

Spider avait donc résolu de provoquer l'accident qui menaçait les Williams. Ça leur pendait au nez, de toute façon. Mais il s'arrangerait pour que son frère ne soit pas impliqué. Cain avait pété les plombs, chose qu'il n'aurait pas soupçonnée de sa part. Mais il allait lui sauver les fesses, à cet empoté. Dans l'unique but de sauver les siennes. Il n'allait pas laisser Cain réduire à néant des années de boulot en le faisant passer pour un abruti incapable de voir ce qui se passe sous ses yeux.

Pratiquement du jour au lendemain, son frère Cain, entre les mains duquel il aurait remis sa propre vie, était devenu pour lui un objet de méfiance et de mépris, un canard boiteux à qui il n'aurait même pas confié les clés de sa bagnole. Putain de dégringolade, pour deux frères qui se targuaient naguère de régner ensemble sur le monde – le leur, du moins. Spider en était réduit à reconsidérer les bases mêmes de leur association et de leur business, pour limiter la casse, au cas où Cain persévérerait dans l'erreur au point de piétiner ouvertement tout ce qu'il lui avait appris.

Pour couronner le tout, voilà que cet enfoiré enfreignait la règle cardinale qu'il n'avait pourtant cessé de lui seriner : « Ne goûte jamais ce que tu vends, que ce soit les femmes ou la came. » A en croire la rumeur, les frères Williams carburaient aux amphétamines ; le brown était toujours sur la table. Ils étaient vraiment tombés plus bas que terre, de vraies raclures. Comme tous les junkies, ils cherchaient à en entraîner d'autres dans leur chute. Spider sentait Cain lui échapper chaque jour un peu plus.

Il n'hésiterait pas à le dessouder s'il devenait un handicap. Il n'en avait jamais fait mystère. Il lui avait souvent expliqué que personne, dans leur monde, ne pouvait s'offrir le luxe de faire du sentiment. Au premier coup de canif dans le contrat, vous étiez mort, famille ou pas. Leur confiance mutuelle, c'était tout ce qu'ils avaient contre le mitard. Sans cette confiance, plus personne n'était en sécurité, surtout pas les petits cons qui avaient eu la chance de débuter dans le métier grâce à leurs liens familiaux – même s'ils étaient assez stupides pour ne pas s'en rendre compte. En clair, ça signifiait que, pour assurer la survie du groupe, les liens du sang eux-mêmes devaient s'effacer devant l'intérêt général. Ça n'avait rien de personnel. C'était juste leur mode de fonctionnement.

Pour Spider, le bien commun passait avant tout, même la famille.

– Janie ! Mais qu'est-ce qui te met dans cet état ?

Lil se précipita dans le couloir. L'exclamation de sa mère avait déclenché tous ses voyants d'alarme. Pas la peine de l'interroger : quel que fût le problème, c'était du côté de son fils cadet qu'il fallait se tourner. Bizarrement, elle avait toujours su qu'elle vivrait un jour ce genre de scène : elle trouverait, derrière sa porte quelqu'un venu se plaindre de son fils en crachant des injures. Elle en était presque soulagée, comme si, pour qu'elle puisse enfin s'avouer que ses sentiments envers Lance n'étaient pas infondés, ses pensées les plus sombres avaient besoin d'être confirmées par une tierce personne.

Lance était une perpétuelle source d'ennuis. Elle le savait d'autant mieux qu'elle laissait à sa mère le soin de régler ses problèmes. Annie se faisait l'éternelle complice du gamin et s'arrangeait toujours pour qu'il s'en sorte comme une fleur. C'était précisément cette politique de l'autruche qui avait conduit Janie Callahan à frapper à sa porte. Le problème devait être gravissime pour qu'elle ait pris un tel risque, et peu de ses voisines auraient eu un tel culot.

L'anniversaire de Pat Junior approchait à grands pas ; son ventre lui pesait plus que jamais. Lorsqu'elle entendit la voix de sa mère se teinter de colère contre ce petit-fils qu'elle adulait d'ordinaire, Lil en eut la certitude.

– Qu'est-ce qui se passe, ici ? lança-t-elle d'une voix ferme, pleine d'autorité, pour rappeler à sa visiteuse à qui elle avait affaire, au cas où elle aurait été tentée de l'oublier.

Elle était face à Lil Brodie, l'épouse d'un homme unanimement craint et respecté dans tout le quartier. Lil était une star, à sa façon, et Janie la tenait en grande estime. Mais ce jour-là, la coupe était pleine ; Janie avait décidé de frapper un grand coup. C'était à Lil elle-même qu'elle voulait s'adresser, pas à sa mère. Annie Diamond était une vieille garce, une tordue qui n'avait voix au chapitre que grâce à ses relations, et surtout grâce au mari de sa fille. Elle ne manquait jamais l'occasion d'en profiter, cette chameau qui se servait du nom de sa fille. Cette fois, elle allait l'avoir dans le baba, parce qu'il n'était pas question de s'écraser.

A cause d'elle, qui défendait ses petits-enfants quoiqu'ils fassent – surtout Lance, le principal accusé –, personne n'osait se plaindre des petits Brodie. Pour Annie, son petit-fils marchait sur les eaux, et le gamin, qui avait parfaitement compris le pouvoir et les avantages qu'il pouvait en tirer, semait la terreur sous couvert de son nom. Fallait le mater, ce petit salopard, et le plus tôt serait le mieux.

Quand il s'agissait de ses enfants, Janie Callahan n'avait peur de personne. Si elle devait affronter Annie pour les protéger, pas de problème : elle l'affronterait ! Même s'en prendre à Lil, ça ne l'intimidait pas. Mais dans un coin de sa tête, elle savait qu'on pouvait toujours discuter avec Lil, que c'était une femme intelligente, accessible à la raison – en tout cas, elle l'espérait.

Janie se sentait capable de défier tout le clan Brodie réuni, y compris son chef ! Ses petits avaient besoin de sentir que leur mère prenait fait et cause pour eux et elle avait décidé de leur montrer qu'elle était prête à prendre tous les risques pour défendre leur sécurité.

– Laisse-moi régler ça, Lil. Rentre à la maison, ton état ne te permet pas de…

Lil lut de l'embarras dans le regard délavé de sa mère, lorsqu'elle l'écarta de son chemin sans ménagement. La brusquerie et la détermination de sa fille suffirent à lui clouer le bec.

Lil avait toujours eu de l'amitié et de l'estime pour Janie. Elle tenait donc à connaître le pourquoi de sa colère. Ça ne pouvait être que grave, parce que Patrick Brodie régnait sur le quartier et que jamais Janie ne serait venue frapper ainsi à sa porte sans raisons. Elle poussa un long soupir, en se demandant ce qu'avait bien pu faire son fils pour déclencher un tel séisme.

– Dégage, maman ! Allez entre, Janie, ma chérie, et explique-moi un peu ce qui t'amène.

Elle s'effaça pour laisser passer sa visiteuse. Pour démêler l'écheveau, elle devait comprendre ce qui l'avait mise tellement en colère. Elle devait savoir ce que ce petit salopard avait fait cette fois.

Elle devait aussi faire une démonstration de force à l'égard du voisinage. C'était leur façon de vivre et de survivre, ici. Elle sortit donc sur le trottoir et défia du regard toutes ses voisines qui s'étaient postées sur leur seuil, sans avoir l'air d'y toucher, évidemment, en attendant de voir qui aurait le dernier mot. Lil les fixa dans le blanc de l'œil, l'une après l'autre, inflexible et les mâchoires crispées. Elle connaissait la musique et les dévisagea avec un dédain tranquille qui tenait à la fois de l'insulte et de la menace.

– C'est bon ? Vous vous êtes bien rincé l'œil ?

La petite phrase assassine avait fusé avec plus de dureté qu'elle n'avait voulu, mais son effet fut immédiat. Les voisines regagnèrent leurs pénates sans demander leur reste. A l'avenir, elles y réfléchiraient à deux fois avant de se frotter à elle.

Janie avait franchi le seuil de Lil, et la détermination glacée qui avait filtré dans la voix de son hôtesse avait quelque peu sapé la sienne.

Lit sentit la peur se mélanger à sa colère. Janie ouvrait de grands yeux effarés et se mordait les lèvres. Elle avait dû prendre son courage à deux mains pour venir l'affronter. Il ne pouvait s'agir d'un simple différend entre gosses, ni d'un de ces tours pendables que se jouaient les gamins du quartier. Janie était investie d'une mission, le silence embarrassé de sa mère en était la meilleure preuve. Elle était certaine qu'il s'agissait de Lance. Cette fois, il devait avoir sérieusement dépassé les bornes.

Elle redoutait d'apprendre les méfaits de son fils, mais elle n'y couperait pas. Elle se prépara donc à entendre toute l'histoire en détail.

– Si tu allais nous faire du thé, maman…

Elle accueillit sa voisine d'un sourire qui exigea d'elle un effort considérable.

– Viens, Janie, ajouta-t-elle avec une amabilité qui n'était plus qu'à moitié sincère. Allons au salon. On va parler de tout ça, d'accord ?

Janie hocha la tête, soulagée. Mais comme son regard croisait celui d'Annie, elle comprit qu'elle s'en était fait une ennemie implacable.

Raide défoncé, Cain affichait un petit sourire aussi factice que son agacement était sincère. Leonard Barker, ça n'était pas vraiment la joie de vivre incarnée, mais avoir à annoncer à ce jeune gars que son frère quadrillait tout le Smoke pour lui mettre la main dessus, ça le rendait plus sinistre que jamais. Il devait être sérieusement empoté, ce gamin. Leonard, lui, aurait donné ses deux canines supérieures pour avoir dans sa manche un type comme Spider. Mais le Cain n'en avait visiblement rien à cirer. Il s'était contenté de le congédier d'un haussement d'épaules, ce qui donnait une idée de son état de déglingue.

Leonard retourna à son bar, dans la salle de devant, sans demander son reste. Il avait fait ce qu'il avait à faire et n'avait plus qu'une idée : mettre autant de distance que possible entre ce mec et lui.

Les mauvaises nouvelles étaient parvenues aux oreilles des Williams, qui avaient aussitôt pris le large, laissant à Cain – dont ils savaient pourtant qu'il était incapable de se torcher –, le soin de s'en dépêtrer seul. Ça, c'était du Williams tout craché. Ils semblaient prendre un malin plaisir à entraîner ce gamin dans leur chute. Et Cain s'y précipitait au grand galop, comme si le déclin et la désapprobation générale étaient tout ce qu'il désirait.

Leonard Barker rassemblait quelques verres vides en terrasse du Speiler lorsqu'il vit Patrick Brodie franchir les portes du pub. Il n'y avait que quelques clients, une poignée d'habitués, mais leur attention se concentra instantanément sur Brodie. Ils l'observaient du coin de l'œil, sans oser le regarder ouvertement. La main levée, Brodie adressa à la cantonade un salut nonchalant, que tout le monde s'empressa de lui rendre. Leonard sentit son cœur lui tomber dans les talons et déplora une fois de plus d'avoir pour patron une sale feignasse qui s'en remettait presque totalement à lui pour faire tourner son foutu rade. Il n'avait pas la queue d'une envie d'être témoin de la suite – cela dit, il n'était pas fâché que Cain reçoive enfin son dû.

Patrick lui adressa un signe de tête en souriant. Personne ne pouvait deviner qu'il se retenait d'exploser – il était vert d'en arriver là. Il ouvrit les bras d'un geste presque impuissant; d'un imperceptible mouvement du menton, Leonard Barker lui indiqua l'arrière-salle. Il y avait toutes les chances que Brodie ait été au parfum avant de franchir la porte du pub. C'était un classique, dans le secteur. La seule chose qui changeait, c'était la distribution. Sauf que, ce coup-là, avec Patrick Brodie, c'était un méchant notoire qui jugeait utile de venir régler ses différends en public. Leonard savait que son sort se jouerait sur le résultat de la confrontation. Il pouvait se retrouver dans le rôle du vil traître comme dans celui du preux chevalier blanc, ce serait selon. Il aurait nettement préféré empocher son salaire sans avoir à s'appuyer tous ces foutus drames qui se nouaient et se dénouaient sous ses yeux avec une déprimante régularité.

Il eut la mauvaise surprise de voir débarquer dans le sillage de Brodie deux malabars munis de battes de base-ball soigneusement doublées de Chatterton rouge. Une fois leur sale boulot exécuté, ils n'avaient plus qu'à décoller l'adhésif souillé et à le faire disparaître. Leurs battes restaient flambant neuves, prêtes à l'emploi, et toutes les preuves étaient réduites en cendres…

Deux clients achevèrent leur verre et sortirent sans prendre le temps d'échanger blagues et salutations d'usage – comme prévu, ils donnèrent le signe de la grande migration. Le pub se vida en un clin d'œil. A elle seule, l'atmosphère était suffisamment éloquente et personne ne tenait à assister à ce qui se préparait… Qui leur aurait jeté la pierre ?

Patrick sourit à Leonard, qui lui servit un double scotch avant de fermer l'abattant du bar derrière lui et de filer à son tour. Il irait attendre dehors, dans le froid, qu'ils aient vidé leur querelle et débarrassé le plancher. Sans en être le gérant, Brodie était le propriétaire du bar, et Cain n'allait pas tarder à découvrir ce que ça voulait dire, d'être le propriétaire de quelque chose – ou plutôt, en l'occurrence, de quelqu'un.

Leonard alla donc s'installer dans sa petite Hillman garée juste devant le bar et entreprit de se rouler une cigarette. Un léger tremblement l'en empêcha. Il mit le contact et inséra une cassette dans sa stéréo huit pistes. La voix d'Elvis Presley se déploya aussitôt autour de lui. Il poussa un soupir et ferma les yeux. Il aurait donné cher pour pouvoir souffrir un peu de la solitude, ce soir-là !

– Alors, Janie, qu'est-ce qui te chiffonne ?

Janie poussa un soupir douloureux. Tout son aplomb l'avait désertée. Elle s'était assise du bout des fesses sur le canapé, la bouche sèche et le cœur battant si fort qu'elle avait du mal à s'entendre penser.

Sentant la détresse de cette pauvre femme, Lil lui sourit à nouveau, mais d'un sourire totalement factice. Elle avait de moins en moins envie d'entendre ce que Janie s'apprêtait à lui raconter.

– Lance n'arrête pas d'asticoter mes gosses, Lil. Mais, cette fois, je ne peux pas faire comme si je n'avais rien vu. C'est allé beaucoup trop loin !

Ça y était. Elle l'avait dit. Et le ciel ne lui était pas tombé sur la tête…

– Comment ça, trop loin ?

Lil s'appliquait à poser les bonnes questions, mais elle aurait pu écrire les répliques de Janie. Même si, comme toujours avec Lance, elle s'attendait au pire, rien, cependant, n'aurait pu la préparer à ce que sa voisine lui rapporta. Elle en eut le sang glacé.

– Eh bien, on a dû faire huit points de suture à ma fille, quand Lance l'a poussée hors du bus…

Janie resta bouche bée devant l'expression sidérée qui s'était peinte sur le visage de Lil. Elle était persuadée que Lil était au courant de cette affaire ! A l'école, on ne parlait plus que de ça, mais personne ne se décidait à intervenir. Bon, mais qu'est-ce qu'elle y pouvait ? Là, il fallait trouver une solution, parce que ses gosses n'osaient plus mettre le nez dehors.

– La petite ? T'as bien dit la petite ?

Janie confirma d'un signe de tête. Une ombre d'inquiétude passa sur son long visage. Elle comprenait, à présent : Lil n'était au courant de rien. De pâles, ses joues avaient viré au livide, comme si elle était sur le point de tourner de l'œil. Janie ne pouvait plus détacher son regard de son énorme ventre de future mère, ni de ses chevilles qui avaient doublé de volume. Lil Brodie n'était pas en grande forme et ce n'était pas ce qu'elle venait lui apprendre qui allait la requinquer. Annie avait dû s'arranger pour que l'affaire ne lui parvienne pas aux oreilles, le temps, du moins, de lui en concocter une version présentable.

– Oui, ma petite Maureen. Elle n'a que six ans, et il l'a poussée du bus en marche. Elle est tombée sur la chaussée, la tête la première. A l'hôpital, ils m'ont dit qu'elle avait eu de la veine de n'être que légèrement blessée. Ça aurait pu être bien pire. Tu sais, Lil, je ne cherche pas à t'embêter avec tout ça. Je vois bien que tu vas accoucher, mais je ne peux pas laisser passer ça sans rien dire. Lance n'arrête pas de les martyriser et si je lui dis quoi que ce soit, il me répond du tac au tac en me balançant des insanités. Je ne veux surtout pas t'empoisonner la vie… et encore moins que Patrick vienne se venger sur moi, mais je ne peux pas faire autrement. Si personne n'y met le holà, je vais devoir quitter le quartier. Sauf que, comme tu sais, mon homme est en taule. Déménager, c'est au-dessus de mes moyens.

Janie avait achevé sa phrase d'une voix brisée par le soulagement d'avoir parlé à haute et intelligible voix. Lil était pâle à faire peur et Janie en avait le cœur serré. Ce n'était pas du cinéma, Lil n'était vraiment pas au courant. Il fallait le voir pour le croire.

Lil, pour sa part, n'avait pas digéré ce qu'elle venait d'entendre. Ça n'avait ni queue ni tête. Elle en restait tétanisée de colère et d'humiliation. Cette pauvre femme croyait qu'elle était au courant des agissements de son fils et qu'elle laissait faire. Et les autres ? Tout le quartier s'imaginait donc qu'elle couvrait son fils ?

Elle songea, mortifiée, que c'était sa faute. Parce qu'elle ne parvenait pas à s'intéresser à ce gamin, à ce qu'il faisait ou ne faisait pas. Elle n'avait aucun mal à croire Janie sur parole ; elle sentait juste qu'elle aurait dû tenter d'expliquer les actes de Lance, de prendre sa défense, de lui trouver des circonstances atténuantes. Mais elle n'en avait ni l'envie ni l'intention. Au contraire. Elle sauta sur ses pieds et se mit à hurler le prénom de son fils à pleins poumons.

Les gamins avaient filé dans leur chambre dès qu'ils l'avaient entendue rudoyer Annie. Comme ils redescendaient l'escalier, elle sentit le rouge de l'humiliation lui embraser le cou et le visage. L'enfant qu'elle portait fut soudain pris d'une convulsion, et elle dut se retenir aux meubles pour ne pas s'effondrer.

Pat Junior et les jumelles étaient déjà dans le couloir. Lance fermait la marche. Il ouvrait de grands yeux, pleins de cette innocence qui n'avait jamais été qu'une façade. L'innocence du diable. Sa mère lui sauta dessus avec une agilité que démentait la lourdeur de son corps douloureux. Elle n'avait qu'une idée : le faire souffrir à son tour, qu'il ait un petit aperçu de ce qu'il infligeait à ses victimes. Et qu'il commence enfin à entrevoir le point de vue d'autrui.

Comme il tentait de se soustraire à sa furie en remontant l'escalier quatre à quatre, elle le rattrapa par la cheville et le traîna par un pied, sourde à ses supplications, jusqu'au living, où elle le flanqua par terre. Il resta là, prostré, pantelant, les yeux assombris par la peur, tant qu'elle lui hurla sa rage. Comme Annie s'efforçait de la calmer, Lil l'empoigna par le devant de son cardigan boutonné avec un soin maniaque et la précipita dans le couloir, manquant de peu de la faire trébucher. Les enfants, sidérés, contemplaient la scène comme si leur mère avait perdu la tête. Mais Lil n'avait pas le moins du monde perdu la raison. Au contraire, elle l'avait enfin retrouvée, elle se réveillait d'un long cauchemar.

Sa mère lui murmurait des paroles apaisantes dans l'espoir de calmer sa fureur. Mais cela ne faisait qu'accroître sa rage, qui montait comme une gangrène menaçant à tout instant de l'emporter.

– Je t'en prie, Lil. Calme-toi, ma chérie. Jamais il n'aurait fait une chose pareille. Je sais bien que c'est un petit garnement, mais de lui-même, il n'aurait jamais fait une chose pareille. Ils ne cessent de le persécuter…

Lil secoua la tête, désespérée. Puis, les mains calées sur ses hanches épanouies, elle laissa déborder son mépris :

– Dégage, tu veux, maman ! Il pourrait massacrer tout le quartier à la hache et en plein jour que tu lui trouverais des excuses. T'essaierais encore de me prouver qu'ils l'ont bien mérité !

– Tu te fies à sa parole plutôt qu'à la mienne ?

Le cœur de Lil se serra devant le masque de douleur qu'était devenu le visage de sa mère, devant ce chagrin qui y creusait des rides profondes et la vieillissait avant l'âge. Dès qu'il était question de Lance, Annie perdait tout sens de la réalité. C'était comme si elle ne voyait pas le même gosse que le reste du monde. Lil eut pitié d'elle et se retint de répliquer. A quoi bon argumenter avec cette femme qui, tout en lui déplaisant souverainement, avait réussi à se rendre indispensable ?

– Emmène les enfants en haut, tu veux ? Et, putain, t'avise pas de redescendre avant que je t'appelle !

Annie était bouleversée d'inquiétude et de chagrin pour ce petit dont les défauts lui demeuraient invisibles.

– Mamie, mamie ! plaida Lance. Mamie, me laisse pas tout seul avec elle !

Ses sanglots avaient fait place à de grands haut-le-cœur et, malgré les larmes qui barbouillaient sa belle petite gueule d'ange si semblable à celle de son père, malgré ses cris pitoyables, Lil ne put trouver en elle aucune trace de pitié.

Il tenta à nouveau de lui échapper en se précipitant hors de la pièce, mais, cette fois, elle l'attrapa par les cheveux et le ramena de force dans le living. Elle claqua la porte, détacha les bras du garçon qui s'étaient désespérément noués autour de sa taille dans l'espoir de l'attendrir, de lui inspirer l'envie de le cajoler, et elle lui asséna une sacrée correction.

Ses coups étaient portés avec une force concentrée, précise et dévastatrice. Il se roula en boule sur le tapis, obligeant sa mère à l'empoigner une fois de plus par les cheveux pour le relever. Elle se mit à le tabasser avec une détermination implacable et cruelle. Il avait le visage en sang et puait la peur à cinq pas, une peur qui s'exhalait par grandes vagues, mais ça ne faisait qu'attiser la colère de sa mère et sa résolution à lui donner une leçon mémorable.

Elle s'entendait proférer dans sa rage des injures qu'elle ne comprenait qu'à moitié.

– Tu veux jouer les durs, hein, espèce de sale branleur, sale petit vicelard !

Elle s'égosillait à jet continu. Janie assistait à tout cela du canapé, épouvantée par l'obstination du gamin. Car même avec l'arcade sourcilière et le nez en sang, dirait-elle plus tard, Lance persistait à tout nier en bloc. Par la suite, elle raconterait à voix basse que Lil Brodie s'était acharnée sur son fils comme une furie, qu'elle lui avait filé une trempe qui aurait donné de quoi réfléchir à plus d'un adulte. Elle dirait à tous ceux qui voulaient l'entendre que Lil était une femme bien, qu'elle avait dérouillé ce petit fumier de Lance comme il le méritait, qu'elle lui avait fait payer au centuple la souffrance de sa petite. Sans même s'en rendre compte, Janie lui taillerait une fois pour toutes une réputation de femme à poigne.

Lil avait fondu en larmes. Elle était secouée par de longs sanglots où le désespoir se mêlait à la déception. Des filaments de morve lui coulaient du nez. Elle s'agenouilla près du gamin.

– Je vais t'avoir à l'œil, petit salaud, lui dit-elle en réprimant l'envie de l'achever en lui défonçant le crâne à coups de poings. Chaque fois que tu recommenceras tes conneries, attends-toi à recevoir la même chose, voire pire. Espèce de sale taré !

Lance regarda à travers ses larmes cette femme qu'il aimait et haïssait tant à la fois.

– C'était pas moi ! Je te jure, m'man ! C'était Patrick ! C'est la vérité, m'man. Je te le jure devant Dieu !

Ça continuait ! Il persistait à nier l'évidence ! Et cette fois en enfonçant son frère pour tenter de s'en sortir. N'avait-il pas une once de conscience ou de dignité ? Elle prit sa tête et la souleva brusquement vers la sienne, en un geste qui fit s'entrechoquer les dents du gamin si violemment que Janie Callahan sursauta sur son canapé. Puis elle lui cracha en pleine figure :

– Sale menteur ! Tu mens comme tu respires. Tu vas me la dire, la vérité… ou je te jure que je vais te buter !

Elle avait plongé ses yeux dans les siens. Il sentit qu'elle ne plaisantait pas. Lil vit ses paupières s'abaisser et comprit qu'il changeait de tactique – ce qu'elle trouva aussi déprimant qu'inquiétant. Ce gamin était vraiment bizarre. Mais maintenant qu'elle avait enfin réussi à l'admettre et à le reconnaître devant Janie, elle sentit s'envoler la peur qu'il lui inspirait.

– Oui, c'était moi, m'man. Je suis vraiment désolé. Je suis vraiment désolé. Mais elle m'avait regardé de travers, l'air de dire que j'étais pas aussi bien qu'elle… !

Cette note pleurnicharde dans sa voix, son penchant naturel pour le mensonge – c'en était trop. Qu'est-ce qu'elle avait donc mis au monde ? Où diable était-elle allée ramasser un enfant pareil ? Elle le repoussa avec horreur, comme si le seul fait de le toucher avait été au-dessus de ses forces. Puis, prenant appui sur l'accoudoir du canapé, elle se hissa laborieusement sur ses pieds, tandis que Janie s'empressait de lui venir en aide. Elle avait gardé le silence jusque-là, se contentant d'assister à la scène et de laisser Lil régler le problème. Une heure plus tôt, elle aurait juré que Lil n'ignorait rien des méfaits de son petit salopard de fils, mais elle faisait erreur. Quel soulagement, en tout cas, de savoir que ses enfants n'auraient plus à craindre cet hypocrite au sourire angélique dont les chapelets de jurons auraient fait rougir un charretier.

Lance était en piteux état, mais ça ne lui faisait ni chaud ni froid. Tout comme à sa mère, il ne lui inspirait que du dégoût – mêlé d'un grand soulagement. Il avait enfin eu la monnaie de sa pièce et elle n'avait pas détesté le voir se tortiller sur le tapis du salon. D'ailleurs, qu'un si jeune enfant puisse éveiller en elle un sentiment aussi trouble, ça ne laissait pas de l'inquiéter.

– Hors de ma vue !

Comme il se relevait à grand-peine, Lil comprit qu'elle avait eu la main lourde. Elle lui avait vraiment cassé la gueule. Tant pis. Il avait un sérieux défaut de fabrication, ce gamin. Elle le remettrait dans le droit chemin, dût-elle y laisser la santé.

Quand il fut hors de la pièce, elle poussa un grand soupir et s'alluma une cigarette.

– Je suis désolée, Janie, dit-elle en soufflant bruyamment la fumée. Tu viens de me l'apprendre. Et ta petite, elle s'en remet ?

Janie hocha la tête et accepta la cigarette que Lil lui offrait.

– Il a failli la tuer, Lil. C'est pour ça que je suis venue. Tu sais bien que je n'aurais jamais fait d'histoires, tu le sais. Mais mes enfants sont morts de trouille. Il se passe pas un jour sans qu'il s'en prenne à eux.

Elle avait à nouveau fondu en larmes, bouleversée cette fois par la compassion qu'elle lisait dans le regard de Lil.

– Et Pat ? Où il était pendant tout ça ? lui demanda cette dernière, soudain effrayée à l'idée que son aîné eût pu être complice de son frère.

Janie haussa les épaules et s'essuya les yeux avec un vieux mouchoir en papier. Les taches de nicotine qui lui marquaient les doigts en disaient long sur son état nerveux. A la voir ainsi, clope au bec, le visage défait et barbouillé de larmes, Lil put déchiffrer son propre avenir. Voilà ce qui l'attendait, elle aussi, si elle n'y prenait garde. Lance était bien capable de faire de sa mère une épave aussi pitoyable que la pauvre femme bouffie qu'elle avait sous les yeux.

– Chaque fois qu'il le prend sur le fait, il essaie de le retenir. Ton aîné, c'est un bon petit, Lil.

Ces mots lui mirent du baume au cœur et elle soupira, plus profondément cette fois, avant de hurler à tue-tête :

– Tu restes où t'es, m'man ! Je t'interdis d'aller le voir !

Elle se releva et quitta la pièce. Janie reconnut la voix d'Annie Diamond qui tentait de parlementer avec sa fille. Elle promena son regard autour d'elle, dans cette jolie maison qui était celle de Lance. Comment un gamin pouvait-il aussi mal tourner, alors que tout lui tombait dans le bec ? La moquette toute neuve et impeccablement posée, les meubles, le papier des murs, tout respirait la qualité et le confort. Jusqu'aux cendriers, de magnifiques poissons bleus en pâte de verre… Une télé couleur trônait dans un coin et les fenêtres étaient drapées de luxueux rideaux en velours. On se serait cru dans une photo de magazine ou dans une vitrine des beaux quartiers. Pourtant, elle n'aurait pas troqué sa place contre celle de cette pauvre Lil pour tout l'or du monde…

– Je te le répéterai pas, maman. Je veux que tu le laisses réfléchir un peu à ce qu'il a fait.

Annie était sens dessus dessous. Incroyable, les trésors de prévenance et de tendresse qu'elle déployait pour cet enfant, vu le peu d'affection qu'elle avait témoigné à Lil dans son enfance. Pour elle il n'y avait jamais eu ni noëls, ni anniversaires. C'était comme si elle n'existait pas. Et Annie prenait fait et cause pour ce garnement qui avait jeté une fillette de six ans de la plate-forme d'un bus en marche !

– Casse-toi, m'man, lui dit-elle dans un souffle en la poussant sans ménagement dans le couloir. Retourne chez toi et laisse-moi m'occuper de mes affaires !

Sans dessus dessous, Annie murmura :

– Tu vas pas le dire à Patrick, au moins ?

L'inquiétude faisait chevroter sa voix et Lil comprit qu'elle était bouleversée. Sa propre mère, qu'elle croyait totalement inaccessible à ce genre de séisme !

– Un peu, que je vais le dire à Patrick ! Ce petit salaud a besoin de se faire remettre au pas, une bonne fois pour toutes. Là-dessus, fais-moi confiance, j'y veillerai personnellement.

Annie secoua la tête avec véhémence.

– Mais ça n'est qu'un gamin ! glapit-elle. Tous les petits garçons font des bêtises, Lil. De grâce, le dis pas à son père. Patrick va le tuer. Toi, c'est déjà pas rien, mais son père, il ne connaît pas sa force !

– Fiche le camp, maman. Fous-nous la paix, à moi et à ma famille. D'ailleurs, en parlant de Patrick, y a toutes les chances qu'il te rende responsable de tout ça. Alors, si j'ai un conseil à te donner, c'est de te faire rare. Des fois qu'il déciderait de te lourder définitivement...

Lil monta alors au premier et jeta un coup d'œil dans la chambre de Lance. Le gamin sanglotait, seul sur son lit. Il était plus petit qu'il n'y paraissait, mais ses malheurs la laissaient de marbre. Il la contempla de ses grands yeux gris, et la roublardise qu'elle lut dans son regard lui fila des frissons. C'était un beau petit salaud, à la fois veule et plein de fiel. Elle ne comprenait pas d'où il pouvait tenir ça. De sa grand-mère maternelle, sans doute. Annie pouvait être sacrément sournoise, elle aussi. Il allait falloir espacer et abréger les moments qu'elle passerait avec Lance. Dès que le bébé serait né, elle reprendrait les choses en main et garderait un œil sur lui. Elle ne le lâcherait plus d'une semelle. Hors de question d'entendre à nouveau parler de lui et de ses exploits ! Tout ça, c'était fini – à partir d'aujourd'hui même ! Il avait intérêt à comprendre que plus aucun de ses actes ne demeurerait désormais sans conséquence.

Elle referma la porte sur lui et passa dans la chambre de Patrick. Les yeux écarquillés, les jumelles étaient assises main dans la main sur le lit, et leur frère leur lisait une histoire.

– Est-ce qu'il va bien, maman ?

Lil n'eut qu'un signe de tête et renonça à répondre, bouleversée par la sollicitude de ce gamin qui s'inquiétait pour son frère, lui qui n'y était vraiment pour rien dans les malheurs de Lance. Au contraire, tout aurait été bien plus simple pour lui s'il n'avait pas dû surveiller constamment cette petite terreur. Cet exemple de loyauté fraternelle était inconcevable quand on connaissait l'indignité de celui qui en était l'objet.

Le silence qui régnait dans la pièce, l'attitude réservée des petites qui, d'habitude, se seraient précipitées dans ses jupes pour qu'elle les prenne dans ses bras, tout trahissait l'angoisse des enfants. Cette explosion de violence les avait épouvantés. A présent, ils la regardaient d'un air effaré, comme une inconnue, une intruse.

Elle descendit préparer du thé pour Janie et elle. Cet après midi-là naquit entre elles une amitié qui devait durer jusqu'à leur dernier jour. Au moins une bonne chose à porter au crédit de Lance...

Brodie lui tournait autour en brandissant un pied de chaise repêché dans les débris du bureau. Cain le lorgna d'un œil méfiant. Il était plus mort que vif après la raclée qu'ils lui avaient mise, ses deux gros bras et lui, mais il leur avait vaillamment résisté. En fait, il les avait même impressionnés. L'établissement n'était plus qu'un champ de ruines, mais Cain savait encaisser les coups, et c'était un putain d'avantage face à de tels adversaires. Vu la quantité de dope que charriaient ses veines, la vigueur et la férocité de sa réponse les avaient un peu désarçonnés.

Cain s'était assis et regardait Brodie derrière ses paupières bouffies. La prochaine vague d'assaut lui tomberait dessus tôt ou tard. A la façon dont Brodie brandissait son arme, elle devait peser son poids. Ses arêtes vives devaient faire pas mal de dégâts sur un os ou un crâne. Cain avait beau être rétamé, il était suffisamment lucide pour savoir qu'il lui restait encore un sale quart d'heure à passer. Il carburait à l'adrénaline à présent, mais il n'avait qu'une vague idée de ce qui lui arrivait. Il ne s'expliquait même pas la présence de

Brodie. Son esprit s'obscurcissait. Il n'aurait pas su dire ce qui avait déclenché tout ça.

Il eut une nouvelle remontée de kétamine et une suée froide lui parcourut le corps. Il en distinguait l'odeur, des relents moites et douceâtres qui, quelques mois plus tôt, lui auraient filé la nausée – avant qu'il ne passe dans le camp des utilisateurs, lui qui s'en était si longtemps tenu à celui des fournisseurs. Il avait dans la bouche le goût du sang et dans les veines un cocktail qui lui donnait l'illusion d'être invincible. Il sortirait sain et sauf de cette salle, à la force des poings. La kétamine, un tranquillisant à usage vétérinaire destiné aux chevaux, s'ajoutant aux doses massives de speed qu'il avait sniffées ces huit dernières heures, lui embrouillait le cerveau. La paranoïa revenait à la charge. La sueur lui dégoulinait du front, brouillant sa vision déjà confuse. Il distinguait vaguement trois hommes qui le regardaient, leurs traits lui parvenaient comme à travers une eau trouble. Ils discutaient entre eux, de lui sans doute. Il ne pigeait pas un traître mot. Mais une chose était sûre : ils se foutaient de sa gueule. Parce qu'il allait rester là, sur le cul, peut-être ?

S'ébrouant devant tant de naïveté, Cain éclata de rire. Ils pensaient pouvoir se payer impunément sa tête ? Ils croyaient qu'il était du genre à s'écraser ? Il poussa un hurlement et, rassemblant ses forces, se jeta sur Brodie avec une énergie carnassière. Montrant les dents, il tenta de le mordre au visage, de lui arracher une oreille ou un morceau du nez. L'assaut avait été aussi brutal qu'inattendu ; Brodie le contra par un grand coup de pied de chaise, qu'il lui abattit sur le crâne et le corps jusqu'à ce qu'il renonce à se relever. Gisant dans son sang, suffoquant, Cain n'en continua pas moins à marmonner des menaces et des obscénités.

Patrick le contempla un instant, soufflé, puis, le repoussant du bout du pied, posa son gourdin de fortune sur la table la plus proche. Il s'alluma une clope avec une placidité qu'il était loin d'éprouver.

– Putain, qu'est-ce qui lui a pris ? Il a eu un trou d'air ou quoi ? fit-il en regardant ses hommes.

Le plus grand des deux haussa les épaules :

– Ça, c'est la kétamine, m'sieur Brodie. Ça leur flingue les neurones.

Brodie hocha la tête d'un air philosophe et passa dans la salle, toujours déserte.

Leonard avait repris son poste derrière le comptoir. Brodie prit le verre qu'il lui tendait et s'envoya une longue rasade de whisky. Il savoura le brasier ardent qui se répandait dans ses entrailles. Exactement ce qu'il lui fallait.

Leonard refit aussitôt le plein dans son verre et servit des limonades aux deux autres – sauf indication contraire de Brodie, ils n'avaient pas le droit de toucher à l'alcool.

Ils se mirent à bavarder entre eux, comme si de rien n'était, au milieu du champ de bataille.

– Tu crois qu'il marche toujours, ton juke-box ?

Brodie savait que Leonard avait évalué les dégâts au premier coup d'œil. Il avait l'habitude : il lui avait suffi d'un coup d'œil, en entrant, pour repérer tout ce qu'il faudrait remplacer. Comme le barman hochait la tête, il se fendit d'un grand sourire.

– Tu pourrais me mettre *Hotel California* ? Elle me botte, cette chanson…

Leonard s'exécuta et entreprit de remettre un semblant d'ordre dans la salle, tout en glissant son grain de sel dans les propos grivois qui se tenaient au bar. Chaque fois qu'un client frappait à la porte, il allait lui expliquer que la maison était fermée au public pendant quelques jours, le temps de « refaire la déco ». Ça devait arriver quatre ou cinq fois par an, en moyenne, et ça ne faisait tiquer personne. Ce n'étaient pas les raisons qui manquaient : les horaires excessifs, la consommation immodérée d'alcool, les paris, les femmes, le foot et parfois même la religion – toutes ces choses qui semblaient capables de pousser les gens à s'entre-tuer…

La soirée ne faisait que commencer. Leonard caressait donc l'espoir de rentrer tôt, pour changer. Le malheur des uns fait parfois le bonheur des autres, pas vrai ? Peut-être sa légitime aurait-elle eu la bonne idée de prendre son bain et son shampooing hebdomadaires ? Il se sentait d'humeur à tirer un petit coup suivi d'une bonne bière et d'un sandwich au bacon.

Le problème de Cain fut commodément relégué au second plan. L'affaire avait été jugée, soldée, et classée.

CHAPITRE 15

Jasper Jessup était un grand maigre originaire des Caraïbes – de quelle île au juste, personne n'aurait su le dire, et sûrement pas lui.

C'était un rat de première qui exploitait systématiquement tous les gens qui le côtoyaient, mais avec tant d'aplomb et de bonne humeur qu'il n'y avait jamais personne pour s'en offusquer. Ceux qu'il avait tapés se contentaient de l'éviter et, comme il était facile à vivre, on finissait par oublier ses mauvais côtés et on l'accueillait à bras ouverts quand on le voyait rappliquer.

Ces derniers temps, il était au mieux avec les derniers représentants de la tribu Williams. On pouvait en effet toujours compter sur Jasper pour dégoter de l'herbe et des filles à peu près potables – c'est-à-dire assez arrangeantes pour s'envoyer n'importe qui, n'importe quand et n'importe où. Moyennant finances, évidemment. Mieux : il était toujours au parfum de ce qui se passait sur le macadam, dans tout le sud de Londres.

Il s'était mis au point un accent jamaïcain relativement convaincant et sa haute silhouette dégingandée, couronnée d'une grosse touffe de dreadlocks, ne manquait pas d'une certaine classe. Cette élégance passablement débraillée lui donnait l'apparence d'un type loyal et fier, plutôt fiable. Ça avait suffi à assurer correctement son quotidien pendant pas mal d'années, en plus de l'auréoler d'un certain prestige.

Devant son look déjanté, parfaitement assorti à son grand corps malingre, les gens baissaient la garde. Certains jours, il allait jusqu'à s'habiller aux couleurs rasta et partait, plus bariolé qu'un drapeau éthiopien, arpenter de son allure princière les rues de Brixton Market. Son gros joint au bec, sur lequel il tirait en faisant scintiller ses couronnes en or, il saluait à grand bruit tous les gens qu'il connaissait. Il était connu comme le loup blanc, il faisait partie du folklore local. Il attirait particulièrement les jeunes, avec ses histoires de Black Power et de guérilla urbaine. Evidemment, dès qu'ils se rendaient compte qu'il brassait de l'air, leur tapait des tunes et fumait leur herbe plus vite qu'ils ne pouvaient en acheter, ils le laissaient tomber et se rapprochaient des autres mâles dominants du milieu, leurs vrais modèles. C'était une sorte de progression naturelle, une espèce de rite de passage pour les ados. Ils se figuraient que ça les posait, de s'afficher avec un type plus âgé comme Jasper. C'était un plus pour eux, un signe de maturité et de virilité – jusqu'à ce qu'ils le voient comme le pique-assiette qu'il était.

Ça ne les empêchait pas d'apprendre des tas de choses utiles auprès de lui : par exemple, que les parasites pouvaient se présenter sous diverses formes, couleurs et tailles, et que l'opinion de leur mère sur les gens dont ils s'entichaient était généralement fondée – au fil des années, Jasper avait eu l'occasion d'en caresser plus d'une à rebrousse-poil. Il avait même développé un talent spécial pour battre en retraite au bon moment, parce qu'il était trop malin pour abuser de sa chance. Quand c'était le cas, il se contentait de perdre de vue ses jeunes amis ; quand il les recroisait, il leur faisait de grands sourires et rigolait de bon cœur avec eux. L'image même du pote super, sympa, jovial et affable.

Bref, Jasper était si cool et si relax qu'il désamorçait d'avance tous les reproches qu'on aurait pu lui faire. Ça, c'était Jasper ! Tout le monde l'avait à la bonne. Les gens adoraient écouter ses histoires et rigoler avec lui au Beehive, le vendredi soir. C'était un sacré personnage dont on tolérait les petits écarts de conduite et qu'on laissait parasiter la communauté. Il ne se gênait pas pour rencarder les flics quand ça l'arrangeait, mais personne ne se demandait pourquoi il passait toujours entre les gouttes, avec son sourire de fumeur d'herbe et son aplomb impérial. Il ne s'était jamais fait épingler lors de la moindre descente – ce qui était en soi extraordinaire, car la loi dite du « délit de sale gueule » avait été justement conçue pour permettre aux flics de vous embarquer au prétexte que votre tête ne leur revenait pas. L'excuse parfaite pour les bourres, qui pouvaient ainsi mettre à peu près n'importe qui en garde à vue quand ça leur chantait. Par exemple, vous attendiez votre bus ; eh bien, ils pouvaient vous tomber dessus en toute légalité, vous coffrer et vous fouiller pendant des heures, en vous inculpant d'à peu près tout ce qui leur passait par la tête – et sur ce point, ils ne manquaient jamais d'imagination.

Parfois, ils en profitaient aussi pour vous filer quelques beignes – l'équivalent policier de « Chez nous, on ne fait pas de détail ! » De la West Midland Crime Squad à la Police métropolitaine, les flics avaient les coudées franches pour coffrer et passer à tabac quiconque n'avait pas l'heur de leur plaire. Tous les affranchis vous le disaient : quand quelqu'un se faisait serrer, même un récidiviste notoire qu'on n'avait jamais pu traduire en justice faute de preuves, il y avait fort à parier que le vrai coupable courait toujours…

La « loi du suspect » avait donc été votée en toute connaissance de cause : pour se simplifier le travail, les flics en abusaient sans se gêner. Les mange-merde comme Jasper en avaient besoin pour survivre. Il lui suffisait de lancer une simple allusion à la prétendue participation de telle ou telle personne sur un coup, et cette putain de loi permettait aux flics de coffrer l'intéressé sans l'ombre de la queue d'une preuve. En fait, sous ses airs fantasques et son bavardage décousu, Jasper était un fin renard responsable d'une foule d'arrestations. C'était aussi un parasite de la pire espèce, qu'il s'en prenne à de candides jeunes filles ou à des mecs d'âge mûr pour alimenter son larfeuil. Les gens se lâchaient en sa présence, parce qu'il avait toujours l'air beaucoup plus stone qu'il ne l'était vraiment. Les langues se déliaient et on se laissait aller à dire des choses qu'il aurait mieux valu taire.

Jasper avait toujours une oreille qui traînait et il glanait des tas d'informations sur à peu près tout, ce qui lui était sacrément utile dans ses rapports quotidiens avec le monde extérieur.

Spider le lui avait dit, une fois, qu'il n'était qu'un pro du folklore et qu'il ne l'impressionnait pas, avec son bonnet à la Bob Marley et son sourire de crétin. Pour lui, Jasper n'était qu'un rasta de carte postale, l'exemple même du Black qui ternit l'image de ses frères. Spider, qui en était un vrai, de rasta, avait d'emblée flairé l'arnaque. Depuis, c'était le seul mec dont Jasper se méfiait comme de la peste, parce qu'il avait vu clair dans son jeu.

Jasper n'avait aucune source fixe de revenus, légaux ou illégaux. Il vivait de sa roublardise. Son dernier petit boulot, il le devait à son talent pour dénicher les combines. Il l'avait conduit à frayer avec les frères Williams.

Il s'était insinué dans les bonnes grâces de Cain en lui enseignant toutes les subtilités de la fumette, du joint au bang. Puis il avait servi d'entremetteur entre les Williams et le jeune frère de Spider, et il n'était pas mécontent du rôle qu'il avait joué dans la chute de cet arrogant petit enfoiré. Les frères Williams avaient beau être encore perchés à leur cocotier, comme disait sa vieille maman, ils avaient tout de même réussi à contourner l'ostracisme de Brodie et à mieux s'en sortir qu'il ne l'aurait cru. Avec Cain dans leur camp, ils se sentaient en position de force : Spider ne laisserait jamais rien de trop grave ni de trop définitif arriver à son frangin. C'était du moins ce qu'ils se figuraient, cette bande de macaques blancs – Jasper, lui, n'en aurait pas juré. Spider l'avait percé à jour dès leur première rencontre, comme s'il avait été transparent ; pour ça, il fallait une perspicacité peu commune. Dommage qu'il n'ait pas eu le même œil de lynx, s'agissant de son petit frère ; mais c'était ça la famille. Fallait vraiment qu'on vous chie dans les bottes pour que vous vous décidiez à foutre dehors l'intéressé.

La tribu Williams était unie, autant qu'une telle famille pouvait l'être, et payait grassement toute contribution à leur cause. Assis à leur table, Jasper les menait en bateau à grand renfort de sourires, de scintillements de dents en or et d'accent jamaïcain. Il ruminait dans sa tête la meilleure stratégie pour continuer à les faire cracher et utiliser au mieux les informations qu'il leur soutirait. Car les frères Williams étaient du genre bavard et Jasper savait déjà presque tout ce qu'il y avait à savoir sur eux.

Toujours tout sourire, il s'envoya une bonne rasade de rhum. Puis il entreprit de se rouler un nouveau joint en se demandant comment cette petite racaille blanche parvenait à trouver son trou du cul pour se torcher… De toute façon, si Brodie était sur les traces de Cain, leurs jours étaient comptés. Spider devrait encaisser sans moufter et quelque chose lui disait aussi que, lorsque Brodie apprendrait tout ce que Cain avait gratté ces derniers temps, ça ne serait pas la fête à la maison…

Les dernières semaines avaient été riches en révélations. Il laissait les autres parler pendant qu'il roulait son joint ou fredonnait *Exodus* – une imitation plus vraie que nature de Marley. S'imaginant qu'il était trop défoncé pour s'en rendre compte, les frères Williams se permettaient même de se foutre ouvertement de sa gueule, et il prenait leurs vannes avec le sourire. Ça ne le dérangeait pas, de passer pour un crétin auprès de ces connards – c'était même un plaisir digne d'un fin gourmet ! La seule chose qu'il regrettait, c'était de ne pas pouvoir leur faire apprécier par avance l'art consommé avec lequel il s'apprêtait à les baiser. Ils finiraient bien par s'en rendre compte tous seuls… quoique un poil trop tard.

– Calme-toi, Lil. Lance a fait quoi, exactement ?

Elle poussa un soupir excédé. Patrick semblait avoir beaucoup plus de mal qu'elle à se rendre à l'évidence.

– Il a poussé une fillette de six ans et l'a fait tomber d'un bus en marche. Il a fallu hospitaliser la petite et lui faire huit points de suture. Elle a eu la peur de sa vie.

Elle poussa un nouveau soupir devant l'air catastrophé de son mari, qui ne devait être que le reflet du sien.

– Ça fait des lustres qu'il harcèle les enfants Callahan. Tu devrais commencer par jeter un coup d'œil dans sa chambre, pour voir dans quel état je l'ai mis, ce petit salaud.

Quelque chose dans sa voix lui disait que Lil disait vrai, mais Patrick refusait encore de la croire.

– Tu me mènes en bateau, là, ou quoi ?

– Attends, Pat ! Tu crois vraiment que j'irais inventer une histoire pareille ? Il a failli la tuer, cette gosse. Tu trouves ça fendard ? Eh bien, figure-toi que ça ne me donne pas envie de rire !

Patrick monta l'escalier quatre à quatre et poussa la porte de Lance. Son fils dormait. Même dans la pénombre, il avait l'air d'un rescapé fraîchement évacué d'une catastrophe ferroviaire. Son visage avait doublé de volume et disparaissait sous les ecchymoses. Une grosse croûte s'était formée sur la plaie de son arcade sourcilière dont personne n'avait pris la peine d'éponger le sang. Lil l'avait envoyé au lit sans le soigner – à lui seul, ce détail serrait le cœur de Patrick plus que la trempe elle-même. Ça en disait long sur les sentiments de sa mère…

La moutarde lui monta au nez. Le petit avait l'air si frêle, si vulnérable, pelotonné ainsi dans son lit, la main sous la joue. On aurait dit un ange un peu cabossé. Patrick avança la main vers lui, mais se retint de le toucher. Mieux valait qu'il dorme. Lil n'y était vraiment pas allée de main morte.

Lance dormait à poings fermés, apparemment du sommeil du juste. Patrick eut le sentiment que cette dérouillée n'était que la première d'une longue série dans la vie de son fils ; c'était dur à admettre, mais Brodie était un homme foncièrement réaliste. Lance réunissait les plus mauvais côtés de ses grands-parents paternels, ce qui, joint à l'arbre généalogique de Lil, ne lui laissait pas beaucoup de chances, à ce petit. Egoïsme, veulerie et rapacité – tout ce que Patrick méprisait –, Lance avait hérité toutes les tares de ses aïeux, sans aucune de leurs qualités. La seule chose à porter à son crédit, c'était l'affection sans bornes qu'il portait à ses sœurs. Cet instinct protecteur qu'elles semblaient éveiller en lui laissait une lueur d'espoir quant à l'avenir du gamin…

Il réprima une soudaine envie de le réveiller pour lui mettre une autre raclée. Il était navré, non pas tant de voir son fils couvert de bleus que de constater qu'au fond il ne lui inspirait aucune pitié. Les paupières de l'enfant tressautèrent imperceptiblement. Il était en plein rêve. Tout autre gamin aurait peiné à trouver le sommeil, après une telle correction... Brodie contempla son fils un long moment. A quoi avaient-ils donné naissance ? Un jour, ce petit deviendrait un sérieux atout dans une organisation criminelle. Pour le moment, ce n'était qu'une erreur de la nature. Un taré. D'instant en instant, il sentait croître son aversion pour lui. Il aurait voulu le traîner hors de son lit pour lui faire comprendre ce qu'il avait fait. Mais il savait que, à la seconde où il le toucherait, il perdrait le contrôle. Il devait commencer par se calmer. Depuis le premier jour, ce gosse avait été pourri par sa grand-mère. Elle portait une immense responsabilité, dans tout ça. Pour garder un semblant de santé mentale, il avait besoin de charger Annie, de rendre quelqu'un responsable de la perversité de son fils. Fatalement, de son point de vue, sa belle-mère était en tête de la liste des suspects.

Le souffle léger de l'enfant ne troublait qu'à peine le silence. Brodie fut pris d'une envie irrépressible de fuir cette chambre et tout ce qu'elle évoquait pour lui.

Il poussa sans bruit la porte des jumelles. Comme d'habitude, les deux gamines s'étaient endormies dans le même lit, leurs petits bras et leurs petites jambes entremêlés. La chaleur du sommeil avait trempé leurs jolies boucles blondes. Comme toujours, la vue de leurs joues roses le fit fondre. Elles étaient si belles. Des enfants superbes qui faisaient sa fierté... jusque-là, du moins. Il embrassa délicatement ses filles et passa dans la chambre de son aîné. En ouvrant la porte, il constata que Patrick ne dormait pas.

– Tout va bien, p'pa ? demanda-t-il avec un sourire mal assuré.

Patrick vint s'asseoir au bord du lit et lui rendit son sourire.

– Qu'est-ce qui s'est passé ?

Pat Junior était l'honnêteté même. Il lui dirait la vérité.

– Maman a piqué une sacrée crise. Elle a vraiment pété les plombs.

– C'est le moins qu'on puisse dire, fiston. A première vue, il semblerait qu'elle ait eu de bonnes raisons…

Son aîné confirma d'un signe de tête réticent. Il cherchait toujours un moyen de protéger son frère.

– Tu sais, papa, il n'arrête pas de faire des bêtises, mais il ne se rend pas compte. Il ne réfléchit pas…

Brodie aimait cet enfant qui faisait front pour son frère, même s'il était indigne d'une telle fidélité ou d'un tel dévouement. Lance ne ressentait de loyauté ou de respect envers personne.

– Il lui a fait vraiment mal, à Maureen Callahan. Quand j'ai entendu ça, à l'école, j'en ai parlé à Lance, mais il a dit que c'était pas vrai.

Son père hocha la tête, submergé par la honte, un goût amer dans la bouche.

– Mais toi, tu sais que c'est vrai, hein ?

Pat Junior confirma d'un signe de tête, les yeux rivés sur le visage de son père, guettant le moindre signe de compassion. Il se gardait bien de lui dire que plus rien venant de Lance ne l'étonnait.

– Tu es un bon petit gars, Patrick. A partir de maintenant, tu n'as plus à t'en faire pour Lance. Je vais en parler avec ta mère et on va régler tout ça. C'est vraiment grave, ce qu'il a fait. Je pense que tu as compris.

– Je sais, oui. J'en étais malade. Il a bien failli la tuer.

Brodie eut un haussement d'épaules fataliste, qui exigea de lui tout son sang-froid et toute sa volonté. Il s'apprêtait à mentir à son fils. Pat Junior devait absolument le croire sur parole pour se sentir délivré de toute culpabilité envers son frère et les conséquences de ses actes.

– Ça n'est pas de ta faute, fiston. Tu n'aurais rien pu faire pour l'en empêcher. Lance est assez grand pour se raisonner tout seul. Crois-moi, quand j'en aurai fini avec lui, il va regretter d'avoir levé la main sur cette petite ou sur ses frères. Mais toi, ce n'est pas ton problème. Tu n'as plus à t'en faire pour tout ça, d'accord ?

Le regard de Brodie s'attarda sur ce visage si semblable au sien. Il aurait préféré pouvoir penser à autre chose. Il avait suffisamment de soucis sans avoir à s'appuyer les divagations du petit cinglé qui lui tenait lieu de fils. Le dernier exploit de Lance dépassait tout. Ça dénotait un tel niveau de perversité qu'il avait un moment refusé d'y croire, tablant sur une exagération ou un simple quiproquo. Mais il savait à présent de quoi Lance était capable. Tout le monde tremblait devant lui, mais son fils n'était qu'un lâche qui s'abritait derrière son nom pour faire régner la terreur. S'il y avait quelque chose qui mettait Brodie en rogne, c'était bien ça.

Il fallait tirer tout ça au clair pour rendre la paix à Lil et à leur aîné, car Pat Junior allait continuer à faire office de pare-chocs entre Lance et le reste du monde. Il ébouriffa les cheveux du garçonnet. Le silence de son fils le convainquit de changer de sujet. Il devait ramener une once de normalité dans l'entre-deux ténébreux où le gamin semblait se débattre. La violence était le métier de Brodie, et voilà qu'elle s'insinuait dans sa propre famille. Il avait toujours vécu avec cette peur au ventre, et voilà que cela se produisait à cause d'un de ses enfants. Ce qui s'était passé n'avait rien à voir avec une bourde de gamin turbulent. C'était un geste de haine, commis de sang-froid. Pour un homme comme Brodie, qui avait fait de la force et de l'intimidation ses instruments de travail, l'idée avait quelque chose de terrifiant. La violence contrôlée, c'était une chose – tant que ça se limitait à leur milieu et que ça ne concernait pas les civils. Mais plus il réfléchissait à ce qu'avait fait Lance, plus il prenait conscience qu'il allait devoir être plus présent. Son fils cadet avait besoin d'être surveillé et guidé d'une main ferme, pour apprendre à distinguer le bien du mal.

Il se contraignit à sourire et changea résolument de sujet :

– Alors, cet anniversaire ? lui demanda-t-il à mi-voix mais avec entrain. Tu as hâte ?

Pat hocha la tête, mais la peur et le chagrin se lisaient toujours dans son regard. Son père comprit qu'il ne pourrait pas le consoler : il avait trop de choses en tête. Maintenant qu'il avait pris la mesure des actes de Lance, il avait besoin de temps pour digérer et réfléchir aux décisions qui s'imposaient.

– Bon, essaie de dormir, mon chéri. C'est à moi de régler ça, d'accord ?

Le gamin en fut manifestement soulagé, comme si on l'avait débarrassé d'un fardeau. Brodie se reprocha d'avoir trop souvent laissé son aîné assumer la responsabilité de la maisonnée. Il devait se libérer davantage du fonctionnement quotidien des affaires, en déléguant au besoin. Il commençait à en avoir sa claque des combines glauques sur lesquelles reposaient ses principales sources de revenus. Il ne fallait pas se voiler la face… Il en avait plus qu'assez, de tout ça.

Les frères Williams auraient dû être rayés de la carte dès le premier couac. Mais à cause de Spider et de son enfoiré de frangin, il avait temporisé, en espérant que Spider finirait par y mettre lui-même le holà. Or, il n'en avait rien fait, du moins pas assez vite. Les choses avaient dégénéré et les voyants d'alarme s'étaient déclenchés. Spider avait un talon d'Achille – comme eux tous, en un sens. Mais lui, il aurait été prêt à descendre un membre de sa propre famille si l'offense l'avait justifié, alors que Spider s'en était révélé incapable. Cain pouvait dire adieu à sa carrière – tout comme Spider, s'il négligeait de rectifier le tir. Il lui avait laissé tout le temps de le remettre au pas, ce petit enfoiré. S'il avait été son propre frère, Cain se serait vu rappeler à l'ordre avec une telle fermeté qu'il aurait aussitôt renoncé à toute espèce de relation avec les frères Williams. Illico presto.

Et voilà qu'en rentrant chez lui il tombait en pleine crise. Un autre putain de front à défendre, dans une autre putain de guerre. La vie était vraiment une sale garce, y avait pas deux façons de le dire. Son fils adoré, ce gosse qu'il aimait plus que tout au monde, portait sur ses épaules d'enfant la responsabilité de ses frère et sœurs. Si quelque chose venait à lui arriver, ce serait sur lui que reposerait la famille, bien avant qu'il ait l'âge d'assumer une telle responsabilité.

– Maintenant, endors-toi vite, fiston. Je vais régler ça. Et tu arrêtes de t'en faire, d'accord ?

Pat hocha la tête et son père vit combien il avait les traits tirés. Cet enfant avait mûri trop vite. Il était trop mûr, trop sage, trop raisonnable. En lui, Brodie se voyait lui-même. Pat Junior imitait son père en tâchant de maintenir la paix entre tous. Dès l'âge le plus tendre, Brodie avait lui aussi appris l'art de la diplomatie. Il avait passé toute son enfance sur la pointe des pieds, dans le sillage de ses parents, à s'efforcer de ne pas les encombrer. Régulièrement, ils le laissaient seul à la maison, comme si c'était normal ; il s'en souvenait comme d'une épreuve. A présent, son fils se retrouvait dans une situation comparable, contraint de garder constamment un œil sur son frère. Il était l'homme de la maison pour sa mère, cette pauvre Lil qui croulait sous la tâche, enceinte jusqu'aux yeux et rongée d'inquiétude pour Lance et ses conneries.

Il ne quitta la chambre de Pat Junior que lorsque son fils fut assoupi. Il lui caressa les cheveux, écartant de son front la grosse frange brune qui lui tombait dans les yeux, avant de descendre au rez-de-chaussée.

Dans la cuisine impeccablement briquée, il retrouva sa femme, sa belle Lil, plantée là où il l'avait laissée.

– Tu as vu juste, Lil. Lance n'est vraiment pas net. Qu'est-ce qu'on y peut, hein ?

– J'en sais rien ! fit-elle avec un geste d'humeur. Mais c'est toute la question : qu'est-ce qu'on va faire de lui ? J'ai parlé à Janie Callahan. Une chance qu'elle ait eu le bon sens de tenir les flics hors du coup. Elle a dit à tout le monde que sa fille était tombée toute seule. Le problème, c'est qu'il s'en est fallu d'un rien qu'il ne la tue ! Et il continuait à nier en bloc, le petit salaud…

Lil était à bout de nerfs et se retenait de fondre en larmes. Patrick la prit doucement contre lui, embrassa ses cheveux qui sentaient le shampooing et Blue Grass, ce parfum subtil et suave, son préféré, qui lui imprégnait la peau. Elle allait bientôt donner le jour à un autre enfant, après quoi elle redeviendrait sa belle, sa charmante Lil. Fini le mal de dos, les nuits d'insomnie et les tracas. Il allait régler tout ça et ramener la paix dans cette maison.

– Je fais vraiment tout ce qui est en mon pouvoir, Pat. Mais il est tellement dur. Il ment, il vole, il ne fait que des histoires, où qu'il aille. Et voilà qu'il sème la terreur à l'école. Il harcèle les filles, il brutalise les plus petits. De quoi on a l'air dans le quartier, hein ? Et maintenant, cette tentative de meurtre dont il sait qu'il s'en sortira en toute impunité parce qu'il est le fils de son père et que personne n'osera protester. Ça ne peut plus durer, Patrick. Il faut que tu prennes les choses en main. Moi, je n'en peux plus !

Elle sanglotait à présent, et ça, c'était mauvais signe. Mais il pouvait comprendre ce qu'elle ressentait, parce qu'il avait lui-même toutes les peines du monde à maîtriser ses émotions.

– Te mets pas dans cet état, chérie. Pense au bébé...

Elle le repoussa alors avec une vigueur qui les surprit l'un comme l'autre.

– Laisse tomber le bébé, Patrick ! Nous devons d'abord régler le problème de ce sale petit taré. Après quoi, nous ferons en sorte que le suivant ne prenne pas le même chemin, si possible.

C'était la première fois que Patrick entendait ce genre de propos dans la bouche de sa femme. Il comprenait sa réaction, mais ce n'était pas en lui criant dessus qu'ils allaient y changer quoi que ce soit. Une fois de plus, il se retint de montrer son agacement.

– Calme-toi, Lil. La colère est mauvaise conseillère...

Ce vieux cliché ne fit qu'attiser celle de Lil, qui serra les poings. Quoi ? Son homme baissait déjà les bras ! Ce n'était pas de dictons dont elle avait besoin, c'était d'actes ! Elle voulait entendre de la bouche de Patrick que ce qu'elle pensait de son fils était justifié. Qu'il était prêt à prendre les choses en main pour la libérer de ce fardeau. Elle voulait qu'il serre la vis à Lance, qu'il lui fasse entendre raison, qu'il le contraigne à redevenir normal, qu'il lui rende, à elle, sa mère, la possibilité de l'élever. Elle voulait qu'il la guérisse de cette haine sourde qu'elle ressentait pour son fils.

A peine avait-elle reconnu la voix de Janie sur le pas de sa porte qu'elle avait compris le cauchemar qui s'abattait sur leur maison. Lance avait fait quelque chose de grave qui dépassait les bornes. Elle n'avait pas détesté le lui faire payer, ça et tout le ressentiment et la culpabilité qui pesaient sur elle jour après jour, comme une chape de plomb.

– Que je me calme ! Tu veux que je me calme ? Alors là, tu me tues ! Tu crois peut-être qu'il va suffire de quelques mots bien sentis pour régler ça ! s'exclama-t-elle, incrédule.

Pat ferma les yeux. Il essayait juste de calmer le jeu, rien de plus.

– Ton fils est un vrai taré, et tu le sais aussi bien que moi. Il a en lui cette foutue roublardise, ce don pour le mensonge. Il faut le reprendre en main, et c'est à toi de le faire, Patrick. Pour une fois, tu peux te charger de ce problème. Une fois dans ta vie, tu peux bien te fendre d'un petit effort pour remettre ce salopard à sa place ! Moi, j'en ai soupé ! Et je n'ai plus la force de le faire.

Patrick capta de vagues relents de whisky et mit quelques secondes à réaliser qu'elle avait bu. Elle avait même un sérieux coup dans l'aile. Comme son regard survolait la cuisine, il repéra la bouteille de Bells à moitié vide. Il prit alors Lil dans ses bras et la força à s'asseoir.

– Je t'interdis de me pousser comme ça ! s'écria-t-elle.

Ça lui avait échappé nettement plus fort qu'elle aurait voulu. Elle sentit qu'elle perdait le contrôle de ses paroles. Le whisky parlait à sa place. Mais elle en avait eu besoin, pour oublier ses épreuves de la journée, se détendre un peu, garder une petite chance de trouver le sommeil.

– Je ne t'ai pas poussée, chérie. Je t'ai juste aidée à t'asseoir avant que tu ne tombes. Maintenant, pour la dernière fois, essaie de te calmer un peu, bordel de merde !

Lil perçut l'agacement de son mari avec un certain plaisir. Enfin, il réagissait. Il manifestait un semblant d'émotion.

– Nous devons l'éloigner de cette maison, Patrick. Mettons-le en pension ou dans un truc de ce genre. Je ne veux plus de lui, ici. Et je ne plaisante pas.

Patrick prit un verre et se servit un whisky – il aurait fait n'importe quoi pour gagner du temps. Il avait besoin de se calmer lui-même et de réfléchir un peu avant de parler. Elle n'était pas en état de tenir une discussion sensée. Elle devait retrouver sa lucidité avant d'aborder les vrais problèmes.

– Paraît qu'il y a une école, en Irlande. Une boîte tenue par des jésuites qui s'occupent des enfants à problèmes. J'ai lu un article là-dessus dans le bulletin paroissial. Evidemment, ça n'est pas donné, mais l'aspect financier, c'est secondaire. Demain, on pourrait aller en parler avec le prêtre, il doit être au courant. De toute façon, Lance va devoir partir, Patrick. Parce que s'il reste dans les parages, je ne réponds plus de moi.

Patrick avait toujours su que sa femme ne s'était jamais faite à Lance. Mais il n'avait pas mesuré à quel point. Sa belle-mère avait pris le contrôle. C'était même la seule raison qui l'avait poussé à tolérer la présence de cette vieille garce. Au fond, il avait compris que Lil n'avait aucune affection pour son fils cadet. Il était même bien placé pour le comprendre – Lance avait le même effet sur lui. Mais il s'était toujours efforcé de justifier ses sentiments, en en rejetant la faute sur Annie et sur la façon dont elle avait accaparé cet enfant depuis sa naissance. Le lien qui s'était établi entre Lance et sa grand-mère n'était pas très sain, il l'avait senti, mais il avait dû s'occuper de Pat Junior, qui grandissait à vue d'œil, et les jumelles étaient arrivées si vite... Il avait préféré laisser pisser. Au fil des années, il avait tenté de couper le cordon à deux ou trois reprises, mais chaque fois, et toujours sous la pression de Lil, Lance et sa grand-mère s'étaient trouvés réunis.

– Le mettre en pension chez des jésuites ? Tu ne vois pas d'autre solution, Lil ? Tu veux vraiment l'envoyer en Irlande ?

Elle hocha la tête et soutint son regard d'un air de défi qui balaya ses derniers doutes. Lil n'avait jamais été plus sérieuse. Maintenant que l'abcès était crevé, elle avait décidé de régler le problème une fois pour toutes. Elle savait de quoi son fils était capable, ça lui suffisait. Elle refusait de le garder plus longtemps près d'elle.

– On ne va tout de même pas le chasser de la maison, Lil ! C'est un garnement, d'accord, mais il n'a que huit ans ! Huit ans ! Comment veux-tu qu'il comprenne la portée de ses actes ?

– Il savait très bien ce qu'il faisait, au contraire. Trois jours auparavant, il lui a collé un œil au beurre noir et l'a expédiée par terre d'un coup de poing.

Elle hocha la tête devant l'horreur qui s'était peinte sur les traits de son mari.

– T'as bien entendu. D'un coup de poing. Il a attaqué cette gamine sans le moindre motif. Ce petit fumier est bouffi de haine et de mépris. Je refuse de lui laisser la moindre chance de décharger sa rage contre nos filles.

– Arrête, Lil. Il les adore, ses petites sœurs…

Là, elle allait trop loin. Jamais Lance ne s'en serait pris aux jumelles. Elle eut un rire amer.

– Tu refuses encore d'ouvrir les yeux, Pat ? Je te préviens, c'est lui ou moi…

– Laisse tomber le mélodrame, espèce d'idiote. C'est le whisky qui parle, là ! D'ailleurs, dans ton état, tu ferais bien de ralentir ta consommation. Pour ce qui est de Lance, tu peux remercier ta vieille garce de mère, elle l'a élevé dans du coton. Bonjour le résultat ! Je vais lui botter les fesses, moi, à ce petit con. Quand j'en aurai fini avec lui, il ne se permettra plus le moindre faux pas. Maintenant, arrête de parler à tort et à travers, et allons nous coucher.

Lui aussi, il en avait sa claque. Il allait étouffer dans l'œuf l'engueulade qui se profilait à l'horizon. Sa femme avait besoin d'une bonne nuit de sommeil. Demain, son point de vue aurait sûrement évolué.

– Je n'irai pas me coucher tant que je n'aurai pas ta parole, Patrick Brodie. Je veux que tu me promettes que ton petit dégénéré de fils fichera le camp de cette maison, loin de mes autres enfants ; loin du bébé, surtout. Je ne le supporte plus, et je n'exagère pas. C'est la pure vérité que je te dis là. Je veux qu'il fiche le camp d'ici, loin de moi et des miens !

Elle n'avait pas refermé la bouche qu'elle découvrit Lance qui la regardait depuis le seuil. Il avait posé sur elle ce regard si bleu et si calme qui l'avait toujours troublée, même à l'époque où il n'était qu'un nourrisson. Elle fut prise d'un grand haut-le-cœur et n'eut que le temps de se précipiter vers l'évier, où elle vomit son whisky et le trop-plein des émotions de la journée. Entre deux spasmes, elle entendait le souffle de Patrick troubler le silence de la cuisine. Il ne ferait pas ce qu'elle lui avait demandé. Il allait au contraire tenter de reprendre son fils en main. Mais Lance parviendrait à rouler son père comme il avait toujours roulé tout le monde.

Spider était confronté à un dilemme. Sa mère était effondrée devant le cadavre de son frère et il ne trouvait rien à dire ou à faire pour la consoler.

Le corps de Cain avait été retrouvé dans une benne devant une maison de Leytonstone. Les gens qui l'avaient louée pour se débarrasser de leurs gravats et des détritus du jardin s'attendaient bien à y trouver deux ou trois objets hétéroclites, mais sûrement pas le corps nu d'un jeune Noir, avec un tournevis enfoncé dans l'oreille gauche. Les cris de la femme qui l'avait trouvé avaient mis tout le quartier sur le pied de guerre, et le médecin de garde avait dû lui administrer un calmant. Spider avait été convoqué à la morgue avec sa mère pour identifier le corps.

Il savait que Patrick était furax, mais rien ne l'avait préparé à ça.

En regardant le corps martyrisé de son petit frère, il sentit un immense chagrin l'envahir. Les cris de sa mère, qui gémissait comme un animal pris au piège, le ramenèrent à la réalité.

Il adressa un signe de tête affirmatif aux policiers, avant de regarder sa mère, qu'une infirmière emmenait hors de la salle, ses sanglots résonnant dans le silence feutré du couloir.

Le flic le reluquait d'un œil méfiant, ce qui n'avait rien de surprenant. Il avait posé sur les restes sanglants de son frère un regard neutre, impassible. Moins les flics en sauraient, mieux ça vaudrait. Il fallait la jouer fine, s'il voulait les convaincre que Cain avait été victime d'une agression, et non d'un règlement de comptes. Ils connaissaient son palmarès sur le bout du doigt – c'était d'ailleurs ce qui les avait menés, si vite et en faisant si peu de vagues, jusqu'à lui. Ils voulaient savoir si la mort de son frère risquait d'entraîner des réactions en chaîne.

Ce qui était évident.

Seulement, les flics concernés seraient parfaitement sous contrôle et le moment venu seulement – et seulement si cela devait se produire.

Ses yeux s'attardèrent sur le trou béant de l'oreille de son frère, mais il ne ressentit qu'un grand vide glacé. Pourvu que Cain ait déjà été inconscient lorsque le coup fatal lui avait été porté. L'idée qu'il ait compris ce qui l'attendait était intolérable. La violence faisait partie de leur vie et de leur monde, il était bien placé pour le savoir, mais imaginer son propre frère aux prises avec une telle souffrance, c'était au-delà de ses forces.

– Vous auriez une idée du responsable ?

Le flic avait parlé à mi-voix et d'un ton plein de respect, comme l'exigeait le statut de Spider dans le Milieu. Spider, lui, savait que, à sa place, n'importe qui d'autre se serait retrouvé illico sur la sellette. En effet, oui. Il y avait toutes les chances pour qu'il ait une idée du coupable…

Spider secoua la tête sans se départir de son masque impassible, l'air plus innocent que l'enfant qui vient de naître.

– Mon frère était un garçon apprécié de tous. Il n'avait que des amis. Ça ne peut être qu'un braquage. Il s'est trouvé au mauvais endroit au mauvais moment. Je ne vois pas d'autre explication.

Comme Spider s'y attendait, le flic accepta sa version des faits sans poser la moindre question. Il put quitter la pièce et rejoindre sa mère et ses sœurs, blotties les unes contre les autres en une mêlée confuse, pleurant, barbouillées de rouge à lèvres et de chagrin. Leur douleur était si vibrante qu'elle en devenait presque tangible. Elles tentaient en pleurant de se consoler mutuellement, et Spider fut submergé par l'impuissance qu'avaient ressentie avant lui tant d'hommes confrontés à la mort de ceux qui leur étaient chers – couplée au rappel, plus effrayant encore dans leur monde, de la brièveté de la vie.

Voilà l'effet que ça faisait, de voir mourir quelqu'un de plus jeune que soi. C'était un sacré choc. Ça vous faisait toucher du doigt la ténuité du fil qui sépare la vie de la mort ; ça vous faisait sentir à quel point la mort est définitive. L'idée lui vint qu'il n'entendrait plus jamais la voix de son frère. Pas plus que ses explications sur ce qui venait de se passer.

Il serra tour à tour sa mère et ses trois sœurs sur son cœur, pour absorber leur chagrin et leurs larmes. Un peu plus tard, alors qu'il les raccompagnait chez elles en voiture, il leur jura que si Brodie était derrière la mort de Cain, il le lui ferait payer cher.

Un avertissement, d'accord. Mais là, c'était très différent. Leur mère allait devoir enterrer son enfant. Ça n'avait pas de nom, une telle horreur. Brodie allait avoir de ses nouvelles, et dans les plus brefs délais.

Tout se barrait en couilles. Le sol commençait à s'effriter sous ses pieds. Voilà donc à quoi pouvait ressembler l'existence qu'il s'était choisie, lorsque les choses se mettaient à mal tourner. Il fallait payer les pots cassés par les autres. Jusque-là, il s'était trouvé du bon côté du manche, il avait toujours eu le dessus. Il découvrait maintenant à quoi ressemblait la vie quand on passait du côté des parias et des intrus.

Pour la première fois, il fut pris de pitié pour tous les frères Williams du monde.

CHAPITRE 16

Ricky Williams était content de lui. En apparence, rien ne le distinguait de ses frères, mais maintenant que les aînés avaient passé l'arme à gauche et que les survivants étaient devenus plus nerveux que des jeunes mariées, il se trouvait propulsé au poste de tête pensante de la tribu – ce qui ne plaidait guère en faveur du niveau intellectuel du reste du clan. Du moment que quelqu'un prenait les choses en main, autrement dit, encaissait les beignes… Comme aimait à le répéter Brodie, tant que les Williams avaient quelqu'un pour penser à leur place, ils étaient un atout. Mais dès qu'ils essayaient de réfléchir par eux-mêmes, tout se barrait en sucette. Or, Ricky se considérait à présent comme le cerveau du siècle et, comme tant d'autres avant lui, il se voyait en héritier naturel du trône. Surtout que ses frères s'en remettaient toujours à lui pour les sortir du pétrin. Quelle bande de bourrins… Mais bon, fallait faire avec. Dave et les deux autres avaient beau être de vrais boulets, il se sentait investi d'une mission : rendre au clan le statut et le respect qu'il méritait. Ils avaient tenté d'utiliser Cain à leur profit, ça n'avait pas donné grand-chose et ils étaient tous repartis se planquer. C'était à lui que revenait la tâche de remettre la barque à flot, de leur rendre leur place dans ce monde qu'ils considéraient autrefois comme leur chasse gardée.

Il avait fallu que la moitié du clan se fasse dessouder pour que ses frères le reconnaissent enfin comme leur chef – mais, là-dessus, il était prêt à passer l'éponge, tout auréolé qu'il était de son nouveau statut.

Malheureusement, en dépit de sa supériorité intellectuelle et de ses grands projets, Ricky ne disposait que d'une faible capacité de concentration et n'avait que peu de suite dans les idées, sauf quand il s'agissait de tirer un coup. Son vocabulaire se limitait au corps féminin et aux usages qu'il s'imaginait en faire – orduriers et obscènes, évidemment. Il se targuait aussi de savoir réagir au quart de tour et d'improviser sur l'impulsion du moment. Il avait donc sauté sur l'occasion et rappliqué plus vite qu'un mac à Vespa.

Tout en baratinant une fille en minijupe outrageusement maquillée, il se félicitait de n'avoir pas laissé passer sa chance. Quand ses frères sauraient le fin mot de l'histoire, ils l'accueilleraient en héros, ça, pas l'ombre d'un doute. Cain s'apprêtait à les balancer à son frère, alors lui, Ricky, il avait fait en sorte de lui fermer le clapet définitivement. Cain n'était qu'une sale petit enfoiré de nègre qui avait cessé de leur être utile. Heureusement, il avait eu le bon sens d'ouvrir l'œil et d'assurer le salut de la famille, laquelle avait suffisamment souffert ces dernières années par la faute de Brodie et de son acolyte Spider. Comme disait leur défunt père : « Comment t'appelles ça, un type qui a plus de fric que toi ? Un putain d'ennemi juré, bordel de merde ! » Il avait cent fois raison. Pourquoi se contenter du rôle de sous-fifres, de roues de secours et de larbins chargés de la collecte des fonds ? Fallait vraiment que ses frères soient débiles pour ne pas avoir pigé ça dès le départ ! Sans eux, la cavalerie lourde, aucune affaire ne pouvait tourner. La force de frappe, c'était la pièce maîtresse de tout ce putain de bizness !

Ricky nageait donc dans le bonheur et tirait des plans sur la comète pour redorer le blason de sa famille.

Pour l'instant, il allait fêter ça, et tirer sa crampe d'abord, avant de s'envoyer un bon curry. Cette petite nana aux dents de traviole et à l'œil charbonneux, c'était exactement ce que lui avait prescrit son toubib. Tout en elle, depuis son petit blouson en jeans jusqu'à ses sabots décorés de l'Union Jack, sentait le bon coup sans conséquence. Il avait l'œil pour ça. Il cultivait l'art de lever ce genre de radasse depuis le collège. Elle était visqueuse, vulgaire et moche à faire peur, mais ça ne l'avait jamais rebuté. Il voulait juste un trou à tringler, pas la perle avec qui fonder une famille. Il s'était fait une réputation de mec peu regardant, prêt à s'envoyer le dernier échelon de la chaîne alimentaire, mais il assumait. Tant qu'il y avait de la vie, ça se baisait! Jeunes ou vieilles, il était toujours partant. Il ne rêvait pas de s'envoyer Miss Monde, Miss « Paie-moi un coup et tu pourras tirer le tien » lui suffisait amplement.

D'ailleurs, tout ça n'était que très relatif. Ce qu'il aimait avant tout, c'était le frisson de la découverte, une nouvelle foufoune, le contact de seins et de fesses inconnus. La perfection, il s'en tapait. Il ne demandait qu'une chose à une nana, c'était d'être d'accord avec lui sur les principes de base : ne pas se bercer d'illusions, ne pas s'attendre à de grandes déclarations, avant, pendant ou après. Baiser, c'était baiser. Point final. Lui, il aimait faire ça tous les jours, et si possible plusieurs fois par jour. Il flairait la piste du barbu comme d'autres celle de l'or. Il aimait les femmes, tous les modèles de femmes, sans distinction d'âge ou de gabarit.

Tandis que la petite lui décochait un sourire engageant, il reconnut ce frisson familier que provoquait chez lui toute nouvelle conquête. Elle ne sortait pas du couvent, ça se voyait du premier coup d'œil, à sa façon de soutenir son regard et de lever le coude. C'était le genre de gonzesse qui avait découvert dès l'âge le plus tendre que les mecs ne pensaient qu'à un truc et qui, depuis, s'employait à le leur fournir.

Il quitta le pub avec elle sans s'apercevoir qu'il était surveillé. Un type gardait l'œil rivé sur lui, dans une Beamer noire garée sur le parking. Il démarra et se glissa discrètement dans la circulation derrière Ricky, tandis qu'il s'engageait sur la chaussée en faisant hurler sa radio, la tête vibrant des promesses de la nuit.

Annie se retrouvait seule et elle détestait ça. Pendant toute sa vie conjugale, elle avait rêvé d'une existence palpitante, pleine d'animation, de gens passionnants et riche en rebondissements. Hélas, elle n'avait jamais réussi à se faire vraiment à la présence des autres. Elle avait fini par se sentir entourée, grâce à sa fille, mais il fallait avouer que la seule compagnie qu'elle recherchait, en fait, était celle des enfants – de l'un d'eux, en particulier. C'était plus fort qu'elle, elle ne pouvait pas aller contre son cœur. Ce gamin l'avait conquise dès la première seconde. Elle refusait d'admettre que, à l'époque, elle avait profité du baby blues de sa fille. Elle se voyait plutôt comme une grand-mère dévouée, se démenant pour la décharger de ses corvées quand elle accusait de sérieuses baisses de régime. Ce n'était que pour ça, d'ailleurs, que sa présence avait été tolérée. Mais même ses détracteurs les plus acharnés – et ils étaient légion dans le quartier – devaient le lui reconnaître : elle avait toujours répondu présente quand sa fille avait eu besoin d'elle !

Elle avait jeté son dévolu sur Lance et, pour la première fois depuis des années, avait connu quelque chose qui ressemblait au bonheur. Seulement, elle se retrouvait maintenant dans la position de l'intruse, bannie de la maison, et son cher petit Lance risquait d'en supporter les conséquences. Tout ça pour une peccadille.

Tandis qu'elle mettait sa bouilloire sur le feu, Annie laissa son regard s'échapper par la fenêtre de l'appartement que Lil lui avait acheté. Dehors, au-delà de la pelouse – qui aurait eu bien besoin d'un coup de tondeuse –, les fenêtres étaient illuminées. Les gens vaquaient à leur rituel du soir. Les télés scintillaient. De temps à autre, un aboiement brisait le silence. Les familles se rassemblaient autour de la table et de l'écran pour dîner ensemble.

Elle sentit les larmes lui monter aux yeux. Sa tasse de thé à la main, elle mit lentement le cap sur son salon encombré de meubles, tous mieux cirés les uns que les autres. Les relents d'encaustique se mêlaient à ceux de la cigarette, imprégnant tout, jusqu'au papier peint – un motif de roses incarnat sur fond de fines rayures dorées. Toutes les surfaces disponibles étaient chargées de photos encadrées – des portraits de Lance, pour la plupart ; mais les jumelles étaient bien représentées elles aussi. Lil et Pat Junior n'y apparaissaient qu'une seule fois, sur la photo de communion de Patrick, qui trônait sur la cheminée à côté de celle de Lance.

Elle les contempla longuement, malade d'inquiétude pour son petit-fils. Comment Brodie allait-il prendre la chose? Elle lui aurait volontiers botté le cul, à cette Janie Callahan, pour tous les ennuis qu'elle avait causés. Les jumelles lui manquaient tant, leur babil et leurs frimousses souriantes qui s'illuminaient dès qu'elle ouvrait un paquet de leurs biscuits préférés... Elle comprenait à présent quelle joie pouvait apporter un enfant. Pour être honnête, elle regrettait amèrement, dans ses heures les plus sombres, de n'avoir pas découvert ce secret des années plus tôt. Depuis le premier jour, Lil avait été un boulet pour elle, alors qu'elle aurait dû s'en faire une amie. Le bruit, les éclats de voix, les bavardages qui égayaient en permanence la maison de sa fille lui manquaient terriblement. Les rires des enfants, leurs jeux, leurs chamailleries. Ces tasses de thé et ces cigarettes, véritables rituels ponctuant ses journées... Lil était une femme formidable. Annie y avait mis le temps, mais elle avait fini par l'admettre. Le cœur serré, elle pensa à toutes ces années qu'elle avait gâchées. Elle avait empoisonné leur vie à toutes les deux.

Elle avait déjà connu la solitude, bien sûr, mais désormais elle la rongeait comme une plaie. Lance n'était pas le seul à lui manquer. Sa fille aussi, sa conversation, son bon caractère, son indulgence. Cela faisait sept jours qu'elle ne les avait pas vus – une éternité. Comment avait-elle pu vivre si longtemps à l'ombre d'un homme qui ne s'intéressait pas à elle? Rétrospectivement, ça lui semblait à peine croyable. Tout ce gâchis, une vie entière anéantie, dilapidée. Comment avait-elle pu se résigner à supporter l'indifférence de son homme et à lui céder au point de se rallier à ses vues, de se faire l'écho de sa haine et de ses frustrations? Et tout ça pour quoi? Parce qu'elle avait vu en lui le moyen de se refaire une respectabilité à l'époque où elle était enceinte de Lil. Elle se fichait bien, aujourd'hui, de ses voisins et de ce qu'ils pouvaient penser. Les filles se faisaient engrosser hors mariage et tout le monde s'en tapait.

C'était devenu le comble de la banalité. Dire qu'elle s'était encombrée de ce sale type pour donner un nom à sa fille… De son temps, il fallait sauver les apparences, c'était capital. Elle lui en avait toujours voulu, à cette pauvre Lil, et elle s'était enfermée dans une existence morne avec un homme qui ne l'avait épousée que parce qu'aucune autre fille sensée n'aurait voulu de lui. Elle avait passé sa vie entière dans une maison sinistre où ne résonnait jamais le moindre éclat de rire. Même la paix de l'esprit lui était refusée. La maison de sa fille, en revanche, était chaleureuse et accueillante – un vrai coin de paradis. Jusqu'à cette malheureuse incartade de Lance avec la fille Callahan, elle y avait vécu quelques années d'un bonheur sans nuage. C'était la pure vérité.

Et voilà qu'elle se retrouvait à la case départ, dans le rôle de l'indésirable. Jusque-là, ses nouveaux amis lui faisaient bonne figure que parce qu'elle était la mère de Lil; maintenant qu'elle avait été bannie de la maison Brodie, ils l'évitaient comme la peste. Quand tout cela se serait un peu tassé, elle ferait un effort surhumain, elle le jurait, pour se montrer aimable et se rendre à nouveau indispensable. Sans eux, elle était perdue. Elle ne voulait plus jamais revivre ça.

Un coup frappé à la porte la fit sursauter. Elle n'attendait personne et les visiteurs étaient rares. Elle pouvait compter sur les doigts d'une seule main les gens qui avaient franchi le seuil de chez elle. Les coups reprirent avec insistance et elle se rua dans le couloir. En ouvrant, elle regretta de n'avoir pas pensé d'abord à vérifier de qui il s'agissait…

– Ecoute, Spider, je n'ai jamais rien fait de tel à ton frère. Tu te goures d'adresse, mon pote. Et je crois qu'on sait, toi comme moi, qui est le vrai responsable. Tu savais qu'il avait disparu, ton frangin, et tu n'as pas levé le petit doigt pour lui remettre la main dessus. Alors, viens pas jouer les éplorés, putain!

Spider était d'un calme olympien. Il était de son devoir de tirer l'affaire au clair. Brodie comprendrait et n'y verrait pas d'inconvénient.

– D'accord, on lui a mis une sacrée raclée. Comme tu sais, il ne l'avait pas volée. Mais il n'a jamais été question de lui enfoncer un tournevis dans l'oreille ! Ça n'a jamais été mon genre ! Pour moi, ça sent plutôt l'opportuniste, l'amateur qui se sert de ce qu'il a sous la main… Cain était devenu un vrai junkie, putain. Il aurait pu se faire descendre par à peu près n'importe qui ! Frère ou pas, ça n'aurait empêché personne de lui faire payer son dû – et tu le sais aussi bien que moi. Sans parler de ses accointances avec les frères Williams. On savait qu'il n'arriverait pas à rentrer chez lui tout seul, alors on l'a débarqué presque devant ta porte. Il était raide défoncé, au speed et au « spécial K ». Il n'aurait pas été capable de retrouver le chemin de sa propre bite – alors celui de ta baraque ou de la sienne… Il était complètement défoncé, au propre comme au figuré, le Cain. On s'est dit qu'il avait besoin d'un coup de main… Crois-moi, c'était pas l'envie qui me manquait, mais jamais je ne l'aurais buté, ton frère, surtout pour le larguer dans une benne ! Putain, si tu m'en crois capable, c'est que tu me sous-estimes, Spider.

Brodie leur servit à boire. Il ne parvenait pas à cacher sa colère et son mépris.

– Son dealer, un autre junkie, pratiquement n'importe qui a pu le dessouder, pour à peu près n'importe quelle raison. Il prenait du brown ; tu sais bien, putain, qu'on peut plus leur faire confiance quand ils se mettent au brown. Ils vendraient leur grand-mère pour une dose. Je sais que dans le fond c'était un brave gosse, mais personne ne l'a obligé à se foutre dans ce merdier. Et toi, tu devrais y réfléchir à deux fois, Spider. Arrête de tout dramatiser. Cain était un junkie ; il s'est fait descendre. C'est bête, mais c'est la vie. T'as plus qu'à te faire une raison – ou, au moins, adresse-toi aux vrais coupables.

Brodie était grand et costaud. Spider avait oublié ce pouvoir qu'il avait d'intimider les gens sans avoir besoin de recourir à la force. Qui lui avait permis de se hisser jusqu'au sommet et l'y maintenait.

– Je fais suivre les frères Williams en permanence, pour savoir où ils se planquent et ce qu'ils goupillent. Je suis prêt à te parier pas mal de pognon qu'ils sont mouillés dans la mort de ton frère. Cain traînait un peu trop avec eux ces derniers temps. J'attends justement cet enfoiré de Jasper, qui vient me faire part de ses impressions; je mettrais ma main au feu que lui aussi il a trempé dans le coup. Putain, je te jure que c'est leur chant du cygne, aux Williams. Cette fois, je ne vais pas m'écraser. Ils ont vraiment réussi à me fiche en rogne et je vais leur filer une leçon qu'ils ne sont pas près d'oublier. J'espère que t'as pas oublié que vous étiez les premiers à me demander de leur botter le train, toi et ton frangin. Parce que je te déconseille de venir me gonfler jusqu'à ma porte, sauf si tu cherches les emmerdes. T'as eu amplement l'occasion de rectifier le tir, avec Cain, et tu l'as laissée passer. T'as laissé les émotions prendre le dessus, alors t'étonne pas de voir ce qui se passe!

Brodie avait de bonnes raisons d'enrager. Jusqu'au bout il avait tenté de maintenir la paix. Il avait laissé à Spider tout le temps de régler le problème. Et voilà ce qui arrivait. Les angles devaient s'arrondir avec l'âge... Mais, cette fois, il était prêt à déclencher une putain de guerre pour mettre le clan Williams hors d'état de nuire. Il devait sévir, faire un exemple. Spider, il l'aimait comme un frère. Et il avait eu tort. «Surveille tes arrières et pense à ton cul» – à long terme, il n'y avait que ça de vrai.

Spider avait vu passer diverses expressions sur le visage de son ami. Il s'était mis hors-jeu tout seul, en tardant à remettre son frère dans le droit chemin. Patrick avait lui aussi ses problèmes de famille : tout le Smoke était au courant des méfaits de son fils. La plupart des gens étaient d'avis que le gosse déconnait sérieusement et méritait une bonne trempe, mais tout le monde misait sur ce gamin prometteur. S'il était aussi vicelard à huit ans, qu'est-ce que ça serait quand il en aurait dix ou quinze de plus? C'était de la graine de dur, ce petit. Il avait ça dans le sang, sa réputation était faite. Par le truchement du téléphone arabe, la fillette s'était transformée en garçon de treize ans. La rumeur publique amplifiait toutes les histoires qu'elle colportait et celle-ci ne faisait pas exception à la règle. Lance était donc déjà une petite star dans le milieu où évoluait son père. On voyait en lui le digne successeur de Brodie et on se promettait de garder un œil sur lui.

Spider ne l'avait jamais porté dans son cœur, ce Lance. Patrick ne pouvait pas ignorer que ce môme avait une sérieuse case vide. Dire qu'il était « un peu » tordu aurait été un euphémisme. Cain présentait le même genre de tare, le même aveuglement, le même égoïsme – et c'était bien ce qui rendait tout ça si douloureux, à présent. Il avait toujours été d'avis, comme Brodie, qu'il fallait exciser les tumeurs avant qu'elles ne vous rongent, vous et les vôtres, mais pour Cain, il avait reculé. Il n'avait pas eu la force d'amputer. Il aurait fini par le faire, il le savait bien, mais pas sans avoir d'abord épuisé toutes ses autres ressources.

En tout cas, si l'homme devant lui n'avait pas directement la mort de son frère sur la conscience, il en était la cause indirecte… Mais il ne pouvait pas se laisser influencer par ce genre de considération. Brodie n'avait fait que ce dont lui, Spider, aurait dû se charger personnellement, en muselant ses scrupules, sans même penser aux liens qui l'unissaient à son jeune frère. Il l'avait aimé, ce gamin, comme son propre fils, et ça avait précipité sa perte. Il se mordait les doigts de l'avoir laissé persévérer dans l'erreur sans vraiment tenter de le corriger. Il récoltait ce qu'il avait si imprudemment semé… Ça, on ne l'y reprendrait plus.

Mais s'il se retrouvait maintenant dans une situation plus délicate encore, il ne pouvait s'en prendre qu'à lui-même. Cain n'était plus de ce monde, mais la terre ne s'arrêtait pas de tourner. Le soleil continuait à se lever le matin, et il avait une famille à nourrir.

Les frères Williams étaient morts, ou tout comme, il en faisait son affaire – ils auraient de la visite avant la fin de la semaine. Comme on n'était jamais mieux servi que par soi-même, il allait se faire un plaisir de les dégommer un à un. Mais il devait commencer par calmer le jeu avec Brodie, pour sauver du désastre ce qui pouvait être encore sauvé. Pourvu que cela inclût son honneur et le respect de cet homme envers qui il s'estimait immensément redevable…

Alan Palmer était un type conscient de sa valeur. En sa qualité de magnat des discothèques de l'East End, il était plus au parfum que personne de ce qui se passait la nuit. Sans être un malabar, il avait de la prestance et, avec son opulente crinière blonde et ses yeux bleu des mers du Nord, il était assez beau gosse pour s'attirer l'intérêt des dames, quel que fût l'état de son portefeuille. Ça faisait des années qu'il marchait avec Brodie. Sans le feu vert du Big Boss, jamais il n'aurait pu faire tourner correctement ses boîtes, alors il lui versait régulièrement de confortables primes – pour que ça continue.

Alan Palmer avait trois beaux-frères, tous capables de jouer des poings, tous dotés d'un beau palmarès – et tous dépendants financièrement de lui. Récemment, son frère s'était fait descendre par des parents de la petite frappe qui se tenait devant lui. Ricky Williams était venu offrir ses services jusque dans son bureau d'Ilford et lui proposait d'assurer sa protection pour un tarif défiant toute concurrence. Comme aucun de ses beaux-frères n'était disponible pour l'instant, Palmer se préparait à raccompagner personnellement ce charlot. Pour Alan, la manière forte n'était qu'un pis-aller – à la différence de son défunt frère, qui avait toujours préféré commencer par là et mangeait désormais les pissenlits par la racine. La violence était un remède à ne consommer qu'à doses homéopathiques, surtout dans son secteur. Il le savait depuis belle lurette.

Pour la première fois depuis l'entrée en force de Ricky dans son bureau, Alan eut un sourire nonchalant qui dévoila une denture entretenue à prix d'or.

– T'as forcé sur le crack ou quoi ?

Le mépris que lui inspirait son interlocuteur rejaillissait dans chacun de ses mots.

– Casse-toi. Retourne chez ta mère et ne reviens jamais faire ton numéro ici. Avec moi, ça ne marche pas.

Ricky ravala son indignation et contempla Alan en silence.

– Tu ferais mieux d'utiliser un peu tes méninges, Alan, finit-il par dire. Si on se serre tous les coudes, qu'est-ce que tu veux qu'il fasse, le Brodie, hein ? On a déjà la moitié du secteur sud dans la poche. Mes frangins et moi, on finira par les avoirs, tes boîtes. Mais si tu rejoins notre camp dès maintenant, ça sera toi, le Big Boss, putain. Tu seras le numéro un !

Alan éclata de rire. La proposition du gamin était tentante – Ricky avait vu juste.

Palmer avait pignon sur rue. Comme tout employeur correct, il avait su s'attacher des employés fidèles – et payés au noir, mais ce n'était qu'un détail. Du genre ambitieux, il gardait toujours plusieurs fers au feu. Mais tant que Brodie serait de ce monde, il n'aurait à craindre la concurrence de personne... Quel que soit le nom de votre employeur, c'était pour lui que vous travailliez. C'était comme ça depuis des années. Patrick avait court-circuité les principales pompes à fric du secteur. Les tenanciers dépendaient de son bon vouloir : c'était lui qui octroyait les licences, les locaux et les territoires. Personne ne pouvait lever le petit doigt sans sa bénédiction. En un sens, c'était un bon arrangement : n'importe qui, quels que soient ses antécédents, pouvait obtenir une licence de jeux ou de débit de boissons, voire de n'importe quoi d'autre. Le feu vert de Brodie suffisait.

D'un autre côté, c'était un vrai cauchemar. Tant que vous exerciez, vous engraissiez Brodie. Spider avait joué un rôle central dans la mort de son frère. Il pouvait encore choisir de prendre ombrage de cet « accident de parcours »... Il allait donc attendre de voir comment tourneraient les projets de cet ambitieux jeune homme... Comme tout homme d'affaires avisé, Alan Palmer était prêt à négocier dès qu'on lui proposait un projet juteux et un plan d'action solide.

Ricky Williams avait le dos au mur et autant de cervelle qu'un blaireau en état d'ébriété – mais, à part ça, rien ne permettait d'affirmer qu'il était incapable d'au moins un dernier coup d'éclat.

– Qu'est-ce que t'essaies de me dire, là ? Que tu te sentirais de taille à éliminer Patrick Brodie ?

Le ton à la fois sérieux et amusé de son interlocuteur n'échappa pas à Ricky. Il n'en revenait pas de la vitesse à laquelle Palmer avait mordu à l'hameçon.

– Bon, t'es au courant de ce que Brodie et ce connard de Spider ont fait à ma famille. Dans l'hypothèse où Brodie se ferait liquider... tu serais d'accord pour traiter avec moi, pour tourner définitivement la page ?

Alan savait surtout que Patrick ne tarderait pas à les rayer de la carte, ces débiles de Williams. Ça aurait dû être fait depuis des lustres, d'ailleurs. Ils ne l'avaient pas volé... Mais au cas où – et c'était un risque à prendre – ce branleur réussissait dans son invraisemblable projet, il ne voyait pas d'inconvénient à en prendre les rênes. Il disposait d'un joli magot et était respecté dans le Milieu – deux atouts indispensables, s'il voulait s'élever d'un cran et monter une organisation digne de ce nom. Cette seule pensée lui fit battre le cœur. Il pourrait prendre le contrôle des opérations en provoquant le minimum de vagues... Qui serait de taille à l'en empêcher ? Après Brodie, il était le plus fort...

Ce cher Jimmy Brick comprendrait vite son intérêt lui aussi. Il lui ferait une offre qu'il ne pourrait décemment pas décliner. Bien sûr, il faudrait débaucher toute l'équipe de Brodie... mais ça n'avait rien d'infaisable.

– Tu débloques, Ricky. Si ton histoire tombe dans les mauvaises oreilles, tu vas avoir des pépins. Brodie ne s'en laisse pas conter, crois-moi. On peut pas dire que tu sois dans ses petits papiers en ce moment. Et c'est pas la mort de Cain qui va faire remonter ta cote... pas vrai ? Parce que, Patrick c'est une chose, Ricky, mais Spider, c'en est une autre. Tu crois vraiment que vous seriez de taille à les liquider tous les deux ?

Il avait parlé sur le ton de la rigolade, mais Ricky avait capté le message : Alan était d'accord pour assurer les arrières du clan Williams. Il n'était pas de taille à prendre les commandes d'une telle affaire, il avait besoin de quelqu'un de compétent pour assumer ce genre de responsabilité. S'il venait à bout de Brodie et de Spider, sa réputation serait faite. Et Palmer et ses potes assureraient l'avenir du clan Williams.

– Alors ouvre l'œil, Alan. Parce que tu vas voir ce que tu vas voir.

Ricky partit d'un grand éclat de rire, à la limite de l'hystérie. Palmer le regarda en secouant la tête d'un air incrédule, tout en échafaudant des plans au cas où ce cinglé atteindrait son objectif.

– On ne l'envoie nulle part, Lil ! Il reste ici, avec nous.

Le ton définitif de son mari était décourageant. Rien de ce qu'elle dirait ne le ferait changer de cap, il fallait être réaliste.

– Laisse-moi faire, d'accord ? Je me charge de le remettre au pas, ce petit con.

Jusqu'à présent, Patrick avait tenu parole. Il avait administré un sévère rappel à l'ordre, ponctué d'une autre bonne raclée, à Lance, qui n'avait quitté sa chambre que pour aller à l'école.

Mais ce gosse était assez sournois pour leur dire ce qu'ils voulaient entendre. Sous ses airs repentants, elle sentait qu'il était tout le contraire. Ce n'était que du vent. Elle s'était souvent demandé s'il copiait le comportement et les émotions de son frère. En tout cas, ça marchait, parce que sa sincérité semblait aller de soi pour tout le monde. Sauf pour elle. Pour elle, il les menait en bateau, ça ne faisait pas l'ombre d'un doute.

Elle poussa un soupir et retourna aux préparatifs du grand goûter d'anniversaire. Elle regrettait à présent de l'avoir autorisé. On s'affairait autour d'elle à confectionner sandwichs, gâteaux, tartes et quiches. Elle avait fourni les ingrédients, et tout le quartier avait mis la main à la pâte. L'enthousiasme de ses amis et voisins faisait chaud au cœur.

Depuis la visite de Janie, sa vie avait pris un cours nouveau. Elle avait l'impression d'être revenue dans le monde réel, ce qui n'était pas une mauvaise chose. Malgré le fardeau du bébé et les problèmes de Lance, elle se sentait plus légère. La présence de sa mère avait toujours plombé l'atmosphère. Maintenant qu'elles ne se parlaient plus qu'au téléphone, les gens venaient plus volontiers chez elle et restaient plus longtemps. Ça riait, ça plaisantait. Le contraste était saisissant. La hargne avec laquelle sa mère s'évertuait à tout assombrir n'était plus qu'un mauvais souvenir. Lil avait bien quelques scrupules à se sentir de nouveau si heureuse, chez elle, entourée de ses enfants, mais cela ne suffisait pas à la convaincre de rappeler Annie. Or, elle ne reviendrait pas sans y avoir été invitée. Quant à Lance, il restait consigné dans sa chambre, ce qui lui ôtait le souci de devoir garder constamment un œil sur lui. Il avait, comme sa grand-mère, tendance à tout assombrir. Sa seule présence dans une pièce était source de tension. Même si elle rechignait à l'admettre, Lil savourait pleinement son soulagement d'en être débarrassée, de ces deux-là.

Janie arriva, les bras chargés de victuailles, et les deux femmes entreprirent d'aligner en bavardant les plats de sandwiches recouverts de papier alu, prêts à être servis.

Le principal intéressé contenait son impatience avec peine. Il allait avoir dix ans ! Cette fête qui prenait forme autour de lui, comme animée d'une vie propre, allait être énorme. Tout le monde serait là – amis, parents, voisins, camarades de classe. Ça ne ressemblerait à rien de ce qu'il avait pu voir jusque-là. En plus du DJ et de la grande sono, il y aurait un buffet géant. Même les adultes étaient invités. C'était une sacrée responsabilité, et il avait un trac fou. Son père s'était chargé des boissons. Les bouteilles attendaient, sagement alignées dans leur carton. Il y avait de l'alcool pour les grands, et, pour les enfants, tous les sodas et les jus de fruits imaginables. Rien que ce tas de cartons, ça lui faisait battre le cœur.

Son seul souci, c'était son frère. Ses parents avaient décidé de priver Lance du goûter d'anniversaire. Ça faisait partie de sa punition. Ils avaient raison, bien sûr, mais ça revenait quand même à exclure son petit frère d'un événement qui resterait gravé dans la mémoire familiale. Et puis la fête ne serait pas la même sans lui. Lance était une plaie, d'accord, et il avait vraiment commis un acte odieux qui avait mis tous les adultes hors d'eux – mais c'était quand même son frère ! Il aurait préféré qu'il soit là, ne fût-ce que pour pouvoir en reparler sans arrière-pensée et sans amertume avec lui. En plus, on ne parlerait plus que de ça pendant des semaines, dans la cour de l'école et dans le quartier. Lance serait affreusement vexé de ne pas pouvoir mettre son grain de sel. C'était ça, en fait, le vrai problème. Patrick allait devoir s'empêcher de parler de son anniversaire pour ne pas froisser son frère ! Décidément, même sans le faire exprès, Lance s'arrangeait toujours pour tout gâcher.

D'un autre côté, il était plutôt soulagé. Ça éviterait à Lance de la ramener, pour faire son intéressant devant tout le monde. Comme il n'aurait rien vu, il ne pourrait rien débiner. Son frère ne pouvait pas s'empêcher de critiquer tout ce qui lui appartenait... A part ça, il était tout de même désolé pour lui. Lance se morfondait, depuis que leur père l'avait enfermé dans sa chambre. Il ne l'avait pas volé, d'accord, et cette punition allait lui ôter l'envie de recommencer. C'était pour son bien que ses parents refusaient de revenir sur leur décision. Mais exclure Lance de cette fête risquait de provoquer plus de problèmes que ça n'en résoudrait à long terme, Pat le sentait obscurément.

Ricky Williams et ses frères s'inquiétaient pour leur avenir. Ricky promena un regard sur la pièce dans laquelle ils se trouvaient et se demanda par quel miracle il réussirait à maintenir un semblant d'ordre dans les rangs, une fois l'exécution de ses projets entamée.

Dave, Bernie et Tommy l'écoutaient en silence. Tandis qu'il leur expliquait ce qu'il comptait faire et ce qu'il avait déjà fait, Ricky sentit qu'ils le voyaient sous un nouveau jour. Enfin, il leur apparaissait comme l'homme qu'il n'avait jamais cessé d'être. Tout ce qu'il voulait, maintenant, c'était avoir enfin l'occasion de montrer à tous leurs amis et alliés qu'il était l'homme de la situation.

Il jeta un œil à la serveuse, une brune vêtue d'une petite jupe à franges, et, d'un ample geste de la main, commanda une nouvelle tournée. La serveuse retourna au bar, son plateau chargé de verres. Pas vraiment le canon de l'année, mais elle avait un joli fion, bien rembourré, qu'elle tortillait agréablement. Le genre de pétard auquel il n'avait jamais pu résister. Elle avait un petit côté déjeté et plus d'heures de vol qu'il avait pensé, mais son sourire épanoui lui donnait un air sympa. Bref, elle lui plaisait suffisamment pour qu'il lui fasse l'honneur de son arme secrète à la première occasion. Le clin d'œil qu'elle lui adressa du, bar, tandis qu'elle remplissait leurs pintes à la pompe, acheva de le convaincre qu'il avait tiré le ticket gagnant – et, comme d'habitude, ses projets de conquête prirent le pas sur le reste.

Ils étaient descendus dans un pub du Kent. Mieux valait se faire oublier quelques semaines, le temps de laisser les choses retomber. Ils rasaient les murs dans le Smoke, surtout depuis le regrettable accident dont Cain avait été victime… Pas mal, ce coin, finalement. Le Kent, «jardin de l'Angleterre»… C'était agréable, cette ambiance de grande banlieue, les pubs accueillants et la discrétion des gens du cru. Ici, personne ne mettait le nez dans vos affaires. C'était décidé, à la première occasion, il achetait une baraque dans la région !

Quel plaisir de pouvoir souffler un peu, de s'asseoir à une table, tranquille, dans son coin, sans avoir à surveiller la porte ou à garder un œil sur la clientèle – encore moins à faire picoler gratis tout un ramassis de connards que, fallait le dire, il n'avait jamais pu blairer. Le naturel des habitués, cette atmosphère de cordialité détendue… Ils étaient dans un vrai pub, un endroit sélect et sympa où les gens venaient s'envoyer une pinte ou deux en discutant le coup entre copains. Il avait oublié à quel point ça faisait du bien… En même temps, il n'aurait pas détesté débarquer dans un rade où il aurait pu l'ouvrir à sa guise, sans craindre ni flatter personne, un établissement où tout le monde se serait bousculé pour aller lui chercher un verre, où il aurait pu choisir la musique et la clientèle, et se prouver à lui-même qu'il était quelqu'un – quelqu'un qui comptait.

Plus que quelques semaines, et tout ça lui serait rendu. La serveuse apporta leurs pintes, et il lui balança un sourire de vainqueur, assorti d'un pourliche substantiel. La préparation du terrain, y avait que ça de vrai ! La clef du succès, c'était d'aplanir les obstacles ! Le sourire de la fille lui confirma qu'il avait un pied dans la porte.

Alors, elle était pas belle, la vie ? Dire qu'en plus ça ne pouvait aller qu'en s'améliorant...

CHAPITRE 17

Jimmy Brick était sur les dents mais n'en laissait rien paraître – au contraire, même. Car c'était le grand jour, l'anniversaire du gamin de Pat, et il affichait son plus beau sourire. Mais ça ne l'empêchait pas d'ouvrir l'œil. Dans le secteur, même un goûter d'enfants pouvait tourner en eau de boudin. Une poignée d'adultes mal embouchés avec quelques verres dans le nez, et tous les ingrédients de la Troisième Guerre mondiale se trouvaient réunis.

A preuve, le baptême de sa nièce, qui s'était soldé par un meurtre et une condamnation à perpète pour son beau-frère, que sa sœur Ursula n'avait pas invité à la cérémonie parce qu'il ne pouvait s'empêcher de lui coller des baffes. Il s'était fait jeter à la porte du domicile conjugal par Jimmy lui-même, épaulé de quelques types solides, et il avait d'abord semblé le prendre du bon côté – jusqu'à ce qu'Ursula s'avise d'embrasser son nouveau jules dans la cour de derrière. Son beau-frère avait alors escaladé la clôture et descendu son rival, sous les hurlements épouvantés des tantes et des cousines. Résultat des courses, ils avaient passé leur dimanche au poste, à faire leurs dépositions.

Non, Jimmy se méfiait comme de la peste des fiestas, y compris des plus anodines. N'importe qui pouvait péter les plombs, pour peu que les circonstances s'y prêtent. Il était bien placé pour le savoir et fermement décidé à faire en sorte qu'aucune bagarre ne vienne troubler l'anniversaire de Pat Junior.

La déco de la salle paroissiale était formidable. Il y avait des tas de ballons et de guirlandes qui pendaient de partout. Les grandes tables posées sur des tréteaux croulaient sous la boustifaille – quant aux odeurs, n'en parlons pas ! Les sandwiches au cresson et aux œufs durs, il n'avait jamais pu y résister. Il en grappilla quelques-uns, vite fait, et se grouilla de les engloutir, en mastiquant à toute vitesse. Le bar était fin prêt et le DJ, une pure tache, n'attendait que le signal du départ pour envoyer la musique.

Jimmy supervisa la disposition des tables et des chaises et sortit s'en griller une derrière la salle. Trente secondes de pause, le temps de souffler un peu. Une fiesta pareille pour ses dix ans, il était carrément verni, ce gamin ! Lui, on ne lui jamais rien organisé d'approchant, pas même pour ses vingt et un ans ! Le petit Pat, y avait pas à dire, c'était un chouette môme. Grand et costaud pour son âge ; le portrait de son paternel tout craché, comme aurait dit sa mère. L'autre, le Lance, c'était une autre paire de manches. Un drôle d'oiseau, ça sautait aux yeux. Bien parti pour devenir une petite terreur – ce qui, en soi, n'était pas un mal. Son père le tenait consigné, pour lui apprendre. Mais vous lui donniez dix ans de plus, et ça devenait une autre histoire, de le priver de fiesta ! Bah ! Louper un goûter d'anniversaire, ça ne serait sûrement pas la pire déconvenue qu'il aurait dans la vie, ce petit. Ce petit vicelard n'attendait que de faire ses preuves. Le jour où il serait opérationnel, mieux vaudrait ne pas lui tomber dans les pattes.

Lil brossait les cheveux de Kathleen en n'écoutant sa mère que d'une oreille. Que les jumelles étaient jolies, dans leurs petites robes blanc cassé assorties ! Dès qu'elles étaient un peu pomponnées, elles se ressemblaient comme deux gouttes d'eau. Eileen avait les yeux un rien plus sombres, mais il fallait le savoir…

– J'ai failli avoir une attaque en trouvant ton mari sur mon paillasson !

Lil sursauta. Cette fois, sa mère avait réussi à capter son attention.

– Parce que Pat est passé chez toi ? C'est à consigner dans les annales, ça !

Annie hocha la tête avec un sourire qui se voulait charmeur. Elle tâchait si désespérément de rentrer en grâce auprès de sa fille qu'elle était prête à tout. De sa vie elle n'avait autant souffert de la solitude que depuis ces quinze derniers jours.

– Et qu'est-ce qu'il t'a dit ?

Annie eut un pâle sourire et Lil sursauta de la voir si mal en point. Elle avait pris dix ans en l'espace de deux semaines, ses paupières étaient flétries par la tristesse d'avoir été exclue de la maison. Elle dégageait un tel besoin de graviter autour d'eux…

– Oh, pas grand-chose… Il m'a annoncé que Lance allait être puni et qu'il valait mieux que je prenne un peu mes distances, le temps que vous régliez le problème comme vous l'entendiez.

Lil avait peine à croire que son homme s'en soit tenu à des propos aussi modérés et courtois, mais elle garda ses doutes pour elle.

Pas question évidemment, pour Annie, d'avouer à sa fille que Patrick lui avait posé un ultimatum. Il l'avait menacée d'être définitivement interdite de séjour chez eux si elle continuait à cajoler Lance ou à le traiter avec plus d'indulgence que les trois autres. Il lui avait carrément dit que ses façons lui déplaisaient et qu'il ne se gênerait pas pour la remettre à sa place, si elle continuait à défier son autorité. Un faux pas de plus, un seul, et elle était « cuite », avait-il élégamment conclu.

Evidemment, elle s'était empressée de promettre tout ce qu'il voulait. Elle aurait marché pieds nus sur un lit de braise pour retrouver sa place parmi eux. Elle s'était donc interdit d'approcher Lance aujourd'hui et faisait mine de ne pas tenir spécialement à le voir. Son indifférence ne trompait personne, et surtout pas elle – mais du moins voyaient-ils les efforts qu'elle déployait pour leur plaire.

Lil prit Eileen sur ses genoux pour lui brosser les cheveux et lui faire des couettes comme à sa sœur. C'est alors qu'Annie crut mourir de joie. Kathleen s'était approchée d'elle, les bras tendus pour lui faire un câlin, sans qu'elle ait eu besoin d'exercer la moindre pression sur elle !

– Un kros bizou à ma mamie ! babilla la petite.

Ce mot d'enfant fit éclore un sourire de pur bonheur sur le visage fripé de sa grand-mère.

– Ma mamie Annie, la vieille momie !

Lil aurait volontiers étranglé son époux d'avoir soufflé cette fine plaisanterie aux petites. Elle s'attendait à une réplique bien sentie de la part de sa mère, mais, à sa grande surprise, cette dernière se contenta d'éclater de rire avec Kathleen. Vraiment, elle riait avec la petite, et de bon cœur ! Ce spectacle inédit lui fit monter les larmes aux yeux. Elle pleurait pour un oui ou pour un non, ces derniers temps. Ça devait être hormonal. Depuis que Lance avait blessé la petite Callahan, elle se sentait sur le fil du rasoir. Elle avait beau savoir que sa grossesse était la principale raison de ses sautes d'humeur, les méfaits de son fils lui filaient toujours des insomnies.

Eileen aussi se tordait de rire. Lil la serra sur son cœur en remerciant Dieu, comme chaque jour, de lui avoir donné ces deux petits anges. Toute mère croit dur comme fer que ses enfants sont les plus beaux. Dans son cas, c'était la pure vérité. Ils l'étaient, non seulement à ses yeux, mais aussi à ceux de complets inconnus. Quand ils sortaient, les gens se retournaient pour les regarder et lançaient des remarques admiratives. Ils étaient si gais, si pleins de santé et de joie de vivre, qu'ils attiraient l'attention où qu'ils aillent. En tout cas, pour avoir réussi à faire fondre le cœur d'Annie Diamond, il fallait qu'ils aient vraiment quelque chose d'exceptionnel – parce que, de toute son enfance, elle n'avait jamais réussi à arracher à sa mère ne fût-ce qu'un malheureux sourire. Et elle en resterait à jamais inconsolable…

Pat Junior débarqua dans la pièce, fier comme Artaban. Lil sourit en voyant la joie irradier son visage, tandis qu'il prenait ses deux sœurs, une sous chaque bras, et les soulevait de terre pour leur gazouiller de petites niaiseries. Dans son beau pantalon noir tout neuf et sa chemise blanche Ben Sherman, il avait l'air d'un vrai petit homme. Elle en eut un moment le souffle coupé. Tout à coup, elle entrevoyait le jeune adulte qui commençait à poindre en lui. Une fois de plus, elle se rappela que personne n'est propriétaire de ses enfants. Ce n'est qu'un emprunt. A peine aviez-vous le temps de dire « ouf » qu'ils étaient déjà grands et s'apprêtaient à quitter le nid. Elle voulait leur offrir une enfance heureuse, les combler de tout ce dont elle avait manqué dans sa propre enfance. Les entourer de joie et d'amour…

Annie avait observé le visage de sa fille. Elle aurait aimé trouver quelque chose à lui dire, un dicton, une perle de sagesse, quelque chose qui ferait date en ce grand jour ; mais elle ne gardait aucun souvenir du dixième anniversaire de Lil, ni des autres, d'ailleurs. Ils n'avaient jamais rien fêté. Comme elle le regrettait, à présent… Elle se reprocha amèrement d'avoir laissé son mari faire la loi, pour elle comme pour sa fille – oubliant fort opportunément qu'elle l'avait toujours laissé faire, et avait même fini par devenir comme lui, sinon pire… Elle poussa un soupir. L'homme est un apprenti, se dit-elle, la vie est son maître… Maintenant qu'elle se voyait offrir une seconde chance de se racheter auprès de sa fille, elle appréciait son bonheur.

Elle se demanda si Lil remuait les mêmes pensées en voyant son fils aîné se consumer d'impatience et d'excitation, si près du début des réjouissances. Le petit Patrick ne cessait de chanter les louanges de sa mère, pour toutes les heures de travail qu'elle avait consacrées à cette fameuse fête. Annie glissa un regard vers Lil. La joie de Pat Junior lui rappelait-elle autant qu'à elle ses anniversaires moroses et la maison cafardeuse de son enfance ?

La porte d'entrée s'ouvrit et la grosse voix de Brodie cria le nom de son aîné. Annie se sentait toujours un peu gênée aux entournures en sa présence. Comme elle se dirigeait vers l'entrée, admirant au passage la bicyclette flambant neuve de Pat Junior, elle se souvint que, du point de vue de son beau-fils, elle était en sursis.

Mais Brodie était de bon poil. Il lui sourit en lui décochant un clin d'œil guilleret, et elle lui rendit son sourire, manifestement soulagée.

– Dix ans, fiston ! s'exclama-t-il joyeusement en serrant Lil dans ses bras. Plus que quelques années et tu m'auras rattrapé ! Mon père à moi, il n'a cessé de me dérouiller à coups de ceinturon que ce jour-là. Je lui en ai mis une bonne, en le prévenant que, la prochaine fois, je profiterais de son sommeil pour lui régler définitivement son compte ! Il n'a plus jamais remis ça.

Pat Junior adorait que son père lui parle de son enfance. Tout en caressant le guidon de son vélo de course du plat de la main, il s'étonna :

– Papy te filait vraiment des coups de ceinturon, p'pa ?

– Il me dérouillait avec tout ce qui lui tombait sous la main. C'était un vieux salaud, et c'en est toujours un, jusqu'à preuve du contraire. Mais, les coups de ceinturon, je peux te dire qu'on les sent passer !

Patrick Junior se tourna alors vers sa mère :

– Et toi, m'man, elle te tapait, mamie ?

Il avait parlé sans y voir de malice, pour dire quelque chose, mais il le regretta immédiatement, parce que sa question avait jeté un froid.

– Allez, viens par là, répliqua platement sa mère. Tu es sûr de t'être bien brossé les cheveux pour la photo ?

Tandis qu'il confirmait d'un signe de tête, il vit que les joues de sa grand-mère avaient viré au rouge pivoine. Sans trop savoir pourquoi, il fut pris d'une soudaine envie de serrer très fort sa mère contre lui, mais son père devança son geste. Un peu triste, Pat Junior regarda d'un œil morne les deux adultes s'enlacer. Son père étreignit sa mère et lui piqua un petit baiser sur les lèvres en murmurant :

– Je t'aime, Lily Brodie. Et ça, t'es priée de ne jamais l'oublier !

Pat Junior sentit les larmes lui monter aux yeux. Lil éclata de rire et l'attira contre son gros ballon pour déposer un baiser au sommet de son crâne.

– On forme une sacrée bande, tiens ! On a tous la larme à l'œil, alors que c'est le plus beau jour de ta vie !

Pat sentit la main de son père se poser sur son épaule, tandis que ses deux parents se penchaient pour l'embrasser, chacun sur une joue. Il pria pour que ce bonheur ne s'achève jamais. Il se sentait si bien, si choyé. Il garderait toute sa vie le souvenir de cet instant sans nuage.

Dave, Bernie et Tommy étaient ivres morts. Ils avaient commencé dès le matin; en ce début d'après-midi, ils tenaient à peine debout. Comme ils s'esclaffaient bruyamment, au coin du bar, tous les regards se tournèrent vers eux.

Ça faisait un certain temps qu'ils n'avaient pas mis les pieds dans ce pub et ils espéraient bien que leur soudaine réapparition serait immédiatement signalée à qui de droit. C'était le jour de la grande nouba et tout ce qui avait pignon sur rue se retrouverait dans la salle paroissiale, croulant sous les cadeaux et dégoulinant d'une bonhomie de circonstance. Ils ne risquaient donc pas grand-chose. Patrick Brodie ne ferait pratiquement rien d'autre de la journée, et puis ils rasaient les murs depuis bien trop longtemps!

Maintenant, ils se sentaient suffisamment lestés pour affronter le petit Ricky et la colère noire que ne manquerait pas de lui inspirer leur indécrottable soûlographie. Ils finiraient bien par aller le retrouver, mais seulement quand ça leur dirait, et le plus tard possible.

Le Blind Beggar était bondé, comme d'habitude à l'heure du déjeuner, surtout le samedi. S'y pressait une foule composée des vendeurs du marché tout proche et des commerçants du quartier, saupoudrée çà et là de quelques petites frappes et de deux ou trois malfrats sans grande envergure. A une époque, le seul nom de Williams aurait valu aux frères un accueil à bras ouverts. Ils auraient eu droit à des consommations gratuites, à une place de choix au bar – bref, au respect qui leur était dû. A présent, c'était à peine si on les tolérait.

Le mélange d'alcool et de speed que charriaient leurs veines devait amplifier l'impression de froideur qui se dégageait de l'assistance et leur sentiment d'être tombés plus bas que terre, car, ce jour-là, ils en furent particulièrement piqués au vif. Se sentir snobés par tous ces gens qui s'étaient tant de fois pintés avec eux, qui se seraient naguère dévissé le cou rien que pour les apercevoir et jetés sur les miettes de leur gloire tombées dans leur sillage… Pis, constater que ces minus s'imaginaient pouvoir les écraser de leur mépris sans craindre de représailles – y avait vraiment de quoi voir rouge. Excellente mise en condition, pour la mission qu'ils devaient accomplir !

Il avait bien raison, le Ricky ; c'était un cerveau, ce gamin – pas d'erreur. Il avait fait le tour de la question en long en large et en travers, rapport à Brodie et à Spider, et ça n'avait pas traîné. Il avait toujours eu le don d'enregistrer les infos, mais en plus, contrairement à ses frères, il savait les utiliser à bon escient. Ricky, c'était l'étoile montante de la famille Williams – ils allaient devoir l'admettre, ces gros sacs à merde, et rectifier le tir illico. Il était dans le vrai : fallait qu'ils fassent un truc qui en jette, un vrai coup d'éclat qui les rétablirait illico dans toute leur gloire.

A l'autre bout du bar, Tommy avait repéré un type de vingt-cinq ou vingt-six ans, plutôt beau gosse et bien bâti, c'est-à-dire plus costaud que la moyenne, capable de leur donner la réplique, en somme. Une petite gouape du nom de Digger Trent. Tommy le connaissait de vue, pour l'avoir plus ou moins rencontré par l'intermédiaire de Cain. Il lui sourit et le salua amicalement – Trent était le genre de mec qui pouvait se révéler utile, un jour ou l'autre. Mais, avançant ses grosses lèvres en une moue ironique, le gus secoua la tête d'un air délibérément nonchalant, avant de leur présenter carrément son dos. Il n'aurait pas mieux marqué son mépris pour la famille Williams, s'il les avait braqués en public.

Tommy jaugea la carrure du jeune loubard que sa veste en cuir sur mesure ne faisait que souligner, ses épais cheveux noirs taillés au millimètre et coupés en couches successives, bien régulières. La classe. Il avait vraiment de l'allure, ce mec – et il en jouait.

Trent était à l'âge où on a envie d'en découdre et de sauter les étapes dans la branche qu'on s'est choisie. Il s'était spécialisé dans les casses et la collecte de fonds, et n'avait pas la moindre intention de s'afficher avec des charlots tels que les frères Williams. Il était ici chez lui, sur son territoire, et se sentait capable de les remettre à leur place en public, cette bande de bourrins. Ils avaient beau être trois – trois armoires à glace, qui plus est –, il n'hésiterait pas à leur voler dans les plumes, si nécessaire. Mettre la pâtée à des célébrités, c'était le plus sûr moyen d'établir solidement sa réputation, et ces trois clowns étaient encore assez coriaces pour constituer un beau tableau de chasse. Comme, en plus, ils n'étaient plus associés à qui que ce soit d'envergure, Trent commençait à se demander s'il n'allait pas carrément les défier, pour voir.

Près de lui, son pote Louie Blackman, nettement plus réaliste, avait fixé un œil méfiant sur les frères Williams en buvant sa pinte de Foster. Il n'avait que quelques années de plus que Digger, mais il connaissait la musique. La cote des Williams avait beau être en chute libre, pris en groupe, ils restaient une valeur sûre. Quand il vit Tommy mettre le cap sur le coin où ils s'étaient installés, Digger et lui, entre le bar et le juke-box, et scintiller la chope qu'il avait empoignée, Louie préféra prendre discrètement la tangente.

Marchant sur Digger, Tommy lui balança sa pinte en pleine figure et de toutes ses forces. L'autre ne vit rien venir, jusqu'au moment où les éclats de verre se plantèrent dans son œil et sa joue. N'ayant pas laissé le temps à son adversaire de lever le bras pour se protéger, encore moins pour se défendre, Tommy avait d'emblée pris l'avantage. Digger tomba à genoux comme une pierre et il se mit à le larder de coups avec ce qui restait de la chope qu'il lui avait cassée sur le crâne.

Le sang giclait de partout et le masque de haine de Tommy dissuadait quiconque de s'interposer ou de tenter de l'arrêter. Quand il en eut terminé, le visage du beau jeune homme étendu à ses pieds n'était plus qu'un tas de chairs sanguinolentes.

Tommy lui cracha dessus. La haine et le mépris qui se lisaient sur sa grande face de lune suffirent à maintenir l'assistance à distance. Bernie matait les gens d'un œil noir, menaçant, les poings déjà dressés. Dave avait sorti un grand couteau, qu'il brandissait avec un rire de dément. Personne n'avait la moindre envie de se mesurer à ce cinglé qui pivotait sur lui-même en pointant sa lame sur tous ceux dont il croisait le regard.

La serveuse, une petite blonde peroxydée aux seins en gants de toilette, brisa le silence d'une voix belliqueuse :

– Alors, là, bien joué, les mecs ! J'avais vraiment besoin de ça ! Maniez-vous un peu le cul et cassez-vous d'ici. J'appelle l'ambulance et eux, faites-leur confiance, ils n'hésiteront pas à rameuter les poulets !

Tommy la gratifia d'un large sourire, auquel elle répliqua par une moue excédée.

– Qu'est-ce que vous attendez, hein ? s'égosilla-t-elle, l'index pointé sur la porte. Dégagez avant que la flicaille débarque ! Et vous pointez plus jamais ici si vous n'avez pas de quoi remplacer ma moquette. Regardez-moi ça, elle est complètement foutue !

Elle s'époumonait toujours lorsqu'ils quittèrent le bar sous les yeux des clients, muets d'horreur. Tommy sortit le premier, entraînant dans son sillage ses frères pliés de rire. Il mit le cap sur leur bagnole, sans se préoccuper de l'état de ses vêtements, qui ruisselaient de sang. Son taux d'adrénaline avait grimpé en flèche et, conjugué aux effets du speed, le plongeait dans une transe euphorique. Il était complètement remonté. Prêt à tout.

– T'as vu la tronche qu'il tirait, ce petit con, à la fin ?

Dave lui grimaça un sourire et Bernie répondit d'un ton grinçant :

– Non, j'ai rien vu, on est restés plantés là, avec de la merde dans les yeux. Un peu, ouais, que j'ai vu – et maintenant, t'as plus qu'à la démarrer, cette putain de caisse, qu'on vire nos culs d'ici. Je te signale qu'il nous reste encore deux ou trois trucs à faire, avant ce soir, bordel ! Ricky va se demander ce qu'on maquille. Le pompon, ça serait qu'on se retrouve en garde à vue !

– Te bile pas, c'est pas ces cons de flics qui vont nous mettre en bouteille. Z'ont pas de boutanche assez grande !

Ils amorcèrent un demi-tour sur Whitechapel Road, en faisant hurler leurs pneus sur la chaussée. Avec Ricky, ils s'étaient filé rancart pour expédier le boulot tous les quatre, comme prévu. Après quoi, ils n'auraient plus qu'à rentrer chez eux, peinards, juste à temps pour dîner.

– Quelle heure est-il, chérie ?

Lil venait de finir de se préparer quand elle entendit la question de son mari et partit d'un grand éclat de rire.

– L'heure de t'acheter une montre, mon loup !

Il allait être cinq heures et elle était fin prête. Les gamins étaient remontés comme des ressorts. D'habitude, il fallait toujours des plombes pour les habiller, surtout les jumelles, et elle n'avait jamais assez de temps pour elle. Mais aujourd'hui, ballon ou pas, elle avait décidé de paraître à son avantage. Son miroir la rassura : c'était réussi.

Comme elle descendait l'escalier, son homme l'accueillit avec une mine ravie et elle lut un aveu de désir au fond de ses yeux bleus. Elle le gratifia de son plus beau sourire. On pouvait dire de lui tout ce qu'on voulait, il la rendait si heureuse…

Elle éclata de nouveau de rire lorsqu'il la complimenta d'un sifflement admiratif. Annie put mesurer la profondeur de leur amour et se trouva une fois de plus renvoyée à son statut de pièce rapportée. Pat Junior s'était tu, lui aussi, ainsi que les jumelles. Les trois enfants regardaient en silence leurs parents s'embrasser.

La dévotion que portait sa fille à son mari et l'amour fou de ce dernier pour sa femme plongeaient Annie dans la stupeur. L'idée que sa fille, cette petite gourde de Lil, ait pu inspirer ce genre de passion à un type tel que le grand Pat Brodie éveillait en elle une jalousie tenace. Elle s'efforçait de le dissimuler, bien sûr, mais dans des moments comme celui-là, ça lui dévorait le cœur.

– Si vous alliez chercher l'appareil, chère belle-maman ? Prenez donc une photo de moi avec les trois femmes de ma vie et mon grand champion. Après ça, il faudra songer à se manier, si nous ne voulons pas que ce garçon arrive en retard à son goûter d'anniversaire.

Patrick n'avait pas refermé la bouche qu'Annie s'était précipitée dans la cuisine. Elle les rejoignait avec l'appareil photo, lorsque Lance apparut en pyjama au sommet de l'escalier.

– J'espère que tu vas bien t'amuser à ta fête, Pat. Joyeux anniversaire… murmura-t-il pour son frère.

Patrick s'élança aussitôt vers lui et les jumelles lui emboîtèrent le pas. L'espace d'une seconde, Lil fut tentée de revenir sur sa décision et d'autoriser Lance à les accompagner. Il semblait si triste, si tendre, si vulnérable. On avait peine à l'imaginer faisant du mal à une mouche, alors à une fillette sans défense! Mais elle se reprit aussitôt, en se remémorant quel acteur et quel hypocrite accompli il était. Une seule brèche dans leur cuirasse, et il se croirait autorisé à les fouler aux pieds jusqu'à la fin de ses jours.

Brodie lui-même eut l'air touché de voir ses deux fils se donner l'accolade. Ils étaient vraiment comme les doigts de la main, ces deux-là. En dehors des petites, son frère était bien la seule personne dont Lance semblait se soucier. Quoi qu'il ait pu advenir, la profonde affection qui les unissait sautait aux yeux. Annie se figurait que Lance l'adorait, mais elle ne tarderait pas à déchanter. Elle découvrirait à son tour, et dans la douleur, que cet enfant qu'elle chérissait tant n'était qu'une sorte de mutant, une erreur de la nature. Il y avait trop de Brodie en lui. C'était dur à admettre, mais c'était la pure vérité.

Revêtue de ses plus beaux atours, Annie contemplait son petit-fils sans mot dire, s'abreuvant goulûment de cette apparition – la première depuis ce qui lui avait paru des mois, une quinzaine de jours en réalité. Elle aussi, elle aurait bien voulu que Lance participe à cette fête. Sans oser le dire haut et clair, elle se rebellait contre cette sentence, qu'elle trouvait cruelle et démesurée. Ce petit n'était tout de même qu'un enfant! Ils avaient l'air de l'oublier… Comme elle regrettait de n'avoir pas voix au chapitre dans cette maison! Car elle n'avait ni l'autorité ni le statut qui lui auraient permis de plaider la cause de Lance.

Un coup fut frappé à la porte. Annie alla ouvrir. Ça devait être le chauffeur auquel Brodie avait donné rendez-vous. Il tombait bien, elle allait lui confier l'appareil et elle pourrait être sur la photo, elle aussi.

Jimmy Brick commençait à s'inquiéter. La salle paroissiale affichait complet, les cadeaux s'amoncelaient. Le DJ s'obstinait à passer du Slade pour deux ou trois gamins de quinze ans attifés comme s'ils en avaient vingt, et une bande d'ados dégénérés, arborant des crânes presque rasés et des futals un poil trop neufs, et qui lorgnaient le buffet. Pratiquement toutes les tables étaient occupées. Les gens trinquaient en avalant des petits-fours et attendaient de pied ferme les réjouissances prévues au programme. Le curé de la paroisse, tel un tox qui vient de toucher son mandat de l'aide sociale, ne savait plus où donner de la tête. De leur côté, les serveurs du bar avaient déjà un bon coup dans l'aile, eux aussi.

Les vrais invités étaient là, pour la plupart, et s'étaient comme prévu installés près de la table de Lil et de Pat. Jimmy avait posté quelques hommes dans la salle, l'œil aux aguets, prêts à intervenir au premier signe de grabuge. Il leur avait expressément demandé de ne frapper et surtout de ne blesser personne sur place – une fois dans le parking, évidemment, ils avaient carte blanche. Pour le moment, ils planquaient soigneusement leur arsenal et affichaient des sourires en acier nickelé.

Les Palmer avait répondu présents. Leurs gamins piaffaient d'impatience, prêts à donner le signal des grandes glissades sur le parquet de danse avec leurs socquettes immaculées. Les autres petits tarés, là... – Jimmy ne les quittait pas de ses gros yeux globuleux – avaient déjà nettoyé un grand plateau de sandwiches et un saladier de petits-fours. Ils avaient intérêt à ne pas y revenir de sitôt, parce qu'il ne se sentait pas d'humeur à aller leur demander poliment de bien se tenir.

C'était exactement le genre d'incident qui pouvait dégénérer en bagarre rangée faute d'une intervention prompte et adéquate, et Jimmy tenait à s'assurer du bon déroulement des opérations. Tout devait se passer avec un minimum de couacs, pour un maximum d'ambiance et de satisfaction.

On avait tamisé les lumières. Spider et sa copine s'esclaffaient avec la tribu Brewster, une famille nombreuse du sud de Londres qui avait fait sa pelote dans la pornographie – livres et vidéos, s'entend. Lenny Brewster, un vieux copain d'école de Patrick, beuglait à pleins poumons des blagues salaces sans quitter la porte des yeux. Son ami Spider surveillait lui aussi l'entrée. Jim regarda sa montre. Presque six heures déjà. Sauf son respect, Brodie en prenait quand même un peu à son aise. Leur maison était à deux pas, au bout de la rue. Ils avaient dû être retardés par des invités venus directement chez eux souhaiter un bon anniversaire au petit…

La pièce montée était un vrai chef-d'œuvre. Un monument nappé d'un incroyable glacis vert printemps, représentant le stade Wembley. De loin, on aurait juré que le gazon était authentique ! Le pâtissier avait déclaré (hors micro, bien sûr, pour ne froisser personne) qu'après ça, il ne pourrait plus voir de glaçage vert de près ni de loin, au moins jusqu'à la prochaine Saint Patrick !

Dans l'ensemble, Jimmy était plutôt satisfait du tour que prenaient les choses. Pourvu que Patrick le soit aussi. Les invités avaient massivement répondu à l'invitation des Brodie. Civils et truands se côtoyaient avec urbanité, la salle bourdonnait de rires et d'éclats de voix, et, depuis qu'il avait remis au pas ce petit con de DJ au moyen d'une ou deux menaces bien senties, la musique était enfin correcte. Bref, ça avait tout d'une fête réussie et Jimmy se réjouissait d'avance de voir Patrick et sa petite famille débarquer au milieu d'une telle démonstration de savoir-vivre. Il pouvait souffler un peu. Il avait rempli sa mission. Dès que le roi de la fête se pointerait, il pourrait se détendre et profiter à son tour du buffet.

Il avait posé l'œil sur un joli petit lot de classe internationale, qui ondulait dans une robe de mousseline vert émeraude sur de hauts talons mettant en valeur ses fines attaches. Ses nibards n'étaient pas mal non plus, mais lui, ce qu'il regardait chez une femme, c'étaient les jambes. Un peu plus tôt, elle lui avait décoché une œillade plutôt encourageante et, à y regarder d'un peu plus près, il s'était dit que ça ne lui ferait pas peur de la croiser le soir, au coin d'un bois. Bref, tout allait pour le mieux. On n'attendait vraiment plus que le roi de la fête !

L'espace d'une seconde, en découvrant ce type devant la porte de sa fille, Annie crut qu'elle se faisait des idées, mais lorsqu'il l'écarta sans ménagement de son chemin et qu'elle vit les trois autres se ruer dans son sillage pour s'engouffrer dans le couloir, elle comprit que sa première impression avait été la bonne.

Le chef de la bande était couvert de sang. Elle entendit hurler sa fille, qu'il avait renvoyée dans sa cuisine d'un coup de poing. Puis elle vit qu'ils avaient tous des couteaux et qu'ils encerclaient Brodie, lequel tentait de contre-attaquer et luttait pour ne pas s'effondrer – mais ils avaient l'avantage du nombre. Face à eux quatre, il ne faisait pas le poids. Ils riaient à gorge déployée en le lardant de coups. Puis elle vit tout ce sang qui coulait, partout, et elle perdit connaissance.

Pat Junior et Lance avaient assisté au carnage du haut de l'escalier. Ils retenaient leurs sœurs cadettes, leurs petites têtes serrées contre leurs épaules pour leur dissimuler ce qui se passait en bas. Pat Junior aperçut son père qui tenait tête aux quatre hommes, en leur hurlant des menaces. Il avait reconnu les frères Williams et entendu leurs cris, compris leurs obscénités et le bruit mouillé que faisaient leurs couteaux en s'enfonçant, encore et encore, dans la tête et la poitrine de son père. A terre, Patrick tenta de fuir. Sous les yeux des gamins horrifiés et incrédules, Ricky Williams lui décocha un coup de pied dans le ventre qui le souleva littéralement du sol. Pat Junior poussa alors Kathleen dans les bras de son frère, et lui cria d'aller s'enfermer dans la chambre avec les jumelles. Puis il dévala l'escalier et se jeta sur le type le plus proche, sans une pensée pour sa belle chemise neuve qui s'était instantanément trempée de sang. Ils continuaient à frapper Brodie, riant de la naïveté de son fils et de l'inutilité de ses efforts pour le protéger.

Lorsqu'il aperçut sa mère effondrée par terre, pâle d'angoisse, Pat sentit l'impuissance l'étouffer. Le plus costaud des quatre le prit à bras-le-corps et le balança contre un mur. Un instant, la douleur du choc submergea le gamin. Comme il restait par terre, sonné, il vit ce qui restait du visage de son père et comprit qu'il était mort. Les coups qui pleuvaient de plus belle étaient superflus. Les Williams ne continuaient que pour le plaisir. Et il allait devoir vivre avec le souvenir de ces rires et de tout ce sang… Sa vie ne serait plus jamais la même.

Il se fraya un chemin entre leurs jambes et se jeta sur le corps ensanglanté de son père. Tommy Williams brandissait déjà son couteau, mais Dave retint son geste. En voyant cet enfant terrifié se coucher sur le corps de son père, il avait enfin compris. L'énormité de ce qu'ils venaient de faire s'abattit sur lui avec la brutalité d'un coup de masse.

– Arrête, putain ! Arrête ! T'as failli planter le gosse !

Leur rage retomba aussitôt. Seuls leurs souffles rauques troublaient le silence. Pat Junior se mit à sangloter. Il s'entendait pleurer et appeler son père, « Papa ! Papa ! », sans discontinuer. Son père, qui ne répondrait plus jamais à aucun de ses appels…

Lil était tombée sur le seuil de la cuisine. Alors qu'elle assistait à l'agonie de son mari, le bébé s'était mis à ruer en elle, comme pour tenter d'échapper à ce déchaînement de folie. Elle avait essayé de se relever, en vain. Elle n'était plus qu'une boule de douleur chauffée à blanc et elle mit un certain temps à comprendre qu'elle venait de perdre les eaux.

Dave s'était assis sur les marches, la tête entre les mains, devant ce qui restait de Pat Brodie. Il n'avait même plus forme humaine. Ils l'avaient littéralement réduit en bouillie.

C'est alors que Lil découvrit son fils, son petit Pat, étendu sur le cadavre, les bras en croix comme pour tenter de le protéger. Tout cela avait l'allure et la consistance d'un cauchemar. Elle était convaincue qu'elle allait se réveiller d'un moment à l'autre, qu'ils allaient se rendre au goûter d'anniversaire comme prévu, que rien de tout ça n'était arrivé…

Mais elle n'avait pas rêvé. Patrick s'était vraiment fait massacrer sous ses yeux. Son fils avait assisté à la scène et tenté de le secourir. Le jour de son anniversaire. Le jour de ses dix ans. Sa belle chemise blanche toute neuve, sa première chemise Ben Sherman, dont il était si fier, ruisselait du sang de son père. Il y en avait partout, jusque dans le couloir. En survolant la pièce du regard, elle vit que même les murs et l'escalier en avaient été aspergés. Elle entendit Dave Williams hoqueter, puis gerber. Elle savait, à présent. Elle avait enfin compris. C'était vrai. Son mari, son seul amour, était mort. Vraiment mort. Et elle allait mettre au monde un enfant qu'il ne verrait jamais, qu'il ne prendrait jamais dans ses bras. C'est alors qu'elle se mit à hurler et ce fut ce cri inhumain, chargé d'une férocité animale, qui tira les frères Williams de leur torpeur.

Pat Junior les vit s'en aller tranquillement, comme s'ils partaient faire un tour, sans la moindre crainte de se faire pincer. Ils sortirent sans se presser, en refermant doucement la porte derrière eux, comme s'ils avaient épuisé toute leur rage sur son père – ce qui, en un sens, était le cas.

Il pleurait toujours, mais les larmes lui manquaient. Il n'était plus secoué que de sanglots secs, convulsifs. Il se leva, s'assura que sa mère était saine et sauve, et, sous les cris de Lil qui faisaient encore vibrer les murs, parvint à contenir le tremblement de sa main pour composer le 999.

CHAPITRE 18

Spider et Jimmy Brick sortirent de l'hosto, encore sous le choc. Cette pauvre Lil, Dieu lui vienne en aide, avait mis au monde un garçon. Un autre putain de lardon, une bouche de plus à nourrir, comme si elle avait besoin de ça... Ils étaient restés lui soutenir le moral, parce qu'ils ne voyaient rien d'autre à faire. Quand le chauffeur était arrivé à la fête et leur avait expliqué ce qui s'était passé, ils avaient cru à une sale blague. Puis ils étaient allés voir par eux-mêmes, et ils avaient dû se rendre à l'évidence. Pourtant, ils ne s'y faisaient toujours pas.

La mort de Patrick était un tel choc que tout le monde refusait d'y croire. Il subsistait comme l'ombre d'un doute, même pour Spider. Il était pourtant allé identifier le corps à la morgue, mais il n'avait plus forme humaine – plus rien à voir, surtout, avec le Patrick Brodie qu'ils avaient connu. La mort de son frère avait été un coup dur pour Spider, mais celle de Patrick l'ébranlait plus profondément encore. Ça ne se limitait pas au choc émotionnel, c'était un véritable détonateur, qui menaçait de déclencher une série de catastrophes en chaîne.

Jimmy et Spider restaient donc là, dans l'air glacé, nez à nez, les bras ballants, à ruminer les événements de la veille sans trop savoir quoi dire. Que Patrick se soit fait descendre par les frères Williams, c'était inconcevable. Que quelqu'un ait pu planifier et mener à bien un tel coup, en soi, c'était déjà à peine croyable, mais qu'il ait été l'œuvre des frères Williams, ça filait le vertige. Comme si Ricky Williams avait pu faire la loi à lui tout seul ! Dans les heures qui avaient suivi la mort de Brodie, Ricky avait été pris d'une telle frénésie qu'il était parvenu à s'insinuer dans les bonnes grâces des principaux rivaux de Patrick, déployant pour l'occasion une ingéniosité et un sens des affaires qui lui avaient valu, sinon l'amitié, du moins le respect des gens qui comptaient. Evidemment, les flics avaient mis un point d'honneur à lancer l'enquête avec à peu près autant d'entrain que pour un meurtre entre Blacks – autant dire qu'ils ne comptaient pas se fouler la rate. Tout portait à penser que les frères Williams n'avaient pas agi seuls. Quelqu'un avait viré de bord, quelqu'un qui avait le bras long, capable d'appuyer sur les points névralgiques.

– Putain, c'est vraiment dégueulasse, s'indigna Jimmy de sa voix de basse profonde. Buter Patrick Brodie, comme ça !

Quelques têtes se tournèrent vers eux – une poignée de jeunes hooligans sortis en griller une pendant que leur copain se faisait recoudre le portrait. A la mine de Jimmy et de Spider, ils s'empressèrent de détourner le regard pour, surtout, n'incommoder personne. Tel quel, avec sa tronche balafrée et son air mauvais, Jimmy avait de quoi leur filer matière à réflexion ; quant au grand Black qui l'accompagnait, il n'avait pas l'air de rigoler non plus. En soi, l'allusion au nom de Brodie et aux événements de la veille aurait suffi à calmer les ardeurs des plus belliqueux. Chercher la bagarre, c'était une chose – s'exposer à une mort certaine, c'en était une autre. Eux, leur truc, c'était de provoquer des esclandres dans les pubs et dans les stades, de prendre et de distribuer quelques beignes et de rentrer chez eux à temps pour être frais et dispos le lendemain, à la réouverture des pubs.

– Ça y est, vous vous êtes bien rincé l'œil, bande de nazes ?

Jimmy avait besoin de lâcher un peu de vapeur et ces minus lui semblaient la cible idéale. En temps normal, il avait déjà de petites tendances paranoïaques, mais la mort de Brodie avait décuplé sa méfiance et son agressivité. Ces gamins étaient en service commandé et n'attendaient que de lui tomber dessus pour le dessouder à son tour. Alors là, ils pouvaient toujours courir !

Comme il marchait sur eux, Spider lui empoigna le bras.

– Qu'est-ce que tu fous, putain ? Laisse tomber ! On n'en a rien à secouer, de ces petits cons.

De sa main libre, Spider fit signe aux jeunes mecs de prendre le large, ce qu'ils ne se firent pas dire deux fois. D'un haussement d'épaules, Jimmy se dégagea de l'emprise de Spider. Il serrait les poings.

Spider secoua la tête.

– Ils l'ont réduit en bouillie, Jimmy. Il était méconnaissable. J'ai dit que c'était bien lui, mais la seule chose que j'aie pu reconnaître, c'était sa chevalière – tu sais, celle en onyx noir. Sans déconner, les types de la morgue auraient aussi bien pu me montrer un quartier de bœuf sanguinolent...

Jimmy hocha la tête. Lui aussi, il avait vu le corps de Patrick, gisant dans le hall d'entrée, et il n'était pas près d'oublier cette scène d'horreur. La pauvre Lil poussait des cris de terreur et les enfants étaient serrés les uns contre les autres sur le canapé. Le petit Pat, couvert du sang de son père, les yeux rouges d'avoir trop pleuré, mort de peur à l'idée de voir revenir les Williams et s'efforçant de protéger ses cadets... Il était loin d'être con, ce môme. Il savait parfaitement de quoi il retournait, et qu'il y avait échappé de justesse. Ils avaient même failli le poignarder, d'après ce qu'il avait entendu dire. Il s'en était vraiment fallu d'un cheveu... Il ne se sentirait plus jamais en sécurité nulle part, ce gamin. C'était ignoble. Ça n'avait pas de nom.

Et ça avait pris tout le monde au dépourvu – c'était ça, le pire. Patrick avait eu foutrement tort de laisser Spider se démerder seul face aux magouilles des frères Williams et de Cain. Cette putain d'erreur, il l'avait payée au prix fort, en se faisant massacrer par cette famille de tarés. Putain, c'était le monde à l'envers ! Comme si un régiment de paras s'était fait tailler des croupières par des boys-scouts...

Il regarda Spider dans les yeux. La réalité s'imposait à eux.

– Tu sais, mec, j'ai pas l'intention de sucer la bite à qui que ce soit – et sûrement pas aux Williams. C'est de la racaille, ces mecs. De la pure petite racaille irlandaise. Ils vont avoir de mes nouvelles, putain !

Jimmy Brick était hors de lui, maintenant que les faits commençaient à se décanter. Ils s'étaient trouvé un super créneau avec Pat. Il appréciait son boss et n'avait que du respect pour lui. Ce monstrueux culot des Williams, qui étaient venus s'en prendre à lui, sous son propre toit, sous les yeux de ses quatre gosses et de sa femme en cloque, c'était pas humain. Ce n'était pas tant le fait qu'ils l'aient tué – dans leur branche, ils étaient tous une cible potentielle –, c'était surtout la façon dont ils lui étaient tombés dessus, comme une meute enragée, putain, et devant ses gamins. Les jumelles étaient encore toutes petites. Deux adorables gamines, Brodie en était gaga. Les frères Williams avaient piétiné les valeurs les plus sacrées. Dans le Milieu, on ne touchait ni aux civils, ni aux vieillards. Mais la famille, c'était l'ultime tabou.

– Attends de voir qui est en cheville avec eux, avant de te foutre dans le pétrin, lui conseilla Spider.

Ce froid pragmatisme fit monter la tension de Jimmy d'un cran. Spider était dans le vrai. Le raid de la veille n'avait pu se réaliser sans une sérieuse préparation. Il y avait forcément un cerveau derrière tout ça. Tant qu'ils n'en sauraient pas davantage, mieux valait s'abstenir de faire des vagues.

Ils s'allumèrent des cigarettes et se mirent à fumer en silence. Ils avaient vidé leur sac. Les choses allaient changer, et pas seulement pour eux, mais pour tout le Milieu. La disparition de Patrick Brodie allait provoquer toutes sortes de bouleversements. Ceux qui bossaient avec lui seraient désormais considérés comme des suspects, voire des ennemis – selon ce qu'ils savaient ou ne savaient pas.

– Moi, je parierais sur les Palmer, souffla Jimmy. Ou alors sur les Brewster. Les Williams n'ont pas pu agir sans un appui extérieur. Putain, ils seraient pas capables de trouver leurs queues sans l'aide d'un chien d'aveugle ! C'est qu'une bande d'amateurs, des vraies brutes, des demeurés. Patrick aurait dû s'en débarrasser quand il en était encore temps, et ça, t'es le mieux placé pour le savoir…

La pique atteignit son but, comme il l'avait escompté.

– Parce que Cain aussi, c'était un fieffé abruti, poursuivit-il. Pas étonnant qu'il ait trouvé un terrain d'entente avec ces connards. « Dis-moi qui tu hantes, je te dirai qui tu es… » Ma mère, qui en avait dans le cigare, n'arrêtait pas de me seriner ça. Cain, c'était une vraie tête de nœud, et t'étais son seul atout. Eux aussi, ils doivent avoir quelqu'un pour assurer leurs arrières, ces fumiers. Ils seraient incapables de braquer un marchand de glace sans qu'on leur dise quoi faire. Non, mon pote, ils ont dû agir pour le compte d'une pointure. Quelqu'un de proche de Brodie. Ricky Williams se prend pour le petit génie de la famille, tout ça parce qu'il sait lacer ses godasses sans sa mère ! Y a forcément un commanditaire. La question, c'est : « Qui ? »

Spider haussa les épaules. Jimmy venait de résumer sa pensée, mais, tant qu'il ne serait pas fixé, il préférait la boucler. En temps normal, Jimmy était la fiabilité même, mais il tenait à rester neutre – tant qu'il ne saurait pas avec qui faire alliance. Surtout, ne se ranger dans aucun parti. C'était le moyen le plus sûr de rester en vie dans le secteur. Ce n'était pas de gaieté de cœur, mais il n'avait pas l'intention de raccrocher tout de suite. Bavarder à tort et à travers, ça finissait toujours par coûter très cher, surtout dans une situation susceptible de dégénérer en bataille rangée entre des gens dont aucun ne savait vraiment quel était son véritable camp.

Bref, ils se retrouvaient devant un pur casse-tête. Il n'avait pas encore digéré la mort de son frère que les Williams avaient décidé d'ouvrir le bal. Il allait falloir se la jouer fine dans les semaines à venir, pour ne pas se laisser déborder. Il allait discrètement réorganiser son équipe – des Blacks, exclusivement – et concentrer ses activités dans les quartiers sud. Il attendrait pour les redéployer que la situation s'y prête. Il pouvait dire adieu à tout ce qu'il avait construit avec Brodie. C'était l'objectif même de ce meurtre : réunifier les territoires et annexer ceux de Patrick, avec, dans le rôle du bouc émissaire, Ricky Williams pour se charger des basses besognes. Le véritable auteur de cet ignoble massacre se cachait derrière le clan Williams pour faire ensuite main basse sur ce qui l'intéressait.

Spider se retrouvait seul, la mort de son frère suspendue au-dessus de sa tête comme une épée de Damoclès. Sa position était des plus précaires. Cain s'était acoquiné avec les frères Williams, personne ne l'oublierait de sitôt. Il devait donc attendre de voir où le vent allait tourner. Avec Patrick, il n'y avait jamais rien eu de bien carré, rien d'écrit noir sur blanc. On allait donc lorgner sur une bonne partie de ses revenus, et il n'y pourrait rien. La plupart des boîtes de Brodie avaient des actionnaires invisibles. Ils allaient exiger leur mise et, comme Patrick n'était plus là pour y mettre bon ordre, ils se mettraient à raconter n'importe quoi. Spider ignorait qui avait investi et dans quelles proportions. Quant aux livres de comptes de Pat, pour les déchiffrer, bonjour ! Les plus fins limiers de l'Intelligence Service s'y seraient cassé les dents. Spider n'avait jamais mis le nez là dedans, il faisait confiance à Patrick. C'était peut-être débile, mais, dans son genre, il était honnête. Il s'en était remis à la loyauté de son partenaire et il allait y laisser pas mal de plumes… Mais la priorité, maintenant, c'était de réfléchir vite et bien à la stratégie à adopter.

Lil Brodie se tenait, au premier rang, devant le cercueil de son mari. Lenny Brewster en eut presque des scrupules. Elle était maigre comme un coucou, dans son tailleur noir, et pâle à faire peur. Ça ne l'empêchait pourtant pas d'être belle, au contraire. Le chagrin lui donnait une sorte de vulnérabilité suprêmement émoustillante. Après un laps de temps raisonnable, il pourrait peut-être tenter sa chance auprès d'elle. Qui sait, dans quelques semaines, la clarinette à moustache lui manquerait peut-être, et l'idée de s'envoyer la veuve n'était pas déplaisante. Brodie la vénérait comme une déesse et personne n'avait jamais mis le nez dans sa tasse. Conquérir l'épouse de Brodie, pourquoi pas, après tout ? C'était un projet qui ne manquait pas de charme. Et qui joindrait l'utile à l'agréable…

Sa légitime revint s'agenouiller à ses côtés après avoir reçu la sainte communion et il en fit autant, l'air recueilli, la tête inclinée comme s'il s'absorbait dans la prière. Jusque-là, Lenny avait été tenu hors du coup, mais il s'apprêtait à reprendre la main. Il leur préparait quelques petites surprises, à Palmer et à sa bande. Désormais, il se sentait des droits sur tout ce qui lui tapait dans l'œil. Lenny avait toujours été quelqu'un, dans le Milieu. Une institution qui forçait le respect – même si personne ne s'était encore avisé des proportions qu'avait pris son empire. Bon vivant, sympathique et gai, d'excellente compagnie, il avait le don de mettre les gens à l'aise. Il s'était même constitué un répertoire de blagues qu'il se piquait de raconter avec un certain talent. Jusque-là, il s'était contenté d'attendre son tour, mais celui-ci était arrivé plus tôt que prévu. Et il n'avait pas l'intention de laisser sa place aux autres.

Lil était donc au premier rang, en grande tenue de deuil, entourée de ses quatre petits, son nouveau-né serré contre elle. Les femmes en avaient les larmes aux yeux ; les hommes avaient peine à soutenir son regard.

Elle allait se faire avoir sur toute la ligne, ça ne faisait pas un pli. Parce qu'il faudrait jouer serré pour sauver quelque chose du naufrage. Or, elle était en miettes. S'il les voyait de là-haut, serrés sur les bancs de cette église, Brodie devait les maudire, tous autant qu'ils étaient. Sauf qu'il n'y pouvait plus grand-chose. C'était sur elle que tout reposait.

Tout ce qu'ils avaient à la banque lui revenait, mais Patrick ne devait pas avoir grand-chose sur son compte – confier son fric à son banquier, c'était se signaler à l'attention du fisc. Elle aurait aussi tous ses contrats d'assurance-vie, ainsi qu'une cagnotte spéciale collectée par les sommités du Milieu. Après quoi, elle serait censée s'écraser et se faire oublier. Sa seule présence provoquerait le malaise quand tout le monde saurait qu'elle s'était fait avoir en beauté. Elle était tout à fait capable de faire tourner les boîtes de son défunt mari

– elle les dirigeait pratiquement seule, à une époque –, mais ce genre de compétences ne lui servait plus à grand-chose maintenant... Elle n'avait plus voix au chapitre. Avec ses cinq mômes sur les bras et son homme dans la tombe, elle se retrouvait sans aucune espèce de protection. Et, même en plein deuil, elle devait tenir bon pour ses petits et garder la tête froide si elle voulait récupérer ce qui lui appartenait... Patrick avait planqué une partie du butin de divers cambriolages, au fil des années. Elle irait faire un tour de nuit au QG, pour voir ce qui lui restait. Sa vie telle qu'elle la connaissait appartenait au passé. Tout ce qu'avait bâti son homme avait été réduit à néant. Et la femme de Lenny qui paradait dans un vison magnifique qui avait dû coûter une petite fortune !

La mère Brewster avait débarqué à l'église comme dans son propre salon, en agitant la main, façon altesse en visite, et en distribuant force signes de tête. Visiblement, elle ne crachait pas sur son nouveau rôle de Première Dame. Grand bien lui fasse, se dit Lil. Pourvu, surtout, qu'elle ait plus de chance qu'elle-même n'en avait eu...

Elle sentit un calme étrange se répandre en elle. Sa famille n'avait échappé que de justesse à l'extermination complète sous les coups des Williams. Tommy aurait tué son petit Pat sans sourciller, et elle remerciait le ciel de l'avoir épargné. Elle s'était déjà résignée à voir tout l'empire de son défunt mari – les boîtes, les réseaux, les agences, tout ce qu'il avait bâti au fil des années – passer en d'autres mains. Elle ne pouvait rien réclamer ; elle n'avait plus aucun pouvoir. Ce matin-là, en regardant ses enfants, elle s'était dit qu'elle devait accepter son destin de bonne grâce, en s'efforçant de repartir à zéro, et de reprendre sa vie là où elle s'était brisée. Pour leur bien à tous.

Ricky Williams avait fait la gloire de sa famille et toute la tribu pavoisait. Autour d'eux, les gens avaient retrouvé leur savoir-vivre. On s'empressait, on se bousculait pour obtenir quelques minutes de leur précieux temps. Ricky avait toujours su qu'il leur fallait une action d'éclat pour revenir sur le devant de la scène, et il avait brillamment réussi. Palmer et Brewster lui avaient réservé un accueil digne d'un vainqueur de coupe du monde.

Il était à présent le leader incontesté de la famille Williams. Il leur avait rendu leur place et leur statut. Devant le miroir des toilettes du Speiler, à Bermondsey, une boîte ayant naguère appartenu à Brodie, il admira sa prestance, dans sa tenue flambant neuve. Ricky avait toujours eu un faible pour la mode, les fringues, le dernier cri. Dans sa veste de velours cintrée et son jeans moulant, il se sentait au top du bon goût – expression qu'il appréciait tout particulièrement, quand elle s'appliquait à lui. Il nageait en pleine euphorie. En revenant au bar, il retrouva ses frères – enfin, ceux qui restaient. Ils l'attendaient, tout sourire et le verre à la main. Il descendit cul sec un double cognac et, avant même que la brûlure de l'alcool ne se soit dissipée, tendit son verre à la serveuse pour qu'elle refasse le plein. Eh ! Elle n'allait tout de même pas y aller avec sa mesurette – pas de ça pour lui ! Elle n'avait qu'à lui laisser carrément la bouteille… ça donnerait d'autant mieux la mesure de son prestige.

Putain, il adorait ça, être au top ! Pouvoir faire son choix. Savoir qu'on ne parlait de lui qu'à mi-voix. Que ses exploits étaient relayés le long de tous les zincs de l'East End par des buveurs de bière pleins d'une crainte respectueuse.

Ricky se délectait donc de la joie pure d'avoir su faire prospérer ses projets. La petite nana qu'il s'était levée un peu plus tôt dans l'après-midi, un tendron de dix-huit ans originaire de Mile End, avec un gros cul et des nibards commak – sans oublier sa sacrée putain de grande gueule –, était bourrée comme un coing et s'efforçait d'articuler tant bien que mal les conneries qui dans son monde tenaient lieu de conversation. Désormais, fini de sauter tout ce qui bougeait ! Ça n'était plus de son monde. Il continuerait à tirer son coup à droite, à gauche, à l'occasion. Mais ce qu'il lui fallait, c'était une femme digne de ce nom, avec un minimum de capacités intellectuelles. Une vraie dame – ça, ça aurait de l'allure à son bras, maintenant qu'il était une vraie pointure.

Tommy et Dave discutaient le bout de gras avec sa nana en rivalisant de créativité dans le choix de leurs jurons. Il comprit alors ce qui le turlupinait. Dave, Bernie et Tommy étaient des minus. Ils avaient péniblement réussi à gagner leur croûte sous les ordres de Patrick, mais aucun d'eux n'avait assez de détermination ni de puissance intellectuelle pour mener leurs affaires au long cours. Ils avaient toujours préféré n'avoir qu'un rôle ornemental et ne tenaient pas à entrer dans les détails. Ricky, lui, il aimait être aux commandes. C'était un décideur, un homme d'action.

Aux cris de bienvenue qui s'élevaient autour du bar de la première salle, il comprit que ses invités étaient arrivés et vit une ombre passer sur le visage de ses frères. Ils craignaient toujours d'avoir des comptes à rendre pour la mort de Patrick Brodie. Ils avaient encore un peu honte de leur exploit de la semaine précédente et prétendaient avoir fait du zèle à cause des doses massives d'alcool et de speed qu'ils s'étaient envoyées ce jour-là. Et les grands pontes en colère par-ci, et leurs mines satisfaites auxquelles il ne fallait peut-être pas se fier… Il leur aurait foutu des baffes, à cette bande de fiottes. Leur indécrottable bêtise, leur manque total d'envergure leur collaient au cul comme une merde à une vieille couverture.

Ricky suivit des yeux la trajectoire de Palmer, qui s'approchait en roulant des mécaniques, et lui ouvrit les bras en un geste de bienvenue et d'amitié. Alan s'arrêta net, les mains levées.

– Putain, t'imagines quand même pas qu'on est le couple de l'année ! s'écria-t-il à la cantonade – avant d'ajouter, pour ses gardes du corps qui restaient toujours dans son sillage : « Je vous avais prévenus, les gars ! Il serait prêt à tirer n'importe quoi ! »

Ricky s'esclaffa avec les autres. Il n'oublierait pas de sitôt l'affront que venait de lui faire Palmer en esquivant son accolade. La joie bruyante de ses frères lui portait violemment sur les nerfs – putain, ils étaient trop cons, ces crétins ! Trop cons pour reconnaître une insulte, même quand on la leur crachait à la gueule ! Il avait vraiment du pain sur la planche avec cette bande de tarés – avec Palmer aussi, par la même occasion, vu la façon dont ça se présentait.

La petite gonzesse avait mis le cap sur les toilettes d'un pas mal assuré. Il fit un clin d'œil à l'un des habitués et lui refila un biffeton, avec ordre de la mettre dans un taxi. Elle ne lui serait plus utile de la soirée et il l'avait assez vue.

Ils se commandèrent à boire, mais Ricky broyait du noir. Ça lui demandait même un effort surhumain de ne pas sortir son surin pour le planter là, direct, ce connard d'Alan Palmer, histoire de bien marquer le coup. Il commençait à soupçonner que, lui aussi, il s'était fait avoir en beauté.

Il parvint cependant à museler son désir de vengeance et, affichant un sourire nonchalant, se mêla à la conversation comme si de rien n'était.

Lil accusait le choc. Son nouveau-né pesait près de cinq kilos. Décidément, les lendemains d'accouchement, c'était une rude épreuve pour le moral. Le petit Shamus était un beau bébé, mais elle était toujours incapable de fermer l'œil, même quand sa mère prenait le relais. Par moments, elle se prenait à croire que Patrick n'était pas mort, qu'elle avait rêvé. L'avoir porté en terre l'avait au moins aidée à faire la part des choses. Il était bel et bien parti et elle demeurait seule, avec le fardeau de vivre, ne fût-ce que pour ses enfants. Elle ne pouvait même pas s'offrir le luxe de se laisser aller. Elle avait besoin de toute sa tête pour assurer leur avenir. Il devait y avoir dans les vingt mille livres sur le compte – mais ce pécule ne durerait pas bien longtemps avec cinq bouches à nourrir, sans compter sa mère.

En refermant le portail du dépôt de son mari, elle croisa les doigts, espérant que personne ne s'aviserait de venir mettre le nez dans ses affaires. Patrick entreposait bien autre chose que de la ferraille dans ce casse. Les chiens vaquaient en liberté dans les allées, comme d'habitude – deux dobermans qui la reconnurent et se laissèrent caresser, tandis qu'elle rejoignait les bâtiments préfabriqués qui faisaient office de bureaux. Elle poussa la porte pour entrer et les deux chiens se couchèrent sur le seuil.

Elle n'avait pas besoin d'allumer pour ouvrir le coffre-fort. Elle n'y tenait pas, de toute façon. Elle avait maintes fois ouvert ce coffre pour y prendre les salaires des employés ou le liquide destiné aux frais généraux. La porte pivota sur ses gonds et elle ressentit un frisson d'excitation.

– T'inquiète, Patrick. Je ne prends que ce que tu me dois…

Elle éclata de rire, comme s'il avait pu, sinon lui répondre, du moins partager son humour. Elle était venue voler la cagnotte du voleur, la part qui lui avait été reversée sur les braquages de banques, de bijouterie et de transport de fonds qu'il avait couverts et autorisés.

Mais le coffre était vide. Les hommes de Pat avaient dû penser à sauver les meubles pendant qu'il en était encore temps. La mort de Brodie devait avoir mis pas mal de gens aux abois, en particulier ceux qui dépendaient de lui financièrement.

Elle cligna les yeux pour lutter contre une montée de larmes. Elle avait épuisé toutes les solutions. Elle allait devoir trouver un sacré paquet de fric pour élever ses cinq enfants.

Elle se laissa tomber à genoux sur le sol de béton froid et humide, sorte d'avant-goût de la tombe. Elle avait mangé son pain blanc. Désormais, tout ne pourrait aller que de mal en pis. Ses larmes menacèrent à nouveau de déborder, mais elle les ravala. Plus tard, elle aurait le temps de pleurer tout son soûl – mais, pour l'instant, elle devait d'abord penser à ses enfants.

Lenny Brewster pavoisait, débordant d'autosatisfaction. Depuis la mort de Patrick Brodie, il se sentait pousser des ailes. Un vrai jeune homme – « revenu au stade de la branlette prépubère ! » raillaient ses détracteurs. Les courbettes et les ronds de jambes dont se fendaient Palmer et les Williams pour se mettre dans ses petits papiers confirmaient qu'il avait réussi son coup. Il s'était enfin octroyé la part qui lui revenait.

Tout sourire, Ricky hocha légèrement la tête en direction de ses frères pour s'assurer qu'ils avaient conscience de l'importance de la pointure qui se trouvait en face d'eux. Son geste n'avait pas échappé à Lenny. Ce garçon avait la tête sur les épaules... en tout cas, il avait compris la façon dont ça marchait, dans le Milieu.

Ricky Williams claqua des doigts pour attirer l'attention de la serveuse, qui s'empressa d'ouvrir une nouvelle bouteille de Courvoisier, de remplacer les cendriers et de retourner astiquer son bar. Il avait saisi la suprême importance du respect. Or, du respect, il en avait pour l'homme qui venait d'entrer en triomphateur. Car Lenny Brewster était une légende vivante dans le Milieu, d'autant qu'il avait toujours su se faire oublier au bon moment et n'avait jamais éliminé personne sans bonne raison. Il avait réuni autour de lui une véritable armada sans faire de vagues. Un parfait gentleman. Voilà ce qui lui avait valu le respect général.

Alan Palmer ouvrit les bras comme Ricky l'avait fait lui-même quelques minutes plus tôt. Sauf que, cette fois, son accolade fut acceptée et retournée avec enthousiasme – une épine de plus dans son cœur. D'un autre côté, il fallait admettre que les Williams n'en étaient qu'aux tout débuts de leur ascension. Ils avaient frappé un grand coup, d'accord, mais il leur restait à faire leurs preuves. Par le passé, ça leur avait toujours joué des tours. Ils étaient infoutus de se montrer persévérants. Pourtant, ça n'était pas faute d'occasions. On leur avait maintes fois donné leur chance. Ricky comprenait donc les réticences des huiles. A leur place, il aurait fait exactement pareil – n'empêche, ça lui faisait mal. Vu son nouveau statut de chef de clan, ils auraient dû lui montrer un minimum de respect, surtout après ce qu'il venait d'accomplir pour eux.

Lenny faisait une grande démonstration de convivialité et de bonne humeur, ponctuée de gestes emphatiques. Ricky nota un brin de nervosité du côté de Palmer – normal, il venait de jouer le coup de sa vie. Palmer riait aux éclats chaque fois que Brewster balançait une de ses vannes et, comme ils levaient leurs verres, Lenny lui adressa un clin d'œil, l'air de dire qu'ils étaient déjà partenaires. Ricky y vit un signe favorable pour lui et ses frères et se mêla à la conversation, un sourire jusqu'aux oreilles.

Il vit alors Tommy murmurer quelque chose à ses frères avant de prendre le chemin des toilettes. Puis ce connard de Tommy sortit de sa poche un petit paquet, l'ouvrit en marchant et y mit la langue pour en tester le contenu. Rien de tout ça n'avait bien sûr échappé à l'œil perçant de Lenny, ça la foutait vraiment mal. Certes, ils étaient chez eux dans ce bar, mais ça ne se faisait vraiment pas de s'afficher comme consommateur, au vu et au su des boss – à moins, évidemment, qu'ils soient les premiers à donner l'exemple. Mais là, c'était une réunion au sommet. Ils étaient donc censés être tous en parfaite possession de leurs moyens. Comment se fier à un toxicomane qui se trimbale avec de la coke ou du speed plein les naseaux ? Ça relevait du bon sens le plus élémentaire ! Palmer et Brewster avaient pas mal de vices, d'accord, mais pas celui-là. La poudre, pour eux, c'était réservé aux filles qu'ils faisaient bosser. Les putes en avaient besoin pour carburer, tout le monde savait ça, mais eux, ils n'y touchaient jamais. L'alcool leur suffisait amplement. La bourde de Tommy leur donnait donc l'air de quatre amateurs, et Ricky se maudit de ne pas avoir assez insisté là-dessus avant de venir. Putain, y avait des jours où il se serait cogné la tête contre les murs ! Ça n'était tout de même pas une fiesta improvisée par des petits loubards au fond d'une HLM de banlieue, nom d'un chien !

Alan ne s'était pas départi de son sourire, mais il était surpris du nombre et de l'importance de la suite dont s'était entouré Brewster. Pas moins de cinq gardes du corps... Lenny était trop prudent pour sortir sans assurer sa sécurité, mais débarquer avec un tel commando à ce qui n'était, somme toute, qu'un petit pot amical, ça avait quelque chose de disproportionné. Lenny était un type coriace, il se sentait soudain en position d'infériorité, avec ses trois gorilles – mais il chassa ces idées noires, il était parano. Sauf que, comme tout truand digne de ce nom, il marchait à l'intuition. Quand le temps se gâtait, son instinct, qui le trompait rarement, lui soufflait qu'il tirait trop sur la corde ou que les flics étaient sur ses traces. C'était un mécanisme naturel d'autodéfense et là, pour une raison qui lui échappait, tous ses voyants d'alarme s'étaient mis à clignoter. Quelque chose clochait. Il se sentait mis sur la touche, comme une quantité négligeable, une roue de secours. Il prit une gorgée de cognac, qui eut du mal à descendre, et se força à ramener son attention vers les frères Williams et le pacte qu'il venait de conclure avec Brewster. De minute en minute, il sentait son optimisme et son aplomb le déserter. Il aurait dû venir avec un détachement plus nourri, lui aussi. C'est vrai que ça vous posait un homme…

Le bar se vidait lentement mais sûrement, et il s'écoula un certain temps avant qu'on remarque que Ricky avait suivi son frère aux toilettes pour lui passer un savon. Il revenait au bar où Lenny et Alan se trouvaient en grand conciliabule, quand il s'avisa soudain que presque tous les habitués avaient mis les bouts. Il ne restait plus qu'une poignée de malabars, accoudés au bar de la première salle. Des types carrossés comme des ailiers de rugby qui bavardaient tranquillement, sous leur peau de mouton retournée et à l'abri de leur calibre – ce qui n'avait rien d'exceptionnel dans l'établissement. La plupart des gens qu'il côtoyait avaient au moins une batte de base-ball sous leur siège de bagnole, un flingue planqué à la maison et une matraque sur eux, où qu'ils aillent. Dans leur monde, les armes étaient des accessoires de la vie courante. Mais ces types en blouson, eux, tentaient ostensiblement de cacher qu'ils étaient armés. Et, en regagnant le bar, Ricky sentit ce qui se préparait.

Toujours souriant, Lenny commanda une autre tournée. Puis, tandis qu'Alan allongeait le bras pour prendre son verre, le poignarda, vite et proprement, dans le foie. Comme Alan pivotait pour lui faire face, ce qui était une réaction normale et prévue, Lenny frappa à nouveau, cette fois en plein cœur – le tout, sous l'œil impavide des gardes du corps d'Alan, qui ne levèrent pas le petit doigt.

Ricky vit que ses frères avaient finalement percuté, eux aussi. Cette fois, le but de la soirée était clair pour tout le monde. Lenny lui décocha un sourire dont la franchise et la cordialité contredisaient violemment l'esprit pervers qui se cachait derrière.

– Ben quoi, Ricky ! Tu devais t'en douter, non ? Toi et Alan, vous deviez savoir que je pourrais jamais plus me fier à vous. Vous avez eu les yeux un peu plus gros que le ventre en liquidant Brodie, et même si, en un sens, je vous dois une fière chandelle, c'était sacrément imprudent de votre part. Des minus comme vous, des brutes à peine dégrossies, dessouder un type de la trempe de Brodie ? Vous ne pensiez tout de même pas vous en tirer comme ça ?

Lenny éclata alors d'un rire démoniaque, écrasant de mépris. Ricky sentit qu'ils étaient cuits. Brewster n'allait pas se contenter d'une simple tape sur la main. Non, il allait leur filer une bonne leçon, destinée à être colportée par la rumeur publique. Il eut une pensée pour sa mère qui avait déjà enterré tant de ses fils, et son cœur se serra.

Il n'avait même pas remarqué que la serveuse avait filé à l'anglaise. La décoration du bar était plutôt soignée... Les appliques des murs jetaient une lueur sinistre sur le corps d'Alan, et il s'écoula quelques secondes avant qu'ils comprennent qu'il respirait encore, d'un souffle rauque qui faisait gargouiller le sang qui lui envahissait les poumons.

– Putain de merde, il a la vie dure, ce petit fumier !

Toute l'assistance s'esclaffa et les types en blouson s'approchèrent. Quand il les vit se mettre à l'aise et relever leurs manches de chemise, Ricky se dit que la nuit allait être longue.

– Approche, Johnjo. Viens donc leur régler leur compte, à ceux-là.

Johnjo Milligan. A lui seul, le nom en disait long. Une terreur notoire, issue d'une famille de romanos irlandais, une dynastie mythique précédée d'une putain de réputation. Rares étaient ceux qui pouvaient se vanter de les avoir rencontrés personnellement. Ils évitaient d'attirer l'attention et passaient le plus clair de leur temps dans les foires. Ils se chargeaient de toute sorte de boulots, avec une prédilection pour la torture. Johnjo était un beau gosse doté d'un accent de Dublin à couper au couteau. Il savait y faire avec les dames, comme avec les flics – mais il leur demeurait insaisissable, parce qu'il avait tout un réseau d'amis, d'alliés et de parents prêts à jurer les yeux fermés qu'il avait passé la soirée avec eux chaque fois que c'était nécessaire.

– Pourquoi tu fais ça, Lenny ? Putain, c'est nous qui te l'avons ouverte, cette porte ! On t'a préparé le terrain ! Tu peux pas faire un truc pareil.

Lenny le regardait, tout sourire. Ricky aperçut les tronches effarées de ses frères. Ils attendaient qu'il remette les pendules à l'heure, qu'il force Lenny à rectifier le tir…

– Je peux faire tout ce que je veux, mon petit Ricky. Grâce à toi, je me retrouve en situation de monopole sur le marché. Maintenant, il ne me reste plus qu'à prouver au reste du monde combien vous me débectez. Je dois démontrer publiquement qu'on ne peut pas laisser des petites racailles comme vous faire la loi dans le Milieu, que je n'ai que mépris pour votre entreprise et que la mort de Patrick – une odieuse boucherie, entre nous soit dit – m'a mis dans une colère noire. Je ne peux tout de même pas laisser croire aux amateurs qu'ils peuvent débarquer chez n'importe quel grand nom du Milieu, le dessouder et se barrer comme si de rien n'était, pas vrai ?

– Non, chef. L'expression qui s'impose, c'est « faire un exemple ».

Johnjo avait parlé avec cette dignité tranquille qui laissaient les gens bouche bée quand ils le rencontraient pour la première fois. C'était un colosse, un beau brun affichant un sourire séducteur plus blanc que blanc. Il n'avait qu'un seul défaut : il ne ressentait strictement pour rien pour personne, en dehors de ses proches. Il était prêt à envoyer n'importe qui à l'hosto pour de l'argent, ce qui avait fait de lui une véritable institution dans le Milieu. Et il n'avait jamais craint les représailles – il y aurait toujours assez de Milligan pour recevoir les réclamations, et ils étaient tous comme lui : chatouilleux et d'une loyauté sans faille.

Les Milligan s'étaient spécialisés dans le catch. Ils se battaient à mains nues et en free style. Depuis l'âge de quinze ans, Johnjo avait décroché tous les titres de l'Extreme

Championship Wrestling. Il avait combattu aux quatre coins du monde et amassé des fortunes. Dans ce genre de lutte, tous les coups étaient permis. Les adversaires pouvaient se mordre, se griffer, voire empoigner les tabourets sur lesquels ils étaient censés s'asseoir entre les rounds pour s'en servir comme gourdins. Johnjo était un cas unique et ses talents avaient été maintes fois mis à contribution. On faisait appel à ses services quand on avait un message à faire passer. Ce qui était irremplaçable, ce n'était pas tant sa force et sa brutalité que son penchant pour la torture – et les cachets de star qu'il exigeait en échange de ses prestations. Faire appel à Johnjo Milligan, c'était une preuve de sérieux. A moins de n'avoir plus toute sa tête, personne ne tenait à se retrouver entre ses pattes, ni à le voir se pencher sur lui armé d'une paire de tenailles ou d'un fer à souder.

– Eh bien, Monsieur Brewster... Il semblerait que notre ami n'ait toujours pas rendu le dernier soupir. Voulez-vous faire les honneurs ou préférez-vous que je m'en charge ?

Lenny opina du chef, aussi impressionné par la placidité de son exécuteur que par l'habileté avec laquelle il jouait de la litote – une équanimité un peu décalée, vu les circonstances...

Les yeux ouverts, parfaitement conscient de ce qui se passait autour de lui, Alan poussait d'affreux râles de douleur. Lenny s'empara alors d'une queue de billard, dont il lui fallut porter pas loin de cinquante coups sur la tête d'Alan pour l'achever. Puis deux de ses gorilles se chargèrent de sortir le corps par la porte de derrière.

Alan s'était fait supprimer, purement et simplement – à la différence des frères Williams. Et en toute équité, son statut justifiait ce traitement de faveur. On racontait partout qu'il avait couvert, et même payé, les frères Williams pour se charger de la sale besogne. Lenny en sortait donc plus blanc que neige. Ayant vengé la mort de Brodie et lavé son honneur en châtiant ses bourreaux, il se posait en justicier et s'arrangeait, tout en faisant figure de héros, pour faire main basse sur l'empire de Brodie.

Un coup de maître.

– Ligotez-leur les mains et les pieds, et commencez par les déshabiller, je vous prie.

Johnjo n'avait parlé à personne en particulier, mais ses acolytes se précipitèrent pour exécuter ses ordres. Les frères Williams eurent beau se défendre comme ils purent, ils durent capituler sous le nombre et se retrouvèrent ligotés par terre, la joue sur la moquette sale, des relents de vieux tabac, de poussière et de bière éventée plein le nez. Ricky leva alors les yeux vers Brewster et sa bande. Avec la disparition d'Alan Palmer et de la tribu Williams, il serait acclamé comme un nouveau Messie.

– Espèce de gros sac à merde, vieil enfoiré de mes deux, t'es vraiment pire que nous ! T'as même pas les couilles de nous achever en personne !

Ricky s'égosillait, hurlant des bordées d'injures à Brewster. Il était bien résolu à tirer sa révérence avec autant de dignité que possible et à ne surtout pas à mendier sa grâce auprès de ce fumier. Il avait joué son va-tout et ça avait foiré – c'était aussi bête que ça. Maintenant, il était trop tard pour pleurnicher. Ils étaient déjà morts, ses frères et lui, ou tout comme. La vraie question, c'était combien de temps ces tordus allaient faire durer le plaisir.

Lenny Brewster lui balança un coup de pied en pleine figure et répliqua sur le même ton :

– Ta gueule, crapule ! Toi, t'as massacré Brodie sous les yeux de ses pauvres gosses ! Comment t'as pu croire une seconde qu'on s'écraserait, après ce genre de coup foireux ? T'as sérieusement empiété sur la ligne jaune, mon pote, et tu peux te préparer à payer. Tous les pères de famille du secteur veulent vous voir morts, tes frangins et toi. Personne ne veut plus respirer le même air que vous, bande de raclures !

Johnjo avait ôté sa chemise, révélant un torse d'athlète qui rappela aux Williams combien il était fort. D'un calme olympien, il était fidèle à sa réputation de tortionnaire inaccessible à la pitié.

Johnjo fit signe à Lenny de s'éloigner.

– Ecartez-vous, Monsieur Brewster. Restez pas trop près de ces pauvres cloches. Mon numéro va commencer.

Il y eut des rires, mais un invisible courant de crainte et d'excitation passa dans l'assistance. Tout le monde connaissait les Milligan, mais personne ne les avait encore vus à l'œuvre. On s'interrogeait même parfois sur la véracité des histoires qui couraient sur leur dynastie – car, même en faisant la part de l'exagération épique, ingrédient indispensable de tout récit, les rumeurs avaient de quoi vous filer la nausée.

Johnjo lorgna Ricky d'un air dégoûté et descendit un grand verre de cognac avant de laisser tomber, d'un ton égal où filtrait une certaine mélancolie :

– Fallait pas toucher aux gamins, mon gars. C'est le onzième commandement : ne jamais rien faire devant un gosse. Et puis, en passant, Pat Brodie, que vous avez massacré sous les yeux de ses enfants, était un de mes meilleurs amis. Je sens que son souvenir va me donner du cœur à l'ouvrage ce soir et que je vais y prendre encore plus de plaisir que d'habitude…

On s'était assis, dans la salle, pour assister au spectacle. Johnjo aspergea de cognac Ricky et ses frères. Les Williams hurlaient de haine.

Quand Tobbie, un de ses cousins, alluma une lampe à souder, Ricky sentit des larmes lui brouiller la vue. Trois minutes plus tard, il faisait exactement ce qu'il s'était juré de ne pas faire : il suppliait Johnjo – non de lui laisser la vie sauve, mais d'achever ses frères pour mettre fin à leurs souffrances. Il dut néanmoins assister jusqu'au bout à leur lente agonie et se laisser transpercer par chacun de leurs cris avant que les Milligan ne lui accordent la moindre attention.

Un mois après l'enterrement, Lenny Brewster fit parvenir un message à Lil, pour lui faire savoir qu'il désirait lui parler. Elle n'eut d'autre choix que de s'exécuter.

– Alors, Lil, comment va ? Comment tu t'en sors ?

Il avait parlé d'une voix parfaitement calme, avec la juste mesure de chagrin et de sollicitude qui s'imposait. Il semblait sincèrement compatir à son sort.

Elle eut un gracieux haussement d'épaules, qui attira le regard de Brewster sur les salières qui s'étaient creusées à la base de son cou et sur la pression qu'exerçaient ses seins, prisonniers du tissu de sa robe. Ses cheveux étaient impeccables, coiffés et shampooinés de frais, son maquillage parfait. Comme elle croisait les jambes, il dut détourner le regard, en sentant une bouffée de chaleur monter en lui.

– J'ai besoin de gagner ma vie, Lenny. Pas plus compliqué que ça.

Il sut alors qu'ils étaient sur la même longueur d'onde. Elle avait compris ce qu'il voulait et ne refuserait pas de s'y plier.

Il s'était arrangé pour faire courir certaines rumeurs pour que personne ne lui vienne en aide. Et annoncé à qui voulait l'entendre qu'il s'en chargeait personnellement. Lil était à sa merci, il le savait et ne demandait qu'à se servir du pouvoir que ça lui assurait pour parvenir à ses fins.

– J'ai besoin d'un boulot de toute urgence. Il y a quelques années, c'était moi qui m'occupais des clubs pour Patrick, je m'y connais. Il se fiait à moi les yeux fermés, comme tu sais.

Elle guettait les expressions du visage de Lenny et le haïssait de tout son être. Ce type lui avait coupé toute voie de retraite. Il avait fait le vide autour d'elle et tout Soho était entre ses mains. Elle allait donc devoir faire avec.

– Pourquoi j'irais te prendre à mon service ?

Il la rabaissait à dessein. Elle réprima une furieuse envie de lui sauter à la gorge pour lui dire ce qu'elle pensait de lui – mais les garçons avaient besoin de chaussures, les filles de vêtements chauds et le bébé manquait de tout. Elle devait faire bouillir la marmite et payer les factures. A cause de ce sale type qui avait décidé de la réduire à sa merci, personne ne semblait vouloir l'aider. Spider lui-même l'avait laissée tomber. Depuis la mort des frères Williams, Lenny passait pour un héros, mais elle savait qu'il avait quelque chose derrière la tête et qu'elle faisait partie de ses plans.

Elle le gratifia donc de son plus beau sourire et haussa les épaules une fois de plus.

– Eh bien, parce que je connais le taf mieux que personne, Lenny. Y a pas mieux que moi dans le secteur. Pour toi, je serai un putain d'atout.

Il se leva et contourna son bureau d'un pas nonchalant. Il était comme toujours vêtu avec un soin maniaque, mais il avait pris quelques kilos et ne pouvait plus cacher la bedaine qui s'arrondissait sous le gilet de son costard sur mesure.

S'asseyant d'une fesse sur le plateau de son bureau, il vint se planter devant elle, tout sourire.

– Mais jusqu'où t'irais, hein ? Jusqu'où tu serais prête à t'investir dans ton boulot ? A supposer que, moi, je sois prêt à t'en filer un, s'entend...

Elle serra les dents et prit une profonde inspiration.

– Aussi loin que nécessaire, bien sûr.

Le sourire de Lenny s'élargit encore. Il la tenait.

Il ouvrit sa braguette et sortit sa queue en la malaxant un peu pour se faire bander, puis soutint son regard effaré. Il devait se la faire, par la force, si nécessaire.

Comme il plongeait ses yeux dans les siens, Lil y vit scintiller une volonté de fer ainsi qu'un aveu de désir, et comprit que cette agression était d'abord destinée à la mater, à la réduire au désespoir. A travers elle, c'était Patrick qu'il tentait de souiller. Il voulait la briser, elle, parce qu'il n'aurait jamais eu l'audace de s'en prendre à lui.

Elle lui sourit alors, dévoilant une rangée de dents parfaites, dont la blancheur contrastait avec le vermillon de son rouge à lèvres, et le prit dans sa bouche. Il fut saisi par la chaleur dans laquelle elle l'avait fait plonger, sa langue venant se lover autour de son sexe. Sa peau était aspirée par les mouvements de succion qu'elle exerçait pour l'attirer toujours plus loin, en balançant la tête d'avant en arrière dans un rapide va-et-vient. Presque immédiatement, il se sentit entrer en éruption et explosa dans sa bouche. A son grand effarement, il constata qu'elle avalait tout, sans sourciller. Puis elle ralentit progressivement son mouvement de balancier, relâcha la pression de sa bouche, sa langue se faisant plus subtile, pour le ramener en douceur à la réalité et prolonger son orgasme avec une délicatesse qui ne fit qu'en décupler l'efficacité et l'euphorie.

Elle ne s'était pas bornée à lui tailler une plume. Son éjaculation l'avait lessivé. Pantelant, le souffle court, il dut s'appuyer à son bureau pour ne pas trébucher, le pantalon ouvert et le sexe à l'air, encore humide dans la fraîcheur de ce soir de février. Rouvrant les yeux, il s'inspecta rapidement. Il avait les vêtements en bataille et le zob qui pendait hors de la braguette comme un petit concombre flasque. L'embarras lui embrasa les joues. Il s'était trémoussé devant elle comme un gamin, il s'était oublié dans sa bouche avec une passion qui le renvoyait à de lointains souvenirs d'adolescence. Comme elle le regardait, toujours souriante, il remarqua que son rouge à lèvres avait bavé – mais ses yeux, eux, restaient aussi durs que des tétons de sorcière.

– C'est bon. Tu l'as, ton job.

– Ah, vraiment ?

– Ouais. Tu commences lundi soir au Baron's Room.

Il se détourna pour se rajuster.

– Les choses vont reprendre leur cours, comme avant, c'est ça ? Est-ce que je pourrais me réinstaller dans mon bureau ?

Il se retourna vers elle et lui fit face, les jambes encore flageolantes. Il n'avait que trop bien discerné cette arrière note de mépris, dans sa voix. Il fut pris d'une haine virulente pour elle, pour cet effet dévastateur qu'elle avait sur lui.

– T'inquiète, Lil… pour ce que t'auras à faire, t'auras pas besoin de bureau.

Elle s'était abaissée pour rien. Ravalant sa colère et ses larmes, elle se leva et, avec toute la dignité qu'elle put rassembler, lui lança :

– En ce cas, ton boulot, tu peux te le carrer.

Puis, portant son verre de cognac à ses lèvres, elle en prit une gorgée dont elle se gargarisa bruyamment, avant de tout recracher dans le verre.

Elle avait attrapé son manteau et commençait à l'enfiler quand il sentit cette folle attraction qu'elle exerçait sur lui le reprendre.

– Allez quoi, Lil. Et ton sens de l'humour ?

Elle le lorgna bien en face. Comme il plongeait dans le gris profond de ses prunelles, il admira le modelé et la finesse de son beau visage, s'étonnant, une fois de plus, de ce charme qu'elle dégageait, qui lui assurait une mesure d'avance sur tous les hommes.

– Je n'ai guère eu l'occasion de l'exercer beaucoup, ces derniers temps, si tu te souviens bien.

Il la serra alors contre lui. En l'embrassant, il reconnut le goût de son sperme mêlé à celui du cognac, et le désir le submergea, balayant tout le reste. Cette fois, il la prit dans les règles de l'art, en y mettant le temps qu'il fallait. Il la coucha sur le canapé de cuir de son bureau, la dévêtit et déploya tous les moyens préliminaires qu'il connaissait pour la dégeler, jusqu'à ce qu'enfin elle accepte de lui ouvrir ses jambes avec une soif et une frénésie égales aux siennes. Tandis qu'il la faisait gémir sous lui, il sut qu'il ne ressentirait plus jamais rien de tel, avec aucune autre femme. Elle était à la fois brûlante et trempée. Elle le désirait, lui, vraiment.

Quand leurs regards se croisèrent, elle sentit qu'elle le tenait – pour combien de temps, elle n'aurait pu le dire, mais elle avait sauté le pas. Elle avait fait feu de la seule arme qu'elle eût à sa disposition. Que se passerait-il quand il se lasserait d'elle – ça, mystère. Mais elle l'avait, ce job tant convoité. Dans la foulée, elle avait fait une découverte de taille : elle pourrait désormais jouer la comédie du sexe, et même feindre le plaisir, chaque fois qu'elle s'imaginerait dans les bras de Patrick. Elle n'avait qu'à fermer les yeux pour sentir sur elle les mains et les lèvres de son homme. Elle avait roulé Lenny Brewster, et il n'était que le premier d'une longue liste.

Cette nuit-là, dans son lit froid, elle pria pour que la vie épargne ses enfants, pour que les choses s'arrangent pour eux. Et elle renonça enfin à retenir ses larmes, trop longtemps ravalées.

Lenny Brewster s'était définitivement imposé comme la nouvelle autorité du Smoke. Il avait éliminé tous ses concurrents potentiels et, ayant vite compris qu'il lui serait difficile d'étendre son pouvoir dans les quartiers sud, avait préféré pactiser avec Spider.

Lil travaillait à présent dans un club dont elle était jadis la patronne et était devenue la maîtresse d'un type qui était à présent le sien – ironie du sort qui n'échappait à aucun des deux.

Les années soixante-dix avaient vu exploser la consommation de drogues douces à mesure que les Jamaïcains de deuxième génération s'imposaient aux affaires. Le pays se remettait tant bien que mal d'une nouvelle période de récession que le gouvernement, élu de fraîche date, avait été incapable de juguler. C'était l'âge d'or du punk et les queues s'allongeaient devant les bureaux d'aide sociale. Les jeunes ne se gênaient pas pour jeter leur haine à la gueule du monde que leur avaient laissé leurs parents.

Lenny Brewster et ses semblables s'empressèrent d'exploiter tout cela, pour leur plus grand profit. Ils se firent des couilles en or en pompant les forces vives de la génération montante et en tablant sur le relâchement général des mœurs et du code moral. Pour le syndicat du crime, la période fut des plus florissantes. Dans le Milieu, les affaires tournaient à plein rendement et personne ne se plaignait de la croissance.

Pour Lil Brodie et sa famille, une page se tournait. La mort de Brodie avait à jamais infléchi le cours de leur vie – et pas dans le sens où il l'aurait souhaité.

LIVRE II

Les pères ont bu du verjus,
et les fils grincent des dents.

Ezéchiel, 18, 12.

Ce n'est pas que je tienne tant à le voir, dit Coco Lapin.
Mais, que vous désiriez ou non leur compagnie,
il est toujours utile de savoir où sont vos amis-et-relations…

A. A. MILNE (1882-1956), *La Maison de Winnie l'Ourson*

CHAPITRE 19

– Vous m'en voyez navré, Madame Brodie, mais nous allons devoir renvoyer votre fils pour mauvaise conduite. Si vous ne comprenez pas ce que son comportement peut avoir de répréhensible, je crains que cette conversation soit une perte de temps…

Lily Brodie serra les dents en ravalant sa colère.

– Mon petit Shamus n'est pas un voyou, Monsieur Benton. Vous le savez aussi bien que moi. Il n'a que dix ans et il se battait contre un garçon qui en a cinq de plus !

Monsieur Benton était vraiment désolé pour elle. Exceptionnellement roulée, cette Madame Brodie – ce détail n'aurait échappé à aucun œil masculin – et ils n'avaient pas eu la vie facile, elle et ses enfants. Sans compter qu'elle en avait fait deux de plus, ces dix dernières années, et Dieu savait s'il appréhendait de les voir débarquer dans son école. Les gosses Brodie, c'était synonyme de problèmes, et il en avait plus qu'assez.

– Votre « petit Shamus », comme vous dites, s'en est pris à un garçon qui tentait de l'empêcher de harceler son frère cadet. Le fait que le grand frère lui-même se soit fait rosser par Shamus se passe de commentaires. Physiquement, votre fils est de taille à répliquer à un garçon de quinze ans, Madame Brodie. On pourrait dire bien des choses de lui, mais sûrement pas que c'est une innocente victime !

– Son frère aîné est de retour. Il va pouvoir le surveiller. C'est bien le rôle des grands frères, n'est-ce pas ?

Benton n'eut pas à se forcer pour éclater de rire.

– Ah, me voilà rassuré ! Son frère sort enfin de prison, et c'est sur lui que vous comptez pour ramener Shamus dans le droit chemin. Pour un modèle ! Car c'est bien de Patrick que vous parlez, n'est-ce pas ? Ce même Patrick qui m'a empoisonné la vie pendant toute sa scolarité !

Les railleries de ce vieux con la piquaient au vif, mais il était inutile d'argumenter. Shamus s'était fait virer de l'école, point final. Les salamalecs de ce vieil hypocrite commençaient à lui porter sur les nerfs.

– Shamus aussi, il défendait son frère. Les autres gosses le narguaient à cause de Pat qui sortait de taule cette semaine. Et après, ils s'étonnent qu'il se rebiffe, quand ils le font tourner en bourrique ! D'ailleurs, le grand n'aurait jamais dû intervenir dans la dispute des petits. Comment voulez-vous que son cadet apprenne à distinguer le bien du mal, si son aîné le sort toujours d'affaire ? Il aurait besoin d'apprendre à fermer son clapet, ce gamin. Ce qu'a fait Shamus, n'importe qui l'aurait fait à sa place. Mais défendre sa famille, faut croire que ça ne compte pas, pour vous. Leur père s'est fait assassiner sous leurs yeux – ça, tout le monde s'en fout. Vous, tout ce que vous voyez, c'est ce moutard qui s'est fait bousculer. Eh bien, il a tout intérêt à s'y faire, ce morveux, parce qu'il n'aura pas toujours un grand frère derrière lui !

Monsieur Benton n'en croyait pas ses oreilles. Il secoua la tête, chagriné. Ce n'était pas la première fois qu'il entendait ce genre de propos dans la bouche de certains parents – ceux pour qui l'école n'était qu'un mal obligatoire et non un lieu de transmission du savoir. Pour eux, les vraies connaissances ne consistaient pas en chiffres, en lettres, en dates ou en techniques de raisonnement ; c'était la loi du trottoir. Cette femme croyait dur comme fer que tous ceux qui osaient railler son fils méritaient une bonne raclée, ce qui était en soi la meilleure preuve de la bagarre perpétuelle que devait être leur vie au quotidien. Inculquer un minimum de savoir-vivre à ces enfants relevait de la mission impossible. Monsieur Benton eut un soupir excédé.

– Quoi que vous puissiez en dire et en penser, notre décision est définitive, Madame Brodie. Et je vous serais reconnaissant d'empêcher Shamus de venir traîner dans la cour ou près des grilles de l'école. A partir d'aujourd'hui, il est interdit de séjour dans tout le périmètre de cet établissement.

Lil se laissa aller contre le dossier du fauteuil, sans quitter des yeux le nabot qui lui faisait face – il était tout petit, ce mecton, depuis son torse malingre et ses mains grêles, jusqu'à son étroitesse d'esprit. C'était lui, la plaie des familles comme la sienne. Lui qui leur empoisonnait la vie. Mais ça, évidemment, il n'était pas foutu de le comprendre. Il vivait dans une sorte de monde parallèle où les gens passaient leur temps à se faire des courbettes et à se susurrer des amabilités. Un monde où on lavait sa voiture le samedi après-midi. Où il fallait mettre une chemise blanche pour aller au boulot, où les moquettes étaient régulièrement shampooinées, où les gens comme elle et les siens faisaient figure de parias, eux qui devaient se battre jour après jour pour survivre – un exploit dont ce type ne serait jamais capable, même si sa vie en dépendait. Lâché seul dans la rue, il n'aurait pas tenu cinq minutes, et c'était bien pour ça qu'il ne parvenait pas à retenir leur attention, aux gamins. Il ne réussissait qu'à les dégoûter de l'école et de tout ce qu'elle aurait pu leur apporter.

Lil se leva, droite comme un I, et abaissa son regard vers ce type qui l'enquiquinait depuis des années.

– N'ayez crainte, Monsieur Benton. Mon fils ne vous posera plus le moindre problème, vous avez ma parole. Mais laissez-moi tout de même vous dire une bonne chose. Si vous étiez un enseignant vraiment calé, vous n'auriez pas à venir bosser dans un trou aussi merdique que cette école. Alors, réfléchissez cinq minutes… ce soir dans votre voiture, quand vous rentrerez dans vos foyers. Les maîtres, ici, ils n'ont pas à la ramener. Parce qu'ils sont à la même enseigne que leurs élèves, tout au bas de l'échelle. Essayez de vous rappeler ça, avant d'écraser quiconque de votre mépris. Si vous étiez vraiment ce dont vous voulez avoir l'air, cette école serait bien le dernier endroit où vous choisiriez de venir bosser !

En franchissant le seuil du bureau, elle sentit revenir la migraine qui lui avait gâché la matinée. Shamus l'attendait dans le couloir, devant la porte du dirlo, sur une vieille chaise bancale. Comme il lui décochait un de ces sourires entendus dont il avait le secret, sa mère étouffa un petit ricanement.

– Allez, amène-toi, mon petit vieux. On se rentre !

Il lui emboîta le pas. Au fond, c'était un brave petit, mais il aimait trop la bagarre. Il avait la castagne dans le sang et ça finirait par lui attirer des ennuis.

– X'cuse-moi, m'man. Je suis vraiment désolé.

Et il l'était. Comme chaque fois, et jusqu'à la prochaine, bien sûr.

Les garçons devaient être rentrés, du moins elle l'espérait. Lil se faisait un sang d'encre pour eux et pour ce qu'ils pouvaient comploter. A lui seul, Lance était capable du pire, mais avec Patrick qui était de retour, impatient de ratisser quelques billets pour pouvoir dire qu'il participait aux dépenses de la famille, elle s'attendait à tout.

Elle s'arrêta à la supérette du quartier, le temps d'acheter un paquet de cigarettes et une bouteille de vodka, qu'elle fit mettre sur son ardoise. Elle avait un urgent besoin de souffler un peu, mais elle savait que les gamins ne lui laisseraient pas une seconde.

– Tu me files une clope, m'man ?

Elle lui en retourna une bonne, en pleine figure, et vit, à sa mine, qu'elle y était allée un peu fort.

– C'est vraiment pas le jour, d'accord ? Aujourd'hui, j'en ai eu plus que ma dose, avec toi et cette putain d'école. Tu ne pourrais pas, une fois dans ta vie, te démerder pour éviter de te mettre dans le pétrin !

Elle désespérait de lui. Ce gamin finirait par l'envoyer dans sa tombe.

– Avec toi, c'est même pas la peine d'essayer de discuter ! conclut-elle.

Shamus haussa les épaules. Il était furieux mais, pour une fois, elle s'en tapait. Tout ce qu'il lui fallait, c'était une vodka bien tassée et quelques heures de repos complet. Tout ça l'avait complètement lessivée.

Paulie Braden était fin soûl et, comme toujours quand il avait un coup dans le nez, il aimait le monde entier. Ramassant son paquet de cigarettes, il tira sa révérence à ses amis, au propre comme au figuré, avant de franchir la porte du pub d'un pas mal assuré, en se tordant de rire. Il se vidangea vigoureusement les poumons plusieurs fois de suite, prit approximativement le cap de ses pénates et, avec les meilleures intentions du monde, se mit en demeure de rentrer chez lui – une longue petite marche de quelques centaines de mètres. Il marchait sur le trottoir quand il entendit une voiture s'arrêter à sa hauteur. Peignant alors son sourire le plus avenant sur ses lèvres, il s'arrêta et attendit que ses passagers mettent pied à terre pour venir le menacer. La chose se reproduisait chaque semaine. Ça devenait une habitude. Ils n'en avaient généralement que pour quelques minutes. Après quoi, ils prenaient le large et Paulie pouvait continuer tranquillement son chemin. Sa dette restait modeste. Dès qu'il aurait touché sa paie, il leur filerait quelques livres d'intérêt, ce qui lui permettrait de tenir ces loustics à distance pendant une semaine ou deux…

Mais quand Braden vit le jeune type qui marchait droit sur lui, il en resta baba. Ça n'était plus le même. Celui-là, il avait la gueule vraiment hargneuse et l'œil mauvais.

La batte de base-ball lui arriva dessus si brutalement qu'il se retrouva projeté sur la chaussée – l'alcool qu'il avait dans le corps n'arrangeait rien. Une voiture qui passait dut faire une embardée pour l'éviter. Comme il s'affalait lourdement par terre, le jeune type brandit sa batte et l'abattit sur son épaule. La douleur frisait l'insupportable. Comme il encaissait un deuxième, puis un troisième coup, Paulie comprit qu'il avait dû abuser de sa chance. Il sentit qu'on le traînait à proximité du trottoir, et il lui fallut un moment pour comprendre ce qui lui arrivait. Un second jeune mec avait surgi de la bagnole, lui avait empoigné le bras et le lui maintenait tendu. Il lui cala le poignet sur le trottoir ; son épaule reposait toujours sur la chaussée. Paulie comprit alors ce qui se préparait et tenta de résister. Le gamin lui sourit et lui envoya un bref coup de poing qui lui écrabouilla le nez, avant de lui retendre le bras de force. La botte du premier s'abattit alors sur son coude et lui explosa l'articulation. Paulie Braden se mit à hurler comme un rat pris au piège. Quelques passants s'arrêtèrent pour contempler la scène d'un air fataliste. Une voiture de police qui patrouillait dans le coin passa au ralenti, le temps pour les flics de bien se rincer l'œil, avant de reprendre de la vitesse et de disparaître au coin de la rue.

– S'te plaît, fiston, s'te plaît… Ça suffit, là. Ça suffit. Je l'ai pas, ton fric. J'te jure…

– T'avais bien assez de blé pour te pochetronner toute la soirée, sale enfoiré. Et moi, je ne suis pas du genre à me laisser gruger. Tu vois, je souffre de ce qu'ils appellent un trouble de la personnalité – une vraie maladie, répertoriée et tout. C'est ce qu'ils m'ont dit, en taule, le jour où j'ai arraché d'un coup de dents l'oreille d'un connard qui commençait à me courir. Il avait pris mon rouleau de papier cul dans ma cellule, sans me demander la permission – il se torchait avec mon PQ, ce con ! Alors maintenant, tu comprends mon point de vue : ce qui est à moi est à moi. Et j'y tiens.

Le gamin ponctua sa déclaration d'un bon coup de pied au ventre. La démonstration de force était absurdement disproportionnée, vu la modicité de la dette ; mais le principe était de faire un exemple. Ils débutaient dans le métier et avaient bien l'intention d'y faire carrière. Les malheurs de Paulie dissuaderaient des dizaines d'autres candidats et, dans les trois jours, tous ceux qui devaient du fric à Mills s'empresseraient de le rembourser, quitte à mettre au clou la bague de fiançailles de leur légitime ou à vendre leur premier-né.

Paulie se mit à vomir, répandant un mélange de bière et de bile qui s'écoula dans le caniveau en se mêlant au sang de ses blessures.

– Tu devais deux cents livres à Jackie Mills. Maintenant, tu m'en dois trois cents. J'ai racheté ta dette et je tiens à récupérer mon fric. Alors, essaie pas de me baiser. Au cas où je ne verrais rien venir, c'est toi qui me verras débarquer – et la prochaine fois, j'aurai nettement plus de mal à me retenir…

La phrase resta inachevée, mais le message était clair.

Le jeune malfrat s'alluma une cigarette en prenant tout son temps et laissa tomber l'allumette dans les cheveux de sa victime.

– T'as trois jours.

Puis les deux gamins firent demi-tour et regagnèrent leur voiture en sifflotant.

Annie Diamond lavait ses sous-vêtements dans l'évier de la cuisine quand elle entendit sa fille rentrer de l'école.

– Alors, comment ça s'est passé ?

– Pfff ! soupira Lil en la rejoignant. Comment veux-tu que ça se soit passé ? Il s'est fait jeter, virer – lourder !

Annie haussa les épaules, les mains toujours plongées dans l'eau savonneuse. Sa fille prit la cigarette qu'elle avait au bec et en tira une longue bouffée.

– Faut voir le bon côté de la chose, Lil. Il va pouvoir se trouver des petits boulots et rapporter quelques billets à la maison.

– Sans doute, ouais. Mais pourquoi faut-il toujours que tout soit si dur pour nous ?

Annie s'abstint de répondre. Ces dernières années, elle en avait appris un sacré paquet, sur la vie et ses difficultés. Elle ne comprenait même pas comment sa fille parvenait à garder la tête hors de l'eau. Avec les garçons, surtout. Ils avaient changé pratiquement du jour au lendemain.

– Est-ce que Lenny a envoyé un peu de fric ?

– C'est sur la cheminée, fit Annie en hochant la tête. Mais y en a pas lourd. Pas plus de cent tickets. Il est plus pingre qu'un trou du cul de canard. M'est avis que la reine doit se déplacer en personne pour assister à l'ouverture de son larfeuil !

Lil partit d'un éclat de rire dont elle n'aurait pas cru avoir encore l'envie ni l'énergie et se versa un grand verre de vodka sous le regard réprobateur de sa mère. Annie pouvait en penser ce qu'elle voulait, c'était le cadet de ses soucis. Shamus avait déjà pris le large. Lil marmonna un juron. Quel garnement, ce gosse ! Si seulement son fils aîné pouvait lui dire deux mots, histoire de lui remonter un peu les bretelles, maintenant qu'il était sorti de taule. Elle ne pouvait pas compter sur Lance, il n'aurait réussi qu'à jeter de l'huile sur le feu – mais bon, malgré toutes ses conneries, on ne pouvait pas lui reprocher de négliger ses sœurs, Kathleen, surtout. Elle se força à penser autre chose. Elle en avait sa dose, des soucis…

– Où sont les garçons ?

Annie avait entrepris de rincer ses sous-vêtements à l'eau glacée. Une fois de plus, elle haussa les épaules.

– Ils sont partis ce matin, juste après toi. Depuis, j'ai plus revu leur couleur. Dis donc, ajouta-t-elle en pivotant vers sa fille, vas-y mou sur la vodka ! Si seulement t'y mettais un peu de jus d'orange, histoire de faire comme si tu n'avais pas de problème avec l'alcool…

Lil s'esclaffa.

– Eh, m'man… si seulement l'alcool était mon seul problème !

Les années n'avaient pas été tendres avec Lenny Brewster, il ne se voilait pas la face : chez lui, l'endroit valait l'envers, et le tout était délabré. Il soufflait comme un phoque asthmatique. Comme il partait d'un éclat de rire poussif, la fille qui lui tenait compagnie croisa les doigts pour qu'il s'étrangle et se taise définitivement, histoire de regagner ses pénates elle aussi, de se faire un sandwich et une tasse de thé comme les gens normaux – mais ça, ça aurait été trop beau. Lenny était du genre à en vouloir pour son pognon et il était de son devoir que le client s'estime satisfait. Quel rat, ce vieux con. Il était pingre sur toute la ligne, et pas seulement question fric. Il n'aurait pas filé une clope à un mourant – ou alors moyennant finance, évidemment. Elle avait tout de même réussi à lui soutirer une bagnole. Un véhicule de fonction, en quelque sorte – elle avait même dû s'engager à la rendre, quand elle se ferait virer. Mais bon, c'était quand même un début, non ?

Les types qui étaient au pub avec lui s'apprêtaient à lancer les salves de tournées habituelles. Ce vieux con de Lenny tenait à payer à boire à ses potes, et il voulait que ça se sache.

– Jackie Mills est passé y a une heure. Je crois qu'il a revendu toutes ses créances…

– Tu parles, répondit Lenny en ouvrant les mains. Sans moi, il serait infoutu de garder la tête hors de l'eau. Il serait temps qu'il pige qu'il n'est pas à la hauteur, ajouta-t-il en faisant signe au barman de leur remettre ça. Et à qui les a-t-il revendues ? A ce connard de Jimmy Brick ?

Lenny fixa son vieux pote Trevor Highgate droit dans les yeux et y lut un brin de nervosité, ce qui était mauvais signe. Car si les nouvelles avaient été bonnes, tout le monde y serait allé de son grain de sel. Lenny survola le petit groupe de ses courtisans. Il lâcha un rot sonore, porta la main à sa bedaine et souffla bruyamment.

– J'ai un de ces mal de bide, putain !

Il prit plusieurs inspirations puis, réprimant une grimace de douleur, lança :

– Putain ! Vous vous décidez à cracher le morceau, oui ou merde ? C'est qui, l'heureux élu qui va avoir l'honneur et l'avantage de récupérer les mandats de retraite et les chèques de l'aide sociale ?

La moutarde lui montait au nez. Comme si ce minus de Jackie Mills et ses putains de créances avaient le moindre intérêt !

– Paraît que c'est les fils Brodie, Pat et son frère Lance. Ils les ont rachetées, ou genre. Ils veulent monter en grade, on dirait – hein ?

Trevor souffla un grand coup, soulagé. Voilà. L'information était transmise, et lui, il était encore là. Lenny n'avait pas piqué une de ses rages légendaires.

– Les fils Brodie ? Parce qu'il a revendu ça à ces deux morveux, tu veux dire ? T'as intérêt à garder un œil sur ton argent de poche ! T'aurais même pas le temps de te retourner qu'ils seraient déjà dans ton garage, en train de te soulever tes vélos de course !

Il explosa d'un grand éclat de rire qui ne manqua pas d'inquiéter sa petite cour : il se foutait le doigt dans l'œil, s'il prenait les fils Brodie pour deux merdeux sans envergure. Ils avaient sacrément grandi et mûri, ces deux dernières années. Et c'étaient les fils de leur père…

D'ailleurs, ayant fait deux gamins de plus à leur mère, Lenny aurait dû être bien placé pour savoir que les deux grands n'étaient plus tout à fait des bébés…

– Putain, je leur souhaite bonne chance, à ces deux-là. Ce serait bien leur tour. Paraît que l'aîné est sorti de taule, c'est ça ?

Tous opinèrent du bonnet, l'air soulagés de le voir prendre si bien la nouvelle. Mais tous trouvaient pour le moins curieux qu'il leur pose la question. Là aussi, vu les circonstances, il aurait dû en être le premier averti.

– Ouais. Une sale affaire. Il était dans son droit, ce petit. Mais tu sais comment ça se passe, avec les tribunaux.

Lenny haussa les épaules.

– J'ai rien pu faire pour lui. Il s'était mis dedans en dérouillant un flic. Ça, quand ça arrive…

Ce mémorable souvenir leur tira des sourires entendus. A l'époque, ça avait fait sensation et Pat Junior s'était taillé une sacrée réputation, presque du jour au lendemain. Il avait assommé un flic en trois coups de poing. Pour le capturer et le ramener au poste, il avait fallu un panier à salade plein de condés. Pat Junior, c'était quelqu'un – tout comme Lance, le cadet. Mais c'était Patrick qu'ils avaient tous à l'œil. Lui, c'était son père réincarné – la même présence, le même caractère, les mêmes façons.

– Une sale affaire. J'ai vraiment regretté de ne rien pouvoir faire pour lui.

Le fond du problème, c'était que Lenny aurait peut-être pu faire quelque chose, mais qu'il n'avait pas levé le petit doigt. Pat était le demi-frère des enfants qu'il avait eus avec Lil, et c'était ce qui avait fait courir les premières rumeurs. Lenny avait perdu pas mal de sa cote de confiance, le jour où le verdict du gamin était tombé. Pat n'avait même pas eu un avocat digne de ce nom. La moindre des choses aurait été que Lenny se démène un peu pour régler l'affaire, avant même qu'elle n'arrive devant les tribunaux. Il aurait pu le faire, mais ne s'en était pas donné la peine. Son attitude avait suscité une réprobation générale, ce que Lenny ne savait que trop bien. Ça lui avait même coûté quelques plumes.

Car il y avait laissé une bonne partie de sa crédibilité. Lui, un type capable de concocter des arrangements sur mesure pour des assassins et des dealers, de faire sauter des peines de prison ferme moyennant finance, de marchander avec les juges et les procureurs, de faire pression sur la police ; un type qui, grâce à soixante mille livres bien placées, savait diviser par trois les années de taule pour ses complices ! Et dans le cas du jeune Brodie, il avait prétendu ne rien pouvoir faire pour l'aider à se tirer d'un simple délit de voie de fait – sur la personne d'un représentant de l'ordre, il est vrai. Son aventure avec Lil avait pris fin du jour au lendemain, ce qui suffisait en soi à éveiller les soupçons. Il y avait quelque chose de pas net, là-dessous... Comme l'avait résumé la sagesse populaire, même un clébard n'était pas assez con pour aller chier dans son propre panier !

Spider était descendu dans son bar préféré, où il sifflait une Guinness devant un match de cricket. Il faisait un soleil printanier et il en profitait pour se relaxer un peu en compagnie de son fils aîné. En réalité, Spider se prénommait Eustace et il avait refilé son prénom à son gamin.

Le sobriquet de Spider lui venait de la passion qu'il avait développée dans son adolescence pour les super-héros de BD. Spiderman était son favori et sa collection n'avait fait que croître et embellir au fil des années, au point de valoir à présent une petite fortune – auprès des connaisseurs, s'entend. Il avait toujours préféré s'appeler Spider, mais Eustace était le nom de son père, et du père de son père, et il avait tenu à le transmettre à son propre fils.

Son aîné était un grand costaud, avec la silhouette sculpturale et le teint de pêche sombre d'un Jamaïcain pur jus. Dès sa petite enfance, il avait eu un gabarit de lutteur – Pat

Brodie lui-même l'avait remarqué, à l'époque. Son grand-père maternel état un boxeur du nom de Micky McMurray, mieux connu sous le sobriquet de Mac. Spider lui avait transmis ce surnom et son fils, au fil des années, avait fini par s'appeler Mackie.

C'était un brave petit gars, suffisamment costaud pour que les gens y réfléchissent à deux fois avant de le provoquer, et suffisamment futé pour y réfléchir à deux fois avant de provoquer quiconque. Spider était fier de tous ses enfants, mais particulièrement de Mackie.

La porte du pub s'ouvrit à la volée sur deux jeunes mecs dont le regard fit rapidement le tour de la salle. Ils avaient tous deux hérité de l'épaisse tignasse brune et des yeux outremer de leur père. Spider bondit de son tabouret.

– Eh, par ici, les Brodie !

Patrick Junior se précipita vers lui et ils échangèrent une longue accolade. Bouleversé par l'énergie du jeune homme et par la joie de se voir accueilli à bras ouverts, Spider dut réprimer les larmes qui lui montaient aux yeux. Il avait mille fois pensé à ces enfants, toutes ces années. Ces pauvres gosses qui avaient tout perdu en l'espace d'une soirée – leur père, et tout ce qu'il avait bâti pour eux. Pat Junior était la réplique vivante de Brodie. Spider avait l'impression de voir son vieil ami ressuscité. Pat avait même hérité ses manières.

Il le maintint à bout de bras pour mieux le regarder. La prison ne l'avait pas entamé. Ce gamin était plus que capable d'assurer sa propre sécurité.

– Alors, ça va ?

Pat hocha vigoureusement la tête.

– Impec, et toi ?

Le petit Pat Brodie était soudain devenu un homme. Spider le regarda serrer Mackie dans ses bras ; comme d'habitude, Lance gardait ses distances. Rien n'échappait à son attention, mais il restait sur la touche, comme s'il attendait d'y être invité pour se joindre à leurs effusions. C'est Pat Junior qui le poussa vers eux. Spider lui donna l'accolade. Lance dégageait une tout autre vibration. Il était raide et crispé. A la différence de son frère aîné, il n'en avait rien à cirer, de les voir ou pas. Et il eut soudain le sentiment que Patrick aussi le sentait, même s'il faisait mine de l'ignorer.

Chacun fonctionnait toujours sur son propre mode…

– Les Windies sont encore en train de nous mettre la pâtée, comme d'habitude ? demanda Pat en avisant l'écran de télé.

Spider et Mac s'esclaffèrent.

– Qu'est-ce que tu crois ! C'est peut-être vous, les Blancs, qui l'avez inventé, ce putain de jeu, mais vous avez toujours été infoutus de marquer !

Un éclat de rire général salua cette répartie.

– C'est super de vous revoir, les gars.

– Et toi aussi, Spider. Toi aussi.

Jusqu'à sa voix qui avait changé. Elle était plus grave et plus profonde. Il semblait prononcer chaque mot avec plus d'énergie. Il avait dû soulever de la fonte en taule, car il était râblé. Normal, pour quelqu'un fraîchement sorti de cabane – là-bas, il n'y avait pas des masses de choses à faire. Mais ça lui allait bien, ces imposants biceps et cette carrure. Ça lui donnait quelque chose de colossal, d'intimidant, et il avait plus que jamais le type irlandais. Ses joues s'ombraient d'une barbe drue qui devait l'obliger à se raser deux fois par jour, et ses prunelles bleu sombre devaient faire un malheur auprès du beau sexe.

Comme ils allaient s'asseoir autour d'une table, Mac glissa un petit paquet dans la main de Pat.

– De la ganja premier choix. C'est mon toubib qui me la prescrit !

– Merci, vieux ! Purée, t'as l'air en super forme, mec ! La grande classe…

Comme les deux garçons s'étreignaient à nouveau, Spider se sentit submergé par ses souvenirs. Quelle chance qu'une amitié si solide se soit tissée entre son fils et celui de Pat…

– On croirait des jumeaux ! On a déjà dû vous le dire ? fit Mac.

Lance et Pat haussèrent les épaules avec nonchalance.

– A peu près toute notre vie, ouais ! fit Pat. Alors, qu'est-ce que vous prenez ?

Spider s'était déjà levé.

– Toi, tu bouges pas. Je me charge de la commande. Ça va, question tunes, Pat ?

Le jeune homme fit « oui » de la tête puis, l'index pointé sur Mac, ajouta à mi-voix :

– Il m'a déjà avancé de quoi tenir quelque temps. Te bile surtout pas.

Spider eut l'air si surpris que Pat éclata de rire.

– Je vois… Alors ça va, pour le moment ?

– Ouais, mon pote. Ça roule ! Là, j'ai juste un peu soif.

Comme Spider mettait le cap sur le bar, Mac eut un sourire.

– T'as déjà le pied à l'étrier, si j'ai bien compris ?

Patrick confirma d'un signe de tête.

– J'ai racheté des créances. Maintenant, on n'a plus qu'à s'appuyer la tournée des habitués pour faire les présentations et bien leur montrer qu'ils ont tout intérêt à payer sans trop se faire prier. Dans quelques semaines, je pourrai te rendre ton fric. Et j'ai encore au moins deux ou trois autres projets en préparation.

Mac se gondola en secouant ses dreadlocks.

– T'as même pas la queue d'une idée !

Lance gardait les yeux fixés sur lui.

– Une idée de quoi ?

Mac regarda Lance, cette terne version de son frère. Il avait les mêmes traits, mais sur lui l'effet était radicalement différent. Il avait toujours l'air de ressasser des pensées noires. Rien ne brillait dans son regard, pour ne rien dire du reste de son visage.

Pat prit sa pinte sur le plateau qu'apportait Spider et y préleva une généreuse gorgée, qu'il fit suivre d'un soupir d'aise. Puis il se tourna vers son frère.

– Ce qu'il veut dire, Lance, fit-il à mi-voix, c'est que ce fric, en fait, il m'en a fait cadeau. Mais ça faisait une sacrée somme, et tu vois, je me sentirai mieux quand je la lui aurai rendue.

Comme le regard de Pat s'élevait vers Spider, ce dernier secoua la tête.

– Laisse tomber, Pat. Tu ne nous dois rien.

Lance passait son temps à observer les manières de son frère et lui enviait son naturel, son calme et son sourire. S'il n'avait tenu qu'à lui, franchement, il l'aurait empoché, ce fric. Après tout, tout ce qu'ils avaient, c'était à leur père qu'ils le devaient. Mais ça, bien sûr, pas question de le leur faire remarquer.

– Alors… comment ça s'est passé, là-bas ?

Le sourire de Pat révéla des dents parfaites. Mais cette bonhomie n'était qu'une façade, dissimulant sa vraie nature.

– Au poil. Y avait quelques types vraiment bien dans le tas, mais nettement plus de branleurs. Bref, en gros, ça allait.

– T'as reçu les colis que je t'ai fait parvenir ?

– Oui, merci Spider. Et je peux te dire qu'ils ont été appréciés. J'étais dans la même cellule que Terry Mason. Très chouette, comme mec. Un dur, malgré son petit gabarit. Un vrai bull-terrier. Un jour, je l'ai vu arracher le nez d'un gus dans la file du réfectoire. Un connard de Liverpool avec qui il avait eu une prise de bec. Tu me croiras si tu veux, mais c'était pour savoir qui aurait la dernière part de tapioca !

Son côté pince-sans-rire et son art de la litote les firent éclater de rire.

– Putain, mec ! Y avait du sang et des lambeaux partout ! J'y ai mis mon grain de sel quand les copains du mec ont vu qu'il était en train de se faire pilonner. C'était ma première vraie nuit en taule, juste après ma condamnation. On était arrivés ensemble, Terry et moi. Juste pour l'heure du dîner. On a remporté l'assiette haut la main et on s'est partagé le tapioca. On était en sang, mais on s'en tapait. Après toute une journée passée dans ce putain de fourgon cellulaire, on crevait trop la dalle ! Enfin bref, après ça, Terry et moi, on a fait équipe. Tu vois le topo.

Le sourire de Pat s'éteignit sans crier gare. Vissant ses yeux dans ceux de Spider, il laissa tomber avec le plus grand sérieux :

– Il va me falloir des flingues, des fusils à canon scié et tout le tremblement. Tu peux m'arranger ça ?

Spider hocha lentement la tête. Ça n'était plus le même garçon. Plus rien à voir. Il était bien placé pour comprendre comment et pourquoi il avait tant changé, mais ça le navrait.

– Mais où est Kathleen ?

Eileen poussa un soupir en ôtant son manteau, qu'elle posa sur la rampe.

– On est vendredi, m'man. Elle voulait passer à la bibliothèque pour échanger ses livres. Tu sais que ça lui prend toujours des heures – alors je l'ai laissée là-bas.

– Tu manques vraiment pas d'air, toi !

Eileen était un sacré numéro, ça, pas l'ombre d'un doute. Il y avait autant de différence entre leurs caractères, à elle et à sa sœur, qu'entre un poisson et un oiseau. Enjouée, extravertie, Eileen devenait le centre d'animation dès qu'elle faisait son apparition. Sa vie n'était qu'un enchaînement de petits mélodrames, et elle adorait ça. Elle pouvait passer du rire aux larmes en l'espace de quelques minutes, et de la colère la plus noire aux excuses les plus sincères en l'espace de quelques secondes. Quand elle était dans le coin, il se passait toujours quelque chose.

– Lance va passer la prendre, comme d'habitude.

Elle rejoignit les autres dans le living et bâilla bruyamment en se laissant choir sur le canapé.

– Ah ! c'est vraiment l'horreur, cette école. J'ai l'impression d'avoir été piégée dans un sauna pendant toute la journée.

Elle avait parlé sans s'adresser à personne et sa remarque resta sans réponse. Elle fréquentait l'école des sœurs du quartier et travaillait le week-end dans une officine de bookmakers, à trois rues de là. Elle avait décroché ce job dès ses quatorze ans et avait à présent suffisamment d'expérience pour faire tourner la boutique toute seule. C'était bien le moins que Lenny puisse faire pour les filles. Kathy y travaillait, elle aussi, mais elle ne brillait pas par son sens du commerce, ni par son goût du contact humain. Eileen devait garder en permanence un œil sur elle.

Kathy passait le plus clair de ses heures de boulot dans l'arrière-boutique, à regarder la télé ou à compter l'argent des gains. Elle glissait les billets dans une enveloppe portant le nom de l'heureux gagnant et mettait le tout dans le coffre, jusqu'à ce que le client se présente.

A l'école, c'était une élève modèle, studieuse et même brillante. Là aussi, sa sœur devait la surveiller et la protéger en permanence. Les profs eux-mêmes avaient noté sa nervosité et son côté introverti. Sans Eileen, Kathy aurait toujours été seule. Eileen attirait les gens. Elle s'était constitué tout un réseau de copines. Pour un œil extérieur, Kathleen semblait être la réplique exacte de sa sœur, mais il n'en était rien.

– Comment tu l'as trouvée, aujourd'hui ?

– Qui ça ? Kathy ? Oh, comme d'habitude. Tu ne devineras jamais ce qu'elle a fait à midi. Elle est sortie déjeuner toute seule !

Lil ne sourit pas. Qu'une belle jeune fille, aussi douée et aussi intelligente que Kathleen, pût être aussi épouvantée par le monde extérieur, c'était pour elle une source continuelle de soucis et d'inquiétude.

– C'est une idée que je me fais, Eileen, ou elle est encore plus renfermée que d'habitude ?

Ne sachant trop que répondre, Eileen se contenta de pousser un gros soupir – un de ces soupirs lourds de sous-entendus dont elle avait le copyright.

– Arrête donc de t'en faire, m'man. Tu sais bien comment elle est. On ne va pas la transformer du jour au lendemain en boute-en-train, toujours fourrée dans les discos – juste pour te rassurer ! Tout le monde n'est pas obligé d'aller en boîte et de picoler toute la nuit. C'est une fille calme. Si elle préfère écouter sa musique toute seule et rester lire ses bouquins, c'est bien son droit.

Lil secoua la tête d'un air chagrin.

– Ça n'est pas ce qui m'inquiète. Tu sais très bien de quoi je parle. Elle ne va pas bien. Vous devriez sortir, toutes les deux. Vous devriez aller vous amuser ensemble. Mais elle se replie de plus en plus sur elle-même. Elle ne compte tout de même pas passer sa jeunesse cloîtrée dans sa chambre, si ?

– C'est bien ce que j'essaie de t'expliquer, m'man. C'est son droit ! Elle aime ça, être dans sa chambre. Elle a toujours été discrète et un peu renfermée. Mais elle est loin d'être débile, tu sais. En fait, c'est juste un genre de timidité…

Lil regarda sa fille, si belle avec sa splendide chevelure et son joli minois discrètement maquillé. Elle avait l'impression de se voir au même âge – d'ailleurs, elle non plus n'avait pas énormément vieilli ; elle restait très séduisante, ce qui relevait du miracle, vu les épreuves qui s'étaient abattues sur elle. Ce qu'elle ne parvenait pas à s'expliquer, c'était pourquoi Eileen refusait de voir ce regard vacant dans les yeux de sa sœur, cette constante nervosité qui ne pouvait se réduire au traumatisme d'avoir assisté au meurtre de leur père. Pour Annie, Kathleen était une enfant lunatique, qui avait dû avoir les fées pour marraines. Tant qu'elle était petite, Lil s'était rabattue sur ce genre d'explication rassurante, mais à présent elle ne pouvait plus s'en contenter.

– Et à l'école ? Ça s'est bien passé ?

– Parlons d'autre chose, m'man, fit Eileen avec une grimace de dégoût.

La porte d'entrée s'ouvrit d'un coup sur les deux petits derniers, qui se ruèrent dans le couloir avant de débouler dans le living. Comme toujours, Lil s'émerveilla de les découvrir si différents des cinq premiers. Colleen avait de grands yeux bruns et des cheveux frisés. Elle était tout en jambes et quelques-unes de ses dents manquaient déjà à l'appel. Son frère, Christopher, avait les cheveux blond foncé et les mêmes yeux que sa sœur, mais du haut de ses neuf ans, il était déjà très grand pour son âge et promettait de devenir une force de la nature, comme ses aînés.

Colleen vint s'asseoir sur les genoux de sa mère et entreprit de leur raconter par le menu les événements de sa journée. Cette petite était un vrai rayon de soleil. Elle avait une nature gaie et positive, très différente de celle de Christy, avec qui elle avait pourtant des liens très étroits.

Ses deux petits derniers étaient les rejetons de Brewster. Dans l'espoir de chasser le souvenir de Brodie de sa tête et de son cœur, Lenny avait fait d'elle sa maîtresse en titre et tenu à l'engrosser par deux fois, ce qui à l'époque l'avait plutôt arrangée. Avec cinq enfants sur les bras et aucun autre moyen de subsistance, elle n'avait guère le choix. Puis, après l'avoir ainsi forcée à lui faire une place dans sa vie, il l'avait froidement laissée tomber à la naissance de Christy, comme s'il estimait avoir prouvé ce qu'il avait à prouver et n'avait plus qu'une idée, tourner la page.

Elle savait que ça finirait par arriver. Mais elle s'était figurée qu'il continuerait à assurer leur quotidien. Sauf qu'il s'était montré beaucoup moins généreux qu'il n'aurait dû l'être. Elle le haïssait pour son avarice et son indifférence. Mais il lui avait donné ces deux merveilleux enfants et, à ses yeux, ceci rachetait amplement cela. Elle lui en serait à jamais reconnaissante.

CHAPITRE 21

– Lance, tu pourrais te détendre cinq minutes, qu'on cause ?

Les deux frères étaient seuls dans la maison et Pat se rendait compte qu'ils n'avaient pas grand-chose à se dire. Ça n'avait pas été faute d'essayer, pourtant, mais Lance était si renfermé qu'il fallait lui arracher chaque mot. Il passait le plus clair de son temps dans la chambre de Kathleen. Sa sœur et lui s'enfermaient pendant des heures, plongés dans d'interminables palabres. Plus encore qu'Eileen, il était son rocher dans la tempête. Il veillait constamment sur elle, y compris pendant les repas ou devant la télé. Il ne la quittait pratiquement jamais des yeux.

Pat fit sauter l'opercule de sa boîte de bière et en prit une bonne lampée. Comme il retombait contre le dossier de son siège, il sourit à son frère. Pour la première fois depuis sa sortie de prison, Lance lui rendit son sourire. Un vrai sourire, qui ramena Pat des années en arrière, du temps de leur enfance.

Depuis la mort de leur père, ils avaient tous fait bloc. C'était un véritable besoin. Se rapprocher, veiller les uns sur les autres, faire front ensemble. Les deux aînés avaient pris les jumelles sous leur aile. Eileen semblait avoir une préférence pour lui ; Kathleen, pour Lance. Ils s'occupaient des petites et les protégeaient.

Pendant les quatre ans que Pat avait passés à l'ombre, Lance s'était chargé de tout ce petit monde ; c'était du moins ce qu'on lui avait dit. Mais ça n'avait pas dû être si facile.

– Si tu t'asseyais cinq minutes, hein ? J'attends le petit Johnny White.

Lance se laissa choir dans le fauteuil à côté de lui.

– Ça me fait plaisir que tu sois de retour, Pat.

– Pas autant qu'à moi, mon vieux, pas autant qu'à moi ! Vas-y, raconte un peu. Est-ce que Brewster a été réglo avec maman ? Est-ce qu'il l'a soutenue financièrement ? Franchement, à voir la maison, on ne dirait pas ! Il paraît qu'il n'a jamais filé un sou, mais maman refuse de me dire ce qu'il en est. Vas-y. Raconte un peu, avant que Johnny se pointe.

Le regard de Lance plongea dans celui de son frère. Puis il bâilla bruyamment.

– Ecoute, tu sais aussi bien que moi comment il est, Lenny. De mon côté, j'ai dû faire quelques petits boulots d'appoint pour lui. Fallait pour qu'on s'en sorte. Au fait, qu'est-ce qu'il veut, Johnny ?

Pat lui envoya une bourrade dans le bras. Un coup de poing à peine atténué, en guise de coup de semonce. Il avait toujours été le plus fort. Lance, lui, jouait les durs et démarrait au quart de tour. Mais il avait changé. Après le meurtre de leur père, il avait comme sombré en lui-même. Le souvenir du massacre avait endurci Pat, mais avait rendu son petit frère vulnérable. Lance ne faisait plus régner la terreur. Il concentrait son énergie sur Kathleen. Elle aussi avait changé, du jour au lendemain. Elle était devenue une petite fille silencieuse, fragile et renfermée. On aurait dit une poupée de chiffon, avec ses grands yeux écarquillés de terreur.

– Allez vas-y, frangin. Qu'est-ce qu'il te veut, le petit Johnny ?

Pat lui décocha un grand sourire, lourd de sous-entendus.

– On a programmé un braquage cet après-midi. Johnny se charge de faire le guet. On a besoin d'argent, et c'est le plus sûr moyen de l'avoir rapidement. Il y a des transports de fonds au bureau de poste le vendredi, à cinq heures moins le quart. C'est la paie des employés des petites entreprises du coin. Ça va chercher dans les trente mille livres et, même divisé en trois, ça devrait le faire. On aura de quoi mettre notre petite entreprise sur les rails et on pourra racheter quelques dettes supplémentaires.

Lance haussa les épaules pour dissimuler sa nervosité. L'idée de se faire épingler le terrifiait. Pat prenait la vie comme elle venait, mais pas lui. Lui, il ne supportait pas l'idée d'être enfermé. Sa raison n'y résisterait pas. Jamais il ne pourrait rester loin de sa famille, surtout de Kathleen. Il lui était tellement attaché. Il ne survivrait pas deux mois derrière les barreaux. Rien que d'aller rendre visite à son frère au parloir, ça lui filait des sueurs froides. Il ne l'avait jamais avoué à personne, pas même à Pat – il l'aurait égorgé pour moins que ça… Le braquage allait passer comme une lettre à la poste – c'était le cas de le dire –, comme tout ce qu'entreprenait Pat. C'était précisément pour ça que la présence de son frère aîné lui avait tellement manqué, ces quatre dernières années.

– Quel bureau de poste, exactement ?

– Barking Hight Street. C'est l'endroit idéal. Ils laissent les sacs de fric par terre, derrière le comptoir. Ils s'embêtent pas à les mettre dans le coffre, vu que l'argent est presque aussitôt distribué. Vers les cinq heures, ils se font une tasse de thé. On n'a plus qu'à attendre que Johnny joue sa partie, et on est dehors en deux minutes.

Lance s'esclaffa.

– Comment t'as pu monter ça en si peu de temps ?

– Grâce au fils d'une certaine Madame Doyle. Il était en taule avec moi. Sa mère a longtemps bossé dans ce bureau. Je suis passé la voir pour lui donner des nouvelles et elle m'a mis au courant du plan de base. Comme je dois un petit retour d'ascenseur à son fils, je vais lui refiler une part du blé. Ce fumier de Brewster était censé s'occuper de cette pauvre vieille, et il l'a laissée sans un rond. Kevin, son fils, tire une peine de neuf ans pour ce salaud. A sa sortie, il ne sera pas à prendre avec des pincettes, je peux te dire !

Le ton enjoué sur lequel Pat lui présentait la chose fit rigoler Lance, même s'il sentait que son frère bouillait intérieurement.

– C'est un vrai rat, ce connard ! s'esclaffa Lance. Et un rat vicelard, avec ça.

– Il a vraiment largué maman ?

Lance confirma d'un signe de tête.

– J'ai dû faire deux ou trois trucs pour lui, comme je t'ai dit. Mais tu sais comment il est. Un jour, il t'adore et, le lendemain, il se rappelle même plus ton nom.

Patrick écrasa sa boîte de bière vide dans son poing et l'expédia dans la poubelle d'une main experte.

– Il peut compter sur moi pour lui rappeler celui de Colleen et de Christy.

Sa voix s'était faite tranchante, glacée, surprenante pour son jeune âge. On sentait poindre en lui un côté inflexible que son séjour en quartier d'isolement n'avait fait qu'accentuer. Patrick avait tâté du mitard à deux reprises et son habileté à jouer des poings l'avait conduit à être incarcéré avec les adultes avant l'âge réglementaire. Ça, il n'en était pas peu fier. Les longues peines le respectaient non seulement pour ses talents de bagarreur, mais parce qu'il avait su tirer son temps sans en faire tout un plat. A cela s'ajoutait le prestige de son père. Patrick avait mis un point d'honneur à interroger tous les détenus qui avaient des anecdotes à raconter sur le grand Brodie.

Pat était un garçon réaliste. Il avait d'emblée compris qu'il devait prendre son mal en patience. S'il y avait bien une chose sur laquelle on pouvait compter, derrière les barreaux, c'était la fuite du temps. Les années finissaient toujours par passer…

– On va tout mettre à plat, pour maman et les petits. Et on va s'arranger pour qu'elle n'ait plus jamais à retourner au turbin. Elle a suffisamment trimé toute sa vie. A nous de lui permettre de se reposer un peu, tu crois pas ?

Lance hocha la tête.

Pat observa longuement son frère, en regrettant de ne pouvoir déchiffrer ce qui se jouait derrière ce regard buté.

Lance était quelqu'un d'autre, à présent. Il n'avait plus rien du gamin à qui il avait dit adieu de loin, au tribunal royal de Chelmsford, quatre ans plus tôt. En un sens, son frère paraissait plus nerveux, plus inquiet, mais toujours aussi malfaisant. Même en taule, Pat avait eu vent de ses dérapages et de ses crises de rage. Lance était déjà bien givré quand il l'avait quitté.

Il avait trop souffert de l'indifférence de Lil. Au fil des années, elle avait appris à dissimuler ses sentiments, à elle-même comme au reste du monde, mais le problème demeurait là, tapi en elle, n'attendant que de refaire surface. Patrick le sentait de temps à autre, ça n'avait donc pas pu échapper au principal intéressé. Elle ne pouvait le regarder sans se remémorer l'incident du bus. Et lui, il portait toujours les cicatrices de la raclée qu'il avait reçue, voilà plus de dix ans. Lance n'était qu'un galopin, à l'époque, et maintenant c'était un homme… Enfin, on pouvait l'espérer, et il n'allait pas tarder à en avoir le cœur net.

Pat se releva d'un bond en s'efforçant de repousser loin de lui ces sombres ruminations.

– Tu prends une autre bière, Lance ?

Comme il ouvrait le frigo, la colère le reprit. Leur père s'était crevé le cul pour eux et Brewster s'était pointé comme une fleur pour tout rafler. Il avait reconstitué toute la saga, en cabane. Il avait collecté des rumeurs, des anecdotes, des histoires. Il avait même eu vent de ce que Lance traficotait avec Lenny, mais il avait préféré attendre son heure pour faire le tri avec son frère, en espérant que Lance parlerait le premier et lui avouerait spontanément avoir trempé dans les magouilles de Brewster. Pat avait fait preuve d'une grande patience, et n'avait cessé de se répéter que son frère se retrouvait seul dans le rôle de l'homme de la famille. Ça avait dû être un sacré fardeau. Sans doute avait-il cru bien faire. Tout comme maintenant… De jour en jour, Pat engrangeait les informations et, plus il en apprenait sur cette histoire, plus il se sentait maître de son destin. Il commençait aussi à sentir monter une grande bouffée d'excitation pour leur projet de l'après-midi.

Johnny arriva enfin. Du genre rase-mottes, il ne mesurait pas plus d'un mètre soixante. Très brun de peau, une paire d'yeux verts et une épaisse tignasse retenue en arrière par une queue de cheval, il portait le costume du parfait petit braqueur : jeans, blouson de cuir, godillots militaires et son éternelle casquette de base-ball qu'il troquerait pour une cagoule noire, juste avant d'entrer dans le bureau de poste.

Johnny avait apporté un sac en toile bleue. Il en sortit trois fusils à canon scié et un Luger de l'armée allemande que Pat avait commandé pour protéger ses arrières. Pour assurer sa protection, il avait aussi le vieux Saturday-night Special de son père. Il avait toujours su où Brodie cachait l'arme et l'avait toujours entretenue. Et n'en avait parlé à personne – tout comme son père, il appliquait à la lettre le vieil adage irlandais selon lequel les gens ne savent que ce que vous leur dites.

Il devait s'armer. C'était d'une logique aussi implacable que sa soif de vengeance et que les représailles qu'il préparait. Brewster allait payer pour cette lutte de tous les jours qu'était devenue sa vie du jour où il était venu foutre sa merde dans leur famille, avant de les laisser froidement tomber. Après la mort de leur père, sa mère, qui aurait dû être à l'abri du besoin, en avait été réduite à se vendre pour faire bouillir la marmite. L'alcool était devenu son seul refuge; sans la bouteille, elle n'aurait jamais pu supporter tout ça, à commencer par sa propre mère. La pauvre Lil avait dû s'endurcir. Mais Pat était résolu à lui offrir une vie plus douce, celle qui aurait dû être la sienne si son père avait vécu assez longtemps pour les voir grandir.

Spider le lui avait confirmé : c'était bien les Williams qui avaient tué son père, mais tous ses biens avaient été ensuite détournés. Ses enfants avaient été dépouillés de leur héritage et Brewster apparaissait enfin tel qu'il était, un putain de faux-cul. Mais il allait payer, ce fumier. Pat n'aurait pas une minute de paix tant qu'il ne lui aurait pas tordu le cou, à ce vieux salaud.

Il avait eu tout le temps de trier, rassembler et comparer ses informations, pour préparer son plan. C'était d'ailleurs le bon côté de la prison, ce loisir que ça vous laissait pour réfléchir à la meilleure manière de reprendre le taf, le jour où vous retrouveriez la liberté.

Tandis qu'ils se préparaient à partir, son regard tomba sur une photo de son père et il sentit les larmes lui monter aux yeux. Cet homme qu'il révérait plus que tout s'était fait massacrer sous ses yeux… Son héritage lui survivrait, il lui en faisait la promesse !

– Colleen Brewster, t'es qu'une foutue menteuse !

Colleen riait à perdre haleine, d'un rire si communicatif qu'aucune de ses camarades ne pouvait y résister. Elle était d'une drôlerie impayable, cette Colleen, et futée, avec ça !

Le changement de climat, autour d'eux, maintenant que son grand frère était sorti de taule, n'avait pas échappé à la petite fille. L'épicier du coin lui avait même donné des bonbons, en refusant son argent comme s'il ne lui serait jamais venu à l'idée de la faire payer. La première fois qu'il lui avait fait le coup, elle avait cru qu'il se moquait d'elle, mais il avait ajouté avec un petit sourire finaud :

– Et je compte sur toi pour faire toutes mes amitiés à ton frère, d'accord ?

Avec Christy, ils avaient compris que leur grand frère était un homme estimé dans le quartier. Leur père aussi, il était respecté, mais personne ne leur faisait la moindre faveur pour s'attirer ses bonnes grâces – parce que tout le monde savait que Brewster se fichait d'eux. Leurs copains d'école écoutaient ce que racontaient leurs parents, le soir à la maison ; ils savaient que leur grand frère était rentré. Lance était connu comme un type dangereux. Quand il se mettait en colère, c'était tellement impressionnant que ça filait les jetons à tout le monde. Mais, en fait, les gens semblaient craindre Patrick encore plus. Or Lance était le plus redoutable des deux – ça, Colleen était bien placée pour le savoir. Il était toujours gentil avec elle, mais c'était le plus cinglé. Elle l'avait vu piquer sa crise à la maison et espérait ne plus jamais vivre un truc pareil. Ça lui avait fichu la chair de poule. D'autant plus que c'était à cause d'elle qu'il avait pété les plombs. Elle avait joué à la marelle sur le trottoir devant chez un type qui les avait grondés. En larmes, elle était allée se plaindre à Lance, qui était entré en transe. Il avait traîné le type hors de chez lui et l'avait tabassé en pleine rue jusqu'à ce qu'il tourne de l'œil. Ce jour-là, Colleen avait compris une bonne chose. Elle n'avait que sept ans, mais elle avait mesuré la puissance dévastatrice de la colère de son frère et l'ampleur des cataclysmes que pouvait déclencher un seul mot malheureux.

Elle aimait toujours autant rigoler, mais elle évitait à présent de jacasser à tort et à travers. A neuf ans, c'était déjà une vraie petite diplomate.

Sur le chemin du retour de l'école, ses copines et elles passèrent devant les bookmakers de la grand-rue. Sur le seuil d'une des boutiques, elle reconnut son père, Lenny Brewster, en compagnie d'une fille qu'elle voyait pour la première fois. Colleen le dévisagea, comme chaque fois qu'elle le croisait, et il la regarda sans la voir – comme chaque fois. Ça la tracassait, que son propre père puisse se désintéresser d'elle à ce point. D'un autre côté, elle se disait que ça n'était peut-être pas plus mal. Elle lui trouvait toujours une sale tête renfrognée, avec des dents trop grandes pour sa bouche. Bien sûr, elle les avait héritées, mais sur elle, ça ne faisait pas du tout le même effet. Ses jolies lèvres pulpeuses et ses dents un rien trop longues lui donnaient une charmante petite moue qui serait un de ses meilleurs atouts, quand elle serait grande. Aussi loin qu'elle pouvait remonter dans ses souvenirs, son sourire ne lui avait jamais valu que des compliments. En plus, il était sacrément efficace, parce que dès qu'elle riait, ça faisait rire tout le monde.

Elle ne craignait pas de regarder son père droit dans les yeux. Sûrement qu'il la voyait, même s'il faisait mine de rien. Elle était contente que Pat soit enfin de retour. Tout le monde s'en réjouissait, à la maison, et elle commençait à comprendre. Son père allait devoir rendre des comptes, parce que Patrick allait lui en demander. Elle ne savait pas trop ce qui allait ressortir de tout ça.

Elle se retourna en reconnaissant la voix de ses deux grandes sœurs qui l'appelaient. Elles la rejoignirent, avec leurs longs cheveux blonds et leurs uniformes bleu marine. Elle leur fit joyeusement signe de la main. Elle les adorait, ses grandes sœurs. C'étaient leurs petites mamans, à elle et à Christy. Elle les serra dans ses bras, et la petite troupe reprit son chemin. Parvenue en bas de la rue, Colleen dit au revoir à ses copines et donna la main à Kathleen – même si elle avait l'impression de la protéger plus que Kathleen ne la protégeait elle-même. Elle avait tout juste neuf ans, mais elle devinait que Kathleen avait besoin que l'on veille sur elle. Colleen ne la quittait donc pas des yeux. Son regard croisa celui de sa sœur, et elle lui fit un gentil sourire. Kathy le lui rendit, mais d'un air si triste que Colleen sentit aussitôt naître en elle comme une envie de pleurer.

Quelques centaines de mètres plus loin, Kathleen s'arrêta, pliée en deux, les mains crispées sur le ventre.

– Ça ne va pas ? fit Eileen d'un air inquiet.

Kathleen la rassura d'un signe de tête, avec son éternel petit sourire morose.

– Je crois que j'ai à nouveau attrapé la colique.

– Charmant ! Tu l'as eue toute la semaine. Va donc voir un toubib ou l'infirmière de l'école !

– J'y vais. Demain.

Kathleen vit que sa petite sœur avait glissé un coup d'œil en direction de son père, qui se pavanait en compagnie de sa dernière conquête.

– Fais comme si tu ne le voyais pas, ma chérie, lui dit-elle en lui pressant gentiment la main.

Colleen lui décocha un petit sourire espiègle.

– Cette espèce d'idiot ? Tu sais, je m'en fiche complètement ! répliqua-t-elle gaiement.

En fait, certains jours, elle ne s'en fichait pas tant que ça.

Le trois compères prirent quelques secondes pour enfiler leurs cagoules devant le bureau de poste. La nuit commençait à tomber, avec le crachin qui avait menacé toute la journée.

Ils franchirent le seuil comme si de rien n'était, en refermant délicatement la porte derrière eux, et sortirent d'un coup leurs fusils de sous leurs manteaux. Le petit Johnny sauta sur le comptoir et se glissa par-dessus la cloison de verre, mieux connue dans la profession sous le sobriquet de « filtre à braqueurs ». Il était d'un gabarit idéal pour ce genre de sport, et ça lui valait une foule de boulots. Agile comme un jockey, il avait franchi trop de ces « filtres à braqueurs » pour pouvoir continuer à les compter. Mais, chaque fois, il émargeait d'une jolie somme.

Il n'y avait pas un rat dans le bureau de poste, et tant mieux. La dernière chose qu'il leur fallait, c'était un usager donnant dans l'excès de zèle. Lance restait près de la porte. Si quelqu'un se pointait pour acheter des timbres, il avait pour mission de l'éloigner de la vitrine, et ordre de se mettre à plat ventre par terre en la bouclant.

Les deux préposées du bureau de poste profitaient de l'heure creuse pour se faire une tasse de thé. Elles restèrent bouche bée en voyant débouler les deux hommes, armés jusqu'aux dents.

Souriant à travers son passe-montagne, Patrick s'exclama :

– Je vous en prie, mesdemoiselles, restez assises... On n'en veut pas à votre virginité. C'est le fric qui nous intéresse !

Terrifiées, les deux employées coururent se réfugier à l'arrière du bureau et virent Johnny escalader le comptoir.

– On vous a dit de rester où vous êtes ! Un geste, et je vous fais sauter la cervelle !

Johnny avait parlé d'une voix menaçante, mais c'était de la comédie. Il n'avait aucune intention de faire sauter la cervelle de qui que ce soit, mais c'était indispensable pour dissuader les filles de faire une connerie. Il se mit à lancer des paquets de billets par-dessus la cloison. Les liasses étaient rassemblées en jolis paquets bien nets, soigneusement étiquetés à l'adresse des entreprises auxquelles l'argent était destiné et à celle de la banque dont il provenait. Ces colis ficelés avec amour leur facilitaient énormément la tâche. Ils n'avaient plus qu'à les ranger dans un grand sac en cuir.

Ce genre de braquage avait souvent pour but de fournir ce que l'on appelait une mise de départ. Ça permettait aux braqueurs de racheter quelques dettes ou de conclure des marchés. Il n'était d'ailleurs pas exclu qu'ils soient tentés de revenir braquer le même bureau, quelques mois plus tard. Les gens qui s'imaginent que la foudre ne retombe jamais au même endroit se fichent le doigt dans l'œil…

Le crachin avait fait place à un vrai déluge, qui obscurcissait maintenant l'intérieur du petit bureau. Le temps idéal, pour un braquage. Les passants avaient tendance à presser le pas et, de l'extérieur, personne ne pouvait soupçonner qu'il se passait quoi que ce soit.

Ils repartirent au bout de sept minutes – même si les intéressées devaient par la suite affirmer qu'ils étaient restés bien plus longtemps – et regagnèrent la voiture après avoir dissimulé armes et cagoules. Personne ne leur prêta la moindre attention. Le moteur démarra au quart de tour. Les postières n'avaient pas eu le temps de donner l'alarme qu'ils étaient déjà loin. Riant à perdre haleine, ils se rendirent chez un copain, dans le garage duquel ils planquèrent leurs armes. Ils passèrent le reste de la soirée à rigoler en buvant bière sur bière, jusqu'à ce que Pat décrète qu'ils pouvaient regagner leurs pénates en toute sécurité.

Lance nota que le petit Johnny ne s'était pas fait prier pour laisser à Pat le rôle du leader. Une foule de gens s'empresserait d'en faire autant, sans doute. Patrick avait un don spécial pour se faire obéir au doigt et à l'œil, tout comme leur père. Il semblait bien parti pour semer la révolution dans le Milieu et pour faire d'eux une vraie force, avec laquelle il faudrait désormais compter.

Annie regarda sa fille refaire le plein dans son verre. Elle commençait de plus en plus tôt et les doses augmentaient presque à vue d'œil. Depuis le retour de Patrick, elle se surveillait un peu, mais Annie connaissait assez sa fille. Il y avait quelque chose de grave.

Elle était toujours superbe – ça, il fallait le lui reconnaître. Lil était de ces femmes qui pouvaient tout encaisser sans y laisser leur beauté. Elle n'était plus très mince, mais les quelques kilos qu'elle avait pris avec les années lui allaient bien. Elle avait toujours ce côté sensuel et voluptueux qui électrisait les hommes, avec cette masse de cheveux soyeux bien coupés et bien entretenus, comme tout en elle. Mais, à présent, elle avait l'air absent d'une alcoolique endurcie, ce regard vide qui ne semblait rien capter de ce qui se passait autour d'elle. Elle n'avait pas encore les traits soufflés, ni le teint grisâtre des vrais ivrognes, mais on sentait qu'elle perdait peu à peu tout intérêt pour le reste du monde.

Lil n'était vraiment heureuse qu'entourée de ses gamins, mais ça ne l'empêchait pas de se décharger sur sa mère des corvées du ménage. Annie n'y trouvait rien à redire, elle aimait venir chez eux. Ça lui donnait même plutôt l'impression d'être au cœur des événements.

– Mange au moins quelque chose, Lil.

– Putain, j'ai pas faim, m'man. Combien de fois faudra te le dire ?

Annie lâcha un gros soupir et ravala la remarque cinglante qui lui venait aux lèvres – sa fille pouvait la mettre dehors pour la soirée, et elle n'y tenait pas.

– Te frappe pas, mon lapin. T'es montée voir Kathleen ? Elle est toujours mal fichue, la pauvre petite. Je lui ai apporté une tasse de thé et elle s'est endormie presque tout de suite.

Lil hocha la tête.

– Elle va mieux. Je suis passée la voir tout à l'heure. Elle se paie un bon mal de ventre, rien de plus. Elle est allée voir le toubib, cet après-midi. Il a réussi à la caser entre deux rendez-vous. Là, je crois que ça va mieux. Elle a pris ses médicaments et s'est mise à pioncer. Ça va aller, maman. Deux ou trois jours au lit, et on n'en parlera plus.

– Je crois qu'elle est trop fan des kebabs d'en bas. Pas étonnant que ça lui file la chiasse.

Elles éclatèrent de rire ensemble. L'alcool commençant à faire son effet, Lil se sentait agréablement détendue et ragaillardie, et oubliait temporairement le grand ratage que semblait être devenue sa vie. Sa mère vint s'asseoir en face d'elle. Elle avait préparé le dîner, fait la vaisselle et rangé toute la cuisine. Elle devait se rendre utile pour que sa fille continue à la supporter.

– Qu'est-ce qui se passe, Lil ? Tu sais que tu peux tout me dire, ma chérie.

Lil se laissa aller contre le dossier de sa chaise. Les enfants n'étaient pas à portée d'oreille. Elle avait tellement besoin de partager ce qu'elle avait sur le cœur…

– Lenny a débarqué au club, hier soir. Tout sucre, tout miel. Il se fait un sang d'encre depuis que Pat est sorti de prison. Il puait la trouille à dix pas. Je n'ai aucune confiance en lui, m'man. Je ne veux surtout pas qu'il essaie de manipuler Pat pour se servir de lui, ou, pire, pour lui tendre un piège.

Elle secoua la tête en prenant conscience de ce que cette idée pouvait avoir d'idiot, une fois formulée. Mais elle connaissait Lenny mieux que personne et avait payé pour savoir de quoi il était capable.

– Ne t'en fais pas pour Pat, ma grande. Il n'est pas tombé de la dernière pluie. Il a fait son temps sans donner personne et sans boire la tasse. Il a du répondant, ce gamin.

– Je sais, m'man, fit Lil avec un hochement de tête. C'est mon fils, non ? Mais il n'a plus qu'un truc en tête : se trouver un créneau bien à lui et à se tailler une réputation digne de celle de son père. Et ça, Lenny n'est pas près de l'accepter. Le souvenir de Patrick est encore trop présent. Brewster ne pourra jamais soutenir la comparaison, et il le sait.

Annie préféra garder le silence. Le raisonnement de sa fille était frappé au coin du bon sens et il suffisait de connaître un peu la musique pour savoir qu'elle était dans le vrai. Pat Junior, c'était quelqu'un. Elle la première, elle vivait dans l'attente du jour où il pourrait enfin récupérer ce qui leur appartenait. Elle en avait jusque-là, de tirer le diable par la queue. Elle ne supportait plus de faire des courbettes à ce branleur de Brewster. Elle aurait tant voulu que sa fille puisse enfin souffler un peu – or, Lil n'aurait pas une minute de paix tant qu'elle ne serait pas définitivement débarrassée de Lenny, et Annie priait pour voir ce jour arriver.

Elle resta encore quelque temps sans mot dire. Seul le bruit de la pluie qui tambourinait sur les vitres venait troubler le silence. Elle aimait sa fille. Elle aurait tout fait pour la protéger. Elle prit sa main et la tint longtemps dans la sienne.

– Rassure-toi, Lil. Ça va aller. Fais confiance aux garçons. Ils vont faire ce qu'il faut.

Lil partit alors d'un grand éclat de rire, dénué de joie et curieusement faux.

– Oh, m'man. Tu sais quoi ? Je crois que je suis à nouveau en cloque.

– Tu rigoles, j'espère ?

Lil secoua la tête.

– Putain, je préférerais.

– Mais de qui ? s'exclama Annie avec une trace de colère qui réveilla un point sensible chez sa fille.

Ecrasant rageusement sa cigarette dans le cendrier, Lil répliqua sur le même ton :

– T'es qui, toi ? La police des mœurs ? Putain, tu pourrais pas t'occuper de tes fesses, pour une fois ?

Mais la détresse sur les traits de sa mère la fit replonger dans ses soucis.

– Oh, m'man… qu'est-ce que je vais bien pouvoir faire ?

Annie se leva pour mettre la bouilloire sur le feu.

– Ben, tu pourrais déjà commencer par ralentir sur la bouteille. Ou il va naître avec la gueule de bois, ce pauvre petit.

Christy et Colleen jouaient dans le parc à deux pas de là – un vrai petit éden bétonné, pour les gosses du quartier. Les murs disparaissaient sous des tags multicolores volontairement hermétiques. Ni les flics, ni les passants, ni les parents des gosses qui venaient jouer dans le parc, personne ne soupçonnait que ces fresques pouvaient avoir un sens. Pour eux, ça n'était qu'une nuisance, un mal nécessaire, une connerie de plus des jeunes pour tromper leur ennui. En fait, quand on savait les lire, ces fresques étaient des messages de l'ICF, informant ses membres de l'heure et du lieu de tel rassemblement ou de telle bagarre. Christy et Colleen étaient déjà très au courant.

Ils jouaient près des balançoires quand ils entendirent un hurlement dans une des barres d'immeubles voisines. Ça n'avait rien d'inhabituel dans le quartier. Les gens n'arrêtaient pas de crier. C'était plutôt l'absence de bruit qui aurait été exceptionnelle ! Le parc était un espace dangereux, ne fût-ce que par sa taille. Il pouvait s'y produire à peu près n'importe quoi. Des bagarres éclataient pratiquement chaque jour et les meurtres n'étaient pas rares. Mais le parc restait l'endroit rêvé pour se retrouver entre jeunes, écouter de la musique et traficoter tout ce qui leur passait par la tête et entre les mains. Christy et Colleen n'avait pas l'âge de consommer, mais les dealers du coin les guettaient déjà, sachant que ça finirait par arriver. Ça se passait comme ça dans le quartier. La dope était le carburant de toute une économie parallèle qui poussait les gamins à risquer leur santé et leur vie dès leur plus jeune âge.

– T'as entendu ça, Colleen ?

Elle fit « oui » de la tête, visiblement inquiète. Ça ne ressemblait pas aux cris habituels des couples d'ivrognes qui se tapaient dessus. Ce cri-là, c'était autre chose. Elle y avait perçu une pointe de terreur qui vous glaçait rien qu'à l'entendre. Christy et Colleen virent des têtes émerger des fenêtres et des balcons. Au bout de quelques instants, plusieurs voisins se décidèrent à sortir et à descendre pour rejoindre le local à poubelles. Dans le sous-sol de l'immeuble s'alignaient de gros conteneurs industriels. Les enfants quittèrent les balançoires et, main dans la main, suivirent la piste des rumeurs. La nuit tombait déjà. Il avait l'air de se passer quelque chose et, comme tous les gosses du parc qui leur avaient emboîté le pas, ils voulaient voir ce qui avait bien pu pousser les adultes à délaisser leur feuilleton télé pour sortir dans la nuit glaciale.

– OK, m'man. Qu'est-ce que tu comptes faire, ce soir ?

Maquillée et coiffée, Lil était fin prête. Elle avait passé des vêtements nettement plus sexy que ceux qu'elle portait dans la journée. En déboulant dans la maison, ses fils y avaient fait souffler une bouffée d'air froid qui avait balayé tout le rez-de-chaussée. Elle réprima un frisson. Elle n'avait aucune envie de sortir. Quant à Lenny, elle ne tenait pas à le revoir de sitôt. Seulement, elle ne pourrait pas l'éviter indéfiniment.

Les lèvres de son aîné effleurèrent sa joue. Pat avait toujours été un enfant affectueux et sensuel, grand amateur de baisers et de caresses, alors que Lance avait vite compris que tout contact avec lui rebutait sa mère. Lil esquissa un sourire et inclina la tête vers lui, comme pour indiquer qu'elle avait pris note de sa présence. Lance lui retourna son signe de tête et, posant sur la table le sac de cuir qu'il tenait à la main, entreprit d'en sortir des liasses de billets.

Pat y préleva trois mille livres, qu'il remit à sa mère.

– L'époque où tu devais bosser pour ce connard vient de prendre fin, m'man, fit-il d'un air grave. Tu n'as plus besoin d'y retourner, d'accord ?

La question n'en était pas une. Lil soupesa le fric et le contempla un long moment avant de le reposer sur la table.

– Vous revenez d'un braquage ?

Elle avait parlé sans la moindre nuance d'accusation, histoire de savoir.

– Un peu, oui ! D'où veux-tu qu'on les sorte ? Et ce n'est que le premier d'une longue série. On va en ramener bien plus dans les semaines qui viennent. Alors, vas-y. Prends-le, ce fric, et va dire à Lenny Brewster qu'il peut se le foutre où je pense, son putain de job !

Lil hocha la tête. Elle avait retrouvé le sourire.

– Tout juste ! s'écria-t-elle. Et bien profond, encore !

Patrick jubilait. Lance lui-même se déridait. Comment avait-elle pu vivre sous le même toit que lui pendant toutes ces années ? Tout en lui, son attitude, sa façon de se tenir, sa voix, même, lui portait sur les nerfs.

Elle reprit l'argent tandis que Pat allait donner quelques billets à sa grand-mère. Le visage d'Annie s'illumina de joie et de soulagement, à l'idée d'avoir une petite somme devant elle et de pouvoir en claquer un peu pour se faire mousser auprès de ses voisins. Tant qu'elle aurait un trou du cul, Annie Diamond serait toujours égale à elle-même !

– Merci, fils, lui fit-elle, la voix et le regard voilés de gratitude.

– Lance l'a fait avec moi, m'man. Nous avons *joint* nos efforts sur ce coup-là !

Les garçons s'esclaffèrent en chœur. Ils n'arrêtaient pas de se marrer, ce soir, et Lil soupçonna qu'ils avaient dû fumer quelques *joints*, justement, sur le chemin du retour. Elle sourit à Lance, qui s'empressa d'aller prendre des bières dans le frigo. Il ne pouvait pas soutenir son regard bien longtemps.

Pat les observait du coin de l'œil. Ça faisait des lustres qu'il étudiait leur danse rituelle, la façon dont ils s'évitaient et se contournaient l'un l'autre. Ça non plus, ça n'était pas près de changer. Ils avaient beau vivre sous le même toit, c'était comme s'ils habitaient deux planètes différentes.

Colleen et Christy firent irruption dans la cuisine et se mirent à parler si vite et en même temps que Patrick dut les faire taire pour les comprendre.

– Un seul à la fois ! Vas-y, Chris, dis-nous ce qui se passe.

– Il y a des flics plein le parc et dans tout le quartier.

– Pourquoi ? T'as entendu quelque chose ? fit Lance, d'une voix aiguisée par la peur.

Tous, même les petits, avaient perçu son angoisse. Il craignait d'avoir été balancé et tremblait à l'idée que les flics soient en route pour venir les arrêter.

Colleen commença par prendre un morceau de gâteau et par y mordre avant de prendre la parole.

– Ils ont trouvé un bébé, dit-elle. Un bébé mort, là-bas, près des immeubles. Dans une poubelle. Quelqu'un l'a entendu crier, mais le temps que la police arrive, il était mort. Monsieur Jones a dit que quelqu'un avait balancé un sac-poubelle par la conduite et que c'était à cause de ça qu'il était mort. En tombant, le sac a assommé ce pauvre petit.

– Mon Dieu ! C'est atroce.

Lil était effarée. Pourtant, les enfants mort-nés ou abandonnés à la naissance n'avaient rien d'exceptionnel dans le secteur. Mais dans son état… songea Annie.

– Putain de merde. Vous en êtes vraiment sûrs ?

Les deux enfants hochèrent vigoureusement la tête.

– On l'a même vu, pendant qu'ils l'emmenaient jusqu'à l'ambulance. Il était tout petit. Les infirmiers l'avaient emmailloté dans une couverture blanche.

Avec son sens dramatique, Colleen était montée au créneau et jubilait d'être au centre de l'attention.

Les aînés étaient soulagés. Ils voyaient déjà la flicaille cerner la maison !

– Eh bien, il nous a peut-être sauvé les fesses, ce pauvre bébé. Lance a cru que c'était pour nous que les flics se pointaient.

– Mais non ! Pas du tout, Pat ! Avoue que t'as eu aussi chaud que moi…

Lil s'aperçut alors de la présence de Kathleen, qui s'avançait lentement dans le couloir, d'un pas hésitant.

– Ça va, ma chérie ? fit-elle d'une voix basse mais pleine de tendresse pour cette enfant si vulnérable.

– Vous avez dit qu'on avait trouvé un bébé mort ?

Tous les présents firent « oui » de la tête.

– C'est affreux. Affreux.

Elle était en larmes – pour ainsi dire, son état normal. Elle pleurait à tout bout de champ et pour n'importe quoi. Mais son regard était encore plus triste que d'habitude. Elle se mit à sangloter dans une serviette à thé écossaise qu'elle avait ramassée sur l'égouttoir. Elle dégageait une telle détresse que Colleen et Christy en eurent les larmes aux yeux.

S'avançant vers elle, Lance lui passa le bras autour des épaules et la fit pivoter pour la raccompagner vers sa chambre, en lui murmurant des paroles apaisantes. Dès qu'elle fut hors de vue, les autres poussèrent un soupir de soulagement.

Annie entreprit d'enfiler son manteau. Lil et ses fils échangèrent un regard exaspéré.

– Tu vas quelque part, mamie ?

Colleen avait posé la bonne question, comme toujours.

– J'ai promis à Gladys de passer la voir. Autant m'en débarrasser tout de suite. Vous savez comment elle est…

Ils retrouvèrent tous le sourire, rassurés.

– Tu veux y aller, au cas où tu aurais loupé quelque chose, hein, maman ?

Annie fit une moue agacée mais n'émit aucun commentaire. Ils pouvaient dire ce qu'ils voulaient, ils comptaient tous sur elle pour avoir le fin mot de l'histoire !

Dehors, il gelait à pierre fendre. Annie partit à pied vers le parc, en songeant à tous les bienfaits qu'avait provoqué le retour de Patrick. Il allait forcer tout le monde à leur rendre des comptes, ça ne faisait pas un pli. Il avait le tempérament de son père, ce garçon, ce caractère un peu spécial…

Pourvu, seulement, que ça ne cause pas sa perte.

CHAPITRE 22

– Ça alors, Lil ! Quel bon vent t'amène ?

La voix de Jimmy Brick était toujours aussi grave et aussi rocailleuse, mais le plaisir qu'il avait à la voir y avait glissé une nuance de gaieté.

Pivotant sur sa chaise pour lui faire face, Lil constata que les années n'avaient pas été tendres avec Jimmy. Après la mort de Patrick, il avait bricolé quelque temps dans le coin, avant de disparaître de la circulation. Plus personne n'avait eu de ses nouvelles. Il s'était, pour ainsi dire, volatilisé. Il n'était pourtant pas en cabane – ça se serait su. Il avait liquidé tous ses biens et déménagé sans laisser d'adresse.

Jimmy avait toujours la tête de l'emploi et, avec sa gueule de vieux catcheur, semblait encore de taille à en découdre.

Il vit avec plaisir que le sourire de Lil s'était épanoui dès qu'elle l'avait aperçu. Il l'avait reconnue de l'autre bout du pub et avait aussitôt mis le cap sur elle. Elle aussi, elle avait pris de l'âge, mais il n'en revenait pas de voir comme les années avaient glissé sur elle. Il chassa le pénible souvenir de leur dernière rencontre. Si elle y tenait, il ne refuserait pas d'en parler, mais il ne souhaitait pas spécialement remuer tout ça.

L'Espagne avait fini par lui taper sur les nerfs et il avait succombé au mal du pays. Londres lui manquait à un point qu'il n'aurait jamais imaginé. Il regrettait jusqu'à son crachin – sans parler des Anglaises et des plans juteux que recelait le pays natal pour un spécialiste dans son genre. Tandis qu'il s'asseyait en face de Lily Brodie, dans ce pub de Dean Street, leur passé lui parut étonnamment proche, comme s'ils s'étaient quittés un mois plus tôt. Un effet de l'intensité de leurs souvenirs communs, sans doute. Même s'ils avaient vécu un siècle de plus, ce jour serait resté gravé dans leur mémoire sans rien perdre de sa vivacité…

– Mon vieux, Jimmy ! Ça fait un putain de bail !

Il lui sourit. Il avait préféré se raser le crâne plutôt que d'exhiber sa calvitie naissante. Ça lui donnait l'air d'un vieillard, mais son teint hâlé et son luxueux costard lui sauvaient la mise, ce que ne manqua pas de souligner sa vieille amie :

– T'as l'air en grande forme, Jimmy ! Où tu étais passé, pendant toutes ces années ?

Il approcha sa chaise, il capta une bouffée de son parfum, si personnel. Un mélange d'Estée Lauder et de rouge à lèvres Revlon.

– Toi aussi, t'es superbe, mon chou. Je suis parti quelques années en Espagne. Je suis là pour quelques jours, mais je me demande si je ne vais pas revenir pour de bon.

– Ça doit être joli, l'Espagne.

Jimmy se carra contre l'inconfortable dossier de bois et l'observa un moment. Il en rajoutait un peu, avec ses regards appuyés, mais c'était tout lui. Il avait toujours eu un faible pour elle.

– L'Espagne ? Tu rigoles ! Un vrai trou à rats ! Faut avoir tous les flics du Royaume-Uni au cul pour penser sérieusement à y finir sa vie. Si tu as de la famille ou des amis là-bas, ça va, mais tout seul, c'est peau de balle !

Lil sourit à nouveau, découvrant l'alignement parfait de ses jolies dents. Elle avait toujours eu un sourire formidable. Il n'avait jamais vu de femme plus belle.

– Tu m'étonnes. T'es comme moi, Jimmy. On a toujours eu Londres dans la peau. Je nous vois mal nous réacclimater ailleurs !

Ils s'esclaffèrent en chœur puis retrouvèrent soudain leur sérieux. Entre eux, l'air semblait s'être soudain chargé de tout ce qu'ils n'osaient pas évoquer. Ils échangèrent des regards intimidés.

– Je commence à avoir les crocs, Lil. Ça te dirait de manger un morceau ?

– Pourquoi pas ? Dès que mes fils seront arrivés. On s'est filé rendez-vous ici. Ensuite, pas de problème…

Jimmy était allé leur chercher des consommations quand il vit les garçons rappliquer. Il sentit son cœur se serrer en reconnaissant Pat Junior. C'était comme de revoir Patrick. Même stature, même démarche, même regard. Le portrait de son père. Lance, le cadet, avait toujours ce côté fuyant et bizarroïde, mais Jimmy fit de son mieux pour dissimuler ses impressions. Tandis que Lil se chargeait des présentations, il sentit la puissante attraction que les Brodie exerçaient sur lui. Le destin les avait anéantis du jour au lendemain, mais ils avaient su se relever et reconstruire leur famille. Ça sautait aux yeux. Pat Junior s'installa et, dévisageant son vieil ami avec une bienveillante curiosité, il fit à mi-voix :

– Ça fait sacrément plaisir de te revoir, Jimmy. Je ne suis pas près de t'oublier. Tu étais un fidèle compagnon de mon père, et ce pub, c'était un de ses rades préférés. Tu sais, j'ai rencontré pas mal de ses vieux potes en cabane ; ils m'ont raconté des tas d'histoires sur vous. Ils ne tarissaient pas d'éloges, t'imagines…

Ces paroles toutes simples marquèrent le début d'une amitié qui s'imposait déjà comme une évidence. Pat était sensible à l'émotion que ressentait Jimmy Brick, lequel appréciait de se replonger dans le souvenir de cet homme qu'il avait tant admiré et dont il avait partagé la vie pendant tant d'années.

Lil était heureuse de les voir si bien s'entendre. Quant à Lance, il gardait le silence et les observait sans faire le moindre commentaire. Tout en s'efforçant de donner le change, Lil était en proie à cette aversion si familière que lui inspirait sa présence. Lance n'était qu'un intrus. Elle avait longtemps lutté contre ses propres réactions, mais elle baissait les bras. Elle ne parvenait à éprouver pour lui qu'un dégoût tenace et profond.

Chaque fois qu'elle croisait Janie, ça lui rappelait de quoi son fils était capable. Pour la plupart des gens, c'était de l'histoire ancienne. Ils avaient tous oublié ce malheureux incident, mais pas elle. Elle, elle ne pourrait jamais oublier, ni pardonner. La seule chose qui pouvait parler en faveur de Lance, c'était sa gentillesse envers Kathleen. Lil adorait sa fille, mais elle avait du mal à la supporter. Sa présence à elle aussi lui pesait. Elle avait envie de la secouer, pour la convaincre de se prendre en main, de cesser d'être cette pauvre créature souffrante et vulnérable. Mais, ça aussi, c'était peine perdue. Kathleen serait toujours un canard boiteux. C'était dans sa nature. Or, seul Lance avait eu la patience de la supporter et de la soutenir, en lui consacrant une bonne partie de son temps.

Lil se laissa aller contre le dossier de sa chaise pour suivre la conversation des hommes. A les entendre, on aurait pu croire qu'ils se connaissaient depuis des années, ce qui lui parut de bon augure. Vu sa situation, Pat ne pouvait que se féliciter d'avoir un type de l'envergure de Jimmy dans la manche, tout comme son père avant lui, et ce détail ne devait pas lui avoir échappé. Elle surprit le regard de Lance qui s'attardait sur elle, et ses heureux pressentiments fondirent comme neige au soleil. Elle préféra taire ses impressions. Elle était depuis longtemps passée maître en l'art de la dissimulation. Sauf que Lance n'était jamais tout à fait dupe. Il savait très bien ce qu'elle pensait – et ça n'était pas plus mal. Il ne devait se bercer d'aucune illusion. Rien ne pourrait les réconcilier. Rien ni personne ne pourrait la convaincre d'aimer ce garçon.

Kathleen s'était installée devant la télé dans le living. Elle ne manquait aucune rediffusion de « *Frank Spencer* », et personne n'aurait songé à changer de chaîne. Les grosses blagues de Frank la faisaient hurler de rire, et ces grands éclats, profonds et libérateurs, égayaient toute la maison. Peu de choses au monde avaient le pouvoir de la dérider, mais elle ne résistait pas aux mésaventures d'un Frank Spencer, prisonnier d'une planche à roulettes et pris en remorque par un bus. Elle se gondolait littéralement, ainsi que Colleen et Christopher, dont les éclats de rire se mêlaient aux siens. Ils attendaient la fin de l'émission pour changer de chaîne et regarder «*Happy Days*» ou «*The Fonz*». Comme toute la famille, ils auraient patiemment supporté n'importe quoi, si ça avait pu détourner Kathleen de ses ruminations moroses, ne fût-ce que quelques minutes.

Eileen débarqua dans le salon chargée du plateau du thé, au moment où le fou rire de Kathleen se muait en larmes. Elle ravala son agacement. Elle se sentait coupable de la détresse de sa sœur et avait du mal à la supporter.

– Allez, Kathy… Remets-toi, ma chérie. T'as pris tes comprimés ?

Patrick avait emmené Kathleen à Harley Street pour consulter un spécialiste des nerfs. Ce professeur avait diagnostiqué chez leur sœur une psychose maniaco-dépressive – allez savoir ce qu'il entendait par là… Toujours est-il que le psy lui avait prescrit des antidépresseurs, que Kathleen rechignait à prendre. Seul Lance parvenait à la convaincre de les avaler. Quand elle s'y pliait enfin, elle avait l'air complètement larguée, mais elle ne souffrait plus – ou beaucoup moins. Eileen vint s'asseoir près d'elle et la prit dans ses bras.

– Allez, Kathleen. Arrête un peu. Bois ton thé et avale tes comprimés. Si tu râles, je vais finir par me mettre en rogne. Fais-le au moins pour Lance… comme ça, quand il rentrera, je pourrai lui dire que t'as pris tes médicament sans faire d'histoires.

Le regard de Kathleen n'avait pas quitté l'écran, mais elle accepta de prendre les comprimés avec une gorgée de thé fumant. Eileen poussa un soupir de soulagement, quoique sa sœur eût toujours les yeux pleins de larmes. Elle était si imprévisible et déprimée qu'ils avaient failli la ramener chez le docteur. Mais Pat répétait que le produit avait besoin de temps pour imprégner son système nerveux. Eileen n'en demandait pas davantage. Elle détestait voir sa sœur jumelle dans cet état. Kathleen était si triste. Pis, elle semblait incapable du moindre intérêt pour l'existence, la sienne comme celle des autres.

Elle sortait à peine de l'adolescence, mais elle avait l'air d'une vieille. Le contraste entre elles deux était d'autant plus saisissant qu'Eileen débordait d'énergie et mordait dans la vie à belles dents.

Elle soupira de nouveau et, sortant de son sac une pince et un petit miroir de poche, entreprit de s'épiler les sourcils. Elle avait repéré un nouveau mec, au bahut, et se faisait fort de le séduire.

Elle avait beau aimer sa sœur de tout son cœur, Kathleen la mettait parfois dans l'embarras. Elle avait manqué les cours plusieurs jours d'affilée et Eileen, à sa grande honte, avait dû reconnaître qu'elle se sentait soulagée. Pour la première fois depuis des lustres, elle n'avait pas eu à s'en occuper ni à la tenir à l'œil. Elle avait enfin pu aller au lycée l'esprit tranquille, comme n'importe laquelle de ses camarades. Cette seule idée la glaçait de culpabilité. Elle aurait tant aimé avoir la patience de Lance. Il semblait avoir toujours su comment s'y prendre avec Kathleen et ses humeurs.

Elles étaient sœurs, et jumelles avec ça, mais Eileen avait passé l'âge où l'on investit toute son énergie dans sa famille. Elle ne demandait qu'une chose, pouvoir profiter de sa jeunesse – vivre, enfin ! Et ça, dans l'état actuel des choses, ça lui était tout simplement interdit.

En regardant la façade du bar à putes où sa mère bossait depuis des années, Pat se dit que le spectacle n'avait rien de réjouissant. L'immeuble était dans un état de décrépitude avancée – et ça n'avait rien à voir avec la vétusté qui frappait Soho et que néons et affiches s'efforçaient de dissimuler. Le bâtiment était tellement délabré que ça se voyait même de nuit.

Il observa le manège du portier, un grand Noir occupé à baratiner deux clients potentiels. Même à lui, Pat lui trouva un air déjeté, dans son vieil uniforme râpé, usé jusqu'à la corde. L'établissement avait connu des jours meilleurs. Le videur se contentait de faire de la figuration, ce qui en disait long sur l'état d'esprit qui régnait dans la boîte. Ça n'était qu'une couverture. L'argent qu'elle rapportait ne devait représenter qu'une goutte d'eau auprès des vraies affaires, infiniment plus juteuses, qu'elle recouvrait. Sa mère devait être plus au moins au courant, mais il se gardait bien de la cuisiner. Et, ne tenant pas à mettre le feu aux poudres entre Brewster et son fils, Lil évitait le sujet comme la peste.

En reprenant son poste dans le petit hall d'entrée, le portier reconnut Pat, qui constata avec plaisir que ce type avait eu vent de sa réputation suffisamment en détail pour l'identifier avant même de lui avoir été présenté. Ou alors, quelqu'un l'avait averti de son arrivée, idée qu'il préféra écarter.

Il était seul. Lance avait dû rentrer s'occuper de Kathleen, qui était en pleine crise. Quelques heures plus tôt, Pat avait téléphoné à la maison et avait eu Eileen. Elle avait envie de sortir. Alors, connaissant les faiblesses de Lance pour sa sœur, elle avait légèrement exagéré les symptômes, histoire de le convaincre de rentrer et d'assurer la permanence... Patrick sourit. Une fine mouche, cette petite. Pas du genre à perdre le nord. Pourquoi diable se fatiguer à aboyer soi-même, quand on a un bon chien de garde ?

– Puis-je vous renseigner, Monsieur Brodie ?

Le portier s'était spontanément adressé à lui avec un respect qui n'avait rien de contraint ni d'obséquieux. Ce type n'avait que quelques années de plus que lui. C'était un métis bien charpenté, plutôt bel homme, capable, visiblement, de distribuer quelques bons pains, à l'occasion.

– Où est Brewster ?

La question n'en était qu'à peine une.

Pendant un bon moment, le portier le regarda sans réaction, figé dans sa pose comme un macchabée. La décision qu'il allait prendre risquait d'infléchir toute sa vie. Puis il jeta un coup d'œil par-dessus son épaule pour s'assurer qu'aucune oreille indiscrète ne traînait dans les parages, et répondit :

– Il n'est pas encore arrivé, mais ça ne saurait tarder. Il a rendez-vous avec qui vous savez. Dans moins d'une heure.

Patrick hocha lentement la tête.

– C'est quoi, ton nom ?

Le portier lui tendit une main épaisse comme un battoir.

– Colin. Colin Butcher.

Comme ils échangeaient une poignée de main, Pat sentit l'énergie que dégageait sa peau fraîche. Ce type n'était pas du genre à s'en laisser conter. Une fois de plus, Pat se demanda si ce n'était pas un piège. Il connaissait les ficelles. Il avait eu tout loisir de parfaire sa formation en cabane, sous la direction d'un aréopage d'orfèvres en la matière…

Son instinct, qui le trompait rarement, lui soufflait que ce Butcher était un type bien. Il décida de lui faire confiance.

– Eh bien, Colin, si ça ne te dérange pas, je crois que je vais l'attendre.

Le portier sourit, ce qui fit de lui un tout autre bonhomme. Il avait un de ces bons sourires, francs et généreux, qui ont pour effet immédiat de détendre leurs destinataires et de les rassurer. Ce Butcher serait un atout formidable, le jour où il se constituerait une équipe. Il avait à la fois l'attitude juste et la prudence de ne pas trop en dire.

– Puis-je vous proposer d'entrer prendre un verre ?

Patrick hocha la tête.

– Je vais l'attendre au bar.

Ils entrèrent ensemble. Pat se sentait de plus en plus à son aise en sa compagnie. A l'intérieur, l'état des lieux lui inspira une bouffée d'optimisme. La boîte était un vrai boui-boui – or, il est toujours plus facile de récupérer un taudis qu'un palace… Il se souvenait vaguement d'y être venu autrefois, avec son père. La vieille moquette, grise de crasse, et le papier défraîchi qui cloquait sur les murs lui avaient un petit air de déjà-vu. Ça empestait le tabac froid, le désodorisant à deux balles et le désespoir – l'odeur de Brewster, se dit-il.

Il se commanda un grand scotch et mit le cap sur le bar en observant les filles, qui le lorgnaient d'un œil méfiant. Elles devaient se demander s'il serait assez mange-merde pour accepter de bosser pour le maître des lieux… Il espérait bien que non.

Les putes le mettaient mal à l'aise. Non pas à cause de la façon dont elles gagnaient leur croûte mais parce qu'en soi leur turbin, ce pour quoi elles se faisaient payer, leur coûtait beaucoup trop cher ; elles y laissaient à la fois l'estime de soi et le plaisir qu'elles auraient pu trouver auprès d'un homme. Une fois qu'elles avaient mis le doigt dans l'engrenage, il n'y avait plus sur terre que deux catégories d'êtres humains : les clients et les pigeons – ce qui, à terme, finissait par les rendre éminemment dangereuses. Elles ne se sentaient plus la moindre loyauté envers quiconque, à commencer par elles-mêmes.

Sans quitter son verre des yeux, Patrick observa autour de lui. Rien ne lui échappait. C'était un autre des tours que lui avait enseignés la prison. En taule, ça pouvait coûter bonbon de croiser le mauvais regard au mauvais moment. Le plus souvent, ça ne pardonnait pas. Il avait donc dû apprendre la prudence, en commençant par la patience. Confortablement installé au bar, il s'apprêta à attendre Brewster le temps qu'il faudrait, sans se départir ni de son calme ni de son sourire.

Mackie jouait au billard sous le regard de son père, qui surveillait discrètement l'heure. Il était encore un peu tôt. Patrick ne reviendrait pas avant un certain temps, mais il se sentait sur les charbons ardents – une sensation qu'il n'avait plus éprouvée depuis des lustres.

C'était un virtuose, ce gamin – ça sautait aux yeux. Un artiste, doublé d'une vraie tête brûlée. Spider avait beaucoup entendu parler de lui quand il était en taule. A présent qu'il avait retrouvé l'air libre, il n'avait de cesse de récupérer ce qu'il considérait comme son bien. Et pas seulement le sien, mais celui de Lil. Elle s'était fait salement rouler et exploiter, la pauvre. Pat et Lance étaient encore tout gamins. A l'époque, la gravité de la situation leur avait échappé, mais ils étaient devenus des hommes. Et ils n'avaient pas l'intention de se priver du plaisir de la revanche, dès qu'elle passerait à leur portée.

Spider regarda les autres clients du bar. La plupart d'entre eux avaient eu des démêlés avec Brewster, qui n'était pas du genre à cultiver ses relations, pas même avec ses amis les plus proches. Les relations, c'était pourtant l'épine dorsale du Milieu. Les amis, la famille. Ceux qui ne savaient pas s'entourer de gens sur qui compter en étaient vite réduits à l'impuissance. La confiance, dans leur monde, c'était une denrée de base, surtout quand vous vous retrouviez sous les verrous. La boucler et faire le gros dos sans répondre aux questions des flics, purger sa peine sans murmurer, c'était ça, la voie de l'honneur. Brewster, lui, s'était fait tellement d'ennemis qu'une cabine téléphonique lui aurait amplement suffi pour réunir ses derniers copains…

Lenny avait essayé de joindre Pat par l'entremise de diverses personnes. Il n'avait même pas eu les couilles de s'en charger personnellement. Personne ne s'en était étonné. A présent, on attendait de voir dans quel sens le vent allait tourner. Nul ne se prononcerait tant que la confrontation n'aurait pas eu lieu et qu'on ne connaîtrait pas le résultat de l'entrevue. Jusque-là, ce n'était qu'un jeu de patience, et ce petit exercice n'allait pas tarder à prendre fin.

Jimmy Brick et Lil arrivèrent au club à la minute même où Lenny descendait de voiture. Son chauffeur le laissait toujours devant l'entrée, bien en vue du portier et des hommes qui attendaient, postés à quelques mètres. La boîte rapportait un peu, mais ça n'allait pas bien loin. En fait, elle lui tenait surtout lieu de bureau. C'était son quartier général, d'où il organisait son business et planifiait l'exécution de ses magouilles les plus lucratives. En découvrant Lil et Jimmy, Brewster dut réprimer un mouvement d'humeur.

– Alors, Jimmy… de retour parmi nous ? Ça faisait un bail qu'on ne t'avait pas vu !

Sa voix avait sonné plus fort qu'il ne l'aurait voulu, et sur un ton un poil trop appuyé, comme surjoué. Ils n'avaient jamais été très copains, Jimmy et lui. Ils se toléraient, sans plus. Mais Brewster sentait qu'il devait faire un effort de politesse. Vu les circonstances, son indifférence et sa grossièreté habituelles n'auraient pu que le desservir.

Pat Junior semblait avoir hérité des talents de son père. A tout juste vingt ans, il avait déjà su se rallier pas mal de gens et forcer leur respect. Mais s'il pensait pouvoir le convoquer selon son bon vouloir, comme un vulgaire exécutant, il se foutait le doigt dans l'œil, ce petit con. Il devait commencer par tirer tout cela au clair, en préservant les apparences. Il tenait à laisser croire qu'il respectait les convenances et avait à cœur de faire son devoir.

Et voilà qu'il se retrouvait face à Jimmy Brick, qui le lorgnait comme s'ils avaient passé la nuit ensemble ! Lil aussi le dévisageait. Elle avait des yeux à damner un saint. Lenny aimait s'afficher au bras de filles beaucoup plus jeunes mais, secrètement, il préférait la compagnie des plus mûres. Il attendait d'une femme un minimum de formes et d'expérience – à l'occasion, il ne détestait pas soulever celles des copains, ce qui cadrait parfaitement avec ce sens de l'humour un tantinet grinçant qui était le sien. Rien de plus affriolant que de se faire la maîtresse d'un rival, ou même carrément sa légitime ! Un peu comme un chien pisse au coin de la rue pour marquer son territoire... Il adorait faire savoir à tout le monde qu'il était passé par là. Ensuite, il ne se gênait pas pour larguer ses conquêtes sans le moindre état d'âme. Pourquoi s'encombrer de ces dames quand elles avaient fait leur temps...

En entrant dans le club sur les talons de Jimmy, Lenny dut réprimer une furieuse envie de rire. Il leur avait préparé une petite réception et brûlait de voir leur mine, quand ils finiraient par comprendre ce qui les attendait.

Jimmy aurait préféré que Lil l'attende à l'extérieur, mais il n'avait plus le choix. De toute façon, elle serait entrée quoi qu'il dise, avec ou sans lui.

Comme ils gravissaient les marches de l'escalier branlant qui menait au bureau, elle se sentit prise de nostalgie. Elle l'avait monté tant et tant de fois, année après année, ce vieil escalier. Une fois de plus, c'était ici, dans cette boîte délabrée, que tout allait se jouer. Sa vie. L'avenir de ses enfants. Elle ne fut qu'à peine surprise de constater qu'elle tremblait de tous ses membres.

Où était passé Lance ? Il aurait déjà dû être là. Quoi qu'elle puisse penser de lui, sa place était ici, aux côtés de Pat. Qu'ils règlent ça tous les deux, une bonne fois pour toutes ! La défection de Lance à un moment aussi crucial ne passerait pas inaperçue et risquait de compromettre bien des choses à l'avenir.

Pat, lui, était déjà à son poste, derrière le vieux bureau qu'elle avait acheté avec Patrick aux puces de Camden, par un bel après-midi ensoleillé. Ce vieux monument portait les stigmates des innombrables tasses de thé et cigarettes qu'on y avait oubliées. Mais malgré toutes ses taches et ses égratignures, elle lui trouvait toujours ce charme indéfinissable. C'était son époux qu'elle y voyait trôner, sous les traits de son fils. Jamais il n'avait davantage ressemblé à l'homme dont il portait le nom. Il avait le même regard, le même naturel, le même calme glacial. La même menace mortelle à l'encontre de quiconque était tenté de se dresser entre son but et lui…

En le découvrant installé au bureau, Lenny musela sa colère.

– J'espère que tu sauteras dans ma tombe aussi vite ! s'écria-t-il.

Puis, mettant le cap sur le petit bar, il sortit des verres et entreprit de leur servir à boire. Ses mains tremblaient dangereusement. Pour l'instant, le gamin était en position de force. Pour l'instant.

Sa boutade resta sans réponse. Pour la première fois, il perçut la précarité de sa situation. Pas un de ses hommes ne les avait suivis dans la pièce. Ils étaient prudemment restés en bas. Colin lui-même restait introuvable – un signe particulièrement alarmant, car il briguait une promotion. Jusque-là, c'était la conscience professionnelle et l'assiduité incarnées, et voilà qu'il courait se planquer au premier signe de grabuge ! C'était loin d'être un imbécile, ce Colin. En général, il avait le nez creux et sentait le temps se gâter.

Etant lui-même doté de ce genre de sixième sens, Lenny l'avait repéré depuis belle lurette. Ça lui avait épargné des tas d'ennuis – jusqu'à présent, du moins. Mais il gardait un atout maître dans sa manche, et même deux : les enfants qu'il avait avec Lil. Il voyait mal Brodie s'en prendre au père de ses jeunes frère et sœur. S'il était vraiment comme son père, il avait des principes et devait se considérer comme bien au-dessus de ce genre de bavure – même si ça risquait de lui coûter cher.

Lil s'était confortablement allongée dans le grand fauteuil de relaxation qui permettait de s'offrir un quart d'heure de sieste ou de souffler un peu quand le niveau de stress se mettait à monter. Elle y recevait les filles qui venaient boire une tasse de thé en sa compagnie. Elle ne comptait plus les occasions où ce fauteuil lui avait permis de désamorcer à temps un conflit explosif. Les filles n'hésitaient pas à s'empoigner, quand ça les prenait. Un mot de travers proféré sous l'emprise de l'alcool, le plus infime détail suffisait à alimenter et à amplifier la paranoïa ambiante. A présent, ce fauteuil prenait des allures de trône – du haut duquel siégeait Lil, tandis que son fils venait réclamer les biens de son père.

Tout le monde s'était assis. Seul Lenny restait debout, dans son propre bureau, et les dévisageait avec son aplomb coutumier, comme si rien de tout ça ne pouvait vraiment l'affecter. Il alla s'accouder nonchalamment au bar. Son costard sur mesure avait un petit air fripé et l'alcool qu'il avait descendu depuis le début de l'après-midi lui avait mis les paupières à vif. Jusqu'à l'excellent whisky dont il s'était servi un verre qui avait un petit goût amer…

L'œil fixé sur la porte, il ne renonçait pas à tout espoir, si mince fût-il. Pat dut lire dans ses pensées, car il lui glissa à mi-voix :

– Ne compte sur personne pour te tirer de là, mon pote. Personne ne va se pointer. J'ai pris mes précautions.

Brewster haussa les épaules.

– Sans blague ? Et je suis censé avoir peur, là ? Dis donc, Lil, si tu lui apprenais un peu les bonnes manières à ce môme ?

Il avait parlé en ricanant, sur le ton du mépris. Il était dans le pétrin jusqu'au cou et devait les tenir en respect. Pour la première fois depuis des années, il se rendit compte qu'il avait peur. Mortellement peur.

Lil ne prit même pas la peine de lui répondre et se contenta de se lever, de s'approcher de son fils et de l'embrasser sur la joue. Enfin, sa voix s'éleva, imperturbable et claire.

– Cette fois, ton baratin risque de ne pas suffire, Lenny. Prépare-toi à encaisser ce qui t'attend.

Ces mots l'achevèrent. C'en était plus qu'il ne pouvait tolérer. Mordre ainsi la poussière sous les yeux de cette femme ! Lenny avait fini par comprendre que personne ne viendrait à son secours ni ne prendrait sa défense. Il était entouré d'ennemis et ne pouvait s'en prendre qu'à lui-même. C'était son choix. Il ne s'était jamais fait que des ennemis.

La fille avec qui il était un peu plus tôt semblait s'être évaporée quelque part dans le club. Même elle, elle devait avoir eu vent de ce qui se tramait, et elle avait parfaitement réussi à donner le change. La seule idée que cette petite grue eût pu être dans le secret l'accablait.

Pat Junior trônait toujours derrière le bureau, sans desserrer les dents. On aurait vainement cherché la moindre trace d'expression dans son regard. Face à lui, face à sa jeunesse et à sa vigueur, le gros Lenny ne faisait pas le poids, mais il n'était pas encore vaincu. Loin de là. Il ne renoncerait sûrement pas sans avoir livré bataille.

– Putain, si tu crois que je vais me coucher comme ça ! Je ne suis pas du genre à me laisser étriper comme un chien enragé, moi ! Je suis pas comme ton père, petit ! A propos, c'est quand, ton anniversaire ? Tu l'attends avec impatience, cette année ?

Lenny Brewster n'avait jamais de flingue sur lui. La peine encourue pour port d'arme prohibée était de sept ans, et il se félicitait d'avoir toujours fait en sorte que seuls ses hommes fussent armés. Mais ce soir-là, il regrettait amèrement de ne pouvoir dégainer lui-même pour rayer de la carte cette bande de minables.

Patrick avait encaissé ces provocations sans un mouvement d'humeur. Il semblait inaccessible à la colère. Il était le calme et le sang-froid mêmes. Lil voyait très bien où voulait en venir son fils.

– Si vous avez besoin de moi, je suis en bas, annonça-t-elle en quittant son fauteuil. Je crois que les filles ont besoin d'être reprises en main. Plus tôt je m'y mettrai, mieux ça vaudra.

Comme elle mettait le cap sur la porte, Lenny recula le bras, la colère à fleur de peau, prêt à la frapper. Il n'avait pas achevé son geste que Pat et Jimmy avaient bondi, prêts à fondre sur lui. Mais Lil fut la plus rapide. Elle attrapa un verre à whisky sur le bar et le lui envoya à la figure de toutes ses forces. En sentant le verre brisé lui taillader la peau, Lenny resta cloué sur place. Puis il porta ses mains à ses joues, pour tâter les lambeaux de chair qui s'étaient détachés de ses pommettes, et les contempla, ruisselantes, tandis que son sang dégouttait par terre.

C'était fini. Lil avait eu le dernier mot. Toute sa vie, il avait pressé et exploité sans vergogne ceux qui passaient à sa portée. Il avait toujours su que cet instant finirait par arriver. Mais il n'avait pas prévu de finir comme ça, aux mains du clan Brodie. Il eut un sourire en coin. La douleur commençait à filtrer jusqu'à son cerveau. Eh oui… C'était bien à Lil qu'il revenait de lui porter ce coup. Il lui en avait assez fait voir, pendant tant et tant d'années…

Lil aussi regardait tout ce sang ruisseler. Les éclats de verre avaient mis l'os à nu, de part en part. Elle s'étonna de ne pas être prise de nausée. C'était atroce à voir, mais ça ne lui faisait ni chaud ni froid. Elle ne ressentait qu'indifférence pour ces blessures et pour l'homme à qui elle les avait infligées.

La chemise de Lenny était trempée de sang. Lil éprouva un certain soulagement. Il l'avait torturée. Pis, il avait ignoré les enfants qu'il lui avait faits. Sa propre chair, son propre sang… Rien que pour ça, il les méritait, ses souffrances. Elle avait l'impression de voir toutes ces années de haine et de mépris jaillir à gros bouillons.

– Va te faire mettre, Lenny ! Espèce de vieux fumier ! C'est toi qui m'as enlevé mon homme, comme tu le savais depuis le premier jour où tu es venu rôder autour de moi. Ça ne t'a pourtant pas gêné pour m'utiliser moi aussi, selon ton bon plaisir...

Il la toisa en ricanant.

– Moi ? Tu rêves ! Putain, regarde-toi un peu. Qui voudrait d'une vieille peau comme toi, hein ? Une vioque sur le retour, flanquée de toute sa marmaille. T'as la moule plus large que le tunnel de Dartford, chérie ! Pour moi, t'as jamais été et tu ne seras jamais qu'une vieille pute.

Bouillant d'une colère froide, Pat marcha alors sur Brewster.

– Et toi, t'es bien le fils de ta mère ! Ouais, t'es un sacré fils de pute ! Un vrai miracle qu'elle se soit pas encore envoyé ton cadet ! Lui, tu sais, givré comme il est, il serait sûrement pas contre ! Et les jumelles... la dingue et la nymphomane ! Pour rien au monde je voudrais en faire partie, de votre famille de tarés ! Pas pour toute la coke de Colombie !

Mais pourquoi ne réagissaient-ils pas ? Ils restaient là, figés, tous les trois, comme sourds et aveugles. C'est alors qu'il vit que Lil avait fait un geste interdisant à ses fils de répliquer. A son grand étonnement, ils lui obéissaient. Dans le monde selon Brewster, une femme, ça n'avait aucune place et ça ne comptait pour rien. Pour moins que rien ! Maintenant qu'il voyait quel pouvoir une femme pouvait exercer sur ses fils ou ses amants, il se félicitait de n'avoir jamais été réduit à un tel servage.

– Et Colleen et Christy, Lenny ? Qu'est-ce que tu en fais ?

Il pouffa de rire. Les blessures de son visage lui faisaient atrocement mal. Il sentait le sang goutter par terre. C'était surréaliste. Comme toute la scène.

– Quoi ? Que veux-tu que j'en fasse, ma chérie ? Ils n'ont jamais compté pour moi. Pas plus que leur vieille pouffiasse de mère !

Il le lui avait craché au visage avec toute la malveillance et la haine dont il était capable.

La coupe était pleine. Lil ne voulait pas en entendre davantage.

– Tu m'as dépouillée de tout ce que j'avais, Lenny. Mais je ne t'en veux pas. Ça n'a plus la moindre importance, parce que tu m'as donné ces deux gamins qui valent tout l'or du monde.

Levant les yeux vers lui, vers son visage ruisselant de sang et de sueur, Lil y lut de la peur. Une peur dégoulinante. Lui qui avait toujours vécu dans l'angoisse de se faire rattraper par quelque chose ou par quelqu'un… Il avait laissé aux frères Williams le soin de le débarrasser de Patrick – jamais il n'aurait eu les couilles de s'en charger lui-même. Ce sale type avait été la source de tous ses maux, et ça ne l'avait pas empêché de lui faire deux enfants qu'elle aimait plus que sa vie…

Il ne lui faisait plus peur. Elle aussi, elle l'avait marqué, tout aussi douloureusement qu'il se glorifiait de l'avoir fait pour elle. Ses enfants n'avaient été rien de plus que des chaînes lui permettant de la contrôler. Ça faisait trop longtemps qu'ils tenaient ce rôle. Patrick allait se charger de lui faire payer tous les torts qu'il avait envers eux. Et elle serait libre, enfin délivrée de cet homme, de sa mesquinerie et de sa haine.

– A tout à l'heure, les gars.

Sur ce, elle quitta la pièce et descendit l'escalier d'un pied et d'un cœur légers. Ça faisait des années qu'elle ne s'était pas sentie aussi bien. Dire que la violence n'arrangeait rien, c'était un lieu commun et, en un sens, c'était vrai. D'un autre côté, il arrivait que les gens comme elle ne puissent s'en remettre qu'à cette justice-là, fût-elle sommaire.

Le regard de Lenny la suivit jusqu'à ce que la porte se fût refermée sur elle. Le visage tordu en un rictus de dément, il vit alors avec horreur que Pat et Jimmy avaient sorti des chaînes de leurs poches et se les enroulaient sans hâte autour des phalanges. Ils ne le laisseraient mourir que recru de souffrance, après l'avoir longuement passé à tabac.

– Fais moi confiance, sac à merde ! Je ne laisserai ma place à personne…

Brewster leur éclata de rire au nez. Il était sur pilote automatique, à présent.

– Qu'est-ce que tu vas dire à ton petit frère et à ta petite sœur, Pat ? Que tu as le sang de leur père sur les mains ? Ça va la foutre sacrément mal, non ?

– Ils s'en battent l'œil. Pour eux, c'est comme si tu n'existais déjà plus.

Patrick resserra la chaîne sur son poing, avant de la lui balancer dans la gueule en visant les plaies ouvertes par sa mère. Encore un tour qu'il avait appris en taule : viser les blessures de l'adversaire, appuyer là où ça fait mal, rechercher le maximum d'effet pour le minimum d'effort.

– Tu vas clamser, Lenny, et tu sais quoi ? Y a pas un seul de tes putains de petits copains qui ait levé le petit doigt pour toi. Pas un seul n'a essayé de venir voir ce qui t'arrive.

Jimmy lui décocha un grand sourire. Il allait prendre bien du plaisir.

– T'es vraiment qu'une merde, enfoiré. T'as passé ta vie à faire main basse sur tout ce qui te plaisait. A mon tour maintenant !

Jimmy s'était équipé d'une chaîne, lui aussi. De l'autre main, il sortit un cran d'arrêt, dont il frappa Brewster au ventre.

Brewster sentit une douleur fulgurante, lorsque la lame lui entama la peau. Pat Junior s'était écarté de quelques pas et regardait faire Jimmy, le plus naturellement du monde – celui-là, c'était bien le fils de son père… La douleur n'était pas aussi intense qu'il s'y attendait, et il espéra être capable de tout supporter comme un homme. Comme Brodie le père, qui avait vaillamment tenu tête à ses agresseurs sans implorer sa grâce.

Quand Patrick entra à son tour dans la danse et se mit à le tabasser méthodiquement, Jimmy recula d'un pas et le regarda faire en silence. Pas de doute, il savait s'y prendre, ce petit. Il était taillé pour le bizness et pour la vie de taulard.

Deux minutes plus tard, Brewster implorait leur pitié. En pure perte.

D'en bas, Lil entendit ses cris de douleur, comme toute l'assistance. Les filles qui n'avaient pas de clients restèrent perchées sur leurs tabourets, la cigarette à la main et continuèrent tranquillement à lever le coude, comme si de rien n'était.

Pour la première fois depuis des années, Lil sentit son énergie lui revenir. Comme si elle s'était soudain trouvée débarrassée de ce fardeau qu'était Lenny et de la chienne de vie qu'il lui avait fait mener. Elle monta le volume de la stéréo jusqu'à ce que les cris de Lenny Brewster soient totalement couverts par les accords des Stylistics.

Le corps ne réapparut jamais. Ils l'avaient balancé dans le broyeur d'une casse située dans le sud de Londres. Une vieille Hillman lui servit de cercueil.

Brewster était encore conscient quand Pat et Jimmy refermèrent le couvercle du coffre. Patrick avait mis un point d'honneur à ne pas l'achever et Jimmy s'était fait un plaisir de s'aligner. La dernière chose que Brewster vit de ce monde fut donc les visages souriants de ses deux tortionnaires, juste avant que le coffre ne se referme définitivement sur lui. Puis il entendit le grondement de la grue et sentit la voiture s'élever dans les airs. Il sentit tanguer sa prison de métal et eut tout loisir de penser que nul ne s'étonnerait de sa disparition. Personne ne prendrait même la peine d'enquêter pour savoir ce qui avait pu lui arriver.

Les hurlements du métal couvrirent les cris de l'homme écrasé par les lourdes mâchoires d'acier. La voiture se cabra et ploya sous leur poussée, tandis que Lenny s'acharnait contre les parois d'acier en tentant de leur échapper. Il eut encore l'énergie de se débattre, jusqu'au moment où sa tête fut prise comme dans un étau, qui la broya, ainsi que tout son corps, avec une aisance macabre. Quand la machine finit par vomir le cube de métal sanglant qui tomba avec un bruit sourd sur le sol de terre battue, Pat se racla la gorge, et cracha dessus.

Une heure plus tard, Spider eut la surprise de les voir débarquer dans son bar et devina que tout était dit.

CHAPITRE 23

Kathleen était au fond de son lit, et rien ne semblait pouvoir la convaincre de se lever. Elle ne parvenait pas à refaire surface. Comme toujours, Lance passait un maximum de temps avec elle. Il lui parlait des heures, de cette voix douce et grave qui avait le don de la calmer, facilitant ainsi la vie à toute la maisonnée. Lil ne se retenait qu'à grand-peine de perdre patience. Vu la moisson de problèmes dont elle écopait chaque jour, elle avait du mal à compatir aux malheurs de cette héroïne tragique à peine sortie de l'adolescence. Le médecin avait dit qu'elle souffrait d'une dépression – mais qu'est-ce que ça voulait dire, à son âge ? Et pourquoi, putain de merde ? A cause du prix des produits de beauté ou des caprices de la mode ? Pour Lil, c'était incompréhensible. Bien sûr, elle était rongée par la culpabilité. Sa fille allait mal et elle ne savait plus quoi faire pour l'aider. Le toubib, lui, se bornait à la bourrer de cachets et les laissait s'en dépatouiller.

Lil se retrouvait donc avec tout ce merdier sur les bras. Annie étant toujours Annie, sa mère s'était incrustée dans le paysage. Or, elle pouvait bien prendre des airs angéliques et faire amende honorable, Lil n'oubliait pas la façon dont elle l'avait traitée, des années durant. Annie était à l'origine de pas mal des problèmes qui lui empoisonnaient la vie, et sans doute aussi celle de ses enfants. Elle se repassa le film de cette dernière nuit. Même si les remords lui tenaillaient le cœur, elle pouvait se dire soulagée que Lenny Brewster fût hors d'état de nuire. Même en son absence, sa haine et son mépris assombrissaient toute la maison. Son indifférence absolue pour ses rejetons avait été une terrible blessure, et pas seulement pour elle, mais aussi pour eux. Il débarquait sans crier gare et leur faisait subir sa colère et son sale caractère. Il plongeait toute la famille dans un pesant malaise et se délectait effrontément de la peur qu'engendrait sa seule présence. Lil se haïssait d'avoir imposé ça à ses enfants. Voilà au moins une chose dont ils étaient définitivement délivrés – l'humiliation de le savoir dans les parages et de sentir que sa froideur était une manœuvre pour les briser. Son fils aîné les avait arrachés à l'emprise de ce Lenny Brewster. Pat l'avait enfin mis au rancart. Il l'avait extirpé de leur vie comme une tumeur maligne.

Lil était au trente-sixième dessous quand il lui était tombé dessus. Elle était parfaitement consciente de ce qu'était Lenny, mais elle avait espéré qu'il finirait par s'améliorer ou, du moins, par s'occuper d'eux. Or, Brewster n'avait visé qu'un but à travers eux : se poser en protecteur de la veuve et des orphelins Brodie. Ça lui permettait de se faire mousser et de couvrir ses arrières, tout en passant pour un type bien.

Effectivement, il avait bien goupillé son coup – mais il n'avait assuré que son propre salut et son bien-être, sans penser une minute à elle ou aux enfants. Brodie, l'homme de sa vie, n'avait pas fait mieux. Car il l'avait laissée dans le dénuement. Il aurait pu, il aurait dû faire en sorte d'assurer leur avenir, mais ne s'était jamais donné cette peine. Elle avait toujours eu du mal à l'admettre, mais c'était un fait. En perdant son homme, elle avait tout perdu : le père de ses enfants et tous les biens de la famille. Elle en avait été réduite au trottoir pour joindre les deux bouts. Ils avaient cinq enfants – cinq! Et il n'avait laissé aucune espèce de testament, à croire qu'il n'avait jamais envisagé ni sa propre mort, ni l'avenir de ses gosses! Ça la tenaillait toujours. Cet homme, qu'elle avait aimé plus qu'aucun autre, avait été son univers et s'était parfaitement occupé d'eux jusqu'à son dernier souffle. Elle n'en disconvenait pas… Mais, année après année, elle en était venue à penser qu'elle n'avait jamais été pour lui cette âme sœur qu'elle avait rêvé d'être et qu'il aurait traitée d'égal à égale. Pour lui, elle n'avait jamais été qu'une femme – la sienne.

Maintenant que Lenny était un problème réglé, la vie semblait lui offrir une seconde chance. Elle s'interdirait désormais de se morfondre dans le souvenir de son cher Patrick et de ce cocon de bonheur qu'il lui avait offert. Son fils était de retour et reprenait les choses en main, comme son père avant lui. Elle voulait espérer, contre toute raison, qu'il ne la décevrait pas à son tour.

Elle monta au premier et entrebâilla la porte de Kathleen, le temps de jeter un coup d'œil dans sa chambre. Sa fille s'était tournée vers le mur, recroquevillée sous ses couvertures. C'était une pièce agréable dont les jumelles avaient toujours pris soin. Lil promena son regard autour d'elle comme si elle y entrait pour la première fois. Les meubles étaient coquets et propres, mais l'ensemble aurait eu besoin d'un grand coup de neuf. Patrick venait de lui donner une jolie petite somme pour rénover la maison, et elle n'allait pas s'en priver. Elle alla s'asseoir sur le lit de sa fille en tâchant de réprimer l'agacement que lui inspirait son éternelle mélancolie. La plupart du temps, elle donnait le change, mais c'était une rude épreuve de voir cette fille superbe, qui avait toute la vie devant elle, passer ses meilleurs années au fond de son lit, semaine après semaine. Quel gâchis… Ça la mettait hors d'elle. Gaspiller ainsi cette précieuse jeunesse qui ne tarderait pas à partir en fumée. Mais ça, sa fille était encore trop jeune et trop sotte pour le savoir !

Comme Kathleen ouvrait les yeux, Lil lut dans son regard la détresse et la solitude qui avaient hanté le sien pendant toute son enfance. Pourquoi sa fille ? Pourquoi ? Elle n'arrivait pas à se l'expliquer. Bien qu'entourée de gens qui l'aimaient, Kathy préférait rester cloîtrée dans sa chambre, aux prises avec cette mélancolie morbide qui mettait sa mère au désespoir chaque jour que Dieu faisait.

Muselant sa frustration, Lil s'efforça de réunir toute la sollicitude qu'elle put trouver en elle :

– Alors, ma chérie, tu te sens un peu mieux ?

Kathleen hocha la tête avec une lenteur circonspecte, comme si elle avait dû répondre à une question de vie ou de mort.

Lil serra les poings en réprimant une furieuse envie de l'empoigner, de la traîner hors de son lit et de la jeter à la rue, pour la forcer à affronter le monde réel.

Elle se vidangea plusieurs fois les poumons. Il lui arrivait d'avoir ce genre de réaction face à sa fille. Chaque fois qu'elle se laissait aller à la secouer un peu, les autres l'arrêtaient. Puis elle plongeait dans des abîmes de culpabilité. Mais c'était plus fort qu'elle. Elle ne pouvait s'empêcher de trouver que Kathleen s'abandonnait un peu trop facilement à sa délectation morose.

– Tu as mangé ?

– Je ne peux rien avaler, maman. Je me sens vraiment pas bien.

Sa mère avait discerné dans sa voix cette note geignarde qui déclenchait tous ses voyants d'alarme. Elle hocha légèrement la tête et se leva pour quitter la pièce.

– Maman ?

La voix de Kathleen avait pris de l'assurance. Lil pivota vers sa fille.

– Quoi, ma chérie ?

Lil se sentait à un cheveu de laisser éclater son exaspération.

Comme la jeune fille la regardait droit dans les yeux, elle vit ses grands cernes sombres et la nuance grisâtre qu'avait prise son teint. Elle n'allait vraiment pas bien.

– Ça n'est pas ma faute, tu sais. Je n'ai pas choisi d'aller si mal. Je déteste me traîner comme ça. Mais j'y peux rien, m'man. J'y peux vraiment rien.

La colère de Lil retomba, aussitôt remplacée par une bouffée de culpabilité. Que faire pour sa pauvre petite, comment la soulager de toute cette souffrance ? Elle se sentait démunie devant ce malheur qu'elle ne comprenait pas.

Elle alla se rasseoir près de Kathleen pour la prendre dans ses bras et la serrer contre elle.

– Je le sais, que tu ne fais pas exprès, Kathy. Et je ne veux surtout pas que tu te mettes à culpabiliser. Ça, ce serait vraiment la dernière des choses.

Comme elle s'efforçait de rassurer sa fille en la câlinant, Kathleen s'éloigna d'elle.

– Ça ne t'est jamais arrivé, à toi, m'man... de détester la vie ?

Avec un sourire las, Lil se força à lui répondre honnêtement, sans pouvoir totalement réprimer la pointe de sarcasme qui filtra dans sa réponse, bien malgré elle :

– Chaque jour que Dieu fait, trésor. Chaque jour de ma chienne de vie !

Le sergent Smith était un grand maigre affligé d'un terrible psoriasis qu'il passait le plus clair de son temps à gratter. Comme il s'installait en face d'eux, dans le bureau, Pat et Lance le lorgnèrent avec la même fascination morbide que s'ils avaient maté un babouin dans un zoo – un grand singe, plutôt brun de poil, avec des yeux gris larmoyants. Patrick savait qu'il se faisait graisser la patte depuis un certain nombre d'années, qu'il avait des appuis dans le Milieu (c'était du moins ce qu'il croyait), et qu'il n'hésitait pas à retourner sa veste chaque qu'il le jugeait nécessaire. C'était justement le cas, maintenant que Brewster avait si opportunément disparu.

Comme pour tous les flics ripoux, il n'était pas question de lui faire confiance – pas plus qu'à un chien enragé ou à une pute en cloque. Pour traiter avec lui, il fallait commencer par s'assurer un moyen de pression ; quelque chose qu'on laisserait planer au-dessus de sa tête et qu'on pourrait invoquer chaque fois qu'on aurait besoin de le faire revenir au principe de réalité, en lui rappelant qui il était et – plus précisément – à qui il avait affaire. Il se prénommait Roland, mais ça, la plupart des gens l'ignoraient ; quant à ceux qui connaissaient son vrai prénom, ils évitaient généralement de l'utiliser, par simple précaution. On ne l'appelait jamais que Smith.

Ce jour-là, face aux frères Brodie, il ne se fit pas prier pour prendre son enveloppe, en les assurant qu'il n'était pas fâché du récent changement de direction. Smith était un malin. Il avait pour supérieur direct un sacré fils de pute qu'il s'arrangeait pour tenir à l'abri de toute histoire compromettante, quoi qu'il arrive.

Depuis le premier jour, Smith avait fait office de médiateur entre Pat et son chef, et les deux flics n'avaient eu qu'à s'en féliciter. Ils étaient bien payés et il était exceptionnel qu'on leur demande de se mouiller. Ce jour-là finirait bien par arriver, c'était une certitude, mais jusque-là, ils se contentaient de laisser venir.

– Tu diras à Scanlon que je veux le voir, et vite.

Tout à coup, Smith hésita sur la réponse à donner au jeune malfrat qu'il avait en face de lui. Tout en lui trahissait l'ex-taulard, ce qui n'avait rien d'étonnant, vu qu'il sortait de taule. Et il discernait aussi, dans son œil et dans sa voix, ce côté tranchant qui laissait son interlocuteur subodorer qu'il valait mieux ne pas trop déconner avec lui.

– Scanlon ne prend pas de rendez-vous, dit-il d'un ton goguenard, comme s'il n'avait jamais entendu une telle énormité de sa vie.

Pat se leva d'un bond et récupéra l'enveloppe posée sur le bureau. Smith ouvrit de grands yeux.

– Eh bien, dis-lui que s'il ne vient pas me parler, moi, je ne me gênerai pas pour lui passer au-dessus, vu ? Vous n'êtes pas les seuls flics véreux du marché.

Ouvrant un tiroir de son bureau, Patrick y laissa choir le fric.

– Pas de rendez-vous, pas d'enveloppe. Désolé, mon vieux.

Smith en resta cloué sur place un bon moment. Puis Lance l'empoigna, le souleva de son siège et le poussa vers la porte en criant :

– Et maintenant, tu te casses ! Et tu files dire à ce cloporte de se manier le cul !

Smith s'esbigna aussi vite qu'il le put sans avoir l'air de prendre la fuite.

La porte s'était à peine refermée que les deux frères Brodie éclataient de rire.

– Tu parles d'une tête de lard !

– T'inquiète. Il va filer doux.

Pat commençait à sentir la fatigue. Il s'étira et se pétrit le visage à deux mains.

Il avait mené à bien à peu près tout ce qu'il avait entrepris. Dans l'ensemble, les opérations avaient été plus faciles qu'il ne se le figurait. Il avait réussi à tout récupérer, ou presque. Ne lui restait plus qu'à persuader deux ou trois gus que c'était pour eux, à présent, qu'ils travaillaient. Mais comme Lenny avait commis l'erreur de truander systématiquement tous ceux qui bossaient pour lui, en négligeant de les faire participer aux bénéfices – quand il ne faisait carrément pas mine de ne pas plus les connaître…

C'était exactement le genre de bourde que Pat tenait à éviter. Ça ne serait pas du gâteau, mais il savait qu'il pouvait compter sur de solides appuis.

Il était bien décidé à découvrir où était passé l'argent de son père. Lenny lui-même n'était pas au courant de tout et n'en avait détourné qu'une partie.

Mais Pat en savait bien plus long que quiconque ne pouvait le soupçonner. Il avait bien écouté son père étant gamin, et l'avait beaucoup observé, au point d'apprendre des tas de choses sur le fonctionnement de ses affaires en général et sur ceux qui y participaient en particulier. Des choses ignorées de tous, y compris de sa mère.

Il s'était promis de remettre les pendules à l'heure. Chaque fois qu'il s'était fait rouler et humilier par Brewster, chaque fois que sa mère avait dû aller turbiner pour gagner quelques sous, sa soif de vengeance s'était aiguisée. Son père avait été assassiné et il allait faire payer ce crime à tous ceux qui y avaient pris part, de près ou de loin.

Quand bien même ce serait la dernière chose qu'il ferait en ce monde, il retrouverait la trace de tous ceux qui s'étaient sucrés sur la mort de son père. Il allait se faire justice et assurer définitivement la sécurité de son clan.

Il se savait capable d'assumer le fonctionnement des affaires, d'autant que sa réputation l'avait précédé, depuis son séjour à l'ombre. A présent, il n'avait plus qu'à tenir son rôle le plus naturellement du monde, en veillant à se faire respecter par tous ses partenaires et à gagner leur confiance. Il attendrait le temps qu'il faudrait, et puis, quand il aurait toutes les informations nécessaires, malheur aux coupables…

Chaque jour de sa vie, il revoyait les derniers moments de son père. Rien ne lui ferait jamais oublier ça, encore moins pardonner. Il avait trop souffert de l'absence de son père. Il avait réuni pas mal de renseignements, en bavardant ici et là et en posant les bonnes questions aux bonnes personnes. Il en savait à présent plus que n'importe qui sur les dernières opérations de Pat Brodie. Notamment, avec qui son père avait traité, les semaines qui avaient précédé sa mort. Il avait certes eu un cœur d'or, ça avait fait une bonne partie de sa réputation, mais il était aussi le digne fils de son père. Certains n'allaient pas tarder à s'en apercevoir.

– T'es sûr que ça va, Pat ?

Depuis qu'ils étaient tout gamins, Lance détestait voir son frère aîné se retirer dans ses pensées, comme s'ils n'étaient soudain plus sur la même longueur d'onde. Pat lâcha un long soupir et se força à émerger.

– T'avais l'air complètement parti… Qu'est-ce que tu rumines comme ça ?

Pat s'esclaffa.

– Putain, si t'en savais la moitié !

Ils éclatèrent de rire, ensemble cette fois. Lance s'était sensiblement détendu depuis que ses relations avec Brewster avaient pris fin. Il se sentait d'heure en heure plus optimiste et plus sûr de lui. Pat n'aurait pas approuvé leur petite association – mais tout ce qu'il avait fait avec Lenny, c'était pour leur tenir la tête hors de l'eau. Il avait toujours eu l'impression d'avoir une mesure de retard, rapport à son frère. Il avait fait des sacrées conneries, dans son enfance, et il le regrettait toujours. Mais il était si jeune, à l'époque. Il ne comprenait pas la portée de ses actes. Chaque fois qu'il croisait la petite Callahan, il était mort de honte.

Pat replongea dans ses souvenirs. Le jour du meurtre de son père, il avait brusquement compris ce que signifiait la mort. Il s'était rendu compte de la quantité de sang que pouvait contenir un corps humain. Il y en avait partout dans la maison. Le sol et les murs en étaient couverts. Il avait même aperçu quelques fragments de tissu cérébral près du corps. Depuis, comme eux tous, il avait dû vivre avec cette vision d'horreur qui avait tout chamboulé dans leur existence. Leur monde avait basculé en l'espace de quelques secondes. Ça avait balayé tout ce qu'ils croyaient savoir. Le lendemain, Pat s'était rendu à la salle paroissiale, toujours tendue de guirlandes et de ballons. Les victuailles abandonnées sur les tables avaient eu le temps de se racornir et son tas de cadeaux trônait au milieu de la salle. Depuis, il n'avait plus jamais fêté un seul de ses anniversaires.

Ce qu'il avait pu les regretter, ces moments qu'il avait passés avec son père, quand il rentrait tard le soir et lui racontait sa journée ! Son père le guidait, lui expliquait le rôle qu'il devait tenir à la maison. Il lui confiait certaines commissions un peu délicates, quelques bricoles en douce. Son travail de coursier lui avait permis d'apprendre certaines choses. Il attendrait le temps qu'il faudrait, mais il finirait par récupérer le reste du fric. Dans la foulée, il en profiterait pour liquider qui de droit. Ça, le jour où ça arriverait, il ne laisserait sa place à personne…

Tout le monde savait qu'il avait buté Brewster et ça ne lui posait aucun problème, au contraire. Ça ne pouvait que l'arranger. L'exécution de Lenny était même devenue une sorte de carte de visite, qui parlait jusqu'aux copains restés en prison. Si certains attendaient encore qu'il fasse ses preuves, c'était réglé. Brewster appartenait désormais au passé, et Pat s'était arrangé pour que son nom soit à jamais associé au sien. Chaque fois que l'on évoquerait la triste fin de Lenny, on penserait aussi à celui qui l'avait orchestrée.

Somme toute, c'était la meilleure façon d'asseoir sa légende. Sans compter que, l'élimination de Lenny, c'était à peine un meurtre. Plutôt le début d'une grande opération de salubrité publique...

Jimmy Brick buvait un verre au Prospect of Whitby avec quelques copains et avait reçu un accueil des plus agréables. Tandis que les tournées se succédaient, ainsi que les anecdotes et les bons mots, il se carra sur la banquette en savourant son soulagement de faire de nouveau partie d'une équipe qui gagne. Sa participation aux récents événements avait apparemment suffi à redorer son blason aux yeux de tous ceux qui comptaient.

– Eh, Jimmy ! Paraît que Brewster a vraiment montré ce qu'il avait dans le ventre avant de calancher ? C'est vrai, ça ?

Jimmy se fendit d'un large sourire. Il n'allait tout de même pas leur livrer les détails les plus croustillants – il n'était pas assez soûl pour ça. D'un autre côté, l'histoire devait déjà avoir été répandue et commentée par la rumeur publique.

– Ce que je peux te dire, c'est qu'il a été complètement laminé, avant même de savoir ce qui lui tombait dessus ! répliqua-t-il assez fort pour se faire entendre de tout son auditoire et même de quelques autres, un peu plus loin.

Il ponctua sa déclaration d'un hochement de tête cocasse. Leurs exploits ne manqueraient pas d'être colportés et amplifiés dans les années à venir.

Un nouvel éclat de rire secoua l'assistance et, du coin de l'œil, Jimmy aperçut Spider. Il souriait, comme tous les autres, mais se gardait bien de se mouiller. Spider n'avait jamais été du genre à parler à tort et à travers. Il était trop futé pour ça, et ça n'était pas demain la veille qu'il changerait. Jimmy savait que les amitiés entre truands étaient fragiles. Si vous n'aviez pas grandi avec quelqu'un, comment pouviez-vous vous fier à lui ? Or, son instinct lui soufflait de ne pas faire confiance à Spider et de le tenir à l'écart.

D'autant qu'il n'avait pas pu ne pas remarquer l'absence de Lance au dernier acte – ce qui l'inclinait à le surveiller plus étroitement qu'un flic ripou en possession de marchandises volées...

Jimmy vida son verre et promena son regard sur les visages autour de lui : il connaissait la musique et savait tenir sa partie mieux que personne – ce qui expliquait qu'après toutes ces années, il faisait toujours partie de l'orchestre. Brodie Junior était bien parti pour devenir sa poule aux œufs d'or. Pour lui, c'était comme si Patrick Brodie lui-même était revenu d'entre les morts. Tout comme son père, Pat avait cette étincelle, ce petit je-ne-sais-quoi de plus qui forçait l'attention et le respect des gens. Sans oublier son net penchant pour la violence – un atout maître dans leur branche.

Jambo Delaney avait plutôt été gâté par la nature, question physique. Il avait tout pour accrocher l'œil de ces dames – prestance, carrure, mâchoire énergique. Jambo n'était qu'un sobriquet qu'il portait depuis l'enfance. C'était l'équivalent de « bonjour » en swahili et ça lui allait comme un gant. Impossible de résister à son charme. Il n'avait aucun défaut. De bonne compagnie, il savait s'adapter à toutes sortes d'ambiances et jouer des poings en cas de besoin. Suffisamment bien pour décourager les maris jaloux de lui faire part de leur point de vue ou d'obtenir de lui réparation.

Tant qu'on lui fichait la paix, c'était un agréable compagnon de beuverie, mais si on lui cherchait noise, il pouvait devenir mauvais et se défendre avec une telle hargne que l'adversaire renonçait illico. Il était pourtant du genre à encaisser le premier coup sans rien dire ; après quoi, il s'estimait en droit de se défendre et ne s'en privait pas.

Jambo était donc un type charmant, quoiqu'un poil cossard, et à la mémoire un peu courte. Il avait parfois du mal à se rappeler de quoi les maris voulaient parler, et oubliait facilement les noms de certaines de ses conquêtes, qui, elles, se souvenaient fort bien de lui. Elles n'étaient à ses yeux que d'aimables interludes et, dans certains cas, il considérait que la fin justifiait les moyens. Mais pour rien au monde il n'aurait délibérément offensé qui que ce soit – ni femme, ni mari. Et il n'avait jamais eu l'intention de provoquer le moindre chagrin d'amour.

Jambo gagnait sa vie comme garde du corps, collecteur de dettes et beau parleur. Comme tous les hommes à femmes, ce vrai don Juan ne comprenait pas pourquoi elles le prenaient tellement au sérieux. Qu'est-ce qui pouvait bien leur faire croire qu'il les traiterait différemment de toutes celles qui les avaient précédées ? Pourquoi s'imaginaient-elles qu'elles seraient l'unique, l'élue, celle qui parviendrait à le faire changer, à lui donner envie de se poser et de rester à leurs côtés jusqu'à son dernier jour ? Son programme était simple et ne variait guère. Il se résumait en quatre B : Baiser, faire Bombance, se Bourrer la gueule et, enfin, se Barrer, quand elles commençaient à lui taper sur les nerfs.

Il était assis en face de Lil Brodie, une belle plante flanquée d'une sacrée marmaille et dotée d'un solide appétit sexuel. Il avait toujours eu pour elle beaucoup d'estime et d'amitié. Il lui offrait parfois quelques verres, avec ou sans galipettes à la clé. Il ne put s'empêcher de remarquer la lassitude que trahissaient ses traits tirés.

A peine sorti du placard, son fils s'était mis à faire des siennes dans le secteur – et Jambo se sentait en proie à une soudaine nervosité. Les maris jaloux, c'était une chose, mais les fils (surtout ceux du genre de Pat Brodie), c'était une autre paire de manches. Non pas qu'il doutât de pouvoir se défendre, mais il l'aimait bien, ce gamin. Jusque-là, la vie ne lui avait pas fait de cadeau, à ce petit.

– Jambo, ça ne va pas te plaire, mais je suis enceinte.

Jambo n'eut qu'un imperceptible hochement de tête. Inutile de lui demander si elle était sûre de son fait. Elle avait dû s'en assurer, et plutôt deux fois qu'une, avant même de songer à venir lui en parler. Il renonça aussi à lui demander si l'enfant était vraiment de lui – il était au-dessus de ce genre d'impair.

Lil le dévisagea un long moment, le cœur serré. Jambo était quelqu'un de bien. Il ne méritait pas ça. Mais elle devait le lui dire.

– Et ça te va ? T'as l'intention de le garder ?

C'était tout ce qui l'intéressait – ce qu'elle voulait, elle. Il ne lui demandait rien d'autre. Rien que pour ça, elle l'aimait. Pas de reproches, pas de récriminations. Il ne la reniait pas, n'essayait pas de faire comme s'ils se connaissaient à peine, comme s'ils n'avaient fait que se croiser. Pas de grimace, pas de prise de bec, pas de moue crispée, du genre : « T'auras pas tourné la tête que j'aurai déguerpi assez vite pour te filer l'impression de t'être envoyé un sprinter de classe olympique ! »

Jambo restait parfaitement calme et ne s'intéressait qu'à la façon dont elle voulait résoudre le problème. Rien que pour ça, il méritait toute sa gratitude.

– J'ai pas vraiment le choix, mon vieux. Je suis catholique. Pour moi, il est là et j'y peux rien.

Elle haussa les épaules et il lui sourit. Il l'aimait. Vraiment. Il admirait son attitude philosophe face à la vie en général, et face à l'amour en particulier. Elle n'en faisait pas tout un plat. Elle ne l'assommait pas de ses exigences.

– Qu'est-ce que tu attends de moi, au juste ? lui demanda-t-il.

Question amplement justifiée. Et généreuse de sa part. Lil savait à quel point il tenait à sa liberté et comprenait parfaitement qu'il veuille rester célibataire. Elle était exactement dans les mêmes dispositions d'esprit, ces temps-ci. Un bébé, c'était bien la dernière tuile qu'il lui fallait, mais ce qui était fait était fait. Elle n'avait plus qu'à l'accueillir et à l'aimer du mieux qu'elle pourrait.

Si elle s'en débarrassait, elle n'aurait plus un jour de bonheur. Evidemment, la chose s'était énormément banalisée. Mais pas pour elle. A ses yeux, les enfants ne demandaient pas à venir au monde et elle ne se sentait pas le droit de les chasser de son corps pour de simples raisons de convenance personnelle. Ses hormones, elles, restaient résolument catholiques !

– Je peux te parler honnêtement, Jambo ?

Il hocha lentement la tête, sur ses gardes – elle le sentait parfaitement.

– Si je te l'ai dit, c'est que j'estime que tu as le droit de savoir, rien de plus. Je n'attends rien de toi, mon vieux. Pas de promesses d'amour éternel, pas de traitement de faveur et même pas d'argent. La seule chose…

Elle lui prit la main et la serra avec une ferveur qui suggéra à Jambo qu'elle se sentait investie d'une mission sacrée et que, s'il avait un tant soit peu de jugeote, il ferait en sorte de l'aider.

– Je voudrais que cet enfant puisse connaître son père. Je ne te demande pas une présence de chaque instant – ça, je sais bien que tu ne pourras pas le lui donner. Mais, une fois dans ma vie, je voudrais qu'un de mes enfants sache qu'il n'a pas que sa mère au monde. Que quelqu'un d'autre veille sur lui. C'est tout ce que je veux. Rien de plus, Jambo. Une petite visite de temps à autre, pour qu'il te voie et que vous fassiez connaissance.

Jambo fit « oui » de la tête. C'était à son tour d'avoir le cœur gros pour Lil. Il savait comme elle avait eu la vie dure. Il savait à quel point sa famille comptait pour elle et il avait même subodoré, certains jours, qu'elle avait accumulé une certaine rancœur contre eux. Mais c'était ça, la vie – la vraie. Même si la plupart des gens refusaient de l'admettre. Les femmes n'avaient pas la tâche facile ; elles se retrouvaient avec charge d'âmes, parfois toute une flopée, et elles étaient censées s'en dépatouiller de leur mieux, en se débrouillant pour assurer le quotidien et le bien-être de tout ce petit monde. Elles n'avaient plus le droit d'être fatiguées, déprimées, abandonnées ou ne fût-ce que mécontentes de leur sort – juste parce qu'elles avaient laissé un homme les serrer d'un peu trop près. Parce qu'elles avaient suivi leur pente naturelle et obéi à la nature, en concevant, elles se retrouvaient seules responsables. L'homme, lui, pouvait toujours prendre le large et échapper à tout préjudice physique ou moral. Tandis qu'elles se retrouvaient le corps plein de vergetures et l'existence chamboulée par un nourrisson braillard.

Cela, Jambo le comprenait. Il savait de quoi les hommes étaient capables, étant lui-même un expert dans ce genre de sport : esquiver les conséquences de ses actes et se débrouiller pour éviter de payer les pots cassés. Mais Lil ne lui demandait qu'un peu de son temps. Pas d'engagements, pas de vie commune, pas de fidélité éternelle. Elle voulait juste qu'un de ses enfants puisse voir en lui une sorte de figure paternelle. Il ne pouvait pas lui refuser ça – et, à sa grande surprise, il ne le souhaitait même pas. Elle ne lui demandait rien qu'il ne puisse lui donner et méritait amplement de l'obtenir.

– Tu crois vraiment que je pourrais lui servir de figure paternelle à cet enfant, Lil ? T'as vraiment toute ta tête ? Je ferai ce que tu me demandes mais, de ton côté, tu vas devoir t'assurer que je ne m'expose pas à de gros ennuis, OK ? Tes fils sont en pleine compétition pour la plus haute marche du podium, ces temps-ci. Je ne voudrais pas qu'ils aillent se croire obligés de s'en prendre à moi, juste pour démontrer qu'ils en sont capables.

Lil eut un sourire.

– Je vais te dire un secret, Jambo. Mes fils sont encore assez jeunes pour écouter ce que j'ai à leur dire ; d'ailleurs, même quand ils auront l'âge de m'enterrer, j'aurai toujours voix au chapitre en ce qui me concerne. Te bile pas, d'accord ? Je te demande juste de lui donner une petite chance, à cet enfant, l'occasion de voir que le type qui l'a engendré ne se désintéresse pas totalement de lui et n'a pas complètement disparu de la circulation. Moyennant quoi, on restera toujours copains, toi et moi.

C'était une menace sans en être une, tout en l'étant – et c'est bien ainsi que Jambo le prit. Lil savait dire les choses de façon suffisamment ambiguë pour laisser à son interlocuteur le soin de décider lui-même du sens à leur donner. Ce n'était pas rien, ce qu'elle lui demandait là. Elle attendait beaucoup de lui, mais il lui avait donné sa parole – sans compter qu'il était curieux de voir à quoi ressemblerait leur progéniture. La couleur de l'enfant ne poserait pas de problème, ça ne faisait pas le moindre doute. Jamais les enfants de Lil ne rejetteraient un des leurs.

La naissance de cet enfant risquait de faire l'effet d'un sacré pavé dans leur petite mare. Ça, Lil s'en battait l'œil – alors que lui, il était pris entre deux feux, avec, d'un côté, Pat Junior, un garçon prometteur qui commençait à faire parler de lui avec un certain respect et, de l'autre, Lance, une belle petite crapule qui s'était taillé une réputation dès son plus jeune âge et avait toujours eu une relation des plus conflictuelles avec sa mère. Sans compter qu'il avait mangé dans la main de Brewster. Il lui avait longtemps servi d'homme à tout faire, avant de retourner sa veste et de le laisser tomber avec une hargne qui en disait long. Jambo soupçonnait autre chose. Lenny était beaucoup trop proche de sa famille, et Lance avait eu de bonnes raisons de souhaiter sa mort, des raisons personnelles. Mais là-dessus, Jambo préférait réserver son diagnostic. Lil allait faire ce qui lui semblait juste et il en était heureux. D'ailleurs, rien de ce qu'il aurait pu dire ne lui aurait fait changer d'avis. Elle n'avait qu'une parole et ne revenait jamais dessus.

– Je vais attendre un peu avant d'en parler chez moi, de ce bébé, dit-elle. Pour l'instant, personne ne sait rien. Je tenais juste à te mettre au courant pour que tu saches ce que j'attends de toi s'il arrive à terme, c'est tout.

Jambo acquiesça d'un signe de tête.

– Si c'est vraiment ce que tu veux, tu peux compter sur moi. Mais t'attends pas à ce que j'en fasse plus que ce que tu me demandes, d'accord ?

Lil partit d'un grand éclat de rire sonore et gouailleur, qui venait droit du cœur.

– Alors ça, tu peux toujours rêver, chéri ! T'aurais beau pisser des diamants et péter des pétales de rose, je ne voudrais pas de toi – pas pour tout l'or du monde !

Ils riaient tous les deux, à présent. Lil se détendit un peu, heureuse et soulagée à l'idée d'avoir réussi, pour une fois, à faire ce qu'elle voulait au lieu d'en être réduite à se soumettre aux événements. Cet enfant aurait donc toutes ses chances dans la vie. Une fois l'effet de surprise dissipé, tout finirait par s'arranger. Jusque-là, la vie avait eu beau ne pas lui faire de cadeau, elle s'en était tirée. Elle était plus coriace maintenant, et sûrement moins bête. Elle arriverait à garder la tête hors de l'eau, jour après jour.

Pat avait entrepris de réparer tous les torts qu'ils avaient subis par le passé. Avec un peu de chance, elle pouvait donc espérer une vie plus douce et plus facile, pour cet enfant à naître.

CHAPITRE 24

– OK, m'man. On va régler ça tout de suite.

La voix de Patrick ressemblait tellement à celle de son père qu'elle en eut froid dans le dos. Ils étaient dans le bureau, repeint de frais. Ça sentait encore la peinture et les meubles neufs.

Comme par le passé, la boîte n'était qu'une couverture pour leurs autres affaires. Mais elle était redevenue le domaine réservé de Lil. Elle avait retrouvé sa place aux commandes, comme tant d'années auparavant, après avoir récupéré son bien des mains de Brewster. Elle avait tout retrouvé, sa vie, son estime de soi et, par-dessus tout, ce boulot qu'elle aimait tant. Pour d'autres, ça n'aurait peut-être été qu'une petite victoire, mais, pour elle, après toutes ces années passées à la botte de Lenny, c'était l'équivalent du prix Pulitzer !

Les filles la comprenaient. Elles étaient même toutes heureuses pour elle – celles qui avaient pris la peine d'approfondir leurs relations avec elle, en tout cas, qui ne voyaient rien à redire à son besoin de reconnaissance et de se sentir intégrée dans le milieu où elle vivait.

– Régler quoi ?

Elle sourit en toute innocence à son fils et reconnut, au fond de ses yeux, sa propre colère, et non plus son père. Elle lui avait légué son caractère explosif et sa capacité à se contenir, quand c'était nécessaire. Il était loin d'être bête, ce garçon. Et,

Dieu, qu'elle l'aimait! Mais, qu'il le veuille ou non, Patrick était aussi son associé. C'était à elle qu'il avait laissé le soin de tout remettre sur pied pour gagner de quoi retrouver leur ancien niveau de vie. Le fisc pouvait bien passer leurs livres au peigne fin, les inspecteurs n'y trouveraient pas l'ombre d'une épingle qui fasse problème. Elle était la voix de l'ordre et de la raison, leur garant à tous, et elle forçait le respect de son fils. Pat savait qu'il pouvait compter sur elle. Jamais elle ne le roulerait. On ne pouvait avoir vraiment confiance qu'en sa famille – sauf exception, évidemment.

Patrick lui décocha à son tour un de ces sourires qui le rendaient si craquant, avec son regard d'Irlandais et ses cils noirs si fournis, pour lesquels plus d'une femme se serait damnée. Il avait la mâchoire volontaire et une splendide crinière sombre et lustrée. Et une tendance à forcer sur la bouteille qui ne manquait pas d'inquiéter sa mère, tout comme l'indifférence qu'il affichait un peu trop ouvertement pour ce qu'il considérait indigne de son intérêt. C'était ce manque d'attention au détail qui avait causé la chute de son père. Elle avait été la seule à s'en rendre compte, mais Pat Brodie aurait dû, avant tout, veiller à maintenir l'ordre dans son entreprise. S'il s'était donné la peine de remettre les Williams à leur place, il aurait toujours été de ce monde. Et ce Spider n'aurait pu dire le contraire…

– Tu ne serais pas enceinte, m'man?

Lil le dévisagea un instant en réprimant une furieuse envie de lui flanquer sa main dans la figure. Comment osait-il lui poser une telle question?

– Alors? Tu l'es, oui ou non?

Il avait reformulé sa question plus lentement, comme s'il avait craint de s'être fait mal comprendre.

– Je ne vois pas en quoi ça te concerne, fit-elle, avec toute la morgue dont elle était capable.

Pat poussa un soupir.

– C'est donc vrai?

Lil redoutait ce moment, mais elle n'en revenait pas de la rapidité avec laquelle son fils l'avait percée à jour. Patrick avait des aventures, mais ça durait rarement plus de quelques jours. Il n'avait jamais eu l'occasion d'accompagner une femme pendant sa grossesse. C'était vraiment chou de sa part, d'avoir deviné son état. Elle en était même infiniment touchée, mais elle n'allait pas fondre en larmes devant lui… Elle ne savait que lui dire. Elle se sentait prise la main dans le sac. Ce n'était pas sa faute à lui, c'était la sienne : elle allait donner le jour à un enfant qui finirait comme les autres sous la responsabilité de son frère aîné. Mais elle ne pouvait pas le faire passer, pas plus qu'aucun des autres, même si les femmes qui enfantaient hors mariage n'étaient plus frappées d'infamie depuis longtemps…

– Je suis majeure et vaccinée, mon vieux ! Et si j'ai décidé d'avoir un enfant, je l'aurai. Je n'ai pas de comptes à te rendre. Tu es mon fils, pas mon confesseur !

Le regard de Pat Junior plongea dans celui de cette femme qu'il aimait plus que personne au monde, et il secoua la tête, accablé par sa réponse. Cette colère qu'elle lui opposait, ses efforts bien inutiles pour leur cacher son état, à lui et à ses frères et sœurs, tout ça le blessait profondément. Quelle que fût sa décision, il s'en balançait. Ne savait-elle pas qu'il l'aimait et l'aimerait quoi qu'elle fasse ? Elle l'avait chéri, élevé, avait hanté les parloirs des prisons pour aller le voir. Elle s'était battue pour leur survie après le meurtre de son père. Elle avait même laissé Lenny Brewster lui faire deux enfants de plus, dans l'espoir de leur assurer un semblant de sécurité, à elle et à toute la tribu. Elle s'était imaginé qu'elle pourrait l'inciter à mieux s'occuper d'elle et que ça lui permettrait, à elle, de mieux s'occuper d'eux…

Elle en avait même été réduite à se vendre. Comment pouvait-elle ne pas voir qu'il ne l'en aimait que davantage – qu'au contraire, cela n'avait fait que décupler son admiration pour elle…

– Oh, maman, murmura-t-il avec chagrin, en se levant et en la prenant dans ses bras. J'essaie juste de t'aider. Personne ne te juge, tu sais, ni moi, ni les autres. La seule chose que je refuse, c'est de te laisser t'en dépatouiller seule. Tu n'es plus toute seule, OK ? Je suis là, maintenant. Et je suis prêt à faire ce qu'il faudra. OK ?

Elle lui rendit son étreinte et s'imprégna de sa force. Chacun de ses mots lui était allé droit au cœur.

– Mais, dis-moi, maman… Qui est le père ?

Elle avait cru percevoir une note de nervosité dans sa question… Il craignait que ça ne soit Lenny ! Et ne pouvait pas se résoudre à prononcer son nom à haute et intelligible voix ! Ça aurait été cocasse, si ça n'avait pas été si triste. Comme si elle avait pu être aussi bête ! Ça la ramena, une fois de plus, à l'image que ses propres enfants avaient d'elle. Que Patrick, son propre fils, et qui plus est son aîné, puisse imaginer une seule seconde qu'elle avait pu à nouveau céder à Lenny, après ce qu'il leur avait fait subir… C'était une telle insulte qu'elle dut se retenir une fois de plus de lui envoyer une gifle. De lui labourer le visage de ses ongles, de le faire souffrir autant qu'il la torturait ! Mais qu'est-ce qu'il croyait ? Qu'elle avait perdu toute dignité, au point de s'être rabibochée avec ce salopard de Lenny ?

Elle le repoussa d'un geste brusque. Elle parvenait encore à contenir sa rage, mais ça risquait de ne pas durer…

– Tu ne crois quand même pas que c'est Lenny !

Elle avait parlé d'une voix rauque et glacée que Pat ne lui connaissait pas. Il comprit qu'elle avait lu dans ses pensées et préféra laisser la question sans réponse – mais son silence en disait long.

– Putain ! Je ne lui aurais même pas donné l'heure, à ce porc ! Comment peux-tu me croire capable d'une chose pareille !

Pat lui lança un regard déconcerté. Il ne savait plus comment réagir ni se justifier. Il avait bien conscience d'avoir mis les pieds dans le plat et comprenait ce que l'insinuation pouvait avoir d'insultant. Mais la question s'imposait, et il n'avait pu en faire l'économie, surtout à la lumière des récents événements…

– Personne n'a dit ça, maman. Et peu importe ce que tu as pu faire…

Elle retourna s'asseoir à son bureau, dans son grand fauteuil directorial, ce trône qui la proclamait patronne des destinées de tous ceux qui gravitaient autour d'elle.

– Ce que j'ai pu faire, moi ?

Ces derniers mots étaient les plus cruels, car chargés d'une insupportable insinuation, d'un fardeau qu'elle ne parvenait pas à définir.

Pat garda un long moment le silence. Elle avait besoin de vider son sac. Il aurait voulu pouvoir retirer ce qu'il avait dit et ne comprenait que trop bien sa colère.

– Dis plutôt que j'ai fait ce que j'ai pu ! Toute ma putain de vie ! Pour améliorer notre ordinaire et vous assurer une existence digne de ce nom, à toi et aux autres, après la mort de ton père. Et sans tenir compte de ce qu'on pouvait raconter sur nous. J'ai tout fait pour survivre à tout ça, en vous protégeant, par-dessus le marché. Ton père n'avait même pas pensé à nous laisser de quoi vivre. Tu le savais, ça ? Que nous n'avions plus rien ? Après sa mort, nous étions seuls au monde, comme si nous n'avions jamais existé ni pour lui ni pour personne. Est-ce que tu réalises qu'on aurait pu se faire descendre ? Il aurait suffi que l'idée vienne aux frères Williams de revenir nous achever, et on y passait tous ! J'ai dû assurer notre sécurité, mon vieux – et ça, ça voulait dire Lenny ! Il avait de bonnes raisons de les liquider, les Williams. Mais il nous en a débarrassés du même coup. On est passés à ça de la mort, mon garçon. Ton père nous avait laissés sur le sable, putain de merde ! Et voilà que tu as le culot de venir me juger ! Tu pensais vraiment que j'encaisserais ça sans moufter ?

– Ecoute maman, je ne cherche qu'à t'aider. Je me fiche bien de savoir qui est le père !

– Eh bien, c'est un tort. Tu devrais t'en soucier, au contraire ! Tu devrais avoir suffisamment de respect pour moi pour me poser directement la question, en m'évitant tous ces putains de sous-entendus ! Ça me tue, que l'idée ait seulement pu t'effleurer…

Il n'y avait plus rien à dire ni à faire pour endiguer sa colère. Patrick se borna donc à laisser la tempête s'essouffler d'elle-même, puis décida de lui dire sans détour ce qu'il avait sur le cœur, en espérant qu'elle comprendrait l'inquiétude qu'elle lui inspirait et le chagrin que lui avait causé son silence. Presque malgré lui, il avait haussé le ton. Il voulait des réponses et il les aurait. A n'importe quel prix.

– OK. Alors qui c'est, maman ? Il va bien falloir que tu me le dises, parce que je n'en ai pas la moindre idée. Je veux juste savoir qui c'est, point final. Tu es ma mère et, dans une certaine mesure, je me sens responsable de toi comme de nous tous. Alors, oui, j'ai un peu tendance à m'en faire pour toi, parce que, qui que ce soit, l'heureux futur papa, il ne campe pas précisément sur ton paillasson ! T'as pas eu de copain, ces derniers mois, et je n'ai pas entendu l'ombre d'un ragot. Alors, si tu ne nous préviens pas, comment veux-tu qu'on y comprenne quelque chose ? T'avais l'intention d'attendre qu'il soit né pour nous mettre au courant, ou quoi ?

Elle s'abstint de répliquer et se contenta de le regarder avec de grands yeux, ce qui ne fit qu'aiguiser ses remords.

– OK, m'man. C'est pas ce que je voulais dire. T'es ma mère. Putain, tu fais ce que tu veux. T'as pas besoin de ma permission. Mais tu dois quand même me dire ce qui se passe. Mon seul but, c'est de t'aider. De te simplifier la vie. Si ce mec a besoin de se faire remonter les bretelles, il ne perd rien pour attendre. Ça, fais-moi confiance.

La colère de Lil était retombée. Elle comprenait les objections de son fils. Mais comment lui expliquer qu'elle n'avait pas osé le leur annoncer ? Une nouvelle grossesse, à son âge… ça n'arrivait vraiment qu'à elle ! Avec sept grands enfants, déjà adultes pour la plupart, elle était assez bête pour se laisser prendre à ce genre de piège, et qui plus est avec un type qui ne s'intéressait pas à elle, ou du moins pas sérieusement… Il fallait rendre justice à Jambo, parce qu'il n'avait rechigné sur aucune de ses exigences – même si, elle ne se voilait pas la face, sa bonne volonté était à mettre en partie sur le compte de la crainte que lui inspiraient ses fils… Ils n'avaient pas à savoir tout ça, bien sûr. Lance serait toujours prêt à se faire son champion. Cela n'influait en rien sur ses sentiments à son égard, mais une chose était sûre : quiconque médisait d'elle en sa présence jouait avec le feu. En fait, Patrick ne mesurait pas à quel point il tenait d'elle.

Quelque part, il comprenait qu'elle était encore jeune et avait besoin d'assumer sa vie sexuelle. Surtout, qu'elle était assoiffée de ce sentiment de réconfort et de sécurité, de ces quelques minutes de calme qui suivaient l'acte lui-même, durant lesquelles elle pouvait s'imaginer que quelqu'un la prenait sous son aile, et non, pour une fois, l'inverse.

– J'avais seize ans quand je t'ai eu, Patrick. Je ne sais pas si tu te rends compte. J'ai eu cinq enfants coup sur coup, si vite que je n'ai même pas eu le temps de comprendre ce qui m'arrivait. Puis j'ai eu les deux autres, que j'aime plus que tout, et qui m'ont eux aussi été donnés par un homme qui ne s'intéressait pas beaucoup aux conséquences de ses actes. Il m'a fait deux gosses, alors que ça ne voulait strictement rien dire pour lui. Et voilà que tu l'as descendu.

Elle étouffa un rire en pendant à l'incongruité de leur conversation et de la situation.

– Aucun de mes enfants n'a de père, et leurs deux géniteurs se sont fait descendre. Je ne sais pas si tu saisis l'ironie de la situation… Un jour, les petits voudront savoir ce qui s'est vraiment passé. Est-ce que tu peux imaginer ce que ça me fait ? Toute ma vie, on s'est servi de moi. Tout le monde a pris de moi ce qui l'intéressait – oui, toi y compris. C'est normal. C'est ce que font tous les enfants : ils se servent.

Elle alluma une cigarette et s'efforça de retrouver un semblant de calme pour permettre à son fils de souffler un peu, lui aussi. Pour qu'il puisse s'y retrouver dans ce qui venait de se dire – en toute honnêteté, elle aussi, elle avait besoin d'y voir un peu plus clair.

– Bien sûr que ce bébé n'était pas prévu, Pat. Son père, c'était juste un ami. Quelqu'un que je désirais et qui me désirait. Pas de quoi en faire un drame, ni un roman d'amour. Juste deux solitaires qui se rapprochent l'un de l'autre pour vivre un moment de bonheur ensemble. Et me revoilà enceinte ! Comme tu sais, je ne vois pas d'autre solution que de le mettre au monde, cet enfant. Et de faire de mon mieux, une fois de plus. Exactement comme je l'ai fait pour chacun d'entre vous. Rends-moi justice sur ce point : j'en ai tout de même bavé ! Je n'essaie pas de te tirer des larmes. Je dis les choses telles qu'elles sont. J'aurai au moins fait de mon mieux !

Patrick secoua la tête, d'agacement cette fois. Elle devait quand même voir combien il tenait à elle. Elle ne pouvait quand même pas ignorer sa chance de les avoir – sauf Lance, peut-être, mais lui, c'était à peine si elle le comptait. A ses yeux, c'était plutôt le rejeton d'Annie.

– Oh, m'man ! C'est juste que je m'inquiète pour toi. J'aimerais tant te voir enfin trouver le bonheur. Tu mérites d'être heureuse.

– Je ne veux pas d'embrouilles, quand il naîtra. Je te dirai tout, ou presque. Mais je ne veux surtout pas que vous vous en preniez au père, ni que vous le menaciez, ni toi ni les autres. C'est moi qui suis allée avec lui. Juste moi. Lil. Pas la veuve de Patrick Brodie, ni la maîtresse de Lenny Brewster, ni la mère de personne ! Juste moi, pour une fois.

Elle lui sourit. Le soulagement de s'être délivrée de ce secret lui rendait ses airs de jeune fille, lissant son visage et y effaçant les sillons qu'y avaient creusés les craintes et les soucis.

– Une dernière chose…

– Oui, m'man ?

Elle le regarda longtemps sans mot dire, craignant qu'il ne perde le respect qu'il avait pour elle. Il se garda bien de reprendre la parole, de peur de remettre les pieds dans le plat. Mais, dès qu'il aurait le nom du coupable, il se promettait de lui filer une dérouillée mémorable – en privé et au moyen de l'arme adéquate, au besoin…

– Qu'est-ce que tu veux me dire, m'man ?

– Ce bébé, Patrick… Il va être noir.

Lance allait récupérer une vieille créance qui traînait depuis des lustres. Et pas des clopinettes : quinze briques. Patrick les avait rachetées pour seulement deux, parce que le créancier avait épuisé tous les recours pour se faire rembourser. La dette s'élevait maintenant à dix-sept briques

– soit, la dette elle-même, augmentée du prix de son rachat – et l'affaire se présentait bien. Elle ne lui avait pas coûté bien cher, ce qui lui garantissait un bon retour sur investissement, et l'emprunteur était un petit gangster du nord de Londres à qui il allait se faire un plaisir de rabattre un peu le caquet.

Il ne demandait qu'à faire ses preuves. Il voulait montrer à son frère aîné qu'il était capable de prendre des initiatives et, plus important, il voulait éviter que Patrick passe un accord dans son dos avec Donny Barker. L'absence de Lance lors de l'exécution de Lenny avait fait jaser. On murmurait qu'il s'était sérieusement fait taper sur les doigts. Sa non-participation au grand nettoyage avait soulevé nombre de questions, voire d'objections. Heureusement, pratiquement personne n'était au courant des problèmes de Kathleen – ça, il y avait personnellement veillé.

Restait que quelques bruits couraient encore sur elle, malgré sa vigilance ; il avait toujours cloué le bec à ceux qui parlaient à tort et à travers. Mais il avait beau faire, il ne jouissait pas de la même considération que Patrick. Il avait donc résolu de faire changer les choses. Il allait redorer son blason et imposer le respect.

Son frère avait tiré le bon numéro. Il avait eu l'avantage de naître le premier et, en tant qu'aîné, sa mère l'avait toujours favorisé, alors que lui... Lance avait le sentiment que tout Londres était au courant du peu d'intérêt qu'elle lui témoignait. Avec lui, elle se contentait de feindre et, à moins d'y être obligée, elle s'arrangeait toujours pour ne pas avoir à lui parler directement.

Lance avait reporté sur Kathleen l'affection qu'il aurait eue pour sa mère si elle l'avait acceptée. Comme lui, sa sœur avait le don de mettre leur mère mal à l'aise et de la faire culpabiliser. Kathleen était la preuve vivante de son échec. Lil Brodie s'imaginait pouvoir choisir ses enfants. Eh bien, qu'elle se détrompe !

La vraie raison de tous leurs malheurs, c'était elle – mais ça, pour rien au monde elle ne l'aurait admis. Elle préférait rejeter la faute sur lui et sur cette pauvre Kathleen. Et voilà qu'elle était de nouveau enceinte. Elle pondait des mômes comme d'autres écossent les petits pois... Elle s'apprêtait à leur faire un autre bâtard dont personne ne savait qui était le père. Elle n'avait même pas jugé bon de le leur dire, comme si ça ne les regardait pas ! Les filles, sa petite Kathleen elle-même, en étaient tout émoustillées ; elles attendaient ça comme l'événement de l'année. Sauf que personne, dans la famille, n'avait eu les couilles d'aborder le sujet, jusqu'à ce que Lil se décide à les mettre au courant. Patrick lui-même n'y avait rien trouvé à redire. Il voulait juste savoir le nom du père et s'assurer qu'elle allait bien. Qu'elle se soit fait mettre en cloque et leur ponde un gamin de plus qu'elle élèverait à la va-vite, comme les autres, ça, personne n'en avait rien à cirer. En fait, ils faisaient la paire, Patrick et elle. L'opinion des gens, la façon dont la famille était perçue de l'extérieur, ils s'en tamponnaient.

Eh bien, le jour viendrait où elle verrait enfin l'ampleur des dégâts. Il se promettait d'y veiller. Il en savait pas mal sur eux tous. Il n'avait pas moufté, mais ça pouvait changer. Si l'occasion d'ébruiter certaines choses se présentait, il ne se gênerait pas. Ça ne serait pas la première fois et quelque chose lui disait que ça ne serait pas la dernière...

Barker sortit de chez lui à ce moment-là. Lance descendit de la caisse qu'il venait de voler un peu plus tôt dans la soirée et, traversant la rue en flânant, atteignit la voiture de Barker juste avant lui. Donny était seul, ce qui était relativement rare dans la profession. Mais il avait reconnu Lance et ne manifesta aucun signe d'inquiétude. Au contraire, il lui décocha un large sourire, comme s'il retrouvait un vieux pote. Pour un observateur extérieur, c'était bien à ça qu'ils ressemblaient : à deux vieux potes, ou du moins à deux associés. Mais il suffisait de voir le rictus qui tordait le visage de Lance pour comprendre que ça n'avait rien d'un sourire.

Eileen regardait la télé avec les trois petits. C'était un samedi soir et ils étaient tous écroulés sur le canapé devant la A-Team, dont les gags les faisaient rire aux éclats.

Shamus, Colleen et Christy étaient habitués à se débrouiller seuls, quand leur mère était au boulot. Depuis leur plus jeune âge, ils semblaient avoir compris que c'était une nécessité et que si elle ne s'absentait pas, le soir, ça risquait de se traduire par des difficultés autrement plus graves.

A la différence de leurs aînés, qui avaient eu la chance d'avoir un père, les trois petits n'avaient jamais vécu dans ce genre de sécurité. A présent que le père de Colleen et de Christy avait définitivement quitté ce monde, ils n'en pensaient plus grand-chose. Lenny Brewster n'ayant jamais fait partie de la famille, sa disparition ne les troublait pas outre mesure. Les rumeurs allaient bon train à son sujet, quoique toujours à mots couverts, mais ça ne leur faisait ni chaud ni froid. Eileen, elle, savait à quoi s'en tenir. Elle n'avait eu aucun mal à recoller les morceaux. Mais, comme ses frère et sœur cadets, elle prenait les choses comme elles venaient. Pour eux, la vie continuait.

De temps à autre lui revenaient des images du meurtre de son père. Elle était toute petite, à l'époque, mais elle s'en souvenait avec une étonnante précision. Ça lui tombait dessus à l'improviste, généralement au moment où elle s'y attendait le moins et où c'était vraiment la dernière chose à laquelle elle aurait voulu penser. Patrick n'avait plus jamais fêté un seul de ses anniversaires. Ça n'était pourtant pas faute d'avoir essayé. Leur mère avait fait l'impossible pour rendre à cette date son statut de fête et leur faire oublier le macabre événement qu'elle évoquait. Ils s'en fichaient un peu maintenant. Ni Patrick ni les autres ne tenaient à ce qu'on lui rappelle ce genre de souvenir. En revanche, ils avaient toujours fait l'effort de fêter l'anniversaire de Shamus, né le lendemain de la mort de leur père.

Eileen jeta un œil à l'horloge. Plus que cinq minutes, et elle irait se préparer pour la soirée. Elle allait avoir quinze ans mais en paraissait trois ou quatre de plus, et elle avait un besoin impérieux de prendre l'air de temps à autre pour échapper à la folie de sa sœur. Pour rien au monde elle n'aurait clamé sur tous les toits que Kathleen était folle, bien sûr. Mais, dans sa tête, elle pouvait penser ce qu'elle voulait et ne s'en privait pas.

Sa sœur ne sortait pratiquement plus de son lit et n'absorbait plus aucune nourriture solide. Elle n'essayait même pas de parler de ce qui n'allait pas. Eileen avait beau être sa sœur jumelle, Kathleen ne lui faisait pas suffisamment confiance pour lui faire part de ses problèmes et de ses angoisses.

Depuis un bon moment, Colleen et Christy se glissaient des secrets à l'oreille, comme elle le faisait autrefois avec Kathleen, quand elles étaient petites.

– Qu'est-ce que vous vous racontez, tous les deux ?

Colleen gloussa nerveusement.

– Oh, rien ! On se demandait juste quand Lance allait rentrer. Tu sais à quelle heure il arrive ?

C'était une vraie question. Ils appréhendaient tous plus ou moins le moment du retour de Lance.

Elle en avait le cœur serré pour son grand frère. Tout le monde savait que leur mère, la femme qui les avait mis au monde, ne supportait pas de respirer le même air que lui. Et forcément, ça le faisait souffrir. Ça devait être pire que tout de savoir que votre propre mère n'en a rien à fiche de vous. Lance avait dû faire avec depuis toujours ; d'aussi loin qu'elle s'en souvînt, Eileen avait senti son malaise. Même aux deux petits, ça ne leur avait pas échappé.

– Lance est grand, maintenant. Il sort et il rentre quand il veut.

Eileen se leva et quitta la pièce sans hâte, l'air de ne pas y toucher. Elle était bien décidée à prendre la clé des champs, et la dernière chose dont elle avait besoin, c'était d'attirer l'attention des mioches. Il suffisait d'un rien pour déclencher des cataclysmes, dans cette maison.

Les deux petits attendirent qu'elle fût hors de portée d'oreille pour pouffer de rire avec Shamus. Ils savaient très bien où elle allait et avec qui. Bizarrement, ils étaient les seuls dans la maison avoir percé à jour la vie secrète de leur grande sœur…

Mais Eileen allait avoir quinze ans dans quelques semaines, ce qui était pour eux un âge plus que canonique.

Ils n'avaient pas intérêt à la moucharder, parce qu'elle les enverrait illico se promener en orbite dans l'espace !

Jimmy Brick et Spider étaient descendus dans un club privé, sur Caledonian Road, et savouraient leurs Guinness en s'observant mutuellement. Aucun ne savait au juste ce que l'autre savait de ses affaires en cours – un problème courant, entre initiés.

Une simple conversation pouvait devenir un exercice périlleux, parce que, à moins d'avoir des liens de partenariat avec son interlocuteur, il était impossible d'aborder librement le sujet des affaires sans risquer de lâcher des informations sensibles, potentiellement dévastatrices. Spider et Jimmy se connaissaient de longue date, ce qui rendait la situation d'autant plus délicate. Jimmy s'était mis au vert pendant des années et, pour Spider, ça pouvait devenir source de problèmes. Du point de vue de Jimmy, Spider faisait tourner une firme notoirement respectée, la sienne. Mais cette vieille branche, ce pote de toujours, se méfiait de lui, depuis son absence prolongée. C'était un sujet qu'il n'abordait avec personne, et il préférait n'en parler que lorsque le moment et la situation s'y prêteraient.

Ce qui fait que, quand ils virent Pat débouler, entouré de ses copains – des jeunes qui avaient déjà un peu bricolé et ne demandaient qu'à s'investir pour un type de leur âge doté d'un peu d'envergure et d'ambition –, ils en furent tous deux enchantés.

Spider regarda le jeune homme distribuer judicieusement poignées de main et tapes dans le dos, en s'émerveillant une fois de plus du talent naturel qu'il avait pour les affaires et les relations humaines. En digne fils de son père, Pat avait spontanément appris à jouer le jeu. Sauf qu'on sentait chez lui un tranchant d'acier inexorable.

Pat vint s'asseoir à leur table, et il leur sembla qu'il accusait une certaine lassitude. Mais la bête était toujours de taille à se défendre. Ses nouveaux gardes du corps se postèrent autour du bar, l'air de rien, mais il avait suffi d'un coup d'œil à Spider pour comprendre qu'ils s'étaient placés pour prendre et garder le contrôle de la situation, en cas d'alerte. En quelques secondes, ils seraient prêts à assurer la sécurité de leur chef. Spider était épaté. Pour un œil non averti, c'était indécelable – et une preuve de plus de l'autorité de ce gamin. Brodie Junior était mieux protégé, plus affranchi et plus au parfum qu'on ne se le figurait.

– Salut, les gars. Désolé pour le retard, mais la journée a été plus chargée que prévu.

Spider et Jimmy se gardèrent de répliquer. Ils n'étaient pas censés le faire.

– Jimmy, j'ai besoin de te parler. Tu devais avoir deviné ce qui se préparait, non ?

Jimmy esquissa un fin sourire.

Pat sourit à son tour et, pour la première fois, Spider perçut en lui une menace sourde, mais bien réelle. Il le connaissait depuis sa naissance, ce garçon ; mais il suffisait de l'observer un instant pour voir à quel point il avait changé. Il n'avait plus rien du gamin qu'il avait vu grandir. Il n'était même plus le jeune malfrat qui était sorti de prison quelques mois plus tôt, en embrassant tout le monde à tour de bras. Ce détenu à qui son propre fils était allé régulièrement rendre visite au parloir.

Brodie Junior était désormais un type qu'il valait mieux avoir à l'œil. Quelqu'un qui n'hésitait pas à rayer ses ennemis de la carte – c'est-à-dire quiconque s'avisait d'avoir la moindre divergence d'opinion avec lui.

– J'ai l'intention de tout remettre à flot, lança Patrick. Brewster a fait un boulot correct, sans plus, mais il ne s'est pas donné la peine de faire fructifier toutes les ramifications de l'entreprise. Il a laissé certaines branche péricliter... fit-il en ramenant son regard vers Jimmy. Vous connaissez les grands principes de mon père ? Toujours garder le doigt sur le pouls de la rue. Lenny, lui, ne laissait aucun membre de son équipe se rapprocher d'aucun autre. Tout devait passer par lui, ce qui explique qu'il ait été si simple de le mettre sur la touche et de détourner sa prétendue équipe.

Ses yeux plongèrent alors dans ceux de Jimmy, et il fallut quelques secondes à ce dernier pour comprendre qu'il était congédié. Pat avait dit ce qu'il avait à lui dire et préférait le voir disparaître – jusqu'à ce qu'il ait de nouveau besoin de lui.

L'expression sidérée qui s'était peinte sur le visage de Jimmy n'avait pas échappé à Spider, qui s'avisa, du même coup, que ses réserves étaient fondées. Brodie Junior était un vrai dur qui ne reculerait devant rien ni devant personne.

Jimmy quitta la table sans desserrer les dents, mais profondément froissé. Spider sourit, et Patrick lui rendit son sourire sans vraiment le voir.

Spider savait très exactement ce que Pat voulait. Il savait aussi qu'il allait le lui donner. Ce garçon avait un atout dont chacun rêvait : une confiance en soi absolue, quasi miraculeuse, impressionnante pour ceux qui le côtoyaient, mais aussi naturelle, pour lui, que l'air qu'il respirait. Sa nouvelle équipe était constituée de jeunes loups dont les dents rayaient le plancher. Pat était leur star. En cabane, il s'était assuré des appuis solides qu'il utilisait avec la précision et l'efficacité d'un fin stratège.

C'était un type dangereux. Le fait même qu'il ait fallu tant de temps à Spider pour en prendre conscience était une preuve supplémentaire. Spider était plus troublé qu'il n'aurait voulu l'admettre.

Mack, son propre fils était aussi proche de Pat qu'un frère, mais il commençait à se demander si son garçon avait bien conscience du danger que représentait l'amitié d'un type tel que Pat Brodie.

Lil s'était attelée au travail que son fils lui avait confié, un boulot qui n'avait rien de difficile ni de compliqué, mais essentiel. Pour Pat, c'était de première importance et il ne pouvait confier ça qu'à une personne de confiance. Elle passa en revue tout ce que Lenny avait mis en place dans sa quête du pouvoir et dut se rendre à l'évidence. Ni Lenny, ni Brodie n'avait songé à protéger ses principaux bastions. Toutes ses boîtes étaient au nom de copains, d'alliés, d'amis… ce qui, en un sens, était finement joué – mais en un sens seulement. Il ne semblait pas, par exemple, avoir la moindre idée de la manière dont il fallait gérer une boîte pour qu'elle produise des bénéfices. Or, c'était mille fois plus simple que de gruger l'URSSAF ou la Sécu. Une boîte, c'était une pompe à fric, nom d'un chien, et liquide, qui plus est ! Comment pouvait-on ne pas en tirer parti ? De même, et elle l'avait appris à ses dépens, si le patron venait à décéder, la plupart des prétendus copains qui en étaient propriétaires sur le papier se trouvaient frappés d'amnésie. Après tout, c'était eux les propriétaires, non ?

Lil prenait des notes et établissait des listes – qui elle allait mettre à la porte et qui elle embaucherait. Elle avait toujours eu le sens des affaires. Ça, même son époux avait dû le lui reconnaître. Mais elle était née trop tôt, à une époque où les femmes n'avaient pas encore conquis le droit de gagner de l'argent, de se faire respecter. Pat Brodie, son défunt mari, avait beau se fier totalement à son flair et à son jugement, il n'avait pas jugé bon de la mettre au courant de ses affaires… Elle aurait dû passer l'éponge là-dessus et tourner la page. Laisser le passé enterrer le passé. Mais, pour une obscure raison, ça lui restait dans le gosier.

Une fois de plus, elle se força à concentrer son attention sur les comptes et les papiers et, comme chaque fois que son esprit s'absorbait dans ce genre de tâche, elle se détendit. Elle était parvenue à y voir clair dans l'embrouillamini de la comptabilité de Lenny. A première vue, son système pouvait sembler complexe, mais, une fois démêlé, un enfant aurait pu s'y retrouver. Elle sentit ce bouillonnement de la grossesse, conjugué à son intense concentration. A cette heure-là, la boîte était calme. Le début de soirée n'était jamais très rentable pour les hôtesses, qui n'arrivaient généralement que plus tard. Celles qu'elle voyait débarquer en avance, on pouvait parier que c'était pour échapper aux proxénètes ou aux dealers – quand ce n'était pas aux deux réunis ! Ou alors, c'était qu'elles venaient faire des heures sup' pour payer les susdits. En général, c'étaient des gourdes qui se faisaient avoir et ne s'en rendaient compte que lorsqu'il était trop tard.

Le style de vie qu'elle s'était choisi n'était peut-être pas du goût de tout le monde, mais elle avait accumulé un savoir quasi encyclopédique sur les bars à putes et leur potentiel commercial. Un vrai trésor ! Et ça n'avait certes pas échappé à son fils. Ce club, elle l'avait fondé, puis elle y avait bossé. A présent, elle était bien décidée à en faire un vrai succès commercial.

L'horloge sonnait sept heures du soir quand elle entendit s'ouvrir la porte de son bureau. En voyant Ivana se faufiler dans l'entrebâillement, elle eut envie de râler. Cette petite grue lui portait prodigieusement sur les nerfs. Elle ne savait plus quoi inventer pour attirer son attention.

– En quoi puis-je t'être utile, Ivana ? fit-elle d'un ton qui se voulait amical et léger – après tout, à sa façon, elle leur rapportait des fortunes, cette petite !

– Est-ce que je peux vous parler une minute en privé, Lil ?

Lil lui répondit d'un bref hochement de tête. Elle ne pensait plus qu'à se débarrasser d'elle, et dans les plus brefs délais.

– Bien sûr. Qu'y a-t-il ?

Lil s'attendait à une banale histoire entre filles, les conneries habituelles. Elle voulait partir officier dans un autre club où on lui offrait plus d'argent et où elle entraînerait ses habitués… C'était un thème récurrent chez les hôtesses. Certaines filles filaient rencard à leurs meilleurs clients en dehors du club. Lil comprenait et acceptait ce genre d'arrangement, même si elle évitait de le dire à haute voix, évidemment. Les filles n'étaient pas idiotes. Comme les passes étaient moins chères à l'extérieur, les clients reconnaissants en faisaient bénéficier la fille, qui palpait une partie de la différence. Tant que ça ne dépassait pas des proportions raisonnables et que personne n'y voyait rien à redire, Lil était prête à fermer les yeux. D'autant que les clients qui proposaient ce genre de plan étaient précisément les moins argentés, ceux qu'elle ne tenait pas à fidéliser. Elle avait tout intérêt à libérer ses tables pour ses habitués les plus garnis…

Mais Ivana ne crachait toujours pas le morceau, et Lil se sentait encore plus à court de patience que d'habitude.

– Ma petite chérie... tu crois que tu vas finir par redescendre sur cette planète ?

La jeune femme était manifestement sur les nerfs et Lil fut prise de soupçon. Les filles s'emmêlaient parfois dans d'invraisemblables sacs de nœuds – cela procédait de la nature même de l'animal. Quand elles quittaient l'établissement pour faire des passes à l'extérieur, elles devenaient vulnérables. La plupart d'entre elles exerçaient dans un hôtel spécialisé, sur Shaftesbury Avenue. Ça n'était qu'à quelques minutes à pied, mais elles ne pouvaient y aller qu'en taxi, parce qu'aucune loi n'interdisait de racoler dans un véhicule privé et que, tant qu'elles ne marchaient pas sur le trottoir avec leurs clients, elles étaient à l'abri des menées de la flicaille. Dans l'hôtel, c'était autre chose : le micheton pouvait faire des histoires, refuser de payer, exiger des extras. Il arrivait même que les filles se fassent braquer, menacer d'un couteau ou tabasser de but en blanc, quand elles n'étaient pas victimes d'un viol collectif. C'étaient les risques du métier, et ils étaient considérables. Quand Ivana parvint enfin à s'expliquer, Lil ne s'attendait donc pas à entendre ce qu'elle était venue lui dire. Et, l'espace de quelques secondes, elle se demanda si elle n'avait pas rêvé...

– Tu peux me répéter ça ?

Comme Ivana s'humectait les lèvres avec nervosité, Lil ne put s'empêcher de noter comme elle était jolie, cette petite.

– Allez, décide-toi ! J'ai pas que ça à faire...

Ivana souffla un grand coup et répéta sa phrase, cette fois d'une voix parfaitement maîtrisée :

– J'ai trouvé un cadavre dans la cave.

Lil poussa un grand soupir. Un cadavre dans la cave. Bien sûr, oui – quoi de plus naturel !

– Tu en es certaine ?

Elle la soupçonnait de prendre des psychotropes – en tout cas, elle ne crachait pas sur le whisky.

– Plus que certaine ! Je suis descendue voir si Patrick n'était pas quelque part dans le coin, vous voyez...

Lil hocha la tête. Toutes les filles étaient folles de lui, et pas seulement pour son charme juvénile et sa plastique parfaite.

– C'est là que je l'ai vu, Lil ! Un mort. Un vrai. J'ai aussitôt refermé la porte et je suis venue vous prévenir. Quelqu'un d'autre pourrait y aller aussi et le voir. Il faudrait au moins fermer la porte à clé, ou quelque chose.

Tout à coup, Ivana lui apparut sous un tout autre jour. Elle n'essayait pas de se faire mousser, ni de la brosser dans le sens du poil. Elle craignait vraiment que quelqu'un de moins discret qu'elle tombe sur ce macchabée et fasse du tintouin.

Lil hocha la tête et s'enquit sans se démonter :

– Qui c'est ? Tu l'as reconnu ?

– Non, fit Ivana, en secouant vigoureusement la tête. C'est un type. Un grand, noir.

Lil avait pâli. Ivana se précipita vers elle.

– Vous êtes sûre que ça va aller, Lil ? demanda-t-elle d'une voix étranglée par l'angoisse.

Lil s'appuya à son dossier, en se forçant à sourire.

– Merci, Ivana. Merci de me l'avoir signalé.

Comme Ivana la regardait bien en face, Lil se vit elle-même, bien des années plus tôt, et comprit que c'était exactement pour ça que la petite l'énervait tant.

– Ecoutez, Lil, je n'ai rien dit à personne et je sais tenir ma langue, mais arrêtez de me traiter comme une débile. Si je suis venue vous voir, c'est uniquement pour éviter un incident.

Comme Lil hochait la tête, Ivana reconnut sur son visage les stigmates de la fatigue et des soucis. Elle n'avait jamais compris pourquoi Lil Brodie la détestait à ce point, alors qu'elle-même ne voyait en elle qu'un modèle.

– Je sais, je sais, chérie. Je veillerai à ce que tu touches un petit supplément, d'accord ?

– Je ne veux rien, Lil. Tout ce que je demande, c'est de garder ma place ici. Ça me plaît, de bosser dans cette boîte. Ça me convient parfaitement.

Lil se sentait toujours à deux doigts de tomber dans les vapes, mais elle parvint à trouver l'énergie de répliquer, d'un ton presque guilleret :

– Bien sûr que ça te convient, mon chou. D'ailleurs, ça se voit, t'es toujours fraîche comme une rose !

CHAPITRE 25

L'inspecteur Scanlon était de mauvais poil, et même d'humeur massacrante. En s'entendant ainsi convoquer (et le terme s'imposait), il s'était demandé s'il ne s'agissait pas d'une sale blague. Il n'avait jamais été du genre à se laisser marcher sur les pieds et avait développé une violente allergie à l'autorité.

Dans sa voiture garée en face du club, d'où il surveillait les allées et venues des habitués, il sentit la moutarde lui monter au nez. Ce petit merdeux ! Qu'il se sente en position de lui donner des ordres, ça donnait l'exacte mesure de la décadence. Soho n'était plus ce qu'il était.

Car, depuis toujours, l'inspecteur se débrouillait pour arrondir ses fins de mois – depuis qu'il patrouillait dans le secteur, en tout cas. Il avait commencé par fermer les yeux. Puis, les années passant, il s'était mis à accepter une enveloppe par-ci par-là. Il avait pris le pli. Ses petits extras étaient devenus coutumiers.

Mais, maintenant qu'il se trouvait convoqué comme un vulgaire garnement dans le bureau du directeur, et par un type qui n'était encore qu'un gosse, la portée de ses actes lui apparaissait enfin. Il avait toujours su, plus ou moins obscurément, qu'on finirait par lui demander de justifier le fric qu'il avait empoché, toutes ces années – quoi de plus logique ? L'heure de solder les comptes semblait avoir sonné, mais il n'avait aucune envie d'obéir. Sauf que le gamin qui l'attendait derrière les murs de cette boîte s'estimait en position de lui dicter ses ordres, et que ça lui rappelait cruellement l'énormité des écarts qu'il s'était permis pendant une bonne partie de sa carrière.

Il mit pied à terre, fit signe à son sergent de disposer et fendit le crachin en direction du club. La lumière crue des néons du hall d'entrée lui fit cligner les paupières. Il eut un toussotement nerveux quand une jeune dame dotée de seins minuscules, d'une robe hypermoulante et d'une longue chevelure d'un roux trop flamboyant pour être naturel, lui adressa un sourire complice. Elle trônait derrière un comptoir rutilant, juchée sur un tabouret du haut duquel elle semblait nettement plus imposante qu'elle ne devait l'être en réalité.

Le portier aussi l'avait repéré. Ravalant son embarras, Scanlon s'avança vers la jeune femme et demanda à voir Pat Brodie. D'un mouvement du menton, le portier lui enjoignit de le suivre, et c'est ce qu'il fit à travers toute la boîte, se frayant un chemin entre les filles qui attendaient le client près du bar, la clope au bec. Il passa devant la petite scène où une stripteaseuse en costume d'Eve se baissait pour rassembler les divers accessoires qu'elle venait d'effeuiller. De près, elle n'était même pas jolie et avait sûrement connu des jours meilleurs – son fond de teint plâtreux, qui lui donnait tant d'éclat sous les sunlights, s'écaillait. L'espace d'une seconde, elle lorgna Scanlon comme une vieille merde collée sous sa semelle, ce qui acheva de le ravaler plus bas que terre, comme le misérable renégat qu'il était. Des relents de moisi et de vieilles canalisations flottaient dans tout l'établissement. Depuis leurs costumes mal coupés jusqu'à leurs porte-documents avachis, sans doute offerts par des épouses ou des enfants qui ignoraient tout de la façon dont ils occupaient leurs loisirs, les clients installés autour du parquet de danse avaient le physique du rôle : l'allure de qui en est réduit à payer pour avoir de la compagnie…

Les haut-parleurs déversaient du disco à plein volume, annonçant le numéro suivant. Quand la nouvelle stripteaseuse passa près de Scanlon en l'effleurant, elle laissa derrière elle un sillage douceâtre : vieille sueur et pastilles à la menthe.

Ils mirent le cap sur l'arrière-salle. Ils s'engageaient dans l'escalier menant au sous-sol, lorsqu'il se sentit pris de nausée. D'âcres renvois de bile lui brûlaient l'arrière-gorge. Il avait déjà les nerfs en pelote en arrivant, mais lorsqu'il posa le pied sur le sol en béton de la cave, il eut la sensation de toucher le fond, et à plus d'un titre.

Brodie l'attendait là, assis à une petite table devant un verre de cognac. Scanlon fut surpris de l'impression de maturité et de puissance que dégageait ce gamin. Il le salua d'un léger signe de tête et nota que Brodie ne prenait pas la peine de lui retourner son salut. Il se borna à le dévisager en silence pendant ce qui parut une éternité à Scanlon, puis pointa l'index sur un tas de vieux chiffons échoué dans un coin de la pièce.

– A toi de jouer, mon vieux.

Scanlon dut s'approcher et y regarder à deux fois pour se rendre compte qu'il s'agissait d'un cadavre.

– Arrête de faire l'idiote, Kathleen ! Secoue-toi un peu et sors de ce plumard !

Eileen était en colère et ça ne lui avait pas échappé. Elle tenta de se reprendre et de museler la terrible frustration où la plongeait l'attitude de sa sœur.

De l'extérieur, Kathleen était sa réplique parfaite. Sauf que son reflet semblait déserté par toute espèce de vie. Jusque-là, ça n'était pas la joie, mais ces derniers temps l'état de sa sœur n'avait fait qu'empirer. C'était comme si tout son corps se repliait sur lui-même. De grands cernes sombres s'étaient creusés autour de ses yeux. Ça faisait mal de la voir dans cet état.

– Je ne veux pas sortir, Eileen. Vraiment pas.

Eileen grinça des dents et se contraignit à sourire.

– Allez, quoi, Kathleen... Il n'y a que le premier pas qui coûte ! Une fois là-bas, tu seras ravie d'être venue. Il y a même un orchestre, ce soir… le Flanagan Speakeasy. On s'est tous filé rencard, avec les copains. Et ce sera comme à Barking ; pas de problème avec les frangins ! Ils seront même pas là pour nous surveiller.

– Je ne veux pas y aller, t'as compris ?

– Alors, là, fais-moi confiance, tu vas venir !

Eileen avait bondi sur ses pieds et, attrapant les couvertures, les tirait sans ménagement. Kathleen s'assit dans le lit pour les ramener sur elle. Une partie de tir à la corde était à deux doigts de s'engager, quand Eileen remarqua le regard qu'avait jeté sa sœur dans le miroir de la coiffeuse. Kathleen lâcha aussitôt les couvertures, perdue dans la contemplation de son propre visage, sous les yeux d'Eileen qui retenait son souffle. Les yeux mi-clos, elle s'examinait comme si elle se voyait pour la première fois.

Puis, se penchant soudain en avant, elle ramena les couvertures sur elle et se recroquevilla contre le mur.

– Ecoute, Kath. Y a vraiment quelque chose qui ne tourne pas rond et je ne sais plus quoi faire pour t'aider. Tu es ma sœur et je t'aime. Je voudrais tellement que tu puisses avoir une vie normale…

Kathleen ne répondit rien. Un silence pesant s'abattit sur la chambre, gros de toutes ces questions qui restaient sans réponse.

– Si tu me disais au moins ce qui ne va pas. Je suis ta sœur, non ? A qui tu peux te confier si tu ne veux pas me parler à moi ?

Dans la voix d'Eileen avait filtré tout le désespoir que lui inspirait la maladie de sa sœur, cette dépression qui grignotait peu à peu toute sa vie. Kathleen ne supportait même plus l'idée d'affronter le monde extérieur, ni la lumière du jour. Eileen était terrifiée à l'idée que cela puisse lui arriver à elle aussi. Elles étaient jumelles… Et si elle était atteinte du même mal que sa sœur ? Personne ne semblait s'en inquiéter. Ils faisaient tous comme si de rien n'était, comme si ça n'était pas si grave que ça.

– S'te plaît, Kathleen… Explique-moi.

Kathleen se redressa d'un bond et la saisit à la gorge.

– Dégage de cette chambre ! lui cracha-t-elle à la figure. Dégage et fiche-moi la paix – la paix ! Tu n'arrêtes pas de me répéter ça, encore, encore et encore. C'est comme d'écouter un disque rayé ! Physiquement, on se ressemble peut-être, Eileen, mais c'est tout ce qu'on a en commun. Grouille-toi de dégager, avant que je te fasse vraiment mal !

Kathleen repoussa sa sœur et retourna se pelotonner dans son lit.

– Et n'oublie pas de refermer la porte derrière toi… ajouta-t-elle à mi-voix.

Eileen sortait de la chambre quand leur mère apparut au sommet de l'escalier.

– C'est quoi, ce ramdam ? Qu'est-ce qui se passe ?

Eileen fondit en larmes dans les bras de Lil.

– Elle s'est fichue en rogne, m'man. Qu'est-ce qui lui prend ? J'essayais juste de la secouer un peu, pour l'aider.

Lil la serra plus fort contre elle et l'embrassa dans les cheveux.

– Elle devient vraiment bizarre. Moi-même, je ne sais plus que faire. Pour le docteur qu'elle a vu la semaine dernière, c'est une dépression, comme tu sais. Elle se bourre de Valium et dort toute la journée. Je ne vois vraiment pas ce qu'on pourrait faire de plus pour elle.

– Elle a besoin de se faire aider, m'man. Et plus ça va…

La porte de la chambre s'ouvrit alors et Kathleen apparut sur le seuil dans sa chemise de nuit grisâtre, souillée de taches de thé. Ses pieds étaient répugnants et ses orteils, noirs de crasse.

– Vas-y, continue, Eileen. Tu veux me faire enfermer, c'est ça ?

– Qu'est-ce que tu racontes ! J'ai jamais dit ça.

– Eh bien, j'irai pas. Si vous essayez de me mettre au cabanon, je me suicide. Et là, tu peux me croire, je te jure que je le ferai !

Lil s'approcha d'elle en secouant lentement la tête.

– Mais qu'est-ce que tu vas t'imaginer ? Personne n'a jamais parlé de te mettre nulle part ! C'est vrai que tu ne vas pas bien, Kathleen. Et si tu ne t'en rends même plus compte, c'est peut-être qu'effectivement tu as besoin de te faire soigner.

A ces mots, Kathleen éclata de rire.

– C'est vous qui me tuez, tous autant que vous êtes ! Cette maison grouille d'assassins, de sadiques et de tueurs fous – et c'est moi qui aurais un problème !

Eileen dévisagea un instant sa sœur et entreprit de descendre l'escalier, marche après marche.

– Qu'elle aille se faire voir, m'man. Elle n'a qu'à faire ce qu'elle veut.

Arrivée en bas, elle ajouta :

– Entre nous, petite sœur, s'il t'arrive par hasard de te renifler toi-même, n'oublie pas qu'il y a un verrou à la porte de la salle de bains…

– Là, elle n'a pas complètement tort, Kathleen. T'es plus crade qu'un verre de lampe à pétrole.

Lil avait parlé d'un ton qui se voulait léger, pour tenter de désamorcer la tension. Sur quoi Kathleen claqua la porte de sa chambre, Eileen, celle du living, et Lil resta plantée au milieu du palier, à se demander laquelle des deux elle devait aller voir la première.

Donny Barker n'avait jamais été un bavard. Il était surtout très chatouilleux, le genre à vous fendre le crâne, à vous taillader la joue, voire, dans les cas extrêmes, à vous poinçonner le bide.

C'était un type imprévisible, un violent. Il avait la réputation de rouler les gens sans sourciller. Les mecs contre qui il avait une dent étaient purement et simplement interdits de séjour dans tout le North End. Il aimait le foot, la baston, le curry et la compagnie de sa mère – dans l'ordre. Il n'avait pas de temps à perdre avec les femmes, pas plus qu'avec les hommes, d'ailleurs. Pour tout son entourage, Donny était un phénomène hors normes. La seule personne pour qui il ait jamais eu un semblant de considération, c'était sa mère – Vera, une petite bonne femme montée sur des pattes d'oiseau, avec une voix de stentor éraillée par le tabac.

Donny aurait baisé le sol devant ses pieds, et elle le lui rendait bien.

Il était dans leur petit pavillon de banlieue. Il jeta un regard circulaire autour de lui – sur les meubles et les photos exposées dans le salon, les napperons au crochet disposés sur la table, les dosserets en dentelle des fauteuils – et poussa un soupir satisfait. Décidément, Lance Brodie était un sacré tordu. C'était pas la première fois qu'il l'entendait dire, et vu que le même genre de bruits couraient sur son compte, ils devaient avoir pas mal de points communs… Il appréciait son approche des problèmes et son côté définitif et nerveux. Ils n'auraient sûrement pas de mal à se trouver un terrain d'entente pour le boulot. Contrairement aux autres, il n'avait jamais considéré Lance comme une bête curieuse.

Ça faisait un certain temps, maintenant, qu'il réfléchissait à cette proposition que Lance lui avait faite, et il en était venu à la conclusion qu'il n'avait d'autre choix que de l'accepter. Pour le moment, du moins…

– Putain ! Qui ça peut bien être ?

La peur faisait trembler la voix de Scanlon – et le reste de son corps.

C'était surréaliste. Il se pinçait, incrédule, pour se réveiller de cauchemar, mais rien à faire. Et ça n'avait pas l'air d'aller en s'arrangeant… En fait, une nouvelle vie commençait pour lui.

– C'est quoi, toutes ces questions ? Vous vous prenez pour qui, là ? La police ?

Tout le monde s'esclaffa.

Scanlon sentit que ses sphincters faiblissaient – c'était donc vrai, la peur pouvait vous faire chier dans votre froc…

– Qu'est-ce que vous attendez de moi ?

Patrick porta son cognac à ses lèvres et fit signe à ses hommes de sortir. Puis, d'un geste, il invita Scanlon à approcher.

– Asseyez-vous et bouclez-la. Contentez-vous d'écouter. C'est pas pour poser des questions qu'on vous paie ; c'est pour faire en sorte que personne ne m'en pose.

Non sans un certain soulagement, Scanlon se laissa choir sur sa chaise. Il n'aurait su dire combien de temps ses jambes auraient pu continuer à le porter.

Brodie réprima un frisson de jubilation. Il avait énormément entendu parler de ce flic, au fil des années, et ne détestait pas l'obliger à en rabattre un peu. C'était une petite terreur dans son genre, ce Scanlon – et pas un modèle de discrétion. Il faisait des vagues pour des broutilles et avait la réputation de se vanter de ses relations dans la pègre. Eh bien, il allait se le mettre dans la poche, et pour longtemps.

Un flic véreux pouvait presque indéfiniment s'en tirer. Comme toute organisation, la maison Poulaga avait tendance à protéger ses ouailles, et ça tombait un peu sous le sens : mieux valait laisser les gens dans l'ignorance que de leur révéler l'ampleur de la corruption qui sévissait, partout, autour d'eux. Patrick savait aussi que, même pour un ripou, faire disparaître un corps était compromettant. Or, Scanlon ne pourrait pas s'en tirer à si bon compte. Il allait devoir se mouiller. D'où cette petite mise en scène.

– Il s'appelait Jasper et, quoi qu'il lui soit arrivé, il l'avait amplement mérité. Vous n'avez pas besoin d'en savoir plus. Il y a des lustres, il a arnaqué quelqu'un qui était très proche de mon père. Tôt ou tard, le destin finit par vous rattraper. Ce sont des choses qui arrivent, surtout aux gens qui me cherchent des cracks.

Ne sachant trop que répondre, Scanlon opta pour un silence prudent.

– Il a été cuisiné, poignardé et achevé à l'arme à feu – quoique, cette dernière balle, c'était vraiment pour le plaisir, vu qu'il était déjà mort quand on la lui a tirée. Mais que voulez-vous… j'ai toujours eu un faible pour l'approche américaine. Faut pas lésiner sur les moyens – ils ont tout compris, les Ricains !

Scanlon était tout ouïe, mais il ne voyait toujours pas ce qu'il venait faire là-dedans.

– Je veux que vous me débarrassiez de ce corps, inspecteur. Que vous le fassiez disparaître, avec l'aide de mes hommes.

Scanlon sentit qu'il aurait dû dire quelque chose, protester… mais que répliquer à une suggestion aussi énorme ?

– On passe partout au volant d'une bagnole de patrouille, non ? Je veux que vous en gariez une devant la porte de service, vers les minuit. Paraît qu'il vous arrive souvent de les utiliser… Certains vont même jusqu'à les surnommer les « taxis Scanlon » ! J'ai donc pensé que vous pourriez appeler un de vos tacos et me débarrasser de ce connard de Rasta errant, comme on l'appelait. Après quoi, quand vous aurez rempli votre partie du contrat, à savoir escamoter le corps, on pourra considérer que nous aurons tissé des liens solides, vous et moi.

Brodie le tenait. Il était cuit.

– Vous bossiez déjà pour mon vieux à vos débuts. J'ai besoin d'un coup de main pour remonter la piste de certaines personnes et rassembler quelques informations. Pour une petite enquête, que je mène de mon côté. Tout ce que je vous demande, c'est votre concours. Vous vous en tirerez comme si de rien n'était. Mais si vous levez le petit doigt contre moi, je vous écrase.

Scanlon garda le silence. Des bribes de musique filtraient de l'étage au-dessus, un de ses morceaux favoris, *My Gang*, par Garry Glitter. La pulsation lui résonnait aux oreilles, tandis qu'il restait cloué sur sa chaise, hochant la tête comme un demeuré.

– Alors, qu'est-ce que t'attends ? File l'appeler, ton taxi !

Lance préférait travailler en solo. C'est comme ça qu'il était le plus efficace, et il savait gré à son frère d'en tenir compte. Il sillonnait les rues du quartier chaud. Il aimait s'y balader la nuit, observer les gens, voir se déployer et s'activer tout ce petit monde. Il y évoluait sans bruit, sans attirer l'attention et dans un parfait anonymat. C'était l'un de ses talents. Passer partout, se fondre dans le paysage. C'était même une des causes principales de son agressivité, dans son enfance. Personne ne le remarquait. Alors que Pat avait le chic pour s'attirer les projecteurs. On l'écoutait tout naturellement, sans que ça lui coûte le moindre effort. Il lui avait toujours envié son éclat, sans toutefois sous-estimer l'avantage que c'était, de pouvoir se fondre dans n'importe quelle faune sans accrocher les regards.

Il avait décrit une large boucle en chemin et il était en retard. Comme il entrait dans la boîte, où Pat lui avait filé rencard, il aperçut le videur conter fleurette à la fille de l'entrée, une rousse permanentée, plate comme une limande.

– T'es pas censé surveiller la porte, toi ? aboya-t-il.

Se retournant, Colin Butcher reconnut Lance. Sans avoir vraiment peur de lui, il était un peu gêné de s'être fait prendre en flagrant délit d'abandon de poste. On pouvait dire ce qu'on voulait, c'était tout de même le frère de Pat... Avec un sourire un tantinet crispé, il revint se planter près de la porte.

– Désolé, Lance, fit-il d'un ton penaud. Juste une petite pause, le temps de courir un peu le jupon. Tu sais ce que c'est...

La pique lui était spécialement destinée. Lance l'enregistra dans un coin de son esprit et entra. Comme il se frayait un chemin dans la foule en survolant du regard les alentours, il remarqua que les gens évitaient tout contact visuel avec lui. Les filles, surtout. Or, si elles se méfiaient de lui, c'était qu'il avait un problème. Une pute, ça couchait avec n'importe qui moyennant finance – ou service, ou promotion. Loin de l'éviter, elles auraient dû lui sauter dessus comme la vermine sur le bas clergé... Ça lui faisait un peu mal, mais il ne fallait pas se voiler la face : elles avaient toutes l'air de l'ignorer royalement, alors qu'il aurait dû n'avoir qu'à se baisser. Putain, il aurait dû être leur chouchou, leur porte-bonheur ! La chef de rang lui adressa un petit signe de tête respectueux, et il lui retourna son salut. Elle, au moins, elle savait qui était du clan et qui ne l'était pas.

Lance remarqua un client qui râlait à une table, en face d'une bouteille de champ' vide. L'hôtesse qui se tenait près de lui avait croisé les bras et affichait un air renfrogné. Elle regardait droit devant elle, en tirant sur sa cigarette. Lance s'arrêta près de la table.

– Tout se passe bien, monsieur ?

Le type secoua la tête et regarda la fille avec un sourire en coin. Elle était toute jeune, avec des yeux verts et des cheveux blonds coupés à la diable. Une débutante. Même à lui, ça lui serrait le cœur.

– Quel est le problème ?

Le type était du genre jeune cadre ambitieux – costard anthracite, chemise soignée et montre en plastique. Il avait dû boire plus de champagne que la fille (ça faisait partie de leur boulot, de ne pas se laisser griser) et il était à deux doigts de faire du raffut.

– Il me semble vous avoir posé une question ?

Lance avait parlé d'un ton respectueux, mais non dépourvu d'une certaine autorité.

– Je veux rentrer, mais elle refuse de me suivre. Bordel de merde, dites-moi un peu ce que je viens foutre ici, si j'en suis réduit à rentrer tout seul ?

Lance leva un sourcil inquisiteur en direction de la fille.

– Alors ? Qu'est-ce qui coince ?

La petite était verte de trouille et le client saisit la balle au bond.

– Vas-y ! Ouvre-la, ta grande gueule ! Explique au monsieur !

Lance pointa l'index dans la direction du type, qui s'écrasa aussitôt.

– Je t'écoute…

Elle sentit tous les regards se tourner vers eux. Les filles s'étaient rassemblées au bord de la piste, comme une volée d'oiseaux exotiques. C'était le genre d'incident qui ne demandait qu'à dégénérer.

L'attention de Lance restait concentrée sur le client récalcitrant. L'arrogance de ce type commençait à lui courir. Quant à la fille, elle était tellement jeune… un vrai petit paquet de nerfs.

– Je ne fais pas de passes à l'extérieur si le client n'a pas commandé au minimum trois bouteilles de champ'. C'est le règlement. J'arrête pas de le lui répéter, mais il veut pas piger ça.

Elle avait pointé l'index sur le seau à champagne, où une bouteille vide surnageait au milieu de glaçons fondus – et vu l'état de la glace, elle devait être là depuis le début de la soirée…

– Si vous êtes pressé, nous pouvons vous emballer la bouteille, monsieur, fit Lance en ramenant son regard vers le client. Et vous pourrez emmener la petite à l'hôtel. Mais elle a raison : à moins de trois bouteilles, elle ne bouge pas d'ici.

Le type rassemblait son énergie, prêt à monter sur ses grands chevaux, quand il vit un autre quidam mettre le cap sur leur table. Il était encore plus grand et plus baraqué que celui avec lequel il discutait et il comprit qu'il était mal barré.

– Un problème, Lance ?

Pat avait parlé d'un ton aimable mais lourd de sous-entendus car ils étaient en public. Le premier type se faisait rappeler à l'ordre par le second, venu lui rappeler qu'il n'était pas question de rudoyer un client au vu et au su de tout le monde : le client aurait été bien en peine d'expliquer comment il le savait, mais c'était limpide. Il s'offrait une séance d'initiation à ce monde interlope où il s'était aventuré en quête de sexe et de sensations fortes…

La fille gardait les yeux vissés à la table. Pour elle, pas question de soutenir le regard de quiconque, ni d'engager une conversation à bâtons rompus.

– Monsieur essaie de nous gruger. Il veut que la fille le suive à l'hôtel mais refuse de payer le champagne. Je m'apprête donc à lui expliquer les règles de base du savoir-vivre. Ici, c'est pas l'Armée du Salut. On ne travaille pas pour les charlots, ni pour les fauchés.

Patrick sentit que Lance s'apprêtait à piquer une de ses crises. Il avait pris la mouche et ne se calmerait pas avant d'avoir pu passer ses nerfs sur quelqu'un. Le client commençait à craindre pour sa sécurité. Il se garda bien de répliquer ou de contredire l'homme qui lui souriait de toutes ses dents, d'un air si courtois – ce qui était déjà un résultat. Ne restait plus qu'à désamorcer la crise et à tenir Lance le plus à l'écart possible.

– Veuillez régler ce que vous devez à cette dame. Et tout de suite.

Le regard du client fit la navette entre les deux frères, puis il sortit son larfeuil d'une main leste.

– Tout de suite. Combien ? fit-il en direction de Patrick, le plus naturellement du monde, comme s'il n'avait jamais eu l'intention de resquiller.

– Quarante. Comptant.

L'homme remit deux billets de vingt à la petite, qui quitta la table aussi prestement qu'elle pouvait le faire sans prendre ses jambes à son cou.

– Et maintenant, levez-vous et allez payer votre bouteille au bar. Ils acceptent le cash et les cartes de crédit. Après quoi, je vous conseillerais de prendre vos cliques et vos claques.

Le client ne se le fit pas dire deux fois. Mais, alors qu'il quittait la table, Lance lui empoigna l'épaule et le traîna manu militari à travers tout le club avant de l'envoyer valdinguer à travers la porte. Là-dessus, tandis qu'il s'écroulait sur le trottoir, Lance fondit sur lui et lui expédia un coup de pied dans les reins.

Pat le fusilla du regard.

– Sortir un client et le dérouiller juste en face de notre porte, c'est la meilleure ! Tu veux vraiment voir débouler les flics ? Des flics réglos, qui ne se gêneront pas pour attirer sur nous l'attention de personnes indésirables ? Et la note du champ', hein ? C'est toi qui vas la payer ?

Pat s'essuya le front d'un revers de main et se contraignit à retrouver un semblant de calme. Ce n'était pas le moment de faire des vagues.

Lance se retourna alors vers le portier.

– C'était à toi de régler ça, Butcher ! T'aurais dû entrer et surveiller les tables.

Colin en avait plus que sa claque. Lance était peut-être le frère du boss, mais il en avait jusque-là d'être traité comme un débile.

– Désolé, Lance, mais c'est le boulot de la chef de rang. Ras le bol de m'appuyer tes remarques à la con. T'essaies de me faire passer pour un gogol, mais c'est de Pat que je reçois mes ordres, et de lui seul !

Comme Patrick s'interposait entre les deux belligérants, Lance se dit qu'il allait devoir attendre son heure pour solder définitivement ses comptes.

– Oh ! Putain ! Arrêtez, tous les deux ! C'est quoi votre problème ?

Pat poussa Lance en direction des escaliers et lui emboîta le pas jusqu'au bureau. Là, il referma calmement la porte, mais quand il se retourna vers son frère, son visage reflétait une rage froide, plus virulente que tout ce que Lance avait pu y voir jusque-là.

– On peut savoir ce que tu fous, Lance ? Putain, tu débloques, ou quoi ?

– Qu'est-ce que tu racontes ? Je surveille juste le tiroir-caisse. Il est toujours à baratiner les hôtesses, ce connard, au lieu de bosser. Il fait pas le poids.

Pat lui imposa silence d'une main impatiente.

– T'as pas à dicter tes ordres aux employés sans que je t'aie expressément demandé de le faire – tu m'entends, Lance ? C'est moi, le patron, ici ! Et ça vaut même pour toi. Colin est un type bien et les Butcher sont tous d'excellents éléments. Si tu lui cherches des crosses, ils vont se mettre sur le pied de guerre, et c'est franchement la dernière chose dont j'aie besoin. Alors boucle-la, et fais-toi un peu oublier, tu veux ?

Lance restait planté devant lui, le dévisageant de ce regard éteint dont il avait le secret. Quand il ne se tordait pas dans un rictus de rage ou de dégoût, son visage restait un masque inerte, dénué de toute expression.

Certains jours, Pat se demandait si Lance vivait vraiment sur la même planète que le reste de l'humanité. C'était son frère et il lui était attaché, mais c'était un danger ambulant.

Pis, il semblait incapable de tout ce qui pouvait ressembler de près ou de loin à une réaction humaine – sauf s'agissant de Kathleen, évidemment. C'était la seule personne qui parût avoir quelque importance à ses yeux, et c'était bien la seule chose qui pût le racheter. Ça lui avait même déjà sauvé les fesses plusieurs fois. Mais en avait-il seulement conscience ?

– Comment ça s'est passé, avec Donny ?

– Du gâteau. Il a payé rubis sur l'ongle. Comme d'hab'.

– Où est le fric, en ce cas ?

Lance eut un haussement d'épaules, comme s'il parlait à un pur crétin. Pat se retint de l'étrangler sur-le-champ.

– Là-haut, dans le coffre-fort, évidemment.

Pat hocha la tête. Si Lance avait accès au coffre-fort, plus rien n'était à l'abri. Il fit mentalement un nœud à son mouchoir pour se souvenir de faire changer toutes les serrures.

– Allez, Lil ! Avale un petit quelque chose…

– J'y arrive pas, Janie. Je me sens aussi fraîche qu'un vieux bâton merdeux.

Elles s'esclaffèrent en chœur.

– C'est vrai que tu as une petite mine.

– Disons que je suis un peu barbouillée…

– Ça, c'est le bébé, ma vieille. Pour tous les miens, j'ai été malade comme un chien.

Janie s'était assise à la table de la cuisine, près de son amie. Elle s'alluma une cigarette.

– T'as dû avoir du mal à t'y faire…

L'espace d'un instant, le visage de Lil retrouva sa gaieté et son insouciance juvénile, mais l'éclaircie fut de courte durée.

– C'est bien ma chance, hein ? Un autre putain de lardon, à mon âge !

– Faut voir le côté positif ! Ce petit, ça sera l'enfant de tes vieux jours. Ton bâton de vieillesse. Du temps de nos grands-mères, les enfants qui arrivaient comme ça, sur le tard, étaient considérés comme une bénédiction.

Lil poussa un soupir.

– Je vois mal comment, Janie. De nos jours, les gosses ne s'embarrassent plus de ce genre de détail. Ils veulent tout, tout de suite, et ne pensent qu'à leur gueule.

– Tu ne t'en es pas si mal sortie avec tes derniers. Ils ont l'air bien partis pour racheter un peu les autres…

Lil s'abstint de relever. Elle refit le plein de thé dans sa tasse et promena son regard autour d'elle en y portant les lèvres. Leur standing s'était nettement amélioré. Elle avait un frigo tout neuf, une superbe machine à laver et même un lave-vaisselle. Annie ne se sentait plus de joie. Pour tout dire, elle en était même bien plus enchantée que sa fille. Revenue dans son élément, réinstallée au sommet, elle s'arrangeait pour en tirer un maximum d'effets. Elle avait même pris le pli d'aller au bingo, où elle pouvait se rengorger devant un public de copines. Même celles qui n'avaient jamais pu la blairer lui faisaient à présent bon accueil : son petit-fils était sorti de taule et régnait à nouveau sur la rue.

Pat Junior était un bon petit gars ; ça ne datait pas d'hier. Mais jusqu'à ce que Lil ait elle-même identifié le corps de Jasper, elle avait cru dur comme fer que c'était celui de ce pauvre Jambo qui gisait en bas, dans la cave.

Tous ces cadavres qui s'étaient multipliés autour d'eux, ces derniers temps… Elle avait beau savoir que c'était indispensable à la survie de leur clan, ça lui filait des frissons. Tel était l'héritage que Pat leur avait laissé, à ses fils et à elle. La tendance de son époux à travailler en solo et à tout concentrer entre ses mains avait précipité sa perte. Même si, isolément, ses adversaires n'auraient pas fait le poids, ils s'étaient ligués contre lui pour l'abattre. Et ça, les enfants le savaient. Patrick Junior surtout, avec ses histoires de taulards et sa détermination à rétablir la vérité. C'était bien le fils de son père, celui-là !

Les garçons avaient mis un point d'honneur à reprendre tout ce qui leur appartenait de plein droit. Qui leur aurait jeté la pierre ? Ils avaient vu des parasites et des salauds de tout poil s'emparer impunément de ce qui aurait dû leur revenir. Et, pendant que les pillards s'engraissaient sur leur dos, ils s'étaient vus relégués au rang de citoyens de seconde zone…

Certains jours, elle se rongeait de culpabilité. Ses fils – oui, même Lance ! – se décarcassaient pour elle, pour que justice lui soit rendue. Ce qu'ils ignoraient, l'un comme l'autre, c'était que rien ne le pourrait jamais. Et puis ça leur servait d'excuse commode pour exhaler leur haine et leur colère. Ils pouvaient raconter que c'était pour elle qu'ils le faisaient, elle n'était pas dupe. Eux non plus, d'ailleurs. Pat et Lance n'agissaient jamais que pour eux. Pourtant, elle les défendrait jusqu'à son dernier souffle. Pour eux, elle irait jusqu'à mentir sous serment ou à prendre les armes – tout en espérant que les choses n'en arriveraient jamais là. Sauf que personne ne pouvait plus l'exclure. Sur ce chapitre, rien n'aurait pu la surprendre.

Sa mère lui répétait depuis des années, comme un mantra, que ses enfants étaient tels que Dieu les avait faits. Mais Lil commençait à craindre que c'était elle qui les avait faits tels qu'ils étaient. Pas de façon délibérée, bien sûr, mais à coups d'erreurs répétées. A cause de tous les mauvais choix qu'elle avait accumulés et avec lesquels ils avaient dû vivre.

C'était elles qui les avaient créés. Elle et sa mère. Elles avaient engendré deux hommes aussi dangereux qu'énigmatiques.

Ivana elle-même avait mis le doigt dans l'engrenage. Et, comme toutes les femmes qui avaient eu l'inconscience de se laisser happer dans leur tourbillon, elle courait à sa perte. Elle aurait voulu la mettre en garde, cette pauvre Ivana, mais c'était perdu d'avance. Elle ne l'écouterait pas. Pas plus que si quelqu'un s'était jadis avisé de la mettre en garde contre son cher Patrick.

La vie n'était qu'un éternel recommencement…

CHAPITRE 26

Spider prêtait une oreille attentive à ce qui se disait autour de lui. Tous ses hommes se demandaient ce qu'il attendait pour contrer la mainmise de Pat sur le West End. Spider n'était pas homme à parler de ses affaires en public, à moins qu'il n'ait délibérément décidé de le faire. Personne ne fut donc très surpris de le voir ignorer royalement tous les appels du pied.

Il regarda ses gars – des gamins prometteurs qu'il prenait sous son aile et dont il assurait l'éducation. Au moins l'un d'eux, si ce n'était plusieurs, devait être à la solde du fils Brodie. Il n'avait encore rien remarqué de tangible, mais ça relevait de l'ordre des choses. L'influence de Pat Junior s'exerçait dans toutes les affaires. Il pouvait compter sur l'appui des meilleurs. Les gens qu'il avait connus en prison avaient eu vite fait d'évaluer son potentiel, lequel n'avait pas non plus échappé à Spider. En plus d'avoir un sens aigu des affaires, Pat Junior sentait d'instinct où placer la barre : comment obtenir le maximum, pour un minimum de risque et d'effort. Quant à sa réputation, elle n'était plus à faire, et promettait de surpasser celle de son père.

Ce qui le chiffonnait, c'était la manière dont Pat l'avait fêté à son retour à la vie civile, comme s'il avait été un substitut de son père, depuis longtemps perdu de vue ; la façon dont il l'avait remercié pour l'aide qu'il lui avait fournie, à lui et à sa famille, au fil des années, avant de paraître oublier jusqu'à son existence. Rien à voir avec un banal affront sur lequel Spider aurait pu sauter pour demander réparation – non, c'était bien plus insidieux et plus intime. Il avait dit tout ce qu'il fallait, mais sans en penser un traître mot. Ce qui n'empêchait pas Mackie et Pat de rester copains comme cochons. En fait, il lui arrivait de se demander si ce n'était pas à cette amitié qu'il devait d'être encore en vie. Parce que si Patrick décidait un jour de l'éliminer, ça ne ferait pas un pli.

Spider était un pragmatique. Il savait comment ça marchait, dans le Milieu. Dans leur branche, l'espérance de vie n'était pas très élevée. C'était la loi de la rue, la même pour tout le monde, Brodie Junior compris. Si votre existence ne s'achevait pas derrière les barreaux, un salopard se chargerait de l'écourter. Dans le Milieu, on ne mourait qu'exceptionnellement dans son lit. Chaque nouvelle génération piaffait de prendre la place de la précédente, et Patrick, à vue de nez, n'avait qu'à se baisser pour lui piquer la sienne.

Il regarda son fils se rouler un joint. Il avait balancé Jasper à Patrick – et ça, il n'y voyait rien à redire. Mais ce qu'il avait du mal à digérer, c'était que personne, pas même son propre rejeton, n'avait jugé utile de le mettre au courant de ce qui se tramait. Il l'avait appris par la bande, de la bouche d'un de ses gars, comme un simple bruit de chiottes. S'il voulait se tenir au parfum, il devait enquêter lui-même, dénicher miette par miette chaque bribe d'information. Pourtant, tout était calme depuis des mois, et tout le monde était relax – tout le monde sauf lui. Car Pat était bien le fils de son père. Il attendait son heure pour prendre sa revanche – des années, si nécessaire. Il attendait que l'intéressé se croie en sécurité, installé dans son bizness et dans sa vie, pour lui prouver qu'il se berçait d'illusions. C'était ça, le pouvoir, la vraie force de la vengeance : attendre le moment où la cible s'y attendait le moins, et où elle avait le plus à perdre.

Son propre fils avait dû tremper dans le coup, mais n'en avait rien dit à son père. Spider se sentait donc exclu et traité en intrus. La dope était devenue la principale source de revenus des jeunes. Ils n'en avaient pratiquement pas d'autre ; en tout cas, c'était ce qui les intéressait le plus. Ils étaient tous tellement défoncés, du matin au soir, que ça commençait à lui porter sérieusement sur les nerfs.

Il avait vu Jimmy Brick arriver, mais il laissa s'écouler quelques minutes avant de le rejoindre. Ils étaient dans la même galère, Jimmy et lui, incapables de dire dans quel camp ils se trouvaient. Ni l'un ni l'autre n'avait plus accès aux informations. A croire qu'ils étaient devenus transparents. Ils se rapprochaient peu à peu, au fil des semaines, et ça ne pouvait qu'attirer l'attention. Leurs moindres faits et gestes devaient être scrupuleusement rapportés au pouvoir en place.

Putain, que les temps avaient changé ! Qu'il était dur de vieillir et d'admettre qu'on avait connu des jours meilleurs – surtout quand on se sentait au sommet de sa forme et de ses compétences.

Lil était vannée. Le médecin avait dû revenir pour sa pauvre Kathleen et ils s'efforçaient de faire en sorte qu'il puisse l'examiner convenablement. Tant qu'il était dans sa chambre, Kathleen adoptait un comportement si calme et si logique que sa mère en venait à se demander si elle n'avait pas rêvé. Mais ce jour-là, Lil avait persuadé le docteur de faire mine de partir, puis de remonter l'escalier et de coller l'oreille à la porte pour entendre les grands monologues que sa fille se tenait à elle-même.

Lil savait bien que le médecin la soupçonnait d'être la plus dingue des deux, mais elle savait aussi qu'il avait l'obligation de vérifier ou d'infirmer ses dires. Ces derniers temps, Kathleen collectionnait les coquards bien mûrs et les ecchymoses sur les bras. Or, ça ne pouvait pas être l'œuvre de personne à la maison. C'était forcément elle qui se filait des coups. Lil avait un mal de chien à l'admettre, mais elle ne voyait pas d'autre possibilité.

Kathleen ne mangeait rien et ne dormait pratiquement pas. Elle refusait de mettre le nez dehors et ne supportait plus aucune présence dans sa chambre. Lance lui-même devait insister pour parvenir à entrer, et il était bien le seul à réussir à établir un semblant de contact avec elle. De temps en temps, Pat pouvait passer quelques minutes avec elle ; elle acceptait même de lui parler, à elle, sa mère. Mais ça n'était pas tous les jours, loin de là, et Lil devait se charger de la plus grande partie de la conversation. Son ventre de femme enceinte captivait sa fille, et Kathleen semblait s'intéresser au futur bébé. Christy et Colleen, elles, piaffaient d'impatience.

Comme le docteur était revenu se poster sur le palier, l'oreille tendue, en attendant que Kathleen se remette à parler toute seule, Lil se demanda comment sa vie pouvait être à ce point semée de drames et de problèmes, à perte de vue. Elle pria pour que le bébé qu'elle portait ait une enfance un peu plus douce et plus heureuse que ses frères et sœurs, qu'il puisse grandir dans un semblant de paix. C'était sa dernière chance d'en réussir un, elle le savait. Elle concentrait tous ses espoirs et toutes ses énergies sur cet enfant, ainsi que sur ses trois derniers, en priant pour que ce ne soit pas peine perdue.

C'est alors que s'éleva la voix de Kathleen. Depuis quelques mois, Lil avait attentivement écouté ce qu'elle se racontait. Kathleen parlait à des interlocuteurs imaginaires, qui étaient toujours au moins deux.

Lil ne comprenait pas très bien la teneur de ces conversations, mais Kathleen semblait y trouver une sorte de réconfort. Quand elle discutaillait ainsi, elle semblait tout à coup plus heureuse – ce qui, en un sens, était le plus effrayant. Lil ne savait plus quoi faire. Si le médecin était vraiment à court de solutions, Pat finirait par envoyer sa sœur se faire soigner dans un hôpital psychiatrique, sous la contrainte si nécessaire. Il disait et répétait que ça aurait déjà dû être fait depuis longtemps, qu'ils n'avaient que trop tardé. Mais c'était justement la pire des craintes de Kathleen. Se faire interner. Être officiellement déclarée mentalement malade.

Elle avait une attitude si bizarre par rapport à la vie matérielle. Certains jours, elle lavait toutes ses affaires, mais ne rangeait jamais rien dans ses placards ou ses tiroirs. Les vêtements restaient suspendus aux portes ou pliés sur le lit.

Elle ne voulait rien quitter de l'œil. Elle avait à peine quinze ans et elle ne comptait déjà plus au nombre des vivants.

Le médecin en avait assez entendu. Lil le suivit au rez-de-chaussée sur la pointe des pieds, le cœur serré, imaginant d'avance ce qu'il s'apprêtait à lui dire.

Eileen était sur la banquette arrière de la fourgonnette de son nouvel jules, un docker de trente ans, un beau brun accusant un net penchant pour le style nymphette. La nuit était douce et Nick essayait de la convaincre d'enlever son T-shirt. Elle aurait préféré se contenter de flirter et commençait à trouver que les choses allaient un peu trop loin. Il avait réussi à dégrafer son soutien-gorge et à soulever son haut. Elle avait de plus en plus de mal à garder le contrôle de la situation. Comme elle lui repoussait ses mains pour la énième fois, il lui attrapa les poignets et lui immobilisa les bras. Elle se laissa aller contre la banquette en lui jetant un regard méfiant. Elle l'avait rencontré quinze jours plus tôt, au pub. L'attention de cet homme adulte l'avait flattée, tout en lui donnant l'impression d'être une grande. Il la traitait comme une vraie femme, et elle découvrait à présent tout ce que cela pouvait impliquer...

– Ecoute-moi bien, sale petite allumeuse. Pour moi, « non » ça n'a jamais été une réponse. Pigé ?

Eileen tentait de le maintenir à distance et de dégager ses bras, qu'il maintenait serrés contre ses flancs. Et lui, il semblait s'amuser comme un petit fou.

– Je t'en prie, Nick ! S'il te plaît... Lâche-moi !

Il l'observait avec intérêt. Elle était si jeune et si candide – exactement comme il les aimait. La peur lui faisait perler la sueur au front. Il voyait briller les gouttelettes dans le demi-jour. Mais Nick ne s'en faisait pas. Elle finirait bien par céder, comme toutes les autres. Pour lui, c'était tout le charme de la chose. La chasse. La phase d'approche. Elle était si jolie. La perfection et l'innocence même. Son maquillage, quoiqu'un tantinet outré, ne parvenait qu'à la rajeunir, un peu comme une fillette qui aurait joué à s'affubler des affaires de sa mère. La peur la faisait haleter. Ce bruit lui provoqua une érection.

Il vit une perle de sueur rouler entre ses seins avant d'aller se perdre sur son ventre. Elle luttait pour rester décemment vêtue et tentait de ramener son T-shirt sur elle. Mais Nick Parks n'en était pas à son coup d'essai. Il avait cueilli plus de cerises qu'un saisonnier carburant au speed!

– S'il te plaît, Nick. Je ne l'ai jamais fait…

Elle essayait de le raisonner, de lui faire comprendre que les choses allaient trop vite pour elle. Qu'elle n'avait ni l'expérience ni la maturité pour appréhender une telle situation. Elle croyait vraiment qu'il allait finir par se laisser convaincre et la ramener devant sa porte.

Il se pencha pour abaisser le dossier du siège. Elle savait qu'une fois à l'horizontale elle serait fichue, réduite à l'impuissance. La main de ce type l'explorait à tâtons tandis que, du genou, il tentait de forcer le passage entre ses jambes. Elle regretta amèrement d'avoir mis cet ensemble en jean dont la minijupe lui arrivait au ras des fesses, son petit blouson qui contenait avec peine ses seins. En l'enfilant, elle avait eu le sentiment d'être maîtresse de ses choix et de son apparence comme une adulte, mais à présent elle en aurait pleuré de peur et de désespoir. Le goût de ces abominables cigarettes qu'il fumait lui emportait la bouche, pour ne rien dire de celui du speed qu'il avait sniffé toute la soirée! Son haleine lui levait le cœur. Elle sentait son estomac se rebeller contre lui et contre tout ce qu'il lui faisait. Il l'avait bâillonnée de ses lèvres pour l'empêcher d'appeler au secours, il l'avait clouée à son dossier, l'immobilisant sur son siège, au point qu'elle ne pouvait même plus détourner son visage du sien. Elle ne sentait que trop bien l'urgence du désir qui le tenaillait, ainsi que la fermeté de son érection contre sa cuisse. Il essayait de lui ôter son slip et il y parvenait, centimètre par centimètre. Elle était mortifiée de se sentir ainsi exposée dans le noir. Rassemblant ses forces, elle tenta désespérément de le repousser, mais ses efforts n'eurent d'autre résultat que de le faire à nouveau éclater de rire.

– Allez, petite garce! T'as passé toute la soirée à m'allumer. Je ne laisserai pas tomber avant d'avoir eu ce que je veux.

Elle était en larmes, à présent. C'était donc vrai, ce que lui répétait sa mère, que la plupart les hommes n'avaient qu'une idée en tête, et que dès qu'ils avaient obtenu ce qu'ils voulaient, ils se désintéressaient totalement de vous. Elle sentait ses larmes ruisseler dans son cou. Le genou de Nick allait se frayer un chemin entre ses jambes, quand la porte du van s'ouvrit.

Parks jeta un coup d'œil par-dessus son épaule, prêt à pousser un bon coup de gueule pour décourager l'intrus, quand il se sentit soulevé et tiré en arrière. Se considérant lui-même comme un type raisonnablement dur à cuire, il décocha un bon coup de poing en direction de son hypothétique agresseur. C'est alors qu'il comprit qu'ils étaient deux. Deux flics.

Eileen sauta aussitôt du van et mit pied à terre en s'efforçant de se rajuster, ce qui n'échappa pas aux jeunes policiers.

– Vous êtes sûre que ça va aller, mademoiselle ?

– Putain, un peu qu'elle en est sûre ! C'est ma copine. On flirtait un peu, c'est tout.

La façon dont Nick Parks parlait d'elle lui fit amèrement regretter de ne pas être restée chez elle, ce soir-là. Qu'est-ce qu'elle était venue fiche dans les pubs d'Ilford et de Barking ? Pourquoi diable était-elle si pressée de jouer les grandes et de s'éloigner de sa famille, de cette maison pleine de gens qui l'aimaient et ne voulaient que son bien !

Elle se remit à sangloter.

– Je veux rentrer. Je veux rentrer chez moi.

Elle se retrouvait dans un petit chemin en pleine cambrousse, sans même de quoi se payer un taxi. Elle fut prise de terreur à l'idée que les flics allaient peut-être s'en aller en l'abandonnant à son triste sort. Mais ils avaient compris au quart de tour. Si seulement ils avaient pu toucher une livre chaque fois qu'ils avaient ainsi volé au secours d'une demoiselle en détresse…

– Quel est votre nom, mademoiselle ?

– Eileen. Eileen Brodie.

– Remonte dans le camion, espèce d'idiote et arrête tes conneries !

Nick Parks s'évertuait à faire comme s'ils étaient un couple en pleine idylle, mais il sentait bien que ça sonnait un peu faux. Elle allait finir par le mettre en mauvaise posture, cette petite conne ! De quoi il avait l'air, hein ? A dix minutes près, il lui faisait son affaire et la ramenait chez elle sans histoires. Il avait toujours la trique, et ne renonçait pas à parvenir à ses fins…

– Vous, baissez d'un ton, et laissez parler la demoiselle.

Il la regardait d'un air d'amoureux transi, à présent – un vrai Roméo ! Eileen n'en revenait pas.

– Allez, chérie… Tu ne vas tout de même pas nous gâcher la soirée ?

Il était redevenu doux comme un agneau. Sa belle petite gueule d'ange semblait n'avoir jamais abrité l'ombre d'une mauvaise pensée. Eileen secoua tristement la tête.

– Pourriez-vous me ramener dans mon quartier, s'il vous plaît, ou du moins me déposer à la gare la plus proche ?

– Montez, mademoiselle. Nous allons vous sortir de là.

Elle ne se fit pas prier pour monter dans la voiture des flics.

– Fais gaffe à l'avenir, mon pote. Les Lolita, ça peut t'attirer pas mal d'ennuis. Et maintenant, je te conseille d'aller cuver ta cuite ailleurs.

Nick remonta dans son van et démarra. Elle le regarda disparaître, les joues barbouillées de larmes. Toutes ces conneries d'adultes ne l'inspiraient vraiment plus – ça lui fichait même une trouille bleue. Nick n'était que le dernier en date d'une longue liste de ces types bien plus âgés avec qui elle s'amusait à papillonner. Jusque-là, ils exerçaient sur elle un attrait qu'elle avait peine à s'expliquer, mais ce soir, un palier avait été franchi. Pour la première fois, elle avait eu vraiment peur. Elle se contentait de les aguicher au pub, de les baratiner un peu en prétendant avoir cinq ans de plus. Mais maintenant, elle savait. Elle avait vu que ça pouvait être dangereux. Les deux jeunes flics étaient des types charmants et serviables. Le plus bavard des deux, un certain Andy, lui proposa de la raccompagner chez elle dès la fin de son service. Elle accepta aussitôt, trop heureuse de pouvoir déguerpir de ce chemin de terre et d'échapper à si bon compte au guêpier où elle était allée se fourrer.

Patrick était au pieu avec Ivana qui somnolait dans ses bras. Elle avait noué autour de lui ses jambes fuselées. Elle était si menue. Patrick adorait sa gracilité, sa délicatesse et sa douceur, qui contrastaient si fort avec la rudesse de son propre caractère. Elle était si fine et si douce qu'il lui suffisait de la serrer contre lui… La prendre dans ses bras, c'était presque aussi agréable que de la prendre tout court. Avec elle, c'était toujours la fête. Il avait envie de la protéger et il savait qu'elle aussi, elle aimait sentir qu'il la prenait sous son aile.

Mais c'était une pute, et les putes, ça n'était pas fait pour être aimé. Il mesurait bien l'hypocrisie et l'absurdité de la situation, vu le passé de sa propre mère. Mais il savait aussi que Lil aurait été la première à lui déconseiller de laisser son cœur monopoliser les commandes.

Ivana vint se pelotonner plus étroitement contre lui, si près qu'elle sentit et une vague trace d'after-shave sur sa peau.

– C'est ton vrai nom, Ivana ?

– Tu parles que non ! s'esclaffa-t-elle. Personne ne s'appelle comme ça pour de vrai ! C'est un nom de guerre. Il me fallait un prénom exotique qui me donne un côté original et mystérieux. Mon vrai nom, c'est Denise.

Il éclata de rire et elle en fit de même.

– Non, tu rigoles ?

Elle riait toujours, sans l'ombre d'une trace de gêne. Un bon rire franc et honnête, débordant d'humour.

– Alors là, pas du tout ! Je m'appelle Denise Jones. Un nom des plus ordinaires, totalement dénué de charme et d'éclat, pour une fille qui avait l'ambition de faire carrière dans le strass et les paillettes !

Elle se remit à rire d'elle-même, mais cette fois d'un rire un peu moins convaincant.

Patrick la serra contre lui, un peu plus fort. C'était une fille formidable. Vraiment géniale. Il se sentait de plus en plus accro. Il soupira.

Sortant du lit, il alla rallumer le joint qu'ils avaient laissé s'éteindre dans le cendrier, et l'odeur douceâtre de l'herbe se répandit dans la pièce. Quand son regard revint vers Ivana, elle était mollement étendue sur les oreillers, les cheveux répandus autour de son visage dont le teint faisait comme une tache pâle sur les draps blancs.

– Ça va, toi ? s'enquit-elle à mi-voix.

Il revint s'asseoir près d'elle sur le lit et lui sourit.

– Bien sûr que ça va. Et toi ?

Elle lui répondit d'un sourire. Il savait qu'elle l'aimait, qu'il pouvait compter sur sa fidélité. Il pourrait se marier, retourner en taule ou faire n'importe quoi – cette chère Ivana, comme elle aimait à se faire appeler, serait toujours là, à l'attendre. Elle était un point fixe, quelque chose de sûr et de fiable, dans un monde où la déception était la règle.

Il était désolé pour elle. Il aurait mille fois préféré l'avoir rencontrée ailleurs que dans une boîte à putes où elle vendait ses charmes au plus offrant. Se connaissant, il savait qu'il la garderait comme une poire pour sa soif, et il avait honte de ne pas avoir le cran de l'accepter telle qu'elle était. Mais c'était la loi du Milieu. Se mettre à la colle avec une fille au passé un peu trop chargé, ça finissait toujours par créer des problèmes et par dégénérer. Tôt ou tard, il finirait par s'en servir contre elle. C'était comme ça, et elle était assez fine mouche pour s'en rendre compte d'elle-même. Il n'avait pas besoin de lui faire un dessin. Elle était déjà résignée à se contenter des miettes qu'il voudrait bien lui jeter.

– Je vais devoir y retourner, trésor.

Elle acquiesça d'un signe de tête, sans cesser de contempler ce visage qui la hantait jusque dans ses rêves, ce regard qui l'avait captivée à la seconde même où il avait croisé le sien. Ça lui avait fait l'effet d'un vrai coup de foudre – littéralement. Et depuis, la passion qu'il lui inspirait n'avait jamais donné le moindre signe d'essoufflement, bien au contraire. Elle ne faisait que croître et embellir de jour en jour.

Il se rhabilla rapidement et l'embrassa sur le front, avant de quitter la pièce – la laissant seule dans cette chambre d'hôtel à présent tristounette, avec sa commode égratignée et sa moquette crasseuse, à s'interroger sur l'avenir de leur étrange relation.

Si elle avait une certitude, c'était qu'elle serait toujours là pour lui, quoi qu'il arrive. Elle était sa captive. De sa vie, elle n'avait jamais eu besoin de personne autant que de lui. Et elle savait aussi, sans l'ombre d'un doute, qu'il finirait tôt ou tard par lui briser le cœur.

Lance aperçut sa sœur qui descendait d'une voiture. Comme il sortait de la maison pour voir qui la raccompagnait, il n'en crut pas ses yeux. C'était un tout jeune policier en uniforme, au volant d'une vieille Ford.

– Mais qu'est-ce qui t'est arrivé, nom d'un chien ?

Eileen aurait voulu être six pieds sous terre, mais elle décida de désamorcer la situation en s'expliquant avant que les choses ne s'enveniment.

– Je me suis perdue, Lance. Je n'arrivais plus à retrouver mon chemin et ce monsieur a eu l'amabilité de me ramener.

Lance se pencha pour regarder par la vitre.

– Perdue ? Où ça, tu t'es perdue ?

– J'ai été invitée à une fête dans l'Essex, et à un moment, j'ai perdu mes copines. Quand j'ai vu passer une bagnole de police, je leur ai fait signe…

Le jeune flic sentit qu'elle n'en menait pas large. Elle était même carrément épouvantée, et sa peur était communicative. D'instinct, il comprit que le frère de la demoiselle n'était pas du genre avec qui on pouvait plaisanter.

– Mais ça, c'est pas une bagnole de flics, que je sache ! A moins qu'en Essex, ils n'aient pas les mêmes que partout ailleurs ? Je croyais que, légalement, une voiture de police devait être instantanément reconnaissable – c'est pas ça, le principe de base ?

– Excusez-moi, monsieur… mais je venais de finir mon service et cette jeune personne était visiblement très ennuyée. Je lui ai alors proposé de la raccompagner, au lieu de me contenter de la déposer dans une gare de grande banlieue.

La logique du raisonnement n'aurait échappé à personne, pas même à Lance. En un de ces soudains changements d'humeur dont il était coutumier, il se fendit d'un grand sourire – un sourire d'autant plus inquiétant pour Eileen, qui les savait rares.

– Merci. Vous avez bien fait. Elle est si jeune…

Le jeune flic avait clairement perçu les ondes de terreur qu'irradiait la jeune fille. Il regretta de n'avoir pas le cran de s'attarder quelques minutes de plus, le temps d'en avoir le cœur net. Mais il n'avait qu'une envie : déguerpir au plus vite, sans demander son reste. Il passa donc une vitesse et les salua d'un bref signe de la main, avant de redémarrer précipitamment, au cas où ce type se serait tout à coup ravisé et aurait décidé de ne pas le prendre aussi bien.

Eileen regarda Lance un long moment, en se demandant comment quelqu'un qui ressemblait tant à Patrick pouvait être aussi peu attirant. Sur son frère aîné, ces mêmes traits étaient renversants de beauté et d'éclat – alors que, sur Lance, ça lui donnait juste l'allure d'un psychopathe.

– Je sais que tu préfères faire la sourde oreille, Eileen, mais je me fais vraiment du souci pour toi. Tu n'es encore qu'une fillette et le monde grouille de types qui ne demandent qu'à profiter de ton inexpérience.

Pour la première fois de sa vie, Eileen lui sut gré de son attitude un brin protectrice.

– Merci, Lance. Je sais que t'as raison et que si tu me dis ça, c'est juste pour mon bien.

Elle le sentit désarçonné par sa réponse. Il ne s'y attendait visiblement pas. Un autre soir, elle l'aurait accusé de tous les maux de la terre, en lui reprochant d'être trop possessif.

– Mamie est là ?

Comme il confirmait d'un signe de tête, ils regagnèrent la maison ensemble, copains comme cochons.

– Nom d'un chien ! Celle-là, c'est la meilleure ! s'exclama Annie, sincèrement surprise de les voir revenir tous les deux.

Eileen ne prit pas la peine de lui répondre. Elle fila droit à la cuisine, où Lil préparait sa énième théière de la soirée.

– Tu en prendras une tasse, ma puce ?

Souriante, Eileen vint embrasser sa mère.

– Tu sais que je t'aime, m'man ?

Lil partit d'un grand éclat de rire, bien sonore ; le rire de quelqu'un à qui on ne la fait pas.

– Qui t'a fait de la peine, mon cœur ?

Et, attirant sa fille à elle, elle la serra dans ses bras.

– Allez, allez ! Son nom, son adresse !

– Oh, m'man...

Eileen fondit en larmes devant le flair et la finesse de sa mère.

– Chttt. Arrête, mon chou. Ne pleure pas. Rappelle-toi qu'il faut embrasser des foules de crapauds avant de tomber sur un prince...

Eileen sentit tout à coup une contraction se communiquer à tout le corps de sa mère. Lil lâcha un gémissement sourd.

– Le bébé va arriver d'un moment à l'autre. J'étais juste en train de faire un peu de thé, avant d'aller m'allonger.

La jeune fille eut peine à en croire ses oreilles.

– Sans blague ? T'es déjà en travail ?

Lil lança un de ces petits rires de gorge qui n'appartenaient qu'à elle.

– C'est juste un bébé, Eileen. Ça n'est pas si grave. De toute façon et quoi qu'on fasse, il va bien falloir qu'il sorte ! Je crois même que les choses sont plus avancées que je ne pensais. Je commence à avoir envie de pousser...

Elle alla s'asseoir dans un fauteuil en se forçant à prendre quelques inspirations amples et calmes.

– Tu veux bien téléphoner au médecin, chérie ? Il doit en avoir ras le bol, de cette fichue maison. Mais avant tout, sers-moi une tasse de thé bien sucré. Pour l'énergie...

Elle s'interrompit, pliée en deux par une nouvelle contraction. Le bébé n'allait pas tarder.

– Dis donc, ma puce... D'une fois sur l'autre, j'oublie comme on peut déguster !

Elle riait toujours, une vingtaine de minutes plus tard, quand le bébé vint au monde.

Pat débarqua à l'Eagle en compagnie de Mackie. Ils commandèrent leurs consommations au bar, avant de se frayer un passage jusqu'à une table dans un coin. Patrick sourit au type qui s'y trouvait déjà, en tête à tête avec sa pinte de Guinness, puis il attrapa une chaise et s'installa sans façons.

– C'est un garçon. Je me suis dit que ça t'intéresserait de le savoir.

Mac restait debout derrière Pat et, comprenant mal ce qu'ils attendaient de lui, Jambo se contentait de leur sourire de son sourire habituel, franc et amical.

– Et ta mère, ça va ?

Pat hocha la tête. Il n'avait aucun mal à comprendre ce qui avait pu attirer sa mère, chez ce type. Ce Jambo dégageait une sérénité qu'elle avait dû trouver particulièrement rafraîchissante, après les autres hommes de sa vie.

– Ouais. Tu la connais. Elle prend toujours la vie comme elle vient.

Jambo porta sa Guinness à ses lèvres.

– Pas toujours, mon garçon. Détrompe-toi. Elle en a plus gros sur le cœur qu'elle ne veut bien le dire, tu sais.

Patrick ne savait que répondre. Là, face à cet homme, il avait le sentiment de faire intrusion dans la vie privée de sa mère – laquelle n'en avait guère eu, en dehors de sa famille et de ses enfants, et des éternels problèmes qu'elle avait à résoudre. Cet homme, c'était son bol d'air, son ballon d'oxygène. Sa porte de sortie.

Pat avait pris ses renseignements sur Jambo et le connaissait de réputation. Ça n'aurait sûrement pas été son premier choix pour sa mère, mais il n'avait rien entendu de rédhibitoire contre lui.

– Combien pèse le petit ? Elle lui a déjà trouvé un nom ?

Jambo eut la surprise de constater qu'il n'avait pas besoin de se forcer pour s'y intéresser.

– Quatre kilos, et pas encore de prénom.

Mackie, qui les avait observés en silence, décida subitement qu'une nouvelle tournée s'imposait. A son retour, il trouva les deux compères en grande conversation. Il connaissait Jambo et savait que c'était quelqu'un de bien, un solitaire plutôt à l'aise dans ses pompes, qui avait un succès fou auprès du beau sexe. Un beau gosse, d'une beauté virile, basané mais pas trop, affichant l'aisance et l'onction que développent dès leur plus jeune âge les séducteurs-nés. Mais ce qui plaidait en sa faveur, c'était qu'il n'en promettait jamais plus qu'il ne pouvait tenir.

Des pensées similaires trottaient dans la tête de Pat, tandis qu'il bavardait avec le père du dernier venu de la famille. Jambo fit exploser sur lui son grand sourire et Patrick comprit d'où provenait l'attirance qu'il exerçait sur sa mère. Ce type, il lui suffisait de sourire pour se mettre le monde entier dans la poche.

– Un garçon, hein ? Mais elle, tu es sûr que ça va ? Pas trop fatiguée ?

Il s'inquiétait vraiment pour la santé de la mère et de l'enfant.

– En pleine forme ! Pourquoi tu ne passerais pas les voir ? On peut t'emmener à l'hôpital, si tu veux. Ils les gardent quelques jours, mais juste par mesure de précaution. Elle a accouché dans notre cuisine, ce qui a fichu une sacrée trouille à ma petite sœur – t'imagines !

La proposition n'avait rien d'une menace. Jambo savait qu'il avait le choix et que personne ne le forcerait, s'il préférait ne pas y aller. Mais tout à coup, il en avait envie. Il voulait le voir, ce bébé qui était son fils. Il débordait de fierté et d'excitation. S'il ressemblait un tant soit peu à ce jeune homme, il vaudrait sûrement le détour. Car il aimait Pat, qu'il avait connu tout gosse, tout comme il avait connu son père, bien mieux que le jeune homme ne semblait se le figurer – au départ, c'était même grâce à lui qu'il avait fait la connaissance de Lil.

– Alors, Eustace, si t'allais nous chercher une autre tournée, mon gars ?

Mackie sourit d'une oreille à l'autre. Personne ne l'appelait jamais comme ça – la plupart des gens ignoraient carrément que c'était son nom.

– Histoire de l'arroser, cet heureux événement, pas vrai ?

Patrick, qui s'était levé le premier, se fraya un chemin jusqu'au bar en se demandant l'effet que ça allait lui faire d'avoir un nouveau petit frère, à son âge.

Lance avait pris le nouveau-né dans ses bras et Lil le regarda faire avec une lassitude résignée. Elle semblait sonnée par les événements de la nuit. Mais c'était toujours comme ça, avec les hommes. Ils étaient toujours là pour la conception, et rarement pour la naissance. Après leur premier bébé, les mères devaient se faire une raison. A y regarder de plus près, le miracle de la vie, ça n'était jamais que quelques fichues heures de souffrance. Le but et le résultat de tout ça, c'était le bébé, et pour les femmes, le reste n'avait que peu d'intérêt.

Pour la première fois depuis des années, elle se retrouvait seule avec Lance. Elle n'avait pas le cœur ni même l'envie de le repousser. Elle était éreintée.

Patrick nageait dans le bonheur. Patrick, cette crème d'homme… Il était meilleur que du bon pain et les autres aussi, tous autant qu'ils étaient… Comme cette pensée lui traversait l'esprit, son regard se posa sur Lance. Elle n'avait toujours pas la certitude de pouvoir l'inclure dans le lot.

– Passe-le moi, tu veux bien ?

Souriant, Lance vint poser le petit paquet entre ses bras.

– Il est magnifique, maman. Un vrai petit trésor.

Lil hocha la tête. Si seulement sa mère se décidait à revenir de la cafétéria, qu'elle ne soit plus obligée de faire la conversation à cette armoire à glace dont la seule présence la mettait mal à l'aise…

Le poupon leva les yeux vers elle et elle ne put réprimer un sourire. Quelle joie de pouvoir enfin le contempler. Il était si beau ! Et pas seulement aux yeux de sa mère. Il allait en faire battre, des cœurs…

Il se mit à pleurer de sa petite voix de nouveau-né, pointue et haut perchée, le genre de son qu'elle aurait pu entendre en pleine tornade et reconnaître entre mille. Une voix qui provoquait un grand branle-bas de combat hormonal dans tout son corps épuisé. Elle embrassa son enfant délicatement, aspirant sa fraîcheur même, la suavité de son petit être, se délectant des toutes premières heures qu'il vivait, enfin hors d'elle. C'était comme s'il avait toujours été là, comme si elle n'avait jamais vécu sans lui. Elle s'étonnait même d'avoir pu s'en passer, jusque-là. C'était son bébé, son petit dernier, son rédempteur.

Lance sentait la jalousie monter en lui comme un raz de marée. Jamais sa mère n'avait eu ce genre de regard pour lui. Jamais elle ne l'avait désiré comme elle avait désiré les autres, c'était clair. En regardant Lil et le petit, c'était comme si toute la solitude de sa propre enfance lui revenait d'un coup pour le submerger.

– Faut que je retourne près de Kathleen. Au moins, ça lui a un peu remonté le moral.

Lil hocha la tête. Avec Lance, elle avait l'impression de ne parler que par gestes ou par signes de tête – tout, plutôt que d'avoir à lui adresser vraiment la parole.

Kathleen avait assisté à la naissance avec toute la famille, puis elle avait éclaté en sanglots, ébranlée par l'ampleur de ce petit miracle. Quant aux trois cadets, ils ne se tenaient plus de joie et d'excitation. Shamus lui-même n'avait pu totalement dissimuler sa fierté – bien que, pour un ado de son âge, admettre ce genre de sentiment avait quelque chose d'un peu embarrassant. Elle aussi, elle était fière d'eux. De sa chère petite Eileen, surtout – Dieu la bénisse, elle avait pratiquement mis son petit frère au monde.

Le bébé se remit à couiner et, en le regardant, Lil trouva le nom qu'elle cherchait.

– Shawn ! fit-elle à Lance, avec une joie profonde. Shawn. Je vais l'appeler Shawn.

Elle n'avait pas fini de prononcer ces mots, que la porte s'ouvrait sur le passage de Jambo. Il se précipita vers elle, et elle lui mit l'enfant dans les bras, sans que ni l'un ni l'autre ait besoin de dire quoi que ce soit.

Patrick et Mackie, qui étaient entrés dans son sillage, se mirent à rire en bêtifiant autour du bébé et Lil se sentit profondément heureuse, comme elle ne l'avait plus été depuis bien des années.

– Je vous présente Shawn... Je viens juste de trouver son nom.

Jambo plongea son regard dans celui de son fils, éperdu d'affection et de désir de le protéger, cet enfant qui était la chair de sa chair.

Il vint s'asseoir sur le lit près de Lil et, fou de bonheur, parvint à lui dire :

– Chapeau, Lil... Tu nous l'as vraiment bien réussi !

CHAPITRE 27

Shawn était un bel enfant, doté d'une nature positive et d'un caractère heureux. Toute la famille en était gaga – Kathleen elle-même, qui s'était finalement vu apposer le diagnostic de schizophrénie, s'illuminait en sa présence. Il semblait avoir sur elle un effet bénéfique et lui faire oublier ses voix, temporairement du moins. Elle avait toujours du mal à vivre avec sa maladie, même si elle parvenait à la supporter tant bien que mal, grâce aux médicaments. Mais en dehors des quelques idées noires qu'elle se faisait toujours de temps à autre sur le monde en général, son état s'était énormément amélioré.

Dès qu'elle allait mieux, la vie de toute la maisonnée en était facilitée et inversement, quand sa dépression s'aggravait, c'était le moral de tous les autres qui était en chute libre. Ils en étaient tous affectés, d'une façon ou d'une autre. Le petit Shawn lui-même semblait tout à coup plus collant et plus grognon.

Même Annie l'adorait, ce petit, ce qui pour Lil frisait l'incroyable. Car sa mère avait toujours eu de solides tendances racistes, tout comme son beau-père. Annie n'avait fait aucun commentaire sur la couleur du bébé. Elle n'en avait pas soufflé mot, ce qui en soi relevait du miracle. Sans être à proprement parler noir, Shawn était tout de même assez foncé pour qu'il ne puisse subsister le moindre doute quant à son ascendance. Il avait des yeux à tomber raide, d'immenses yeux brun foncé soulignés de longs cils noirs à faire pâlir ses sœurs d'envie – et une voix de velours, tendre et mélodieuse. C'était la petite merveille de toute la famille et la chose ne lui avait pas échappé.

Où qu'il aille, son bon caractère semblait lui rallier tous les cœurs. Désormais, Lil et les autres n'imaginaient plus la vie sans lui. Patrick l'emmenait volontiers faire des tours en voiture, pour la plus grande joie du petit Shawn qui adorait les bagnoles, tout autant qu'il aimait ses grands frères. Colleen et Christy l'emmenaient au parc. Shamus lui apprenait des jurons triés sur le volet et ses grandes sœurs Kathleen et Eileen se bagarraient pour avoir le plaisir de le mettre au lit.

Lil avait repris le boulot trois semaines après l'accouchement et à présent, deux ans plus tard, elle dirigeait tous les clubs et centralisait la collecte des dettes. Jambo leur rendait régulièrement visite. Il était apprécié de tout le clan et on s'était fait à son rythme imprévisible, à ses allées et venues qui le ramenaient vers eux à son gré.

Pour Lil, la chance avait tourné, comme si la naissance de Shawn avait été pour elle le catalyseur de sa bonne fortune. Elle sentait bien ce qu'une telle idée pouvait avoir d'absurde, mais c'était sa façon de voir. Depuis l'arrivée de Shawn et pour la première fois dans sa vie, tout semblait aller pour le mieux. Ils semblaient tous avoir leur part de bonheur dans l'existence. Il était le porte-bonheur de sa maison, son « bâton de vieillesse », comme l'avait naguère prédit Janie. Toutes leurs tribulations semblaient loin derrière eux. Il pouvait s'écouler des jours entiers sans qu'elle pense à ni Patrick ni à Lenny – mais, pour une obscure raison, elle ne pouvait se souvenir de l'un sans penser à l'autre. La mémoire de son défunt mari se trouvait ainsi ternie par celle de Lenny. Elle lui en voulait toujours de l'imprévoyance avec laquelle il les avait laissés sans un sou. Il lui arrivait parfois d'être prise de crises de rage soudaine, échappant à toute logique et à tout contrôle. Mais c'était peine perdue. Ce qui était fait était fait. Il fallait laisser le passé enterrer le passé, à défaut de pouvoir y changer quoi que ce soit.

Comme tous les lundi soir, Patrick était au bureau. Le lundi, c'était le jour des comptes, le jour où il planifiait la collecte des dettes et des « loyers », et répartissait les tâches pour la semaine. C'était la journée la plus chargée de la semaine. Lance, assis en face de son frère, attendait le sermon qui allait lui tomber dessus d'un instant à l'autre. C'était vraiment pénible, cette façon qu'avait Patrick de se faire mousser en ménageant ses effets, comme s'il se prenait pour une putain de petite star.

– Ecoute, Lance. Tu commences vraiment à me courir. Tu crois peut-être que je ne suis pas au courant de tes conneries ?

Patrick était si remonté qu'il ne se retenait qu'à grand-peine de lui coller une beigne, là, sur-le-champ.

– Quoi encore, Pat ? J'ai respiré de travers, c'est ça ?

Il lui avait craché ça entre ses dents, et le sarcasme avait fait mouche. Piqué au vif, Pat se carra contre son dossier de cuir et se força à retrouver son calme.

– T'as fichu une trempe à un type bien, qui était un sacré bosseur. Il a trois lardons à nourrir et toi, tu l'envoies à l'hosto. Il est bon pour le fauteuil roulant. Comment veux-tu qu'il gagne leur croûte, maintenant ? Et nous, comment on va récupérer notre mise – ce putain de pognon qui est si important pour toi que tu n'hésites pas à massacrer quelqu'un pour neuf cents malheureuses livres... neuf cents livres, putain ! Toi, ça te suffit pour tabasser un père de famille à la barre de fer !

Lance poussa un grand soupir, comme s'il portait le monde entier sur ses épaules.

– Il avait deux semaines de retard. Tu voulais que je lui envoie un télégramme ?

– Espèce de fumier ! Il était en congé maladie. Il a toujours eu un compte chez nous et il a toujours payé ses dettes rubis sur l'ongle. C'était un client modèle, espèce de sale petite frappe ! T'as de la merde dans le crâne, ou quoi ?

Pat avait bondi sur ses pieds. Lance eut un mouvement de recul et ne put s'empêcher d'être pris d'inquiétude.

– Putain, le père de trois gosses qui bosse pour faire vivre sa famille ! Et toi...

Patrick le surplombait à présent de toute sa hauteur et son envie de cogner le prenait à la gorge avec une telle violence qu'il aurait presque pu en sentir l'arrière-goût.

– La coupe est pleine ! C'est ta dernière chance, Lance, et je pèse mes mots.

– Désolé, Pat. C'était un accident.

Patrick se détourna de son frère et mit le cap sur la fenêtre, d'où il apercevait le trottoir, deux étages plus bas.

– Accident mon cul ! Considère ça comme mon dernier avertissement, espèce de sale connard. Comment je peux faire confiance à un vicelard dans ton genre, hein ? C'est plus fort que toi, faut que tu cognes ! Même Spider et Mackie, ils trouvent que t'as vraiment trop chargé la barque. Tu n'as jamais su te faire que des ennemis – et tes ennemis finissent toujours par devenir les miens !

Lance sentit qu'un palier avait été franchi. D'habitude, Pat se contentait de pousser un bon coup de gueule et les choses se tassaient. Après tout, leur réputation de collecteurs de dettes, c'était là-dessus qu'ils avaient bâti, non ? Tout le monde savait qu'ils ne faisaient pas de quartier. Soit ils touchaient leur dû en temps et en heure, soit leurs débiteurs le sentaient passer – ce qui impliquait l'usage de la force brutale, appliquée avec un instinct infaillible au point où ça faisait le plus mal et dirigée vers ce qui effrayait le plus l'intéressé, ou ce qu'il craignait le plus de perdre. Tout l'art consistait à en user sans états d'âme et sans pitié.

– T'es allé trop loin, Lance. Beaucoup trop loin.

Patrick devait se retenir pour ne pas le tabasser lui-même, ce fumier, histoire de voir l'effet que ça faisait, d'avoir le crâne et le dos explosés à coup de pied-de-biche. Cette perspective lui semblait fichtrement alléchante, juste le temps de lâcher un peu de cette phénoménale colère qui bouillait en lui. Putain, tout ça pour même pas mille livres ! C'était à mourir de rire...

Bien sûr, il reconnaissait les atouts de son frère cadet, et ne s'était pas gêné pour les utiliser à son avantage – il était le premier à le reconnaître. Mais cette bavure lui rappelait désagréablement ce qui lui pendait au nez. Lance devenait incontrôlable. C'était un vrai boulet, un danger ambulant. Il ne savait plus que faire pour lui serrer la vis, sans les exposer du même coup à d'énormes risques.

En toute honnêteté, il commençait à ne plus pouvoir le blairer, son salaud de frangin – même si Lance devenait une tout autre personne, quand ils partaient faire un boulot ensemble. C'était comme s'il avait constamment quelque chose à prouver... mais quoi ? Patrick avait du mal à se l'expliquer.

Il ramena les yeux vers son frère. Un drôle de pistolet, ce Lance, pas de doute. Avec son costard mal ajusté et ses vieux rangers, il avait l'allure d'un petit frère de Worzel Grummidge[1]. Il avait les cheveux en bataille, coupés n'importe comment et le menton assombri d'une barbe de plusieurs jours. En fait, il avait toujours eu un petit côté demeuré, même s'il n'en était rien – ça, c'était un de ses points forts. Ceux qui le prenaient pour l'idiot du village ne tardaient pas à s'apercevoir de leur erreur. En cas de besoin, Lance pouvait être plus affûté qu'un sabre japonais. Il menait une vie de bénédictin, loin des pubs et des clubs, ne sortant que pour exercer son art – cogner sur ses semblables. Lance ne tournait pas très rond, et il aurait peut-être fallu songer à y faire quelque chose. En dehors de Kathleen et du petit dernier, il n'avait strictement rien à cirer de rien ni de personne. Ça en devenait effrayant.

– Ah ! casse-toi, Lance ! Hors de ma vue !

Lance ne bougea pas d'un pouce. Il restait écroulé dans son fauteuil, un fin sourire aux lèvres.

Lui aussi, il avait conscience d'avoir poussé le bouchon. Il aurait voulu pouvoir rester le meilleur ami de son frère,

1. Personnage de roman anglais pour enfants, ressemblant à un épouvantail. Ses aventures ont été adaptées pour la télévision et la radio.

mais c'était impossible. Ils passaient de moins en moins de temps ensemble. Patrick aimait faire ami-ami avec tout le monde, et Lance détestait ça. Il avait beau essayer, ça ne marchait jamais ; il ne réussissait qu'à se mettre les gens à dos. Et ça n'était pas sa faute, du moins pas au départ.

Bien sûr, il lui arrivait de jouer de son côté bizarroïde, quand ça servait ses plans. Il lui suffisait de se pointer chez quelqu'un à cinq heures du mat' avec un grand sourire et un instrument contondant à bout de bras, pour que les biffetons sortent illico de leurs tiroirs. C'était pour ça qu'on lui confiait de temps à autre des petits boulots. La collecte de dettes particulièrement délicates, par exemple. Il se faisait grassement payer pour ça. Dans tout le Smoke, il était reconnu comme le meilleur dans sa branche. On admirait sa capacité à exercer seul. En fait, cela faisait des lustres que Pat n'était pas venu collecter avec lui – la plupart du temps, il préférait se passer de toute aide extérieure, surtout pour les grosses sommes. Celles-là, il tenait à s'en charger personnellement.

Il n'aurait même pas su dire pourquoi il avait pété un câble, cette fois-là. En fait, il avait bien senti qu'il déconnait, sur le moment, que c'était trop, mais ça ne l'avait pas arrêté. Il l'avait dans le nez, ce type. Le genre col blanc, tête au carré, avec ses chemises bien repassées, et ce petit penchant pour les jeux d'argent. Un de ces connards costard-cravate. Il ne lui était rien, ce mec, alors pourquoi Patrick en faisait-il tout un plat ? Son frère avait en effet l'air complètement remonté. Il allait devoir faire le gros dos, comme d'habitude, histoire de calmer un peu le jeu.

– Ecoute, Pat. Il a riposté, ce connard. Il m'a envoyé valdinguer.

– Aaah ! Commence pas, avec tes putains de mensonges. Ce pauvre type serait incapable de résister à quiconque, pas même à un infirme en fauteuil roulant. T'as encore déconné, une fois de plus ! Déjà, il y a quelques mois, t'as cassé une jambe à Jackie Tenant. Il ne peut toujours pas reprendre le boulot. Y a des tas de gens qui préfèrent carrément ne plus parier avec nous à cause de toi. Tu savais, ça ? Tu fiches la trouille aux clients. Ils craignent que tu ne leur tombes sur le râble pour des clopinettes, ou pour une simple tournée qu'ils auraient oublié de payer… Tu commences à me coûter sacrément cher, mon pote, poursuivit-il, l'index pointé sous le nez de son frère. Et ça, je ne vais pas le supporter longtemps. Si tu deviens une source de déficit, tu vas te retrouver à la lourde, et fissa.

– Lâche-moi un peu la grappe, Pat ! J'avais pas les yeux en face des trous, d'accord ? Et je suis quand même ton frère, non ? Tu me parles comme si je ne t'étais plus rien !

Patrick lut de la confusion dans son regard. Son frère ne voyait toujours pas ce qui clochait dans sa conduite – pas vraiment, en tout cas. Il s'en sortait toujours de la même façon : en mimant le repentir, sans jamais avoir l'ombre d'un regret. C'était la même histoire qu'avec la petite fille du bus, quand ils étaient tout gamins. Lance s'acharnait systématiquement sur les plus faibles. C'était dans sa nature.

– Ouais, t'es mon frère. Ça, même moi, j'y peux rien. Mais si tu recommences ce genre de connerie, j'hésiterai pas à trancher dans le vif. Je me séparerai de toi, comme d'un membre malade. Tout le quartier en parle, de tes exploits. Toi, tu pouvais peut-être pas le blairer, mais lui, il avait des tas de potes qui l'appréciaient. Et tes conneries attirent sur nous l'attention de tous les parieurs. Va falloir que ça cesse, et pas plus tard qu'aujourd'hui !

– OK, Patrick. Il me semble t'avoir déjà dit que j'étais désolé.

– Désolé, tu parles ! Blague à part, de toi à moi, t'as vraiment intérêt à arrêter tes conneries.

Patrick retourna se poster devant la fenêtre, frémissant d'indignation devant les absurdités de son frère.

– OK, Pat. Là, je vais devoir y aller… Mais, encore une fois, je suis désolé. Je me suis un peu laissé emporter…

– C'est ça, ouais. Comme dans le bus avec la petite Callahan, il y a quinze ans. Me prends pas pour un con, Lance. Je suis loin d'en être un. Vas-y, tire-toi maintenant, et évite de te trouver sur mon chemin jusqu'à ce que je me sois un peu calmé.

Là-dessus, il se retourna vers la rue. Il était toujours assez remonté pour le frapper, s'il ne décampait pas illico.

Quand Pat se retourna, il était seul dans la pièce. Lance avait vidé les lieux sans le moindre bruit – ça aussi, c'était un de ses talents, à ce fichu Lance. Ça devait être l'allusion à l'incident du bus qui l'avait fait déguerpir. Lance détestait qu'on lui rappelle ce genre d'anecdote. Il devait se demander si les gens s'en souvenaient, s'ils en parlaient encore. Sa victime, la petite qu'il avait précipitée hors du bus, semblait être la seule à lui avoir pardonné. Quand elle passait chez eux en compagnie de Janie, elle en profitait toujours pour dire bonjour à Lance. Le monde était tissé de tout un tas de contradictions, mais ça, c'était bien la plus étrange qu'il lui ait été donné d'observer.

Spider et Mackie étaient à Bethnal Green, dans un garage fermé à double tour, dont le sol disparaissait sous de gros sacs poubelle en plastique noir, pleins de cannabis. L'odeur était entêtante, mais, en l'occurrence, elle masquait à peine celle du cambouis et des poubelles des alentours.

Ils s'étaient assis sur un banc pour attendre l'arrivée de leurs clients et en avaient profité pour fumer un joint ensemble. Exceptionnelle, cette ganja. Rien que des têtes, pratiquement pas de graines. Dès les premières taffes, ils avaient eu cette sensation de décollage qui faisait tout le charme de la chose, ce pour quoi on avait inventé le reggae, les donuts et la confiture de fraise…

Ils entendaient le moindre craquement et le moindre frôlement dans le silence. Ils se laissaient dériver entre deux eaux dans cette douce torpeur qui leur alourdissait tout le corps.

– Putain, elle est vachement bonne, cette herbe, p'pa.

Spider approuva d'un signe de tête, en tirant de petites bouffées brèves et rapprochées.

– Trop bonne pour la refiler à ces connards, en tout cas !

Ils éclatèrent de rire en chœur. En général, la dope qu'ils vendaient en dehors de la communauté jamaïcaine était loin de valoir celle qu'ils réservaient à leur usage personnel.

– J'adore ce silence, pas toi ? Ça pénètre par tous les pores de ta peau. T'as l'impression de te fondre dans le truc, comme si t'avais fini par en faire toi-même partie…

Spider acquiesça d'un hochement de tête. Il voyait très bien ce qu'il voulait dire.

C'était comme de ne faire plus qu'un avec le reste du monde. Jusqu'à ce que quelqu'un ou quelque chose vienne troubler ce sentiment de parfaite inclusion en dissipant le silence – et là, tout basculait pour se transformer en tout autre chose…

– T'as croisé Jimmy Brick, ces temps-ci ?

Spider secoua la tête. Il commençait à trouver que cette question revenait peu trop souvent sur le tapis, ces derniers temps.

– Pourquoi t'arrêtes pas de me demander ça ?

Mackie poussa un soupir.

– Pour rien. Ça m'intéresse, c'est tout. Je sais qu'il bosse avec Pat, mais je pensais que vous étiez potes, tous les deux. C'est pour ça…

– On est potes, ouais. Ou plutôt, on l'était. Parce que depuis qu'il est rentré d'Espagne, c'est plus le même homme. Je sais pas ce qu'il a, fiston.

Mackie dévisagea son père : son regard sombre étincelait sous le rideau de ses grosses dreadlocks. Spider était raide défoncé.

– Parce que vous n'aviez pas gardé le contact ?

– Non, et pour tout te dire, j'ignorais totalement où il s'était tiré. Après la mort de Brodie, c'était vraiment le boxon, tu vois. Brodie n'avait rien couché par écrit. Pas de paperasses. Rien n'était fixé. Même les parts que j'avais avec lui ont été remises en question. Brodie était un malin, mais il n'avait pas prévu qu'il clamserait un jour… Alors, comme tant d'autres avant lui, il avait investi tout son fric et vivait uniquement sur ce que ça lui rapportait. Dans notre monde, c'était l'équivalent d'une autorisation de découvert illimitée. Il vivait sur un système de cavalerie perpétuelle, ce qui fait qu'à sa mort, on s'est retrouvés dans une sacrée foire d'empoigne. Tout le monde doutait de tout le monde et se bagarrait pour en avoir sa part. C'est Brewster qui a gagné, parce qu'il avait derrière lui l'équipe la plus forte. Et comme tu sais, il s'est démerdé pour se poser en vengeur de Brodie – alors qu'il avait été le premier à tremper dans le complot.

Mackie était tout ouïe.

– Et comment ça se fait que tu m'aies rappelé sur le devant de la scène comme ça ?

Spider parut pris de court par cette question.

– Comment ça ? Qu'est-ce que tu veux dire ?

– Ce que j'ai dit. Rien de plus. T'avais refait ta vie, non ? Tu subvenais à nos besoins, mais tu ne t'es pas beaucoup occupé de moi, jusqu'à mes dix-huit ans. Je voyais pas souvent ta couleur et je me demandais où tu pouvais bien être, ce que tu pouvais bien faire… C'était pas parce que ma mère était blanche, par hasard ?

– Qu'est-ce que tu racontes, fiston ? Je me suis toujours occupé de tous mes enfants et tu n'as jamais manqué de rien. Le seul problème, c'était ta mère – elle, et surtout son père, qui m'a eu dans le nez dès le jour où il m'a découvert sur son paillasson…

Spider partit d'un grand éclat de rire sonore et rocailleux, son rire de fumeur d'herbe.

– Va pas t'imaginer des trucs qu'existent pas, d'accord ? T'es mon premier-né et je t'ai aimé de tout mon cœur, dès le premier jour, dès l'instant où je t'ai vu.

– T'as trois fils, papa et on s'appelle Eustace tous les trois. Tu trouves pas ça bizarre, toi ? Parce que moi, pour tout te dire, si.

Spider eut un vague haussement d'épaules.

– Ben non. Je vois vraiment pas pourquoi. Bon, trêve de conneries. J'entends une bagnole. Nos clients vont débarquer.

A cela, il n'ajouta pas un mot mais sa petite conversation avec son fils l'avait profondément ébranlé.

Lil regardait un film avec les enfants. Lance entra dans la pièce ; Annie bondit pour aller lui chercher à boire.

– Qu'est-ce que vous regardez ? demanda-t-il à la cantonade – sa façon habituelle de communiquer, en présence de sa mère.

– *Officier et Gentleman*, répondit Colleen, mollement étendue sur le canapé, ses pieds reposant sur les genoux de sa mère. Super film.

Il prit place dans l'un des fauteuils ; Annie lui apporta un verre de bière, qu'il accepta en la remerciant d'un signe de tête. Lil eut besoin de toute sa concentration pour l'empêcher d'envahir ses pensées. Annie alla s'asseoir dans l'autre fauteuil. Lil et Eileen occupaient le canapé, pelotonnées de chaque côté de Colleen. Christy s'était affalé par terre à plat ventre, les mains sous le menton, près de Shamus, qui gardait un verre de panaché à portée de main.

– Et Kathleen ? Ça va ?

Une fois de plus, Lance n'avait posé la question à personne de particulier et, une fois de plus, ce fut Colleen qui répondit :

– Elle est en haut, en grande conversation avec elle-même.

Lil se redressa et fila une claque retentissante sur la jambe de sa fille.

– Je t'interdis de parler comme ça de ta sœur !

Sans quitter l'écran des yeux, Colleen répliqua à mi-voix :

– Ben quoi… C'est vrai, non ? Elle a passé toute la nuit à s'engueuler avec des fantômes, comme d'habitude. Moi, ça finit par me taper sur les nerfs.

– Mais tu sais comme moi qu'elle n'y peut rien ! Alors arrête un peu tes conneries, fit Lil en se redressant sur le canapé.

Sa soirée qui avait si bien commencé menaçait à présent de tourner en eau de boudin.

– Pourquoi faut toujours que tu débarques pour semer la zizanie, hein, Lance ? Tu pourrais nous ficher la paix, de temps en temps ?

Personne ne pipa mot. Christy faisait le gros dos comme pour se protéger d'un coup imaginaire. Colleen avait fermé les yeux, paupières serrées.

Lil se maudit d'avoir si vite perdu patience, mais elle n'y pouvait rien, c'était plus fort qu'elle. Quand Lance avait demandé des nouvelles de Kathleen, elle avait senti une trace de reproche dans sa question – et elle n'avait pas rêvé. C'était bien une note d'accusation, qu'elle avait entendue. Il était passé maître en l'art de donner le change, mais elle le connaissait mieux qu'il ne se connaissait lui-même.

– T'as vu le nouvel appartement de Pat ?

Comme prévu, Lance s'abstint de répondre.

– Toi aussi, il va être temps que tu prennes quelque chose. On commence à être sacrément à l'étroit dans cette maison. Les petits n'arrêtent pas de pousser. Kathleen aurait besoin d'une chambre à elle, tout comme Eileen.

Voilà, elle avait enfin réussi à le dire. Il devait s'éloigner d'eux, et le plus tôt serait le mieux. Elle avait eu vent des derniers incidents de la semaine. C'était même à elle qu'était revenue la mission de mettre Pat au courant.

– Fiche-lui donc la paix, Lil, fit sa mère d'une voix crispée par l'angoisse. Qui s'occupera de Kathleen, s'il n'est plus là ?

L'idée avait de quoi inquiéter Annie. Si elle se levait encore chaque matin, c'était uniquement pour Lance – ils le savaient tous, plus ou moins confusément.

Christy, toujours en quête de moyen de maintenir la paix, proposa :

– Et pourquoi t'irais pas t'installer chez mamie, hein ? Elle a un grand appartement pour elle toute seule. Elle aura sûrement une chambre pour toi.

Lil faillit se précipiter sur son fils pour le couvrir de baisers, mais se retint *in extremis*. Ça faisait des lustres qu'Annie rêvait de voir Lance s'installer chez elle. Il ne pouvait plus reculer maintenant. Il devait faire un choix.

Lance porta son verre à ses lèvres, puis regarda sa mère et se récria :

– Et Kathleen, alors ? Je ne peux pas la laisser tomber. Je suis le seul qui parvienne à la calmer un peu, et tu le sais très bien. D'ailleurs, je paie ma pension. Si tu veux que je m'en aille, va falloir me mettre dehors.

Il avait parlé haut et clair, de cette voix forte mais froide et monocorde qui écorchait les oreilles de Lil aussi sûrement qu'un grincement d'ongles sur un tableau noir.

– En ce cas, considère que c'est fait, Lance, répliqua-t-elle aussitôt, d'un ton sec et définitif.

Annie était ravie. Elle savait qu'il finirait par venir chez elle, ne serait-ce que pour se rapprocher de Kathleen. Lance était incapable de vivre seul, comme son aîné. Il ne savait pas se faire cuire un œuf dur et, comme Annie l'avait dorloté et servi toute sa vie, il n'y avait aucune raison que les choses changent. Il n'avait jamais de petite amie et, si Lil n'avait pas pris l'initiative de le pousser hors du nid, il s'y serait probablement incrusté à jamais. Comme il quittait la pièce, Annie se précipita dans son sillage. Et toute la famille de pousser un immense soupir de soulagement collectif…

– Je vais vraiment pouvoir prendre sa chambre, m'man ? demanda Eileen.

– Bien sûr, chérie. Fais-moi plaisir : occupe-toi de refaire la déco. Je paierai les travaux. Tu pourras arranger la pièce comme tu voudras.

– Et moi, quand est-ce que je pourrai avoir ma chambre ?

Lil regarda la petite Colleen, ses seins qui bourgeonnaient sous son pull, ses jambes maigrichonnes… Eileen parut se faire exactement les mêmes remarques au même moment, et parvenir aux mêmes conclusions, car elle déclara, en feignant la résignation :

– Je crois que le mieux serait que tu partages la chambre avec moi. Comme ça, Shamus pourra partager celle de Christy…

Colleen était enchantée à l'idée de partager la chambre de sa grande sœur. Elle entrevoyait déjà de longues séances de maquillage et de vernissage d'ongles de pied, tandis qu'Eileen se réjouissait d'avoir une petite alliée dans la place, quelqu'un qui viendrait lui ouvrir la porte en douce quand elle rentrerait en pleine nuit.

Annie revint dans la pièce, le visage crispé dans le masque grognon qui lui était coutumier. Elle avait terriblement vieilli et semblait beaucoup plus frêle, tout à coup. Sa peau avait pris la consistance d'un papier de soie froissé.

– T'aurais tout de même pu y mettre les formes, Lil !

Lil s'alluma une cigarette.

– Ecoute, m'man, tu as eu ce que tu voulais, non ? Il ne va quand même pas rester traîner ici jusqu'à ses quarante ans. Et au train où ça allait, il était bien parti pour s'incruster. On en a besoin, de cette chambre, tu le sais aussi bien que moi. Alors, parlons d'autre chose. Si tu nous servais un verre ? Je dois partir pour le club dans une heure, mais je vais d'abord me faire couler un bon bain. Quant à cette connerie de film, je crois qu'on peut tirer un trait dessus... !

Ivana et Patrick étaient au bar du club. Pat traitait désormais la plupart de ses affaires depuis l'établissement. Ivana, elle, était un atout précieux pour la boîte : elle se chargeait de la répartition des sièges et des tâches entre les filles, et c'était elle qui faisait cracher les clients au bassinet, toujours avec tact et sans se départir de son sourire. Lil elle-même s'était rapprochée d'elle, ces deux dernières années, et leurs relations s'étaient considérablement détendues. Plus Ivana s'investissait dans le fonctionnement de la boîte, plus Lil pouvait se dégager du temps à consacrer au petit Shawn.

Patrick sourit en pensant à leur cher petit dernier. Il était vraiment craquant, ce bambin, toujours adorable, toujours gai. Et la bonne humeur, c'était d'une importance primordiale, dans leur monde, bien plus que la plupart des gens ne se le figuraient.

Jetant un coup d'œil à sa montre, Pat glissa à Ivana :

– Ça t'ennuierait de lui montrer le chemin du bureau, à ce rat ?

Scanlon allait arriver d'un moment à l'autre. Il ne le portait pas dans son cœur, ce cloporte, mais c'était un mal nécessaire. Il avait besoin de lui pour atteindre son ultime objectif.

Ivana le lui amena quelques minutes plus tard.

Scanlon avait bien changé. Ça n'était plus le même homme. Il avait mis de l'eau dans son vin et se montrait nettement plus coopératif. A présent qu'il était dedans jusqu'au cou, ou quasi, il avait appris à faire avec les tiraillements de sa conscience, qui le faisaient nettement moins souffrir…

En s'asseyant, il tendit à Pat une liasse de papiers.

– Où vous avez eu ça ?

– Par un collègue des mœurs. Entre nous, je pense que vous devriez avoir directement affaire à lui.

Patrick soutint un certain temps son regard.

– Quoi ? Toujours plus de fric dans les poches des flics véreux ? Je vais finir par vous organiser des fonds de pension, si ça continue !

Scanlon ne put réprimer un éclat de rire. C'était un spectacle tellement rare, que Patrick en resta bouche bée.

Scanlon haussa les épaules.

– Tout ça commence à m'intriguer, moi aussi. Plus j'en apprends, et plus j'ai hâte de connaître la suite…

Ça, Patrick n'avait pas de mal à le comprendre. En fait, Scanlon était l'homme idéal pour le rôle. C'était un solitaire, naturellement asocial et naturellement porté à fouiner dans les recoins sombres. Comme informateur, on ne pouvait pas rêver mieux.

– Alors c'est qui, ce collègue des mœurs ? Vous pensez pouvoir m'arranger un rendez-vous ?

– Je crois, oui. Il sait que je fricote des trucs pas très catholiques, mais vous seriez surpris de savoir à quel point ce genre de chose est monnaie courante, chez nous. Et les foules de gens qui demandent à consulter les dépositions des témoins… Pour avoir leur adresse, se faire une idée plus précise de leurs témoignages. C'est devenu tellement banal qu'on a établi un barème des tarifs en vigueur !

Après avoir feuilleté les documents posés sur son bureau, Patrick se leva et alla leur servir deux verres. Puis il se rassit et jeta encore un coup d'œil aux papiers.

– J'ai mis dans le mille, pas vrai ?

Scanlon hocha la tête et s'offrit une bonne gorgée de whisky avant de confirmer :

– Ça m'en a tout l'air, ouais.

Après quoi il termina son verre sans ajouter un mot. Patrick était toujours à son bureau, le regard perdu dans le vide, quand le flic quitta la pièce.

Kathleen restait assise des heures à la fenêtre de sa chambre en fumant cigarette sur cigarette. Les voilages étaient brûlés en maints endroits, là où elle avait laissé la braise de sa cigarette se frayer un chemin, oubliant qu'elle l'avait à la main – car, tout en se parlant à elle-même, elle agitait les mains comme si elle était en pleine discussion avec de vrais interlocuteurs.

Eileen avait entrepris de déménager ses affaires et Kathleen avait l'air de le prendre plutôt bien. En fait, sa sœur semblait même plutôt contente.

– Mais tu viendras quand même me tenir compagnie le soir, avant que je m'endorme…

– Bien sûr, que je viendrai, fit Eileen avec un grand sourire. Et si tu te sens un peu sur les nerfs, je pourrai même rester toute la nuit avec toi. Tu sais, je ne vais pas disparaître. Je serai de l'autre côté du palier…

– Est-ce que tu le vois toujours, ce type, Eileen ?

Eileen attrapa une pile de pulls dans un tiroir. L'index posé sur les lèvres, elle hocha la tête.

Kathleen se mit à pouffer de rire et Eileen dut lui imposer silence. Elle avait beau savoir que Kathy saurait tenir sa langue, elle craignait toujours qu'un des petits laisse traîner une oreille dans le coin et ne s'empresse d'ébruiter ses secrets.

Lance faisait ses valises. Eileen en était triste pour lui. D'un autre côté, elle était enchantée et soulagée de le voir partir. Pour leur mère, surtout. Ça allait lui faire un de ces biens !

– Est-ce que ça t'ennuie, que Lance s'en aille, Kathleen ?

– Pas du tout. Mamie a l'air tellement contente de l'avoir chez elle.

– Sans doute, ouais. Maman a laissé une barre chocolatée pour toi dans le frigo. Tu veux que j'aille te la chercher ?

– Non. Tu n'auras qu'à la manger, toi, ou la donner aux petits.

– Mais il faut que tu manges quelque chose, Kathleen. Tu n'as plus que la peau et les os.

La jeune malade s'alluma une autre cigarette, avant de se replonger dans la contemplation du paysage, de l'autre côté de la fenêtre. Elle ne reparlerait plus avant de longues heures – du moins, pas pour s'adresser à aucun des membres de la famille. Car elle s'était presque immédiatement remise à marmonner entre ses dents.

Et pour la énième fois, Eileen se demanda comment c'était possible, comment le meurtre de leur père avait pu l'épargner, elle, tout en ayant des effets si dévastateurs sur sa sœur.

Des années après les faits, elle avait entendu Janie Callahan expliquer à quelqu'un que les jumelles, c'est-à-dire Kathleen et elle, avaient tenté de traîner le corps inerte de leur père et s'étaient retrouvées couvertes de sang. Elle ne gardait aucun souvenir de cette scène. Tout ce qu'elle se rappelait, c'étaient les cris et les sanglots. Ainsi que l'image de Lance en pyjama, assis dans l'escalier. Mais il lui arrivait de douter que tout ça ait pu exister vraiment, en dehors de son imagination.

CHAPITRE 28

– Comment tu te sens, m'man ?

Une note d'inquiétude avait filtré dans la question d'Eileen. Lil avait une mine de déterrée. Elle avait passé les deux derniers jours vautrée sur le sofa, ce qui ne lui ressemblait guère.

– Mal. Pas vraiment malade, mais crevée. Laminée.

– Va donc voir un toubib, nom d'un chien ! lui cria Annie depuis la cuisine.

– C'est bon, j'y vais demain ! Mais dis donc... t'es ravissante, ma puce !

C'était vrai, Eileen était à croquer. Tandis qu'elle brossait ses longs cheveux, Lil se souvint que ses jumelles étaient de vraies beautés – même cette pauvre Kathleen, qui ne se maquillait jamais et s'habillait n'importe comment. Ça ne l'empêchait pourtant pas d'être une fille superbe.

Comme Lil étendait le bras pour attraper ses cigarettes, une pointe de douleur s'éveilla, juste sous son aisselle, lui coupant le souffle.

– Tu veux bien passer un coup de fil à Patrick pour lui dire que je suis toujours KO, ma chérie ?

La petite Colleen fit irruption dans la pièce et lança d'une voix enjouée :

– Je vais le faire, maman ! Est-ce que je peux aller au Wimpy avec Lance ?

– Bien sûr, ma chérie. Vas-y. Et tu peux même emmener Shawn, si ça te dit.

Le bambin avait ouvert les yeux en reconnaissant son prénom. Il bâilla en souriant aux femmes de sa vie.

– Tu veux bien l'habiller pour moi… ?

Colleen attrapa son petit frère et sortit de la pièce d'un pas décidé.

C'est alors que Pat arriva, tout sourire, en annonçant :

– Demain, t'as rendez-vous avec un toubib sur Harley Street, m'man. T'aurais aussi vite fait de lui demander un check-up complet, tu trouves pas ?

– Ne dis pas de bêtises ! C'est juste un petit coup de pompe. Rien de plus.

Patrick s'agenouilla pour distribuer des paquets de Jelly Tots aux cadets.

– Tu vas y aller, un point c'est tout, lança-t-il d'un ton sans réplique.

Lil se laissa aller sur les coussins du canapé, trop épuisée pour le contredire.

– Putain, qu'est-ce que tu mijotes, Lance ? Qu'est-ce que t'as derrière la tête ?

Les deux hommes se gondolaient de rire en remontant l'allée d'une grande maison, à Chigwell. Lance s'était muni d'un gros coupe-boulon et n'avait eu aucun mal à forcer la grille. Les crissements des graviers sous leurs semelles durent alerter le maître des lieux, car la porte s'ouvrit sur un homme qui tenait dans une main une batte de base-ball et, dans l'autre, un couteau de cuisine.

– Ooooh ! Pas folichon, le comité d'accueil !

Le type les regardait avec un sourire crispé, mais Lance et son acolyte ne se laissèrent pas impressionner. Les gouttes qui lui perlaient au front et le tremblement qui lui agitait les mains trahissaient son agitation. L'homme suait la peur.

– Cassez-vous. Vous ne mettrez pas les pieds chez moi !

– Erreur, mon cher ! Non seulement on va rentrer, mais on va se servir. Et on repartira avec deux ou trois trucs – à commencer par tes roustons, si tu ne nous laisses pas passer !

Lance avait sorti de sous son imper un fusil à canon scié qu'il arma sur son genou. Puis il leva la crosse au niveau de son menton pour viser l'entrejambe du type.

– A vue de nez, ça m'étonnerait qu'un couteau fasse le poids contre ce pétard, pas toi, Donny ?

Donny Barker hocha la tête comme pour soupeser sérieusement la question avant d'y répondre, avec la volubilité d'un présentateur de jeux télé :

– Ça, ça ne fait pas le moindre doute ! Mais, si vous n'y voyez pas d'inconvénient, nous préférerions laisser tomber les lots subsidiaires, pour ne viser que le fric... !

Le type secoua la tête. Il était chauve avec des petits yeux noirs et une vilaine bouche lippue. Il n'avait vraiment rien d'un Don Juan. Par contre, comme il le claironnait sur tous les tons à qui voulait l'entendre, son épouse était une vraie beauté. Heureusement pour eux, leurs enfants tenaient de leur mère – et c'était eux que le type tentait de protéger.

– Je l'ai pas, ce putain de fric. Combien de fois faudra vous le seriner ? Dès que je l'ai, je vous le file.

Lance marcha sur lui, le fusil toujours pointé, forçant son hôte à reculer dans le vaste hall d'entrée et jusque dans la cuisine.

La baraque était superbe. Lance et Donny évaluaient mentalement tout ce qu'ils voyaient, tandis qu'ils entraient dans la cuisine, à la suite de leur hôte.

– Pose tes ustensiles sur la paillasse de l'évier et recule jusqu'à la table.

Le type obéit sans murmurer. Donny attrapa les armes et les examina comme s'il n'avait rien vu de plus intéressant de toute sa vie.

– Elle coupe drôlement, cette putain de lame, hein ! Tu sais que t'aurais pu blesser quelqu'un, avec ça ?

Tout en parlant, Donny avait souri à Lance, qui confirma d'un signe de tête.

– Ouaip ! T'aurais pu crever les yeux à quelqu'un, ou alors lui trancher un doigt ou deux – n'importe quoi !

Le type avait pâli et un clignement nerveux lui faisait papilloter les paupières – réaction classique, dans ce genre de situation, comme Lance avait maintes fois pu le constater. Le type cherchait désespérément un moyen de s'en sortir, de gagner du temps – puis il dénicherait un moyen de trouver le fric pour se tirer du pétrin et ne plus jamais entendre parler d'eux. Sauf que Lance savait aussi que, quelque part dans son palace, il planquait un coffre-fort bien garni. Les bagnoles et tout ce que contenait la baraque étaient louées ou achetées à crédit. Comme tant d'autres de ses clients, ce mec faisait dans l'esbroufe. Il vivait au-dessus de ses moyens, et pourquoi ? Ça, Lance n'avait jamais compris. Un groupe de clampins avec qui il traînait au pub lui avaient confirmé que ce mec avait une bagnole de luxe et un putain de train de vie. Mais c'était un frimeur, un vulgaire frimeur. Et là, il avait sérieusement dépassé les bornes. Ils n'allaient pas le laisser s'en tirer comme ça.

– Maintenant, c'est à moi que tu le dois, ce fric – ou plutôt à nous. On a racheté la dette, tu piges ? Et avec nous, c'est comme avec la Police Montée. On finit toujours par choper notre bonhomme !

– Attendez juste un peu. Je vais vous le trouver, ce fric. Pas de problème !

Lance grimaça un sourire.

– Ah ouais ? Et tu comptes le trouver quand ? Avant que ta femme rapplique avec les mômes ? Le cours de danse de ta fille ne va pas tarder à se terminer. Ce serait vraiment trop con qu'ils débarquent pendant notre petite discussion, pas vrai ?

Donny hocha la tête d'un air entendu, tandis que sa sale trogne se tordait en une grimace d'inquiétude feinte.

– Imagine-les un peu, ces pauvres choutes, débarquant ici en pleine action ! Elle doit être douée pour la danse, ta gamine…

Il promena un ongle parfaitement manucuré sur la lame du couteau.

– Ça serait quand même con qu'elle y laisse un orteil ou deux, hein ? Paraît que les orteils, c'est indispensable, rapport à l'équilibre, pas vrai ?

Comme il ramenait son regard vers le visage du type, il y lut de la pure terreur.

– Vous ne feriez pas ça. Pas à un enfant.

Ce fut Lance qui répondit.

– Je vais me gêner. Quand on me doit du fric, je suis prêt à massacrer n'importe qui. Je prends toujours ça très mal, comme une insulte personnelle. Alors, où il est, ce coffre-fort ? Tu l'ouvres, tu nous paies et on se tire. Sinon, je découpe tout le monde en rondelles, y compris ton petit dernier dont t'es si fier !

Il n'avait pas refermé la bouche qu'ils entendirent la porte d'entrée s'ouvrir. Une voix de femme s'éleva.

– Dis donc ! Tu as vu l'état de la grille ? Je l'ai trouvée grande ouverte…

La femme entra dans la cuisine et, voyant ce qui se passait, tenta de rebrousser chemin. Mais c'était trop tard. Elle avait son bébé dans les bras. Sa fille aînée, qui venait d'avoir douze ans, était restée dans l'entrée pour ôter ses bottes et son manteau. La gamine releva la tête quand elle entendit du bruit et se mit à pleurer en voyant sa mère reculer, pâle d'effroi, tandis qu'un inconnu l'attirait sans ménagement dans la cuisine. D'instinct, la femme se pencha sur son bébé pour le protéger d'un éventuel coup de feu.

– Je vous en prie ! Nous… nous ne sommes au courant de rien. Laissez-nous…

La terreur la faisait bégayer. La fillette était accourue et ses sanglots effrayèrent le bébé, qui se mit à hurler à son tour. Lance dut donner de la voix pour couvrir le vacarme.

– Ça suffit ! Donnez-la-moi !

Donny lui lança un regard effaré, tout comme les parents de la fillette.

– J'ai dit : donnez-moi la petite.

– Déconne pas, Lance. Y a pas de quoi en venir à ce genre de…

Lance fondit sur la mère et empoigna la fillette.

La mère hurlait à présent de façon incontrôlable.

– Ta gueule, où je descends tout le monde, juste pour avoir la paix.

Il avait immobilisé la petite devant lui et tenait son flingue pointé sur sa tête.

L'enfant se tut aussitôt, comme si elle avait soudain pris conscience de la gravité de la situation. Ses larmes continuaient à rouler sur ses joues, mais silencieusement. Elle n'émettait plus un son.

– D'accord, d'accord ! Putain de merde. Relâchez-la, espèce de salauds. Relâchez-la et vous aurez ce que vous voulez.

Lance repoussa brutalement la petite qui trébucha et s'affala par terre, trop sonnée et trop terrorisée pour tenir sur ses jambes. La mère, toujours secouée de sanglots convulsifs, tenta de relever sa fille, tout en se cramponnant au bébé qu'elle avait dans les bras.

– File donc la fermer, cette putain de porte, lui cria Lance. Et pas d'entourloupe, hein ! Oublie surtout pas qu'on te voit d'ici !

La femme acquiesça d'un signe de tête et Donny comprit qu'elle était au bord de la crise de nerfs. Quant à la petite, elle était dans une sorte d'état second, le genre de transe où vous met la peur. Elle n'était pas près d'oublier la scène d'horreur qu'elle venait de vivre.

– Vas-y ! Grouille-toi !

La mère sortit de la cuisine par la porte de leur nouvelle véranda – c'était pour construire ce petit jardin d'hiver que son mari avait dû emprunter du fric... En passant près de lui, elle cracha :

– Ma mère me l'avait bien dit, que tu finirais en taule ou assassiné. Et voilà que tu m'amènes ça, sous mon propre toit...

D'une bourrade, Lance la propulsa à travers les portes vitrées de la véranda.

– Je peux même la buter pour toi, si ça peut te rendre service. Un petit bonus, histoire de te récompenser de ta coopération. Elle m'a l'air d'une foutue pétasse, cette conne ! Et ces mômes, et tout ce tintouin que tu dois t'appuyer du matin au soir, sept jours sur sept ! Tu sais, je fais pas dans la discrimination, moi. Je suis prêt à dessouder n'importe qui !

Lance attendit que le type se décide à leur dire ce qu'ils voulaient savoir… au lieu de quoi, il secoua la tête d'un air un poil trop pathétique pour être sincère.

– Les gars… laissez-moi juste une semaine. Il ne m'en faut pas plus. Dans une semaine, j'aurai votre fric. Je vous le jure sur la tête de ma mère.

Cette fois, Lance était dans une rage noire. Incroyable, ce minus qui continuait à risquer la vie de ses gosses pour quelques biffetons. C'était incroyable. Incroyable et dégueulasse.

– Espèce de sale con. T'essaies encore de passer à l'as, alors qu'on menace tes propres enfants ? Comme si tu ne me connaissais pas ! Comme si tu ne savais pas de quoi je suis capable ! T'es vraiment le dernier des mange-merde !

– Allez, Lance… Tu sais que tu peux compter sur moi. Surtout si c'est toi qui te charges de récupérer la dette.

– Sauf que tu viens d'acheter des billets d'avion à Dodger Marks. Tu te préparais à partir en Espagne, dès jeudi prochain. Il est à moi, Dodger Marks – et toi aussi, maintenant, t'es à moi. Je sais tout sur ceux qui me doivent du fric. Je n'ai qu'à faire passer le message, et les informations me reviennent automatiquement. Ce qui fait qu'avant même d'engager la discussion avec mon client, je sais exactement combien je peux lui demander. Tu pensais vraiment que j'allais te croire sur parole, quand tu me jurais que tu allais me payer une fois que tu serais sur la Costa Brava ? Je serais allé te chercher jusque là-bas, pauvre con. Maintenant que j'ai décidé d'avoir ta peau, y a plus un endroit sur terre où tu pourras m'échapper.

Lance partit d'un grand éclat de rire en secouant la tête. Quel empaffé, ce type ! Qu'est-ce qu'il croyait ?

– Et maintenant, ça rigole plus. Pour moi, tu seras toujours un ennemi. Si je te revois dans le coin, je te fous ta branlée. Et fais-moi confiance – tu regretteras d'avoir essayé de me doubler jusqu'à la fin de ta putain d'existence !

Pointant son arme sur les pieds du type, il fit feu. La détonation ébranla la pièce, tandis que tout, autour de lui, se couvrait de sang et d'éclats d'os. Atterré, l'homme contempla sans réagir ce qui restait de ses chaussures cousues main, un modèle hors de prix. Il semblait avoir peine à y croire. La douleur ne s'était pas encore frayé un chemin jusqu'à sa conscience. Ça prendrait quelques minutes, le temps que l'onde de choc se dissipe un peu et que son cerveau réagisse de façon adéquate.

Lance était sorti de ses gonds. Il avait pointé son fusil sur la porte de la véranda et hurlait, fou de rage et de haine.

– Va me chercher les gosses ! La gamine et le bébé. Putain ! Je vais les estropier. Comme ça, tu t'en rappelleras toute ta vie, de ce putain de jour où t'as joué tes gamins. Ça te fera une bonne leçon. Je vais leur arranger le portrait au point que tu regretteras que je ne les aie pas carrément achevés. Et toi aussi, tu vas regretter d'être resté en vie.

Donny était aussi sonné que le type qu'ils malmenaient. Lance était fou de rage. Littéralement. Rouge de fureur, le regard fixe. Il semblait totalement largué. A chaque mot, il crachait un brouillard de postillons.

– T'as entendu ou quoi, Donny ! Va chercher les gosses ! Je vais lui filer une bonne leçon, à ce connard. Il a besoin d'apprendre à s'occuper un peu de sa famille. Ses gosses, on les protège. On ne les laisse pas en gage au premier tueur venu !

L'homme avait bien entendu. Tout comme Donny, il ne doutait pas une seconde que Lance était capable de mettre ses menaces à exécution. Juste pour lui prouver qu'il pouvait le faire. Ou pour lui filer « une bonne leçon »...

Il se laissa tomber à genoux.

– Non, pitié ! Pitié, Lance. Je t'emmène au coffre-fort. Tu peux tout prendre. Le fric, les bijoux, tout. Mais je t'en prie, je t'en supplie, arrête ça...

Lance lorgna le type un long moment sans mot dire. Il ne se contenait plus qu'à grand-peine.

– Allez, amène-toi, Lance. On prend le fric et on se casse.

Les mots de Donny avaient dû parvenir jusqu'à son cerveau, mais il s'écoula de longues minutes avant que Lance ne réagisse. Il était aux prises avec lui-même. Les autres avaient entendu parler de ses tendances sadiques, mais aucun des deux n'avait jamais eu l'occasion de les voir à l'œuvre d'aussi près – et ça, ils n'étaient pas près de l'oublier.

– OK. D'accord.

Son regard tomba sur le type, toujours à terre.

– T'as intérêt à te remuer. Montre-moi le chemin, et vite !

L'homme dut se traîner hors de la cuisine. Ses pieds et ses chevilles n'étaient plus que des moignons ensanglantés. La maison était pleine de sang. Il dut traverser l'entrée et ramper dans l'escalier, suivi de Lance, tandis que Donny restait surveiller sa femme et ses gosses. Lorsqu'il atteignit enfin le seuil de la chambre principale, il avait perdu tellement de sang qu'il était à deux doigts de tourner de l'œil.

– C'est derrière ce tableau, murmura-t-il. La combinaison, c'est 999, deux fois.

Lance grimaça un sourire.

– Le numéro des urgences. Ça tombe bien, tu vas en avoir besoin ! Un simple plâtre ne suffira pas, dans ton cas.

Lance ouvrit le coffre en un tournemain et, tirant de sa poche un sac plastique, en vida le contenu. Le butin était nettement supérieur à la dette, mais il n'était pas à ça près.

Il avait commis l'irréparable, ce connard, l'ultime erreur qui ne pouvait manquer de le faire sortir de ses gonds : essayer de le gruger avec des gamins à proximité.

Lance lui jeta un regard de pure haine.

– Maintenant, t'as le choix. Soit tu perds une jambe, soit je descends un de tes gamins…

L'homme avait perdu connaissance sous l'effet conjugué de la peur, de la douleur et de l'hémorragie. Lance le frappa sauvagement au visage à coups de pieds, pour tenter de le faire revenir à lui, mais il ne parvint qu'à lui faire définitivement tourner de l'œil, ce qui ne fit que multiplier sa colère.

Il aurait donné cher pour avoir la réponse à sa question…

– Tu savais que m'man était allée faire des examens à l'hôpital, Lance ?

Lance fit « oui » de la tête. Patrick s'était installé en face de lui. Il attendit qu'Annie revienne dans le petit salon avec un plateau chargé d'une théière et de trois tasses à thé.

– Alors, vous voilà les garçons… Vous voulez un biscuit ? J'ai aussi une bonne bouteille de bourbon que je garde pour mes visiteurs de marque…

Pat secoua la tête.

– Assieds-toi, mamie. J'ai besoin de vous parler, à tous les deux.

Annie vint prendre place. La gravité dont était empreinte sa réponse lui disait tout ce qu'elle avait besoin de savoir.

– C'est un cancer ? murmura-t-elle, étranglée par la peur et la culpabilité.

Patrick hocha tristement la tête.

– Elle doit y retourner dès demain. Ils vont lui enlever un sein. Ils disent que comme ça, elle aura toutes les chances de s'en sortir.

Il n'aimait pas en parler, de ces trucs de bonne femme, et il n'en était toujours pas revenu. Sa mère, ce roc ! Cette force de la nature ! Malade. Gravement. A un âge relativement jeune, avec des enfants à charge. Là, quelque chose déconnait et dans les grandes largeurs. Comme si Lil n'avait pas eu assez de problèmes à se coltiner dans sa chienne de vie !

Lance but une gorgée de thé après avoir bruyamment soufflé sur sa tasse.

– Elle va avoir besoin d'un coup de main. On va prendre Kathleen ici, Mamie et moi. Ça fera un gros souci en moins.

Ce revirement imprévu ne manquait pas de surprendre Patrick, mais plus il y réfléchissait, plus cette solution lui semblait la meilleure. Lance parut sentir ses hésitations et les comprendre.

– Maman s'inquiète pour elle, et c'est normal. Kathleen n'est pas en pleine possession de ses moyens, nous le savons tous. Mais maman peut compter sur moi pour m'occuper de ma sœur. Quoi qu'elle pense de moi, elle sait que je sais m'y prendre avec Kathleen et que ça ne date pas d'hier. Souviens-toi, quand on était gamins. Tu veillais toujours sur

Eileen, et moi sur Kathleen. Maman aura l'esprit plus libre, et puis les filles auront bien assez à faire avec Shawn !

Annie leur notifia son approbation d'un signe de tête.

– Il a raison, Patrick. Lil se fait un sang d'encre pour Kathleen. Plus que pour tous les autres réunis…

Patrick porta sa tasse à ses lèvres sans mot dire. Il connaissait sa grand-mère. Si Annie se chargeait de Kathleen, ce serait un gros souci de moins pour sa mère et Annie pourrait se faire mousser et engranger des tas de points à la banque des faveurs – même si c'était sur ses épaules à lui et sur celles des filles que reposait le plus gros du fardeau.

A présent, Pat savait de qui Lance tenait ses traits de caractère les plus suspects. Il lui arrivait de détester sa grand-mère. Toujours en quête d'une bonne occasion à exploiter, elle se souciait à peine des autres. Mais ça, il se garda bien de le lui dire, et s'efforça de régler le problème du mieux qu'il le pouvait. S'il n'y parvenait pas, personne n'y parviendrait. Il nota aussi dans un coin de sa tête qu'Annie n'avait posé aucune question sur l'opération, l'état de santé ou le moral de sa fille. Elle ne lui avait même pas demandé les horaires de visite à l'hôpital… La seule chose qui l'intéressait, c'étaient les conséquences possibles pour elle. Elle allait se retrouver au centre de l'attention de tout le quartier, avec des tas d'histoires à raconter. Elle avait toujours eu un talent spécial pour tirer parti des événements, et ça ne changerait pas de sitôt.

Mais il se retint de leur faire la moindre remarque, à l'un comme à l'autre. Il se hâta de finir sa tasse de thé, avant de les planter là.

Leur compagnie le laissait toujours sur une impression de souillure. Il détestait être auprès d'eux, surtout quand ils étaient ensemble. Sa grand-mère avait pas mal de choses sur la conscience. Ce qu'elle avait fait de son frère, entre autres…

– Est-ce que tu as vu Colleen ?

L'inquiétude qui avait filtré dans la question de Christy lui attira aussitôt l'attention des autres.

– Non. On pensait qu'elle était avec toi.

– Je ne l'ai pas vue de la journée. Et à l'école, personne ne sait où elle est.

Eileen poussa un gros soupir en dévisageant Lance, qui l'aidait à transporter un lit au rez-de-chaussée pour leur mère. Il roula les yeux, et elle ne prit pas la peine de répondre à son petit frère. Ils avaient trop à faire pour le moment. Lil allait rentrer de l'hôpital en fin d'après-midi. Ils s'étaient dit qu'elle serait mieux installée dans le salon, avec tout le monde qui graviterait autour d'elle. Elle se sentirait plus entourée, mieux intégrée dans la famille.

Il s'était écoulé un mois et demi depuis son opération, et une semaine depuis la fin de la radiothérapie. Elle avait toujours très mauvaise mine et n'était plus que l'ombre d'elle-même, mais elle avait du répondant. Ses enfants avaient confiance en ses ressources. Elle s'en remettrait rapidement. Quelques semaines de repos, et elle serait vite sur pied. C'était du moins ce qu'ils se répétaient. La perspective de la perdre les plongeait dans la terreur. Depuis le diagnostic de son cancer, ils avaient eu tout loisir de prendre conscience de ce qu'elle représentait pour eux. Ils dépendaient tous d'elle.

– Ben moi, je l'ai pas trouvée.

– Ne t'en fais pas. Elle est chez une copine.

Christy se laissa choir sur le canapé avec un grand soupir qui fit rigoler Eileen. Son petit frère pouvait en faire des tonnes quand ça le prenait.

– T'inquiète, elle va revenir. Elle revient toujours. Et à la bibliothèque, t'y es passé ? Ce matin, elle parlait d'y faire un saut.

– Ses copines m'ont dit qu'elle n'était pas à l'école, aujourd'hui.

Lance s'arrêta net et se tourna vers son petit frère.

– Comment ça, pas à l'école ? Et toi, tu ne l'as pas vue ?

– C'est ce que je me tue à vous dire ! fit Christy en secouant la tête, à bout de patience. Moi aussi, j'ai pensé qu'elle était chez une copine. Mais aucune de ses amies ne l'a vue de la journée. Personne ne l'a vue. Nulle part.

Cette fois, Eileen perçut l'angoisse qui lui faisait vibrer la voix. Il était inquiet. Vraiment inquiet. Ils étaient comme les doigts de la main, ces deux-là. Christy devait avoir de bonnes raisons de s'en faire.

– Tu ne l'as vraiment pas vue ? De toute la journée ?

Il secoua la tête, une fois de plus, avec une mimique excédée : combien de fois fallait-il le leur répéter ?

– Ça fait déjà longtemps qu'elle ne m'attend plus pour rentrer de l'école. A la sortie, elle retrouve ses copines et moi mes copains. Je ne la vois pas toujours pendant la journée – tu sais bien que j'ai un an de plus et qu'on n'est pas dans la même classe. En général, on se retrouve sur le chemin du retour. On s'attend pour faire ensemble la dernière partie du trajet et se raconter nos trucs, tu vois…

Il voulait parler de leur mère et de sa maladie, mais il évitait d'y faire directement allusion. Eileen était bien placée pour comprendre ce genre de réticence ; ils l'éprouvaient tous. Elle-même avait parfois peur d'en parler, comme si le seul fait de prononcer son nom avait suffi à donner plus de réalité au cancer. Ça leur rappelait que ce qu'ils craignaient tant pouvait arriver, d'un jour à l'autre – et aucun d'eux ne supportait l'idée que leur mère puisse disparaître. Ça, ça n'était même pas concevable.

– T'as posé la question à toutes ses copines ?

Il fit « oui » de la tête.

– T'en es sûr ? Y en a pas une avec qui elle aurait pu faire l'école buissonnière ?

Il secoua la tête.

– Je vais à nouveau faire un tour dans le quartier. Elle n'a jamais fait ça. D'ailleurs, elle savait que maman devait rentrer aujourd'hui. Et je peux te dire qu'elle attendait son retour avec impatience… Alors, je ne la vois pas du tout se barrer comme ça, sans prévenir personne. Servez-vous de votre tête, quoi !

Leur lenteur commençait à lui porter sur les nerfs. Ils ne voyaient donc pas que ça n'était pas normal, de la part de Colleen, l'élève la plus studieuse et la plus sage de la famille ? C'était lui qui séchait les cours et s'attirait des ennuis, jamais Colleen. Comment diable pouvaient-ils l'imaginer une seconde faisant l'école buissonnière ?

– Ne sors pas, Christy, fit Eileen en allant décrocher le téléphone de l'entrée. Reste ici, je préviens Pat pour lui demander ce qu'il en pense.

Lance contempla longuement son jeune frère, puis vint s'asseoir près de lui.

– T'es vraiment sûr que tu ne sais pas où elle a pu aller ? lui demanda-t-il avec douceur. Tu aurais pu oublier quelqu'un…

Christy ne se donna pas la peine de répondre à son grand frère. Il se contenta de secouer à nouveau la tête, avec un soupir exaspéré.

Le flic considérait Pat Brodie avec intérêt, et pas seulement parce qu'il était venu signaler la disparition d'une personne de sa famille. Il connaissait le clan Brodie de réputation, mais c'était la première fois qu'il avait l'occasion d'en voir un de près. Les Brodie étaient une légende vivante, dans le secteur. Pour un jeune flic, c'était comme d'être en présence d'une tête couronnée. Cette rencontre allait être abondamment commentée, pendant les semaines et les mois à venir.

– Vous avez de la merde dans les oreilles, ou quoi ? Je veux voir l'inspecteur Broomfield, et illico !

Le jeune homme en resta sans voix. La présence de Patrick Brodie dans le poste, la façon dont il le dévisageait, tout ça lui filait une trouille bleue. Effectivement, il avait un peu de mal à se concentrer sur ce qu'il venait d'entendre…

– Vous êtes sourd dingue ou juste complètement crétin ? Répondez au moins quelque chose !

Patrick avait hurlé ces derniers mots. Il ne parvenait plus à contenir sa colère, face à ce glandu qui avait l'air complètement largué.

Le jeune flic s'éloigna de la vitre blindée qui était censée le protéger des plus turbulents de ses visiteurs et s'efforça de se ressaisir.

– Une minute, monsieur. Je… je vais avertir l'inspecteur de garde.

Pat resta planté devant le comptoir de la réception en tâchant de contenir sa nervosité. Sur les murs, tout autour de lui, s'étalaient des portraits de cambrioleurs et de petits casseurs – rien que des brêles, dont aucun ne valait un résidu de bidet. Il avait dû expliquer son problème à un empoté de première, à qui il n'aurait même pas confié une livre pour aller lui acheter une bière au coin de la rue – alors, a fortiori, pour ce qui était de retrouver la piste d'une fillette portée disparue… Ça puait le flic, dans cette salle, un mélange de vieille clope et de manœuvres tordues. Il les haïssait tous en bloc, eux et ce qu'ils représentaient pour les gens. Lui, il avait une tout autre image de la police, pour avoir eu plus d'une fois l'occasion de les voir sous un angle peu reluisant…

Il allait être minuit et Colleen restait introuvable. Il était franchement inquiet, à présent, comme toute la famille. Ça n'était pas son genre de disparaître. Colleen était toujours une enfant. Elle n'avait jamais découché, ne fût-ce que pour aller dormir chez une de ses amies.

Une voix familière l'appela par son nom, tandis que la porte des bureaux s'ouvrait sur le passage de Teddy Broomfield, une vieille connaissance à son père qui lui faisait signe d'approcher.

– Viens donc par ici, fils. On va réfléchir à ce qu'on peut faire autour d'une tasse de thé.

Patrick franchit la porte du bureau, soulagé de pouvoir enfin faire quelque chose de constructif. Il avait lancé tous ses amis et alliés sur la piste de Colleen. Personne ne l'avait vue. Personne ne savait rien. Elle s'était comme évaporée. Pour rien au monde, elle n'aurait manqué le retour de sa mère à la maison. Tout cela, il l'expliqua à Teddy, qui ne pouvait qu'en convenir. L'inspecteur prenait l'affaire nettement plus au sérieux que son jeune collègue, le petit crétin de la réception.

Pour une raison qui lui échappait, cela ne fit qu'ajouter à son angoisse, comme si la réalité de la disparition s'était trouvée soudain matérialisée par cette déclaration. Maintenant, Colleen était officiellement portée disparue. Elle n'avait pu rentrer par ses propres moyens. Elle devait avoir besoin d'aide. Et la situation lui apparaissait tout à coup dans toute sa foutue gravité.

Dans les vingt-quatre heures, Lil s'était rendue à l'évidence. Sa fille ne rentrerait plus. Plus jamais. Elle n'aurait su dire comment elle le savait, et elle n'en fit part à personne. Mais c'était une certitude. Plus jamais elle n'entendrait sa voix, ses exclamations, son babillage. Plus jamais elle n'entendrait ses chansons, ni ses tâtonnements à la flûte à bec.

Colleen avait disparu. Pour de bon.

A présent, si elle devait jamais la revoir, ce serait pour identifier son corps. Sa petite fille n'était pas du genre à fuguer. Jamais elle n'aurait quitté la maison, comme les flics faisaient mine de le supposer.

Eileen d'abord, puis les garçons, avaient battu leur coulpe. Leurs voisins et amis avaient épuisé leurs stocks de mots de consolation et d'exhortations à l'espoir.

Elle s'était allongée sur son lit, serrant contre elle son petit dernier. Elle était prise d'un sérieux doute quant à ce Dieu qui lui avait envoyé cette ultime épreuve, après tout ce qu'elle avait déjà dû se coltiner, année après année. Elle avait refusé d'ouvrir sa porte au prêtre de la paroisse et s'était juré de ne plus jamais recevoir la communion.

Mais la vie continuait…

Elle se l'était répété tant de fois, cette vieille maxime, au cours de son existence. Mais cette fois, elle avait compris. Ça n'était qu'un fatras de conneries. La sienne, de vie, n'avait pas repris son cours – pas pour de vrai. Elle vivait au jour le jour désormais, en cachant son chagrin, sa peur et son désespoir.

Chaque nuit, elle revivait en direct tous les cauchemars qui peuvent traverser l'imagination d'une mère. Pour elle, les faits divers les plus atroces qui traînaient dans les journaux ou dans les feuilletons télé prenaient corps et réalité. Tout lui semblait possible et plausible. Sauf que ces cauchemars, ce n'était pas pendant son sommeil qu'ils lui venaient, mais en pleine conscience, les yeux grands ouverts.

Elle se demandait si sa petite souffrait, si elle avait peur, si elle avait été torturée ou violée, si elle appelait sa mère à l'aide... Si elle avait vainement imploré du secours, sans que personne ne réponde à ses cris.

Ils n'avaient rien à quoi se raccrocher. C'était ça, le pire. La petite semblait s'être évaporée dans la nature. Personne ne savait où elle avait pu aller, ni où elle pouvait se trouver. C'était comme si elle n'avait jamais existé. Sauf que, chez eux, tout leur prouvait le contraire : ses vêtements, toujours rangés dans son placard, et ses chaussures sur l'étagère de l'escalier – comme autant de témoins muets des moments heureux qu'elle avait passés dans cette maison. C'était comme si elle s'était momentanément absentée et qu'elle allait bientôt revenir, comme si de rien n'était... Ils avaient tous plus ou moins la même impression. Elle le sentait à leur façon d'être, à la manière dont ils s'efforçaient de comprendre, de reconstruire ce qui avait bien pu se passer.

Aucun d'eux ne serait plus jamais le même – ça aussi c'était pour elle une certitude. Elle sentait sa famille se déliter autour d'elle, lentement et sûrement. Elle voyait le mal à l'œuvre et savait qu'il n'y avait rien à faire pour l'arrêter. Au début, elle avait espéré un miracle, elle avait prié pour voir Colleen faire irruption dans la pièce en éclatant de rire et en leur expliquant qu'ils s'étaient tous gourés. Mais, à présent, elle se bornait à attendre un corps, quelque chose qu'elle pourrait ensevelir. Qui désamorcerait enfin ces vaines spéculations qui l'avaient empêchée de trouver le sommeil, pendant tant de nuits.

S'ils avaient au moins eu quelque chose à enterrer, ils auraient pu la pleurer et entamer le deuil. Ils auraient pu comprendre ce qui lui était arrivé, digérer les raisons de sa disparition. Chaque Noël, chaque anniversaire leur rappelait douloureusement ce qu'ils avaient perdu. Mais le pire, c'était cette attente. L'attente de nouvelles qui ne pourraient qu'à nouveau leur briser le cœur...

LIVRE III

Non omnis moriar.
Je ne mourrai pas en entier.

HORACE (65 av. J-C-8 av. J-C)

Je combattrai pour ce en quoi je crois,
jusqu'à mon dernier souffle.
C'est ce qui nous maintient en vie.

Barbara CASTLE (1910-2002)

CHAPITRE 29

– Dire que tu vas avoir quarante ans dans quelques semaines !

Elle éclata de rire. Sous les traits rudes et énergiques hérités de son père, Pat était toujours très bel homme. Bien qu'il fût son fils, Lil devait admettre qu'il était d'une beauté renversante. Il en avait d'ailleurs parfaitement conscience, le bougre.

– Peut-être m'man, mais ne compte pas sur moi pour organiser une fiesta. On a vu ce que ça a donné, la dernière fois…

Ce genre de boutade ne la faisait pas rire. Tant d'années après, la plaie n'était pas refermée. Lil n'avait pas achevé son deuil. En se rendant compte du malaise de sa mère, Pat la prit dans ses bras.

– Excuse-moi, m'man, fit-il, le visage sombre. J'essayais de faire de l'humour.

Elle haussa les épaules d'un air indifférent.

– C'est de l'histoire ancienne, maintenant.

Mais elle ne trompait personne.

Elle se replongea aussitôt dans ses livres de comptes. Pat observa un long moment sa mère, cette sacrée bonne femme qu'il aimait plus que jamais.

A Soho, Lil était une vraie légende, et elle mettait un point d'honneur à ne pas déroger. Au fil des années, les affaires de Patrick avaient prospéré, mais sa mère, cette bonne vieille

Lil Brodie, avait gardé la mainmise sur les boîtes et en avait fait de véritables mines d'or.

Comme elle le lorgnait par-dessus ses lunettes haute couture, il se remit à rire.

– T'es plutôt sexy comme jeune grand-mère, m'man !

– Oh, tais-toi, et sers-moi plutôt un cognac.

Comme il remplissait deux verres, elle se carra contre le dossier de son fauteuil et bâilla.

– T'as parlé à Lance ?

Pat avait vécu dans la crainte de ce moment, mais il ne pouvait plus reculer. Il allait devoir tout dire, sinon elle découvrirait par elle-même ce qu'il en était – à supposer d'ailleurs que ce ne fût pas déjà fait et qu'elle se gardât d'en parler pour voir s'il aborderait spontanément le sujet.

Comme il secouait la tête, Lil remarqua les quelques fils gris qui striaient la masse sombre des beaux cheveux de son fils. La maturité lui allait si bien. Ah, les hommes ! Ils vieillissaient tellement mieux que les femmes ! Les signes de l'âge ne faisaient qu'ajouter à leur charme. Encore une injustice de la nature, la plus cruelle peut-être.

– Je lui ai demandé de passer ce soir. J'ai laissé un message sur son portable.

Elle vida son verre cul sec, d'un geste fluide, et le tendit à son fils pour qu'il y refasse le plein.

– Tu préfères que je m'en charge ?

Pat se mordit la lèvre. Ce qu'il aurait préféré, c'était la laisser en dehors de ça. Mais fallait pas rêver, personne au monde ne pouvait dire à Lil Brodie autre chose que ce qu'elle voulait entendre.

– Non, m'man. Laisse-moi faire. J'ai la situation en main.

Elle reprit son verre et dégusta son cognac à petites gorgées, et, se laissant aller contre le dossier de son fauteuil, lui adressa un coup d'œil dubitatif.

Pat s'installa en face d'elle. Sa mère était une belle plante, et elle avait toujours eu l'art de s'arranger. Elle avait dû s'offrir un brin de « ravalement de façade », comme elle disait. Rien de trop voyant. Juste les poches sous les yeux, et quelques injections de Botox, ici ou là, pour s'entretenir un peu.

Elle s'habillait avec élégance, ne portait que des tailleurs et des sacs à main signés. Elle avait toujours eu une passion pour les belles écharpes, très chics et très chères, qu'elle drapait joliment autour de son cou ou de ses épaules. Elle se préférait en blonde, mais avec une coupe courte, pratique, qui mettait en valeur la finesse de ses traits. Elle avait toujours de très belles jambes et Pat avait vu des hommes bien plus jeunes que lui les lorgner d'un œil de connaisseur – d'autant qu'elle ne détestait pas les montrer, sous les jupes de ses tailleurs. Pour une femme qui avait mis huit enfants au monde, elle était plus que bien conservée.

Mais elle n'était pas bien épaisse. Elle n'avait jamais repris les kilos perdus à l'époque de la disparition de Colleen. Elle avait un appétit d'oiseau et manquait perpétuellement de sommeil – mais, sur ce dernier point, il aurait été mal placé pour lui faire la leçon.

– En tout cas, je tiens à assister à l'entrevue.

Pat accepta d'un signe de tête. S'il avait refusé, elle aurait fait la sourde oreille, et il savait d'expérience qu'il valait mieux la laisser faire les choses à sa façon.

– A condition que tu promettes de ne pas intervenir, d'accord ?

Elle sourit.

– Evidemment. Pour qui tu me prends ?

Il arqua les sourcils.

– Oui, je sais, pour une vieille emmerdeuse qui essaie de mettre le nez dans ce qui ne la regarde pas…

Ils éclatèrent de rire en chœur, puis elle bâilla de nouveau, curieuse de voir comment allait tourner la soirée.

– Billy Boot est un brave gars, Pat, et il a beaucoup fait pour nous. J'aurais tendance à le croire sur parole.

– Même contre celle de Lance ?

Il connaissait la réponse, mais ça lui avait échappé, à mi-voix.

– Surtout contre celle de Lance.

Elle lui décocha un grand sourire et il reconnut sur les traits de sa mère l'expression devenue familière qui s'y peignait chaque fois qu'on prononçait le nom de Lance en sa présence. Cette mimique qui trahissait l'effort qu'elle devait faire pour le supporter.

Sentant que la discussion touchait à sa fin, elle se carra une fois de plus dans son fauteuil de cuir en promenant autour d'elle un regard satisfait. Elle adorait l'ambiance des clubs. Elle avait toujours aimé ça. Et tout cet argent qui coulait à flots, ça lui semblait le plus bel hommage à l'homme qu'elle avait tant aimé, trente ans plus tôt.

Elle était curieuse d'entendre les explications de Lance – d'autant que les révélations de Billy Boot concernaient aussi les clubs et certaines autres affaires. Ce n'était donc pas seulement de la curiosité. Il y allait de son intérêt.

Eileen s'était enfermée dans sa salle de bains, sa belle salle de bains toute neuve qui avait coûté une petite fortune sans pour autant lui apporter la moindre satisfaction. En fait, plantée devant la glace, les mains agrippées sur le bord du lavabo et les larmes aux yeux, elle commençait à se demander pourquoi elle avait fait tant de foin pour l'avoir.

– Eileen, tu veux bien ouvrir cette putain de porte ?

Une sourde menace avait filtré dans la voix de son mari. Ah ! s'il avait pu tomber raide mort, celui-là ! Foudroyé par une crise cardiaque ou écrabouillé dans sa putain de bagnole !

– Ta gueule !

– Oh ! Si tu crois que je vais marcher comme ça indéfiniment !

Elle entendit ses pas s'éloigner. Il était si lourdingue, si bruyant… Il ne marchait pas, il martelait le sol ! Il piétinait tout autour de lui, comme s'il avait tous les droits, comme s'il pouvait imposer sa présence, s'immiscer où ça lui chantait et avoir toujours le dernier mot, à l'esbroufe. Elle en avait jusque-là de lui et de ses manières. Certains jours, elle avait du mal à comprendre comment elle avait pu l'épouser.

Elle connaissait la réponse, mais elle rechignait à l'admettre. Elle entendit démarrer sa voiture, puis le crissement des roues sur le gravier de l'allée. Elle attendit que le bruit se soit éloigné pour déverrouiller la porte et descendre au rez-de-chaussée.

Elle avait un urgent besoin d'un petit remontant. Filant droit à la cuisine, elle tira un tabouret de sous le bar, le traîna jusqu'au placard aménagé au-dessus de la buanderie, et ouvrit la porte du placard. Il était vide. Pas vide vide, puisqu'il contenait toujours les appareils d'entretien de la piscine, mais la bouteille de vodka qu'elle y avait planquée un peu plus tôt avait disparu.

Elle claqua la porte, sauta de son tabouret et se mit à hurler :

– Vieux fils de pute ! Espèce de gros sac à merde !

Ses cris la soulagèrent un peu et lui rendirent un semblant de calme. Puis elle attrapa ses clés de voiture et quitta la maison. Quelques minutes plus tard, en route pour le magasin de spiritueux, elle sentit qu'elle avait dépassé la limite. Elle conduisait beaucoup trop lentement et se sentait dans un état plus qu'avancé, à deux doigts de tourner de l'œil.

Abandonnant sa Mercedes 220 devant le magasin, elle y acheta ce qu'elle était venue chercher et rentra chez elle à pied, le cœur léger. En chemin, elle balança son trousseau de clés dans une bouche d'égout. Elle riait déjà en pensant à la tête que ferait son mari, quand elle s'avisa que les clés de la maison faisaient partie du trousseau. Elle dut casser la vitre d'une des fenêtres de derrière pour rentrer chez elle. Ce n'était pas la première fois qu'elle appliquait cette méthode. Elle laissa les débris de verre sur le sol et la porte grande ouverte. Quand il n'avait pas de motif de se plaindre, il en était réduit à s'en inventer, ce connard. Là, au moins, il aurait de quoi râler. Elle en avait plein le dos, de lui et de ses putains de jérémiades ! C'était comme de s'appuyer nuit et jour une saloperie de prophète de malheur... Elle se versa un grand verre de whisky, s'alluma une cigarette et se fit une bonne ligne de coke premier choix.

– Putain de merde, après nous le déluge ! jubila-t-elle.

Elle allait s'offrir un peu de bon temps.

– Ça gaze, p'pa ?

Shawn se fendit d'un grand sourire en voyant Jambo traverser le pub pour venir à sa rencontre.

– Au poil, fils. Et toi ?

Jambo aussi avait bien vieilli. Mais il ne semblait pas avoir changé, en vingt ans. Une endurance que Patrick mettait sur le compte du talent qu'il avait pour échapper à toute espèce de stress, de boulot ou de souci. Pat avait toujours été sympa avec lui. Sans doute à cause de la présence constante dont il avait entouré Lil pendant sa maladie et après la disparition de Colleen. Ils s'entendaient bien, tous les deux. Des liens très particuliers s'étaient tissés entre eux, qui avaient scellé leur amitié.

La pauvre Lil ne s'était jamais remise de la disparition de sa fille. La mort de Brodie elle-même ne l'avait pas autant ébranlée. Sans doute parce qu'une femme, une vraie, quand elle met un enfant au monde, ne peut plus concevoir la vie sans lui – le cas de Lance constituant une exception notable à ce genre de loi, évidemment, mais il comprenait les réserves qu'elle avait à son égard. Il avait exactement les mêmes. Lance avait toujours été quelqu'un d'infréquentable. Et il avait tout fait pour.

Alors que son fils, le petit Shawn, faisait la fierté de sa mère. Lil l'avait toujours entouré d'amour et d'attention, comme tout le reste de la famille. Shawn, c'était un vrai rayon de soleil.

– Tu m'as ramené de quoi fumer un peu ?

Shawn hocha la tête. Son sourire et ses dreadlocks étaient la réplique exacte de ceux de son père.

– Bien sûr, p'pa. Comme toujours.

Il lui fit passer la ganja, emballée en un paquet odorant, dans un petit sac frappé du logo HSBC.

– C'est du premier choix. Je l'ai achetée pour ma consommation perso.

Jambo prit le paquet et le fit disparaître dans la poche de son blouson, puis, se carrant sur sa chaise, il attendit que son fils revienne du bar où il était allé lui chercher une Guinness.

Le jeune homme revint, toujours tout sourire.

– Préviens-moi dès que tu verras débarquer Christy. On a un chargement à enlever avant minuit.

Jambo hocha la tête.

Shawn et Christy s'entendaient comme larrons en foire et Jambo n'avait qu'à s'en féliciter. Il aimait bien Christy. C'était un brave petit gars. Il ne tenait pratiquement rien de son père, Dieu merci, et semblait avoir tout pris du côté de sa mère – y compris son sale caractère, ce qui lui avait valu quelques petits ennuis, au fil des années. Shawn et Christy étaient les rois de la combine et faisaient autorité dans le commerce de la beuh. Ils n'avaient pas leur pareil pour dénicher la meilleure qualité du marché. Jambo en avait toujours à discrétion, il n'avait qu'à demander. Tout en attaquant sa Guinness, il glissa un coup d'œil du côté de son fils qui lorgnait les filles au bar. Il s'était déjà taillé une belle réputation de séducteur, et elles lui tombaient dans les bras avec une régularité déconcertante. Shawn avait la tchatche, le brillant et l'aisance qui faisaient craquer un certain type de filles. Toujours partant pour s'offrir un peu de bon temps, il n'en demandait jamais plus. Bref, tout le portrait de son père…

Lance était en rogne. Ça lui arrivait de plus en plus souvent. Il faisait peur à Annie quand il était dans cet état. Il criait, il enrageait, il passait ses nerfs sur elle. Rien de ce qu'elle faisait ne trouvait grâce à ses yeux et elle était à court de mots pour l'apaiser. Les années passant, ça avait fini par devenir une véritable hantise. Elle vivait dans la crainte permanente de son petit-fils et de ses humeurs.

– Tu m'entends ! ?

Il la surplombait de toute sa hauteur. Elle aurait bien aimé regarder tranquillement son feuilleton, comme tous les jours – quand elle manquait un épisode, ça lui gâchait la journée. Mais elle se fit une raison. Tant qu'il n'aurait pas évacué sa hargne, elle n'aurait pas une seconde de paix.

– Bien sûr que je t'entends, Lance. Comme tout le putain de quartier !

Cette fois, la pique parut faire mouche. Il se redressa de toute sa hauteur. En vieillissant, il s'était épaissi, de partout. Il avait pris pas mal de poids, et ça ne le rendait que plus effrayant. Il n'avait rien d'un bon vivant, encore moins d'un gai luron, comme pouvaient l'être les types de son gabarit. Lui, sa masse de graisse lui donnait juste l'air dangereux, et elle était bien placée pour savoir qu'il l'était.

Il préférait cacher qu'il la rudoyait. Pour rien au monde il n'aurait voulu que ça se sache. Il la malmenait, lui hurlait aux oreilles et la harcelait de reproches, trouvant à redire à tout ce qu'elle faisait. En prenant de l'âge, elle avait perdu ses forces et son agilité, fatalement ; mais Lance ne voyait dans la décrépitude physique de sa grand-mère qu'un prétexte supplémentaire pour tirer au flanc. Il prenait son grand âge et son incapacité à satisfaire ses exigences au rythme où il l'exigeait comme un affront personnel.

La seule personne pour qui il gardait un minimum d'égards, c'était Kathleen, laquelle était toujours aussi folle à lier – mais ça, bien sûr, Annie se gardait bien d'en parler. Au moins la jeune femme parvenait-elle à sortir de temps en temps de la maison, même si ça n'était que pour aller chez sa mère. Pour quelqu'un qui n'avait pratiquement pas quitté sa chambre depuis des années, c'était déjà une sacrée victoire. Elle prenait un cocktail de médicaments qui avaient l'air de lui rendre un semblant d'humanité. Annie appréciait cette embellie.

– Putain, me convoquer, moi ! Par répondeur interposé ! Et sans demander « s'il te plaît » encore ! Non ! Il me file l'ordre d'être au club à neuf heures ! Putain, comme si j'avais rien de mieux à foutre que de lui obéir au doigt et à l'œil !

Annie garda le silence. Elle n'était pas censée répondre à ses récriminations – ça, elle l'avait appris à ses dépens. Il voulait juste avoir quelqu'un sous la main pour soulager sa grogne. Malheureusement pour Annie, ce quelqu'un, c'était souvent elle. Comme elle tentait de glisser un coup d'œil vers l'écran, elle aperçut Gil Grissom, des « Experts », papotant à perdre haleine avec cette blondasse qu'elle ne pouvait pas encadrer. Mais Lance avait baissé le son et elle ne put distinguer un traître mot de ce qu'ils se racontaient. Elle se retint cependant de protester ou de toucher au volume. Lance était assez remonté comme ça.

– Comment va, Lil ?

Ivana entra dans le bureau, un gobelet de café à la main. Elle le posa devant Lil avant de se laisser choir dans un fauteuil, en envoyant promener ses hauts talons. Puis elle lâcha un grognement d'aise, en frétillant des orteils.

– La vache ! Je ne sens plus mes jambes… Je dois avoir passé l'âge de me balader juchée sur ces godasses ridicules.

Lil s'esclaffa.

– Dans vingt-cinq ans, tu seras toujours perchée dessus, comme moi.

– Oh, tais-toi ! Je suis assez déprimée comme ça !

Elles éclatèrent de rire ensemble et Lil eut peine à croire qu'il ait pu exister une époque où elle avait du mal à la supporter, cette chère Ivana. Maintenant, elles étaient inséparables. Patrick l'avait fait marner des années, mais Ivana avait résisté à tout. Lil en était venue à l'admirer, avant de se découvrir une profonde affection pour elle. Un jour qu'elle avait dû s'absenter quelque temps, Lil avait même dû se rendre à l'évidence : Ivana lui manquait. La vie vous réservait de ces surprises…

– Dis donc… qui s'occupe du bébé ?

Le « bébé » en question avait douze ans, mais pour tout le monde, c'était toujours « le bébé ».

– Elle est chez Isabel.

Lil était rassurée. Isabel, une de ses anciennes hôtesses, s'éait trouvé un mari et avait raccroché. Ivana était sa meilleure amie, et elles n'avaient jamais perdu le contact. Isabel était toujours heureuse d'avoir la petite Georgia. Ayant elle-même trois enfants en bas âge, elle appréciait le coup de main que la fillette lui donnait. Georgia aimait jouer avec les petits, leur donner le bain et leur raconter des histoires. Elle ressemblait tellement à Colleen que ça en devenait presque effrayant – tout le monde l'avait remarqué, même si personne n'osait le dire. La jolie petite Georgia était l'objet d'une attention constante, tout le monde l'adorait.

– Eileen a appelé, annonça Ivana. Elle m'a raconté des tas de trucs auxquels je n'ai compris que dalle. Toujours est-il qu'elle était en larmes…

Lil esquissa un haussement d'épaules, ce geste d'un inimitable fatalisme qui l'avait aidée à supporter toutes les épreuves de son existence.

– La date anniversaire approche, pour Colleen, et ensuite ce sera celle de Pat… fit-elle, avec une pointe de tristesse.

– Je sais, répondit Ivana en hochant la tête.

Ivana était toujours très belle et paraissait bien moins que son âge. Sa gracilité avait fait place à d'appétissantes rondeurs, après la naissance de sa fille. Quoique toujours menue, elle n'avait plus rien de frêle. Ils étaient toujours ensemble, Pat et elle, même s'il continuait à s'offrir quelques aventures, ici ou là, quand l'envie l'en prenait – ce que Lil ne pouvait que déplorer, évidemment, mais elle se gardait de toute ingérence dans la vie du couple. Ivana était plus que capable de mener sa barque. Restait que ça la chagrinait. Lil voyait parfois passer une ombre de tristesse dans ses yeux, et elle aurait voulu pouvoir y faire quelque chose…

– Quarante ans, Seigneur ! Qu'est-ce que ça fait d'avoir un fils de quarante ans !

Lil lui grimaça un sourire, les traits tordus en un masque d'horreur feinte.

– Eh bien, disons que j'ai connu des jours meilleurs !

Elles riaient toujours quand Patrick débarqua dans le bureau, suivi de Lance. La pression grimpa aussitôt d'un cran. Lance semblait semer le stress autour de lui, où qu'il aille.

On aurait pu entendre crépiter l'air dans la pièce. Lil et Pat échangèrent un regard inquiet, tandis qu'Ivana s'éclipsait prudemment – Lance ne lui avait jamais adressé la parole directement, mais elle n'avait que trop clairement conscience de l'opinion qu'il avait d'elle.

Paulie Brick entra dans la maison en promenant autour de lui un regard inquiet. Eileen était capable de surgir de n'importe quel recoin sombre pour lui sauter à la gorge. Elle devenait intenable, dès qu'elle avait bu – ce qui était malheureusement le cas la plupart du temps.

Il regretta de s'être laissé aller à lui crier dessus, un peu plus tôt dans la soirée, mais elle avait le don de le mettre dans une telle rage qu'il se sentait parfois capable de l'étrangler.

En traversant leur luxueuse cuisine, il vit les éclats de verre qui parsemaient le sol. Sur le plan de travail en granit poli restaient quelques traces de cocaïne, non loin d'un bouchon de whisky.

Il poussa un soupir. Il avait remarqué l'absence de la voiture, mais avait subodoré que sa femme était quelque part dans la maison. Elle ne restait jamais bien longtemps dehors, préférant se claquemurer chez eux pour se pinter tranquille. Il se demanda si la voiture était toujours en un seul morceau. Pourvu, si Eileen l'avait bousillée, qu'elle s'en soit sortie indemne. La dernière fois qu'elle s'était plantée, elle était tellement soûle et défoncée qu'elle n'avait même pas senti qu'elle avait le poignet cassé.

Il entendit des bribes de musique au premier et se rua vers leur chambre. Elle était là, vautrée sur le lit au milieu d'un vrai capharnaüm, et écoutait un CD de Dionne Warwick. Très mauvais signe. Elle devait être encore plus déprimée que d'habitude. Elle chantonnait « *Walk on by* » à mi-voix, comme pour elle-même, lorsqu'elle s'aperçut de la présence de son mari.

– Salut mon gros lapin ! Si tu venais me rejoindre au pieu…

Elle semblait avoir le vin plus gai, à présent. Il lui sourit tendrement. Il l'aimait comme il n'avait jamais aimé personne et la voir se détruire ainsi, jour après jour, lui brisait le cœur.

Il vint se coucher près d'elle. Ses fringues étaient dans un état épouvantable, elle avait les cheveux dégoûtants et une haleine de chacal. Mais il lui suffisait de plonger les yeux dans les siens pour y voir cet effarement, cette peur et cette culpabilité qui l'avaient tant bouleversé, à l'époque où ils avaient fait connaissance. Il avait tellement espéré parvenir à l'aider et à la faire changer… Mais il savait maintenant que ça relevait de la mission impossible.

– Me quitte pas, mon chou. Plus jamais… d'accord ? Sans toi, je ne survivrai pas, tu comprends ? Je te jure que j'en mourrai…

Elle avait prononcé ces mots d'une voix pâteuse, hachée par une diction hésitante. Au matin, elle aurait tout oublié, mais il la prit dans ses bras et la rassura en lui jurant un amour éternel.

– Ne t'en vas plus jamais, chéri. Me fuis pas. Je me tuerais, tu sais. Et Colleen… tu crois qu'elle allait quelque part, qu'elle fuyait quelqu'un, elle aussi ?

Elle déraillait complètement à présent. Mais il avait l'habitude. Il connaissait par cœur toutes les phases de sa soûlographie. Elle n'allait pas tarder à tomber dans un sommeil léthargique, proche du coma éthylique. Il resterait là, allongé près d'elle, à veiller sur son sommeil en se demandant jusqu'à quand il lui faudrait supporter ça. Il en avait plus qu'assez, putain – vraiment plus qu'assez.

– Je n'ai pas à vous obéir au doigt et à l'œil. Ni à toi, ni à elle.

– Personne n'a prétendu le contraire, Lance. Si tu ne veux plus faire partie de notre entreprise, personne ne te retient. T'es libre comme l'air. Mais « elle », comme tu dis en parlant de notre mère, elle a tout de même le droit de te demander des comptes, et moi aussi.

Lance transperça son frère aîné d'un regard de pur dédain.

– Et moi, j'ai le droit de bosser comme je veux, avec qui je veux.

Pat mit alors le cap droit sur lui.

– Justement pas, Lance ! riposta-t-il en vissant son regard dans le sien. Ça, c'est pas possible. Tu ne peux pas foutre ta merde dans cette ville avec ton pote Barker, en terrorisant des gens qui sont nos partenaires. A quoi tu joues, là? S'ils doivent du fric à Barker, t'as qu'à le laisser se démerder tout seul. Tu lui dois rien, à ce minus. Personne ne lui doit rien! C'est une blague ambulante. Son nom rime avec embrouilles. Il n'a pas plus d'envergure qu'un casseur de pompes à essence!

Lance se passa la main dans les cheveux avec un rire mauvais.

– Il pourrait la racheter et la revendre, ta putain de boîte, mon pote.

Lil n'en avait que trop entendu. Surgissant de son fauteuil, elle écarta Pat de son chemin.

– Comment tu oses, espèce de sale parasite! cracha-t-elle au visage de Lance. Si tu t'imagines qu'il te suffit de te balader en compagnie de ce crétin pour aller menacer les gens chez eux et en présence de leurs enfants, en comptant sur nous pour te tirer du pétrin, tu te fiches le doigt dans l'œil, mon garçon, et profond! Nous avons fait passer le message. A partir de maintenant, si quelqu'un se met en tête de t'apprendre les bonnes manières, il a notre bénédiction. Quant à ton cher Donny, tu peux lui dire de ma part que, si je le revois dans le quartier, je lui explose la tête moi-même. Et ça n'a rien d'une menace en l'air, Lance.

– Et voilà, c'est reparti pour un tour! Vous continuez à me dicter vos ordres. Ça ne vous dérange pas tant que ça, que je dérouille les gens, quand ça fait vos affaires, hein!

Lil partit alors d'un grand éclat de rire, presque désespéré. Un vrai grand rire qui, pour Lance, sonnait à la fois comme une insulte et un intolérable défi.

– Evidemment! C'est pour ça qu'on te paie! Parce que c'est toi le spécialiste, dans la famille. Ne nous voilons pas la face : c'est la seule chose que tu saches faire!

Patrick la tira en arrière et la raccompagna à son fauteuil.

– Maman! Rassieds-toi et laisse-nous régler ça entre nous.

Mais Lil n'était pas d'humeur. L'indifférence de Lance pour ce qu'ils essayaient de lui faire comprendre avait achevé de la mettre hors d'elle. Elle voulait se débarrasser de lui, et tout de suite. Sans s'inquiéter de savoir qui ça pouvait léser – et Lance moins que tout autre.

– Qu'il aille se faire voir, Pat. S'il croit qu'il peut continuer comme ça, sans avoir à craindre de retour de bâton, qu'il continue. Qu'ils continuent, lui et son pote Barker ! Y en a pas un pour racheter l'autre. Les gens changent de trottoir quand ils te voient arriver. T'as quand même dû le remarquer, que tout le monde t'évite, hein, Lance ?

Pat trouvait que ça commençait à bien faire. Sa mère ne faisait qu'envenimer les choses.

– Maman. Laisse tomber et boucle-la une minute.

Elle s'interrompit, le temps d'aller s'allumer une cigarette – une des rares clopes qu'elle s'autorisait ces derniers temps, ce qui était un signe infaillible de son extrême agitation.

– Non, putain, je ne me tairai pas ! reprit-elle. Ça fait trop longtemps que je ravale ce que j'ai à dire. Il essaie de nous avoir tous à l'intimidation, comme toujours, et on le laisse faire. Quand j'ai appris que t'étais allé menacer les Chapman dans leur propre maison pour quelques malheureux milliers de livres que Donny avait fini par extorquer à leur gamin à coups de barre à mine, j'en ai été tellement gênée que j'ai cru mourir de honte. Ces gens ne nous devaient pas une allumette ! C'était leur fils qui devait quelque chose, mais des clopinettes, rien de plus. La moitié de ses créances, Donny les invente de toutes pièces, et toi, comme le petit salopard que tu es, tu t'empresses de faire son sale boulot. La moitié des dettes qu'il rachète, c'est du vent ! Il te met tout le monde à dos et te couvre de ridicule. Vas-y, renseigne-toi ! Il se vante de tenir en laisse un fils Brodie comme un putain de toutou ! Je t'ai maintes fois prévenu, Lance, et t'as toujours fait la sourde oreille. Mais cette fois, c'est la bonne. Tu vas tomber sur un putain d'os, et je ne lèverai pas le petit doigt pour toi. C'est fini.

Lance n'avait jamais entendu une telle tirade de la part de sa mère. D'habitude, elle ne lui parlait qu'en langage télégraphique – et encore. Il n'était même pas sûr d'avoir jamais eu une vraie conversation avec elle. Sa douleur était palpable. Lance aimait passionnément cette femme qui ne lui avait jamais fait l'aumône d'un mot affectueux.

– Elle ne pense pas vraiment ce qu'elle dit, Lance. Elle est à bout de patience, comme nous tous.

– Boucle-la, Patrick Brodie. Qui t'autorise à parler à ma place ? C'est vrai que je suis à bout. Avec lui, et avec toi aussi, entre nous soit dit. Ça fait des années que j'entends des tas de bruits courir sur lui. Jusqu'à présent, j'écrasais. Mais la coupe est pleine. Il faut que je vide mon sac tant que j'en ai encore l'occasion. C'est reparti, pour mon cancer, et je refuse de descendre dans la tombe en regrettant de n'avoir pas rivé son clou à ce putain de dingue et au minus qui lui sert de complice. Tu ne tiens décidément rien de moi, Lance – encore moins que ça, dit-elle en faisant claquer son ongle sur ses incisives ! Voilà, maintenant c'est dit... Ma mère t'a pris sous son aile dès l'instant où tu es né, et c'est comme si tu étais devenu son gosse. Je n'ai jamais pu me reconnaître en toi. Je ne t'ai jamais voulu. Même tout bébé je te trouvais déjà bizarre, comme si t'avais eu quelque chose de contre nature. Et, Dieu me pardonne, le jour où ma chère petite Colleen a disparu, j'ai regretté que ça ne soit pas toi. J'aurais donné ma vie pour faire l'échange. Pendant des années, pour une raison que je ne m'explique toujours pas, je t'ai fait porter le chapeau, Lance. Je t'accusais de tous mes maux, c'était plus fort que moi. Une impression que j'avais, comme ça. Tous les malheurs qui nous tombaient dessus, j'ai toujours eu dans l'idée que, quelque part, c'était à toi qu'on les devait.

– Bordel de merde, maman ! Ça suffit !

Patrick était tellement sonné, après cette nouvelle tirade, qu'il lui fallut un certain temps – le temps pour elle d'aller se rasseoir et de s'allumer une autre cigarette – pour réaliser ce que sa mère venait de dire. Son cancer était de retour... Ce qui expliquait sans doute qu'elle ait récemment repiqué au brandy et au tabac, ses deux analgésiques de prédilection.

Lance la contemplait d'un œil fixe et vide.

– Tu me détestes vraiment, hein ? murmura-t-il platement.

– Te détester ? Non Lance, je te déteste pas. Y a pas de mots assez fort pour dire ce que je ressens.

Cette dernière réplique acheva d'horrifier Patrick, mais Lil avait dit vrai. Lance avait toujours été une sorte de mouton noir dans la famille. Un intrus. Même quand ils étaient tout gamins, il n'avait jamais vraiment fait partie du clan. Toute sa vie il avait été dévoré par la haine et la rancœur.

Si Patrick l'avait si longtemps protégé, c'était uniquement à cause de ce terrible sentiment de culpabilité qui le tenaillait, lui que sa mère aimait tant. Elle avait élevé chacun de ses enfants avec tendresse et dévouement. Tous, sauf Lance. Et cela avait assombri toute son existence. C'était comme s'ils avaient vécu un long mensonge, pendant tant et tant d'années, comme si tout ce qui leur était arrivé préparait obscurément cette minute, ce point de l'espace-temps qu'ils venaient de vivre.

La porte s'était ouverte sur Scanlon, qui les regardait sans mot dire. L'air de la pièce était comme plombé de toute cette haine, de tous ces sentiments trop longtemps contenus. C'était une sensation presque physique, toutes ces émotions qui saturaient l'atmosphère.

– Putain, qu'est-ce que vous voulez, vous ?

Scanlon prit son souffle et, le regard planté dans celui de Lil, laissa tomber :

– On vient de retrouver un corps.

Il s'écoula un certain temps avant que Lil ne mesure l'énormité de ce qu'elle venait d'entendre

CHAPITRE 30

Scanlon était enfin arrivé devant la maison. Il avait longtemps redouté ce moment, mais il valait mieux que ce soit lui qui leur apporte la nouvelle. Ils avaient attendu toute la nuit. Les mots qu'il choisirait resteraient longtemps gravés dans les mémoires, tout comme sa façon de les dire. Patrick le pilota dans le living et il salua tout le monde aussi respectueusement que possible. Tous les enfants étaient rassemblés et dégageaient des ondes presque électriques de nervosité.

Lil coupa court aux préambules.

– C'est bien elle ?

Scanlon hocha la tête

– J'en ai bien peur.

– C'est vraiment sûr ?

Il opina à nouveau, les traits assombri par un chagrin sincère.

– On n'a eu aucun mal à l'identifier, grâce à son uniforme, qui était pratiquement intact. Son cartable a été enterré avec elle.

Lil inclina légèrement la tête, comme si elle comprenait parfaitement ce qu'il voulait dire – alors qu'elle n'y voyait goutte, dans cette histoire. Quelqu'un avait enterré sa fille quelque part avec son uniforme et son cartable. Et personne n'avait réussi à retrouver sa trace.

– Qu'est-ce qui lui est arrivé ? On le sait ?

Une fois de plus, Scanlon confirma d'un signe de tête, accablé de tristesse pour cette femme qui le regardait, assise dans un grand fauteuil de cuir, espérant encore contre toute raison que c'était une erreur, que sa fille vivait toujours, quelque part, et menait une existence heureuse.

Il tourna les yeux vers Patrick et Lance, assis côte à côte sur le canapé. Ces deux hommes à la fois si semblables et si différents semblaient aussi sonnés que leur mère. D'un signe de tête, Patrick l'encouragea à poursuivre, à dire à sa mère ce qu'elle désirait tant savoir. Elle voulait la vérité, plus que jamais. Fût-elle insoutenable ou atrocement douloureuse.

– Elle a été battue à mort. On a relevé trois trous dans la boîte crânienne. Mais la mort a été rapide. Selon le coroner, n'importe lequel de ces coups a pu suffire à lui faire perdre connaissance.

Lil attendait la suite en silence.

– Je suis vraiment désolé, Madame Brodie.

Elle aimait qu'on l'appelle comme ça. Madame Brodie. Ça lui rappelait de bons souvenirs, les vestiges d'une époque plus heureuse anéantie, d'abord, par la mort de son homme, puis par la disparition de sa chère Colleen.

– Est-ce qu'on l'a violée ?

Elle ne tenait vraiment pas à le savoir, elle en avait besoin.

– Il semblerait que non, fit Scanlon avec un soupir. Tous ses vêtements étaient intacts. Elle a été enveloppée dans une bâche plastique. C'est ce qui a tout conservé en si bon état. Ça ressemblerait davantage à une explosion de rage. Personne ne sait vraiment pourquoi ça se produit, ce genre de chose. En général, cela tient un cheveu – le hasard qui a voulu que la victime se trouve au mauvais endroit au mauvais moment.

Lil hocha de nouveau la tête. Elle n'aurait su dire à quoi elle acquiesçait ainsi, mais elle ne trouvait rien d'autre à faire. Elle ne savait pas ce que prévoyait le protocole dans un tel cas, l'attitude qu'on était censé adopter.

– Est-ce qu'on a une piste ? Est-ce que vous connaissez le coupable ?

– Pas encore.

Scanlon s'absorba dans la contemplation du plancher.

– Où a-t-elle été retrouvée ?

Elle voulait savoir, elle voulait des réponses à ses questions. Pourvu que ce ne soit pas dans un endroit où ils l'avaient tant cherchée ! Ils avaient fouillé partout, remué ciel et terre, en se demandant ce qui avait pu leur échapper. En espérant avoir oublié quelque chose, un détail crucial, grâce auquel ils finiraient par la retrouver. Sa pire crainte était à présent d'être passée tout près de son enfant mort, de son petit corps martyrisé. De n'avoir pas vu tel monticule, telle fosse nouvellement creusée, d'avoir piétiné sans le savoir la dernière demeure de sa pauvre petite.

– Ça, c'est le plus bizarre... Elle était à un mètre cinquante de profondeur, dans le jardin d'une maison à Chigwell.

Lance se mit à lorgner Scanlon d'un air effaré – à croire qu'il s'était métamorphosé sous ses yeux en réplique de Lana Turner.

– A Chigwell ?

Le flic confirma d'un signe de tête.

– Les propriétaires voulaient se faire construire un bassin pour y élever des carpes koï. Les terrassiers ont découvert le corps hier, en fin d'après-midi. J'ai intercepté l'information et proposé, dès que nos services ont identifié le corps, de venir vous en informer. En expliquant que je connaissais la famille...

Sa voix se brisa. Pat compris que Scanlon avait sacrifié sa couverture et pris d'énormes risques pour eux, pour les aider à avaler cette pilule. On se découvre parfois de vrais amis, là où on s'y attend le moins.

– Merci.

Un mot dérisoire, pour un si grand service, mais Pat n'avait rien trouvé de mieux. Il était atterré, anéanti, tout comme sa mère.

– Saloperie de Chigwell... Qu'est-ce qu'elle pouvait bien fabriquer par là-bas ?

L'état de choc à peine dissipé, la réalité revenait au galop. Avec sa colère.

– C'est ce que nous tentons d'établir, Madame Brodie.

Ne trouvant plus rien à répondre, Lil replongea dans sa perplexité. Elle était reconnaissante à cet homme de leur avoir rendu la paix de l'esprit en apportant enfin des nouvelles de sa petite. Mais, en même temps, elle lui en voulait d'avoir dissipé ses derniers espoirs.

– Bien sûr, bien sûr. Excusez… je ne voulais pas…

Une cascade de sanglots à vous briser le cœur, venue de très loin, la submergea. Près de deux décennies d'appréhension, de questions sans réponse et d'incompréhension s'exhalaient enfin au grand jour. Des heures plus tard, elle était toujours en larmes et commençait à se demander si elle parviendrait un jour à s'arrêter de pleurer.

Lance aussi sanglotait, aussi bizarre que ça puisse paraître. C'était lui, et non Patrick, qui était venu au secours de sa mère, et elle le laissait faire. Elle se laissait embrasser, consoler. Elle finit même par lui rendre son étreinte en se cramponnant à lui. Pour la première fois de sa vie, sa mère le serrait sur son cœur. Il la serrait, lui aussi, comme si sa vie en dépendait.

De leur côté, Spider et Jimmy Brick ruminaient la nouvelle. Personne ne savait trop que faire. Il aurait été délicat de se pointer chez Lil ou de leur passer un coup de fil à chaud. Ça aurait frisé l'intrusion. Tant d'années s'étaient écoulées depuis la disparition de la petite. C'était presque comme si elle n'était jamais venue au monde…

Un jour, Lil avait confié à Spider que sa seule consolation, si Colleen était morte, était la certitude que, là-haut, Patrick la prendrait sous son aile et s'en occuperait jusqu'à ce qu'elle-même puisse aller les rejoindre.

Spider avait noté non sans surprise qu'elle n'avait pas une pensée pour Brewster, le vrai père de la petite, qu'on aurait pu croire sanctifié par la mort. Lil n'était-elle pas une chrétienne pratiquante et convaincue, tout comme l'avait été son défunt mari ? Mais non, aux yeux de Lil, même mort, Lenny Brewster ne méritait pas qu'on lui fasse la moindre confiance. Il ne pouvait se résoudre à lui donner tort. La mort elle-même ne suffisait peut-être pas à racheter l'âme retorse de Lenny Brewster.

– Cette pauvre Lil. Comment se remettre d'un coup pareil ? Voir partir son homme, puis sa petite !

Spider leur versa deux scotchs. Il leur fallait au moins ça, pour encaisser un tel choc – et le whisky était le meilleur des remontants.

– Tu sais, j'ai toujours cru qu'elle avait fait une fugue, la petite. Avec un petit ami, va-t'en savoir.

Spider partit d'un éclat de rire amorti par la tristesse.

– Colleen ? Sûrement pas. C'était l'innocence même, cette gamine. Il lui arrivait d'être un peu turbulente, d'accord, mais elle et son frère Christy étaient toujours fourrés ensemble. Si sa sœur avait eu un projet de ce genre, le gosse aurait été le premier informé.

Jimmy soupesa un instant cet argument.

– Ouais. Tu dois être dans le vrai. Mais, tu vois, c'est exactement comme la mort de Pat : ça me reste en travers du gosier.

Spider regarda cet homme qu'il connaissait depuis tant d'années.

– Et toi, Jim ? Pourquoi tu t'es barré en Espagne ? Jouons cartes sur table, maintenant. Dis-moi la vérité.

Jimmy haussa les épaules. Spider s'avisa alors qu'à son retour d'Espagne il l'avait trouvé plus élégant que jamais. Non pas qu'il fût négligé avant la mort de Pat, bien au contraire. Il avait toujours accordé le plus grand soin à sa mise. Mais avant, il travaillait pour vivre, alors qu'à présent il semblait vivre pour bosser. Pour se payer des nippes et des bagnoles…

– Allez, entre nous, à qui tu voudrais que j'aille le dire, hein ? On est des vieux potes, toi et moi. Sauf qu'à un certain moment, on a cessé de se faire confiance. Franchement, je trouve ça triste. Du jour au lendemain, t'as fichu le camp et on n'a plus entendu parler de toi jusqu'à ton retour. Et là, ça a été comme si on ne se connaissait plus. On ne savait plus très bien ce qui nous était arrivé. A nous et à tout notre entourage.

Jimmy n'aurait pu mieux dire. Il était soulagé que l'un d'eux avait enfin réussi à trouver les mots justes.

– Je ne savais plus à qui me fier, Spider. La mort de Pat a été un tel choc; c'était si brutal, si absurde... Ça m'avait laissé complètement déboussolé. Tu sais que je t'en ai longtemps tenu pour responsable...

Spider eut un sursaut de colère, ce qui n'étonna pas Jimmy. Mais il voulait la vérité, alors il l'avait. La mort de cette petite les portait à réfléchir sur eux-mêmes.

– Eh! Je sais bien que tu protégeais ton frangin, à l'époque, mais t'aurais dû te charger des frères Williams et les mettre hors d'état de nuire. Pat comptait sur toi. Il n'aurait sûrement pas attendu pour leur mettre le holà, si ç'avait été ses gosses. A plus forte raison, si ç'avait été ses frères.

– Et tu m'en veux toujours?

– Bof, tellement d'eau a coulé sous les ponts! A quoi ça rime, maintenant? Ça ne nous le rendra pas, hein? J'ai entendu dire que Pat Junior avait dessoudé Jasper. C'est donc qu'il a fini par y voir clair. C'est un sacré malin, ce petit. Aussi futé que son père. Mais il tient autre chose de lui.

– Ah ouais. Quoi?

Jimmy avait clairement discerné la note glaciale qui avait filtré dans la voix de Spider.

– Le goût de la revanche.

Patrick avait appelé à la maison pour leur annoncer qu'il y avait du nouveau, pour Colleen. Ils attendaient en retenant leur souffle. Lil avait le cœur glacé de terreur à l'idée de ce qui lui restait à entendre.

– Et Lance, où il est?

Pat haussa les épaules.

– Il a dit qu'il était coincé dans les embouteillages. Il ne devrait plus tarder.

Annie hocha la tête. Elle préparait le thé, tout en gardant un œil sur Kathleen qui fumait cigarette sur cigarette, le regard perdu. Elle pouvait partir dans un de ses délires, si on ne la surveillait pas ; et c'était bien la dernière chose dont ils avaient besoin.

Lil promena son regard sur tous les visages réunis autour d'elle.

– C'est drôle, mais on m'a un jour demandé ce qui était le pire entre perdre un mari ou un enfant de mort violente, et j'ai été incapable de répondre à cette question. Je crois que j'en serai à jamais incapable. A l'époque, je me suis contentée de répondre que nous ne savions toujours pas si Colleen était vraiment morte assassinée…

Elle perdit contenance et sa voix se brisa. Une bouffée de chaleur moite lui envahissait le corps, l'empêchant de respirer.

Quand elle rouvrit les yeux, Scanlon était là et tout le monde s'était attroupé autour d'elle. Elle était tombée dans les pommes. C'était bien la première fois que ça lui arrivait.

– Allez maman, redresse-toi un peu et bois ça.

Elle s'assit, non sans peine, pour avaler le verre de brandy que lui tendait Eileen. Dès qu'elle se sentit un peu plus gaillarde, elle avisa le flic, ce vieil ennemi devenu si proche ces derniers jours.

– Alors, que veniez-vous me dire ?

Dans sa voix avait résonné une détermination un peu contrainte.

– Peut-être préférez-vous attendre Lance ?

– Non, je ne crois pas. Mieux vaut que je parle tout de suite, histoire d'en être débarrassé.

Scanlon était dans un état second. Ce qu'il avait à leur annoncer était bien glauque et bien indigeste. Mais il ne pouvait pas reculer. Il devait leur dire, leur expliquer comment et pourquoi la petite était morte. En fait, il était plutôt soulagé que Lance ne fût pas là. Sa présence n'aurait pu que lui compliquer la tâche.

– Nous avons retrouvé les anciens propriétaires de la maison. Il s'agit d'un couple vivant actuellement en Espagne. En se basant sur l'état du corps et sur la date de la disparition de votre fille, on a réussi à savoir qui vivait là, à l'époque…

Il poussa un soupir et préleva une gorgée du whisky que lui avait servi Pat, avant de poursuivre :

– Le plus bizarre, c'est que lorsque les policiers espagnols sont allés les interroger, le type s'est immédiatement mis à table. Il a tout avoué.

Il y eut un long silence.

– Et il s'appelle comment, ce type ?

La question était venue de Christy, qui avait déjà sa petite idée.

– Gardener. Sammy Gardener.

Lil s'était redressée sur son siège, comme à peu près tout le monde.

– Sammy Gardener ? Sammy-gueule-de-thon ?

Scanlon confirma d'un signe de tête. Il s'en voulait déjà de dire ce qu'il s'apprêtait à dire, mais il n'avait pas le choix.

– Mais enfin, pourquoi ? C'était un ami. Il avait toujours été en très bons termes avec Patrick, mon défunt mari. Je connaissais très bien sa première femme. Sammy n'avait rien d'un tueur fou !

Elle était exaspérée. Comment encaisser ça, que l'assassin de sa fille était quelqu'un qu'ils connaissaient, en qui ils avaient confiance… C'était bien pire que si Colleen avait été victime d'un étranger, d'un parfait inconnu qui aurait ignoré quelle adorable gamine c'était, comme elle faisait la joie de sa famille. Un inconnu, ça ne pouvait être qu'un malade, un désaxé qu'on pouvait ne pas voir comme une véritable personne…

– Il a dit qu'il avait une bonne raison.

Pat le regardait à présent bien en face, ainsi que Shamus et Christopher.

Les trois frères échangèrent de rapides coups d'œil, comme s'ils avaient déjà compris ce que Scanlon s'apprêtait à leur dévoiler.

C'est alors qu'Eileen éclata en larmes. La culpabilité qui la tenaillait depuis si longtemps revenait à la charge, de plus belle.

– Qui pouvait avoir une raison de s'en prendre à elle ? C'était une fillette, nom d'un chien… Une gamine ! Ça ne leur suffisait pas de massacrer mon père ? Qui l'aurait tuée, elle ? Et pourquoi ? Qu'est-ce qui déconne, dans cette putain de famille ? Qu'est-ce qui ne tourne pas rond, bordel de merde ?

Paulie l'attira à lui et la prit dans ses bras. Elle enfouit son visage dans sa chemise, sans chercher à retenir les larmes qui lui ruisselaient sur les joues. Elle avait vécu, jour après jour, avec le souvenir de sa petite sœur, et les choses n'étaient jamais allées qu'en s'aggravant. La culpabilité la travaillait si fort et depuis si longtemps... Pendant la maladie de sa mère, elle avait dû prendre en main la famille et la maison. S'occuper de ses frères et sœurs, les surveiller... C'était donc elle qui l'avait perdue ! Et lorsqu'elle s'était inquiétée de sa disparition, il était trop tard ! Colleen avait déjà été capturée et tuée. C'était sa faute, à elle ! A l'époque, elle était tellement occupée à jouer les maîtresses de maison, en feignant d'être leur mère à tous...

Elle ne s'était posé aucune question. Elle ne s'était même pas demandé où sa sœur avait pu passer. Cette pauvre petite qui se faisait battre à mort Dieu savait où, tandis qu'elle brassait tout un tas de futilités... L'idée que Colleen pouvait être en danger ne l'avait même pas effleurée. Et ça, elle ne se le pardonnerait jamais.

Quand elle avait épousé Paulie, elle avait espéré pouvoir se racheter et tourner la page, mais malgré ses innombrables tentatives, elle n'avait jamais pu avoir de bébé. La seule fois qu'elle avait été enceinte, elle avait perdu l'enfant à cinq mois. Depuis, plus rien. Elle y avait vu un châtiment divin. Dieu la punissait d'avoir perdu sa petite sœur. Il ne lui faisait plus assez confiance pour lui permettre d'élever un enfant.

Elle avait alors commencé à forcer sur la bouteille. Au fil des années, sa consommation d'alcool était allée crescendo, jusqu'à ce qu'elle devienne ce qu'elle était à présent, une alcoolique. Paulie l'aidait à donner le change. Il savait pourquoi et comment elle en était arrivée là : il l'avait écoutée rabâcher ses malheurs des nuits entières, en espérant qu'il trouverait quelque chose à faire pour l'aider.

– Ramène-la chez vous, Paulie, tu veux bien ?

Le secret d'Eileen n'en était plus un. Toute la famille était au courant. Mais tant que Paulie ne leur demandait pas leur aide, ils préféraient le laisser s'en dépatouiller seul. Il savait s'y prendre avec elle. Il adorait sa femme. Un jour, pourtant, il devrait comprendre que son amour et les prévenances dont il l'entourait ne suffiraient pas à lui rendre la santé.

Paulie aida donc Eileen, toujours en larmes, à sortir de la pièce. Au passage, Kathleen tendit les bras vers elle en signe d'affection. Eileen lui prit la main et la serra dans la sienne.

– Je ne peux pas, Kathleen… Je ne peux pas rester écouter ça. Je ne peux pas entendre que tout est de ma faute…

Paulie l'entraîna vers la sortie. Un silence assourdissant s'abattit sur la pièce, jusqu'à ce que Shawn le dissipât :

– Bon, alors. C'est quoi, cette putain de raison ?

Scanlon jeta un regard circulaire autour de lui et prit son élan.

– Un mois et demi avant que Sammy n'enlève Colleen, Lance et Donny Barker avaient fait une descente chez lui, dans cette fameuse maison de Chigwell, sous prétexte de récupérer une dette qu'il venait de racheter à un tiers non identifié.

Scanlon se tut, guettant leur réaction, mais personne ne pipa mot. Ils accusaient tous le choc.

– Et ? le pressa Patrick.

– Au cours de ce raid, la fille de Sammy avait été menacée d'un fusil. Elle n'avait que douze ans, à l'époque. Ça l'a complètement traumatisée. Gardener a dit que Lance lui avait tiré dans les pieds avec un fusil à canon scié – et ça, nous avons pu le vérifier. Sammy avait expliqué à l'époque, à l'interne de service, qu'il s'était fait attaquer par un inconnu qui avait ouvert le feu sans sommation sur le pas de sa porte. Personne n'avait pris la peine de creuser la question. Une affaire on ne peut plus classique de règlement de comptes entre malfrats…

Scanlon promena son regard autour de lui.

– … Je ne vous fais pas un dessin. Enfin bref, sa fille aînée, qui se prénommait Bianca, en était restée très perturbée.

Elle ne mangeait plus, ne dormait plus. C'était devenu une autre enfant. Ce fichu fusil, elle l'avait eu un bon moment pointé sur la tête. Un mois plus tard, elle a fini par s'ouvrir les poignets. On n'a pas pu la sauver.

Silence. Tous semblaient abasourdis.

– Cette petite a fini par se tuer, à cause de Lance ! s'écria Lil. Dites-moi pourquoi ça ne me surprend pas plus que ça !

– Et ça explique aussi son absence, pas vrai ? fit Pat. Il savait d'avance ce que vous alliez nous annoncer. Il ne serait pas en train de faire sa valise, par hasard, Annie ?

La vieille femme secoua vigoureusement la tête.

– Mais non, voyons ! Bien sûr que non !

– Laissons Lance où il est encore une seconde, Patrick. Alors, que s'est-il passé, Monsieur Scanlon ?

Lil s'était redressée et son émotion imposa le silence.

– Sammy était anéanti, évidemment. Il voulait la peau de Lance. Un matin, il l'a aperçu, qui discutait avec Colleen. Il a attendu que Lance lui ait dit au revoir pour le suivre et lui expliquer ce qui était arrivé à sa fille. Histoire de le mettre en face des conséquences de ses actes, voyez… Mais Lance lui a ri au nez. Il lui a répondu qu'elle était sûrement mieux là où elle était, débarrassée de son connard de père et que, de toute façon, elle était si moche qu'elle n'aurait jamais trouvé personne pour vouloir d'elle. Sammy a alors dégainé, mais Lance a été plus rapide. Tout en rigolant, il lui a mis une trempe avant de repartir en bagnole. Et ça, ça a été la dernière goutte. Sammy ne pouvait plus distinguer le vrai du faux. C'était trop énorme, trop absurde. Ce fou rire de Lance, pendant qu'il lui annonçait la mort de sa fille, ça l'a mis hors de lui.

Scanlon soupira.

– Sammy est remonté dans sa voiture et a rattrapé Colleen pour lui demander si elle savait où était allé son frère, mais elle n'en avait aucune idée. Et là, sur un coup de tête, sans trop réfléchir à ce qu'il faisait, il a fait monter la gamine près de lui dans sa voiture et a essayé de lui expliquer ce qui était arrivé à sa propre fille. En se disant qu'elle pourrait en parler à son frère, pour le faire réfléchir un peu et comprendre enfin ce qu'il avait fait. Mais Colleen a pris peur. Elle a paniqué et a tenté de descendre en marche. Puis elle s'est débattue. Dans la mêlée, il l'a tuée. Il est rentré chez lui et l'a enterrée dans son jardin. Il a passé le reste de sa vie, depuis, à attendre qu'on le retrouve. Au point qu'il s'est mis à espérer qu'on l'arrête. Mais personne n'avait jamais réussi à reconstituer les faits. Seul Lance aurait pu faire le rapprochement...

– C'est faux! s'écria Annie. Tout ça n'est qu'un tissu de mensonges!

– Donny Barker a confirmé les faits. Il a même déclaré que Lance était venu le voir, ce jour-là, en lui disant qu'il avait vu Sammy. Il s'est même vanté de lui avoir ri au nez. Barker s'en souvient parfaitement, parce que c'était le jour même de la disparition de Colleen. La coïncidence ne lui avait pas échappé...

Scanlon n'avait dit que la vérité. Même Annie le savait. Pourtant, Lil ne parvenait pas à s'en convaincre. Lance avait donc brutalisé cet homme, comme d'habitude. Mais il était tombé sur quelqu'un de coriace.

– Je te l'avais bien dit... fit-elle en se tournant vers Patrick. Je te l'avais dit, qu'il y était pour quelque chose. J'en aurais mis ma main au feu...

Aucun de ses enfants ne souffla mot. C'était comme si une bombe venait d'exploser dans leur salon.

– Alors, Lance, ça va?

Donny Barker souriait d'une oreille à l'autre à son pote qui mettait le cap sur le bar aménagé dans un coin de la pièce.

– L'heure est un peu trop matinale pour toi, c'est ça?

Lance descendit cul sec son verre de cognac et planta ses yeux dans ceux de son partenaire.

– T'as fait ce qu'il fallait, pour mes billets?

Donny hocha la tête.

– Bien sûr. Ils seront là dans la matinée. Pourquoi?

Lance secoua la tête avec nonchalance.

– Comme ça, pour rien. Et mon fric, tu l'as?

Donny se prépara une vodka coca avec des glaçons et un zeste de citron, puis se rassit d'une fesse au coin de son bureau.

– T'es sûr que ça va ? Qu'est-ce qui te prend tout d'un coup ? T'as le feu au cul ou quoi ?

Lance se leva d'un bond.

– Tu l'as, mon fric, oui ou non ?

Donny eut un mouvement de recul. D'une seconde à l'autre, la nervosité de Lance pouvait se transformer en fureur, puis en violence aveugle. Il n'était visiblement pas à prendre avec des pincettes.

– Calme-toi, Lance. Putain ! Qu'est-ce qui ne tourne pas rond chez toi ?

Lance poussa un soupir et tâcha de se calmer, en vain.

– Bien sûr que je l'ai, ton fric. Je vais te le filer. Pour les billets, Karen Hines doit venir te les apporter dès qu'elle les aura fait enregistrer. Alors, maintenant, relax, putain !

Lance sentait bien ce que sa conduite pouvait avoir de suspect, mais c'était plus fort que lui. Il était incapable de retrouver son sang-froid et ne se calmerait qu'une fois son fric et ses billets dans sa poche.

– Et puis, qu'est-ce que tu vas fiche en Irlande du Nord ? C'est quand même pas l'endroit rêvé pour prendre ses vacances !

– T'es qui, toi, Donny ? La police des destinations touristiques ?

Donny s'esclaffa, mais il n'était pas dupe. De Dublin, Lance prendrait un autre avion qui l'emmènerait loin. Ce qu'il aurait voulu savoir, c'était « où ». Lance avait suffisamment de fric devant lui – personne ne l'ignorait. S'il partait se mettre au vert, c'était qu'il avait eu vent que quelque chose se tramait contre lui.

Lance, c'était le roi des opportunistes. Un vrai parasite. Ça non plus, ça n'avait rien d'un scoop, et ça faisait belle lurette que Donny prenait les choses comme elles venaient, sans trop se poser de questions.

En fait, son seul souci, c'était de savoir si les ennuis de Lance risquaient de devenir les siens.

Lil regarda autour d'elle. Ses fils restaient là, médusés, s'efforçant d'y comprendre quelque chose. Lance, cet enfant qu'elle n'avait jamais pu aimer, avait sali, abîmé et anéanti tout ce qui leur était cher. Il avait juré de ne pas leur laisser un seul jour de paix et il avait réussi. Il leur avait brisé le cœur.

Pauvre Pat, qui avait tâché de l'aimer pour deux et tout fait pour être un bon frère, pour rattraper le manque d'affection dont il souffrait, pour réparer sa propre incapacité à l'aimer…

Christy pleurait en silence près de Shamus, qui se cramponnait à lui et tentait de le réconforter.

Ils étaient si attachés l'un à l'autre, Colleen et lui, ils étaient liés par une telle complicité… Les autres aussi les aimaient, mais c'étaient les rejetons de Brodie. Avec Colleen, il partageait le même fardeau : être les enfants d'un sale type qui les avait toujours méprisés et avait été le principal agent de la mort atroce de Patrick Brodie. Réunis, ils se confortaient l'un l'autre par la seule force de leur amour.

– Vous allez tous rentrer chez vous.

Patrick avait parlé sur le ton de l'évidence, avec un tel calme et un tel naturel, qu'ils lui obéirent presque automatiquement.

Ils savaient ce qui allait se produire, mais aucun ne posa la moindre question. Ils se levèrent tous sans un mot.

– Et toi, maman ?

Lil les rassura d'un sourire. Seul Shawn, son petit dernier, resterait près d'elle, quand tous les autres seraient rentrés chez eux. Elle l'adorait, ce brave petit.

– Je vais très bien, mon chéri. Rentrez tous chez vous et laissez-nous régler les choses, d'accord ?

Comme ils se dirigeaient vers la porte, elle leur fit ses dernières recommandations.

– Et si, par hasard, on vous pose la question, nous avons tous passé la soirée ensemble, vu ?

Elle jeta un coup d'œil du côté de Scanlon, qui l'approuva d'un signe de tête.

– Parfait. Maintenant, rentrez chez vous.

– J'aimerais rester avec toi, maman…

Kathleen avait posé sur elle son regard mélancolique. Lil ne put la rabrouer.

– Bien sûr que tu peux, ma chérie… si c'est ce que tu veux vraiment. Ça te va, maman ?

Annie hocha la tête et Lil ne put s'empêcher d'avoir le cœur serré pour sa mère. Son petit, son trésor vivant, venait d'être démasqué et apparaissait enfin pour ce qu'il était : un vrai fumier.

Ils quittèrent la maison en grand silence. Ils n'avaient pas besoin qu'on leur fasse un dessin. En les regardant partir, Lil se félicita. Sept de ses huit enfants étaient de bons petits. Et au moins, ils savaient s'en aller quand il fallait.

– Monsieur Scanlon ?

L'inspecteur garda le silence et s'éclipsa avec les autres. Quand ils se retrouvèrent enfin seuls, Lil reprit la parole :

– Monte au premier avec Kathleen, maman. On a besoin de parler, Pat et moi.

Annie restait plantée au milieu de la pièce. La crainte et l'agitation faisaient trembler sa fragile carcasse.

– Tu ne vas tout de même pas croire ça, Lil ! Quoi qu'il ait pu faire par le passé, Lance n'est pas…

– Oh, ça va, mamie ! rétorqua Patrick. C'est la pure vérité, et tu le sais aussi bien que moi. Son absence suffit à en apporter la preuve !

Il avait parlé d'une voix hargneuse, lui qui d'habitude ne s'adressait jamais à sa grand-mère qu'avec respect.

Annie jugea plus prudent de ne pas envenimer les choses.

– Viens, Kathleen. Allons regarder la télé en haut, d'accord ?

– Pat… je peux te parler cinq minutes ? demanda Kathleen.

– C'est pas le moment, ma chérie. J'ai pas mal de problèmes à résoudre, là…

Sa voix s'était faite plus sèche que prévu, et sa réponse fit grimacer Kathleen. S'approchant d'elle, Patrick lui prit les mains et les garda un instant dans les siennes.

– On verra ça plus tard, d'accord ? Nous aurons une grande conversation, toi et moi. Mais, pour l'instant, j'ai des trucs à faire. Des trucs urgents. Je vais commencer par retrouver Lance.

Elle eut un grand sourire.

– Mais je sais, moi, où il est ! Je voulais justement te dire qu'il partait en vacances. Pas vrai, mamie ?

Elle lança un coup d'œil vers sa grand-mère.

– Qu'est-ce que tu racontes encore, espèce d'idiote !

Lil se leva d'un bond. Annie comprit qu'elle avait été percée à jour. Ils pouvaient toujours courir pour qu'elle le crache le morceau ! Lance était son petit, son enfant chéri. Il lui avait promis de la faire venir au bout d'un certain temps, quand tout ça se serait un peu tassé. Il était tout ce qu'elle avait au monde. Pour elle, peu importait ce qu'il avait pu faire !

– On peut savoir de quoi elle parle, m'man ? demanda Lil.

– Ne l'écoute pas ! Elle divague, comme d'habitude. On ne peut pas croire un mot de ce qu'elle raconte…

Kathleen se rassit et, d'un ton raisonnable et posé dont personne ne l'aurait crue capable, reprit la parole :

– Tu l'as aidé à faire sa valise, mamie ! C'est même toi qui lui as dit qu'il valait mieux qu'il parte, très loin. Tu lui dis toujours ce qu'il doit faire.

Kathleen se tourna vers Lil.

– Je déteste vivre là-bas avec eux. Mais personne ne m'a jamais dit de revenir. Moi, je ne veux pas aller à l'hôpital et c'est ce qu'ils ont projeté de faire : ils veulent me faire interner, pour qu'elle puisse le rejoindre.

– Personne ne te fera interner, Kathleen. Tu as ma parole. Dis-moi plutôt ce qui s'est passé.

Patrick était venu s'agenouiller devant sa sœur. Elle lui décocha un pâle sourire.

– Si, Pat, ils vont le faire. Ils m'ont dit qu'ils le feraient. Et moi, je ne veux pas y aller. S'ils me font interner, je vais mourir.

Annie eut un soupir excédé.

– Tssss ! Tu vas te taire, petite sotte !

– C'est à toi de te taire, maman. Vas-y, ma chérie, je t'écoute. Dis-nous tout ce qui s'est passé, d'accord ? Je te jure qu'il ne t'arrivera aucun mal. Tu as toujours ta place dans cette maison. Tu pourras y habiter aussi longtemps que tu le souhaiteras. Mais je pensais que tu n'y tenais pas vraiment…

– Si ! J'aurais bien voulu. C'était eux qui ne me laissaient pas revenir. Et maintenant, Lance va partir. Et mamie va le rejoindre, quand il sera bien installé.

– Elle déraille à pleins tubes !

– Pas du tout. Je sais très bien ce que je dis. Tu ne peux plus me parler comme ça, mamie. Lance part ce soir. Je n'ai plus à avoir peur de lui. Tu sais qu'ils ont pris mon bébé, maman. Elle et Lance…

– Quel bébé, ma chérie ? fit Lil d'une voix éteinte.

Kathleen baissa la tête et fondit en larmes.

Annie poussa un nouveau soupir.

– C'est quoi, cette histoire de bébé, nom d'un chien ? Y a jamais eu de bébé ! Ne me dites pas que vous écoutez les divagations de cette pauvre folle !

Kathleen bondit sur ses pieds et se précipita sur Annie, qu'elle empoigna par le cou en hurlant.

– Ne me traite plus jamais de folle ! Je t'interdis de dire ça. Tu as pris mon bébé, pour le mettre dans cette putain de poubelle !

Puis elle ajouta, se tournant vers son frère :

– Le soir où vous étiez allés braquer le bureau de poste, tu te rappelles ? Lance m'avait dit que si tu entendais parler de ce bébé tu me ferais interner, parce que personne ne me croirait jamais. Il l'a donné à Annie. Et elle l'a balancé dans la poubelle. Mon pauvre petit. Ils m'ont dit de me taire et de ne pas faire de bruit, parce que, sinon, la police viendrait et que vous iriez tous en prison, que maman serait en colère et qu'elle me ferait interner.

Elle regarda Annie.

– Dis-le, toi ! Dis-leur ! Ils vont me prendre, maintenant. Ils vont me mettre à l'asile. C'est Lance qui me l'a dit – à l'asile ! Parce qu'il disait que vous me détestiez tous et que vous vous en fichiez bien de moi. Mais c'est pas vrai, hein ? Promets-moi, maman. Promets-moi que j'irai pas à l'asile ! J'aime pas Lance, maman. Je déteste l'embrasser. Mamie dit que je mens, mais c'est pas vrai. C'est la vérité, ce que je dis. Colleen, elle, elle savait. Parce qu'elle avait tout vu. Et Colleen a disparu. C'est Lance qui l'a fait disparaître.

Elle pleurait, à présent. A chaudes larmes.

– Putain de merde, maman. Putain de bordel de merde ! Qu'est-ce qui se passe dans cette putain de famille, hein ?

Annie la regardait, les yeux écarquillés, la main pressée sur la bouche. Lil lui décocha un coup de poing qui l'envoya au tapis.

– Espèce de vieille garce ! Tu l'as toujours su, toi, quel fumier c'était ! Et tu m'as laissée me ronger de culpabilité… Mais toi, tu savais. T'as toujours su !

– Retiens-la, m'man ! cria Patrick. Même si tu dois la rouer de coups ! Ne la laisse surtout pas approcher d'un téléphone !

– Vas-y, fils. Elle ne bougera pas d'ici.

Lil prit sa fille sur son cœur, tandis que Patrick quittait précipitamment la pièce.

Lance n'en pouvait plus. Les clients commençaient à affluer et cette Karen qui n'arrivait toujours pas… Ce petit bar faisait partie d'un club privé, assidûment fréquenté par l'équipe de Donny, mais la plupart des clients étaient de simples « civils » qui aimaient venir se frotter au monde interlope des malfrats. C'était un joli rade, sympa et bien décoré. Les maris y amenaient leurs maîtresses, jamais leurs femmes. Ici, on était à l'abri des regards indiscrets. Donny, qui s'était toujours flatté d'avoir les yeux en face des trous et le sens des affaires, avait accepté de prendre l'établissement, en règlement d'une dette de jeu. Depuis, la boîte lui avait rapporté dix fois sa mise et la reconnaissance d'un certain nombre de truands, qui appréciaient de pouvoir boire un verre sans avoir les flics sur le dos. Il surveillait donc la porte avec autant d'attention que Lance. La nuit risquait d'être rude.

– Quand est-ce qu'elle va se pointer, à la fin ?

Donny haussa les épaules avec une grimace agacée.

– Comment veux-tu que je sache ? C'est déjà une putain de fleur qu'elle nous fait, là. Bouge pas, je lui bigophone.

Il se détourna pour composer un numéro sur son portable.

– Ça fera la troisième fois en une demi-heure ! Elle est bouchée ou quoi ?

Il n'avait pas fini sa phrase que la porte s'ouvrit, et Lance comprit que Barker l'avait trahi.

– T'es une vraie ordure, Lance, fit Donny, en posant son portable. Ça fait une paie que je le sais, mais cette fois t'as vraiment dépassé les bornes.

Le bar se vida en un clin d'œil, au premier coup de batte de base-ball qu'asséna Patrick sur la tête de son frère. La police, alertée par un passant qui avait entendu des cris, arriva sur les lieux quelques minutes plus tard.

Quand ils débarquèrent, Lance n'avait déjà plus figure humaine.

EPILOGUE

– Comment ça va, m'man ?

Lil poussa un soupir, qui s'acheva en un petit rire douloureux.

– Pas formidable. Mais tu t'y attendais un peu, non ?

Elle semblait si gaie et si pleine de vie qu'on avait peine à croire qu'elle avait un pied dans la tombe.

– Oh, m'man. Qu'est-ce qu'on va faire sans toi ?

Elle se mit à bâiller. Une manœuvre destinée à mettre à l'épreuve les nerfs de ses fils...

– Vous bilez pas, vous survivrez... N'oubliez pas que la merde, ça surnage toujours. Tâchez juste de veiller les uns sur les autres, quand je ne serai plus là. Sur Kathleen, surtout. Elle, elle aura toujours besoin qu'on s'occupe d'elle et, même si ça vous scie les nerfs, n'oubliez jamais cette minute où je vous demande de le faire pour moi, là, telle que vous me voyez, sur mon lit de mort. Vu ?

Christy éclata d'un rire léger. Il ressemblait trait pour trait à leur mère, songea Patrick.

– La culpabilité, ça peut faire merveille, quand on veut que les choses se fassent.

Pat lui sourit.

– Mais tu sais ce qu'on dit des promesses faites sur les lits de mort... Que c'est comme des croûtes de pain, faites pour être rompues...

Lil rigola encore, plus faiblement cette fois.

– Ça n'a rien d'une blague, les garçons. Je n'ai jamais été plus sérieuse. Eileen a son mari, mais Kathleen n'a personne. N'oubliez jamais ça. N'oubliez pas par où elle est passée.

– Je veillerai sur tout le monde, ne t'en fais pas.

Lil savait qu'il tiendrait parole, mais ça ne lui était pas d'un grand secours. Savoir que votre vie touche à son terme, ça n'a rien d'agréable, même quand vous vous y êtes préparée. Mais elle devait d'abord les convaincre. Elle n'aspirait plus qu'à lâcher prise, à se laisser glisser dans le grand sommeil, mais voulait s'assurer que tout irait bien pour eux.

– Je suis prête, vous savez. Prête à tout larguer. La douleur est revenue. J'ai besoin maintenant de vous savoir en sécurité, bien installés dans vos vies et heureux, à votre façon.

Ils soupirèrent tous ensemble. Elle pouvait sentir leur douleur comme eux percevaient les siennes. Elle se laissa retomber sur ses oreillers. Elle aimait tant les voir ainsi, autour d'elle, unis comme les doigts de la main. Ils étaient si proches, si soudés.

– Arrête de t'en faire pour nous, m'man. On s'en sortira très bien, fais-nous confiance.

Son petit Christy, son fils chéri. Et puis Shawn et Shamus, et Eileen... Ils s'aimaient tous à leur manière.

– T'es là, Patrick ?

– Bien sûr, m'man. Tu veux quelque chose ?

Un profond soupir lui souleva la poitrine, puis elle retint dans les siennes les mains de son fils aîné. Comme elle était faible et vulnérable, se dit-il. Elle était devenue si frêle qu'il en avait les larmes aux yeux. La maladie n'avait presque rien épargné d'elle. Elle était minuscule, comme un enfant. Le peu de poids qui lui restait avait encore fondu.

– Patrick. Tu vas me dire la vérité, d'accord ?

– Bien sûr que je vais te dire la vérité, m'man. Qu'est-ce que tu veux savoir ?

– Qu'est-ce qui s'est passé pour Lance, finalement ? Est-ce que ta grand-mère est venue chercher le corps ?

Son regard s'était posé sur Ivana. Si Pat essayait de l'embobiner, Ivana, elle, lui dirait la vérité. La jeune femme eut un hochement de tête presque imperceptible.

– Elle l'a récupéré, maman. Pour autant qu'on sache…

Eileen fit vibrer ses lèvres dans une moue de dégoût.

– Cette sale vieille garce ! Elle n'a pas arrêté de nous tanner pour venir te voir…

Les autres levèrent les yeux au ciel, excédés. Sacrée Eileen ! On pouvait toujours compter sur elle pour mettre les pieds dans le plat…

Mais Lil sourit. Elle savait ce qu'ils pensaient, mais elle appréciait la franchise de sa fille. Dès qu'elle souriait, Lil redevenait la femme énergique qu'elle avait été des années auparavant, quand ils étaient encore gamins et qu'elle était assez solide pour mener toute la bande à la baguette.

– J'aimerais la voir une dernière fois. En tête à tête. J'ai besoin de lui parler. Je veux faire la paix avec elle avant de partir.

Elle jeta un coup d'œil autour d'elle. Ils étaient tous là. Tous ses enfants. Ses chers petits.

Jambo aussi était là. Elle le fit approcher et lui prit la main pour lui montrer qu'elle était heureuse de sa présence.

– Je te dois un si grand bonheur. Tu m'as donné mon petit dernier. De ça, je te serai à jamais reconnaissante. On se comprenait bien, toi et moi, pas vrai ?

Comme il hochait la tête, elle posa un baiser sur sa main.

– Dis-leur d'aller chercher ma mère, Jambo, tu veux bien ? Sans quoi, je ne pourrai pas reposer en paix.

Personne ne souffla mot. Ils n'avaient ni l'envie ni l'intention d'en discuter. Elle préféra changer de sujet.

– Tu as des nouvelles de ton procès, Pat ?

Il haussa les épaules.

– Ils n'ont aucune preuve contre moi. Toutes les preuves ont mystérieusement disparu dans cet incendie, il y a quelques mois. Ça m'a apparemment sauvé les fesses, à moi ainsi qu'à trois dealers notoires… Plus de preuves, plus de dossier, plus de putain de procès ! Et tu sais quoi ? ajouta-t-il, après une petite pause. J'ai appris hier par le téléphone arabe que la cocaïne qui a prétendument cramé dans ce fameux incendie avait été mise à l'abri. Notre bon vieux système judiciaire au sommet de sa forme, hein, m'aman ! Le meilleur du monde, comme ils disent…

Elle joignit son rire au sien. Elle n'était pas dupe, Pat la bluffait. Il avait simplement bénéficié d'une mesure de libération conditionnelle, pour venir voir sa mère. Qu'il décroche un non-lieu et sa libération définitive, c'était une autre paire de manches.

Mais il était prêt à plonger sans sourciller. C'était son devoir son devoir. Il feignait de ne pas s'en faire, comme si le meurtre de Lance avait pu passer inaperçu. Il avait déjà tiré un certain nombre de mois en détention provisoire. Seule la mort imminente de sa mère lui avait valu cette permission de quelques jours. Sa maladie avait dû incliner le juge à plus de clémence – ça et la découverte des restes de sa sœur... D'un point de vue extérieur, leur vie devait avoir quelque chose d'extravagant, de monstrueux. C'était du moins ce qu'en pensaient les journaux. Après avoir ressassé à perte de vue la mort de son époux, ils avaient fait leurs choux gras de celle de sa pauvre Colleen – et à présent, bien sûr, du meurtre de Lance. C'était comme si Pat avait été déclaré coupable avant même d'avoir été jugé. La presse l'avait déjà condamné. Pauvre Patrick. Il était en provisoire depuis si longtemps... dans l'attente d'un procès qui, grâce au travail de sape des journaux, serait scellé d'avance.

A vrai dire, la mort de Lance avait été un soulagement pour tout le monde. Lance, c'était le cauchemar de toutes les mères. Un mal sournois, qui pouvait s'abattre sur vous de façon totalement imprévisible. Lance était la terreur de toutes les mères du quartier, et le petit héros de sa grand-mère. Dire que sa pauvre Kathleen avait vécu tant et tant d'années sous sa coupe, sans qu'elle n'ait le moindre soupçon. Parce que, pour elle, l'amour que Lance témoignait à sa sœur était la planche de salut de cette dernière et l'unique chose qui ait pu parler en sa faveur... L'attention qu'il lui portait leur avait laissé espérer, à eux tous, qu'une bonne personne se cachait au fond de lui et luttait pour s'exprimer au grand jour. Bien sûr, sa grand-mère avait tout fait pour noyer le poisson, en donnant à tout ça les apparences de la normalité.

Lil n'avait toujours pas fini de se colleter avec ce mystère. Comment avait-elle pu donner le jour à un enfant si pervers et si instable ? Comment un fils à elle avait-il été capable d'une chose pareille ? La chair de sa chair, le sang de son sang…

La fille de Pat s'approcha de son lit, suivie de sa mère Ivana, qui gardait une main sur son épaule. Elles formaient un joli tableau, toutes les deux. Ça faisait plaisir à voir.

– T'es une fille formidable, Ivana. Si seulement mon fils pouvait avoir un semblant de jugeote, une fois dans sa vie !

Toute la tribu se mit à rire. Ils ne laissaient jamais passer une occasion de les exhorter à se marier, ces deux-là.

Les garçons s'étaient rassemblés autour d'elle. Elle les éloigna de la main. Elle n'était pas encore à l'article de la mort. Il lui restait un peu de temps. Et ils n'avaient pas besoin de voir ça de si près. Ils étaient encore trop jeunes pour comprendre que leur tour viendrait un jour, à eux aussi. Ils étaient encore persuadés que la vie s'écoulait indéfiniment et qu'il se passerait des lustres avant qu'ils aient à se préoccuper de leurs funérailles et de leur mort.

Elle commençait à attendre la sienne comme une délivrance. Elle était prête, fin prête. Ce qui était épuisant, c'était de devoir constamment donner le change, de devoir faire comme si de rien n'était. Pour leur bien, évidemment. Car eux, ils n'étaient pas prêts. Mais ses inquiétudes s'étaient calmées. Ils s'en tireraient tous très bien. Ils s'aimaient. Ils étaient unis. Ils veilleraient les uns sur les autres. De toute façon, elle allait devoir s'en contenter.

– Allez chercher ma mère. Je veux la voir demain.

– T'en es sûre ? Vraiment ?

– Un peu que j'en suis sûre ! C'est un cancer que j'ai, pas un Alzheimer ! Je peux compter sur vous ?

Ils confirmèrent en hochant la tête et elle dut retenir ses larmes pour ne pas craquer devant eux. Quelques minutes plus tard, quand ils quittèrent la pièce, elle put enfin se laisser aller. La douleur ne la laissait même pas respirer en paix. Elle attendait sa piqûre de morphine avec une avidité qui lui fit regretter d'avoir tant haï et méprisé les junkies, sa vie durant. Mais ses souffrances à elle étaient purement physiques… Elle ne demandait plus que d'avoir une bonne mort, même si elle avait un peu traîné les pieds – enfin, jusqu'à ce qu'elle accepte de voir un prêtre. Quoiqu'elle ait pu dire ou penser par le passé, elle ne pouvait décemment pas mourir sans les derniers sacrements.

La mort ne lui faisait pas peur. Elle l'accueillait à bras ouverts. En fait, c'était plus ou moins dans l'ordre des choses. Grâce à elle, elle allait enfin pouvoir retrouver sa fille, sa chère petite Colleen.

Patrick aussi serait là pour l'accueillir. Elle n'aurait su dire comment elle le savait, mais c'était pour elle une certitude.

La mort était la grande justicière. Elle remettait tous les compteurs à zéro. Personne ne lui échappait, jamais. Rien ne pouvait l'arrêter. Argent, pouvoir. Rien n'y faisait. La mort, c'était la seule vraie loi. Devant elle, on était nu. Les rois comme les mendiants. Elle emportait tout le monde, sans distinction. Elle avait lu quelque part que, sur son lit de mort, la grande Elisabeth Ire s'était exclamée : « Tous mes trésors pour un instant de plus ! »

Eh bien, elle, elle n'en demandait pas tant. Elle était heureuse de partir. Heureuse de mourir, de s'endormir en paix, délivrée de sa souffrance, de cette douleur cuisante qui s'obstinait à lui rappeler qu'elle était toujours de ce monde. Il était grand temps de libérer ses enfants, qu'ils puissent enfin s'éloigner de son lit de malade. Ça n'était pas juste de leur imposer ça. Il était temps pour eux de la porter en terre, pour pouvoir reprendre leurs vies là où ils les avaient laissées, sans cette maladie qui prenait le pas sur tout le reste.

Ils recommenceraient à vivre à leur propre rythme. Ils se souviendraient d'elle telle qu'elle était autrefois, pleine de vie et de joie, assez forte pour prendre soin d'eux tous – et non pas telle qu'elle était à présent, si frêle et constamment tenaillée par la douleur, puant la mort comme jadis elle sentait bon la vie.

Kathleen s'en sortirait bien, tout comme sa sœur. Elles avaient déjà meilleure mine, toutes les deux. La mort de Lance avait épouvanté Eileen. Elle avait cessé de boire du jour au lendemain, comme si elle avait soudain compris que la vie ne se bornait pas à ses petits problèmes. Quant à Kathleen, elle était désormais délivrée de ce salaud. Les deux jumelles, plus proches et plus unies que jamais, formaient à nouveau un duo indestructible.

Elle pouvait donc s'en aller en paix. Elle avait fait pour eux tout ce qui était en son pouvoir. Le dernier cadeau qu'elle pouvait leur faire, c'était de leur montrer une belle mort. Celle de leur père avait été si brutale. Patrick avait été assassiné dans un tel débordement de haine et de violence. Elle voulait les laisser sur l'impression qu'elle s'en allait libérée de toute peur et de toute culpabilité. Il ne leur restait plus qu'à lui faire leurs adieux et à reprendre le cours de leur vie. Elle comprenait à présent qu'en tant que mère, en tant que parent, le plus beau cadeau qu'on pouvait faire à ses enfants, c'était la paix de l'esprit.

Elle s'était décidée à recevoir les derniers sacrements, même si cela faisait une éternité qu'elle avait déserté l'église. Si près de se retrouver entre les mains de son créateur, elle voulait voir un prêtre, se confesser et communier une dernière fois. Le prêtre devait passer dans la matinée.

Dieu était bon, à sa façon. Il lui avait donné cette vie, elle l'avait vécue et, à présent, elle pouvait regarder la mort en face. Si elle avait appris quelque chose en ce monde, c'était que, tout bien pesé, et quelles que soient les épreuves et les malheurs qui vous tombaient dessus, la vie valait la peine d'être vécue. Et qu'il valait toujours mieux choisir la vie que de lui tourner le dos.

Patrick revint alors dans sa chambre. Elle prit la main de son fils aîné et la serra dans la sienne en lui disant :

– Va me chercher ma mère, Pat. Amène-la-moi dès ce soir, mon chéri. Je ne suis pas sûre de pouvoir tenir beaucoup plus longtemps.

– Tu veux vraiment la voir, maman ?

– Je t'en prie, Pat, soupira-t-elle. Tu le sais bien, que je ne peux pas partir sans lui dire au revoir !

Il la prit doucement dans ses bras. La maladie et la souffrance s'étaient infiltrées dans tout son corps, jusque dans ses os, et elle n'avait rien fait pour les combattre. Elle savait depuis longtemps que le cancer était revenu et avait décidé de refuser les traitements. Sans rien dire à personne. Elle avait choisi de mourir. Il respectait sa décision, tout en la haïssant de l'avoir prise.

– Je te dis de me l'amener. Je suis si fatiguée, Patrick. Pas tant du cancer que du reste. Je sais que vous survivrez sans moi. Tu t'occuperas de tes frères et sœurs. T'as toujours été un bon garçon, mon chéri. Et t'as toujours été mon préféré. Je te fais confiance, comme je l'ai toujours fait. Amène-moi ma mère, s'il te plaît, que je puisse régler ce dernier problème avant de partir.

Lil avait parlé avec une vigueur qu'elle n'aurait pas crue pouvoir encore trouver en elle. Pat était au bord des larmes.

– Allez, arrête maintenant. Laisse-moi mourir en paix. Je ne peux pas me faire du mouron pour vous tous, Pat. Sinon je vais traîner indéfiniment. Et vous garderez de moi l'image d'une mourante n'y allant qu'à reculons. Vous ne vous souviendrez plus de moi telle que j'étais. Vous oublierez tout ce que j'ai fait pour vous simplifier la vie. Je serai pour vous une éternelle agonisante. Et ça, je ne veux pas.

– On ne veut pas que tu meures, maman. Les toubibs ont dit qu'ils pouvaient te faire une chimio.

– J'en veux pas, de leur chimio. Pour quoi faire ? Gagner quelques semaines ou quelques mois ? Ce que je veux, c'est redevenir moi-même, Patrick. Moi, responsable de ma propre vie. Je veux partir, et toi tu dois t'assurer que tout se passera bien, sans que personne n'ait à en souffrir. Je suis prête, fils. Je veux partir maintenant, en pleine lucidité. En vous laissant un bon souvenir, pas celui d'un vieux sac d'os puant la mort à dix pas. Alors, arrête tes conneries et amène-moi ma mère. La seule chose dont j'ai encore besoin, c'est de lui parler. Rien de plus.

Il hocha la tête.

– OK, mais je resterai là, d'accord ?

– Bien sûr. Tu peux rester et tout entendre, mais à condition que tu n'y mettes pas ton grain de sel.

Il partit d'un grand éclat de rire, qui parut à sa mère aussi artificiel que le blond vénitien des cheveux d'Ivana.

– Oh, m'man…

– Patrick, s'il te plaît… Je suis vraiment vannée, mon chéri. Va la chercher, tu veux ? Que je puisse faire ça avant de partir…

Annie était enchantée d'apprendre que sa fille avait demandé à la voir. On lui avait dit qu'elle était à l'article de la mort et qu'elle voulait faire la paix avec elle. Jusque-là, la famille l'avait tenue à l'écart, et elle le supportait très mal. Elle aimait avoir tout son monde autour d'elle. Pourvu qu'avant de mourir Lil s'assure qu'il en serait toujours ainsi… Annie avait complètement effacé Lance et ses méfaits de sa mémoire, ainsi que tout ce qu'elle avait elle-même provoqué et dissimulé. Pour elle, tout ça était nul et non avenu.

Elle se sentait plus blanche que neige.

En pénétrant dans la chambre, elle reconnut l'odeur du cancer, du désespoir et des médicaments qui maintenaient sa fille en vie. Elle alla s'asseoir près du lit. Ça faisait quelque temps qu'elle n'avait pas vu Lil. Elle fut catastrophée de découvrir à quel point sa fille avait changé. Elle était devenue d'une maigreur effrayante et son visage, autrefois si beau, n'était plus que deux grands yeux soulignés de pommettes décharnées. Ses cheveux s'étaient clairsemés. Le cuir chevelu apparaissait par endroits. C'était un spectacle à la fois douloureux et révulsant.

– Bonjour, m'man.

Pour la première fois de sa vie, Annie ressentait la douleur de sa fille. Elle avait compris que Lil n'en avait plus pour longtemps. Comme elle était heureuse de pouvoir profiter *in extremis* de l'occasion de faire amende honorable…

– Oh, Lil… Comment tu vas, ma chérie ?

Pour la première fois de sa vie, Lil perçut une note de chagrin sincère dans la voix de sa mère. Annie était vraiment inquiète et navrée de la voir dans un tel état.

– Pas si mal, m'man. Je suis prête. Je ne suis pas fâchée d'en voir le bout, je vais te dire. C'est pour ça que je voulais te parler et que j'ai demandé à Pat de t'amener ici.

Elle sourit à son fils aîné qui avait pris place dans un fauteuil près de la fenêtre.

Annie hocha la tête. La demande de sa fille l'avait soulagée. Elle avait tant de fois prié de pouvoir vivre un tel moment, que le Ciel avait fini par l'exaucer.

– Est-ce que tu as fait le nécessaire, pour l'enterrement de Lance ?

Annie lâcha un soupir. Sa fille, Dieu la bénisse, se souciait encore de lui. Tout bien pesé, il restait son fils... Oui, elle avait tenu à s'assurer qu'il aurait des funérailles convenables.

– Bien sûr, ma chérie. Je m'en suis occupée. Ne te fais pas de souci pour ça.

Lil étouffa un petit rire.

– Je vais mourir, maman. Est-ce que tu t'en rends compte ?

Annie hocha la tête et serra la main de sa fille entre les siennes.

– Mais je voulais te parler, avant. Je voulais te dire certaines choses, pour pouvoir partir en paix. Pour ne laisser que de la paix à mes enfants. Tu comprends ?

– Oh, Lily. Ma petite fille...

Annie mesura soudain quelle perte la disparition de Lil serait pour elle. Cette enfant avait joué un tel rôle dans son existence...

Lily. Personne ne l'avait plus appelée comme ça depuis des années. Ça sonnait bizarrement déplacé.

– M'man, faut que je te le dise...

Annie hocha la tête et Lil vit passer dans ses yeux une lueur de soulagement – le réconfort qu'elle espérait.

– Je sais, ma chérie. Mais tu n'as rien besoin de me dire.

– Si, maman. J'en ai besoin. Je n'en ai plus pour longtemps, mais ça n'est plus un problème. J'en suis déjà à l'étape suivante, tu sais. Je suis sur l'autre rive. Mais il faut que je te dise ce que j'ai sur le cœur, avant de pouvoir franchir le pas.

Lil préleva une gorgée d'eau dans son verre à l'aide d'une paille rose vif qu'elle téta comme si sa vie en dépendait.

– J'espère que toi aussi tu mourras d'un cancer, maman. En hurlant de douleur. Seule, sans aucun soutien. Je prie pour que tu pourrisses lentement. Pour que tu saches exactement ce qui t'arrive. Je prie pour que tu n'aies jamais plus un seul jour de bonheur ou de paix. C'est mon dernier souhait sur cette terre. Je te souhaite une mort bien lente et bien douloureuse, mais seulement quand tu auras bien pris conscience que personne ne veut de toi. Je prie pour que tu meures seule, dans d'atroces souffrances et qu'on ne découvre ton cadavre que bien longtemps après, en pleine décomposition. Maintenant, casse-toi d'ici et ne t'avise jamais de t'approcher des miens.

Annie était atterrée.

– Tu ne penses pas ce que tu dis, Lil, fit-elle, les yeux plongés dans ceux de sa fille, son unique enfant. Tu ne peux pas penser ça !

– Oh que si, maman ! Je le pense ! J'espère que tu n'auras plus un seul jour de joie et que tu vas t'enfoncer de plus en plus profondément dans cette putain de haine qui t'habite. C'est ma prière, et tu sais comme Dieu est juste. Il sait nous rendre au centuple ce qu'Il nous doit et, pour ça, il n'a pas besoin d'argent. Moi, je meurs du cancer, mais toi, tu vas mourir de culpabilité et de haine, sans que personne n'en ait rien à cirer. Tu recevras ton châtiment, comme Lance a reçu le sien. J'espère que tu vivras encore des années et des années, sans personne à tes côtés. J'espère que tu ne connaîtras ni la paix ni le repos. J'ai pour toi une telle haine… Ça ne pourra pas te glisser dessus, comme de l'eau sur les plumes d'un canard. Maintenant, sors d'ici et reste à distance de toute ma famille.

Annie avait fondu en larmes. Ses sanglots résonnaient dans la pièce.

– Fiche-la dehors, Pat, s'il te plaît. Et assure-toi que je n'aie plus jamais à supporter sa présence.

– Je t'en prie, Lil. Je t'en supplie ! Laisse-moi te demander pardon. Laisse-moi une petite chance de te montrer à quel point je regrette.

– Si j'avais besoin d'un rein ou d'une greffe de moelle et que tu étais la seule sur terre à pouvoir me sauver, je préférais crever. Je t'attendrai, maman. Ton agonie traînera en longueur et tu mourras seule, sans personne autour de toi, sans personne pour t'aimer. Et tu vois, c'est cette idée qui me rend la mort si douce. Vous avez complètement détruit ma pauvre Kathleen, Lance et toi. Vous l'avez torturée à petit feu. Ma chère petite Colleen aussi, vous l'avez sacrifiée, pour pouvoir continuer à jouer à vos sales petits jeux. Même après ma mort, qui ne saurait tarder, je serai là, derrière ton épaule. Je ne serai jamais bien loin et je m'assurerai que tu ne connaisses plus un seul jour de bonheur. Mes enfants t'ont en horreur, et ça n'est pas près de changer. Je vais donc quitter ce monde l'âme en paix, en sachant que toi, tu mourras seule.

– Je t'ai tellement aimée, Lil, quoi que tu puisses en penser…

Lil Brodie regarda bien en face cette femme qui l'avait portée, lui avait donné la vie et avait ensuite fait en sorte de la lui rendre invivable. Puis ses yeux se posèrent sur son fils aîné.

– Fiche-la dehors, tu veux ? fit-elle d'un air mauvais. Je ne veux plus jamais la revoir.

Elle partit d'un éclat de rire.

– De toute façon, je n'en ai plus pour très longtemps. Moi, au moins, je vais mourir entourée d'amour, avec toute ma famille autour de moi. Je mourrai en sachant que j'ai été aimée et, même si je n'ai jamais rien accompli d'autre dans ma vie, c'est déjà ça !

Janie Callahan faisait la toilette de son amie, désormais à l'article de la mort. Elle la lavait et la coiffait pour la rendre présentable aux yeux d'éventuels visiteurs. Elle ne se faisait plus d'illusions – Lil allait passer.

– Merci, Janie. Je te remercie de tout ce que tu fais pour moi.

Janie lui sourit et, assise sur le bord du lit, serra dans les siennes les mains de son amie.

– Tu vas me manquer, tu sais. Ça remonte si loin, entre nous. Je t'ai toujours appréciée et je t'aimerai toujours. Tu ne m'as fait que du bien. On s'est pris de sacrées tuiles sur la tête, toutes les deux, mais on a toujours fait front ensemble. J'ai toujours détesté Lance, pour ce qu'il avait fait à ma petite, mais à toi, je ne t'en ai jamais voulu. Il n'a jamais été des nôtres, celui-là, mais ça, on le savait déjà.

– Toi aussi, tu vas me manquer, Janie. J'ai pas vraiment envie de quitter mes gosses, tu sais. Mais je vais devoir. Fais-moi le plaisir de rentrer chez toi et de vivre heureuse tout le reste de ta vie…

Janie fut prise d'une immense tristesse.

– Ecoute. La vie est courte, Janie. Même quand on vit très vieux, ça reste court. Je n'ai plus qu'un désir, c'est être avec mes enfants. J'espère que tu n'oublieras jamais notre amitié.

Janie rentra chez elle et pleura toutes les larmes de son corps pour cette femme dont la vie s'achevait, cette amie qu'elle avait toujours aimée et admirée.

Patrick s'était assis près de sa mère. Il serra sa main frêle dans la sienne. Ses forces l'avaient presque totalement quittée.

L'agonie se faisait douloureuse et, maintenant que la mort approchait, Lil n'était plus si sûre de vouloir partir. L'instinct de survie, plus puissant que tout… Elle ne voulait pas les quitter, tant elle craignait qu'ils ne puissent se débrouiller sans elle.

– Pat, n'oublie jamais à quel point je vous ai aimés…

Il déposa un petit baiser sur sa main.

– Je sais, maman. Moi aussi, je t'aime et je t'aimerai toujours, plus que personne au monde. Nous t'aimons tous, maman chérie.

– Fais entrer le prêtre, Pat. Je suis prête. Je vais enfin revoir ma petite Colleen. Je vais pouvoir la serrer dans mes bras.

Elle ferma les yeux. Quand le prêtre lui donna l'extrême-onction, elle avait l'air presque paisible, prête pour le grand saut.

Ils restèrent tous là, autour de son lit, les yeux fixés sur elle, tremblants de peur. Cette femme qui avait tenu un si grand rôle dans leur vie allait les quitter pour de bon. Jambo tenait l'une de ses mains, Patrick l'autre. Les jumelles, Shamus, Christy et son petit Shawn – tous ses enfants étaient là. Le prêtre priait toujours.

Puis Lil Brodie ouvrit les yeux.

– Regardez… dit-elle, dans un sursaut de joie. Là-bas, au pied du lit. Patrick est venu. Et il m'appelle. Il m'appelle…

Et ce fut tout. Ça s'était passé si vite. Trop vite pour une chose si lourde de conséquences. Le temps de refermer les yeux, elle était partie.

Kathleen et Eileen étaient en larmes. Shawn dit avec le plus grand sérieux :

– J'espère qu'il est vraiment venu la chercher, pas vous ? J'espère vraiment qu'il est venu.

– Ça pour être venu, il est venu, fit Pat. Et je suis sûr qu'il l'a appelée. Pour moi, ça ne fait pas le moindre doute. C'était le couple le plus uni qu'il m'ait jamais été donné de connaître.

Shawn leur sourit et exulta :

– Nous sommes tous unis, Pat. Beaucoup plus que la plupart des gens, plus que notre pauvre mère elle-même ne pouvait se le figurer !

– Un peu, qu'elle le savait, mon vieux, répliqua Patrick. Si nous sommes si proches, c'est grâce à elle. Elle a fait en sorte de s'en assurer avant de partir. Maintenant, à nous d'être à la hauteur de ce qu'elle attendait de nous, en nous serrant les coudes et en nous entraidant. Tout bien pesé, qu'est-ce qui nous reste, à part nous-mêmes ?

– Tu crois que le clan peut survivre à sa mort ?

Patrick contempla longuement ses frères et sœurs, comme s'il les voyait à travers les yeux de sa mère. Ils avaient tous tellement besoin de lui, tellement besoin les uns des autres.

– Putain, on a plutôt intérêt. Parce que cette femme est la meilleure chose qui nous soit jamais arrivée. Elle nous a portés à bout de bras, elle a lutté pour faire de nous une vraie famille. Pour que nous restions ensemble. Maintenant, à part vous, je n'ai plus personne au monde. Et pour vous, c'est pareil.

Christy les dévisagea l'un après l'autre.

– Ainsi soit-il ! fit-il à mi-voix.

Cet ouvrage a été composé en Palatino par Palimpseste à Paris

Pour l'éditeur, le principe est d'utiliser des papiers composés de fibres naturelles, renouvelables, recyclables et fabriquées à partir de bois issus de forêts qui adoptent un système d'aménagement durable.

En outre, l'éditeur attend de ses fournisseurs de papier qu'ils s'inscrivent dans une démarche de certification environnementale reconnue.

Impression réalisée sur CAMERON par
BRODARD ET TAUPIN
La Flèche

pour le compte des Éditions Fayard
en mai 2008

Imprimé en France
Dépôt légal : mai 2008
N° d'impression : 47351
35-67-3577-0/01